Prokop · Samenbankraub

GERT PROKOP

Der Samenbank-raub

und andere unglaubliche Kriminal-geschichten

DAS NEUE BERLIN

Zwei Stichlinge aus Illinois

Die Nachricht traf mich wie ein Schock. Gut, ich war noch mächtig vertrieft, als der Anruf kam, wir hatten die ganze Nacht hindurch diskutiert und getrunken, und ich hatte mehr Whisky geschluckt, als ich mir sonst zutraue, weil ich für meine Theorie, der zweite Mond des Transpluto sei eine Relaisstation Außerirdischer, nur Hohn erntete – dabei war ich der einzige unter den Anwesenden, der an der Umkreisung des Transpluto teilgenommen hatte –, doch was mich wirklich umwarf, war der Inhalt des Anrufs. Ich sollte so schnell wie möglich zum Flughafen kommen und mir ein Luftpostpaket aus Chicago abholen: Man befürchte, daß die Verpackung auf dem Transport beschädigt worden sei, und es handle sich um leichtverderblichen Inhalt – Fisch!

Haben Sie schon von jemandem gehört, der ein Paket aus den Staaten bekommen hat?

Zwei- oder dreimal im Jahr bekomme ich Briefe von drüben, und schon deshalb werde ich, obwohl alle wissen, daß es sich nur um Drucksachen handelt, Prospekte für Lyrik-Neuerscheinungen, die ich seit meiner Reise in die Alte Welt zugeschickt bekomme, von meinen Freunden und Verwandten neidisch angesehen – und mit gieriger Erwartung: Wem werde ich dieses Mal die seltenen Briefmarken geben? – Doch wer, um aller Himmel willen, konnte mir ein Paket schicken?

Noch nie in meinem Leben, abgesehen von zwei Alarmen im All, war ich so schnell angezogen; ich nahm mir nicht einmal die Zeit für eine Tasse Kaffee, sondern frühstückte im Speisewagen der Metro. –

Auf dem Flughafen betrachtete man mich mit einem Gemisch aus Ehrfurcht und Mißtrauen und schickte mich zum Zoll. Der Zöllner verriet mir, daß Luftfrachtsendungen aus den Staaten gar nicht so selten sind; mit jeder der monatlichen Maschinen kommen etliche Dutzend. Ungewöhnlich sei nur, daß dieses Paket nicht an ein Forschungsinstitut adressiert war, sondern an eine Privatperson, denn das „Korrektorat für Ichthyologische Forschungen“, das vor meinem Namen stand, sei doch offensichtlich eine Fiktion.

Ich mußte das Paket vor den Augen des Zöllners auspacken, nicht nur, weil alle Sendungen aus den Staaten verständlicherweise streng kontrolliert werden, sondern vor allem, weil es penetrant roch. In dem Transportbehälter aus Thermoplast steckte ein silberglänzender, schuppiger Kasten und in dem wiederum ein Karton aus meergrüner Folie mit eingeprägtem goldenem Dreizack und mit der Aufschrift: OLD NEPTUN'S TREASURY, in der linken unteren Ecke stand die Inhaltsangabe: „2 Stück Illinois-Stichlinge“.

Die Stichlinge sahen eher wie Hechte aus, wogen jeder etwa ein Kilo und stanken jetzt, da die schützenden Hüllen gefallen waren, derart, daß ich die Sendung beinahe in den Nihilator geworfen hätte. Ich hatte in der vergangenen Nacht wirklich zuviel getrunken, sonst hätte der Absender in meinen grauen Zellen Alarm auslösen müssen. Aber ich rief wenigstens im „Institut für Meereskunde“ an und erkundigte mich, ob man dort vielleicht Interesse an leicht verwesten Illinois-Stichlingen habe. Der Ichthyologe, mit dem man mich verbunden hatte, geriet fast aus dem Häuschen und beschwor mich, ihm die Fische sofort zu bringen, es seien rare Kostbarkeiten und tatsächlich Stichlinge, die in einigen Seen um Chicago zu solcher Größe mutiert wären.

Erst als ich in der Metro den dritten Mokka trank, fiel es mir wie Schuppen von den Augen: OLD NEPTUN'S TREASURY! Daß ich nicht gleich daran gedacht hatte, wie Timothy Truckle, mein verschollener Freund aus Chicago, seinerzeit die Fische behandelt hatte, die er von ebendieser Firma ins Haus geschickt bekam!

Die Ichthyologen, die mich gleich im Dutzend empfingen und bereit schienen, sich um die stinkenden Stichlinge zu raufen, guckten nicht schlecht, als ich jetzt darauf bestand, selbst erst einmal die beiden Tiere zu untersuchen, mir Pinzette und Skalpell geben ließ, Schwanz- und Bauchflossen präparierte und dann die Augen der Fische vorsichtig herauslöste. Auf den ersten Blick sahen sie wie ganz normale Augen aus, und sie bestanden eindeutig aus organischem Material, sonst hätten sie wohl auch nie die Ausfuhrkontrollen in den Staaten passieren können, doch ich war sicher, daß mir die Illinois-Stichlinge nur wegen dieser Augen zugeschickt worden waren: Sie waren absolut frisch.

Die Ichthyologen wollten mich nun natürlich erst recht nicht mit den Augen ziehen lassen, doch was blieb ihnen übrig.

Ich fuhr zur Uni und fragte herum; an der Fakultät für Bionik bekam ich die Bestätigung: Es war vor zwei Jahren gelungen, eine Art „lebender Kristalle“ zu züchten, Hochpolymere aus organischen Substanzen, die wachsen und sich vermehren, bis man sie fixiert, und die man unter anderem wie anorganische Kristalle für holografische Aufzeichnungen benutzen kann. Es dauerte drei Tage, dann hatten sie herausbekommen, wie man die Informationen aus den künstlichen Fischaugen abrufen konnte, und ich bekam endlich zu sehen, was Tiny mir mitzuteilen hatte. Die Aufzeichnung begann mit einem persönlichen Communic:

Lieber Freund!

Dies ist der siebente Versuch, Ihnen Nachricht zukommen zu lassen, vor allem: den zweiten Teil meiner „Memoiren“. Daß Sie den ersten Teil erhalten und veröffentlicht haben, erfuhr ich schnell, inzwischen konnte ich es sogar lesen! Mit der Art, wie Sie die Storys bearbeitet haben, bin ich einverstanden, nur den Titel finde ich unangemessen, ich bitte Sie: „Wer stiehlt schon Unterschenkel?“! Also wählen Sie dieses Mal bitte einen seriöseren Titel. Ich hoffe doch, daß Sie auch diese Geschichten publizieren werden, denn ich bin „eitel, arrogant und versnobt“ genug, anzunehmen, daß nicht nur Sie selbst erfahren wollen, was sich zwischen dem „Fall der Drossel“ und meinem Verschwinden zugetragen hat.

Wenn Sie diese Aufzeichnungen gelesen haben, werden Sie wissen, warum ich Ihnen die Genehmigung zur Veröffentlichung erteilen durfte – und ahnen, wie es mir jetzt geht. Was Ihre Vermutung betrifft: Ich habe die Geschichten selbst geschrieben – genauer: meine Erlebnisse fixiert und jemand, dessen Namen ich noch nicht preisgeben darf, hat mir dann geholfen, sie in diese Form zu bringen –, auf Anraten, ja auf Anordnung meines Arztes. Er glaubte, ich könne auf diese Weise mit meinen Depressionen fertig werden, und er hat offensichtlich recht. Es hilft zwar nicht, das Geschehene zu vergessen, wohl aber, es zu verarbeiten, was heißt: damit leben zu können.

Daß Sie nach mir suchen ließen, erfuhr ich zu spät, so konnte ich Ihrem Bekannten nicht einmal die Nachricht zuspielen, daß ich und – auf gewisse Weise – auch Napoleon noch leben.

Ich hoffe, Sie haben die Flasche „Old Finch" noch nicht ausgetrunken. Ich bin fest entschlossen, Sie eines Tages zu besuchen. Wann, das steht leider nicht einmal in den Sternen, die ich jetzt so selten sehen kann.

Bitte, geben Sie sofort Nachricht, daß Sie meine Sendung erhalten haben. Der Weg von DRAUSSEN zu uns ist ja viel unkomplizierter als umgekehrt, da wir neuerdings die WORLDNEWS hier empfangen können. Ich höre sie jeden Tag um 11.00 p.m. (Chicagoer Ortszeit). Sie werden es sicher arrangieren können, daß man in den „Gemischten Nachrichten" mitteilt, ein gewisser Timothy Napoleon Truckle habe einen neuen Weltrekord im Tiefflug aufgestellt (die Einzelheiten überlasse ich Ihnen).

Herzlichst Ihr nicht mehr ganz der alte, doch immer noch treu verbundener *Tiny*

Die Nachricht habe ich natürlich längst abgesetzt – nicht sofort: Ich brauchte ein paar Tage, bis sich der Chef der WORLDNEWS sprechen und überzeugen ließ.

Und hier ist er nun, der zweite Teil der Geschichten von Timothy und Napoleon.

Ich habe mich wiederum darauf beschränkt, die Storys aus dem Amerikanischen zu übersetzen und sie nur soweit bearbeitet, wie es mir für das Verständnis der Leser, die die Alte Welt nicht aus eigener Anschauung kennen, unbedingt erforderlich schien. Ich hoffe, daß Tiny der Titel dieses Mal seriös genug ist. Und wenn es ihm nicht zusagt – soll er kommen und mich zur Rede stellen. Der „Old Finch" steht noch bereit. Und ein paar Dutzend anderer Flaschen.

Der Samenbankraub

1.

Timothy Truckle saß vor dem Spiegel und wartete auf das Wunder, das die Gebrauchsanweisung des Dermacolor-Präparats versprach. Er blickte äußerst skeptisch, und er griff immer wieder zu seinem Glas und nippte an dem Calvados, der ihm nach langem Überlegen dem Anlaß angemessen erschienen war; man wird schließlich nicht alle Tage blau, taubenblau, um es zu präzisieren, und mit Haut und – nein, die Haare würde er dann passend zu Haut und Anzug in einem rotbraunen Ton färben.

Es begann unter den Augen. Fünf bange Minuten lang befürchtete Timothy, das Pigment würde sich nur in den Augenringen sammeln und ihm zwei überdimensionale Veilchen bescheren, doch dann strahlte der blaue Ton langsam über das Gesicht, verlief sich gleichmäßig, wuchs auch aus den Achselhöhlen über Brust und Arme, legte sich auf Hände und Beine, fast ohne Schattierungen. Timothy trank seinem Spiegelbild zu.

„Sehr zum Wohl, Bluebottle*!"

Total verrückt, sich die Haut zu färben. Aber das war nun einmal der Dernier cri der Snobiety, und ein Mann vom Image eines Timothy Truckle durfte da nicht abseits stehen, zumal er sich an Oliver DuMont heranpirschen wollte. Und wenn Timothy schon eine Mode mitmachen mußte, dann wenigstens als einer der ersten. Ein Zwerg, so sagte er immer, ist bestenfalls komisch; aber ein eitler, arroganter, versnobter Zwerg, das ist schon wieder eine Attraktion.

Timothy steckte den Frack in den Colorator und ließ ihn nachtblau tönen, dann wählte er lange und sorgfältig, bis er den richtigen Färbekamm gefunden hatte, ein warmes, rötliches Umbra, so exakt abgestimmt, daß auch die bedeutendsten

* Bluebottle = Kornblume, umgangssprachlich soviel wie Saufaus.

Maler der Alten wie der Neuen Welt nichts an seiner Farbzusammenstellung hätten aussetzen können. Er prostete dem blauen Zwerg im Spiegel vergnügt zu.

Timothy ging zum Lift 17 C-1. Er wollte sich unbedingt von Tom zur „Stardust"-Bar hinaufbringen lassen; er mußte alle nur möglichen Tricks anwenden, wenn er DuMonts Aufmerksamkeit erregen und an seinen Tisch gebeten werden wollte, und er versprach sich einiges von dem Kontrast, den er mit dem baumlangen, ihn um fast einen Meter überragenden Neger bilden würde.

DuMont war in Schwierigkeiten. Er gab sich zwar ausgelassen und arglos und zeigte sich fast jeden Abend in der Öffentlichkeit, geradezu verdächtig oft für einen arglosen Bigboss, doch Timothy wußte, daß zwei von DuMonts Topmanagern in den letzten Wochen unvermittelt verstorben waren und daß man auf DuMont Mordanschläge verübt hatte. Was lag näher, als daß er sich nicht länger auf seine Privatpolizei verließ und den besten Detektiv der Staaten engagierte? Timothy mußte es ihm nur noch beibringen. Er brauchte dringend einen Klienten vom Format DuMonts, vor allem wegen des damit verbundenen Prestiges; es war in den vergangenen Monaten entschieden zu still um den guten Timothy Truckle gewesen, und nichts schadet solch einem Geschäft mehr, als in Vergessenheit zu geraten. Man muß nicht nur erfolgreich, man muß auch „in" sein.

An der Zentralkreuzung wäre Timothy fast mit der Hauswache zusammengestoßen, die ihren Kontrollgang durch die 827. Etage machte. Die beiden Safemen starrten Timothy mit offenem Mund nach, wahrscheinlich hatten sie noch nichts von der brandneuen Mode gehört und überlegten, ob Timothy nicht am Ende eines der kleinen blauen Männchen war, die, wenn man dem Videomagazin SCIENCE glauben wollte, eher früher als später die Erde besetzen würden. Bevor die Safemen sich von ihrem Schreck erholt hatten, ging die Lifttür auf, und Timothy stieg ein. Mit dem Rücken zuerst. Er wollte die Überraschung auf Toms Gesicht genießen. Als Timothy jedoch den Kopf in den Nacken legte und sich langsam umdrehte, blickte er ins Leere. Dafür ertönte eine heiser piepsende Stimme neben seiner Schulter.

„Guten Abend, Mister Truckle."

Statt eines baumlangen Negers bediente ein Liliputaner den

Lift! Der Mann war noch anderthalb Kopf kleiner als Timothy.

„Ich bin Bud, der neue Liftboy", stellte er sich mit devotem Lächeln vor. „Ich hoffe, Sie werden mit mir zufrieden sein, Mister Truckle."

„Sie kennen mich?" fragte Timothy verdattert.

„Wer kennt Sie nicht?" gab der Liliputaner zurück. „Sie sind einer der berühmtesten Mieter des ‚Nebraska' und einer der häufigsten und beliebtesten Gäste der ‚Stardust'-Bar, wie man mich instruierte."

Timothy knurrte wütend. Man hatte ihm also die sorgsam geplante Show gestohlen. Zwei Zwerge, das war der Gipfel des Lächerlichen. Zu spät dachte er daran, umzusteigen, der Lift hielt schon in der 1112. Etage, der Liliputaner riß die Tür auf, und Timothy blieb nichts anderes übrig, als auszusteigen. Hoffentlich sah DuMont nicht gerade herüber!

DuMont war noch gar nicht gekommen. Die Westfront der Dachetage, die er für sich hatte reservieren lassen, war gähnend leer. Timothy ging zum Bartresen. Der Keeper erschrak derart über den taubenblauen Teint, daß Timothy ihn zweimal mahnen mußte, den Barhocker hinunter und dann wieder in die Höhe zu fahren.

„Keine Angst, Melvin", beteuerte Timothy, „ich bin weder krank noch ansteckend, das heißt, ansteckend vielleicht doch! Das ist die Mode von morgen."

Der Barkeeper schüttelte entsetzt den Kopf. „Müssen Sie alles mitmachen, Tiny?"

„Ich muß, Melvin, ich muß!"

„Ein Mann mit Ihrem Können und Ihrem Ruf?"

Timothy bestellte sich einen kleinen „King George" und musterte die Gäste. Niemand, der ihn interessierte. Und hoffentlich niemand, der sich für ihn interessierte! Wenn er schon auf DuMont warten mußte, dann wollte er wenigstens ungestört den Sonnenuntergang genießen. Die tiefstehende und nur noch kraftlos glimmende Scheibe färbte bereits die Gipfel der olivgrünen Wolkendecke apfelsinenrot; die Spitzen der Skyscraper, die als einzige durch die Wolken stachen, schienen zu glühen.

„Was ist mit Tom?" erkundigte sich Timothy.

„Oh, Tom!" Der Barkeeper machte eine verzweifelte Geste. „Wir bedauern es alle, Tiny. Wirklich, alle! Man hat ihm seine

Lizenz nicht mehr verlängert. Es war seit langem schon der einzige Farbige, der nachts in einem weißen Distrikt arbeiten durfte."

Das nächste Mal werde ich mich schwarz färben, dachte Timothy wütend. Er überlegte. Nein, rein braune und schwarze Tönungen waren nicht auf der Packung verzeichnet gewesen.

„Ihr Whisky, Sir!" Melvin stellte ihm das Glas hin. „Exakt vierundzwanzig Grad."

Timothy vertiefte sich in das abendliche Farbenspiel vor den Fenstern. Ein Mädchen schwang sich auf den Hocker nebenan. Timothy wollte sie gerade auffordern, sich woandershin zu setzen und ihm die Aussicht nicht zu versperren, da lächelte sie ihm zu. Sie war jung und schön; viel zu schön, um sie wegzujagen, und der Goldton ihrer Haut mußte ausgezeichnet zu seinem Teint passen. Sie beide nebeneinander, das würde selbst dem verwöhnten Auge eines DuMont auffallen.

„Mister Truckle, nicht wahr?" Für diesen Augenaufschlag hätte Timothy mehr als einen Sonnenuntergang hergegeben. „Ich muß mit Ihnen sprechen."

„Sie müssen? Haben Sie etwa Probleme, die meiner Hilfe bedürfen?"

„Ich nicht. Mein Chef."

Timothy winkte ab. „Tut mir leid, Miss –"

„Inger", sagte sie. „Inger Johnston."

„Ich kann im Moment keinen Klienten annehmen, Inger." Timothy legte ein wenig Bedauern in seine Stimme.

„Mister Bentley hat mir den Auftrag gegeben, Sie unverzüglich zu ihm zu bringen. Abraham P. Bentley. Koste es, was es wolle. Das dürfen Sie ruhig wörtlich nehmen." Sie sah Timothy in die Augen. Ihre Mimik ließ keinen Zweifel daran, daß sie nicht nur Geld meinte. „Ich verspreche Ihnen einen der geheimnisvollsten Fälle der Kriminalgeschichte."

Abraham P. Bentley besaß mindestens soviel Macht und Einfluß wie DuMont, doch als Klient war der Chef der ALL-AMERICAN FOOD & BIO-ENGINEERING nicht halb soviel wert: Bentley war berüchtigt für seine Publicity-Feindlichkeit.

„Ich habe alle Vollmachten und jede Rückendeckung", beteuerte Inger. „Notfalls soll ich Sie kidnappen. Hauptsache, ich schleppe Sie an."

„Geben Sie sich keine Mühe", sagte Timothy. „Aber ich lade Sie gerne zu einem Glas ein. Ich finde, Ihr Teint paßt hervorragend zu meinem Blau. Ich wußte gar nicht, daß man solch ein Goldbraun mit Dermacolor –"

„Dermacolor?" Inger lachte schallend. „So 'nen Quatsch habe ich nicht nötig. Das ist Sonnenbräune."

„Sonnenbräune?" Timothy starrte sie ungläubig an. „Wo auf diesem Planeten gibt es noch genügend Sonne für solch eine Farbe?"

„Bei uns in Seabridge", erwiderte sie. „Seabridge in Kalifornien. Direkt am Pazifik. Jeden Morgen und jeden Abend reißt die Thermik die Wolken für ein paar Stunden auf. Überzeugen Sie sich selbst, Tiny. Sie sind herzlich eingeladen."

„Wer weiß, wohin Sie mich wirklich schleppen. Ich liebe zwar Märchen, doch ich falle nicht auf sie herein. Die ganze Küste ist Sperrgebiet."

„Nicht für Mister Bentley."

„Wollen Sie etwa behaupten, daß Bentley wirklich direkt am Meer –?"

„Mit den Füßen im Wasser, sozusagen: Bentley-Cottage ragt zur Hälfte über den Strand hinaus. Man kann direkt vom Fenster aus angeln." Sie öffnete den Reißverschluß ihrer bronzefarbenen Kombination. Nicht nur, um ihre bemerkenswerten Brüste zu zeigen, sie holte ein Foto hervor, auf dem sie an der Brüstung einer tatsächlich auf das Meer hinausragenden Villa zu sehen war. „Ich wußte, Sie würden Worten allein nicht glauben."

Timothy besah sich das Foto sorgfältig. Sicher, es konnte auch eine geschickte Fälschung sein, andererseits war es nicht ausgeschlossen, daß es in dieser verrückten Welt noch immer Dinge gab, von denen er nicht einmal eine Ahnung hatte. Er gab das Foto zurück und winkte dem Barkeeper, er solle seinen Hocker hinunterfahren.

„Okay, Sie haben mich überzeugt, Inger. Aber zuerst gehen wir noch mal zu mir."

„Ich hatte es Ihnen versprochen", sagte sie. Mit einem Lächeln, daß Timothy Gänsehaut bekam.

„Sie verstehen mich falsch", entgegnete er. „Ich will mich nur entfärben und umziehen."

„Gefalle ich Ihnen nicht?" Ihre Enttäuschung klang fast echt.

„Viel zu sehr. Es würde mir das Herz zerreißen, mit Ihnen im Bett zu liegen und daran denken zu müssen, daß Sie es nur Ihrem Chef zuliebe tun."

„Sind Sie ganz sicher, Tiny?“ Inger blickte aus großen, dunklen Augen zu ihm herab. Sie war gut zwei Kopf größer als Timothy.

„Vielleicht liebe ich kleine Männer?“

„Auch blaue Zwerge?“

„Die ganz besonders.“

„Sie sind scharf auf Absurditäten, was?“

Timothy legte den Arm um sie, er erreichte gerade die Taille, ohne sich zu verrenken. „Kommen Sie, Kleines, bieten wir der Welt wenigstens ein amüsantes Schauspiel.“

2.

Kurz vor Timothys Appartement trafen sie wieder auf die Streife, und wenn es möglich gewesen wäre, hätten die beiden Safemen ihre Mäuler jetzt noch weiter aufgerissen, als sie Timothy mit der goldbraunen, langbeinigen Inger an der Hand erblickten. Sie zogen ihre Rayvolver und brüllten: „Hände hoch!“

Für Inger schien es das erste Mal zu sein, daß man eine Strahlenwaffe auf sie richtete; sie zitterte am ganzen Körper und streckte mit angstverzerrtem Gesicht die Hände in die Höhe. Als Timothy in die Tasche seines Fracks greifen wollte, zielte einer der Safemen auf seine Stirn.

„Keine Bewegung, Männeken, oder ich verdampfe Ihren verdammten Blaumeisenschädel!“

„Okay, okay“, sagte Timothy sanft. „Ich wollte Ihnen nur mein Identicat zeigen. Vielleicht bedienen Sie sich selbst?“

Der Safeman studierte die Folie aufmerksam, dann ging er, den Rayvolver immer auf Timothy gerichtet, zum nächsten Hausanschluß und steckte den Ausweis in den Schlitz des Communicators. Sekunden später lief die Bestätigung über den Monitor. Der Safeman entschuldigte sich wortreich. Timothy verzieh gnädig, ja, er sprach den beiden sogar ein Lob für ihre Wachsamkeit aus. Er öffnete Inger die Wohnungstür, dann trat er noch einmal zu den beiden Männern.

„Ganz im Vertrauen“, flüsterte er ihnen zu und tippte mit dem Finger an seine blaue Wange, „es ist nicht gerade billig, aber es wirkt ungeheuer auf Frauen. Sollten Sie auch mal versuchen: Dermacolor.“

„Machen wir!“ riefen die beiden wie aus einem Mund, und Timothy war sicher, daß das nicht nur so dahingesagt war. Ingers Anblick hätte auch weniger einfältige Gemüter überzeugt.

Sie wartete auf dem kleinen Flur und tat, als sei sie nicht im geringsten neugierig, doch an der Art, wie sie nahezu unauffällig aus den Augenwinkeln beobachtete, erkannte Timothy, daß sie eine erstklassige Detektiv-Ausbildung besitzen mußte. Er führte Inger in sein Wohnzimmer, ließ den Servicewagen heranrollen, wies einladend auf die Batterie Flaschen, die jeder First-Class-Bar Ehre gemacht hätte, und bat sie, sich selbst zu bedienen, er wolle gleich darangehen, seine blaue Haut wieder loszuwerden.

„Es wird eine Weile dauern“, sagte er, „außerdem muß ich mich auch noch bei meinen Freunden und zwei Klienten abmelden. Man ist es nicht gewohnt, daß ich das ‚Nebraska‘ für länger verlasse.“

„Ich weiß“, sagte sie. „Ich weiß, daß Sie das Haus so gut wie nie verlassen, und ich betrachte es als meinen persönlichen Erfolg, daß ich Sie dazu überredet habe.“ Sie lächelte vergnügt. „Ich weiß eine Menge über Sie, Tiny. Auch daß Sie ein bedeutender Gourmet und ein exzellenter Koch sind. Wenn ich einen Wunsch äußern darf: Ich würde zu gerne einmal den Kaffee à la Napoleon probieren, den Sie kreiert haben sollen. Ich nehme an, er wird mit Kognak zubereitet?“

„Ein naheliegender Irrtum“, sagte Timothy. „Ich habe dieses Rezept jedoch nicht nach dem ollen französischen Kaiser benannt, sondern meinem Computer zu Ehren. Es wird mir ein Vergnügen sein, Ihnen einen Kaffee Napoleon zuzubereiten. Vielleicht sehen Sie inzwischen ein wenig Videomat?“

„Etwas Musik und ein Buch wären mir lieber.“

„Ein Buch? Was denken Sie von mir!“ Timothy blickte sie entsetzt an. Er hoffte zumindest, daß er entsetzt aussah. Vielleicht kam sie gar nicht von Bentley, sondern war von der NSA* auf ihn angesetzt worden?

„Ich dachte, ein Mann wie Sie könne sich Bücher leisten“, antwortete Inger unbefangen. „Ich lese für mein Leben gern Romane.“

„Ein lebensgefährliches Laster“, meinte Timothy.

---

* NSA = National Security Agency, die allmächtige Geheimpolizei der USA.

„Sie werden mich nicht anzeigen, oder? Und wenn Sie ein Buch haben, geben Sie es mir getrost, ich kann schweigen wie ein Indianergrab."

„Nun ja", gab Timothy zu, „ich besitze, wenn auch ohne Lizenz, so doch mit stillschweigender Duldung der Behörden, eine kleine Sammlung Kochbücher. Wenn Sie sich eines von denen ansehen wollen?"

„Auf jeden Fall besser, als mich von der Glotze anöden zu lassen!"

Timothy überlegte kurz, welche Musik zu Inger und zu Kochbüchern passen könnte, dann legte er einen Kristall mit Harfenmusik aus dem 18. Jahrhundert auf und brachte ihr einen Stapel Kochbücher, nicht seine Kostbarkeiten, versteht sich, und schon gar nicht die beiden Neuerscheinungen über afrikanische Kochkunst, die erst vor sechs Jahren DRAUSSEN erschienen waren, aber Inger stürzte sich auf die simplen Bände aus dem vorigen Jahrhundert wie ein Verdurstender auf einen Becher Wasser und war im Nu so vertieft, daß sie nicht einmal wahrzunehmen schien, wie Timothy mit ein paar Handgriffen alle Schränke des Zimmers versiegelte und dann, während er über ihre Schulter griff und ein Hochglanzfoto mit Wildspeisen aufblätterte, ihre Handtasche öffnete und das Identicat herausfingerte.

Er ging in die Küche, öffnete zwei Dosen und setzte Wasser auf, dann schluckte er das Anticolorpräparat, packte im Schlafzimmer ein paar Sachen in eine Reisetasche, instruierte den Communicator für den Fall irgendwelcher Anrufe oder Besuche und meldete sich bei Joe Trevers und Smiley Hepburn ab. Keiner von beiden war zu Hause. Timothy hinterließ, daß er zu Bentley gerufen worden sei und gab Ingers Identicat-Daten an; Smiley bekam auch die Information, daß Bentley sich angeblich in Seabridge aufhielt und daß Smiley Timothy suchen solle, wenn er sich nicht in spätestens drei Tagen wieder gemeldet habe. Jetzt erst setzte Timothy sich vor Napoleons stählernen Bauch. Da er nicht sicher war, daß Inger sich tatsächlich von der Lektüre der Kochrezepte fesseln ließ, schaltete er den Snarr ab; er machte sich sogar die Mühe, nicht mit Napoleon zu sprechen, sondern den Scriptor zu benutzen.

Napoleon reagierte, wie zu erwarten, verwundert. Er nahm Timothys Instruktionen zwar ohne Einwände und Zwischenfragen entgegen, doch dann schickte er einen langen Text auf den Monitor:

++ 1. 1. darf ich meine verwunderung ausdrücken? + 1. 2. sie hatten geschworen, das nebraska nie mehr ohne not zu verlassen + dies erscheint mir kein notfall + 1. 3. oder doch? dann erbitte ich nähere angaben ++ 2. 1. unser konto ist in einem miserablen zustand + 2. 2. sie erwähnten nichts von einer vorauszahlung oder garantiesumme + 2. 3. soll ich ihnen eine aufstellung der in den nächsten tagen anfallenden fälligkeiten geben? ++ 3. 1. die instruktionen, die sie mir für notfälle gaben, sind äußerst unzureichend + 3. 2. haben sie nicht wenigstens eine frequenz, auf der sie jederzeit bei mister bentley zu erreichen sind? + 3. 3. noch wichtiger: wollen wir nicht ein system vereinbaren, durch das ich sie aufspüren kann, falls sich seabridge, wie zu vermuten, als irreführung erweist? ++ 4. 1. wollen sie nicht wenigstens ein paar der notfrequenzen mitnehmen, unter denen der große bruder zu erreichen ist?++ n. +++

Timothy überlegte kurz, bevor er Napoleon antwortete.

++ zu 1. 1.: nein + zu 1. 2. und 1. 3.: kein kommentar + zu 2. 1. und 2. 3.: das weiß ich selbst + aber danke schön für den hinweis zu 2. 2.; ich erledige das sofort + ebenso 3. 2. + zu 3. 3.: nein + zu 4. 1.: ja, für sieben Tage, jeweils 6.00 a. m. und 11.00 p. m. chicago-zeit ++ t. +++

Napoleon spuckte eine kleine Folie mit den Frequenzen aus, unter denen Timothy den Großen Bruder im Notfall erreichen konnte. Timothy verschwand mit dem Streifen im Bad. Er nahm ein Fläschchen, das angeblich „Haartinktur-Superglanz" enthielt, und tätowierte sich die Chiffren in die linke Armbeuge, kurz darauf waren sie unsichtbar. Timothy holte sich noch einen Flakon „Perlmutt-Nagellack de Luxe" aus dem Wandschrank und steckte ihn in sein Reisegepäck. Dann ging er in die Küche und bereitete den Kaffee.

Inger schien ihren Sessel in der Zwischenzeit nicht verlassen zu haben, sie las mit roten Wangen, wie man ungarische Fischsuppe kocht. Sie blickte erst auf, als Timothy ihr die Tasse unter die Nase hielt.

„Ach, Tiny", seufzte sie, „am liebsten würde ich ein paar Tage bei Ihnen bleiben und mir die schönsten Rezepte heraussuchen."

„Sagen Sie mir, was Sie besonders interessiert, und ich werde es Ihnen doppeln“, versprach Timothy. „Natürlich nur, wenn Sie mich nicht verärgern.“

„Da brauchen Sie keine Angst zu haben“, erwiderte sie. „Ich werde Ihnen jeden Wunsch von den Augen ablesen. Ich koche nämlich selbst gerne, wenn ich einmal Gelegenheit dazu finde.“

„Ich hoffe doch, Mister Bentley ißt nicht aus Restaumaten!“ Timothys Gesicht verriet äußersten Abscheu.

„Das nicht. Aber bei uns kocht Jennifer, und die läßt niemanden in die Küche.“

Inger nahm einen kleinen Schluck Kaffee. Sie lehnte sich zurück, schloß die Augen und verkostete ihn wie einen alten Wein, dann nickte sie Timothy anerkennend zu. „Verraten Sie mir das Rezept?“

„Ich schreibe es Ihnen auf. Das Wichtigste ist das Wasser, ich nehme nur ‚Arktis-Frühschmelze‘. Und dann die Bohnen, natürlich. Im Vertrauen, es ist abessinischer Hochlandkaffee.“

Sie glaubte ihm offensichtlich kein Wort, aber war das ein Wunder? Daß er Naturalkaffee nahm, gut, aber welcher von DRAUSSEN?

„Einer meiner Klienten hat mich auf die Kundenliste von BRIAND setzen lassen“, erklärte Timothy, „die haben sogar garantiert echten Tee aller Provenienzen: aus China, Ceylon, Indien, Grusinien –“

„Hören Sie auf!“ unterbrach sie ihn lachend. „Glauben Sie, ich falle auf Märchen herein?“

„Mister Bentley macht sich wohl nichts aus Tee und Kaffee?“ erkundigte sich Timothy.

„Nein, er hat eine Allergie gegen Koffein.“

„Das erklärt alles“, sagte Timothy. „Gut, daß wir darüber gesprochen haben, ich werde mein Gepäck entsprechend ergänzen. Und Sie“, Timothy verneigte sich förmlich, „sind hiermit zu einem Tee-Happening eingeladen, sobald ich das Problem Ihres Chefs gelöst habe. Apropos Chef: Napoleon machte mich darauf aufmerksam, daß ich mir noch keine Vorauszahlung geben ließ. Und keine Frequenz, unter der ich in Seabridge zu erreichen sein werde.“

Inger griff nach ihrem Täschchen. „Darf ich Sie daran erinnern, mir bei Gelegenheit mein Identicat wiederzugeben?“ sagte sie beiläufig. Timothy gab es ihr. Mit roten Ohren. Inger steckte die Folie kommentarlos ein, dann gab sie ihm die Frequenz und einen von Bentley unterzeichneten Blankoscheck. „Sie sollen selbst die Summe einsetzen."

„Sehr nobel", sagte Timothy. „Ich werde vorerst nur mein Basishonorar berechnen. Wie viele Tage, denken Sie, werden wir für die Reise brauchen?"

„Für die Reise selbst etwa acht Stunden."

„Also vier Tage vorerst. Ich muß Sie noch eine Weile allein lassen, Inger; bitte beunruhigen Sie sich nicht, wenn Sie mich nicht finden; ich ziehe mich in mein Mausoleum zurück."

„Ach ja!" Inger blickte ihn ehrfurchtsvoll an. „Sie haben ja eine Lizenz für einen abhörsicheren Raum."

„Sonst käme wohl kaum einer der Bigbosse mit seinen Problemen zu mir", sagte Timothy. „Niemand würde mir Einblick in seine Intimsphäre oder, was zumeist als noch peinlicher empfunden wird, in seine Geschäftssphäre geben, wenn er nicht absolut sicher sein könnte, daß niemand, nicht einmal die NSA, mithören kann."

Inger nahm die Tasse wie einen Sektkelch und trank ihm zu. „Ich glaube, Sie sind wirklich der Größte!"

„Ich bin es", sagte Timothy würdevoll und ging hinaus.

„Darf ich mitkommen?" rief Inger ihm nach.

„Es würde Sie doch nur langweilen."

Inger hätte sich gewiß nicht gelangweilt, wenn sie Timothy jetzt beobachtet hätte. Er setzte sich vor das kleine Handwaschbecken im Mausoleum, schraubte den Wasserhahn ab, zog eine dünne Glasfaserlitze aus dem Rohr, klappte das Ende auseinander, holte zwei Kapseln aus dem Hahn, stöpselte sie auf die beiden Litzenenden und steckte die eine Kapsel ins Ohr, die andere in den Mundwinkel. Dann drehte er an einer Schraube der Warmwasserleitung und setzte so den Schwingquarz in Betrieb. Er mußte fünf Minuten warten, bis sich der Große Bruder meldete. Mit dem blechernen Klang, den Timothy jetzt, da er wußte, wer sich hinter der verzerrten Stimme verbarg, noch weniger ausstehen konnte.

„Hallo, Großer Bruder", begrüßte er seinen Gesprächspartner. Sie hatten sich geeinigt, daß sie bei dieser Anrede bleiben wollten. Timothy erklärte Anne, was er vorhatte. Es dauerte länger als die übliche Verzögerung der Quaserübertragung, bis sie antwortete. Natürlich war sie nicht begeistert, daß er Chicago verlassen wollte, andererseits konnte die Reise nicht nur für Timothys offiziellen Job als Detektiv der Upperclass von Nutzen sein – Bentley zählte immerhin zu den zwölf Dutzend der wirklich mächtigen Männer der Staaten –, sondern auch für seine Kundschaftertätigkeit für den UNDERGROUND, vor allem, wenn er über Bentley tatsächlich ans Meer kommen konnte. Auch Anne hatte noch nichts davon gehört, daß es Sondergenehmigungen für die Küste gab.

Sie ließ sich Ingers Identicat-Daten überspielen. Es dauerte eine Weile, bis sie sich wieder meldete.

„Bentley hat eine Inger Johnston in seinem privaten Stab", bestätigte sie, „und die Daten stimmen. Hoffentlich ist der Ausweis echt."

„Für die Chance, einen bezahlten Urlaub in guter Luft zu machen, muß man halt ein Risiko eingehen", sagte Timothy, „wo immer Bentley sich aufhalten mag, die Luft dort wird exquisit sein."

„Also gut", sagte Anne, „fahr schon. Aber – paß auf dich auf, Tiny!"

Trotz des blechernen Quaserklangs schien es Timothy, als ob nicht nur Besorgnis in ihrer Stimme lag, sondern sogar Zärtlichkeit. Alter Idiot, dachte er, was du dir nur wieder einbildest!

„Notfalls verstecke ich mich hinter Inger", sagte er, „lang genug ist sie ja."

„Das dürfte ziemlich komisch aussehen", meinte Anne, „und soweit ich mich erinnere, kannst du es auf den Tod nicht ausstehen, wenn man über dich lacht."

„Ach, weißt du", seufzte Timothy, „lieber komisch als tot."

3.

Der Flug an die Westküste war enttäuschend. Timothy hatte damit gerechnet, daß sie mit einer von Bentleys Maschinen fliegen würden und daß der Chef der ALLAMERICAN die teueren und etwas langsameren, dafür aber wesentlich komfortableren Sight-Jets benutzte. Er hatte sich darauf gefreut, über dem nächtlichen, mondbeschienenen Wattemeer der Wolken zu fliegen, sich vom Sonnenaufgang einholen zu lassen und dann mit der Sonne am Meer zu erscheinen, ja, insgeheim hatte er sogar gehofft, er könne Inger dazu überreden, ab und zu, und sei es nur für ein paar Minuten, unter die Wolkendecke zu tauchen und einen Blick aus dem Himmel auf „God's Own Country" zu werfen, vielleicht sogar auf die nicht nur von Gott verlassenen Muddies* von Illinois und Nebraska, auf die geheimnisumwitterte Rayhara** oder gar auf die Deathline, den Todesstreifen, der sich fünfzig Kilometer vor der Grenze rund um das Land zog und mit seinen Spürsystemen, Peilminen und Strahlenwerfern als unüberwindlich galt und die Staaten auch ohne die ISOLATION in ein großes Gefängnis verwandelte; ganz sicher aber hatte er damit gerechnet, die Rocky Mountains zu sehen, die in dieser Jahreszeit weit über die Wolkenschicht ragten und einen umwerfenden Anblick bieten sollten. Smiley Hepburn hatte vor Jahren einmal Gelegenheit gehabt, das zu sehen, und er schwärmte noch heute davon, wie die Gipfel, auf denen sich in den Jahrzehnten die unterschiedlichsten Smogschichten abgelagert und den Fels mit metallischen und plastischen Häuten überzogen hatten, im Schein der Sonne in allen Regenbogenfarben changierten. Timothy war in seiner Studentenzeit einmal in den Rocky Mountains gewesen, doch von unten, im Schatten der dichten Wolkenfelder, sahen die Berge nur finster und bedrohlich aus.

Timothy bekam nichts zu sehen. Inger verfrachtete ihn mit einem Aerotaxi zu einem Flugplatz der US-Air Force, und da steckte man sie in eine zwar komfortable, doch fensterlose Maschine, die offensichtlich zur Einsatzflotte des Generalstabs gehörte. Nur die automatische Anzeige an der Stirnwand verriet, wo sie sich gerade befanden.

Inger fragte, ob sie Timothy etwas zu essen oder zu trinken besorgen solle und ob er ihr gestatten würde, ein paar Stunden zu schlafen. Timothy gestattete es ihr. Und sich einen kalifornischen Riesling. Ein leichter Weißwein schien ihm das Richtige für diese Stunde; er wollte unbedingt einen glasklaren Kopf behalten und sich jede Einzelheit einprägen.

Sie landeten auf einem kaum beleuchteten Flugfeld in der Nähe von Winnemucca, stiegen in einen achtsitzigen Jetstreamer um, der ebenso hermetisch verschlossen war, und muß-

---

* Muddy = Müllwüste.

** Rayhara: Wortbildung aus „Ray" (Strahlen) und Sahara, Bezeichnung für die durch Kernwaffenexplosionen um die Jahrhundertwende strahlenverseuchte Wüste von Nevada.

ten später noch irgendwo in einen Helicopter klettern; der hatte zwar Fenster, doch draußen war es so dunkel, daß Timothy nichts erkennen konnte, selbst als er alle Lampen der Kabine löschte. Kein Licht verriet, daß unter ihnen auch nur eine Menschenseele wohnte. Der Helicopter landete auf einem Betonquadrat und versank sofort in einen unterirdischen Hangar. Inger brachte Timothy über spärlich beleuchtete Treppen und Flure in ein geräumiges Zimmer. Sie erkundigte sich müde, ob er noch Wünsche habe, sonst würde sie sich zurückziehen und ihn ausschlafen lassen. Bentley sei ein Langschläfer, der sich selten vor Mittag blicken ließ. Timothy schickte sie ins Bett, er konnte es kaum erwarten, daß sie verschwand. Er ließ die schweren Vorhänge aufgleiten und entdeckte, daß es hier noch richtige alte Fenster zum Öffnen gab, mit Handriegeln. Er machte ein Fenster auf und lehnte sich hinaus. Tatsächlich – das Meer!

Keine Sinnestäuschung, kein Video; er konnte es hören, riechen und sehen.

Sein Zimmer lag in dem Teil des Hauses, der auf das Meer hinausragte, irgendwo unter ihm schlug das Wasser mit ächzendem Klatschen und Schmatzen an Land, gurgelte, krängelte, platschte, und in dem Lichtschein, der aus seinem Fenster fiel, sah Timothy, wie der Gischt langer, flacher Wellen aus dem Dunkel auftauchte und auf das Haus zuwallte, drei, dann vier Kämme, dann wieder drei, wie seit Ewigkeiten; eine leichte Brise wehte ihm einen unbekannten herben Duft ins Gesicht; das mußte der Geruch von Meer und Algen und Tang sein, von dem Grandma so oft gesprochen hatte. Timothys Großvater war eine Zeitlang als Kapitän eines Erztransporters zur See gefahren, als die Staaten noch eine Flotte besaßen, und Absolom Truckle hatte seine junge Frau ein paarmal mit auf die Reise genommen, einmal sogar nach Südafrika.

Timothy starrte auf das Meer hinaus, sog den würzigen Duft ein, Erinnerungen schwemmten aus den Tiefen seines Gedächtnisses nach oben, Fetzen von Abenteuererzählungen und Märchen und Seemannsgarn. Timothy fühlte sich unbeschreiblich glücklich. Allein diese Minuten hatten die Reise gelohnt. Am liebsten wäre er aus dem Haus gestürzt und an den Strand gelaufen, ins Wasser gesprungen und hinausgeschwommen, doch er kämpfte seine irrationalen Gelüste nieder.

Aber vielleicht konnte man das Meer nicht nur sehen und riechen und hören, sondern sogar in ihm baden? Wenn es nicht stimmte, daß mit Ausnahme der Coast-Guard, die spezielle Schutzanzüge trug, kein Mensch mehr die Küste betreten durfte, dann stimmte es vielleicht auch nicht, daß das Meer verseucht war. Würde Bentley den größten Teil des Jahres an einem lebensgefährlichen Ort verbringen? Timothy hatte nie geglaubt, daß die von DRAUSSEN schuld daran seien, doch jetzt bezweifelte er, daß das Küstengebiet überhaupt verseucht war. Am Ende war das nur ein gigantischer und in seiner Perfektion schon genialer offizieller Schwindel, um die Staatler vom Meer und damit vor der Massenflucht abzuhalten? Vielleicht gab es nicht einmal mehr die ISOLATION?

Er konnte nicht einschlafen. Er schluckte schließlich eine Rosaperle, und als er aufwachte, schien die Sonne durch das Fenster, tatsächlich: Sonne! Timothy sprang aus dem Bett.

Das Meer lag fast unbewegt, graugrün, es wogte und glitzerte träge. Ein paar Dutzend Meter vor dem Haus blitzte etwas auf, verschwand, tauchte wieder auf, jetzt näher, Timothy erkannte eine silberne Kopfmaske und darunter den nackten Körper einer jungen Frau. Man konnte baden!

Die Zimmertür war fest verschlossen. Timothy drückte den Communicator. Ingers Bild erschien auf dem Monitor.

„Guten Morgen, Tiny“, begrüßte sie ihn. „Haben Sie gut geschlafen? Haben Sie geträumt, vielleicht von mir? Sie wissen doch, der erste Traum in einem neuen Bett geht in Erfüllung.“ Sie lächelte spöttisch. „Ich hätte Sie ohnehin bald wecken lassen. Mister Bentley will Sie um elf Uhr sprechen.“ Sie entschuldigte sich mit dringender Arbeit. Audrey würde ihn betreuen.

Audrey hätte Ingers jüngere Schwester sein können. Sie führte Timothy in das Frühstückszimmer und leistete ihm Gesellschaft, doch Aufmerksamkeit und ihr Anblick waren alles, was sie zu bieten hatte; sie war nicht bereit, auch nur die simpelsten Fragen zu beantworten. Timothy möge bitte verstehen, aber sie habe keine Instruktionen, wie weit sie gehen dürfe, da schweige sie lieber. Timothy blickte auf die Uhr; noch eine halbe Stunde.

„Vielleicht fragen Sie mal, ob Sie einen Spaziergang mit mir machen dürfen, Audrey? Ich möchte zu gerne ans Wasser, wenn Sie das verstehen.“

Ja, das verstand sie. Doch leider ... Sie blickte Timothy in die Augen. Vielleicht hätte er Lust, die halbe Stunde auf nicht weniger vergnügliche Weise mit ihr zu verbringen? Das muß am Klima liegen, dachte Timothy verwirrt.

Jetzt müsse er um Verständnis bitten, sagte Timothy, er wolle sich für das Gespräch mit ihrem Chef fit halten. Vielleicht aber könnten sie in die Küche gehen? Er würde sich gerne einen Kaffee brühen. Audrey fragte erst Inger um Erlaubnis, und als die ihr Okay gab, rief sie in der Küche an. Jennifer war ebenso jung und schön wie Inger und Audrey, und sie sagte mit einem so einladenden Lächeln, daß es ihr eine Ehre sein würde, wenn Timothy sie in ihrer bescheidenen Küche besuche, daß er sich nicht gewundert hätte, wenn auch Bentleys Küchenfee ihn zu einem Schäferstündchen hätte verführen wollen. Seine Neugier auf den Dienstherrn dieses ausgesuchten Personals wuchs. Er bedauerte einmal mehr, daß er so wenig über Abraham P. Bentley wußte. Der alte Fuchs hatte sich gründlich eingenebelt. Selbst der Große Bruder hatte in der kurzen Zeit weder ein Foto noch Bentleys Geburtsdatum auftreiben können.

4.

Bentley empfing Timothy auf der Terrasse. Die Szene erinnerte Timothy sofort an den Besuch Philip Marlowes bei General Sternwood.*. Bentley lag in Decken gewickelt in seinem Sessel. Vier Infrarotscheinwerfer ersetzten die inzwischen wolkenverhangene Sonne. Er sah wie eine Mumie aus, zumal sein Schädel mit weißen Tüchern bandagiert war. Kein Wunder, daß er so vertrocknet ist, dachte Timothy. Er versuchte, Bentleys Alter zu schätzen, neunzig – oder gar hundert? Bentley übersah Timothys ausgestreckte Hand und wies auf den Sessel unter dem Sonnenschirm.

„Machen Sie es sich bequem, Mister Truckle. Von mir aus dürfen Sie auch in Badehosen dasitzen. Hauptsache, Sie sind da und bereit, mir zu helfen."

---

* Philip Marlowe: Detektiv, Hauptfigur in dem Roman „Der tiefe Schlaf" von Raymond Chandler, einem amerikanischen Autoren des 20. Jahrhunderts.

Timothy zog Jackett und Schuhe aus. Audrey fuhr einen Servicewagen an seinen Sessel, dann ließ sie sie allein. Timothy tat Eiswürfel in ein Glas, goß Orangensaft und einen kleinen Schuß Wodka ein, blickte Bentley fragend an, der winkte ab.

„Alkohol bekommt mir nicht mehr. Übrigens, Sie hätten sich weder Kaffee noch Tee mitbringen müssen, beides ist selbstverständlich im Haus. Ich hatte keine Ahnung, daß Jennifer die Bunnies* so kurz hält. Ja –“, Bentley sah Timothy aus müden Augen an, seine Lider waren rot entzündet, „nun verstehen Sie gewiß, warum ich den Trubel der Welt verabscheue. Die einzigen Genüsse, die mir geblieben sind, sind Musik, Macht und ein paar schöne Anblicke. Ich bin, weiß Gott, keiner. Wie alt schätzen Sie mich?“

Timothy überlegte, was er antworten sollte. Bentley schien wohl stolz auf sein Alter zu sein. „Knapp zweihundert?“

„Schmeichler!“ Seinem Lächeln nach fühlte sich Bentley wirklich geschmeichelt. „Aber die Hundertfünfzig habe ich bald erreicht. Doch genug der Vorrede. Ich werde mit Ihnen nur das Problem besprechen, die Einzelheiten soll Inger Ihnen erklären.“

„Inger Johnston?“ fragte Timothy.

„Meine Sicherheitsbeauftragte. Die beste ihrer Art, alles in allem. Hochintelligent und äußerst zuverlässig.“

„Vielleicht ein wenig schreckhaft“, wandte Timothy ein.

„Sie meinen den Hold up auf Ihrem Korridor?“ Bentley nickte. „Ja, das ist ihre schwache Stelle. Sie hat vor ein paar Jahren mit ansehen müssen, wie Gangster ihre Eltern zerstrahlten. Doch im Ernstfall würde sie auch vor einem Rayvolver nicht versagen. Sie ist nicht der Typ des Versagers.“

„Eine Menge sehr guter Menschen sind Versager“, erwiderte Timothy, „weil ihre speziellen Gaben nicht in ihre Zeit und ihre Umwelt passen. Ich nehme an, auf lange Sicht gesehen sind wir alle Versager, oder wir hätten nicht die Sorte Welt, die wir haben.“

Bentley sah überrascht auf. Einen Augenblick befürchtete Timothy, sich mit dem Zitat verraten zu haben, doch dann beruhigte er sich; Bentley würde kaum jemals Chandler gelesen haben.

---

* Bunny: Häschen, Spitzname, der im vorigen Jahrhundert für vornehme Amüsiermädchen aufkam.

„Was ist Ihr Problem?“ erkundigte er sich.

„Mein Samen ist gestohlen worden.“

Timothy war derart überrascht, daß ein Pfiff seinen Lippen entwich. Bentley tat, als habe er es nicht bemerkt.

„Ich habe ihn schon vor vielen, vor sehr vielen Jahren deponiert, damals, als es so aussah, als könne jeden Tag ein Kernwaffenkrieg ausbrechen. Ich bekam zusammen mit ein paar hundert anderen die Chance, meinen Samen atomkriegssicher aufzubewahren. Als Ausgangsmaterial für eine neue Menschenrasse nach dem Krieg, wie man dachte. Ich sah darin mehr die Chance, so wenigstens in meinen Nachkommen zu überleben. Nun ist der Samen gestohlen worden, und Sie sollen ihn wiederfinden.“

Jetzt goß Timothy sich einen doppelten Whisky ein, einen 28er „Morning Star“, und nahm einen langen Schluck.

„Vielleicht ist er längst vernichtet“, meinte er dann.

„Das zuverlässig zu wissen würde mir schon genügen. Obwohl –“ Bentley schloß die Augen, es dauerte lange, bis er sie wieder öffnete.

„Halten Sie mich nicht für verrückt oder für so eitel, daß ich in meinem biblischen Alter noch einmal Vater werden will. Ich bin längst Ururgroßvater und kann meine Sippe kaum noch überblicken, und ich hätte eh keinen Spaß daran – aber ich will nicht, daß irgend jemand mit meinem Samen herumhantiert.“

„Sie haben sicher Überlegungen angestellt, wer ihn gestohlen haben könnte und warum?“

„Es gibt viele denkbare Motive“, sagte Bentley, „das Naheliegendste: meine Söhne wollen verhindern, daß ich noch Kinder in die Welt setze und dadurch ihr Erbteil schmälere. Ebensogut könnte es ein Fremder sein, der mit meinem Samen einen illegitimen, nichtsdestotrotz jedoch echten Nachkommen zeugen und dann über die Mutter dieses Wechselbalges einen Teil des Bentley-Vermögens kassieren will, sobald ich das Zeitliche segne. Es könnte auch Judy gewesen sein, meine Urenkelin.“ Bentley sprach den Namen nicht ohne Zärtlichkeit und Bewunderung aus. „Sie ist intelligent, habgierig und skrupellos genug. Wenn sie sich auf diese Weise ein Kind von mir machen läßt, rückt sie an die Spitze der Pyramide. Ihr Kind wäre dann im gleichen Rang erbberechtigt wie meine Söhne, und sie selbst, als Quasi-Stiefmutter ihres eigenen Großvaters und ihrer beiden Großonkel, wäre dann Nummer eins. Da ich weiß, wozu ich selbst in solch einer Situation fähig wäre – wie heißt es doch: Mißtraue deinem Nächsten wie dir selbst!" Bentley seufzte.

„Vielleicht aber hat jemand die Absicht, die Bentley-Familie zu erpressen. Der Samen reicht aus, um ein paar hundert Erben zu produzieren. Würden meine Söhne nicht horrende Summen zahlen, um das zu verhindern? Vielleicht will mich auch einer meiner Konkurrenten mit meinem eigenen Sperma unter Druck setzen und für die Rückgabe irgendwelche Zugeständnisse fordern, wer weiß? Die schlimmste Variante: ein Racheakt. Mich im ungewissen zu lassen ist schon scheußlich genug, geradezu abscheulich jedoch ist der Gedanke, jemand könne meinen Samen einem dieser Neo-Rohlederianer* zuspielen, damit der daraus Bastarde züchtet."

Bentley gebot Timothy mit einer Handbewegung zu schweigen.

„Ich weiß, was Sie sagen wollen; daß wir die Konventionen über die neuen Menschenrechte und die Konvention über das Verbot genetischer Manipulationen am Menschen unterzeichnet haben. Aber ich weiß auch, und das besser als Sie, Mister Truckle, daß es geheime Labors gibt, in denen versucht wird, Hybride aus Mensch- und Tierzellen zu schaffen oder wenigstens menschliche Chromosomen auf Tierzellen zu transplantieren. Die Gen-Chirurgie ist längst soweit fortgeschritten, und die Versuchung ist einfach zu groß. Stellen Sie sich vor, es gelänge, Affen mit menschlichen Händen zu züchten: Das ergäbe für viele Tätigkeiten geradezu ideale Arbeitskräfte!"

Bentley blickte auf seine Hände, als sähe er schon Schimpansen mit seinen Fingern an einem Band hocken und Pillen sortieren. „Wir in der ALLAMERICAN beschäftigen uns nur mit der Züchtung von Klonen, wir haben sozusagen das Monopol auf die ungeschlechtliche Vermehrung aus Körperzellen, und wir sind jetzt so weit, daß wir beliebig viele Exemplare einer besonders gelungenen Züchtung produzieren können, und doch lassen wir ein paar unserer Forscher herumexperi-

---

* Dr. Hermann Rohleder aus Leipzig veröffentlichte 1918 in seiner Schrift „Künstliche Zeugung und Anthropogenie" die Idee der „experimentellen Bastardisierung", damals noch als „natürliche Vereinigung von Mensch und Affe" gedacht.

mentieren, ob man nicht durch die Verschmelzung ganz unterschiedlicher Tiere völlig neue Arten erhalten kann." Er lachte. „Einer soll sogar davon träumen, aus der Eizelle eines Pferdes und dem Samen eines Adlers einen Pegasus zu schaffen, doch sind Sie sicher, daß nicht irgendwo anders jemand daran arbeitet, einen Minotaurus oder eine Sphinx zu produzieren? Ich nicht."

Timothy zuckte nur mit den Schultern.

„Es kann natürlich sein, daß die ganze Sache ein Irrtum ist, daß jemand Tiersperma stehlen wollte und aus Versehen meines mitgenommen hat. Wie auch immer: Sie müssen mir helfen, Mister Truckle. Ich muß meinen Samen wiederbekommen. Koste es, was es wolle. Ich will bis an das Ende meiner Tage meinem Namen treu bleiben dürfen." Er sah Timothy an. „Das P. hinter Abraham steht für Pride*. Wenn es Ihnen gelingt, haben Sie einen Wunsch frei, wie verrückt oder teuer er auch sein mag. Wenn es menschenmöglich ist, werde ich ihn erfüllen."

Timothy nahm sich vorerst einmal einen „Queen Anne".

„Möchten Sie, zum Beispiel, in den ‚Club der Unsterblichen' aufgenommen werden? Ich könnte mich dafür verwenden; in ein paar Wochen findet unser diesjähriges Treffen statt. Dann stünden Ihnen sämtliche chemotherapeutischen und medizinischen Möglichkeiten zur Verfügung, auch jene, die noch auf Jahre hinaus nicht veröffentlicht werden –"

„Ich weiß", sagte Timothy.

„Stimmt. Sie haben ja schon Brooker geholfen. Sagen Sie es offen heraus, Mister Truckle; wenn Sie einen Wunsch frei hätten, was würden Sie wählen?"

„Mich wie ein Fisch im Meer tummeln zu können und wie ein Vogel in den Lüften", antwortete Timothy.

„Okay", sagte Bentley. „Falls Sie es sich nicht anders überlegen, das ließe sich machen. Wenn Sie mein Sperma wiederbeschaffen, können Sie nach Seabridge kommen, sooft und solange Sie wollen, und hier können Sie schwimmen wie ein Fisch im Meer. Und was das Fliegen angeht – die UNIVERSAL hat eine sinnreiche kleine Apparatur entwickelt, die gerade von der Air Force getestet wird, mit der kann man sich ohne großen Aufwand in die Lüfte erheben. Ich werde dafür sorgen,

* Pride = der Stolz.

daß Sie eines dieser Geräte bekommen und dazu eine staatliche Fluglizenz."

Bentley drückte auf den Knopf an seinem Sessel und bestellte eine Pfeife. Es dauerte nur Sekunden, dann kam eine junge Frau mit einer brennenden Pfeife im Mund. Sie trug nicht wie die anderen Frauen hier eine enganliegende Kombination, sie hatte nur einen Minislip an, und mit der Figur konnte sie bei jeder Miss-Wahl alle Konkurrentinnen mühelos aus dem Feld schlagen. Sie begrüßte Timothy mit einem leichten Neigen des Kopfes, hockte sich neben Bentleys Sessel und rauchte. Bentley sog den Duft mit geschlossenen Augen ein, nach ein paar Zügen schickte er sie wieder fort.

„Selber rauchen darf ich nicht mehr", erklärte er, „aber ich liebe das Virginia-Aroma. Außerdem –", er lachte Timothy zu, „um ein Wort Ihres Lieblingsschriftstellers zu variieren: Sie ist die netteste Hure, mit der ich nie geschlafen habe. Kennen Sie ‚Die kleine Schwester'? Ich besitze alle Romane von Chandler. Wenn Sie sich zwischendurch ein wenig entspannen wollen, bedienen Sie sich bitte. Auch sonst –" Bentley setzte ein faunisches Grinsen auf. „Mein Haus sei Ihr Haus!"

5.

„Erst die Arbeit oder erst das Vergnügen?" fragte Inger.

„Zuerst das Vergnügen", antwortete Timothy. „Ich möchte ans Meer und endlich schwimmen."

Inger führte Timothy in den Keller. Wiederum gelang es ihm nicht, sich einen Eindruck von der Größe und der Konstruktion des Hauses zu machen. Vielleicht führte Inger ihn gerade aus diesem Grund so komplizierte Wege? Sie landeten in einem Raum, dessen gläserne Stirnwand auf den Strand führte.

„Ziehen Sie sich aus, Tiny", sagte Inger und öffnete den Reißverschluß ihrer Kombination. Sie trug heute einen mausgrauen Anzug und rot und schwarz gesträhnte Haare. „Ich möchte Sie bei Ihrem ersten Seebad lieber begleiten. Mister Bentley würde es mir nie verzeihen, wenn Ihnen etwas zustieße."

„Hier gibt es wohl nur Freikörperkultur?" erkundigte sich Timothy.

Inger lachte. „Genieren Sie sich vor mir?"

Timothy hatte keinen Grund, sich zu genieren. Er war zwar klein, doch nicht verwachsen, und sein Körper wies kein Gramm Fett zuviel auf. Inger bestaunte seine Muskulatur.

„Ist das nur das Werk Ihres Massators, oder treiben Sie Sport, Tiny?"

Timothy sah keinen Anlaß, ihr zu verraten, was alles er trieb, um sich fit zu halten; er war sicher, einiges davon hätte sie wirklich verwundert. Inger angelte zwei der silberglänzenden Masken vom Regal und machte Timothy vor, wie man sie überzog. Die Maske saugte sich an Schulter und Brust fest.

„Ein Restprodukt der Raumfahrt", sagte Inger. Timothy hörte nicht nur ihre Stimme so klar, als spräche sie direkt in sein Ohr, sondern auch alle Außengeräusche. „Man kann mit diesen Masken praktisch in jedem Medium leben, selbst in einer Methan-Atmosphäre, wenn es nur freien Sauerstoff gibt. Im Meer atmen wir dann wie Fische durch künstliche Kiemen."

Sie schubste Timothy in eine Art Duschkabine und nahm eine Dose zur Hand. Ein nach Acetonyn riechender Spray nebelte ihn ein. Timothy mußte sich breitbeinig hinstellen, sich drehen und wenden, Arme und Füße heben; Inger achtete darauf, daß der Spray jeden Zentimeter seiner Haut erreichte.

„Heute ist das Wasser zwar sauber", erklärte sie, „aber wir gehen nie ohne Plastic baden. Sie haben gewiß von der Terrasse aus gesehen, daß Seabridge in einer Bucht liegt; die Bucht ist vom Meer abgeschlossen. Hier hat früher einmal ein Gezeitenkraftwerk gestanden, aber es kommt doch hin und wieder vor, daß ein Schwall verseuchtes Wasser einbricht. Die Plastic schützt selbst vor den aggressivsten Giften."

Sie öffnete eine Tür in der gläsernen Wand und ging mit aufreizend schaukelnden Hüften hinaus. Die Ebbe hatte das Wasser vom Cottage abgezogen, sie mußten über schlickigen Grund waten. Timothy spürte nichts von der künstlichen Haut, es war, als ob er barfuß liefe. Inger nahm ihn an die Hand und führte ihn auf einem für Timothy nicht erkennbaren, verschlungenen Weg. „Passen Sie auf, daß sie nicht in Muscheln oder Clacks treten und die Plastic aufreißen!"

So müßtest du dich aufnehmen lassen, dachte Timothy: Zwerg Adam und die Riesen-Eva mit den Silberköpfen.

Dann schwamm er. Zum ersten Mal in seinem Leben im

Meer. Als einer der ganz wenigen Menschen, die das überhaupt noch erleben durften, jedenfalls in den Staaten. Er nahm sich vor, Anne zu fragen, wie das DRAUSSEN sein mochte. Er war ausgelassen wie ein kleiner Junge, tauchte unter den Wellen hindurch, schnellte über die gischtigen Kämme, spritzte und strampelte Fontänen mit den Füßen, schwamm lange Strecken unter Wasser, sah sich den sandigen Grund an, jagte einen bläulichen Fisch, den er für einen Aal gehalten hätte, wenn er nicht stachlige Rückenflossen gehabt hätte, kraulte eine Strecke, so schnell er konnte, viel schneller als Inger; er legte sich auf den Rücken und machte „toter Mann“, damit sie ihn einholen konnte.

Auch von See aus war Bentley-Cottage ein schwer einzuschätzender, verwinkelter Bau. Über dem Dach hing müde das Sternenbanner am Mast. Timothy bemerkte erst beim zweiten Hinsehen, daß es noch die alten „Stars and Stripes“ waren, sogar die „Half Hundred Stars“*, wie er amüsiert feststellte. Bentley war offensichtlich sehr konservativ.

„Donnerwetter, sind Sie schnell!“ Inger ließ sich schweratmend neben ihm treiben. „Zufrieden?“

„Nein, glücklich! Das war die beste Idee Ihres Lebens, Inger, mich hierherzulotsen. Ich möchte Sie küssen!“

„Wenn Sie gepanzert sind, werden Sie mutig, was?“

Inger ließ ihm Zeit, das Meer zu genießen. Obwohl sie sicher darauf brannte, mit ihm über das verschwundene Sperma ihres Chefs zu sprechen, drängelte sie nicht, auch nicht, als Timothy sich dann an den Strand hockte, Sand durch die Finger rieseln ließ, aufgeregt eine Muschel vorzeigte, aufsprang und wie ein übermütiges Kind durch die an Land klatschenden Zungen des Ozeans patschte und weitere Muscheln suchte; er fand sogar Seesterne und ein Seepferd und legte sie Inger wie eine Jagdtrophäe zu Füßen. Dann saßen sie still nebeneinander und blickten auf den Pazifik hinaus. Erst jetzt bemerkte Timothy das fahle Licht, das sich wie ein gläserner Horizont aus

---

* „Half Hundred Stars“: Ursprünglich zeigte die Nationalfahne der USA so viele Sterne, wie es Bundesstaaten gab, auf dem Höhepunkt ihrer Macht und Ausdehnung 50. In der ersten Zeit des Abfalls der Südstaaten hatte man die Zahl der Sterne noch jeweils reduziert, nach dem Ausscheiden von Arkansas beschloß der Kongreß, daß nur noch ein Stern geführt werden solle.

dem Wasser zum Himmel schob und dann mit der Luft zu verschmelzen schien.

„Liegt Seabridge unter einer Klimasphäre?“ fragte er.

„Meinen Sie das da?“ Inger zeigte aufs Meer. „Das ist die ISOLATION, Tiny!“

Wie oft hatte er dieses Wort gehört und gesagt. Fast täglich benutzte man es, aber kaum einmal dachte man daran, daß das ja nicht nur ein Zustand war, ein abstrakter Begriff, sondern ganz konkrete, materielle Form annehmen mußte. Wenn man lange genug in einem unabänderlichen Zustand lebt, dachte Timothy, dann verinnerlicht man ihn derart, daß man gar nicht mehr viel darüber nachdenkt. Das also war die alles beherrschende, unüberwindliche Grenze zwischen DRINNEN und DRAUSSEN, die wie eine Käseglocke über die Staaten gestülpt war und von niemandem und nichts ohne Genehmigung durchbrochen werden konnte.

„Haben Sie eine Ahnung, wie es funktioniert?“ fragte Inger.

Timothy gestand ihr, daß er nicht einmal eine vage Vermutung hatte. Vielleicht wußte Anne, wie es funktionierte, doch sie würde es ihm kaum verraten. Gib niemandem ohne zwingenden Grund eine gefährliche Information: das oberste Gebot des Überlebens. Timothy wollte es auch gar nicht wissen. Niemals. Wenn er nur in den Verdacht geriete, er könne etwas über das Geheimnis der ISOLATION wissen, würde er die Videokeller der NSA nie wieder lebend verlassen. Oder völlig verrückt.

„Gibt es hier Boote?“ fragte er. „Ich möchte gerne mal hinausfahren und es mir aus der Nähe ansehen.“

„Das hat wenig Sinn“, erwiderte Inger. „Je näher man kommt, desto weniger sieht man. Irgendwann bleibt das Boot stehen, als stieße es gegen eine gläserne Wand.“

„Und wenn man schwimmt?“

„Das ist lebensgefährlich. Ich habe es versucht. Audrey ist im Boot geblieben und hat mich an der Leine gehalten. Zu meinem Glück. Mir schwanden plötzlich buchstäblich die Sinne. Ich sah und ich hörte nichts mehr, ich fühlte nicht mehr das Wasser an meiner Haut, ich wußte nicht, ob meine Muskeln mir überhaupt noch gehorchten – unvorstellbar!“ Sie seufzte. „Wir konnten nicht einmal feststellen, ob das Wasser hindurchkommt. Ich denke, ja. – Wie das Ende der Welt.“ Inger zeichnete mit dem Finger Muster in den Sand.

„Haben Sie schon mal vom ‚Kap des Todes' gehört, Tiny? Oben in Nord-Oregon. Ich war mit Bentley da. Vor vielen Jahren soll man dort versucht haben, die ISOLATION mit einem Gewaltstreich zu durchbrechen."

Timothy sagte ihr nicht, daß er ganz gut über die Aktion „Independence"* informiert war. Die Aktion zählte zu den Top-Staatsgeheimnissen. Es war der letzte Versuch gewesen, auszubrechen, und er hatte viele hundert Milliarden Dollar und ein paar zehntausend Menschenleben gekostet. Man hatte Panzerschiffe und U-Boote eingesetzt, Flugzeuge und Raketen, sogar die noch auf Halde liegenden Raumschiffe, hatte versucht, die ISOLATION mit Wasserstoff-, Neutronen- und Nihilationsbomben aufzusprengen. – Er blickte Inger neugierig an.

„Man darf nur in Schutzanzügen dahin, und das auch nur für Minuten", sagte Inger. „Ein grausiger Anblick: Bei Ebbe ragen die rostigen Berge der Maschinen aus dem Wasser. Ein riesiger Friedhof. Das Meer soll einfach verdampft sein." Inger wischte ihre Sandmuster mit der Hand aus.

„Kennen Sie die ganze Küste?" erkundigte sich Timothy.

„Nur die Enklaven an der Westküste. Ich habe Bentley begleitet, als er sich den Platz für Seabridge aussuchen durfte."

„Enklaven? Also ist die Küste doch verseucht?"

„Verseucht oder vermint. Aber es gibt ein paar Dutzend solcher Plätze wie hier, an denen man leben kann."

„Wenn man ein Bigboss ist."

„Und außerdem die richtigen Beziehungen hat." Inger lachte über Timothys verdutztes Gesicht. „General Shiftman, der Stabschef der Army, ist Bentleys Patensohn. Doch inzwischen sollen sich noch ein paar Leute einen Platz am Meer ausgebaut haben."

Sie stand auf und klopfte den Sand von der Haut. „Gehen wir an die Arbeit? Oder wollen Sie erst zu Mittag essen; baden macht hungrig, nicht wahr? Aber ich kann Ihnen ja schon beim Essen einen ersten Überblick über den Samenbankraub geben."

„Ich arbeite nie bei Tisch", sagte Timothy. „Sie hätten auch

* Independence = Unabhängigkeit. Die Aktion fand am „Independence Day" statt, am 4. Juli 2026, dem 250. Jahrestag der Unabhängigkeitserklärung der Vereinigten Staaten von Amerika von ihrer Kolonialmacht England.

keine Freude daran. Entweder kocht Jennifer gut, dann will ich es genießen. Oder sie kocht miserabel, und dann bin ich nicht zu genießen."

6.

Das Essen war exzellent: Hühnerbouillon, Langusten in Knoblauchsoße, gedünsteter Salm auf Maisbrei, Reh-Medaillons mit Prinzeß-Kartoffeln, dazu ein leichter Riesling und als Nachtisch wahlweise Karamel-Creme oder Käse. Timothy nahm sich eine Scheibe Gorgonzola. Und dann wurde ihm unaufgefordert ein Mokka serviert, wie er ihn selbst nicht besser hätte zubereiten können. Er bedankte sich überschwenglich bei Jennifer. Wenn sie jemals ihren Job bei Bentley über habe, er würde sie sofort engagieren.

„Glauben Sie ja nicht, daß wir alle Tage so schlemmen", sagte Inger, als sie auf dem Weg in ihren Arbeitsraum waren, „Mister Bentley hält sehr viel von Diät. Für uns. Er selbst ißt ja ohnehin kaum noch etwas. Wir sollen um Himmels willen kein Fett ansetzen."

„So hat mein Besuch also auch angenehme Seiten für Sie", stellte Timothy fest.

Inger sah spöttisch auf ihn herab. „Was glauben Sie, warum ich ausgerechnet Sie engagiert habe, Tiny? Oder sind Sie tatsächlich so eingebildet, daß Sie sich für einsame Spitze halten?"

„Zumindest für Spitze."

„Bentley hätte ebensogut ein Dutzend anderer Detektive akzeptiert."

„Warum haben Sie dann mich genommen?"

„Fünf Gründe sprachen für Sie. Erstens: Ich wollte nach Chicago, privat. Zweitens: Sie kennen das Milieu. Spätestens seit dem Boone-Fall haben Sie Ahnung von Kloning und Biogeontik. Drittens: Sie scheuen sich nicht, notfalls Ihr Leben einzusetzen, das haben Sie bewiesen, als Sie den Trick mit den gestohlenen Eisbergen entlarvten. Viertens: Diese beiden Fälle weisen Sie als Experten für ‚unmögliche Diebstähle' aus."*

Timothy sagte ihr nicht, daß er ungeachtet der Boone-Affäre

---

* Siehe: „Wer stiehlt schon Unterschenkel?"

und einiger anderer Fälle wenig von Biologie und Genetik wußte – er hielt sich strikt an den Grundsatz: Mein Computer muß alles wissen, ich nur, wie ich den Computer für mich arbeiten lassen muß –, schon gar nicht verriet er ihr, daß er seit dem Eisberg-Fall eine geradezu panische Scheu vor körperlichem Einsatz hatte.

„Last not least", schloß Inger, „Sie sind ein berühmter Feinschmecker, und da ich Sie betreue, darf ich alle Tage mit Ihnen essen."

„Wenn Sie mir einen Tip geben, was Sie besonders mögen", sagte Timothy, „bestelle ich es bei Jennifer."

Ingers Arbeitsraum war mit allen Schikanen eingerichtet, an einer großen Monitorwand sah man auf Dutzenden von Bildschirmen alle Eingänge zu Bentley-Cottage, die Hausfronten, die Umgebung, den Grenzstreifen, einen breiten betonierten Ring mit Radar-, Sonar- und Sonadar-Überwachung, bekam einen lückenlosen Überblick über die Küste von Seabridge, die viel länger war, als es Timothy vermutet hatte, und von den mächtigen Molen des ehemaligen Gezeitenkraftwerkes begrenzt wurde. Ingers Computer machte einen vorzüglichen Eindruck, sie sagte, daß sie ihn ohne große Umstände mit fast allen offiziellen und einer Vielzahl von Firmen-Gehirnen koppeln könne, und sie bot Timothy eine Direktschaltung zu Napoleon an, falls er lieber mit seinem eigenen Computer arbeiten wolle.

„Ich glaube, das wird kaum nötig sein", sagte Timothy. Er hatte nicht die Absicht, Napoleon mit irgendeinem Elektronengehirn der Welt zusammenzuschalten, es sei denn, um das andere Gehirn anzuzapfen und Informationen zu überspielen, doch dazu mußte er bei Napoleon sitzen. Timothy legte sich in einen der Sessel, ein Exemplar der jüngsten Generation, das sich nicht nur automatisch auf die bequemste Lage, sondern auch auf die Körpergröße seines Benutzers einstellte, faltete die Hände im Genick und bat Inger um einen ersten Überblick.

Sie war gut vorbereitet, sie hatte nicht nur alle erdenklichen Fakten parat, sie hatte auch eine Videoleitung zur Samenbank geschaltet, so daß sie mit Timothy eine erste Tatortbesichtigung per Bildschirm machen konnte.

Der Fall war an sich einfach, zu einfach: Er schien unmöglich. Bentleys Sperma war in der Samenbank der ALLAMERI-

CAN eingelagert gewesen. Man hatte dort Hunderte von riesigen Tiefkühlschränken. Der größte Teil der Kühlsafes enthielt eine Sammlung von Spermien aller Tierarten, die umfangreichste der Erde, wie Inger sagte. Die ALLAMERICAN besäße nicht nur das Sperma – und in der Eizellenbank ebenso die weiblichen Keimzellen – aller Tiere, die es in den Staaten gab, sondern auch jener von DRAUSSEN, außerdem die Keimzellen der meisten in den letzten Jahrzehnten ausgestorbenen Arten.

„Sie könnten also jederzeit, um nur ein Beispiel zu nennen, wieder Elefanten züchten?“ erkundigte sich Timothy. „Oder Siamkatzen?“

„Von heute auf morgen. Sobald ein Bedarf dafür besteht“, bestätigte Inger, „oder sobald es profitabel zu werden verspricht.“

Bentleys Sperma war ursprünglich in einem Safe der Nationalbank untergebracht gewesen, der speziell für die Aufbewahrung der Keimzellen von Bigbossen und hohen Beamten hergerichtet worden war, doch das erschien dem alten Fuchs eines Tages nicht mehr sicher genug. Er wollte sein Sperma unter eigener Kontrolle haben. Seine Idee war einfach wie alles Geniale: Wenn man etwas besonders verstecken will, muß man es offen hinstellen. Das war natürlich nicht wörtlich gemeint, die Kapsel mit seinem Sperma wurde selbstverständlich in einem der Kühlsafes untergebracht, doch in einer Deponie, wo niemand ein so außerordentlich kostbares Gut vermuten würde; in einem Kühlsafe für Huftiere, zwischen Eseln und Anden-Gemsen, für die es absolut keinen Bedarf gab. Zudem stand die Kapsel unter der „vierten Wahl“ und war mit einem Schild versehen: „Achtung! Wahrscheinlich überlagert. Vor Verwendung unbedingt mit der Direktion sprechen!“

Tatsächlich wurde die Deponie nur bei den jährlichen Kontrollen geöffnet; also konnte die Kapsel eigentlich nur am Tag der letzten Inventur gestohlen worden sein, denn die Kühlsafes waren mit Identicat-Schlössern versiegelt, die auf die jeweiligen Abteilungsleiter geprägt waren, und Automatic-Schreiber registrierten jedes Öffnen. Nur ein Dutzend Mitarbeiter hatte an jenem Tag Zugang zu den Räumen gehabt, sie alle waren seit Jahren bei der ALLAMERICAN beschäftigt und galten als absolut zuverlässig und treu, niemandem von ihnen war ein Diebstahl zuzutrauen, zumal sie genau wußten, daß der Verdacht zuerst auf sie fallen würde.

Timothy ließ sich nicht nur die Sicherheitsvorkehrungen vorführen, die gegen das unbefugte Entnehmen von Sperma aus der Samenbank getroffen worden waren, er besichtigte auch die Ein- und Ausgangskontrollen des Bankgebäudes, und nun wurde die Sache noch geheimnisvoller. Wer immer das Haus verlassen wollte, selbst wenn er den Direktgang zu den anderen Abteilungen benutzte, mußte durch Multispektral-Schleusen. Undenkbar, daß hier eine der Silberstahlkapseln illegal hätte passieren können, ohne Alarm auszulösen, schon gar nicht aber ein Transportcooler, der immerhin die Größe eines Aktenkoffers besaß. Ohne Cooler jedoch verdarb das Sperma in weniger als einer Minute und wurde damit wertlos für den Dieb, das Passieren der Schleuse indes dauerte eineinhalb Minuten.

An jenem Tag hatten nur siebzehn Kapseln die Schleusen passiert, Inger versicherte, daß alle lückenlos überprüfbar gewesen seien. Sie hatte sogar alle Transporte der nächsten zwei Wochen kontrolliert, obwohl sie es für unmöglich hielt, daß jemand die Kapsel am Tag der Inventur nur aus dem Schrank genommen und erst einmal in der Samenbank versteckt hatte. Sie hatten nicht nur an jenem Tag das Bankgebäude buchstäblich auf den Kopf gestellt, sondern auch in den nächsten Tagen immer wieder kontrolliert, und so eine Kapsel konnte man schließlich nicht einfach irgendwo hinstellen, sie mußte an einen Cooler angeschlossen sein, und den konnte man kaum übersehen.

Nicht nur jeder Eingang, jede noch so kleine Öffnung des Bankgebäudes war mit Akribie untersucht worden. Man hatte buchstäblich jeden Zentimeter der Wände unter die Lupe genommen, hatte mit Lurexlupen die Außenwände Bahn für Bahn abgetastet, ebenso die Keller.

„Um es in einem banalen Satz zusammenzufassen", sagte Inger, „ein unmöglicher Diebstahl! Und doch ist die Kapsel weg. Wir haben nicht nur die Samenbank, wir haben das ganze Werk sorgfältig untersucht. Unter dem Vorwand, die Kapsel enthielte den absolut letzten Samen für Lipizzanerhengste. Auf dem Gelände befindet sich die Kapsel garantiert nicht mehr. Wie aber ist sie hinausgekommen? Selbst wenn der Dieb sie aus der Bank schmuggeln konnte, er mußte sie dann ja noch durch die Kontrollen an den Werksgrenzen bringen. Wie? Sehen Sie sich die Sicherheitsmaßnahmen selbst an. Ich habe sogar überprüft, ob man die Kapsel in einen über dem Werk stehenden Helicopter hätte hinaufseilen können; die Luftüberwachung zeigte an, daß in der fraglichen Zeit nichts in den Luftraum eingedrungen war."

Timothy bat erst einmal um eine Pause. Und um eine Erfrischung. Sie einigten sich auf geeiste Malzmilch mit geraspeltem Nougat. Das Mädchen, das die Gläser brachte, kannte er noch nicht. Nummer fünf, registrierte er.

„Hat Old Bentley auch Eunuchen in seinem Harem?" erkundigte er sich.

Inger legte erschrocken den Finger an die Lippen. „Ich glaube nicht, daß Auskünfte über Mister Bentleys Intimsphäre zu den Informationen zählen, die ich Ihnen geben darf", sagte sie betont kühl.

Timothy entschuldigte sich nicht weniger förmlich für seinen Fauxpas und fragte, ob es erlaubt sei, in der Pause an den Strand zu gehen, er wolle jede nur mögliche Minute am Meer verbringen, wer weiß, wann er jemals wieder dazu käme. Ja, er dürfe, aber nur in Begleitung.

Sie liefen ein Stück am Strand entlang, und Timothy genoß es, barfuß durch den Sand zu laufen, wann hatte er schon einmal Gelegenheit dazu! Inger bat ihn nur, sich auf dem nicht vom Wasser erreichbaren Streifen zu halten, da er keine Plastic trüge. Als das Cottage hinter Bäumen verschwunden war, sagte sie: „Um Ihre Frage zu beantworten, Tiny, Bentleys ‚Harem' besteht aus dreizehn Frauen. Und zwei Männer sind hier, wenn auch keine Eunuchen."

Es lag viel Verachtung in ihrem Tonfall. Timothy blickte sie fragend an, doch Inger gab keine weitere Erklärung.

„Ihr Chef lauscht wohl?" fragte Timothy.

„Man weiß es nie", gestand Inger.

„Darf ich Ihnen eine persönliche Frage stellen? Warum arbeiten Sie für Bentley? Eine Frau wie Sie könnte doch auch woanders –"

„Wo, Tiny, wo?" unterbrach sie ihn. „Sie haben doch erlebt, wie ich beim Anblick des Rayvolvers reagierte. Für den praktischen Einsatz bin ich verloren. Gewaltanwendung macht mich hilflos, sogar schon die Androhung von Gewalt. Die Arbeit hier ist im allgemeinen leicht. Sie haben die Sperrzone gesehen, niemand kann unbefugt eindringen, außerdem liegen wir ja hinter der Deathline, man kann nur mit einer Maschine der

Air Force in diese Gegend gelangen. In den Werken der ALL-AMERICAN habe ich nur zu tun, wenn Bentley mich mal als seinen Sonderbeauftragten hinschickt.“ Sie seufzte. „Viel zu selten.“

„Bekommt er oft Besuch?“

„So gut wie nie. Seine Freunde sind längst verstorben – man wird einsam, wenn man ein ‚Unsterblicher‘ ist –, und seine Familie will er nicht sehen.“

„Daß Sie das aushalten“, sagte Timothy, „eine so junge und so schöne Frau. Oder sind Sie –?“

„Lesbisch?“ Inger lachte laut auf. „Nein. Eigentlich keine von uns.“

Die Wolken rissen auf, ein blauer Schlitz, der sich auseinanderzog wie der Verschluß einer Kamera. Sonne überflutete den Strand. Sie legten sich in den Sand. „Außerdem bin ich Bentley verpflichtet“, fuhr Inger fort, „er beschaffte mir den Platz an der Hochschule und finanzierte mein Studium, als meine Eltern ... Ich glaube, er hat mal ein Verhältnis mit meiner Urgroßmutter gehabt. Und mit Großmutter wohl auch.“

Timothy sprach nicht aus, was ihm durch den Kopf schoß. Diese Sonnenstunde war viel zu schön für schmutzige Gedanken.

„Last not least“, sagte er, „Sie haben hier etwas, was Sie nirgends sonst finden können: eine Bibliothek.“

„Sie wissen?“

„Mister Bentley war so freundlich, mir die Bücher von Chandler anzubieten; ich denke, das werden nicht die einzigen Romane sein, die er besitzt.“

„Drei Kellergeschosse voll!“ rief Inger. „Was soll ich Ihnen bringen, ‚Das hohe Fenster‘, ‚Der lange Abschied‘ oder ‚Der tiefe Schlaf‘?“

„Ich würde lieber mal ‚Alice im Wunderland‘ lesen“, sagte Timothy. „Und da wir gerade bei Wünschen sind: Sie haben mir in Chicago versprochen, daß ich angeln dürfte, sogar vom Fenster aus.“

„Sie dürfen. Ich zeige Ihnen, wo die Angelruten stehen. Doch fassen Sie um Himmels willen die Fische nicht mit bloßer Hand an.“

7.

Timothy saß erst vierundzwanzig Stunden später mit einer Angel auf dem Steg. Er machte den Eindruck, als interessiere ihn nichts auf der Welt als das Angeln, dabei hing kein Köder an der Schnur, nicht einmal ein Haken. Daß die Fische alle verseucht waren und wieder ins Meer zurückgeworfen werden mußten, hatte ihm den Spaß gründlich verleidet. Doch er sagte sich, daß man einen Angler respektieren und in Ruhe lassen würde. Und er brauchte Ruhe. Er mußte festlegen, wie er sich weiter verhalten wollte. Er machte sich keine Illusionen, dies war ein aussichtsloser Fall. Sie hatten bis spät in die Nacht gearbeitet und sich früh schon wieder am Computer getroffen, hatten die Fakten immer wieder neu zusammengestellt, kombiniert und relativiert, Theorien entworfen und verworfen, stundenlang Bilder aus dem Werk übertragen lassen und waren am Ende so schlau wie zuvor.

Das Schlimmste: Es gab keine einzige Spur am Tatort, und alle Theorien über einen Tathergang endeten irgendwann in dem Resultat: unmöglich. Wenn es überhaupt etwas an diesem Fall gab, das Timothy reizen konnte, dann diese offenkundige Unmöglichkeit. Wo aber ansetzen? Gewiß, er hätte eine lange Liste von Personen und Organisationen aufstellen können, denen man ein Motiv unterstellen konnte, allen voran Bentleys Konkurrenten und die NSA, doch das führte keinen Schritt weiter. Wer immer die Samenkapsel besitzen wollte, er mußte auch Gelegenheit gehabt haben, an sie heranzukommen und sie aus der Samenbank und dem Werk hinauszuschmuggeln. Wie?

Am liebsten hätte Timothy den Auftrag auf der Stelle zurückgegeben. Wie aber sollte er das tun, ohne Bentley zu verärgern? Man macht sich nicht ungestraft einen Bigboss zum Feind. Er mußte zumindest so tun, als gäbe er sich ungeheure Mühe. Vielleicht hatte er Glück, und es handelte sich um Erpressung, und die Täter oder Auftraggeber meldeten sich in den nächsten Tagen.

Es gab noch einen Grund, warum Timothy nicht sofort abreiste. Es gefiel ihm in Seabridge. Er wäre zu gerne noch ein paar Tage geblieben. Dazu aber mußte ihm einiges einfallen, was nach intensiver Arbeit aussah.

Ein Räuspern riß ihn aus seinen Gedanken. Bentley. Timothy hatte nicht gehört, wie er seinen Sessel herangefahren hatte.

„Entschuldigen Sie, wenn ich beim Angeln störe", sagte er, „ich kann es selbst nicht leiden, aber Sie werden verstehen, daß ich neugierig bin."

„Das Angeln ist nicht wichtig", sagte Timothy, „es geht mir mehr darum, mein Unterbewußtsein zu mobilisieren. Zu Hause hätte ich Kartoffeln geschält oder Gläser poliert: Je schwieriger das zu lösende Problem, desto banaler die Tätigkeit, die es uns erlaubt, darüber nachzudenken."

„Haben Sie schon eine Theorie?"

„Viele", antwortete Timothy. „Zu viele. Aber das ist anfangs immer so. Auf eine gegebene Summe von Fakten kann man stets mehr als eine Theorie anwenden."

„Und wie kommen Sie dahinter, welche Theorie wahr ist?"

„Die Frage nach dem Wahrheitsgehalt einer Theorie halte ich a priori für falsch", erklärte Timothy. „Man muß vielmehr fragen: Welche Wahrscheinlichkeit spricht angesichts der verfügbaren Fakten für sie, und welche Erklärung vermag sie auf Grund dieser Fakten zu liefern? Das führt, den richtigen Denkansatz vorausgesetzt, zu Relationen und Relativierungen, Prioritäten der Wahrscheinlichkeit, letztendlich zur Lösung."

Bentley war sichtlich beeindruckt. „Inger hatte recht: Sie sind der Größte", sagte er. „Sie arbeiten streng wissenschaftlich, nicht wahr?"

„Ich nutze die Wissenschaften", erwiderte Timothy. „Das Wichtigste sind und bleiben Intuition und Inspiration." Er tippte an seine Stirn. „Unsere kleinen grauen Zellen."

„Ich bin überzeugt, Sie werden den Fall schon lösen, Mister Truckle", sagte Bentley. „Sie oder keiner. Nehmen Sie sich alle Zeit, die Sie brauchen. Und alle Hilfsmittel. Geld spielt keine Rolle. Inger kann Sie mit allen Computern verbinden, falls Sie es wünschen."

„Ja, ich benötige noch einige Informationen", sagte Timothy, „vor allem aber benötige ich jetzt Zeit. Und Muße. Und Ihre Geduld. Es mag in den nächsten Tagen so aussehen, als ob ich faulenze, doch –"

„Schon gut", unterbrach ihn Bentley. „Ich engagiere Sie blanko für ein viertel Jahr. Wie lange Sie wirklich brauchen, ist Ihre Sache. Und Ihr Profit. Einverstanden?" Er zog seine

Hand unter den Decken hervor, Timothy schlug ein. „Verraten Sie mir wenigstens, welche Spur Sie als erste verfolgen?"

„Um ehrlich zu sein, ich tappe im dunkeln", antwortete Timothy. „Aber das ist nicht weiter schlimm. ‚Ein Mann kommt nie weiter, als wenn er nicht weiß, wohin er geht.' Das ist nicht von mir, sondern von Oliver Cromwell, einem alten Engländer."

„Ich weiß, wer Cromwell war." Bentley lächelte. „Ich habe mir sogar das Cromwell-Museum in London angesehen, ja, Sie haben richtig gehört, in London. Vergessen Sie nicht, Mister Truckle, daß ich anderthalb Jahrhunderte überlebt habe. Mein Vater schickte mich nach dem zweiten Weltkrieg auf eine längere Bildungsreise nach Europa: Louvre, Prado, Vatikan, Florenz, Venedig, Akropolis –"

Er versank ins Grübeln. Dann summte er eine Melodie: „It's a long way to Tipperary . . .".

„Ich bin viel gereist. Ich habe mir alles angesehen, was dieser Planet an Sehenswertem zu bieten hat, die Pyramiden ebenso wie die Maya-Tempel und die Chinesische Mauer, ich war auf Hawaii und in der Arktis –" Er sah Timothy aus traurigen Augen an. „Ich gäbe den Rest meines Lebens, wenn ich noch einmal eine Weltreise machen dürfte. Nichts ist schlimmer für mich als dieses Eingeschlossensein; nicht reisen zu dürfen, wohin ich will. Was nutzen mir aller Reichtum und alle Macht, ich kann mir nicht einmal einen behaglichen Platz für meinen Lebensabend aussuchen. Wenn uns wenigstens noch Florida oder Südkalifornien gehörten, wo es das ganze Jahr warm ist."

„Ich denke, Sie wissen zu schätzen, was Sie in Seabridge haben", sagte Timothy, „Ruhe, Sonne, Meer, saubere Luft – das allein sind Privilegien, um die Sie jeder beneiden muß."

„In einem Ghetto de Luxe", sagte Bentley müde. „Eingemauert und unter einer Käseglocke. Die Welt ist nicht mehr, was sie war. Ich habe mich selbst überlebt." Er versank erneut ins Grübeln.

„Mister Bentley, ich brauche ein paar Informationen", meldete Timothy sich nach einer Weile.

„Wenden Sie sich an Inger."

„Inger Johnston hat alle Fakten im Werk recherchiert, ich hätte es nicht besser können, doch es bleiben ein paar Ungereimtheiten, die nur Sie aufklären können."

Bentley blickte Timothy überrascht an.

„Sie haben Inger gesagt, nur Ihre Familie und Direktor Crawford hätten gewußt, daß Ihr Sperma in jenem Kühlsafe aufbewahrt wurde. Ich glaube das nicht. Sie zitierten gestern eine Ihrer Maximen: Mißtraue deinem Nächsten wie dir selbst! Sie hätten nie Ihre Familie unterrichtet, höchstens einen. Wen?"

„Meinen Ältesten. Aber warum sollte Pride –? Er leitet praktisch schon die ALLAMERICAN."

„Richtig", sagte Timothy. „Er hätte den Samen nicht stehlen müssen, denn er verfügte ohnehin darüber. Bleibt Crawford. Hat er Grund, sich an Ihnen zu rächen?"

Bentley schüttelte den Kopf. „Ich kenne Bill seit über fünfzig Jahren. Er ist mein Freund. Vielleicht mein einziger."

„Dann müßte also jemand die Kapsel gestohlen haben, der gar nicht wußte, daß es Ihr Sperma war. Absurd. Wenn jemand Esel züchten wollte, dann hätte er doch eine Kapsel der ersten Wahl gestohlen. Wer also wußte noch davon?"

Bentley schloß die Augen und kaute auf der Unterlippe.

„Wenn ich Ihnen helfen soll, müssen Sie mir schon die Wahrheit sagen", erklärte Timothy. „Warum, zum Beispiel, nannten Sie bei den Leuten mit denkbarem Motiv auch Ihre Urenkelin Judy? Woher könnte sie davon wissen?"

„Okay", sagte Bentley, „ich sehe, Ihnen kann ich nichts vormachen. Ich spreche im Schlaf."

„So daß also nicht nur Ihre Familie von dem Geheimnis gewußt haben kann, sondern auch oder vielmehr vor allem –"

Bentley nickte.

„Wie lange schon stand Ihr Sperma in der Samenbank der ALLAMERICAN?"

„Sechzig Jahre. Oder siebzig? Fragen Sie Crawford."

„Und wie viele Frauen haben in dieser Zeit bei Ihnen geschlafen?"

„Ich weiß es nicht mehr. Nicht wie viele es waren und schon gar nicht, wer." Bentley sah Timothy in die Augen. „Das kompliziert den Fall, nicht wahr?"

„Nicht besonders", antwortete Timothy ruhig. „Ich hatte das schon in meinen Theorien berücksichtigt. Ich wollte mich nur vergewissern." Er nahm seine Angel in die Hand und blickte ins Wasser. Er drehte sich nicht einmal um, als Bentley den Sessel wieder ins Haus fuhr.

In den nächsten zwei Tagen sah man einen eifrig faulenzenden Timothy. Ab und zu ging er in Ingers Arbeitszimmer und spielte mit dem Computer. Er ließ sich eine Unmenge von Fakten überspielen, vor allem, wenn Inger nicht dabeisaß, und nur wenige davon hatten mit diesem Fall zu tun. Aber, so sagte sich Timothy, man muß die Fakten sammeln, wie sie fallen. So besorgte er sich auch eine Aufstellung sämtlicher Tiere, deren Samen und Eizellen bei der ALLAMERICAN gehortet wurden. Man kann nie wissen.

Die meiste Zeit verbrachte er am oder im Meer, schwamm und tauchte, lernte sogar Wasserski fahren – mit Audrey im Boot –, und er mußte aufpassen, daß er nicht zu sehr von der Sonne verbrannt wurde; seine Haut nahm nicht den Goldton an, den die Mädchen hier bekamen, sondern ein Kaffeebraun, das in Chicago, wo Neger und Zwerge gleichermaßen diskriminiert wurden, gefährlich werden konnte. Timothy wagte nicht, sich vorzustellen, was man erst mit einem Zwergneger tun würde. Sobald die Sonne schien, legte er sich in den Schatten einer großen Platane und beobachtete das glitzernde, gleißende Meer.

Inger stöberte ihn auf. Ob er nicht Appetit auf Eis habe. Vanille-Eis mit frischen Erdbeeren und Schlagsahne. Es seien gerade Erdbeeren eingeflogen worden, doch Jennifer wolle sie nur Timothy geben.

Er lachte. „Okay, Inger, ich komme. Ehrlich gesagt, ich habe sie extra für Sie bestellt. Ich mache mir nicht viel aus Erdbeeren. Dafür erklären Sie mir etwas, ja? Ich habe hier noch keinen einzigen Vogel gesehen. Nicht einmal Möwen gibt es."

„Vögel stören die Ruhe", antwortete Inger. „Mister Bentley hat sich diesen Flecken gerade ausgesucht, weil es hier keine Tiere gab. Stille, so sagt er, ist ein Vorrecht der Macht."

„O ja", stöhnte Timothy. „Sie glauben gar nicht, wieviel ich ausgeben mußte, um meine Wohnung einigermaßen zu isolieren. Die Welt ist unerträglich laut geworden. Aber habe ich nicht neulich Pferde auf einem Ihrer Monitore gesehen?"

„Schon möglich. Bentley hat sich eine Mustangherde für Seabridge machen lassen, auch ein paar Hasen, Eichhörnchen und Präriehunde. Doch sonst gibt es hier keine Tiere. Außer den Fischen, versteht sich."

„Und wie kommt das?"

„Diese Bucht war von Aufständischen besetzt, bevor Nordkalifornien zurückerobert wurde. Man hat sie mit einer Neutronenbombe ausgeräuchert und dabei natürlich auch alle Tiere vernichtet. Da Seabridge hinter einem breiten Gürtel verbrannter Erde liegt, hat sich bislang keine neue Tierpopulation bilden können.“ Sie schmunzelte. „Vorgestern jedoch habe ich im Wald einen Kuckuck gehört. Weiß der Kuckuck, wie er es bis hierher geschafft hat. Ich lege Futter für ihn aus; es gibt doch nicht einmal Insekten in Seabridge. Kommen Sie heute abend mit, Tiny, vielleicht hören wir ihn.“

„Danke“, sagte Timothy. „Aber ich muß abreisen.“

„Warum?“ Inger sah ihn verständnislos an.

„Ich muß ein paar Sachen recherchieren, die sich von hier aus nicht erledigen lassen“, erklärte Timothy. Was ging es Inger an, daß ihm speiübel geworden war.

8.

Timothy meldete sich beim Großen Bruder zurück, erstattete kurz Bericht und überspielte die Videoaufzeichnung, die er heimlich von Seabridge, dem Meer und der ISOLATION gemacht hatte. Anne hatte einen Haufen Fragen. Timothy lud sie zum Essen ein, zu gebratenem Hecht. Anne schlug die Einladung aus, das Sicherheitsrisiko sei zu groß.

Da Timothy das Bedürfnis hatte, mit jemandem, dem er vertrauen konnte, ausführlich über Seabridge zu schwatzen, rief er Smiley Hepburn an, und der sagte sofort zu, obwohl er sich nichts aus Fisch machte; Timothy servierte ihm ein paniertes Schnitzel mit Pfifferlingen und Röstkartoffeln.

„Ich hatte schon richtig Sehnsucht nach dir“, erklärte Smiley. „Sieht so aus, als ob ich mir auch eine Küche leisten müßte; die letzte Kneipe in unserem Viertel, in der noch richtig gekocht wurde, hat vorige Woche geschlossen. Ich bin ja nicht so verwöhnt wie du, aber alle Tage Automatenfraß, das verträgt nicht einmal mein Magen. Was ist mit Bentley, fällt da für mich was ab? Ich bin ziemlich pleite.“

„Ich auch“, sagte Timothy wütend.

„Du? Bei so einem Klienten? Sag bloß, der hat keinen Vorschuß herausgerückt.“

„Das ist es gerade“, erwiderte Timothy, „ich sitze ganz schön in der Klemme.“

Napoleon hatte Bentleys Überweisung sofort dazu benutzt, alle Fälligkeiten zu begleichen, nun war nicht mehr genug auf dem Konto, um den Vorschuß zurückzuzahlen, andererseits konnte Timothy jetzt keinen anderen Klienten annehmen. Sicher, es war nicht ungewöhnlich, daß ein Detektiv zwei oder mehr Fälle parallel bearbeitete, doch ein Bentley würde das nicht akzeptieren.

„Diese Bigbosse verlangen doch alle exklusive Behandlung", sagte Timothy. „Bentley würde mich beschuldigen, daß ich den Samenbankraub deshalb nicht aufgeklärt habe, weil ich seinen Fall vernachlässigte, das kann mich die Lizenz kosten."

„Wir müssen den Fall halt schnell lösen", meinte Smiley, „dann sind wir beide aus der Klemme. Paß auf, Tiny, in ein paar Tagen schwimmen wir im Geld."

„Wie denn? Keine einzige Spur am Tatort, dafür eine ungewisse Zahl unbekannter Mitwisser und etliche Dutzend Interessenten an diesem verdammten Sperma – nein, Smiley, es ist hoffnungslos."

„Bestimmt handelt es sich um Erpressung, und dann –"

„Warum hat sich der Täter dann nicht schon gemeldet?" unterbrach Timothy. „Glaube mir, Smiley, dahinter steckt eine ganz große Sache, viel zu groß für uns beide. Es ist praktisch unmöglich, die Kapsel aus dem Werkgelände herauszuschmuggeln, und doch hat man es geschafft. Wie, verdammt noch mal, wie? Ich kann nur auf ein Wunder warten. Aber sei unbesorgt, deine Finanzen können wir bei dieser Gelegenheit aufbessern. Ich engagiere dich hiermit für den Bentley-Fall."

„Und was soll ich tun?"

„Nichts. Whisky trinken und mich trösten."

Sie besoffen sich. Zielstrebig. Sie stellten „Prioritätenlisten" von Timothys Vorräten auf und begannen mit ihren Lieblingsschnäpsen. Timothy erreichte das Ende seiner Liste nicht mehr. Er erwachte mit einem furchtbaren Kater. Am Nachmittag. Smiley war nicht mehr da. Er mußte Timothy zu Bett gebracht haben, auf dem Bord lag ein Zettel mit zittriger Handschrift: „Du scheinst mächtig aus der Übung zu sein, alter Knabe. Ruf mich an, sobald du mich brauchst."

Timothy schluckte Antimimon, nahm ein ausgiebiges Bad und dann ein noch ausgiebigeres Frühstück. Saufen machte ihn immer hungrig. Napoleon fragte, ob er die Untersuchungsergebnisse haben wolle. Timothy drehte ihm den Snarr ab. Er konnte unmöglich an so einem Tag auch noch Napoleons gestelztes Oxford-Englisch ertragen. Er gab den Befehl, ihm nie wieder ungefragt mit Bentley und seinem dreimal verfluchten Sperma zu kommen. Dann schloß er sich mit Schneewittchen im Mausoleum ein, wo ihn garantiert niemand stören konnte. Es dauerte lange, bis er der Sonic zarte, beruhigende Klänge entlocken konnte. Schneewittchen war einfach zu gut, sie reagierte auf seine feinsten Regungen.

Als Timothy zur „Stardust"-Bar hinauffahren wollte, um den Sonnenuntergang zu genießen, lag ein Stapel Anrufe im Output-Korb des Communicators. Inger hatte angerufen, das Fluggerät stünde abholbereit in Seabridge, inklusive Fluglizenz. Timothy zerriß wütend das Communic. Nie würde er die Prämie kassieren können.

Gleich drei Mitglieder der Familie Bentley baten um einen Termin. Der innerfamiliäre Nachrichtendienst schien gut zu funktionieren; wer weiß, wie hoch sie Opas Häschen bestechen mußten, um alle wichtigen Informationen zu bekommen. Timothy wollte die Anrufe zuerst unbeantwortet wegwerfen, dann überlegte er es sich anders und bestellte die drei für den nächsten Tag; zuerst Pride, den Kronprinzen, dann Judy und als letzten Griff, dessen Rang in der Bentley-Hierarchie er nicht wußte.

Der Kronprinz sah älter aus als sein Vater, obwohl er „nur" hunderteinundzwanzig Jahre zählte. Vielleicht hatte man ihn nicht in den „Club der Unsterblichen" aufgenommen? Timothy fragte unverblümt. Doch, er sei Clubmitglied, sagte Pride Bentley, aber er glaube nicht an Unsterblichkeit auf Erden, und sie interessiere ihn auch nicht. Er habe längst alle Lust am Leben verloren, und wenn er noch nicht Schluß gemacht habe, dann nur, weil er strenggläubig sei. Für ihn persönlich sei es auch unwichtig, ob es noch weitere Kinder seines Vaters gäbe, zumal er selbst keine Erben hinterlasse. Er sei nur an dem guten Ruf und der Ehre seiner Familie interessiert. Timothy glaubte ihm. Und versprach ein weiteres Mal, sein Bestes zu geben. Und akzeptierte eine Erfolgsprämie nach Wunsch; er handelte sie sogar auf einen Wert von 50 000 Dollar hinauf, um glaubwürdig zu sein.

Judy Bentley hätte ohne weiteres in den Harem ihres Urgroßvaters gepaßt. Und sie erwies sich als genauso intelligent, habgierig und skrupellos, wie der Alte sie eingeschätzt hatte. Sie bot Timothy eine Million für die Kapsel. Timothy verriet ihr gratis, daß ihr Urgroßvater ganz genau wußte, was sie damit anfangen würde. „Und da er mein Klient ist", sagte er, „werde ich natürlich ihm die Kapsel geben. Falls ich sie finde."

„Sie werden sie finden", sagte Judy überzeugt, „und Sie werden nicht so dumm sein und sie der Mumie aushändigen. Ich erhöhe mein Angebot auf zehn Millionen. Zahlbar, sobald ich das Kind geboren habe." Sie warf Timothy eine Kußhand zu und rauschte hinaus.

Griff war einer von Bentleys Enkeln. Er stellte sich als „Bevollmächtigter der Erbengemeinschaft der Bentleys zweiten, dritten und vierten Grades" vor. Er verlangte nicht die Kapsel, ihm genügte es, wenn irgend jemand irgendwie, aus Versehen, versteht sich, dafür sorgte, daß der Inhalt „unverwendbar" würde. Timothy warf ihn hinaus. Er war wirklich entrüstet. Über den Preis: 20 000 Dollar! Was bildeten die sich ein, wie billig man einen Timothy Truckle kaufen konnte!

Da er wohl oder übel die Fiktion aufrechterhalten mußte, intensiv an der Aufklärung des Samenbankraubs zu arbeiten, rief Timothy Direktor Crawford an und vereinbarte einen Termin, an dem man ihn abholen und ihm die Samenbank zeigen sollte. Dann gab er sich einen Ruck und setzte sich mit einer Flasche „Straight Bourbon of Kentucky" zu Napoleon. Irgendwann mußte er ja doch etwas für einen ersten Zwischenbericht auswählen, dann lieber gleich.

Er hatte Mühe, etwas zu finden, was sie nicht schon in Seabridge bis zum Überdruß durchdacht hatten. Wie sollte es auch anders sein, Napoleon war ja kein Wundertäter. Zwei Gedanken sortierte Timothy aus; daraus ließ sich vielleicht etwas machen:

+ + warum hat sich der dieb noch nicht gemeldet und eine erpressung versucht? + erhöht sich der preis mit der zeit? + um wieviel? + + +

+ + wenn jemand lediglich einen weiteren erben verhindern wollte, warum wurde die kapsel dann nicht für mehr als eine minute aus dem kühlsafe genommen und anschließend zurückgestellt? + das brächte kein risiko mit sich. + + +

Die Flasche war fast leer und Timothy ziemlich voll, als er alles durchgearbeitet hatte und sich die „Schlußfragen" geben ließ. Napoleon mußte auch bei den eindeutigsten und unzweifelhaftesten Ergebnissen das letzte Wort haben und noch eine

Frage hinterherschicken, absurde Gedanken, wie sie nur einem elektronischen Gehirn entspringen können, das sich in seinem bornierten Drang nach Vollständigkeit keinen Gedanken versagt, eine unversiegbare Quelle unfreiwilligen Humors, die Timothy trotzdem ernst nahm. Denn, so sagte er, diese Welt ist so verrückt, daß man gar nicht verrückt genug denken kann, wenn man sie verstehen will. Tatsächlich hatte er schon ein paarmal den Anstoß zur Lösung eines Falles aus diesen absurden Fragen bekommen. Dieses Mal hatte Napoleon nur eine einzige Nach-Denklichkeit anzubieten:

\+ + wenn niemand die kapsel aus der samenbank bringen kann, ohne den inhalt zu vernichten, muß jemand die kapsel hinausgebracht haben, den der inhalt nicht interessiert + folglich ist am meisten verdächtig, wer sich am wenigsten für sperma interessiert + was aber will betty arfrey mit solch einer kapsel? + + n. + + +

„Wer, um Himmels willen, ist diese Betty Arfrey?“ schrie Timothy Napoleon an.

\+ + siehe personalliste der allamerican, werk sotshire 5, samenbank, position 2197 + + n. + + +

9.

Sind Sie das, der ’ne Putzfrau sucht?“ fragte Betty Arfrey. Sie blickte sich um, als wolle sie einschätzen, wieviel Arbeit sie erwarte. „Aber das sage ich gleich, Mister, ich will ’ne Garantie, wenn ich Ihretwegen den Job bei der All aufgeben soll.“ Sie sah Timothy an. „Wie ist das? Der hier“, sie zeigte auf Smiley Hepburn, „hat mir versprochen, ich krieg’ ’nen Zehner, auch wenn wir nicht einig werden. Und die Rückfahrt.“

Timothy gab ihr einen Zwanzig-Dollar-Schein. Betty Arfrey war etwa dreißig, doch frühzeitig gealtert, und sie trug nur einen verwaschenen Kordjumper und Riemchensandalen.

„Setzen Sie sich, Betty“, sagte Timothy. „Was wollen Sie trinken? Tee, Kaffee, Fruchtsaft, Wein, Schnaps?“

Sie musterte Timothy. „Kies scheinen Sie ja zu haben, Mister. Reiche Verwandtschaft, was? Oder haben Sie etwa ’n Job? Na, geht mich ja nichts an. Haben Sie ’n gutes Wasser?“

Timothy nickte. Seit er den Eisberg-Fall aufgeklärt hatte, bekam er alle Wasser gratis, die in den Staaten gehandelt wurden.

„Welche Sorte trinken Sie denn am liebsten?“

„Weiß ich nicht. Einmal hab’ ich ‚Niagara‘ getrunken oder so, Mann, das hat geschmeckt.“

„Eine Dose ‚Niagara‘ schenk’ ich Ihnen, Betty. Zum Mitnehmen. Und jetzt bekommen Sie ‚Arktis Frühschmelze‘, das ist das Beste vom Besten.“ Smiley machte sich schon auf den Weg in die Küche.

„Wie ist das, Betty“, fragte Timothy, „sind Sie schon lange bei der ALLAMERICAN?“

„Bald zwanzig Jahre“, sagte sie stolz. „Aber bis vor ’nem halben Jahr in Werk drei. Ich hab’ mit zwölf bei der All angefangen. Opa hat mir den Job besorgt. Keinen Tag arbeitslos, Sie! Ist wie’s Große Los, was? Ich meine, wo ich doch nie ’ne Schule besucht habe. Wozu auch? Wozu muß man heute noch lesen können, wo sie jetzt auch die Titel im Video ansagen. Sie können lesen, was? Rechnen kann ich. Bis tausend, das reicht allemal.“

„Sie sind Putzfrau, nicht wahr?“

„Spezialist! Ich meine, für die feineren Sachen, wo die Maschinen versagen.“

„Und wie werden die Kapseln saubergemacht?“ erkundigte sich Timothy.

Sie lachte. „Die werden doch nicht saubergemacht, Mister! Wozu auch? Die nehmen keinen Fleck und keinen Staub an. Können Sie sogar anfassen, nicht mal ’n Fingerabdruck zu sehen.“

„Und wo haben Sie die Kapsel?“ fragte Timothy fast beiläufig.

„Benny hat sie!“ Sie legte erschrocken die Hand auf den Mund. „O weih!“

„Keine Angst, Betty“, sagte Timothy. „Wenn es irgend geht, soll die ALLAMERICAN nichts davon erfahren. Aber ich muß die Kapsel haben. Und ich will wissen, wie Sie sie herausgebracht haben.“

„Ach, das war nicht schwer. Leider. Sonst –“ Sie unterbrach mitten im Satz, weil Smiley mit dem Wasser kam. Bevor sie sich eingoß, betrachtete sie ehrfürchtig das geschliffene Trinkglas. Dann kostete sie vorsichtig, schmatzte genüßlich und nahm einen langen Schluck.

„Darf ich mal?“ fragte sie. „Wenn ich Wasser trinke, muß ich immer gleich –“ Smiley führte sie ins Bad.

„Ein armes Schwein“, erklärte er, als er wieder hereinkam. „Das Loch, das sie Wohnung nennt, möchte man seinem ärgsten Feind nicht zumuten. Und wenn es rauskommt, daß sie es war –“

„Muß das rauskommen?“ Timothy blickte Smiley nachdenklich an. „Hauptsache, die Kapsel ist wieder da. Und unbeschädigt.“

Betty Arfrey steckte den Kopf durch die Tür und vergewisserte sich, ob sie hier richtig war. „Mann“, sagte sie, „det Bad und drin wohnen!“

„Wenn Sie Lust haben, dürfen Sie nachher ein Bad nehmen“, sagte Timothy. „Passen Sie auf, Betty, warum drum herumreden, ich brauche keine Putzfrau. Ich brauch' nur die Kapsel. Warum haben Sie sie mitgenommen?“

„Für Benny. Weil's doch so silbern ist. Benny, müssen Sie wissen, liebt alles Glänzende. Das ist das einzige, woran er noch Spaß hat, seit dem Unfall. Querschnitt. Nu liegt er 'n ganzen Tag im Bett, und im Kopp ist er auch nicht mehr richtig.“ Sie schluchzte. „Und bei der nächsten Kontrolle werden sie ihn mir wegnehmen und annullieren. Und er ist doch erst fünf. Und da hab' ich mir gedacht, da soll er wenigstens das halbe Jahr noch –“

Timothy streichelte beruhigend ihre Hand.

„Und dann stand der Schrank offen. Ich kann ihm doch so was nicht kaufen. Und ich hab' doch auch nur von der vierten Wahl genommen, was die nie brauchen. Ich meine, die haben doch Millionen davon; wenn da eine fehlt ... Meinen Benny aber macht es glücklich.“

Timothy stand auf und holte aus dem Bad einen Handspiegel mit verchromtem Griff. „Ob der Benny gefallen würde?“

„Ist das Ihr Ernst, Mister?“

„Wer paßt jetzt auf Benny auf?“

„Die Nachbarin.“

„Ich mach' Ihnen einen Vorschlag, Betty. Mein Freund fährt sofort in Ihre Wohnung und tauscht die Kapsel gegen diesen Spiegel aus. Sie geben für die Nachbarin ein paar Worte mit, daß das okay geht. Sie bleiben hier und nehmen inzwischen ein Bad. Ist die Kapsel unbeschädigt?“

„Klar. Die kriegt doch keiner auf!“

„Wenn ich die Kapsel habe, bekommen Sie ein paar tausend Dollar, genug für ein Stück Acker und eine Hütte auf dem Land. Weit weg von Chicago. Vielleicht kommt da nie eine Kontrolle hin."

„Sind Sie so 'ne Art Superman, der für die Armen eintritt?" fragte sie mit großen Augen.

„Ja, so was Ähnliches", sagte Timothy.

„Und Sie dürfen nicht darüber sprechen", ergänzte Smiley.

„Ich weiß", sagte sie. „Ich seh' doch all die Serien im Video. Wenn man quatscht, ist alles wieder futsch."

Während Betty Arfrey im Bad saß, rief Timothy bei Griff Bentley an. „Sie waren so freundlich, mir zwanzigtausend Dollar anzubieten für wohltätige Zwecke."

„Ich verstehe wohl nicht richtig?" erwiderte Griff Bentley.

„Ich hoffe, Sie verstehen mich richtig", sagte Timothy. „Wenn Sie mir sofort das Geld bringen, dann könnte es sein, daß irgend jemand irgendwie, ganz per Zufall, versteht sich, damit sehr glücklich gemacht werden könnte."

„Bin schon unterwegs", rief Griff Bentley.

Timothy ließ sich mit Pride Bentley verbinden. Der Kronprinz sah aus, als wäre er über Nacht um ein weiteres Jahr gealtert.

„Ich möchte mit Ihnen über die Modalitäten der Prämie sprechen", erklärte Timothy.

„Sagen Sie bloß, Sie haben die Kapsel? Wo ist sie? Wer hat sie gestohlen? Und wie?"

„Das werde ich gegebenenfalls Ihrem Vater erklären. Wenn er es für richtig hält, soll er Sie informieren. Bleibt es bei Ihrem Angebot?"

„Mein Wort ist sicherer als ein Scheck der Nationalbank", erklärte Pride Bentley. „Wollen Sie es in bar oder auf Ihr Konto?"

„Kein Geld", sagte Timothy. „Als gläubiger Christ wird Ihnen die Geschichte von Old Noah bekannt sein. Wenn ich aus der Bibel zitieren darf: ‚Von allen lebenden Wesen, von allem Fleisch, sollst du zwei von allen in die Arche aufnehmen, damit sie dir am Leben bleiben, ein Männchen und ein Weibchen soll es sein.'"

„Prophezeien Sie eine neue Sintflut?" fragte Bentley spöttisch.

„Die Erde wäre reif dafür“, antwortete Timothy, „aber ich will keine Arche bauen, und ich will auch nicht von allen Tieren ein Männchen und ein Weibchen.“

„Dafür würden fünfzigtausend Dollar kaum reichen“, warf Bentley ein.

„Aber vielleicht für zwei Elefanten und zwei Löwen und zwei Giraffen? Nicht für mich, für den Zoo. Was ist ein Zoo ohne Elefanten, Löwen und Giraffen?“

Bentley lachte. „Das würde weit über hunderttausend Dollar kosten, außerdem fertigen wir keine Einzelstücke und Kleinserien, tut mir leid, Mister Truckle.“

„Da will man nun mal etwas für die Allgemeinheit tun –“ Timothy seufzte. „Okay, wenn Sie mir nicht zu lebenden Tieren verhelfen können, dann vielleicht zu toten?“

„Wie meinen Sie das?“

„Meine Beziehungen zu CHALLENGERS und der WILDCAT ILLINOIS & MISSOURI GAME sind abgebrochen; ich habe große Probleme mit meinem Speisezettel.“

„Sie stehen ab morgen auf der Liste der Dauerkunden, Mister Truckle. Sind Sie an Hammelfleisch interessiert?“

Timothy nickte eifrig.

„Wir schlachten einmal im Monat für die Familie. Ich werde dafür sorgen, daß Sie jedesmal einen Hammel geliefert bekommen.“

„Ich denke, Sie fertigen keine Kleinserien?“

„Was glauben Sie, wie groß die Bentley-Familie ist. Und der Kreis unserer Freunde.“ Bentley stöhnte. „Und das Geld – verzichten Sie?“

„Ich möchte Sie nicht beschämen, Mister Bentley, überweisen Sie es in Gottes Namen.“

„In meinem Namen! Darf ich Sie jetzt auch einmal auf ein Zitat verweisen, Mister Truckle: ‚Du sollst den Namen des Herrn, deines Gottes, nicht unnützlich führen, denn der Herr wird den nicht ungestraft lassen, der seinen Namen mißbraucht.‘ Sie finden es im Kleinen Katechismus. Ich hoffe doch, Sie haben nicht nur eine Kassette des Alten Testaments?“

Timothy verriet nicht, daß er nicht nur die ganze Bibel, sondern sogar eine Prachtausgabe aus dem 17. Jahrhundert besaß.

10.

Inger erwartete Timothy am Helicopter. Als er die Taschen abstellte, um sie zu begrüßen, nahm sie ihn in die Arme, drückte ihm einen Kuß auf den Mund und schwenkte ihn im Kreis.

„Ach, Tiny", rief sie, „ich liebe Sie!"

„Fast möchte ich es glauben", antwortete Timothy. „Ich wäre Ihnen aber trotzdem sehr verbunden, wenn Sie mich wieder auf den Boden der Tatsachen zurückkehren ließen."

Natürlich wollte Inger sofort und ganz genau informiert werden, und sie zog einen Flunsch, als sie zu hören bekam, daß Timothy nur seinen Klienten das Recht einräume, über die Informationen zu verfügen. Timothy war auch dagegen, Bentley zu wecken. Er wollte erst einmal schwimmen. Und den „Monofly" ausprobieren.

Er genoß das Meer wie bei seinem ersten Besuch. Schon auf dem Flug nach Chicago hatte er mit sich gehadert, weil er so überstürzt abgereist war. Wenn er alle Orte meiden wollte, an denen einmal Menschen ermordet oder gequält worden waren, wo gab es dann noch einen Platz für ihn? Jeder Zentimeter dieses Planeten war irgendwann einmal mit Blut getränkt worden, und waren nicht die Sklaven des Altertums und die aufständischen Bauern des Mittelalters, die Indianer und Negersklaven und die Ausgebeuteten aller Zeiten ebenso seine Brüder wie die Guerillas des 21. Jahrhunderts?

Das Fluggerät sah aus wie einer dieser altertümlichen Tornister, und es wurde auch so auf den Rücken geschnallt. Der „Monofly" war kinderleicht zu bedienen. Er arbeitete nach dem alten Prinzip der Luftstaudüsen, nur nahezu lautlos, die Servomotoren wurden von Atombatterien angetrieben. Inger winkte aufgeregt zu Timothy hinauf, er solle wieder zur Erde zurückkommen. Timothy landete vor ihren Füßen.

„Haben Sie etwa Angst, daß ich Ihnen davonfliege", fragte er.

„Das Wetter schlägt um. Horchen Sie, Tiny!"

Vom Waldrand her klangen spitze, schrille Schreie.

„Unsere Eichhörnchen", erklärte Inger. „Sie fühlen Witterungsumschläge und schreien, wenn ein Unwetter bevorsteht."

„Hoffentlich keine Sturmflut." Timothy blickte besorgt aufs Meer.

„Dann wären sie schon geflüchtet. Eichhörnchen wandern vor einer Überschwemmung in höher gelegene Gebiete ab.

Während andere Waldtiere vom Wasser überrascht werden, bringen sie sich immer in Sicherheit." Inger zeigte auf die Wolken über dem Wald. „Es wird Sturm geben, und das heißt hier zumeist Regen, und Regen, der von Land kommt, kann radioaktiv sein."

„Was für eine Welt!" seufzte Timothy. „In den guten alten Zeiten mußte man sich in den Paradiesen nur vor Schlangen in acht nehmen!" Er ließ sich ein Stück steigen, so daß er Kopf an Kopf mit Inger zum Cottage schweben konnte. „Ein herrliches Gefühl", sagte er. „Sie sollten es auch mal probieren."

„Ich habe es längst ausprobiert", gestand sie, „und ich beneide Sie, Tiny. Warum darf nicht jeder so ein Ding haben? Abhauen kann doch dank der ISOLATION ohnehin keiner."

„Erstens", antwortete Timothy, „sind unsere Behörden grundsätzlich mißtrauisch gegenüber jeder Form von individueller Freiheit. Zweitens könnte es ja sein, daß die DRAUSSEN doch diesen oder jenen durch die ISOLATION lassen. Vor allem aber hat man wohl Angst vor einem unkontrollierbaren Luftverkehr."

„Unkontrollierbar?" Inger lachte. „Warum, glauben Sie, wurde das Gehäuse nicht aus Plast, sondern aus unnötig schwerem und teurem Metall hergestellt? Doch nur, damit das Gerät auf den Radar- und Sonarschirmen zu erkennen ist."

Timothy nahm sich vor, das sehr schnell zu ändern. Er mußte verdammt aufpassen, daß der böig auffrischende Sturm ihn nicht wegwehte. Das Meer wechselte seine Farbe von Perlmuttgrau zu Quecksilberschwarz. Das Cottage war jetzt hermetisch gegen die Außenwelt abgeschlossen; sie mußten eine Luftschleuse benutzen, um in das Haus zu kommen.

Bentley erwartete Timothy in seinem Zimmer. Er tat so, als sei er nicht im geringsten neugierig. Er lag in seinem Sessel vor der gläsernen Wand und sah auf das Meer hinaus. Über dem Strand wurden die Wolken von einem Sog in die Höhe gerissen. Durch den Schleier des feinen Nieselregens sah man, wie sich die Sonnenstrahlen in der ISOLATION brachen und Lichtpünktchen in allen nur denkbaren Farben wie aus einem horizontweiten Prisma sprühten.

„Man könnte es schön finden", sagte Bentley leise, „wenn es nicht das Ende der Welt bedeutete, unser Gefängnis. Ich wollte immer mal zum Mond, und vor hundert Jahren schien das nicht unmöglich. Ich habe viel Geld in die Raumfahrt investiert. Eines Tages, sagte ich mir, wird es so einfach sein, daß jedermann mitfliegen kann. Wer hätte gedacht, daß wir dann keine Raumfahrt mehr haben dürfen."

„Und nicht einmal mehr Informationen über das, was sich im Raum tut", sagte Timothy. „Vielleicht sind längst Menschen auf dem Saturn gelandet?"

„Nur auf dem Mars, Mister Truckle. Sind Sie an Raumfahrt interessiert? Inger könnte Ihnen den entsprechenden Sektor des ‚Special News Service' zugänglich machen."

„Der Vogelflug reicht mir", sagte Timothy. „Ein wunderbares Gerät. Weiß die UNIVERSAL eigentlich, für wen der ‚Monofly' bestimmt war?"

Bentley lachte. „Weil Sie denen damals die Sache mit dem schweren Gold vermasselt haben? Nein. Es hat sie auch nicht zu interessieren. Ich will es haben, das genügt. Auf unserer Ebene fragt man nicht mehr." Er vertiefte sich wieder in das Schauspiel der Natur vor dem Fenster, irgendwann drehte er sich um. „Was halten Sie von einem Jasminblütentee, Mister Truckle? Davon hätten wir beide etwas: Sie den Tee und ich den Duft. Ich liebe das Aroma von Jasmin."

Erst als er sich die Teeschale unter die Nase hielt, fragte Bentley nach seinem Samen. „Ich will keine Details", sagte er, „vielleicht später einmal. Jetzt will ich nur wissen: Ist die Kapsel unbeschädigt? Unbenutzt? Wer war der Dieb? Was waren seine Motive?"

Timothy hatte sich also umsonst vorbereitet! Er hatte die vergangenen drei Wochen nicht nur gefaulenzt; nachdem er mit Napoleon die Varianten gecheckt und sich entschieden hatte, nicht sofort zu Bentley zu fahren, nicht auf Genialität zu machen – nicht nur! –, sondern auch unermüdlichen Fleiß und komplizierte Kleinarbeit vorzutäuschen. Schon um das Honorar für Smiley zu rechtfertigen, hatte er sich eine lange Geschichte ausgedacht, was er angeblich alles unternommen hatte, um den Samenbankraub aufzuklären.

„Mir soll es recht sein", sagte er, „machen wir es kurz, wenn auch nicht schmerzlos. Die Kapsel ist unbeschädigt, doch Sie werden trotzdem nie wieder Kinder haben, es sei denn –"

Bentley kicherte. „Das ist lange vorbei, Mister Truckle. Wie lange!"

„Das Sperma wurde unsachgemäß transportiert", fuhr Timothy fort. „Der Dieb hat sich auch gar nicht für den Inhalt interessiert, ein Underdog*, der nur von dem silbernen Glanz der Kapsel verführt wurde. Leider ist mir ein Mißgeschick unterlaufen."

Bentley stellte die Teeschale mit hartem Knall auf den Servicewagen und blickte mißtrauisch herüber. Timothy holte die Samenkapsel aus der Jackentasche und reichte sie ihm.

„Wie Sie sehen, ist sie ungeöffnet. Aber in meinem Eifer, sie sicherzustellen, war ich einen Augenblick unaufmerksam, und der Täter ist mir entwischt. Ich könnte ihn natürlich suchen, wenn Sie das möchten."

Bentley antwortete nicht. Er starrte auf die Kapsel. Er hielt sie zwischen den ausgetrockneten Fingern, als sei sie das teuerste Stück seiner Porzellansammlung.

„Ein Underdog?" fragte er schließlich. „Wie absurd! Ein Underdog stiehlt den kostbarsten Schatz eines der mächtigsten Männer der Erde aus dem bestbehütetsten Bankgebäude der Staaten." Er schüttelte müde den Kopf. „Lassen Sie ihn laufen. Wozu Mühe auf solch einen Untermenschen verwenden. Erzählen Sie Inger, wie es geschehen ist und was unternommen werden muß, um einen weiteren Diebstahl zu verhindern. Für alle Fälle."

„Mir scheint nicht, daß die Samenbank der ALLAMERICAN das bestbehütetste Bankgebäude der Staaten ist", wandte Timothy ein, „gegen Terroranschläge, zum Beispiel, ist sie geradezu fahrlässig schlecht geschützt, wenn man bedenkt, daß sie die einzige Institution dieser Art ist."

„Nicht nötig", sagte Bentley. „Die Unternehmen haben sich geeinigt, keine Terroranschläge auszuüben. Für private Gangster wäre es unsinnig, es gibt nicht einmal einen schwarzen Markt für Tier-Sperma. Und der UNDERGROUND?" Bentley lachte. „Die Guerillas würden die letzten sein, die die Samenbank in die Luft jagen. Ganz im Gegenteil, die NSA hat Informationen, daß die Herren Revolutionäre heimlich die Samenbank bewachen. Diese Weltverbesserer sind doch unverbesserliche sentimentale Träumer. Sie glauben, daß sie eines Tages die Macht übernehmen, und wollen die Samen für ihre ‚bessere Welt' sicherstellen. Nein, Mister Truckle, die würden die

---

* Underdog: Slangausdruck für die unterste Schicht der Arbeiter, die Hilfskräfte ohne jede Bildung und Ausbildung.

Samenbank notfalls mit ihrem Leben verteidigen. Das ist in der Tat einer der sichersten Orte der Staaten. Deshalb habe ich auch meinen privaten Safe im untersten Kellergeschoß – der allerdings ist eine unangreifbare und sogar kernwaffensichere Festung.“ Bentley ließ seinen Sessel zur Wand gleiten und stellte die Samenkapsel auf ein Bord voller silberner Gefäße, die Timothy für Sportpokale hielt, wie sie vor hundert Jahren noch üblich waren.

„Was Tiere anbetrifft“, sagte Timothy, „bin ich auch ein sentimentaler Phantast.“ Er gestand Bentley, was für eine Prämie er sich von seinem Ältesten erbeten hatte.

„Aber Sie würden sich nie mit den Banditen vom UNDERGROUND gemein machen“, sagte Bentley, „nicht einmal für Tiere. Sie sind einer von uns. Ich mag Sie, Timothy. Leider wird es wohl eine Weile dauern, bis der Strand gereinigt ist. Aber kommen Sie wieder, wann immer Sie wollen. Für heute abend lade ich Sie zu einem Festessen ein. Sie werden mich sicher entschuldigen; ich setze mich schon seit vielen Jahren nicht mehr an die Tafel. Aber meine Bunnies werden Ihnen Gesellschaft leisten. Bitte fühlen Sie sich wie zu Hause..

Jennifer hatte Timothy zu Ehren das Krönungsmahl Edward I. nachgekocht. Das Essen zog sich bis weit nach Mitternacht hin. Als Timothy schließlich beschwipst und in bester Laune im Bett lag, ging die Tür auf. Audrey und Jennifer schlüpften kichernd herein, warfen ihre Kombinationen ab, rissen Timothy die Bettdecke weg und legten sich zu ihm, Jennifer links, Audrey rechts. Timothy schloß die Augen und gab sich ihren zärtlichen Lippen und Fingern hin. Warum, zum Teufel, sollte er Bentleys Einladung nicht annehmen. Plötzlich schoß ihm ein Gedanke durch den Kopf. Vielleicht hockte die alte Mumie jetzt vor einem Bildschirm und verfolgte die Liveübertragung aus diesem Zimmer? Nein, dachte Tinothy, das wäre entschieden zuviel der guten Dienste! Er warf die beiden Mädchen hinaus.

„Tut mir leid, Herzchen“, sagte er, „aber das werdet ihr verstehen: Ich bin frisch verliebt, und da kann ich mein Mädchen nicht einmal mit euch betrügen.“

Inger empfing ihn am nächsten Morgen mit glänzenden Augen und einem zärtlichen Kuß, und als der verwirrte Timothy ihr zusah, wie sie Kaffee eingoß und Toast für ihn butterte, wurde sie tatsächlich rot. Sie sprach kein Wort; erst als Timothy sich zurücklehnte und seinen Bauch streichelte, forderte sie ihn auf, endlich zu verraten, wie es dem Dieb gelungen sei, die Kapsel mit Bentleys Sperma aus der Samenbank herauszuschmuggeln.

„Die alte Geschichte“, sagte Timothy, „je komplizierter ein System, desto banaler die Fehlerquellen. Nehmen wir nur die Putzfrauen: Man hat sich so daran gewöhnt, daß sie die Essenreste in einem Thermosbehälter mit nach Hause nehmen, daß niemand mehr diese Behälter kontrolliert. Und wer verdächtigt in solch einem Fall einen Underdog, Sie etwa?“

„So einfach war das? Eine Putzfrau?“ rief Inger. „Aber warum tat sie es? In wessen Auftrag?“

„Ohne Auftrag. Nur weil es ‚doch so schön silbern ist‘ – als Spielzeug für ihren gelähmten und halbirren Jungen.“

„Das kann doch nicht wahr sein!“ schrie Inger, dann brach sie in schallendes Gelächter aus. „Das ist der Supergag! Old Bentleys Samen als Spielzeug für ein debiles Underdog-Gör. Das geschieht dem impotenten geilen Greis ganz recht.“ Sie hielt sich erschrocken den Mund zu. „Hoffentlich hat das niemand gehört.“

Inger brachte Timothy nicht nur zum Flugfeld, sie begleitete ihn bis Winnemucca.

„Am liebsten würde ich gleich mit nach Chicago kommen“, sagte sie zärtlich und lehnte ihren Kopf auf Timothys Schulter. „Als ich dich kennenlernte, Tiny, verspürte ich nur eine spontane Zuneigung, jetzt aber habe ich mich richtig in dich verliebt.“

„In mich?“ fragte Timothy. „Wie, um Himmels willen, denn das?“

„Erstens“, erklärte Inger, „hast du dir von all den vielen Büchern ausgerechnet ‚Alice im Wunderland‘ ausgesucht, zweitens – da kannst du mir nichts vormachen – hast du dieses arme Schwein von Putzfrau entkommen lassen, drittens, du hast Jennifer und Audrey aus dem Bett geworfen, und welcher Mann bringt soviel Charakterstärke auf, selbst wenn er ‚frisch verliebt‘ ist? In wen eigentlich, Tiny?“

„Vielleicht bin ich nur impotent?“ meinte Timothy.

„Das weiß ich besser.“ Inger schmunzelte.

„Sag bloß, du hast mich belauscht!"

„Ich bin verliebt", sagte sie, „das heißt, ich bin eifersüchtig."

„Wir wären ein komisches Paar", erklärte Timothy. „Vergiß es."

„Alles werde ich vergessen", erwiderte Inger, „sogar, daß du nicht nur deinen ‚Monofly' eingepackt hast, sondern auch eine Tauchermaske und zwei Dosen Spray, nur dich nicht. Ich besuche dich bald."

„Okay, okay", sagte Timothy, „aber melde dich vorher. Sonst denke ich am Ende, du bist ein Dieb, und empfange dich mit einem Rayvolver in der Hand."

„Ich bin ein Dieb", sagte Inger, „und ich weiß schon, was ich dir stehlen will, deinen –"

„Pst!" machte Timothy. „Wer weiß, wer hier alles lauscht."

Das Orakel von Queens

1.

Der Notruf gellte wie eine Sirene durch alle Räume, die Lämpchen über den Türen flackerten rot: Polizei. Timothy stürzte auf den Flur. Der Monitor zeigte einen Mann in Zivil, der im Stakkatotempo seinen Polizei-Coder in den Schlitz des Communicators stopfte und wieder herauszog. Timothy warf einen Morgenmantel über und riß die Tür auf, damit endlich dieses entsetzliche Heulen aufhören sollte, das auch einen Toten hätte wecken können. Der Polizist sah ihn nur kurz an, dann nickte er.

„Sie sind Truckle, was? Timothy Truckle. Ich soll Sie sofort zum Commissioner bringen."

„Zu Maroon?" Timothy überlegte krampfhaft, was vorliegen konnte, Momsen Maroon zählte weiß Gott nicht zu seinen Freunden.

„Nein, zum Commissioner von Illinois", sagte der Polizist. „Aber dalli!"

Was hatte er beim Chef der Staatspolizei zu suchen? Einen Klienten bestimmt nicht. Timothy grübelte. Irgendwas war mit Mel Saunders gewesen, doch was? Der Polizist ließ ihm keine Zeit, Napoleon zu fragen, er beobachtete argwöhnisch, wie Timothy sich anzog. Timothy mußte froh sein, daß man ihm Zeit für einen Kaffee ließ.

„Ich soll Sie nicht verhaften", erklärte der Polizist, „nur sofort hinbringen, das schließt einen Schluck Kaffee wohl nicht aus. Wenn ich auch einen bekomme."

„Was Sie wollen. Wie ist es mit einem Schnaps?"

„Im Dienst nie", sagte der Polizist und streckte die Hand aus. Timothy gab ihm eine Flasche „Kansas-Bourbon", die man ihm aus Versehen geliefert hatte; diesen Rachenputzer konnte man nur einer Bullenkehle zumuten.

Sie flogen in einem Patrouillencopter, doch nicht zum Hauptquartier in der 37. Straße, sie nahmen Kurs auf eines der

Hochhäuser am Südrand der Stadt, und sie landeten nicht auf dem allgemeinen Flugdeck, sondern vor einem Penthaus* im Stil der Bergbungalows, wie sie um die Jahrhundertwende von ein paar Superreichen auf den Gipfeln der Rocky Mountains errichtet worden waren, bevor diese unbewohnbar wurden. Das Penthaus mußte ein Vermögen gekostet haben, von der Miete für den Standort ganz zu schweigen; oberhalb der absoluten Smoggrenze war jeder Quadratmeter so teuer, daß man ihn mit Gold hätte pflastern können. Woher hatte ein Polizeibeamter soviel Geld?

Es war nicht Mel Saunders, der Timothy erwartete, sondern die Bachstelze! Deborrah Johnson trippelte mit geöffneten Armen auf ihn zu, ihr Mund lächelte süß, und ihre Hängebäckchen und das Dreifachkinn wippten. Timothy streckte ihr schnell beide Hände hin, aus Angst, sie könne ihn umarmen und an ihre massigen Brüste drücken.

„Herzlich willkommen“, sagte sie. „Wie oft habe ich Sie zu mir eingeladen, Tiny, aber ich muß Sie erst von einem Polizisten kidnappen lassen, damit Sie mich besuchen.“

Timothy lächelte verlegen. Es war entschieden zu früh für ein Kompliment, das von der Bachstelze nicht falsch aufgefaßt werden konnte. Er sagte es ihr.

„Ich habe Sie nicht zu mir gebeten, damit Sie Süßholz raspeln“, erwiderte sie. „Kommen Sie ’rein. Ich habe Kaffee gemacht, und mein Whisky-Vorrat ist sicher nicht viel schlechter als der Ihre.“

„Ich wußte, daß Sie reich sind“, sagte Timothy, „aber ich hatte keine Ahnung, daß Sie so reich sind!“

Die Bachstelze führte ihn vor ein Ölgemälde, das Porträt eines arglos lächelnden Mannes mit einer Kolbennase.

„Das habe ich alles Big Lyndon B.** zu verdanken“, erklärte sie. „Wußten Sie nicht, daß er mein Urgroßvater war?“

„Das schon, nur – er hat doch so gut wie kein Vermögen gehabt, als er Präsident wurde. So habe ich es zumindest gelernt.“

„Ja, als er es wurde!“ Die Bachstelze schmunzelte. „Und

---

* engl. penthouse: villenartiger Sonderbau auf dem Dach oder Plateau eines Wolkenkratzers.

** Big Lyndon B. = der Große Lyndon B.: Gemeint ist Lyndon B. Johnson, Präsident der USA von 1963 bis 1969.

seine Nachkommen haben das Vermögen fleißig vermehrt. Und ich bin die letzte der Johnsons. Leider. Unser Zweig wird aussterben."

Timothy konnte sich die Bachstelze auch schlecht als Mutter vorstellen. Nicht weil sie schon fast fünfzig zählte, sondern weil sie auf ihrem Weg buchstäblich durch Blut und Schmutz gewatet war; ihr matronenhaftes Äußeres und ihr mütterliches Gehabe waren nur Maske. Timothy hatte von Augenzeugen gehört, wie brutal und grausam die Bachstelze sein konnte, und er fragte sich immer wieder, warum sie gerade ihn so wohlwollend behandelte.

„Wollen Sie mir gar nicht zum Commissioner gratulieren, Tiny?" fragte sie.

„Natürlich. Entschuldigen Sie bitte, Debby!" Timothy neigte ehrfürchtig den Kopf. „Das nächste Mal, denke ich, werden Sie mich als Gouverneur empfangen. Sie haben das Zeug dazu! Eine stolze und progressiv beschleunigte Karriere: zehn Jahre Polizeipräsident von Chicago, zehn Monate Detektiv-Chief von Illinois, jetzt noch zehn Wochen als –"

„Pst!" Die Bachstelze legte mit kokettem Lächeln den Finger auf die Lippen. „Nicht beschreien, Tiny!"

„Sind Sie etwa abergläubisch?"

„Sie etwa nicht?" fragte die Bachstelze zurück. „Womit wir beim Thema sind. Setzen Sie sich. Erst die Arbeit, dann das Vergnügen. Nachher zeige ich Ihnen meine Gemäldesammlung."

Der Kaffee war gut, die Whisky-Auswahl nicht schlechter. Timothy dankte, als die Bachstelze ihm einen „Old Finch" eingießen wollte; auch dafür sei es noch entschieden zu früh.

„Es ist fast Mittag", rief die Bachstelze. „Ich habe Sie neun Stunden schlafen lassen, das dürfte wohl reichen. Oder sind Sie nicht gleich zu Bett gegangen?"

„Lassen Sie mich etwa beobachten?"

„Ich wollte nur wissen, wann Sie wiederkommen. Ich hatte bei den Bentleys angerufen, dort sagte man mir, Sie seien auf dem Weg nach Chicago." Sie sah Timothy lauernd an. „Wo waren Sie eigentlich?"

Timothy machte unschuldige Augen und breitete die Arme aus. „Sie wissen doch –"

„Ja, ja, Ihre berühmte Diskretion. Man kann auch zu diskret sein, Tiny, zu den falschen Leuten und zum falschen Zeitpunkt. Was muß ich bieten, damit Sie mir verraten, wo die Mumie sich aufhält?"

„Nicht einmal Sie wissen das?"

„Selbst die Macht der NSA endet an den Inneren Reichen der Bigbosse, so heißt es." Ihr Lächeln verriet, daß sie nicht daran glaubte. „Also, verraten Sie es mir?"

„Ich werde darüber nachdenken", sagte Timothy. „Wenn, dann nicht hier."

„Sie können getrost sprechen", sagte die Bachstelze, „ich werde nicht abgehört."

„Aber Sie könnten, aus Versehen natürlich, eine Aufzeichnung machen und mich damit in die Hand bekommen, nicht wahr? Ein indiskreter Detektiv ist erpreßbar. Oder erledigt. Ist das alles, was Sie von mir wollten?"

„Das war nur eine Frage am Rande. Sie haben sicher vom ‚Orakel von Queens' gehört, der ‚Queen of Queens'."*

Timothy hatte keine Ahnung, wovon sie sprach. „Allein in unserer Stadt gibt es Tausende von Wahrsagern aller Schattierungen", sagte er, „von Handlesern und Kartenschlägern bis zu Kybernetik-Astrologen und Computer-Futurologen; ich interessiere mich, ehrlich gesagt, nicht sehr für Okkultismus."

„Das sollten Sie aber, Tiny, der Okkultismus ist eines der faszinierendsten Phänomene unserer Zeit: Je wissenschaftlicher die Welt, desto abergläubischer die Menschen, ein verblüffendes Paradoxon. Ja, wenn es nur die Underdogs wären, aber es scheint so, daß vor allem die Gebildeten von Jahr zu Jahr mehr dem Okkultismus anhängen."

„In einer Welt, in der alles und jeder von Elektronengehirnen berechnet und erfaßt wird und doch immer wieder das Unvorhergesehene mit elementarer und unberechenbarer Gewalt einbricht, scheint mir das nicht verwunderlich."

„Ja", sagte die Bachstelze nachdenklich, „der Mensch sucht Gewißheit. Wer ist frei davon?"

„Vielleicht ist es eher Wahrheit, was die Leute suchen?" gab Timothy zu bedenken. „Es heißt ja auch ‚Wahr'sager! Vergessen Sie nicht, daß wir in einer Welt des Scheins leben, in der

---

* Queens = einer der Skyscraper von Chicago.
Queen = Königin.
Queen of Queens (Wortspiel): Königin der Königinnen.

nichts so ist, wie es sich darbietet, und schon gar nicht so, wie es von ihm behauptet wird. Nehmen Sie einen beliebigen Satz, ob nun aus der Werbung oder den Nachrichten oder den offiziellen Verlautbarungen – können Sie, ohne zu zögern, behaupten, daß er stimmt? Gibt es überhaupt noch eine öffentlich zugängige Information, die nicht manipuliert wurde, sei es nun von den Regierungsstellen, den Firmen oder den Interessengruppen? Wohl noch nie haben sich so viele, so hochqualifizierte Leute damit befaßt, die Wahrheit zu verschleiern oder wenigstens zu verdrehen: Die Vergangenheit hat uns eingeholt: ‚Mundus vult decipi – ergo decipiatur!‘ Das ist das erste Gebot unseres Jahrhunderts.“ Die Bachstelze sah ihn mißtrauisch an.

„Ein über zweitausend Jahre alter lateinischer Spruch: ‚Die Welt will betrogen sein – also betrügen wir Sie!‘ Wenn ich in den Nachrichten höre, daß heute Dienstag ist, sehe ich erst einmal auf dem Kalender nach, ob es auch stimmt.“

„Heute ist Mittwoch“, sagte die Bachstelze lächelnd. „Seien Sie nur vorsichtig mit solchen Äußerungen, Tiny!“

„Na, ist doch wahr!“ brummte Timothy. „Und jeder weiß das.“

„Auch die Verbreitung von wahren und nicht geheimen Informationen kann strafbar sein, wenn sie zum Schaden des Staates geschieht“, zitierte die Bachstelze.

„Vielleicht ist das der Grund, warum so viel gelogen wird“, sagte Timothy. „Wer weiß schon, ob eine Wahrheit ihm nicht später einmal als staatsgefährdend angekreidet wird! – Die Verbreitung von unwahren Informationen zum Nutzen des Staates wird aber nicht verfolgt, oder?“

Die Bachstelze grinste. „Gibt es ein besseres Mittel gegen zu gutes, also gefährliches Wissen als gezielte falsche Informationen?“

„Also, was ist mit Ihrer Königin der Königinnen?“ fragte Timothy.

„Sie ist eine Schwindlerin – natürlich ist sie das! –, aber eine besonders erfolgreiche und besonders gefährliche. Und Sie, Tiny, sollen sie entlarven.“

„Warum?“ Timothy griff nun doch nach der Flasche „Old Finch“. „Warum gerade ich? Und warum gerade diese eine Schwindlerin?“

„Ist es nicht Grund genug, daß ich Sie bitte?“

„In der Tat. Einem Commissioner schlägt man keinen Wunsch ab. Aber etwas mehr müßte ich doch wissen."

„Alles, was Sie wollen! Sie sollen jede Information bekommen, die Sie benötigen, jede! Notfalls lasse ich sogar den Central-Computer für Sie arbeiten." Die Bachstelze stand auf und trippelte durch den Raum. „Beauty Kovacs, so heißt sie wirklich, ist eine Zigeunerin, Abkömmling ungarischer Einwanderer, aber sie spricht weder ungarisch noch die Zigeunersprache, und sie ist auch nicht hundert Jahre alt, wie sie behauptet – und wie sie aussieht, ich nehme an, sie hat sich künstlich altern lassen –, sondern knapp sechzig, und sie ist keine Analphabetin, sondern hat in Harvard studiert: Videozistik und Mathematik. Bis vor ein paar Monaten war sie bei der GENERAL ELECTRIC beschäftigt. Vor zwölf Wochen hat sie ihren Salon im ‚Queens' aufgemacht und im Nu alle Konkurrenten aus dem Feld geschlagen. Die besten und mächtigsten Leute der Staaten drängen zu ihr, aber nicht das stört mich." Die Bachstelze blieb vor Timothy stehen und blickte ihm starr in die Augen. „Sie scheint wirklich alles zu wissen, Tiny, alles! Ich habe mit ein paar Leuten gesprochen, die bei ihr waren. Sie sind fasziniert. Und beunruhigt."

„Lassen Sie ihr doch einfach die Lizenz entziehen", meinte Timothy, „Sie sind Commissioner."

„Dazu brauche ich eine Handhabe. Beweise. Die Sie mir liefern sollen. Sie hat einflußreiche Gönner."

„Die GENERAL ELECTRIC?"

„Nicht nur. Ich weiß, was Sie denken: Industriespionage und ähnliches. Eine Wahrsagerin, bei der die Mächtigen sich Rat holen, die also Einblick in die internsten Dinge erhält, ist eine Goldgrube für vielerlei Leute. Wir erhalten wertvolle Informationen von den Wahrsagern."

„Vielleicht steckt die NSA dahinter?" meinte Timothy. „Wenn sie wirklich so allwissend scheint –"

„Nein, die NSA ist es nicht", sagte die Bachstelze entschieden. „Auch nicht das FBI oder eine andere Polizei. Sie arbeitet für keine staatliche Stelle, deshalb schließe ich auch den UNDERGROUND aus. Eine Agentin des UNDERGROUND würde pro forma für einen von uns arbeiten, um nicht aufzufallen. Ich habe sie in aller Stille von meinem besten Mann beobachten lassen; er hat nicht einmal eine Ahnung, wie sie es anstellt, so allwissend zu sein, und für wen sie wirklich arbeitet, und ich kann unmöglich eine offizielle Untersuchung anstellen, bevor ich nicht handfeste Indizien habe."

„Sie wollen sich nicht die Finger verbrennen, wenn wirklich einer der Bigbosse dahintersteckt!" Timothy schüttelte traurig den Kopf. „Aber ich soll meine kleinen Finger riskieren. Und ich dachte, Sie seien mein Freund."

„Bin ich, Tiny, wirklich! Sie glauben gar nicht, wie oft ich meine Hand schützend über Sie gehalten habe, wie oft Ihre Lizenz schon in Gefahr war."

„Ja, in meinem Job macht man sich nicht nur Freunde", seufzte Timothy. Er hatte den Wink mit der Lizenz wohl verstanden. „Okay. Aber ich brauche einen Klienten als Rückendeckung, in dessen Auftrag ich angeblich recherchiere."

„Mister Huxley von der GLOBE INSURANCE wird Sie offiziell beauftragen."

„Und auch die Kosten tragen? Ich benötige Hilfskräfte."

„Spesen können Sie abrechnen", sagte die Bachstelze, „im übrigen muß ich Sie um einen Freundschaftsdienst bitten."

Timothy gelang es, ein freundliches Gesicht zu machen. Nicht nur, daß er für die Bachstelze arbeiten sollte, nun auch noch umsonst.

„Dafür werde ich Ihnen wieder einmal behilflich sein", sagte sie. „Hier ist die Frequenz meines Communicators. Schalten Sie Ihren Napoleon quer, und er kann über meinen Code alle Informationen bekommen, die Sie benötigen. Und nun zeige ich Ihnen meine Gemälde, ja?"

„Bei meinem nächsten Besuch", schlug Timothy vor. „Ich muß jetzt schnell einiges organisieren, damit ich alle Zeit für Sie einsetzen kann." Er war zu aufgebracht, um in Ruhe Gemälde anzusehen, andererseits hatte er schon zuviel von Deborrah Johnsons Sammlung gehört, um sie nicht in Muße genießen zu wollen.

2.

„Informiere mich über Wahrsagerei", forderte Timothy.

„Würden Sie bitte präzisieren, um welche Form von Wahrsagerei es sich handelt, Sir", erwiderte Napoleon, „um Äromantie, Alektryomantie, Apantomantie, Kapnomantie, Kausimomantie –"

„Stopp, stopp! Du weißt, ich kann es nicht ausstehen, wenn du mir Fremdwörter um die Ohren wirfst. Was bedeutet das?"

„Äromantie ist die Weissagung aus der Form der Wolken, Alektryomantie bedient sich eines Vogels, der Körner von Buchstaben pickt, Apantomantie deutet Begegnung mit Tieren, Kapnomantie die Formen aufsteigenden Rauches, die Kausimomantie dagegen studiert im Feuer liegende Gegenstände, Hippomantie das Stampfen von Pferden –"

„Ich will keine historische Vorlesung", unterbrach Timothy, „ich will wissen, was heutzutage Mode ist; wer hat denn noch Pferde oder offenes Feuer!"

„Heutzutage werden hauptsächlich Hand- und Fußlinien gedeutet, außerdem nutzt man Spielkarten, Symbolwürfel, Cornflakes, manche Wahrsager verwenden auch Computer, Zufallsgeneratoren und fluoreszierende Hologramme, ungeachtet dessen dürfte es sich in allen Fällen um Scharlatanerie handeln."

„Ich merke, du weißt auch nicht mehr als ich", sagte Timothy.

„Ich möchte Sie trotzdem noch auf eine Form der Wahrsagerei aufmerksam machen, die Ihrem persönlichen Geschmack wohl am nächsten kommen dürfte: die Tiromantie."

„Und was ist das?"

„Weissagung mit Hilfe von Käse, Sir."

Kurz darauf rief Huxley an. Er begrüßte Timothy mit säuerlichem Lächeln. Timothy fragte sich, ob das ihm galt oder ob die Bachstelze auch Huxley unter Druck gesetzt hatte. Huxley bestätigte, daß die GLOBE die Spesen übernehmen würde.

„In vernünftigem Rahmen, versteht sich. Wir sind eine Versicherung und kein Wohlfahrtsinstitut, Mister Truckle."

„Ich zuweilen schon", erwiderte Timothy. Er verkniff sich ein Lächeln. Wie die meisten Mächtigen dieser Welt schien Huxley keinen Spaß zu verstehen, und er hatte offensichtlich die Zwangsspende für den „Truckle-Hilfsfonds" weder vergessen noch akzeptiert.* Timothy überlegte, wie groß Huxley wohl sein mochte, dem Schädel nach mußte er ein Koloß sein, der Schulterbreite nach nicht viel größer als er selbst. Huxley war nicht bereit, ihn persönlich zu empfangen. Sie könnten alles per Communicator besprechen.

---

* Siehe: „Wer stiehlt schon Unterschenkel?"

Huxley war selbst bei der Queen gewesen. Er wollte nicht in die Details gehen, doch er versicherte Timothy, daß die Wahrsagerin buchstäblich alles über ihn und, was noch schlimmer sei, über die GLOBE zu wissen schien. Huxley hatte ihr – auf Vorschlag der Wahrsagerin übrigens – zuerst einige Fragen über Vergangenes gestellt, bevor er Vorhersagen akzeptierte; Fragen über seine Kindheit, seine Ehe und schließlich über zwei ausgefallene und öffentlich nicht bekannte Versicherungsfälle.

„Ich weiß nicht, wie sie es macht", schloß er, „aber es ist gespenstisch. Und beunruhigend. Äußerst beunruhigend."

Auch die anderen Kunden der Queen, die die Bachstelze Timothy benannt hatte, zeigten sich beeindruckt, wenn auch bei weitem nicht so verunsichert. Vielleicht hatten sie weniger zu verbergen.

Am späten Nachmittag kam Inspektor Dundee, der „beste Mann" der Bachstelze. Timothy fand, daß sie ihn wohl zu Recht so bezeichnet hatte und daß Dundee nicht weniger berechtigt seinen Spitznamen trug: Er sah nicht nur aus wie ein Dandy, er gab sich auch so, was es ihm sicher erleichtert hatte, sich unter die exklusive Kundschaft des Orakels zu schmuggeln.

Die Queen, so berichtete er, unterhielt ein Sekretariat von vier Mann – genauer, von zwei jungen, akademisch gebildeten Männern und zwei noch jüngeren und bildschönen Frauen, die nach Dundees Ansicht vor allem dazu dienten, einen optisch eindrucksvollen Kontrast zu dem verwitterten Antlitz der „Hundertjährigen" zu bilden –, das als Filter diente, durch das nur akzeptable Klienten drangen.

Dundee hatte bei der Anmeldung nicht, wie bei anderen Wahrsagern durchaus üblich, einen Fragebogen ausfüllen oder wenigstens Fragen beantworten müssen, man wollte nur sein Identicat sehen und wissen, welche Bank für seinen Kredit bürgte. Dundee glaubte auch nicht, daß jemand versucht hatte, über ihn nachzuforschen. Er hatte sich von einem Kollegen beschatten lassen, niemand war ihm gefolgt, niemand hatte in der Nachbarschaft recherchiert, und in der fraglichen Zeit waren seine Personaldaten weder im Versicherungs- noch im Zentralcomputer abgerufen worden, auch nicht aus der Polizeidatei. Dundee wurde überall noch als Mitarbeiter der Detektivabteilung der GLOBE INSURANCE geführt, nicht einmal seine Familie, so sagte er, wisse, daß er jetzt bei der Staatspolizei arbeite, trotzdem habe die Queen gewußt, daß er die rechte Hand der Bachstelze sei und sogar Fragen nach einem erst vor kurzem erfolgten und geheimgehaltenen Einbruch in der Depositenabteilung der Nationalbank beantwortet.

„Also doch die NSA?“ fragte Timothy.

„Ich hoffe nicht, daß die NSA so gut über mein Privatleben informiert ist“, antwortete Dundee. „Debby behauptet, die NSA steckt nicht hinter dem Orakel, und sie scheint verdammt sicher zu sein.“

Er berichtete, was er alles unternommen hatte, um in den Räumen rund um das Appartement der Queen Anzeichen für irgendein Kommunikationssystem zu finden; er war mit außerordentlicher Gründlichkeit vorgegangen.

„Weder Leitungen noch leiterlose Verbindungen“, sagte er, „die einzige Erklärung: Es sind schon beim Bau des Hauses geheime Kabel einbetoniert worden, von denen niemand etwas weiß und die sie jetzt nutzt. Irgendeinen Draht muß sie schließlich zu ihren Rechercheuren und zu einem Computer haben, einem verdammt gut informierten Computer – man weiß doch, wie solche Scharlatane arbeiten –, nur, ich habe ihn nicht finden können.“ Dundee machte ein reichlich zerknirschtes Gesicht, er war Niederlagen offensichtlich nicht gewohnt.

„Ich wollte ein Abhörgerät in ihrem Sprechzimmer installieren – unmöglich. Sie hat – wie alle Wahrsager dieser Kategorie – mit der Lizenz die Genehmigung für einen abhörsicheren Raum bekommen, und man hat die Anlagen nicht nur stillgelegt, man hat sie demontiert. Ich wäre sogar eingebrochen, um ihr eine Wanze unter die Tapete zu kleben, doch sie läßt den Eingang zum Sprechzimmer rund um die Uhr bewachen.“

„Kann man einen Recorder in das Sprechzimmer mitnehmen?“ erkundigte sich Timothy.

Dundee lachte. „Die haben an alles gedacht, Mister Truckle. Technische Geräte beeinträchtigen angeblich das PSI des Orakels. Sie werden höflich gebeten, alles abzulegen, sogar Ihre Uhr, und bevor Sie Einlaß erhalten, werden Sie sehr fachmännisch gefilzt.“

„Was ist mit den Vorhersagen?“

„Wie bei einem richtigen Orakel, auf den ersten Blick sehr präzise, aber wenn man es genauer betrachtet, dunkel und zweideutig. Sie wissen doch: ‚Wenn du gegen die Perser ziehst –' "

„– wirst du ein großes Reich zerstören"*, ergänzte Timothy. „Glauben Sie, daß die Queen die Gespräche aufzeichnet?"

„Natürlich macht sie das." Dundee grinste. „Wer immer dahintersteckt, er will exakte Informationen. Und bei der Kundschaft bekommt er einiges zu hören."

Nach diesem Gespräch war Timothy wirklich an dem Fall interessiert. Es gab nichts Verführerischeres für ihn als ein scheinbar unlösbares Rätsel. Er versuchte, einen Termin bei Donovan, dem Chef der GENERAL ELECTRIC und bis vor kurzem Arbeitgeber der Kovacs, zu bekommen, doch Donovan ließ sich, wie man ihm mitteilte, grundsätzlich nicht von Polizisten und Detektiven sprechen. Timothy solle sich an seinen Sekretär für Öffentlichkeitsarbeit oder den Chef der Unternehmenspolizei wenden. Der Sekretär für Public Relations war niemand anderes als Slim Gothrick, ein Kommilitone aus Timothys Studentenzeit an der Stanford University, ja damals fast ein Freund. Der über zwei Meter große Slim hatte sich als eine Art Schutzengel für den winzigen Timothy gefühlt. Da Timothy sich daran erinnerte, wie gerne Slim gegessen hatte und wie außerordentlich scharf er auf Geflügel gewesen war, lud er ihn zu einem Entenbraten à la Provence ein. Es wurde ein Abend der Erinnerungen. Slim hatte inzwischen auch eine Vorliebe für Rotwein, und Timothy erwies sich als äußerst freigebig. Schließlich fragte er Slim fast beiläufig nach Donovans Beziehung zu der Queen.

„Er ist ihr Fan", antwortete Slim, „schlimmer noch, er ist ihr völlig verfallen. Donovan hat ja schon immer Unsummen für Okkultismus ausgegeben, er hat sich einen ganzen Hofstaat von Scharlatanen gehalten, aber jetzt schwört er nur noch auf Beauty Kovacs. ‚Beauty'** – welch ein Witz. Ich weiß nicht, wie die beiden zusammengekommen sind; wenn du es wissen

---

* König Krösus von Lydien (6. Jahrhundert v. u. Z.) befragte das Orakel von Delphi, ob er gegen Kyros, den König der Perser, ziehen solle. Der Orakelspruch lautete, daß er, wenn er gegen die Perser zöge, ein großes Reich zerstören würde; es war sein eigenes, denn er verlor den Krieg.

** Beauty = Schönheit, Anmut.

willst, kann ich versuchen, es herauszubekommen, aber seit sie ihm wahrsagt, hat er alle anderen rausgeworfen."

Timothy wartete noch anderthalb Flaschen Burgunder ab, bevor er fragte, ob die Queen nicht am Ende regelmäßig Informationen an die GENERAL ELECTRIC liefere.

„Ich weiß es nicht", lallte Slim, „und wenn, werden wir es nie erfahren. Sie besucht den Alten jede Woche, aber auf seinem Jagdschloß, und da können wir beide nicht zuhören, Bruderherz. Da werden wir nicht mal reingelassen, um das Laub im Park zu sammeln. Für Donovan bin ich so klein." Er zeigte mit Daumen und Zeigefinger, wie klein. „Noch viel kleiner als du."

Am nächsten Tag bekam Timothy Nachricht vom Großen Bruder. Die Queen arbeitete nicht für den UNDERGROUND und mit größter Wahrscheinlichkeit auch nicht für die NSA.

„Es sei denn, sie ist so hoch angebunden, daß nur ein oder zwei Spitzenleute davon wissen", sagte Anne.

Timothy bestellte Smiley Hepburn zu sich. Er verriet ihm nicht, wer wirklich sein Auftraggeber war, es wäre ihm peinlich gewesen, zugeben zu müssen, daß er erpreßt worden war, und das ausgerechnet von der Polizei. Er gab Smiley alle Informationen, die er besaß, aber er sagte ihm nicht, von wem er sie bekommen hatte, und Smiley hatte es sich längst abgewöhnt, unnötige Fragen zu stellen. Smileys erste Idee war, bei der Queen einzubrechen und bei der Gelegenheit gründlich nach ihrem Kommunikationskanal zu suchen; er war ziemlich enttäuscht, als er erfuhr, daß das unmöglich sei. Smiley hatte eine Leidenschaft für Einbrüche. Auch sein Vorschlag, an einem Tag die Queen und alle ihre Mitarbeiter und Leibwachen zu überfallen, wenn möglich einzeln, und sie auf Kristalle zu durchsuchen, lehnte Timothy ab. Er war ja sicher, daß die Queen Informationen sammelte und weitergab, er glaubte sogar zu wissen, an wen: an Donovan.

„Mich interessiert nicht, wem sie Informationen liefert, sondern woher sie ihre Informationen bekommt!"

Er verriet Smiley natürlich nicht, daß er das als seinen wirklichen Auftrag betrachtete. Und das war inzwischen ein echter Auftrag geworden: der des Großen Bruders. Sie mußten unbedingt erfahren, woher das scheinbar unerschöpfliche Wissen der Queen kam. Um diese Quelle selbst anzuzapfen oder, wenn sie für den UNDERGROUND gefährlich war, zu verstopfen.

„Sie muß, während sie mit einem Kunden spricht, Kontakt nach draußen haben und Informationen sofort abrufen können“, erklärte Timothy. „Bei der Fülle ihrer Informationen kann das aus keinem der Nebenzimmer kommen. Ich weiß zuverlässig, daß nirgends in ihrem Appartement Platz für einen genügend leistungsstarken Computer ist. Wenn wir wissen, wo dieser Computer steht, sind wir ein ganzes Stück weiter. Paß auf, Smiley, wir gehen beide zu dem Orakel, ich als Kunde und du als mein Gorilla. Du wartest draußen im Vorzimmer. Meinen Herzschrittmacher müssen sie mir lassen. Ich werde ihn ein wenig umbauen, so daß ich dir Impulse senden kann.“

„Senden?“ Smiley blickte ihn ungläubig an.

„Ich werde am Ende meiner Fragen und zu Beginn ihrer Antworten auf den Herzschrittmacher klopfen und dadurch ein Signal zu dir schicken. So können wir die Zeit zwischen Fragen und Antworten stoppen. Dann haben wir konkrete Anhaltspunkte, wie lang die Leitung des Orakels ist, und können uns ungefähr ausrechnen, wo sich die Quelle befindet, aus der diese Pythia ihre geradezu göttliche Allwissenheit speist.“

3.

Timothy mußte eine Woche warten, bis er einen Termin bei der „Queen of Queens“ bekam, und das auch nur, weil Slim sich für ihn einsetzte und weil die Queen, wie ihre bildschöne Sekretärin Timothy versicherte, es sich als Ehre anrechnete, daß der von ihr so geschätzte und bewunderte Timothy Truckle sie um Rat bat. Timothy konnte sich denken, warum es der Queen eine Ehre war: Sie würde schon dafür sorgen, daß es sich herumsprach, daß selbst er ihre Hilfe in Anspruch nahm. Vielleicht auch, daß nicht einmal ein Timothy Truckle ihr auf die Schliche kam. Ihm war es recht, daß er so lange warten mußte, denn der Umbau des Herzschrittmachers erwies sich als kompliziert; er mußte den alten aus der Brust nehmen und durch einen präparierten ersetzen lassen; da die Atombatterie ohnehin bald erneuert werden mußte, nahm er den Eingriff in Kauf.

Er bereitete sich mit einem geruhsamen und ausgedehnten, wenn auch leichten Frühstück auf die Sitzung vor. Sein „Vorzugstermin“ begann um zwölf Uhr, wahrscheinlich war kein wirklich wichtiger Kunde bereit, um diese Zeit ein Orakel zu befragen. Wer so abergläubisch ist, einen Haufen Geld für eine Wahrsagerin auszugeben, der scheut das der Mystik so abholde Tageslicht und liebt die Dunkelheit. Daß Smiley mitkam, wunderte niemanden. Man war hier auf Gorillas eingerichtet, es gab ein eigenes Wartezimmer für Personal.

Es dauerte fast eine Viertel Stunde, bevor Timothy von einem der Sekretäre in eine Kabine geführt und höflich, aber bestimmt gebeten wurde, jegliche technische Accessoires zu deponieren, weil sonst das „PSI“ der Queen nicht nur während der Sitzung, sondern auf Tage gestört würde. Timothy wies den Sekretär nicht auf seinen Herzschrittmacher hin, und der schien ihn nicht zu bemerken, als er Timothy mit geübten Griffen abtastete.

„Muß wirklich jeder diese Prozedur über sich ergehen lassen?“ erkundigte er sich.

„Ausnahmslos jeder“, sagte der Sekretär. „Vor dem Orakel sind alle Menschen gleich. Und es hat noch niemanden gegeben, der nicht Verständnis zeigte; wir unterstellen ja nicht bösen Willen, sondern Vergeßlichkeit, und ein so hochorganisiertes Medium wie die ‚Queen of Queens‘ ist nun einmal übersensibel. Wie sonst könnte sie so unübertrefflich sein?“

Die Queen saß geistesabwesend in einem dunklen, mit Plüschportieren verhangenen Raum in einem Ohrensessel aus dem 19. Jahrhundert. Auch für ihre Kunden stand nur ein unbequemes, altertümliches Sitzmöbel bereit. Timothy fand keine Position, in der er sich entspannt hinsetzen konnte, schließlich rutschte er ganz an die Rückenlehne und mußte dafür in Kauf nehmen, daß er nun die Knie nicht mehr beugen konnte und wie ein kleines Kind dasaß. Die Queen schien nicht darauf zu achten. Sie schien Timothy überhaupt nicht zu bemerken. Sie summte mit geschlossenen Augen eine uralte Zigeunerweise. Timothy überlegte, wie der Titel hieß, es fiel ihm nicht ein. Seine Augen gewöhnten sich an die Dunkelheit. Jetzt sah er, daß auf dem Schoß der Queen ein fetter Angorakater lag. Er hätte sich nicht gewundert, wenn noch ein Rabe auf ihre Schulter geflogen wäre; sie sah gerade wie die Hexe in einem seiner Märchenbücher aus.

Lautlos öffnete sich eine Tür, die Sekretärin brachte Tee. Nur für die Queen. Timothy hätte auch nicht von dem Gebräu kosten mögen, das penetrant nach Baldrian und Myrte duftete.

„Glaubst du an meine Allwissenheit?" fragte die Queen unvermittelt. Ihre Stimme klang verblüffend klar und jung.

„Gibt es Allwissenheit außer bei Gott?" fragte Timothy zurück.

„Teste es."

Timothy kreuzte die Arme über der Brust. „Wie starb mein Bruder?" fragte er und drückte auf den Herzschrittmacher.

„Ich sehe, ich sehe", sagte die Queen und hob beschwörend die Hände. Sie selbst verzichtete nicht auf technische Accessoires, wie Timothy belustigt feststellte: Hinter ihrem Kopf glühten Strahlen auf und zuckten golden wie die Aureolen eines Heiligenbildes. Dann hörte er sie von Eddys Tod erzählen, so plastisch, als zeige sie ihm einen Film; wie Eddy mit dem selbstgebastelten Fluggerät aus dem Haus lief, sich in die Luft erhob, in den Bach stürzte, wie er dann in seinem Bett lag, rot verpustelt und schrumplig und immer schrumpliger, bis er zu atmen aufhörte. Die Queen senkte die Hände. Die Strahlen erloschen. Timothy war tief beeindruckt.

„Was tat ich am Abend des achten Dezember des vorigen Jahres?" fragte er.

„Ich sehe, ich sehe –" Wiederum leuchtete der Heiligenschein auf. Die Queen wußte tatsächlich, daß Timothy an diesem Tag in einer Videozelle der NSA einsaß und von Devlin verhört wurde! Sie beschrieb es so detailgetreu, daß Timothy einen Augenblick glaubte, wieder den riesigen Mund und die übergroßen Augen auf den Bildwänden zu erblicken und Devlins Stimme zu hören. Er unterbrach die Queen. Er war weiß Gott nicht scharf darauf, noch genauer an diesen scheußlichen Tag erinnert zu werden.

„Glaubst du jetzt an meine Allwissenheit?" fragte die Queen gleichgültig.

„Fast. Darf ich eine dritte Frage stellen?"

„So viele Fragen du willst, doch bedenke: Jeder Weg in die Vergangenheit verkürzt die Zeit für den Blick in die Zukunft."

„Was bedeutet mir die ‚Blackhill Avenue'?" fragte Timothy.

Die Queen referierte ein paar Szenen aus seiner frühen Kindheit, als die Truckles in der „Blackhill Avenue" gewohnt hatten, sie beschwor sogar eine Szene herauf, die Timothy schon vergessen hatte, wie er einmal beinahe von einem Auto überfahren worden war. Dann begann sie, die Katakombe unter der „Blackhill Avenue" zu beschreiben, den Atombunker, in dem die IK-Tagung stattgefunden hatte, auf der der Verräter im „Inneren Kreis" entdeckt wurde.

„Genug!" rief Timothy. Und noch einmal: „Genug. Aufhören!" Der Heiligenschein erlosch. Er blickte der Queen in die Augen, in müde, verschlafene Augen unter uralten, faltigen Lidern.

„Das alles weißt du?" fragte er verwirrt.

„Ich weiß alles, und ich weiß nichts", erwiderte die Queen. „Ich bin nur ein Medium. Ich bin der Äther zwischen dem Jetzt und der Unendlichkeit, in der wir alle beschlossen sind, eingefangen von Ewigkeit zu Ewigkeit. Was willst du von der Zukunft wissen?"

„Wie und wann werde ich sterben?"

Sie blickte ihn mit einem traurigen Lächeln an. „Ich hatte nicht gedacht, daß du gerade danach fragen würdest. Nicht du. Was nützt dir das Wissen über dein Ende, wenn du nicht weißt, wie der Weg dorthin beschaffen sein wird?"

„Ich will es trotzdem wissen", beharrte Timothy.

„Ich sehe, ich sehe – du wirst eines gewaltsamen Todes sterben. Nicht unter Schmerzen, ohne lange zu leiden, doch nicht weniger grausam, denn es wird kurz vor der Erfüllung deiner größten Sehnsucht sein. Und daß du stirbst, wird die Schuld deines ärgsten Feindes sein: du selbst."

Timothy wartete noch einen Augenblick, doch es kam nichts mehr, die Queen senkte die Hände und blickte ihn freundlich an.

„Und in welchem Jahr?" fragte Timothy.

Sie schüttelte den Kopf. „Da versagt meine Kraft. Noch nie ist es mir gelungen, ein exaktes Todesdatum vorherzusagen. Frag etwas anderes."

Timothy konnte noch drei der acht Fragen stellen, die er vorbereitet hatte, dann war die Zeit um. Er achtete kaum darauf, was die Queen ihm prophezeite, es war so unwichtig wie seine Fragen, bloßes Futter, um ihre Reaktionszeiten zu stoppen. Er grübelte, woher die Queen nicht nur intime Kenntnis von seiner Kindheit hatte, sondern ganz offensichtlich auch von dem lebensgefährlichen Geheimnis seines Doppellebens.

Sie schien Gedanken lesen zu können. Als er sich verabschiedete, nahm sie seine Hände, drückte sie fest und blickte ihm in die Augen.

„Beunruhige dich nicht, weil meinem Blick nichts verborgen bleibt“, sagte sie eindringlich und mit beschwörendem Tonfall, „es ist nur mein inneres Auge, das alles erblickt. Wenn ich zu dir spreche, dann bin ich taub, und wenn ich dich höre, dann bin ich stumm. Was heute und hier offenbar wurde, bleibt hier und heute verschlossen und ist vergangen, sobald du den Raum verläßt.“

„Das erleichtert mich sehr“, sagte Timothy. Er hätte sich wesentlich wohler gefühlt, wenn er es hätte glauben können.

4.

„Ich könnte vor Wut aus der Haut fahren, weil ich so emotional reagiert habe!“ schloß Timothy seinen Bericht. „Ich hätte sie unbedingt weiterreden lassen müssen, um zu erfahren, wieviel sie wirklich weiß. Nun sind wir genauso schlau, vielmehr so dumm wie zuvor.“

„Das Ergebnis ist in der Tat mehrdeutig wie ein Orakelspruch“, sagte der Große Bruder.

„Mir ist weiß Gott nicht nach Witzen“, knurrte Timothy. „Ich habe eine einmalige Chance verpatzt. Verdammte Scheiße!“

„Hattest du dich nicht gerade abfällig über emotionale Reaktionen geäußert, Tiny?“

Trotz der blechernen Verzerrung war der spöttische Ton nicht zu überhören.

„Was ich jetzt brauche, ist nicht Spott, sondern Ermutigung“, sagte Timothy. „Du könntest ruhig mal vorbeikommen und meine Seele streicheln.“

Der Große Bruder überhörte es einfach. „Irgendwann hast du sicherlich mit jemandem über den Tod deines Bruders gesprochen“, meinte er. „Versuche dich zu erinnern, wann und mit wem.“

„Und wie erklärst du die Sache mit dem Autorowdy, der mich fast überfahren hätte? Ich hatte das total vergessen.“

„Seit wann? Vielleicht erst seit kurzem. Niemand kann sich erinnern, wann er etwas vergessen hat. Auch ihr Wissen über dein Gastspiel bei der NSA besagt nichts. Es ist kein Geheimnis, wann man dich inhaftiert hatte, und was die Queen dir erzählte, ist nicht mehr als das automatische Begrüßungsprogramm, mit dem jeder Häftling empfangen wird."

„Weiß ich", brummte Timothy. „Jetzt! Als ich bei ihr war, hätte ich daran denken sollen."

„Und die Beschreibung der ‚Blackhill-Katakombe' kann ebensogut ein Test gewesen sein", fuhr der Große Bruder fort. „Du weißt doch, wie diese Wahrsager arbeiten: Sie tasten dich mit Worten ab und machen weiter oder wechseln das Thema, je nachdem, wie du reagierst. Nehmen wir an, die Queen trägt einen Ohrwurm, über den sie ihre Informationen bekommt, der Computer gibt ihr alle Fakten, die er zum Stichwort ‚Blackhill Avenue' gespeichert hat, dazu gehört logischerweise, daß es dort einen aufgegebenen Atombunker gibt, und wie so was aussieht, weiß bald jedes Kind."

Timothy antwortete nicht. Er lag in seinem Sessel und kaute an einer Brotrinde.

„Was ist mit den Reaktionszeiten der Queen?" fragte der Große Bruder. „Hat es geklappt?"

„Das ist das einzige, was geklappt hat", maulte Timothy. „Smiley hat die Zeiten abgenommen, Napoleon arbeitet schon daran. Hoffentlich stimmt der Grundriß."

„Es ist eine Kopie der Originalbaupläne vom ‚Queens'", sagte der Große Bruder, „Geheime Verschlußsache, also wird es schon stimmen."

Napoleon war anderer Meinung. Wenn man die angegebene Gesamthöhe des Skyscrapers mit der Summe der einzelnen Etagenhöhen vergleiche, ergäbe sich eine Abweichung von 2420 Millimetern, behauptete er.

„Ich vermute, in den unteren Etagen, da nur die Etagen eins bis dreiundzwanzig unterschiedlich sind, ich würde sagen individuell, wenn dieser Ausdruck bei einem Gebäude nicht unangemessen wäre. Außerdem muß ich Sie darauf aufmerksam machen, daß diese Abweichung letztlich völlig uninteressant ist, da die mir zur Verfügung gestellten Reaktionszeiten derart unterschiedlich sind, daß sich daraus keinerlei Schlüsse ziehen lassen, zumindest keine logischen. Haben Sie neue Anweisungen, Sir?"

Timothy fluchte einmal mehr über den Verrückten, der einen Computer ausgerechnet mit Oxford-Englisch programmiert hatte. Er ließ sich die Stoppzeiten geben, und als er sie überflog, sank er völlig entnervt in den Sessel, ließ den Servicewagen anrollen und nahm einen dreistöckigen „Black Label". Die Zeiten, die Smiley gestoppt hatte, waren geradezu idiotisch.

„Muß ich denn alles alleine machen?" fluchte er.

Als er sich wieder etwas beruhigt hatte, legte Timothy den Kristall ein, um selbst zu stoppen. Smiley hatte nicht geschlampt. Timothy selbst war schuld an dem Disaster. Er hatte Smiley nicht gesagt, daß der Sekretär der Queen auf den Schrittmacher geklopft hatte, als er Timothy abtastete!

Timothy ließ die ersten drei Klopfzeichen außer acht, und nun sah es gleich ganz anders aus, fast zu gut, um wahr zu sein: die Abstände zwischen den Fragen und den Antworten unterschieden sich nur um hundertstel Sekunden. Timothy gab Napoleon die neuen Zeiten. Bald darauf spuckte Napoleon eine lange Liste mit möglichen Standpunkten für einen Computer aus, gegliedert nach den verschiedenartigen Verbindungsmöglichkeiten, vom simplen Kabel bis zu Laser-Flop-Spiegeln, und unter Berücksichtigung aller Ecken und Krümmungen für im Mauerwerk verlegte Leitungen oder leiterlose Wege durch Kabel- und Liftschächte und so weiter. Napoleon hatte sogar den Stadtplan von Chicago zu Rate gezogen und, als er feststellte, daß es rund um das „Queens" kein geeignetes Gegenüber gab, auch die möglichen Positionen einer schwebenden Relaisstation vor dem Appartement der Queen berechnet und die denkbaren Radien, in deren Bereich sich der Computer befinden mußte. Und natürlich schickte er noch einen Kommentar hinterher: Er sei von seiner Hypothese ausgegangen, daß die Pläne für die oberen 1089 Stockwerke stimmten und die Abweichung um 2420 Millimeter demzufolge in den unteren Stockwerken liegen müsse.

Timothy klammerte erst einmal die Varianten aus, die eine Relaisstation außerhalb vom „Queens" erforderten. Eine solche Station war nicht auf Dauer zu unterhalten, ohne von der Luftüberwachung bemerkt zu werden. Nur die NSA hätte die Möglichkeit, so vorzugehen, die wiederum konnte mit viel einfacheren Methoden eine Leitung zum Orakel herstellen.

Timothy rief Colonel Hanks an. Der Chef-Safeman des „Texas" war hochbeglückt, wie er versicherte, Timothy einen Dienst erweisen zu können. Ja, er kenne seinen Kollegen vom

„Queens“ gut und würde Timothy gerne bei ihm empfehlen. Am Nachmittag flog Timothy mit Smiley hinüber.

Chief Cunningham empfing sie freundlich, reagierte aber ausgesprochen sauer, als er erfuhr, was Timothy von ihm wollte. Erst nach einem Gespräch mit der Bachstelze war er bereit, Einblick in die Einwohner-Datei des „Queens“ zu gewähren. Die Bachstelze blickte Timothy erwartungsvoll an.

„Ich wußte ja, Sie würden den Haken an der Sache finden“, sagte sie, „wer, wenn nicht Sie, Tiny! Wann kommen Sie und geben mir Bericht?“

„Keine Vorschußlorbeeren“, wehrte Timothy ab. „Ich habe bisher nur eine hauchdünne Spur, und wer weiß, ob sie zum Ziel führt.“

„Davon bin ich felsenfest überzeugt“, sagte sie. „Lassen Sie mich nicht zu lange warten. Es eilt.“

Dann hatten Timothy und Smiley einen äußerst langweiligen Nachmittag, und am Ende besaßen sie nicht mehr als eine lange, nichtssagende Liste von Mietern, in deren Appartements nach Napoleons Berechnungen der Computer der Queen stehen konnte.

„Wenigstens etwas, das wir der Bachstelze zum Fraß vorwerfen können“, meinte Timothy. „Ich glaube nicht, daß einer von diesen Leuten mit der Queen zu tun hat. Sie wohnen ausnahmslos alle seit Jahren hier.“

„Vielleicht ist das Orakel gerade deshalb ins ‚Queens‘ gezogen, weil ihr Komplize hier wohnt?“ meinte Smiley. „Es muß doch rauszubekommen sein, wenn einer von denen sich einen großen Computer hat installieren lassen.“

„Das soll die Bachstelze überprüfen“, sagte Timothy. „Du weißt, ich hasse Kleinarbeit. Wir werden uns mal um die unteren Räume kümmern.“

Nach Napoleons Berechnungen kamen die Parketagen im Keller und die äußeren Ecken der unteren Etagen in Frage. Im Lift drückte Timothy die Stopptaste seiner Uhr.

„Ich möchte doch wissen, was an Napoleons Gefasel von der Abweichung dran ist“, erklärte er.

Er hatte sich von Napoleon Tabellen mit den Durchfahrtszeiten bei unterschiedlichen Geschwindigkeiten geben lassen, mit und ohne Zwischenaufenthalten und nach den Kategorien der Fahrstühle unterteilt. Als sie im Parterre ankamen und Timothy die Zeit ablas, stutzte er. Wenn die automatische Geschwindigkeitsanzeige im Lift stimmte, gab es tatsächlich eine Abweichung von ungefähr zwei Metern. Sie fuhren mit dem Single-Lift noch einmal hinauf. Die Abweichung lag zwischen dem 11. und 14. Stockwerk. Wenn die Berechnungen des Taschencomputers nicht trogen, mußte entweder die 12. oder die 13. Etage gut fünf Meter hoch sein! Sie stiegen aus und besichtigten sie, beide hatten nur die übliche Höhe. Timothy zog Smiley zur nächsten Nottreppe.

Das Treppenhaus war seit Monaten von niemandem mehr betreten worden, ein zentimeterdicker unberührter Dreckfilm lag auf den Stufen; sie mußten aufpassen, daß sie auf dem schmierigen Belag nicht ausrutschten. Smiley maß die Höhe einer Stufe, dann zählten sie: 31 Stufen. 527 Zentimeter. Wenn man die Höhe der Etagen und der Zwischendecken abrechnete, blieben genau 242 Zentimeter übrig. Entschieden zuviel für eine Stabilisierungsschicht, aber genug für eine ganze Etage! Und nirgends eine Tür, nicht mal eine Luke, die in einen Raum zwischen den Etagen führte. Auch nicht auf den anderen Treppen.

Smiley murrte, er bekäme langsam Muskelkater, welcher Mensch sei so verrückt, ohne Not Treppen zu steigen, doch Timothy ließ nicht locker, bevor sie alle 48 Treppenhäuser untersucht hatten. Dann fuhr er noch mit sämtlichen Fahrstühlen die Strecke ab, er ließ nicht einmal die Expreß-Lifts aus, die nur in den Hunderter-Etagen hielten, auch nicht die Gipfel-Lifts, die erst ab der 800. Etage anhielten. In keinem fand er auch nur ein Anzeichen, daß es zwischen dem 12. und dem 13. Stock einen Ausstieg geben könnte. Da war eine ganze Etage, die einfach nicht zu existieren schien!

„Vielleicht ist es ein Zwischendeck für technische Anlagen, das nur mit dem Lastenfahrstuhl zu erreichen ist“, meinte Smiley.

„Das ist eine gute Idee“, rief Timothy, „das werden wir morgen prüfen, für heute bin ich erledigt.“

Smiley hätte sich gewundert, wenn er gesehen hätte, wieviel Aktivität der „erledigte“ Timothy noch an diesem Abend entwickelte. Zuerst ließ er sich von Napoleon die Daten der Lastenaufzüge geben: Fehlanzeige. Dann fuhr er im „Nebraska“ Fahrstuhl und kontrollierte sogar einige der Treppen. Das „Nebraska“ war ein Zwillingsbau des „Queens“, und auch hier fehlten 242 Zentimeter, vielmehr, sie waren zuviel!

Am nächsten Morgen ging Timothy zu Buster Coats, dem Chef der Hausverwaltung. Sie kannten sich und plauderten erst eine Weile, bevor Timothy zum Thema kam. Er sei mit der Sicherheit für ein Treffen der Chemie-Bosse im nächsten Jahr beauftragt, sagte er, man habe an die Festsäle im „Nebraska" gedacht, doch dazu müsse er sich die beiden Etagen erst noch einmal genau ansehen.

Ein Safeman führte ihn herum. Timothy hatte eine Holokamera unter der Jacke versteckt, deren Objektiv haargenau wie einer der glitzernden Knöpfe seines grünen Schuppenanzuges aussah, und machte von jedem Raum Aufnahmen. Dann saß er zwei Tage in seinem Arbeitszimmer, projizierte die Hologramme in den Raum und ließ sie vom Spektrometrographen ausmessen und die Daten gleich an Napoleon geben. Schließlich entstand ein exaktes räumliches Modell der beiden Etagen, und in der 13. Etage fand Timothy, wonach er gesucht hatte: In der Herrentoilette im Foyer des „Kristallsaals" blieb neben der linken Eckkabine ein Raum von knapp zwei mal zwei Metern übrig.

Timothy rief bei OLD NEPTUN'S TREASURY an, und er hatte ein zweites Mal Glück. Es gab Aal. Er kochte zur Feier des Tages Aal grün mit Petersiliensoße und genehmigte sich eine Flasche „Piesporter Nacktarsch, Spätlese". Dann studierte er den Veranstaltungsplan. Also übermorgen. Übermorgen abend fand im „Kristallsaal" ein Treffen von Automodellbauern statt.

Timothy mußte nur die übliche Identicat-Kontrolle über sich ergehen lassen, dann beachtete ihn niemand mehr, und wenn, dann ging der Blick gleich mit verächtlichem Lächeln weiter. Timothy hatte das Modell eines VW-Käfers aus dem vorigen Jahrhundert gut gewählt, ein Anfänger-Modell, das wahrlich kein Aufsehen verdiente. Solange man nichts von den Umbauten im Innern des „Buggys" ahnte.

Timothy wartete, bis der Hauptreferent seinen Bildvortrag über „Das große Autosterben in den dreißiger Jahren" begann, dann ging er aufs Klo, schlüpfte in die Eckkabine und klemmte die Tür von innen mit einem Hubkeil fest. Dann zog er das linke Vorderrad seines „Buggys" herunter und tastete die Wand mit dem Achskopf ab; nach noch nicht einmal zwei Minuten hatte er die Stelle gefunden, an der sich der Schließmechanismus befand, und wenige Sekunden später schob sich eine Röntgenxerografie aus dem Kofferraum seines Modellautos. Timothy grinste. Ein geradezu simples Schloß: ein einfacher Tastometerguide. Er drückte einmal, zweimal, dreimal, die Wand glitt zur Seite, Licht flammte auf, vor ihm lag eine Treppe. Timothy vergewisserte sich, daß die Tür von innen ebenso leicht zu öffnen war, bevor er hineinging.

Tatsächlich, ein geheimes Stockwerk! Und ganz offensichtlich ein Reservestützpunkt der NSA: Magazine voller Waffen, Uniformen und Lebensmitteln, ganze Abteilungen mit Nachrichten- und Überwachungsapparaturen, alles fein säuberlich eingemottet, Schlaf- und Aufenthaltsräume und ein paar hundert kleine und große Arrestzellen. Timothy verschaffte sich nur einen kurzen Überblick, dann lief er zurück. Er lauschte erst in das Haftmikrofon, das er in der Toilettenzelle angebracht hatte, bevor er die Tür öffnete. Irgendwo furzte einer, doch nicht in dieser Kabine. Timothy huschte hinaus. Dann saß er lange mucksmäuschenstill auf dem Klo. Erst als er sicher war, daß sich niemand weiter auf der Toilette aufhielt, ging er gemächlich hinaus.

Der Große Bruder staunte nicht schlecht, als Timothy ihm von seiner Entdeckung berichtete.

„Ich wundere mich nur, daß es so einfach ist, dort einzudringen", meinte Anne.

„Ich nicht", erwiderte Timothy. „Das ist doch eine Reserve für den Notfall, also muß es leicht zugänglich sein, ohne Spezialschlüssel oder das Identicat eines Verantwortlichen, der dann vielleicht nicht greifbar ist. Außerdem: Wer vermutet schon so etwas? Wer kommt denn überhaupt auf einen so verrückten Gedanken, daß da ein ganzes Stockwerk verschwunden ist? Wer achtet darauf, wie lange der Lift zwischen den einzelnen Etagen braucht?"

„Es muß aber noch mehr Zugänge geben als diesen da", warf der Große Bruder ein. „Eine einzige schmale Tür, das ist doch geradezu lächerlich im Notfall."

„Die Treppen zur darüberliegenden Etage stehen schon", sagte Timothy, „man müßte nur die Decken heraussprengen. Kannst du die Geheimetage im ‚Queens' überprüfen lassen? Ich schätze, dort finden wir das Geheimnis des Orakels."

5.

„Du mußt dir etwas anderes einfallen lassen“, sagte der Große Bruder, als er am übernächsten Tag anrief. „Die Etage im ‚Queens‘ ist ebenso leer wie die in deinem Haus. Aber ich denke, es hat uns trotzdem ein Stück weitergebracht. Wir können jetzt davon ausgehen, daß die Queen nicht für die NSA arbeitet. Von den Kontrollräumen der Geheimetage führen spezielle Leitungen zu allen Appartements. Würde die Queen für die NSA arbeiten, stünde ihr Computer sicher nirgendwo anders als dort.“

„Ich glaube überhaupt nicht mehr an einen Computer“, erwiderte Timothy. „Ich habe inzwischen noch mal nachgedacht, und was mir dabei einfiel, beunruhigt mich sehr. Die Antworten waren viel zu exakt und detailreich, um aus einem Computer zu kommen. Nimm Eddys Tod, da sind Einzelheiten, die ich niemandem erzählt haben würde, und wenn, dann hätte der sie sicher längst vergessen, von welcher Art Rot seine Pusteln waren, zum Beispiel; nicht Scharlachrot, wie man denken sollte, sondern ein blasses Orangerot. Ich glaube, die Queen hat mir meine Fragen überhaupt nicht beantwortet – ich selbst habe das besorgt, und sie hat schön zugehört. Und alles mitgeschnitten.“

„Du glaubst, sie hat dich hypnotisiert?“

„Etwas in dieser Art. Ihr Tee roch so stark nach Baldrian und Myrte, daß sie damit auch den Geruch eines starken Aerosols überdecken konnte, wozu sonst dieser unangenehm riechende Tee? Und die Strahlen ihres ‚Heiligenscheins‘ zuckten geradezu wie ein Photicdriver. Das würde auch erklären, warum zwischen den Fragen und den Antworten immer nahezu die gleiche Zeit liegt: Es ist die Frist, bis die Suggestion einsetzt und man seine Erinnerungen mobilisiert und der Queen selbst alles erzählt. Ein Glück, daß meine Kontrolle bei der Frage nach der ‚Blackhill Avenue‘ nicht ausrastete und noch rechtzeitig abblockte, ich hätte ihr sonst haarklein berichtet, wer die Mitglieder des IK sind und wie wir die Drossel der NSA lahmgelegt haben. Die kurze Beschreibung des Atombunkers ist harmlos; ich könnte ja als Kind mal dort gespielt haben. Du mußt sofort alle warnen, daß niemand zur Queen geht.“

„Die Warnung ist unnötig“, meinte der Große Bruder, „keiner von uns wird zu einer Wahrsagerin gehen.“

„Bist du wirklich sicher? Wir dürfen nichts riskieren!"
„Also gut, ich veranlasse, daß alle gewarnt werden."
„Und dann mußt du jemanden beschaffen, der von der Queen als Klient akzeptiert wird und der eine Prothese trägt", sagte Timothy, „eine Prothese, in die man unauffällig einen Recorder einbauen kann, damit wir einen Beweis erhalten, daß meine Theorie stimmt."

Das war offensichtlich nicht einmal für den Großen Bruder leicht. Timothy wurde immer wieder vertröstet. Und die Bachstelze wurde ungeduldig. Timothy fuhr schließlich zu ihr.
„Es ist nicht viel, was ich herausgefunden habe", sagte er, „und doch ist es wiederum zuviel, als daß ich es überprüfen könnte." Er erzählte ihr seine Idee mit dem versteckten Computer und gab ihr dann die Liste der Mieter, in deren Appartements das Elektronengehirn seinen Berechnungen zufolge versteckt sein konnte. Die Bachstelze nickte anerkennend. Timothys Behauptung, er habe die erforderlichen Daten von Chief Cunningham bekommen, schluckte sie widerspruchslos.
„Meine Leute werden Haussuchungen machen", erklärte sie, „ein Vorwand wird sich schon finden."
„Und vergessen Sie nicht die unterirdischen Etagen. Den Metrozugang können Sie außer acht lassen, der liegt schon außerhalb der errechneten Zone."
Deborrah Johnson lud ihn ein, ihre Galerie zu besichtigen, und dieses Mal lehnte Timothy nicht ab. Zeit hatte er genug, und nachdem die Bachstelze ihn allein ließ, auch Muße. Besonders lange stand er vor einem kleinen Gemälde von Klee, und er bedauerte, daß er es nicht einfach stehlen konnte. Dieses Bild und dazu die sanften Töne von „Schneewittchen", das mußte ein unübertrefflicher Genuß sein. Er sagte es der Bachstelze. Hatte er wirklich gehofft, sie würde ihm das Gemälde ausleihen?
Sie lachte nur. „Haben Sie dieses Quietschkrächzgeschrei immer noch? Ich weiß nicht, was Sie an den Sonics finden, Tiny, die meisten machen doch nur grauslige Geräusche, und die von Shopenhower ganz besonders."
Sollte er ihr erklären, daß das nur an ihr lag, daß Daniels Sonics auf die feinsten Stimmungen und Regungen ihrer Betrachter reagierten?

„Haben Sie mal wieder was von Shopenhower gehört?" fragte die Bachstelze. „Er soll spurlos verschwunden sein."

„Er versteckt sich doch jedesmal, wenn er an etwas Neuem arbeitet", sagte Timothy. Was mochte Daniel wieder ausbrüten? Konnte er überhaupt noch etwas Besseres als seine Sonics erfinden? Konnte es etwas Schöneres als Schneewittchen geben?

In einem separaten Zimmer hingen seltsam farbige Gemälde einer zugleich faszinierenden wie bedrückenden Landschaft: riesige, tote Ebenen mit gewaltigen Bruchgräben und schartigen Bergzügen, die in den eigenartigsten Farbtönen leuchteten.

„Marslandschaften", erklärte die Bachstelze stolz. „Von Boris Garin, einem russischen Kosmonauten. Aber fragen Sie bitte nicht, wie ich zu ihnen gekommen bin."

„Ich frage mich vielmehr, wie der Maler dazu gekommen ist", sagte Timothy. „Es sieht aus wie an Ort und Stelle gemalt, dabei sind unsere Jungs doch die einzigen –"

Deborrah Johnson lachte dröhnend. „Behaupten Sie nicht, daß Sie dieses Videomärchen glauben, Tiny – nicht unter uns!"

Die Aufnahmen von der ersten Mondlandung amerikanischer Astronauten im Dezember 1968 wurden an jedem Jahrestag im Video gezeigt. Mit dem Kommentar, daß Amerikaner bislang die einzigen Menschen seien, die auf einem anderen Himmelskörper gelandet waren, und daß die USA selbstverständlich noch immer die führende Raumfahrtnation wären, wenn man nicht freiwillig darauf verzichtet hätte, um die immensen Summen, die derartige Projekte verschlangen, zur Bewältigung der irdischen Probleme zu nutzen.

„Die Russen sind vor zwei Jahren auf dem Mars gelandet, das wissen Sie doch!" Die Bachstelze sah Timothy lächelnd an. „Alle wissen das. Ebenso, daß wir nicht freiwillig auf die Raumfahrt verzichtet, sondern daß die DRAUSSEN es uns verboten haben. Und wir wissen, daß alle es wissen."

„Aber es ist strafbar, das zu sagen!"

„Nicht nur das." Die Bachstelze lachte. „Glauben Sie mir, Tiny, es ist eine hervorragende Methode zur Disziplinierung der Leute, wenn man sie zwingt, tagtäglich wider das eigene Wissen zu reden."

Timothy wechselte schnell das verfängliche Thema. „Was

ich Sie neulich schon fragen wollte", sagte er, „wo ist eigentlich Ihr Vorgänger abgeblieben?"

„Mel Saunders ist in das ‚House of Mortal Art' eingegangen", sagte die Bachstelze. „Sie kennen doch den Palast der Selbstmörder in der Lincoln Avenue?"

Timothy verneinte. Er hatte noch nie Verlangen gespürt, eines dieser Selbstmordhäuser zu besuchen, ihm genügte, was er aus den Prospekten ersehen konnte, die alle nur denkbaren Arten versprachen, wie man sich ums Leben bringen konnte. Oder bringen lassen, was den Preis jeweils verdoppelte. Wenn man den Prospekten Glauben schenken wollte, konnte man sich sogar stilecht köpfen, rädern, pfählen oder auf einem Scheiterhaufen verbrennen lassen; wenn man genug Geld hatte, sogar in historisch getreuen Kostümen und Kulissen und mit entsprechendem Publikum. Auch eine Riesenauswahl an „Henkersmahlen" und „Good-bye-Orgien" wurde offeriert.

„Mel hat einen würdigen Tod gehabt", sagte die Bachstelze, „würdiger als sein Leben." Timothy blickte sie fragend an, doch sie verriet ihm nicht, warum sie Saunders Leben für unwürdig hielt. Timothy konnte sich eigentlich kein Vergehen außer Ehrlichkeit, Anstand und Unbestechlichkeit vorstellen, das die Bachstelze einem Polizeibeamten übelnehmen würde.

„Er hat sich versilbern lassen." Deborrah Johnson lachte, als sie Timothys verwundertes Gesicht sah. „Sie sind wirklich nicht auf dem laufenden", erklärte sie. „Haben Sie etwa noch nie von der ‚Venus von Washington' gehört? Sie hat diese Mode ausgelöst. Sie wollte nicht altern, also machte sie sich zum unvergänglichen Kunstwerk. Sie steht jetzt im Guggenheim-Museum in New York."

„Nie gehört", sagte Timothy. „Und wie hat Saunders nun –?"

„Wie genau, weiß ich nicht, ich habe seine Statue noch nicht gesehen. Das ganze ist im Prinzip einfach. Man sucht sich eine Pose aus, begutachtet sie als Videoprojektion, und wenn man zufrieden ist, läßt man sich galvanisieren. Ich werde mich wohl eines Tages vergolden lassen." Sie kicherte. „Ursprünglich wollte ich mich zu Tode lieben. Sie wissen doch, eine Sonde ins Gehirn, mitten ins Lustzentrum, und dann bis zur totalen Erschöpfung orgasmieren. Aber als Statue zwischen meinen Gemälden zu stehen ist doch besser. Würdevoll. Ich habe den Platz schon in meinem Testament festgelegt: zwischen dem Kandinsky und dem blauen Picasso."

Timothy bat um einen Whisky, angeblich, um auf diesen grandiosen Einfall zu trinken. Dann brach er schnell auf. Er hatte Angst, trotz des doppelten „Johnny Walker" der Bachstelze auf den Teppich zu kotzen.

Der Große Bruder schickte Timothy den Kristall mit der Post. Es gäbe leider nichts zu verheimlichen, man wisse nicht, wie die Queen es gemacht habe, aber ganz offensichtlich sei es ihr gelungen, den Recorder so zu stören, daß er die Antworten nicht aufzeichnete. Vielleicht käme Timothy wenigstens auf eine Idee, wie sie das bewirkt habe.

Timothy hörte den Kristall ab. Er kannte die Stimme des Mannes nicht. Die gleiche Anfangsfrage wie bei seinem Besuch. Und wortwörtlich dieselbe Formulierung zum Abschied. Dazwischen vor allem Schweigen. Der Kunde nannte seine Frage, die Queen antwortete „Ich sehe, ich sehe", dann Stille, die nur von gelegentlichem „Ich sehe, ich sehe" unterbrochen wurde. Timothy stellte die Aufnahme so laut, wie er es ertragen konnte: keinerlei Anzeichen für das Einschalten einer Apparatur, nur ein undefinierbares Brummen.

Er ging in die Küche und begann Kartoffeln zu schälen. Plötzlich ließ er das Messer fallen und ging ins Arbeitszimmer zurück. Er überspielte die Pausen und hörte sie ab, immer lauter, bis er das Brummen identifizieren konnte. Es war das Schnurren des Angorakaters. Der Recorder hatte nicht versagt, er hatte die ganze Zeit aufgenommen. Es gab überhaupt keine Antworten!

Und doch, die Queen hatte ihm geantwortet. Und diesem Besucher auch. Der Große Bruder hatte Timothy versichert, daß der Termin ganz normal verlaufen wäre. Timothy schälte die Kartoffeln zu Ende. Als er begann, sie zu Chips zu zerschneiden, sprang er auf, lief ins Arbeitszimmer und diktierte. Dann rief er den Großen Bruder an.

„Das Gerät hat einwandfrei funktioniert", erklärte er, „man hört den Kater der Queen die ganze Zeit schnurren. Es gibt keine Antworten. Keine gesprochenen! Ich habe einen Test gemacht und alles, was die Queen über den Tod von Eddy ‚gesagt' hat, auf Kristall gesprochen, jede Einzelheit, an die ich mich erinnern konnte. Weißt du, wie lange das dauerte? Zweiundsiebzig Minuten! Ich bin aber insgesamt nur eine Stunde bei ihr gewesen. Die Queen kann Gedanken lesen! Sie kennt eine Methode, ein Gehirn direkt, ohne Zwischenschaltung der Sprache anzuzapfen. Mein Verstand weigert sich, es zu glauben, aber ich finde keine andere Erklärung. Mit den zuckenden Strahlen ihrer Aureole und einem traumatisierenden Aerosol versetzt sie dich in einen hypnopädischen Zustand, und dann zapft sie deine Gedanken auf irgendeine telepathische Weise ab."

„Du mußt dich irren", sagte der Große Bruder. „Das darf nicht wahr sein!"

„Ja, es ist die absolute Katastrophe", erwiderte Timothy, „die totale Kontrolle des Menschen. Die NSA kann ihre Videozellen verschrotten."

„Ich lasse sofort prüfen, ob es so etwas geben kann", sagte der Große Bruder. „Und ich werde Alarmstufe eins auslösen."

„Wir haben vielleicht eine letzte Chance", meinte Timothy. „Es könnte sein, daß die Methode noch das Geheimnis der Queen ist, zumindest scheint sie nicht für die NSA zu arbeiten. Sonst würde sie selbst fragen und es nicht dem Zufall und den Ideen ihrer Kunden überlassen, welcher Teil des Gehirns mobilisiert und damit abrufbar wird. Wir haben dafür einen objektiven Beleg, den Kristall. Oder hast du jemanden zu ihr geschickt, für den die NSA keinerlei Interesse zeigen würde?"

„Ganz im Gegenteil."

„Wir müssen sie kidnappen und –"

„Selbst wenn wir die Queen und alle ihre Mitwisser liquidieren", sagte der Große Bruder, „es wäre nur ein Zeitgewinn, eine Aufschiebung der Katastrophe, eine solche Erfindung würde bald von einem zweiten gemacht."

„Zeit gewonnen, alles gewonnen", antwortete Timothy lakonisch.

Der Große Bruder meldete sich kurz nach Mitternacht.

„Die Alarmstufe ist aufgehoben. Du kannst beruhigt sein, Tiny, es gibt keine Möglichkeit, Gedanken zu lesen. Definitive Auskunft des besten Gehirnexperten von DRAUSSEN. Sie wissen inzwischen auch, warum es theoretisch unmöglich ist, aber die Erklärung spare ich mir, ich habe sie selbst kaum verstanden. Das löst zwar nicht das Rätsel des Orakels, aber es befreit uns von dem Schrecken, der mir, ehrlich gesagt, mächtig in die Glieder gefahren war. – Hörst du noch zu, Tiny?"

„Ich denke nach", antwortete Timothy.

„Du trinkst“, sagte der Große Bruder. „Ich tippe auf ‚Old Finch‘.“

„Manchmal glaube ich, du kannst mich heimlich beobachten.“

„Ich habe nur geraten, aber ich kenne dich ganz gut.“

„Überhaupt nicht ein bißchen“, brummte Timothy, „außerdem ist das heute mein erstes Glas, und ich denke, auf den Schreck darf ich mir schon einen Schluck genehmigen.“

„Auf das Ende des Schreckens“, korrigierte der Große Bruder. „Von mir aus eine ganze Flasche. Hauptsache, du hast morgen einen klaren Kopf. Vergiß nicht, du mußt noch das Geheimnis der Queen herausfinden.“ Anne lachte. „Schon um die Bachstelze nicht zu verärgern.“

Timothy trank nur noch ein zweites Glas. Dann ging er ins Bad und versenkte sich in die Vainity. Die Anspannung dieses Tages löste sich, dann schwanden ihm die Sinne, die Nerven verstummten, unbeschreibbare Leichtigkeit durchflutete ihn.

Er erwachte unter einem allumfassenden sanften Blaugrau. Töne tropften in die Stille, formierten sich zu einer zarten Melodie, rundum erwachten die Farben. Timothy lag in einem Meer von Blumen, auf einer Bergwiese, unter einem Himmel voller Lämmerwolken, an dem die Sonne aufging.

Timothy frühstückte gemächlich, dann setzte er sich zu Napoleon und diktierte ihm noch einmal alle Fakten über die „Queen of Queens“. Er war überrascht, wie oft er nicht von belegten Tatsachen, sondern von Vermutungen, ja von Vorurteilen ausgegangen war. Überrascht und bestürzt, wie er dem Großen Bruder gestand, als er ihn endlich erreichte.

„Ich habe den obersten Grundsatz meines Berufes sträflich vernachlässigt“, sagte er, „ich bin nicht unvoreingenommen an den Fall herangegangen, und wer von Vorurteilen ausgeht, darf sich nicht wundern, wenn er zu Fehlurteilen kommt. Ich bin von dem ersten und leider selten auch besten Gedanken ausgegangen: Für wen sammelt die Queen Informationen? Ich habe nie geprüft: Sammelt sie überhaupt welche?“

„Wie meinst du das, Tiny?“

„Wie ich gesagt habe. Sie sammelt keine Informationen. Sie ist überhaupt nicht an den Antworten interessiert, die man selbst auf seine Fragen stellt, nachdem sie einen hypnotisiert hat. Es genügt ihr völlig, daß ihre Kunden sie für allwissend halten. Ich hätte sie nur beim Wort nehmen müssen. Wie sagt sie doch jedem: ‚Was heute und hier offenbar wurde, ist vergangen, sobald du den Raum verläßt.' Das ist das ganze Geheimnis der Queen!"

„Bist du sicher?"

„Ich war noch einmal bei ihr und habe es ihr auf den Kopf zugesagt, sie hat es schließlich zugegeben." Timothy kicherte. „Und mir das Versprechen abgeluchst, ihr Geheimnis nicht zu publizieren."

„Und die Bachstelze, was machst du mit der?"

„Die bekommt natürlich ihren Bericht. Aber wie ich sie kenne, wird sie ihn als ‚streng geheim' klassifizieren. Heißt das etwa zu publizieren? Man soll mit einem Scharlatan nicht vornehmer umgehen, als er verdient hat. Das Wohlwollen der Bachstelze ist mir wichtiger als das aller Orakel dieser Welt. Ich bin nur wütend, daß ich uns so in Panik versetzt habe."

„Niemand konnte vermuten, daß die Queen überhaupt keine Informationen haben will", sagte der Große Bruder besänftigend. „Wir wissen doch, daß alle anderen Wahrsager Informationen weitergeben, ob nun an die NSA, die Polizeien, die Konzerne oder uns. Wer sollte schon auf einen so verrückten Gedanken kommen?"

„Ich", sagte Timothy, „ich hätte es für möglich halten müssen. Es ist mein Job, alle Möglichkeiten zu durchdenken. Und ich hätte auf meinen gesunden Menschenverstand bauen müssen. Unser Vertrauen oder, besser, Mißtrauen in den unbegrenzten Fortschritt der Wissenschaften hat zuweilen schon wieder etwas von einem neuen Aberglauben: Wir sind geneigt, auch das Unmögliche für möglich zu halten."

„Vielleicht hast du recht, Tiny, aber wir können es uns nicht leisten, eine Gefahr geringzuschätzen, und wenn sie noch so verrückt scheint. Außerdem, wer konnte schon ahnen, daß es in unserer so total von Staatsapparaten, Konzernen und Interessengruppen verwalteten und beherrschten Welt noch einen Einzelgänger gibt, der für niemand anderen arbeitet als für sich selbst? Wer hätte auf eine so absurde Idee kommen sollen?"

„Napoleon", sagte Timothy. „Er ist gleich darauf gestoßen, doch ich Trottel habe ihn ausgelacht, als er diesen Gedanken ausspuckte!"

Der Große Bruder rief zwei Tage später noch einmal wegen der Queen an.

„Du hast dich doch gefragt, für wen du in Wirklichkeit arbeitest, Tiny, wer hinter der Bachstelze steckt – ich will es dir verraten. Um das Absurde dieses Falles perfekt zu machen. Dein Bericht an die Bachstelze lag eine Stunde später auf einem Schreibtisch in Hollywood*, und zwar das Original!"

„Was?" schrie Timothy. „Ich habe für die NSA gearbeitet? Das ist des Absurden zuviel!"

* Hollywood = Spitzname für das Chicagoer NSA-Hauptquartier am Hollywood Boulevard, Ecke 81. Straße.

Der Photonenschrei

1.

„Ja, du hast richtig gehört, Joe, es wäre ihm eine Ehre und ein Vergnügen, wenn ich den Sonnenuntergang und eine Flasche Whisky mit ihm teilen würde."

Josuah Trevers guckte ungläubig.

„Soll ich es dir vorspielen?" Timothy hielt das blauschwarze Etui mit dem Wappen der DuMonts dicht vor das Auge des Communicators, damit Joe es genau betrachten konnte. „Das ist nicht etwa Imitat, sondern echt Rindbox, mein Lieber. Er weiß, was er seinem Ruf schuldig ist."

Timothy klappte das Etui auf und zeigte den Kristall, einen jener kardinalsroten Rubine, die DuMont, wie alle Welt wußte, für seine privaten Mitteilungen zu benutzen pflegte. „Wenn ich daran denke, was ich alles angestellt habe, um ihm ‚ganz unauffällig' aufzufallen!"

„Soll ich die Leute vom Klatschjournal informieren?"

„Was denn sonst! Eine bessere Reklame kann ich mir nicht wünschen. Aber ich habe dich nicht nur deshalb angerufen; gibt es nicht eine brandneue Mode, mit der ich DuMont überraschen könnte?"

„Keine Ahnung. Seit wann kümmere ich mich um Mode?"

„Ich denke, es ist dein Job, allwissend zu sein? Schließlich bist du Hauptarchivar der ICC*, Joe."

„Ich hör' mich gleich mal um, Tiny, und ruf' dich wieder an."

Timothy studierte inzwischen noch einmal die Unterlagen über DuMont, die Joe ihm schon vor Wochen überspielt hatte. Die Aufstellung über die Struktur und die einzelnen Werke der NATIONAL INVESTMENT FUNDS überflog er nur; die NATIONAL umfaßte einen ganzen Katalog unterschiedlichster Pro-

---

* ICC = INFORMATION & COMMUNICATION COMPANY – eine der beiden großen Fernseh- und Nachrichtengesellschaften der USA.

duktionen, ein verwirrendes System von Haupt-, Neben- und Zweigwerken, Tochter- und Tochter-Tochter-Gesellschaften, Industrie- und Bankverflechtungen, Vertriebs- und Liegenschaftsgesellschaften; der Schwerpunkt lag aber auf den chemischen und biochemischen Sektoren.

Sehr aufmerksam dagegen studierte Timothy die Biographie, und er prägte sich für alle Fälle die Namen der Ehefrauen und der Kinder Oliver DuMonts ein, jeweils vier bislang – „Jedem Kind seine eigene Mutter, das ist wahrer Luxus", war einer von DuMonts bekannten Aussprüchen –, und vertiefte sich dann in die langen Listen der Neigungen und Gewohnheiten, wenn man bei einem Mann wie DuMont überhaupt von Gewohnheiten sprechen konnte, außer der einen: immer an der Spitze der „kreativen Snobs" zu marschieren.

Das Beständigste an ihm schien seine Unbeständigkeit, und auch dafür hatte DuMont ein vielzitiertes Wort in Umlauf gesetzt: „In einer Welt, in der sich unaufhörlich alles ändert, bleibt einem Mann von Geschmack nur eine Möglichkeit, immer er selbst zu bleiben; er muß sich schneller verändern, als der allgemeine Plebs es nachahmen kann."

Über die Mordanschläge auf DuMont gab es erbärmlich wenig Informationen, eigentlich nicht mehr als Andeutungen und Gerüchte. So öffentlichkeitsfreudig, ja geradezu exhibitionistisch DuMont sein Privatleben sonst zur Schau stellte, hier hatte er eine Nebelwand um sich errichtet, die nicht weniger dicht war als der Schleier über den Besitzverhältnissen der NATIONAL; Timothy konnte nicht glauben, daß ein solches Riesenunternehmen ganz und gar das Eigentum eines einzigen Mannes sein sollte.

Joe kam mit leeren Händen zurück, er zeigte sie sogar vor. Er habe alle einschlägigen Mitarbeiter befragt, nicht die Spur einer neuen Mode; alle Couturiers hielten ihre Ideen für die „Supershow der Novitäten" zurück, die in zwei Wochen stattfinden sollte.

„Du kannst mir glauben, Tiny, wenn einer auch nur eine Ahnung hätte, er hätte es mir gesagt; schließlich sind sie alle irgendwann einmal auf meine Gunst angewiesen." Josuah Trevers grinste selbstzufrieden. „Dafür habe ich Snowden angetroffen und ihm den ‚Geheimtip' gegeben. Da kommt dein Treffen mit DuMont nicht nur auf unserem Kanal, sondern auch bei der CNC*; ich weiß zufällig, daß Snowden Informationen an die Konkurrenz verkauft." Und an die NSA, dachte Timothy. Aber die würde Joe wohl schon selbst verständigt haben.

„Danke schön", sagte er, „du bist halt ein richtiger Freund. Kanntest du nicht einen dieser Couturiers persönlich?"

„Ja, Sankt Martin."

„Ein richtiger Heiliger?"

„So heilig wie eine Teufelsanbeterin." Joe lachte dröhnend. „Eigentlich heißt er Stanislaw Morton Wegner, das ist natürlich kein zugkräftiger Name für einen Couturier und Novitätenfax, also hat er seinen ersten Vornamen abgekürzt und den zweiten in Martin umgewandelt und nennt sich nun St. Martin Wegner, was jedermann natürlich als Sankt Martin ausspricht. Wir haben zusammen Videozistik studiert. Wegner hat auch ein paar Jahre bei der ICC gearbeitet, bevor er umstieg, angeblich, weil ihm unser Gewerbe zu dreckig sei. Als ob sein neuer Job nicht noch korrumpierter wäre! Und laß dich nicht anpumpen! Sankt Martin ist das größte Pumpgenie, das ich kenne."

Timothy versprach Wegner als erstes Geld. Viel Geld. War Berühmtheit in seinem Job nicht viel Geld wert? Und berühmt würde er ihn machen, behauptete Timothy. Wegner war Feuer und Flamme. Klar, das war schon etwas, wenn der wahrlich nicht unbekannte Gast des allbekannten DuMont öffentlich verkündete, er trüge schon die Mode von morgen, eine Mode, die St. Martin demnächst kreieren würde. Doch was? Wegner gestand, daß er noch nicht einmal eine Idee hatte, was er auf der Supershow zeigen sollte.

„Das Problem sind die Schuhe", erklärte er. „Ich kann Ihnen unmöglich in zwei Stunden neue Schuhe anfertigen lassen, Mister Truckle, außer ein paar Plastlatschen, und damit wollen Sie doch wohl nicht DuMont unter die Augen treten?"

Timothy führte ihm seine Bestände vor. Als er die Kamelhaarpantoffeln zeigte, kreischte Wegner laut auf.

„Das ist es!" rief er begeistert. „Der Hausanzug des deutschen Spießers aus dem neunzehnten Jahrhundert. Phantastisch! Eine altdeutsche Mode, geradezu wie geschaffen, von

---

* CNC = CHICAGO NEWS CORPORATION – größte regionale Fernsehstation.

mir geschaffen zu werden, bei meinem Namen. Dazu brauchen wir noch eine sehr bequem weite Hose, Hosenträger, ich denke an rotes Leinen, mit Blumen bestickt, dann ein kragenloses weiches Hemd, eine Flanelljacke mit Knebelschnurverzierungen und ein Samtbarett mit Troddel. Mister Truckle, ich könnte Sie umarmen! Rauchen Sie?"

„Nicht einmal Haschisch. Warum?"

„Ganz stilecht würde es erst durch eine lange Stielpfeife mit Porzellankopf, aber die würden wir wohl in der kurzen Zeit auch nicht mehr auftreiben. Sie bekommen die Sachen rechtzeitig, Mister Truckle, verlassen Sie sich ganz auf Sankt Martin!"

DuMont machte große Augen, als Timothy so in die „Stardust"-Bar kam. Er selbst trug ein burmesisches Mönchsgewand, die dazu passende Glatze und im linken Ohrläppchen einen Diamanten von mindestens zwei Karat.

„Das gefällt mir!" erklärte er begeistert. Er forderte Timothy mit einer Handbewegung auf, sich zu drehen. „Gefällt mir außerordentlich! Was ist das?"

Timothy sagte es ihm. Zwei Reporter hielten die Szene im Bild fest. Timothy blinzelte in die Videokamera. Er hatte Wegner also nicht zuviel versprochen; morgen würde alle Welt seinen Namen im Munde führen, zumindest die modebewußte Snobiety.

DuMont stellte die beiden Frauen vor, die an seinem Tisch saßen, die schwarzhaarige als „Maud, meine Ehefrau", und die tizianrote als „Nicole, meine Geliebte".

„Die Geliebte für die Wochentagsabende", korrigierte Maud DuMont lächelnd. Sie hielt Timothy beide Hände hin, und als er sich über sie beugte, um sie zu küssen, riß sie Timothy an sich und knutschte ihn ungeniert ab.

„Was machen Sie donnerstags?" fragte sie. „Ich habe die Donnerstagabende gerade frei."

Timothy bedauerte. Er sei leider nicht Herr seiner Zeit. „Die Klienten haben immer Vorrang, Sie verstehen?"

„Dann engagiere ich Sie, Tiny!"

DuMont räusperte sich. Er schüttelte leicht mit dem Kopf. Timothy nickte ihm zu.

„Ich werde Napoleon darüber nachdenken lassen", sagte er. „Napoleon entscheidet weitgehend über meinen Zeitfonds."

„Napoleon?“ fragte Maud DuMont verwundert.

„Mein Computer“, erklärte Timothy. „Geschäftliche Entscheidungen treffe ich nie ohne ihn. Ich war schon in der Schule schwach in Mathematik.“

„Dann spreche ich eben mit Ihrem Napoleon. Obwohl ich ungern mit Computern verhandle, sie sind einfach zu berechnend!“ Maud DuMont lachte noch einmal in die Kamera, sie wußte genau, was die Regisseure liebten, dieses Lachen war eine geradezu ideale Schnittmöglichkeit; dann verscheuchte sie die beiden Reporter mit einer Handbewegung wie lästige Fliegen.

DuMont war nicht bereit, die versprochene Flasche Whisky mit Timothy zu teilen, er überließ sie ihm ganz und trank ein eigenartig schillerndes Gebräu, das er in einer Silberflasche mitgebracht hatte; die Frauen wollten Wein. Sie sahen zu, wie die Sonne unter die Wolkendecke tauchte, dann schwatzten sie eine Stunde lang über Kunst, vor allem über klassische Gemälde und antike Statuen, und hechelten Skandale und Gesellschaftstratsch durch, als gäbe es nichts sonst, was sie interessieren könne. DuMont drückte Timothys Hand kräftig, als er sich verabschiedete.

„Ich hatte schon viel von Ihnen gehört, Mister Truckle“, sagte er leise, „aber ich verlasse mich in wichtigen Dingen nur auf meinen persönlichen Eindruck. Sie gefallen mir. Können Sie mich morgen besuchen? Ich lasse Sie abholen. Sagen wir, um drei Uhr nachmittags? Ich habe ein kleines Problem, das ich mit Ihnen erörtern möchte. Und einen vorzüglichen Whisky, einen original irischen ‚Black Label‘.“

„Ich komme“, antwortete Timothy. „Ich habe zwar schon einen Termin für morgen nachmittag, doch nicht mit so wichtigen Klienten.“

2.

DuMonts Hubjet landete eine Minute vor drei auf dem Deck des „Nebraska“. Er war nicht zu verkennen. Der Hubjet war nicht nur blauschwarz gestreift, er trug auch weithin sichtbar das Familienwappen mit den verschlungenen Lilien. Die Passagiere des Aerobusses, der gerade angekommen war, gafften herüber. Timothy schritt zu der Maschine, ohne sie eines Blikkes zu würdigen. Er hatte sich entschlossen, auch für den Besuch bei DuMont seine neue altdeutsche Mode zu tragen, hatte nur ein Seidentuch um den Hals gebunden und die Schuhe gewechselt, er trug Stiefel – Stiefel schienen ihm zu jeder deutschen Mode passend –, die Pantoffeln hatte er in einem Beutel aus Bordürenstoff verstaut. In der rechten Hand hielt er eine lange Pfeife aus Weichselholz mit einem buntbemalten Porzellankopf, die Smiley ihm am Vormittag beschafft hatte und aus der er ab und zu einen Paffer in die Luft schickte. Snowden, der sich „ganz zufällig" auf dem Flugdeck herumtrieb, sollte auf seine Kosten kommen.

Timothy tat, als höre er die lautstarken Kommentare der Buspassagiere nicht, von denen „Zwerg Gernegroß" noch zu den schmeichelhaften gehörte. Der Pilot begrüßte ihn mit einem stummen Nicken, ließ die Tür zugleiten und startete.

Sie flogen zu DuMonts Landsitz südlich von Chicago. Als der Hubjet zur Landung ansetzte, öffnete sich ein Viereck in der Rasenfläche vor dem Haus, die Maschine sank sanft in den unterirdischen Hangar.

Zwei Asiaten erwarteten Timothy. Sie verbeugten sich tief, als empfingen sie einen herrschenden Potentaten, was sie nicht davon abhielt, gleich anschließend Timothys Identicat zu verlangen und ihn mit geübten Händen nach Waffen abzutasten und seinen Beutel zu untersuchen. Besonders mißtrauisch betrachteten sie die Pfeife, und sie waren erst beruhigt, als Timothy sie in die Einzelteile zerlegte und ihnen erklärte. Wenn die beiden in ihren bunten Gewändern auch aussahen wie zwei Straßenhändler oder Kartenschläger in Chinatown, ihre Aussprache verriet, daß sie auf einer der besseren Universitäten studiert haben mußten.

Timothy hatte ein halbes Dutzend unterschiedlicher Sicherheitsschleusen zu passieren, bevor er in DuMonts „Inneres Reich" gelangte; er ließ alle Prozeduren geduldig über sich ergehen, es war immer dasselbe, wenn man einen der Bigbosse besuchte.

DuMont empfing Timothy in einem fast saalartigen, asiatisch eingerichteten Salon, der von einer goldenen Buddha-Statue beherrscht wurde. DuMont trug einen exakt auf die Farben der Seidentapete abgestimmten Kimono mit Drachenmustern. Timothy kam sich recht deplaziert vor in seiner Aufmachung.

„Ich habe schon Anweisungen gegeben, daß man mir einen

deutschen Salon einrichten soll", erklärte DuMont. „Nur, was mache ich mit meinen schlitzäugigen Safemen? Die kann ich doch kleiden lassen, wie ich will, sie werden nie deutsch aussehen. Und ich finde kaum bessere und ergebenere Leute!"

„Es gab einmal eine deutsche Kolonie in China", erwiderte Timothy. „Wenn Sie sich vielleicht im Stil eines deutschen Kolonialbeamten in Kiautschou einrichten? Das würde das Problem lösen, und Sie könnten Ihren wunderschönen Buddha behalten."

„Genial, einfach genial!" rief DuMont. „Mister Truckle, Sie sind ein außerordentlich heller Kopf!"

„Hätten Sie mich sonst zu sich gebeten?"

DuMont öffnete die Türen der Wandschränke, eine lange Flucht kunstvoll geschnitzter Türen, hinter denen sich nicht nur die angekündigte Flasche „Black Label" befand, sondern die größte Schnapssammlung, die Timothy je gesehen hatte; allein sechs Schränke voller Whisky. DuMont ließ ihm Zeit, die Etiketten zu studieren. Timothys Blick blieb an einer Flasche „Old Salem Devil's Drink" hängen. Er sah DuMont fragend an.

„Eine neue Kreation", erklärte der, „ein wahres Teufelszeug. Kennen Sie nicht die ‚Hexen von Salem'? Das ist doch ein beliebtes Video-Thema. Ende des siebzehnten Jahrhunderts drehte in Salem eine Handvoll junger Mädchen durch. Sie hatten Halluzinationen und beschuldigten Leute aus ihrem Dorf, Hexen zu sein und Umgang mit dem Teufel zu haben. Es kam zu einer Reihe von Hexenprozessen und Hexenverbrennungen, versteht sich. Die Mädchen hatten Mehl aus Mutterkorn zu sich genommen und dadurch Alkaloide geschluckt, so eine Art LSD. Dieser Whisky nun ist aus Mutterkorn gemacht. Er gibt einem unerhörte psychedelische Sensationen und sexuelle Visionen von ungewöhnlicher Intensität, allerdings führt er auch leicht zu Krämpfen und Sprachstörungen. Wollen Sie ihn mal probieren?"

Timothy bat lieber um Tee und schenkte sich eine Kostprobe „Black Label" ein. Er nahm sich vor, DuMont ein paar Flaschen davon als Prämie abzuluchsen.

„Setzen wir uns", sagte DuMont. „Weshalb ich Sie zu mir bat, Mister Truckle –" Er sah Timothy nachdenklich an.

„Man bedroht Ihr Leben, nicht wahr?"

„Ach, das ist nicht besonders beunruhigend." DuMont lächelte. „Leute in meiner Position müssen immer mit dieser Gefahr leben.“

„Wenn man den Gerüchten glauben darf, häufen sich die Anschläge jedoch in letzter Zeit.“

„Glauben Sie Gerüchten, Mister Truckle?“

„Sagen wir es so: Ich glaube ihnen nicht unbesehen, aber ich verwerfe sie auch nicht einfach. Da alle Medien fest in der Hand einiger weniger Leute sind und also nur publiziert wird, was diesen genehm ist, sind Gerüchte oft eine Quelle der Wahrheit, zuweilen die einzige.“

„Wenn Sie davon absehen, daß Gerüchte leicht zu lancieren sind und noch leichter zu manipulieren als offizielle Veröffentlichungen“, sagte DuMont schmunzelnd. „Nehmen Sie die Gerüchte über die Mordanschläge, sie sind eine Idee meines Public-Relation-Managers, um meinen Namen immer wieder ins Spiel zu bringen. Ich habe ihn allerdings schon angewiesen, damit aufzuhören; ich finde, er hat übertrieben.“

„Nur er?“ Timothy blickte DuMont in die Augen. „Ihr Sicherheitschef nicht auch? Ich will die Maßnahmen in Ihrem Haus nicht überbewerten, sie sind bei allen Bigbossen annähernd gleich; ich nehme auch an, daß die Luft hier ständig überwacht wird und daß alles, was Sie zu sich nehmen, vorher verkostet werden muß –“ DuMont nickte. „Aber ich habe gestern sehr wohl bemerkt, daß der größte Teil der Gäste in der ‚Stardust‘-Bar zu Ihrem Sicherheitskordon gehörte.“

DuMont machte eine wegwerfende Handbewegung. „McNamara nimmt seinen Job zu ernst, er war mal Militär. Natürlich habe ich Feinde, Mister Truckle. Sie nicht?“

„Nicht so mächtige, hoffe ich. Die Struktur Ihres Konzerns bringt es doch mit sich, daß Sie die Interessen einer ganzen Reihe von Monopolen tangieren. Und sicher haben Sie bei Ihrem Lebensstil auch privat reichlich Feinde. Ihre Exfrauen zum Beispiel.“

DuMont lehnte sich entspannt zurück. „Ach, wissen Sie, Mister Truckle, die machen mir überhaupt keine Sorgen. Meine Frauen hängen geradezu an meinem Leben. Die Geliebtinnen haben feste Verträge mit vierteljährlicher Kündigung, und die Gattinnen sind an meinem Einkommen beteiligt. Auch nach der Scheidung.“

„Sie vergessen das nicht unbeträchtliche Erbe im Fall Ihres Todes!“

DuMont lachte laut. „Sie befinden sich in dem weitverbreiteten Irrtum, daß der Herrscher über ein solches Imperium, wie es die NATIONAL darstellt, auch der Eigentümer sein muß. Mir gehört von dem ganzen Laden so gut wie nichts."

„Ich denke, die NATIONAL ist seit Generationen in Familienbesitz?"

„Ich gebe auch eine Menge Geld aus, damit Sie so denken, Mister Truckle. Reichtum gilt ja noch immer als das Maß aller Dinge, obwohl die Geschichte hinlänglich bewiesen hat, daß ein Habenichts unter Umständen viel einflußreicher sein kann als der reichste Nabob, wenn er nur an den Schalthebeln der Macht sitzt. Denken Sie doch mal an Mussolini oder Hitler oder –"

DuMont unterbrach sich, weil der Tee serviert wurde.

„Die meisten Bigbosse besitzen nur einen symbolischen Anteil an ihren Firmen", fuhr er dann fort, „und in Wirklichkeit ist es auch uninteressant, wem ein Unternehmen gehört, entscheidend ist, wer darüber verfügt: Was produziert wird – und was nicht! In welchen Mengen, zu welchen Preisen und zu welchem Zeitpunkt etwas auf den Markt kommt, wofür der Gewinn benutzt wird, wann wofür investiert wird – das vor allem, denn damit entscheidet man auch über die Zukunft! – und, nicht zuletzt, wer wo unter welchen Bedingungen arbeiten darf. Nicht unser Reichtum macht uns so mächtig, Mister Truckle, sondern die Entscheidungsgewalt. Sehen Sie, meinem Urgroßvater gehörte die NATIONAL noch ganz allein, aber ich habe unendlich mehr zu sagen als er, obwohl die NATIONAL jetzt einem Konsortium von Banken und dem Staat und ein paar tausend Aktionären gehört. Ich beherrsche sie. Unumschränkt. So absolut, wie es die sogenannten absoluten Monarchen nicht einmal zu träumen wagten. Natürlich, ich bin auch reich, ich habe eine Gewinnbeteiligung, und ich habe Aktien. Aber das Wichtigste ist: Ich habe Macht. Und nicht nur über die NATIONAL."

„Diese unumschränkte Macht dürfte Ihnen auch eine unbeschränkte Zahl von Feinden einbringen."

„Gegen die weiß ich mich zu wehren, Mister Truckle. Nein, weshalb ich Ihre Hilfe suche – drei meiner Mitarbeiter sind in der letzten Zeit verstorben, vielleicht ermordet worden. Die Details soll McNamara Ihnen geben, jetzt nur soviel: Alle drei haben im Top-Management der IPPI gearbeitet, das ist die IL-

LINOIS PHARMA PRODUCTIONS INCORPORATED hier in Chicago. Dem Anschein nach sind sie an Krankheiten gestorben; Dave Bennisher bekam es an der Leber, Paul Temple an der Milz, und Humphrey Goodman ist an Nierenversagen eingegangen; das war gestern, und es gibt erst vorläufige Untersuchungsergebnisse, aber sein Tod hat mich veranlaßt, Sie einzuschalten. Sehen Sie, unsere Manager werden selbstverständlich regelmäßig untersucht. Bei keinem hat es zuvor Anzeichen von Erkrankungen gegeben, sie sind plötzlich aufgetreten und sehr schnell verlaufen, was auf Infektionen hinweist, ebenso die Krankheitsbilder, nur, bei keinem der drei ist ein Erreger zu finden!"

DuMont beugte sich vor und blickte Timothy in die Augen. „Ein Zufall? Die Ärzte beteuern, daß es sich um ganz typische Krankheitsverläufe handelt, und sie schieben die Tatsache, daß man keine Erreger fand, auf technisches oder menschliches Versagen. Ich bin da nicht so sicher. Die Leichen von Bennisher und Temple wurden sofort verbrannt, da es sich um äußerst ansteckende Krankheiten handelte, aber Goodmanns Leichnam wird so lange aufgehoben, bis die Sache geklärt ist, dafür habe ich gesorgt." DuMont schenkte sich Tee nach. Er verrührte nachdenklich den Zucker.

„Ich könnte mich natürlich auf die Expertisen der Mediziner berufen und basta, doch ich will mir nicht eines Tages vorwerfen müssen, daß ich etwas versäumt hätte. Ich denke mir, wenn einer herausfinden kann, ob an der Sache etwas faul ist, dann Sie."

„Was sagt Ihr Sicherheitschef?" erkundigte sich Timothy.

„McNamara sagt, ich soll das FBI einschalten. Das Bundeskriminalamt habe schließlich alle Arten von Experten an der Hand."

„Aber das ist doch höchstens ein Fall für die Staatspolizei von Illinois!" sagte Timothy.

„Pah! Wenn ich an einer Sache persönlich interessiert bin, ist es allemal ein Fall für das Bundeskriminalamt. Aber ich will keine Riesenuntersuchung, all den Aufwand, den das FBI treiben würde und der nicht nur die Familien der Toten, sondern auch das Werk in Unruhe brächte."

„Sie glauben, meine Winzigkeit würde keine Unruhe mit sich bringen?"

„Sie sollen ja nicht mehr, als sich einmal alle Unterlagen ansehen. Wenn Sie mir dann sagen, daß es kein Fall für einen Kriminalisten ist, gebe ich mich zufrieden."

Timothy griff nach seiner Pfeife. Er setzte sie umständlich paffend in Brand, um Zeit zu gewinnen. Er machte sich keine Illusionen. Hier war weder Geld noch Ruhm zu ernten, nicht einmal eine Flasche „Black Label" als Prämie. Wenn DuMont wirklich an eine Kette von Morden dachte, würde er sicher keinen Augenblick zögern, das FBI einzuschalten. Wahrscheinlich interessierte ihn der Tod der drei wenig; die Chef-Etagen der IPPI, vielleicht sogar der ganzen NATIONAL waren in Unruhe geraten, und DuMont wollte sie besänftigen. Und Timothy Truckle sollte ihm das Alibi liefern. Deshalb auch das Treffen in der „Stardust"-Bar. So öffentlich wie nur möglich, damit es sich ja schnell herumsprach: DuMont hat den besten Detektiv von Chicago eingeschaltet. Und wenn der, wie zu erwarten, keine Indizien für ein Verbrechen finden konnte, dann war es eben nur eine Kette von unglücklichen Zufällen.

Timothy hätte am liebsten seine Stiefel angezogen und sich verabschiedet. Aber es war unklug, einem Mann wie DuMont einen Korb zu geben. Ihm blieb wohl nichts anderes übrig, als in den sauren Apfel zu beißen und sich die Unterlagen anzusehen. Und zu verkünden, er könne nichts finden, schließlich sei er kein Mediziner.

„Okay", sagte er, „wieviel Zeit habe ich, Mister DuMont?"

„Ich denke, zwei Tage werden genügen, um alles durchzusehen und eine erste Entscheidung zu treffen", sagte DuMont. „Wie ist es nun mit einem ‚Old Salem Devil's Drink'?"

„Lieber nicht", antwortete Timothy lächelnd, „am Ende beschuldige ich Sie noch, Umgang mit Hexen und Teufeln zu pflegen."

3.

Timothy ließ den Sicherheitschef der NATIONAL ins „Nebraska" kommen. Nicht nur, um von Anfang an die Rangfolge klarzustellen und seine Bedeutung als Top-Detektiv der Upperclass zu betonen; er wollte McNamara aus der gewohnten Umgebung herausbringen. Wenn Timothy sich schon die Mühe machen und Zeit für einen Fall aufwenden mußte, der am Ende gar keiner war, dann wollte er wenigstens en passant ein paar Informationen abzweigen, und das war nach seinen

Erfahrungen am leichtesten möglich, wenn man den anderen von seinem angestammten Milieu isolierte. Es gab natürlich auch Typen, die sich dann völlig verschlossen. McNamara gehörte nicht dazu.

Da DuMont ihn einen ehemaligen Militär nannte, hatte Timothy sich ein völlig falsches Bild von ihm gemacht. Er erwartete einen altgedienten und von seiner militärischen Tätigkeit geprägten zackigen Herrn, doch McNamara war alles andere als ein „Kommißkopp“, er gab sich freundlich und aufgeschlossen, war verblüffend jung, gerade dreißig, sportlich elegant und machte eher den Eindruck eines Absolventen der Yale University als einer Militärakademie. Timothy führte McNamara in sein Arbeitszimmer und ließ ihm Zeit, sich umzusehen. Dann fragte er, was er seinem Gast anbieten dürfe. McNamara sah Timothy verschmitzt lächelnd an.

„Unsere Unterlagen besagen, daß Sie einen ausgezeichneten Weinkeller besitzen, Mister Truckle. Wenn Sie ein Glas Portwein für mich hätten – ich meine echten Portwein.“

Timothy spendierte einen „Porto Colheita 2011“, und er stellte die Flasche in McNamaras Reichweite.

McNamara hatte eine Handvoll Kristalle mitgebracht, aber Timothy begnügte sich mit seinen mündlichen Ausführungen. Die Manager der IPPI wurden von der Spezialklinik des „Metropolitan Hospital“ betreut, die weit über die Grenzen von Illinois hinaus einen vorzüglichen Ruf genoß. Man durfte den Ergebnissen ihrer Dispensaire-Untersuchungen vertrauen, ebenso den Expertisen über die Krankheitsverläufe. Die Verstorbenen hatten noch wenige Tage vor ihrem Tod keinerlei Anzeichen von Erkrankung gehabt, sie waren ganz offensichtlich Infektionen zum Opfer gefallen. McNamara zeigte sich jedoch nicht beunruhig über die Tatsache, daß die Mediziner in den Geweben der Verstorbenen keine Erreger gefunden hatten.

„Sehen Sie, Mister Truckle“, sagte er, „Dave Bennisher starb an einer virulenten Gelbsucht. Sie wissen vielleicht, daß es da immer wieder neue Abarten gibt. Bennisher kam auf die Isolierstation, starb und wurde sofort verbrannt, da die Infektionsgefahr bei Hepatitis praeceps immens ist. Es ist nur dem privaten Interesse eines der Ärzte zu verdanken, daß überhaupt eine Gewebeprobe entnommen wurde, schließlich war die Diagnose eindeutig. Es ist auch nicht ungewöhnlich, daß die Erreger nicht gefunden wurden. Die Suche nach den Hepatitisviren ist noch immer ein Glücksspiel, und die Probe wurde erst jetzt untersucht, weil Mister DuMont nach dem Tod von Humphrey Goodman mißtrauisch wurde."

„Warum erst bei Goodman? Warum nicht schon bei Paul Temple, dem zweiten Toten?"

McNamara streckte die Hand nach der Flasche aus und sah Timothy fragend an.

„Bitte, bedienen Sie sich", sagte Timothy. „Ich mache mir wenig aus Portwein. Sie berauben mich also nicht."

McNamara goß sich ein und nahm einen Schluck. „Ehrlich gesagt, ich weiß nicht, warum er überhaupt mißtrauisch wurde und an Mord dachte. Gewiß, der Chef hat einen Riecher für das Außergewöhnliche, aber der hat ihn auch schon oft zum Narren gehalten. Temple bekam Milzbrand. Eine seltene Krankheit, die beim Menschen so gut wie nie vorkommt, aber im Fall von Temple wiederum nicht so verwunderlich ist, wie es auf den ersten Blick scheint. Temple war der Chef der Entwicklungsabteilung, und in der wird mit allen möglichen Bakterien, Bazillen und Viren gearbeitet. Dort entwickelt man Impfstoffe gegen Tierseuchen."

„Ich denke, Milzbrand ist schon lange ausgerottet", sagte Timothy.

„Die NATIONAL treibt Vorratswirtschaft und hat ein weitgefächertes prognostisches Programm. Wir wollen auf alle Eventualitäten vorbereitet sein. Wann immer eine Seuche auftritt, Mister Truckle, wir wollen die entsprechenden Medikamente so weit entwickelt haben, daß wir sofort mit der Großproduktion beginnen können."

„Sie züchten also Erreger für Krankheiten, die es noch gar nicht gibt?"

„Und die Gegenmittel natürlich. Damit sind wir im Vorteil, wenn ein Erreger spontan mutiert und in der Praxis auftritt."

„Es gab Gerüchte", sagte Timothy, „daß eine gewisse Firma nicht erst darauf warten wollte, bis eine Seuche zufällig ausbrach –"

„Dummes Gerede", wehrte McNamara ab, „ein Gerücht, das von der Konkurrenz in Umlauf gesetzt wurde, um eine staatliche Untersuchungskommission in die NATIONAL zu schicken. Der UNITED war es gelungen, zeitweilig die führenden Positionen in der Überwachungskommission für biochemische und pharmazeutische Produkte zu besetzen, und sie wollte diesen Vorteil ausnutzen, um Werkspionage zu treiben. Wir haben den Anschlag abgewehrt."

„Aber Sie werden nicht leugnen wollen, daß es eine ganze Reihe solcher Vorfälle gegeben hat", sagte Timothy, „wenn ich nur an den Waschpulverkrieg* denke!"

„Der von der UNITED ausgelöst wurde! Seit dem Bostoner Frieden sind jedoch derart wilde Unternehmungen ausgeschlossen."

„Temple konnte sich also in der IPPI infiziert haben?" fragte Timothy.

„Das ist sogar sehr wahrscheinlich, und da wir niemanden in unsere Karten blicken lassen wollten, wurde Temple in seinem Haus isoliert und von den Medizinern der IPPI betreut, und Hankshaw, das ist der Arzt, der den Totenschein ausstellte –" McNamara zuckte mit den Schultern. „Ich kann es Dr. Hankshaw nicht nachweisen, aber ich bin sicher, daß er die Gewebeproben absichtlich so behandelt hat, daß der Erreger nicht mehr zu finden war. Sehen Sie, es gibt eine exakte Klassifizierung nach allen Untertypen. Wenn sich nun herausstellte, daß Temple sich mit einem Erreger infizierte, der bislang nur in den Labors der IPPI existiert, hätte Hankshaw, der für diesen Bereich verantwortlich ist, eine peinliche Untersuchung befürchten müssen. Was nun Humphrey Goodman betrifft – sein Fall ist zwar merkwürdig, jedoch nicht geheimnisvoll. Die Fragen, die sein Tod aufwirft, betreffen die Mediziner, nicht die Kriminalisten. Es war eindeutig eine Virusinfektion, nur daß der Zerfall der Zellen so rapide und total vor sich ging, daß sie nicht mehr in der Lage waren, die DNS des Virus zu re-

---

* Waschpulverkrieg: berüchtigte Konzernfehde Mitte der 20er Jahre. In den Großstädten wurden Mikroben ausgesetzt, die alle synthetischen Gewebe zerstörten, sobald sie mit herkömmlichen Waschmitteln in Berührung kamen. Die UNITED bot dann als einzige Firma ein Waschmittel an, mit dem man noch waschen konnte, und erreichte vorübergehend ein Cornering (absolutes Monopol). Die Konkurrenz konterte kurz darauf mit der Verbreitung von Mikroben, die gerade dann die Gewebe vernichteten, wenn mit den Waschmitteln der UNITED gewaschen wurde. Ein paar Wochen lang konnte man synthetische Gewebe überhaupt nicht mehr waschen, und die Preise für Wolle, Seide, Leinen und andere Naturfasern schnellten in sagenhafte Höhen, bis die Konzerne im „Frieden von Boston" den Markt aufteilten und den Waschpulverkrieg beendeten.

produzieren. Die Wissenschaftler des ‚Metropolitan Hospital' vermuten eine neuartige Mutation, und sie sind sicher, daß sie schnell wieder von allein verschwinden wird, da der Virus sich ja auf diese Weise nicht fortpflanzen kann."

„Etwas völlig Neues?" fragte Timothy.

„Das ist das wirklich Interessante an Goodmans Tod."

„Konnte es sein, daß jemand ihn heimlich als Versuchskaninchen benutzte?"

„Wir haben genügend Versuchskaninchen in der IPPI", antwortete McNamara, „und weitaus besser geeignete."

„Jemand könnte dennoch in die Versuchung geraten sein, das Angenehme mit dem Nützlichen zu verbinden", meinte Timothy, „jemand, der Goodman haßte. Oder fürchtete."

McNamara schüttelte den Kopf. „Die Idee ist mir auch schon gekommen, aber es gibt keine Anzeichen dafür. Goodman war ein brillanter Gelehrter, aber zugleich ein Trottel, ein Muster an Gutmütigkeit und Hilfsbereitschaft. Glauben Sie mir, er hatte keine Feinde, auf keinen Fall bei der IPPI."

„Und bei der Konkurrenz?"

„Er wohnte in einem Dienstappartement auf dem Werkgelände, er hat es schon seit Jahren kaum noch verlassen."

„Was ist mit seiner Familie, seiner Frau, hat sie einen Liebhaber –?"

„Er lebte völlig allein, er war ja schon über Siebzig, und er ging völlig in seiner Arbeit auf."

„Aber er könnte einem seiner Kollegen gefährlich geworden sein. Vielleicht hatte er eine Unregelmäßigkeit entdeckt? Sie sagen, er war besonders gutmütig. Das ließe vermuten, daß er in solch einem Fall den Kollegen nicht gleich anschwärzte, sondern erst mit ihm sprach."

„Und wie sollten wir das herausbekommen? Es ist viel wahrscheinlicher, daß er eines, wenn ich es so nennen darf, natürlichen Todes gestorben ist. Die Mutationsrate bei diesen Virusarten ist extrem hoch. Fragen Sie einen Experten! Und selbst wenn – was hätte sein Tod mit dem der anderen zu tun?"

„Sie glauben also nicht, daß es sich um eine Kette von Morden handelt?"

„Ganz und gar nicht."

„Warum haben Sie dann DuMont vorgeschlagen, das FBI einzuschalten?"

McNamara lehnte sich zurück und sah Timothy belustigt an.

„Um ihn ein für allemal von diesem Hirngespinst abzubringen, Mister Truckle. Um ihn zu einer Entscheidung zu zwingen. Entweder er akzeptiert, daß es sich nur um eine unglückliche Verkettung von Zufällen handelt, oder er halst sich das FBI auf mit allen Konsequenzen, die sich daraus ergeben."

Timothy sah McNamara fragend an.

„Na, die IPPI beschäftigt doch Color-Collars*. Wußten Sie das nicht?"

Timothy pfiff verwundert. „Haben Sie dann nicht ohnehin ständig irgendeinen Sicherheitsdienst auf dem Hals?"

„Warum sollten wir? Unsere Werkpolizei ist da absolut kompetent."

„Erhöht das aber nicht die Wahrscheinlichkeit eines Verbrechens?"

„Ganz im Gegenteil. Durch die Colors sind wir zu besonderen Sicherheitsmaßnahmen gezwungen. Außerdem hatten Bennisher und Goodman keinerlei Kontakt mit den Sträflingen."

„Ich würde mir das gerne mal ansehen", sagte Timothy. – Betriebe, die Sträflinge beschäftigen, waren Außenstehenden verschlossen, es gab kaum Informationen über die Bedingungen in solchen Werken. Vielleicht beschäftigte die IPPI sogar Black-Collars, und er fand dort am Ende einen der vielen Verschollenen wieder?

„Da müssen Sie mit DuMont sprechen", erwiderte McNamara. „Aber überlegen Sie sich einen guten Grund; der Chef ist nicht sehr freigebig mit seiner Genehmigung."

„Warum? Er schämt sich doch wohl nicht seiner Colors?"

---

* Color-Collars = Buntkragen, Sträflinge. In den USA werden eine ganze Reihe von Verurteilten dadurch gekennzeichnet, daß man einen Streifen ihrer Halshaut einfärbt: rot bei Sträflingen, die Zwangsarbeit in gefährlichen Medien leisten müssen, grün bei Häftlingen, die sich als Versuchspersonen für chemische und pharmazeutische Produkte verwenden lassen müssen, orange für Zwangsarbeiten aller Art. Politische Häftlinge werden mit einem schwarzen Streifen gebrandmarkt (Black-Collars), sie dürfen von den Konzernen nach Belieben eingesetzt werden. Die „Violets" dürfen sich zum Teil frei bewegen, müssen aber einen oder mehrere Körperteile oder Organe auf Abruf für Transplantationen zur Verfügung stellen. Die Bezeichnung „Color-Collars" wurde von dem Sprachmuster der „Blue-Collar-Workers" und „White-Collar-Workers" abgeleitet.

„Im gewissen Sinne schon.“ McNamara goß sich nach. „Auf meinen Chef.“ Er hob das Glas und trank Timothy zu. „Die Öffentlichkeit kennt nur das Image, das er um sich errichtet hat, eine schillernde, undurchdringliche Mauer, hinter der er sein wahres Ego versteckt. Sie haben ja keine Ahnung, was für ein empfindsamer Mann DuMont in Wirklichkeit ist, Mister Truckle. Ein Mann, der in aller Stille unheimlich viel Gutes tut, weil er unter dieser Welt leidet. Sie kennen die ‚Public-Dope-Free-Schools‘*?“

Timothy nickte. Er war zwar noch nie in einer dieser streng abgeschirmten Schulen gewesen, in der Kinder aufwachsen konnten, ohne mit all den Rauschgiften in Berührung zu kommen, die sonst an den Schulen gehandelt wurden, aber er hatte schon viel über sie gehört; sie zählten zu den wenigen Glanzlichtern in der oft so finsteren Welt der amerikanischen Kinder, wenn man einmal von den nicht weniger gut behüteten Internaten der Wohlhabenden absah.

„Es war DuMonts Idee, diese Schulen einzurichten“, sagte McNamara, „und er hat eine Unmenge Geld dafür gespendet. Auch eine ganze Reihe der ‚Drop-Out-Homes‘** werden von der NATIONAL unterhalten.“

Timothy war beeindruckt. Da bot sich ihm ein völlig neues Bild von DuMont dar.

„Aber er beschäftigt Colors“, sagte er nachdenklich.

„Für DuMont ist das nicht nur eine Frage der Kostenersparnis, sondern auch oder vor allem der Humanität“, erwiderte McNamara. „Irgendwo müssen die Verurteilten ja arbeiten, dann schon bei uns, wo sie es mit Sicherheit besser haben als irgendwo sonst. DuMont kümmert sich persönlich darum, daß sie alle möglichen Erleichterungen bekommen. Ich glaube, er fühlt sich verantwortlich, weil sein Großvater damals die vierzehnte Strafrechtsreform im Kongreß einbrachte, die die Zwangsarbeit und die Zwangstransplantationen einführte.“

„Ich hatte keine Ahnung, daß ‚Big Balloon‘ DuMonts Großvater war“, sagte Timothy.

„Mütterlicherseits. DuMont tut auch alles, damit das nicht

---

* Public-Dope-Free-Schools: öffentliche drogenfreie Schulen.

** Drop-Out-Homes: eine Art von Waisenhäusern für Findlinge, besonders für Säuglinge, die ohne Lizenz geboren und von den Eltern ausgesetzt werden.

verbreitet wird. Schließlich war die Strafrechtsreform nicht gerade ein Glanzstück unserer Zivilisation."

Timothy sah überrascht auf. Wußte McNamara nicht, daß jedes Wort, das er in diesem Raum sprach, staatlich überhört wurde? Er nahm die Flasche Portwein und winkte McNamara, ihm ins Mausoleum zu folgen.

„Hier dürfen Sie Ihrem Herzen Luft machen, ohne sich die Zunge zu verbrennen", sagte Timothy.

„Ist es nicht eine Schande?" rief McNamara. „Vor allem die ‚Violets'! Müssen wir im einundzwanzigsten Jahrhundert die barbarischen Gesetze der Urzeit neu aufleben lassen? Denn es ist doch nichts anderes als einst das Handabhacken oder Ohrenabschneiden, wenn man heute einen Menschen dazu verurteilt, eine Niere oder den Magen oder ein Bein herzugeben!"

„Es wird ja häufig nicht vollzogen", sagte Timothy. „Ich denke, es geht mehr um die abschreckende Wirkung."

„Und – schreckt es ab? Noch nie hat man Kriminalität durch Abschreckung wirksam bekämpfen können. Man müßte die Ursachen beseitigen, das Elend, den Hunger, die Arbeitslosigkeit –"

„Sie sprechen recht aufrührerisch für einen Polizisten!"

„Nicht alle Tage, das können Sie mir glauben."

„Ich hätte es nie für möglich gehalten, daß mir mal ein Polizeichef, noch dazu ein ehemaliger Militär, sympathisch sein könnte. Sagen Sie Tiny zu mir."

McNamara streckte Timothy die Hand hin. „Ich heiße Vance."

Er trank sein Glas aus und goß sich gleich nach.

„Wie sind Sie eigentlich zu DuMont gekommen?"

„Auf einer Party. Mutter gab mir zu Ehren ein Fest, als ich den dritten Grad an der Militärakademie von Princeton absolviert hatte. Mutter war weitaus stolzer auf das goldblausilberne Band als ich. Zu dieser Party erschien auch DuMont, meine Schwester hatte gerade bei ihm als Geliebte angefangen. DuMont nahm mich beiseite und sagte, er habe noch nie einen Militär getroffen, der es so wie ich verstünde, sein Haar auf die Uniform abzustimmen. Er freue sich, daß er endlich einmal einen Soldaten mit Kunstverstand getroffen habe. Da brach es aus mir heraus. Ich sagte ihm ins Gesicht, was ich von meinem Job als Soldat hielt." McNamara lachte schallend. „Überhaupt, Tiny, Soldaten! Eine Bürgerkriegstruppe bestenfalls.

Glauben Sie, daß die DRAUSSEN es wagen, uns anzugreifen? Ich nicht. Und die DRAUSSEN angreifen? Wie denn? Wozu also noch Militär? Wozu all die Milliarden Rüstungsausgaben? Wir sind nur die Reserve der Polizei und der NSA. Da kann ich lieber gleich Polizist sein, zumal bei einem Chef wie DuMont, und muß mich nicht mit dem Mob auf der Straße herumprügeln. Versuchen Sie, DuMonts Fatzken-Mauer zu durchbrechen, Tiny, und Sie werden einen der edelsten Charaktere der Staaten entdecken."

4.

Timothy ließ sich einen neuen Termin bei DuMont geben, und dieses Mal trieb er keinerlei modischen Aufwand, er färbte sich nicht einmal das Haar. DuMont sah ihn belustigt an.

„Ist das die allerneueste Mode?" fragte er spöttisch.

„Ach, wissen Sie", antwortete Timothy, „es gibt Tage, da kann ich keinen Firlefanz ertragen. Ich muß diesen Quatsch mitmachen, weil er zu meinem Image gehört und dem Geschäft förderlich ist, aber manchmal ekelt es mich geradezu an."

DuMont schlug Timothy begeistert auf die Schulter. „Kommen Sie, Mister Truckle, gehen wir in mein Allerheiligstes."

Er führte Timothy in einen kleinen Raum, der frei von allen modischen Mätzchen war: die Wände weiß gestrichen, die Fenster zeigten auf einen kleinen, verwilderten Garten, nur zwei Bilder schmückten das Zimmer, Regenlandschaften von Turner. DuMont wies auf einen der beiden Stühle.

„Was kann ich Ihnen anbieten, Mister Truckle?"

„Einen Schluck Wasser", sagte Timothy. „In diesem Raum verlangt es mich geradezu nach dem Simpelsten – und Schönsten, was unser Planet zu bieten hat."

DuMont reichte Timothy ein Buch, Handzeichnungen Leonardo da Vincis, und entschuldigte sich für einen Augenblick. Als er wiederkam, trug er eine Art Toga, hatte den Schmuck abgelegt und sich abgeschminkt. Er brachte einen Servicewagen mit, auf dem nicht nur Wasserkaraffen und verschiedene Gläser standen, sondern auch zwei dunkelgrüne Flaschen ohne Etikett.

„Ein unverfälschter Frankenwein aus Old Germany", erklärte DuMont, „der paßt, so denke ich, auch in diesen Raum." DuMont goß ein. „Wir sind also verwandte Seelen. Ich habe den Zirkus ebenso satt, aber selbst ich bin ein Gefangener meines Images. Gewiß, ich könnte es ändern, doch soll ich mich allen so zeigen, wie ich wirklich bin? So verwundbar will ich mich nun doch nicht machen. Also beschränke ich meine intimste Freiheit auf diese Räume. Nebenan ist ein Solarium und ein Schwimmbecken, wenn Sie Lust haben, genieren Sie sich nicht!"

„Vielleicht später", sagte Timothy. „Im Augenblick möchte ich Ihren Wein und Ihre Gemälde genießen."

„Es gibt noch einen Grund, warum ich mein wahres Antlitz nicht öffentlich preisgebe", unterbrach DuMont die Stille, „ich befürchte, man würde es schnell nachahmen, und dann wäre auch das nicht mehr mein Privileg, sondern würde zur Mode herabgewürdigt. Einmal habe ich leichtsinnigerweise im ‚Hilton' Erbssuppe mit Würstchen bestellt. Am nächsten Tag war es der neue Hit. Ein oder zwei Wochen lang aß alle Welt Erbssuppe, und ich kann seitdem mein einstiges Lieblingsessen nicht mehr riechen."

„Was halten Sie von ‚Boston Baked Beans'?" fragte Timothy. „Eine fast vergessene altamerikanische Farmerkost, sehr einfach und sehr schmackhaft."

„Sie machen mich neugierig, Mister Truckle. Würden Sie mir das Rezept verraten, damit mein Küchenchef es uns zubereitet?"

„Ich würde es lieber selbst kochen", antwortete Timothy, „doch das geht nicht sofort; die Bohnen müssen über Nacht eingeweicht werden. Darf ich Sie einmal zu mir einladen, Mister DuMont? Ich würde Ihnen gerne ‚Boston Baked Beans' kredenzen, aber ich hasse es, in fremden Küchen und unter fremden Augen zu arbeiten."

„Schade." DuMont seufzte. „Gerade heute wäre mir nach einem handfesten einfachen Essen."

„Lassen Sie die Küche räumen", schlug Timothy vor, „und ich koche uns einen Topf südschwedischer Suppkartoffeln. Ich bin sicher, das wird Ihnen schmecken."

DuMont war sofort dabei, er begann sogar Kartoffeln zu schälen, während Timothy einen Berg Zwiebeln vorbereitete, die er dann mit den zu Scheiben geschnittenen Kartoffeln in Salzwasser aufsetzte.

„Das ist alles?“ erkundigte sich DuMont verwundert.

„Fast. Noch Pfeffer dazu und ganz am Schluß ein Stück Butter. Für den, der es mag, ein Stück Leberwurst als Zukost; aber es muß grobe Leberwurst sein, und sie wird nur in der Röhre erwärmt.“

DuMont durchstöberte schon die Kühlschränke. Als er nirgends Leberwurst fand, gab er den Auftrag, sofort welche zu besorgen. Dann saßen sie auf dem langen Holztisch und ließen die Beine baumeln.

„Wie sieht es aus“, erkundigte sich DuMont, „haben Sie etwas entdecken können?“

„Um ehrlich zu sein, nein.“ Timothy sah ihn an. „Vorgestern hätte ich noch gewettet, daß das genau die Antwort ist, die Sie von mir hören wollen, aber seit gestern bin ich mir nicht mehr sicher. McNamara hat Ihr Loblied in den höchsten Tönen gesungen. Er behauptet, Sie seien ein wahrer Menschenfreund.“

„Soweit ich es mir leisten kann“, erwiderte DuMont. „Ich möchte vor allem, daß nicht noch mehr derartige Todesfälle geschehen. Waren es Verbrechen, Mister Truckle?“

„Schwer zu sagen. Da müßte ich mich erst einmal in der IPPI umsehen.“

„Warum?“ fragte DuMont.

„Wo soll ich ansetzen?“ fragte Timothy zurück. „Dies sind keine gewöhnlichen Verbrechen. Wo, zum Beispiel, ist der Tatort? Was ist die Tatzeit? Wo soll ich Spuren suchen? Wo einen Täter? Wo ein Motiv? Wenn ich den kleinsten gemeinsamen Nenner der drei Fälle nehme, stoße ich auf die IPPI. Gibt es irgendwelche Schwierigkeiten, wenn ich mich dort einmal umsehen möchte?“

„Nicht, wenn ich es anordne“, antwortete DuMont. „Ich verstehe nur nicht recht, wozu das gut sein soll. McNamara kennt sich dort aus. Er soll Ihnen alle Fragen beantworten und von mir aus auch Untersuchungen für Sie anstellen.“

„Ich will es mit einem Bild verdeutlichen“, erwiderte Timothy. „Wenn Sie auf einen Teich blicken, dessen Oberfläche unbewegt ist, können Sie – vorausgesetzt natürlich, das Wasser ist nicht allzu unsauber –, dicht vor sich bis auf den Grund sehen, in ein paar Metern Entfernung sehen Sie vielleicht noch einen Fisch, wenn er dicht unter der Oberfläche schwimmt, ein Stück weiter bildet das Wasser bereits eine undurchdringliche Barriere für Ihren Blick: Je flacher der Winkel wird, desto stärker die Brechung. Schließlich wird eine kritische Grenze erreicht, an der die Strahlen reflektiert werden und Sie nichts mehr sehen. So geht es mir, wenn ich durch die Augen anderer sehen muß. Um bei dem Bild zu bleiben: Am klarsten sehe ich dort, wo ich stehe.“ Timothy hopste vom Tisch und ging zum Herd. Er rührte lange im Topf, um DuMont Zeit zu lassen, den Köder zu schlucken.

„Sie haben mich überzeugt, Mister Truckle“, sagte DuMont, als Timothy zurückkam. „Ich werde McNamara Anweisung geben, daß Sie überall –“

Ein Gong unterbrach ihn. Über den Monitor wurde gemeldet, daß die Leberwurst eingetroffen sei.

„Gerade rechtzeitig“, meinte Timothy, „die Kartoffeln sind in wenigen Minuten gar.“

Sie schlürften ungeniert die heiße Brühe, zerdrückten die weichen Kartoffelscheiben und Zwiebeln schmatzend am Gaumen und aßen die handwarme Leberwurst mit den Fingern. DuMont aß wenig, doch er rülpste genüßlich.

„Ich kann leider nicht mehr“, seufzte er. „Was halten Sie jetzt von einem geruhsamen Bad?“

DuMont stand im Nu nackt da, nackt bis auf ein halbes Dutzend Schönheitspflästerchen in seinen Familienfarben und einer Halskette, an der ein herzförmig in Gold gefaßter Quarzkristall hing, der in schneller Folge seine Tönung wechselte und geheimnisvoll in allen roten Schattierungen glühte. DuMont sah Timothys neugierigen Blick, er hielt ihm die Kette hin.

„Interessiert Sie mein Purple Heart*?“

„Ein schönes Stück“, sagte Timothy, „aber ich hätte angenommen, daß Sie nur alten, klassischen Schmuck tragen. Die Form kommt mir bekannt vor, kann es sein, daß das eine Imitation ist?“

„Nur in gewissem Sinn, Mister Truckle.“ DuMont schmunzelte vergnügt. „Ich gebe zu, die Form ist nachgeahmt und nicht einmal besonders glücklich, eine Vermischung venezianischer und amerikanischer Elemente, die man sicher besser hätte machen können. Aber die Form ist hier nicht das Wichtigste, der

---

* Purple Heart = Purpurherz; früher einmal Name des Verwundetenabzeichens der US-Army.

Quarz ist nur ein Schmuckelement. Auf den Inhalt kommt es an, und der ist außergewöhnlich: ein Schrittmacher."

„Das hätte ich nicht vermutet", gestand Timothy, „meiner ist implantiert." Er zeigte auf die kleine Narbe in seiner linken Achselhöhle.

„Kein Herzschrittmacher, Mister Truckle! Ein Schrittmacher der Laune." DuMont amüsierte sich sichtlich über Timothys Verblüffung. „Ein Nebenprodukt unseres Unternehmens. Es beeinflußt die ‚innere Uhr', die der Mensch nun mal wie alle Lebewesen in sich trägt, beschleunigt oder verlangsamt sie durch das Senden bestimmter rhythmischer Muster. Man merkt zwar nur, daß Atemfrequenz und Herzschlag sich ändern, aber in Wirklichkeit wird der gesamte Ablauf der Körperfunktionen beeinflußt. Sehen Sie hier: An diesem kleinen Knopf kann ich die gewünschte Geschwindigkeit einstellen. Der Laie wird es kaum für möglich halten, doch durch die Veränderung des organischen Grundrhythmus kann man sich auf Hochtouren bringen – oder in eine Lethargie versetzen, ganz wie und wie lange man will. Es ist wesentlich wirksamer als irgendein Rauschgift, dabei absolut ungefährlich, es sei denn, man entfernt die Sicherung und übertourt sich."

„Also ein ideales Mittel, die Rauschgiftsucht zu bekämpfen", meinte Timothy.

„Ja, ich weiß. Obwohl es für die meisten zu teuer wäre, und gerade für jene, die als erste zu Drogen greifen." DuMont hängte sein Purple Heart vorsichtig an einen Haken. „Die Leute von der EngiPoG* bedrängen mich auch immer wieder, das Ding in Serie produzieren zu lassen, aber ich kann mich noch nicht dazu entschließen. Ich weiß, es ist egoistisch und sentimental, aber ich liebe dieses kleine Ding, und ich verabscheue den Gedanken, daß alle Welt damit herumläuft."

5.

McNamara schien nicht gerade begeistert, daß Timothy die Genehmigung zur Besichtigung der IPPI bekommen hatte. Er verriet sich nur durch ein kurzes Stirnrunzeln, bevor er seinen

---

* EngiPoG = Engineering Policy Group – Abteilung, die die Aufgabe hat, neue Produktionen vorzuschlagen.

Ärger hinter einem Lächeln versteckte, nicht schnell genug für Timothys Aufmerksamkeit.

„Ich möchte Ihnen nicht die Zeit rauben, Vance", sagte Timothy, „ich kann mir gut vorstellen, daß der Sicherheitschef der NATIONAL Wichtigeres zu tun hat, als Fremdenführer zu spielen. Vertrauen Sie mich einem Ihrer Leute an."

„Nein, nein, Tiny, ich mache das schon selbst. Nur spielen Sie mir bitte nicht vor, daß Sie im Werk Spuren oder Indizien suchen. Sie sind neugierig, das verstehe und akzeptiere ich; ich hätte solch eine Gelegenheit auch beim Schopfe gepackt."

„Sie sind ein guter Detektiv", antwortete Timothy, „Sie haben mich sofort durchschaut. Aber verraten Sie mich bitte nicht bei Ihrem Chef, er glaubt, daß ich ernsthaft arbeite."

Sie verabredeten sich für den nächsten Vormittag. McNamara ließ Timothy abholen. In einem vergleichsweise sehr bescheidenen Werks-Copter, der nicht einmal das Firmenzeichen der IPPI trug. Timothy nahm die kleine Maschine nicht für voll und mußte sich erst aufrufen lassen.

McNamara erwartete ihn in der Halle des Werkes, direkt unter der Nachbildung der Freiheitsstatue*, die hier wie in allen Betrieben und Institutionen aufgestellt war. Er führte ihn in ein Büro, das mit den Fahnen der USA und der NATIONAL geschmückt war; zwischen ihnen hing ein überdimensionales Bild von DuMont.

„Ich muß Sie zuerst einmal verpflichten", sagte er, „das verlangen nicht nur unsere Werksbestimmungen, sondern auch die Behörden des Strafvollzugs."

---

* Die „Freiheitsstatue" wurde 1886 zur Erinnerung an das Bündnis zwischen Frankreich und den jungen USA im Befreiungskampf gegen die englische Kolonialmacht auf einer kleinen Insel im Hafen von New York errichtet. Sie trug in der rechten Hand eine Fackel, in der linken Gesetzestafeln, ihre Füße traten auf zerbrochene Ketten. Die Figur aus Eisen und Bronze wurde um die Jahrhundertwende vom Smog zerfressen, alle Rettungsversuche scheiterten, im Jahre 2008 fiel der Arm mit der Fackel ab, kurz darauf wurde die Statue von Guerillas gesprengt, da sie „nur noch eine Farce sei". Daraufhin entbrannte ein Kampf um die Liberty-Insel, dreimal wurde eine Kopie der 50 m hohen Statue (aus Plast) aufgestellt und jedesmal vom UNDERGROUND in die Luft gejagt, zuletzt die ganze Insel. Da beschloß der Kongreß, daß in allen Betrieben und öffentlichen Gebäuden eine Nachbildung der Freiheitsstatue aufgestellt werden mußte.

Timothy gab sein Stimmidenticat und verpflichtete sich, alles, was er im Werk sehen oder hören würde, streng vertraulich zu behandeln und keinerlei Informationen an Dritte weiterzugeben. McNamara nahm die Zeremonie ernst, bei solchen Gelegenheiten schlug wohl der Militär in ihm durch. Timothy gelang es, keine Miene zu verziehen. Du meine Güte, wie oft hatte er schon derartige Verpflichtungen abgegeben. Und gebrochen.

„Was wollen Sie sehen, Tiny?" erkundigte sich McNamara.

Timothy zuckte mit den Schultern. „Ich habe ja keine Ahnung, was es hier alles zu sehen gibt. Vielleicht wäre ich sonst auch gar nicht neugierig. Führen Sie mich nach Ihrem Gutdünken herum, Vance."

„Schön, gehen wir zuerst in die Treibhäuser. Das ist immer sehr eindrucksvoll."

Die Treibhäuser lagen im Keller, vier ausgedehnte Geschosse, die sich aber alle glichen, wie McNamara erklärte, so daß es genüge, sich ein Haus anzusehen. Ansehen hieß hier, durch eine dicke gläserne Scheibe zu gucken.

„Ist das nicht ein idyllisches Bild?" McNamara zeigte auf ein paar Frauen, die sich zwischen üppigen Stauden bewegten, ausnahmslos junge und hübsche Frauen. Und nackt. Den roten Streifen, der sich um ihre Hälse zog und der in dieser Umgebung eher wie ein raffiniert ausgedachtes Schmuckelement wirkte, konnte man ja nicht als Kleidung ansehen.

„Hübsche Mädchen, nicht wahr? Ich dachte mir, daß Ihnen der Anblick gefallen würde, Tiny. Er beeindruckt auch mich immer wieder. Es läßt an Eva im Paradies denken. Man ist fasziniert und möchte zu ihnen stürzen. Doch wenn ich Sie hineinließe, wären Sie in wenigen Sekunden tot. Erstickt. Die Luft in den Treibhäusern enthält eine Menge Kohlenwasserstoff und Methan und knapp halb soviel Sauerstoff, wie wir es gewohnt sind, sie ähnelt der Atmosphäre in den Urzeiten unseres Planeten. Die Wissenschaftler haben nämlich entdeckt, daß die heutige Erdatmosphäre durchaus nicht das optimale biologische Milieu für die Pflanzen darstellt, es ist ein Kompromiß mit dem Sauerstoffbedarf der Tiere. In einer sauerstoffreduzierten Atmosphäre gedeihen die Pflanzen weitaus besser. Die mannshohen Stauden zum Beispiel, die Sie da vorne sehen, sind Kartoffeln!"

„Und wie halten die Mädchen das aus?"

„Sie haben anderes Blut. Es wird durch eine mehrstufige Perfusion ausgetauscht, bis der Hämoglobingehalt so eingestellt ist, daß sie in dieser Luft leben können. Nach ein paar Wochen hat man überhaupt keine Beschwerden mehr."

„Aber – ist der Blutaustausch rückgängig zu machen?"

„Das synthetische Blut muß ständig erneuert werden, die Perfluorverbindungen haben nur eine Halbwertzeit von zwei Monaten."

„Die armen Dinger sind also nicht zu ewigem Leben in diesem unterirdischen Garten Eden verurteilt?"

„Nein, aber ich versichere Sie, Tiny, sie fühlen sich da denkbar wohl. Sie hätten ja auch in einem anderen gefährlichen Medium landen können, in den Muddies zum Beispiel oder in einer der ‚Metal Hells'*. In solch einem Treibhaus kann man doch leben, oder? Vergessen Sie nicht, daß das Sträflinge sind!"

„Haben Sie nur Frauen hier? Und nur junge Frauen?"

McNamara lachte. „Nein. Das ist sozusagen unser Renommierstück. Die älteren Frauen und die Männer arbeiten in den anderen Treibhäusern; Männlein und Weiblein natürlich fein säuberlich getrennt, aber als Prämie für besonders gute Arbeit dürfen sie schon mal miteinander schlafen. Ich bin übrigens dagegen. Ich finde, DuMont geht hier zu weit. Strafarbeit muß schließlich Strafarbeit bleiben."

„Gibt es auch Aufseher oder, nun, Nichtsträflinge da unten?"

„Nein, aber sie werden elektronisch überwacht. Das allerdings total."

„Und wenn sie einmal nicht so wollen, wie sie sollen?"

„Da gibt es vielerlei Möglichkeiten. Zuerst einmal können sie jederzeit strafversetzt werden. In leichteren Fällen von Ungehorsam werden die kleinen Privilegien entzogen, das Baden zum Beispiel. Eine sehr unangenehme Strafe, weil die Luft in diesen Häusern die Haut unerhört reizt, wenn man sich nicht regelmäßig säubern kann. Oder auch Wasserentzug. Da herrscht tropisches Klima, und Durst kann eine furchtbare Strafe sein. Schwere Fälle kommen für kürzere oder längere Zeit in die Klimakammer, in der der Sauerstoffgehalt der Luft

* Metal Hells = Metallhöllen, Werkhallen der Grundstofferzeugung mit Edelgas- oder anderen variierten hochgiftigen Atmosphären, die der Grundstofferzeugung günstiger sind als die herkömmliche Luft.

nach Belieben erhöht werden kann, was natürlich zu Krämpfen führt."

„Eine Frage, Vance. Wozu diese Treibhäuser?"

„Hier werden Grundstoffe produziert, vor allem Alkaloide, die man noch nicht synthetisch herstellen kann oder nur zu wesentlich höheren Kosten."

Als nächstes führte McNamara Timothy in einen Saal. Obwohl es auch hier drückend heiß war, trugen die Sträflinge derbe Drillicon-Kittel, und ausnahmslos alle hatten orangefarbene Streifen um den Hals. Und sie saßen in bunter Reihe mit Schimpansen! Menschen wie Affen starrten auf das schnell vorüberziehende Fließband, pickten Pillen heraus und warfen sie in Schlitze an ihrem Arbeitsplatz.

„Das ist noch immer die beste Gütekontrolle, die Sie sich denken können", erklärte McNamara. „Im Grunde ist dieses Band überflüssig, aber die Menschheit ist nun einmal perfektionswütig. Pillen und Tabletten sollen immer die ideale Form und haargenau die gleiche Farbtönung haben, sonst wird der Konsument mißtrauisch. Und da es noch keine Automaten gibt, die annähernd so exakt und so billig die Fehlformen und Fehlfarben aussortieren, bleibt es bei der guten alten Handarbeit."

„Und warum Schimpansen?" fragte Timothy. „Oder – warum nicht nur Schimpansen?"

„Schimpansen haben ein sehr präzises Formempfinden, wenn man sie darauf trimmt, sie können dagegen nicht annähernd so gut wie der Mensch Farbnuancen unterscheiden. Wir sortieren hier Abweichungen von ein Zehntel Miocol aus." McNamara grinste. „Daß sie in bunter Reihe sitzen, hat natürlich keinerlei technologische Notwendigkeit. Es soll nur verhindern, daß die Huees* sich während der Arbeit unterhalten und dadurch abgelenkt werden."

„Und sie daran erinnern, daß sie ebenso wie die Affen nur noch Necklaces** sind, denke ich!"

„Sie denken richtig, Tiny."

„Ich finde es erstaunlich, wie schnell die Leute arbeiten", sagte Timothy, „das muß doch ziemlich ermüdend sein."

---

* Hue = Farbe, Tönung; Huee = Gefärbter, Schimpfwort für Sträfling.

** Necklace = Halsband für Tiere.

„Wir beide würden es gewiß nicht lange aushalten. Aber die Huees werden, bevor man sie einsetzt, ‚bepflanzt', wie die Fachleute es nennen, bekommen Kapseln mit Hormonen, Neuroplektika und so weiter implantiert, die mit einem Mini-Empfänger ausgerüstet sind, über den man die Ausschüttung in den Blutkreislauf steuern und so Ermüdungsphasen begegnen kann."

„Also so etwas wie ferngesteuerte Menschen?"

„Wenn Sie es so nennen wollen – soll ich es Ihnen mal vorführen lassen? Ein Knopfdruck, und den Huees sträuben sich die Haare, oder sie fangen an zu schnaufen und zu niesen. Die Substanzen wirken vor allem auf den Hypothalamus und beeinflussen Atem- und Herzrhythmus, Blutdruck, Aktivität, Aufmerksamkeit ... Aber das ist nur für den Notfall. In der Regel reichen die Schrittmacher, die an den Arbeitsplätzen eingebaut sind und auf die ‚innere Uhr' wirken. Das funktioniert –"

„Danke", unterbrach Timothy, „Ihr Chef war schon so freundlich, mir die Funktionsweise zu erklären. Wie lange ist hier eine Schicht?"

„Für die Affen vier Stunden täglich, mehr halten sie nicht aus. Die Huees arbeiten zweimal sechs Stunden mit vier Stunden Pause, dann acht Stunden Schlaf."

„Und dabei unterscheiden sie noch Farbabweichungen von weniger als einem Miocol? Das kann ich nicht glauben."

„Man implantiert auch Drogendepots", antwortete McNamara, „Alkaloide, die die Farbempfindlichkeit um ein vielfaches steigern."

„Ohne Spätfolgen für die Betroffenen? Werden sie nicht alle süchtig?"

McNamara zuckte mit den Schultern.

„Arbeiten eigentlich nur Sträflinge bei der IPPI?" erkundigte sich Timothy.

„In den Forschungsbereichen sind es etwa ein Drittel der Mitarbeiter; in den Produktionsabteilungen gibt es nur Huees. Und Tiere natürlich. Wir haben auch Papageien."

Timothy schwieg, während sie hinauffuhren, und als er ans Tageslicht kam, atmete er tief, obwohl die Luft hier oben weitaus schlechter war als im Werk. McNamara führte ihn über einen weiten Hof. Hinter einem der Gebäude spielten Männer Volleyball.

„Das sind unsere Versuchskaninchen, die Paradepferde der IPPI“, erklärte McNamara. „Sie haben auch Schwimmbecken, Baseball- und Golfplätze, können Sport treiben, soviel und was sie wollen, ihren Hobbys nachgehen, experimentieren und forschen, wenn es Wissenschaftler sind, werden hervorragend beköstigt, kurzum, manch freier Mann würde wohl neidisch, wenn er erführe, welch ein Leben die Green-Collars bei uns führen.“

„Wenn man von dem Risiko absieht, daß eine der Drogen, die sie mit ihrem Leib testen müssen, ihnen für alle Zeiten die Gesundheit ruiniert oder sie gar umbringt.“

„Daran hätten sie eben früher denken müssen!“

McNamara führte Timothy in einen hellen, freundlichen Raum, der eher dem Labor einer Universität glich als einem Arbeitsraum für Sträflinge. Ein Mann kam auf sie zu, er machte einen gepflegten und zufriedenen Eindruck, trug einen modischen Anzug aus gutem Stoff, seine Haare waren nicht geschoren, sie waren sogar passend zu seinem Anzug gefärbt; nur der schmale violette Streifen, der aus seinem Hemdkragen hervorlugte, verriet, daß auch er ein Sträfling war.

Timothy musterte ihn neugierig. Das also war ein Violet. Aber dem Mann schien noch nichts zu fehlen. Timothy hätte ihn am liebsten gefragt, wozu man ihn verurteilt hatte, zu einer Niere, den Augen, einem Arm?

„Darf ich Sie etwas fragen, Sir?“ wandte der Mann sich an McNamara.

„Natürlich, Olbers.“ McNamara sah Timothy entschuldigend an. „Einen Moment, bitte.“

Timothy schlenderte weiter. Am Fenster saß ein Orange-Collar und hantierte mit Mikroskopincerts an einer Mikrowerkbank; als Timothy näher trat, blickte er auf. Das Gesicht kam Timothy bekannt vor. „Wir kennen uns, nicht wahr?“ fragte er. „Ich komme im Moment nur nicht auf Ihren Namen. Sie sind –“

Der Mann sprang auf und nahm Haltung an. „Häftling siebenundachtzig-orange-drei-siebzehn-fünf, Sir! Darf ich weitermachen?“ Timothy nickte. Erst jetzt sah er, daß der Sträfling ein Purple Heart in seine Mikrowerkbank eingespannt hatte. McNamara trat hinzu.

„Nun, gehen wir weiter?“

Timothy zeigte auf das Schmuckstück. „Ich dachte, nur Ihr Chef habe solch ein Ding."

„Ich sagte doch, DuMont ist ein großzügiger Mensch. Und als besondere Auszeichnung verleiht er seinen ‚Hausorden', wie er es nennt. Ich trage auch ein Purple Heart." McNamara öffnete sein Hemd und zeigte es Timothy. „Was soll ich Ihnen noch zeigen? Der Rest ist im Grunde ziemlich langweilig, Forschungslabors, wie Sie sie überall finden, Test- und Musterfabrikationen, die Großanlagen – sind Sie an modernen Maschinen oder Computern interessiert? Wir haben zum Beispiel ein paar hochinteressante neue Roboter, wahre Wunderwerke."

„Nein, danke. Vielleicht zeigen Sie mir noch, wo die drei Toten gearbeitet haben. Hatten sie Kontakt zu den Color-Collars?"

„Dave Bennisher hat sich nie auch nur in die Nähe eines Sträflings begeben, als Finanzdirektor hatte er das auch gar nicht nötig. Temple dagegen hatte täglichen Umgang mit den Huees; in der Entwicklungsabteilung arbeiten vorwiegend straffällig gewordene Wissenschaftler. Die NATIONAL hat natürlich guten Kontakt zur Justiz und bekommt sofort Nachricht, wenn irgendwo ein Wissenschaftler vor Gericht gestellt wird, und wenn er uns interessiert, bewerben wir uns um ihn."

„Ich kann mir denken, daß Sie da eine Menge Bestechungsgelder zahlen müssen. Die Konkurrenz bietet doch mit, oder?"

McNamara grinste nur. „Justitia trägt eine Binde vor den Augen, aber auf ihren Waagschalen ist viel Platz für Moneten."

„Was ist mit Goodman?"

McNamara schüttelte den Kopf. „Goodman war Vizedirektor. Er verabscheute die Huees, wenn er ihnen natürlich auch nicht völlig aus dem Weg gehen konnte. Ab und zu mußte er sich mal in den Werkabteilungen blicken lassen. Kommen Sie, ich zeige Ihnen die Zimmer der drei."

„Nur, um der Form zu genügen", antwortete Timothy. „Und avisieren Sie mich bitte bei den Familien und den Ärzten."

McNamara sah ihn prüfend an.

„Ich möchte wenigstens so tun, als verdiente ich mir mein Honorar. Noch eine Frage, Vance: Beschäftigen Sie auch Black-Collars?"

„Gewiß. Aber die politischen Gefangenen darf ich Ihnen nur mit einer Sondergenehmigung der Justizbehörden zeigen."
„Und wo werden sie eingesetzt?"
McNamara salutierte feixend. „No comment, Sir!"

6.

„Mister McNamara hat recht, es ist ein Fall für Mediziner und nicht für Detektive", sagte Dr. Connors. „Sie werden uns kaum helfen können, Mister Truckle."
„Das bilde ich mir auch nicht ein", beteuerte Timothy. „Ich wollte mich nur an kompetenter Stelle informieren. Mister DuMont nimmt großen Anteil an Goodmans Tod."
Dr. Connors lachte. „Glaubt er immer noch an ein Verbrechen?" Timothy stimmte in das Lachen ein.
„Die Launen eines großen Mannes sind immer die Sorgen und die Arbeit der kleinen Leute", sagte er. „Und da ich den Auftrag übernommen habe, muß ich Sie leider belästigen."
„Wir sind seit gestern ein Stück weiter mit unseren Erkenntnissen, aber der Fall ist durch die neuen Ergebnisse nur noch rätselhafter geworden." Dr. Connors stand auf und stellte sich an das Fenster. Draußen heulte eine Sirene auf und kam schnell näher; ein Krankenwagen brachte jemand ins „Metropolitan Hospital".
„Je mehr wir erfahren, desto weniger wissen wir!" Dr. Connors drehte sich um und sah Timothy an. „Zu Beginn schien der Fall Goodman völlig klar. Die Symptome waren eindeutig, der Krankheitsverlauf typisch, gewiß, beschleunigt, aber so etwas kommt ja immer mal vor. Dann aber ging es mit einem Schlag zu Ende. Ich habe noch nie einen derart rapiden Verfall erlebt, und das Merkwürdigste: Obwohl wir Goodmans Nieren scheibchenweise untersucht haben, konnten wir nirgends einen Virus finden. Wo sind sie geblieben?"
„McNamara sprach von der Möglichkeit einer Mutation", sagte Timothy.
Dr. Connors sah ihn belustigt an. „Wollen Sie wirklich annehmen, daß die Millionen von Viren, die es bei diesem Krankheitsverlauf in Goodmans Nieren geben müßte, im selben Moment und alle in der gleichen Weise mutierten?"
„Es war nicht meine Vermutung", erwiderte Timothy. „Aber

halten Sie es für ausgeschlossen, daß im Fall Goodman aus irgendeinem, der Wissenschaft vielleicht noch unbekanntem Grund die Vermehrung der Viren plötzlich, sozusagen schlagartig, gestoppt wurde und daß alle Viren zerstört wurden?"

„Das war unser erster Gedanke, Mister Truckle. Wir untersuchten sämtliche uns bekannten Abwehrmechanismen, doch wir konnten nirgends Anzeichen einer Immunreaktion finden. Irgend etwas aber mußte dazu geführt haben, daß die Viren zwar noch in die Zellen eindrangen und sie desorganisierten, dann aber selbst zerstört wurden. Ich gestehe, ich hatte einen Tag lang die Hoffnung, auf eine neuartige Reaktion gestoßen zu sein, die uns einen Weg zur generellen Bekämpfung von Virusinfektionen weisen könnte. Wenn wir herausbekommen würden, was da in den Zellen geschehen ist, und eines Tages diesen Prozeß beherrschen lernten, um ihn sofort nach einer Infektion auszulösen –"

Dr. Connors hob hilflos die Hände. „Gestern abend ist diese Hoffnung in alle Winde zerstoben. Wir haben einzelne Zellen aus den verschiedenen Befallstadien untersucht. Überall das gleiche Bild: Die DNS ist zerstört, aber die Teile noch vollzählig vorhanden. Offensichtlich sind nirgends und zu keinem Zeitpunkt Viren produziert worden. Mehr noch: Es sieht so aus, als sei in keine der Zellen jemals ein Virus eingedrungen." Dr. Connors ging zu seinem Arbeitstisch und zündete sich eine Zigarette an. „Wir machen natürlich weiter. Wir stehen offensichtlich vor einem völlig neuartigen Phänomen, vielleicht an der Schwelle zu einer grundsätzlich neuen Erkenntnis, und da sieht es zuerst immer so aus, als seien plötzlich wie durch ein Wunder die Naturgesetze außer Kraft gesetzt worden."

Er trommelte mit den Fingern auf die Platte. Dann begann er, an seinem Terminal zu arbeiten. Timothy wartete noch eine Weile, dann sagte er leise „Auf Wiedersehen" und schlich hinaus. Auch er glaubte nicht an Wunder und aufgehobene Naturgesetze, doch im Gegensatz zu Dr. Connors glaubte er auch nicht an ein völlig neuartiges medizinisches Phänomen. Seine Erfahrung besagte, daß ein scheinbar unmöglicher Fall nur deshalb unmöglich schien, weil man ihn von der falschen Seite aus betrachtet hatte. Wo aber war der richtige Blickwinkel? Er fuhr nach Hause und rief bei der IPPI an. Er hatte Glück, Dr. Hankshaw war bereit, mit ihm zu sprechen.

„Könnte es sein, daß Ihnen bei der Untersuchung ein Mißgeschick unterlaufen ist?“ fragte Timothy.

„Warum behaupten Sie nicht gleich, daß ich das Ergebnis manipuliert habe?“ fragte Dr. Hankshaw zurück. „Sie wären nicht der erste. Nein, Mister Truckle, wir haben zwar nur eine kleine Gewebeprobe entnommen, Milzbrand ist nun mal keine harmlose Angelegenheit, aber die haben wir sorgfältig untersucht. Ich selbst. Wenn es da Erreger gegeben hätte, hätte ich sie auch gefunden.“

„Und wie erklären Sie sich das?“

„Ach, wissen Sie, Mister Truckle, es gibt so vieles auf der Welt, das wir nicht erklären können. Damit müssen wir leben. Unsere Nachkommen wollen ja auch was zu tun haben. Fragen Sie in hundert Jahren noch einmal nach.“

Die nächsten beiden Tage tat Timothy buchstäblich nichts. Er verschwand in der Vainity, und wenn er aufwachte, stand er nur auf, um einen kleinen Imbiß zu sich zu nehmen, dann kletterte er wieder in die Wanne und versenkte sich erneut ins Unbewußtsein. Am dritten Tag schien sein Kopf wie leergefegt. Timothy frühstückte ausgiebig, bevor er im Communicator nachsah. DuMont hatte jeden Tag zweimal bei ihm anfragen lassen, ob es etwas Neues gäbe. Timothy brühte sich noch eine zweite Kanne Kaffee, ging ins Arbeitszimmer und setzte sich zu Napoleon. Der einzige Grund, sich noch weiter mit den toten Managern der IPPI abzugeben, war, DuMont nicht zu enttäuschen. Wo aber ansetzen? Timothy fiel nichts anderes ein, als Napoleon alle Namen einzugeben, die in diesem Zusammenhang aufgetaucht waren. Das Ergebnis war mehr als dürftig. Timothy brachte Schneewittchen ins Schlafzimmer und legte sich zu Bett. Irgendwann stand er auf und holte sich einen Whisky. In seinem Hinterkopf kreiste ein Gedanke, und er wollte ihn hervorlocken. Nach vier Stunden und einer halben Flasche „Johnny Walker“ war es soweit.

Timothy diktierte Napoleon noch ein Dutzend weiterer Namen und befragte über einen zweiten Kanal die Verbrechensdatei, die er in all den Jahren zusammengetragen hatte und in der sämtliche Arten von Verbrechen gespeichert waren, die irgendwann irgendwo auf dieser Erde irgend jemand ausgeführt oder versucht hatte. Es wurde eine lange Nacht. Als Timothy schließlich aus dem Fenster schaute und die heraufziehende Morgendämmerung betrachtete, machte er ein sehr zufriedenes Gesicht. Er duschte, dann rief er bei den Witwen von Bennisher und Temple an und sprach mit der Oberschwester des „Metropolitan Hospital“. Die Antworten, die er erhielt, schienen ihn zu befriedigen.

Er ließ sich mit DuMont verbinden und fragte, wann er Zeit für das verabredete Essen bei Timothy habe. DuMont wollte am liebsten gleich kommen, sie einigten sich auf den nächsten Abend. Timothy gab vor, er müsse nicht nur die Bohnen über Nacht einweichen, er habe auch noch einige Fragen im Zusammenhang mit den Verstorbenen zu klären, er hoffe jedoch, DuMont am nächsten Tag einige Überraschungen bieten zu können.

„Fragen Sie mich nicht, warum“, schloß er, „aber ich möchte Sie bitten, Ihr Purple Heart vorläufig nicht zu tragen und mit niemandem darüber zu sprechen.“

7.

Mittags rief DuMont an. Timothy glaubte im ersten Moment, er wolle absagen, doch DuMont erkundigte sich nur, ob es Timothy recht sei, wenn er noch einen Gast mitbrächte.

„Meine Tante ist gerade bei mir“, erklärte DuMont, „und als sie hörte, daß ich heute abend bei Ihnen zu ‚Boston Baked Beans‘ eingeladen bin, hat sie keine Ruhe gegeben, bis ich Sie anrief.“

„Bringen Sie Ihre Tante ruhig mit“, sagte Timothy. „Ich habe reichlich Bohnen eingeweicht. Ich bitte Sie nur, eine halbe Stunde früher zu kommen, ich möchte zuerst mit Ihnen allein sprechen.“

Um halb sieben setzte Timothy die Bohnen mit frischem Wasser auf, um Viertel acht nahm er sie vom Herd und machte sich an die Soße: zwei Tassen Bohnenbrühe, eine halbe Tasse Ketchup, drei Eßlöffel englischen Senf, zwei Eßlöffel Weinessig, einen Löffel süßen Paprika und eine geriebene Zwiebel, Cayennepfeffer und Salz. Dann legte er eine feuerfeste Form mit Schinkenspeck aus, tat die Bohnen hinein, goß die Soße darüber, verschloß die Form und stellte sie in die Backröhre, gerade rechtzeitig, bevor DuMont eintraf.

„Das riecht ja schon prächtig!“ rief DuMont. „Ich habe ein paar Flaschen Wein mitgebracht. Da ich nicht wußte, was zu unserem Essen paßt, habe ich einmal quer durch den Weinkeller gelangt." Er wies seiner Leibwache an, den großen Korb abzustellen und dann vor der Tür zu warten.

„Zum Essen gibt es Schwarzbier", sagte Timothy, „aber danach können wir von mir aus gerne einer Flasche nach der anderen den Hals brechen."

DuMont wollte erst einmal die Wohnung besichtigen; Timothy führte ihn herum, zuletzt ins Mausoleum.

„Bitte nehmen Sie Platz", sagte er, „es muß ja nicht jeder zuhören. Wollen Sie schon etwas trinken?"

DuMont lehnte ab. Timothy versiegelte das Mausoleum.

„Gehe ich recht in der Annahme, daß Sie an dem Tod Ihrer Mitarbeiter ein ganz persönliches Interesse haben?" begann er. „Ich meine, daß Sie, entgegen Ihrer früheren Behauptung, doch befürchten, daß Ihnen ein ähnliches Schicksal zugedacht ist?"

„Wie kommen Sie darauf?"

„Ihr Interesse und Engagement ist selbst für einen guten Konzernchef ungewöhnlich. Sie haben die gleichen Auskünfte von den Ärzten bekommen wie ich. Warum haben Sie sich nicht damit zufriedengegeben, sondern mich engagiert? Das ist das erste, was mich stutzig machte. Das zweite: Ihre Schönheitspflästerchen. Ich sagte mir, daß ein Mann wie Sie unmöglich mit solchen Dingern herumlaufen kann, es sei denn, er hat einen zwingenden Grund."

DuMont nickte.

„Was ist es bei Ihnen, Mister DuMont?"

„Die Leber."

„Und wie lange schon?"

„Seit nunmehr sieben Tagen. Das war der letzte Anstoß, Sie zu engagieren. Bis dahin hatte ich noch gezögert. Die Ärzte waren einfach zu sicher."

„Und was sagen die Ärzte zu Ihrem Fall?"

„Die Symptome deuten auf eine Infektion. Man hat vom ersten Tag an Leberpunktionen gemacht und das Gewebe untersucht – der Grund für die Schönheitspflaster! –, doch man kann keine Erreger finden; dabei müßte das in meinem Fall leichter sein, es handelt sich um Bakterien."

„Da werden Sie wohl gar keine Bohnen essen dürfen?" meinte Timothy enttäuscht.

„Doch, aber nur eine Kostprobe; ich habe mit meinem Leibarzt gesprochen. Auf keinen Fall Alkohol. Seit gestern geht es mir übrigens besser. Hängt das mit meinem Purple Heart zusammen?"

„Sie haben doch nicht vergessen, es mitzubringen?"

DuMont zog ein Schmucketui heraus und schob es Timothy hin. „Ist es das? Reden Sie schon!"

„Ich möchte es Ihnen lieber auf meine Weise erzählen", erwiderte Timothy. „Nicht, weil ich Ihnen demonstrieren will, was für ein außerordentlich helles Köpfchen ich bin –"

„Das hätten Sie auch nicht nötig", warf DuMont ein.

„Ich habe praktisch keine Beweise in den Händen", fuhr Timothy fort, „aber ich habe Fragen, Kombinationen und Schlußfolgerungen, und ich hoffe, daß ich auf dem richtigen Weg bin. Sie hätten mir übrigens manchen Umweg erspart, wenn Sie von Anfang an ehrlich zu mir gewesen wären!"

„Tut mir leid, Mister Truckle. Ich dachte mir, drei vollendete Morde böten genügend Material zur Untersuchung. Was hätte es da schon ausgemacht, auch mich noch in Ihre Überlegungen einzubeziehen?"

„Ganz im Gegenteil, Mister DuMont! Mein einziger Ansatzpunkt waren praktisch die Gemeinsamkeiten. Wenn ich den kleinsten gemeinsamen Nenner der im Detail so unterschiedlichen Fälle finden könnte, hätte ich – vielleicht! – einen festen Punkt, an dem ich ansetzen konnte; weiß Gott, wenig genug für eine ernsthafte Arbeit! Da ich von Ihrer These ausging, daß man Krankheitserreger als Mordwaffe benutzt hatte, stand ich sofort vor der ersten, nicht beantwortbaren Frage: Warum drei verschiedene? – Ich habe vergeblich nach einem gemeinsamen Motiv gesucht; im Privatleben der drei gibt es offensichtlich keine Berührungspunkte, und wenn man einen Großangriff auf die IPPI starten wollte, hätte man da nicht andere Leute ausgesucht? Gut, Temple ist ein harter Verlust, aber Bennisher und Goodman sind Verwaltungsleute, die jederzeit zu ersetzen waren. Tatort und Tatzeit sind ebenfalls nicht bekannt, fallen also aus für die Untersuchung, und solange ich nur Ihre drei Leute betrachtete, gab es fast unbegrenzte Möglichkeiten, sie zu infizieren. Da war nur eines gemeinsam: Es handelte sich um äußerst ansteckende Krankheiten, doch es wurde niemand in der Umgebung der drei infiziert. Zufall? Absicht? Eine raffinierte Methode? Der Weg über die Methode ist einer der grundlegenden Wege, einem Mörder auf die Spur zu kommen;

die Art, wie einer mordet, ist sozusagen seine Handschrift, etwas sehr Persönliches, das eine ganze Menge über den Täter aussagen kann, und es gibt da die verrücktesten Methoden! Man hat schon Fliegen als Helfershelfer benutzt, indem man Gift an Stellen anbrachte, die sie bevorzugt anflogen, so daß sie es dann an ihren Beinen auf das Mordopfer übertrugen. Man hat Gift in Wandanstriche gemischt, so daß es über einen langen Zeitraum eingeatmet wurde und sich eines Tages zur tödlichen Dosis summierte – kurzum, wenn man die Methode bestimmen kann, hat man schon allerhand gewonnen. Dann aber stolperte ich über Ihre Schönheitspflästerchen. Das machte die Sache mit einem Schlag einfacher. Ihre Luft wird auf das sorgsamste überwacht, alles, was Sie zu sich nehmen, vorher von jemand anderem verkostet. Ist noch jemand in Ihrer Umgebung erkrankt?"

DuMont schüttelte den Kopf.

„Ich dachte es mir. Sie scheuten zwar eine Untersuchung Ihrer eigenen Person, aber Sie hätten mir jeden Ihrer Mitarbeiter und Bediensteten ausgeliefert. Wie und von wem also wurden die Opfer infiziert? Atemluft, Essen, Trinken, selbst die Kleidung schieden jetzt aus. Eine direkte Injektion? Wer hätte sie Ihnen geben sollen? Ihr Arzt oder – im Schlaf – eine Ihrer Frauen. Aber die hatten keinen Kontakt zu den drei anderen. Mein Besuch bei der IPPI hat mich dann, so denke ich, auf die richtige Spur gebracht. Es war also sehr wohl notwendig, daß ich mich dort persönlich umsah."

„Ich habe nie daran gezweifelt, Mister Truckle!"

„McNamara schon."

„Und was entdeckten Sie dort?"

„Ein Purple Heart, Mister DuMont. Haargenau so eines, wie Sie es trugen."

„Ich habe es vielleicht vergessen zu erwähnen", sagte DuMont, „aber ich benutze sie als eine Art Hausorden."

„Ich weiß", sagte Timothy. „Für verdiente Mitarbeiter Ihres Konzerns. Bennisher, Temple und Goodman trugen allesamt ein Purple Heart." Timothy machte eine Pause. DuMont sah ihn gespannt an.

„Seit wann tragen Sie Ihres?" fragte Timothy.

„Schon seit zwei Jahren!"

„Ist es in der letzten Zeit einmal repariert oder gewartet worden?"

„Ja, in der vorigen Woche. Die Batterie des Schrittmachers muß von Zeit zu Zeit erneuert werden. Das Ding verbraucht eine Menge Energie, wenn man es regelmäßig benutzt."

„Und seit sieben Tagen haben Sie Leberbeschwerden!" Timothy nahm das Etui. „Bitte entschuldigen Sie mich einen Augenblick. Ich bin gleich wieder zurück."

Als er wiederkam, saß DuMont noch immer so da wie zuvor. „Na, ist es mit Bakterien infiziert?"

„Nein. Der Witz ist, daß es bei diesen Mordanschlägen überhaupt keine Bakterien oder Viren gibt. Trotzdem sind die Purple Hearts die Mordwaffen. Schrittmacher ins Jenseits. Sie fühlen sich doch wohler, seit Sie das Ding nicht mehr tragen, nicht wahr?"

„Gewiß, aber erklären Sie mir doch bitte –"

„Ich kann es mir selbst noch nicht ganz erklären. Ich habe eine Theorie, die alle Fragen zufriedenstellend beantwortet, aber eben nur eine Theorie. Ich muß Sie bitten, sich noch einen, höchstens zwei Tage zu gedulden, bis ich Beweise habe. Aber verraten Sie mir jetzt bitte noch eines: Warum sind Sie noch nicht tot?" DuMont sah Timothy fassungslos an.

„Nun ja", sagte Timothy, „bei den drei anderen hat es jeweils nur ein oder zwei Tage gedauert, Sie jedoch sind schon seit sieben Tagen erkrankt."

„Mein Leibarzt hat mich sofort in Parabiose gesteckt", erklärte DuMont. „Er schwört auf Parabiose, und ich finde, die Erfolge geben ihm recht. Ich bin schon seit Jahren nie mehr lange krank gewesen. Sie wissen doch, was das ist? Man wird an den Kreislauf eines anderen angeschlossen und dadurch entgiftet. Im Moment werde ich jeden Tag zehn bis zwölf Stunden an einen Parabionten angeschlossen, damit sich meine Leber wieder regenerieren kann."

„Aber damit riskiert Ihr Arzt doch den Tod des anderen!" rief Timothy. „Er hat doch keine Ahnung, daß es sich nicht um eine richtige Infektion handelt."

„Was wollen Sie", entgegnete DuMont, „es sind Freiwillige, Häftlinge, die dafür Straferlaß bekommen. Außerdem ist ihre Chance gar nicht so schlecht. Wir nehmen jeden Tag einen anderen."

„Und, ist einer der Parabionten erkrankt?"

„Merkwürdigerweise nicht. Mein Leibarzt sagt, er versteht das nicht, er –"

„Ich schon", unterbrach Timothy. „Das hätte ich vor ein paar Tagen wissen sollen! Da hätte ich mir eine Menge Kopfschmerzen erspart!"

Der Gong des Communicatorpacks schlug an.

„Das wird meine Tante sein", meinte DuMont.

„Nein, das sind die Bohnen. Die vierzig Minuten sind um. Wir könnten essen, ich muß nur noch den Speck zerschneiden und untermischen und gehackte Petersilie über das Ganze streuen."

Timothy war gerade fertig, da zeigte das Leuchten des Communicators an, daß ein Besucher vor der Tür stand. Timothy erschrak, als er auf den Monitor schaute. Vor der Tür stand der Große Bruder! Er öffnete leise und legte den Finger auf die Lippen.

„Pst! Ich habe Besuch, Anne."

„Ich weiß", flüsterte sie zurück. „Mein Neffe Oliver."

„Du bist DuMonts Tante?" Timothy schüttelte den Kopf. „Du bist doch mindestens zehn Jahre jünger als er."

Anne kicherte. „Ich bin ein sehr später Nachzügler vom Bruder seiner Großmutter. Als ich heute hörte, daß ihr euch kennt und daß du ihn eingeladen hast, dachte ich, das sei die beste Gelegenheit, dich unauffällig zu besuchen. Du hast doch immer gejammert, du willst mich wiedersehen! Soll ich lieber wieder gehen?"

„Komm 'rein!"

Jetzt legte Anne den Finger auf den Mund. „Nicht so laut, Tiny. Und denk daran, daß wir uns eben erst kennengelernt haben."

In diesem Augenblick kam DuMont. Er küßte Anne die Hand, dann stellte er sie vor.

„Das, Mister Truckle, ist Anne Frobisher."

Anne streckte Timothy die Hand hin.

„Sagen Sie einfach Anne zu mir, sonst wird es zu förmlich für gebackene Bohnen. Ihr habt doch nicht etwa schon ohne mich gegessen?"

„Natürlich nicht", sagte Timothy. „Es wird sogleich serviert."

DuMont verabschiedete sich kurz nach neun, er werde zu Hause erwartet. Er lächelte Timothy zu. „Sie verstehen mich, Mister Truckle?"

Timothy lächelte zurück. Dann wandte er sich Anne zu. „Sie

müssen hoffentlich nicht auch schon aufbrechen? Ihr Neffe hat einen ganzen Korb voll Wein mitgebracht. Soweit ich auf den ersten Blick ausmachen konnte, nur allererste Qualitäten, viel zu schade, um ihn allein zu trinken."

„Was denken Sie von mir!" polterte DuMont. „Wollen Sie etwa behaupten, ich hätte zweitklassige Sorten in meinem Weinkeller?" Er reichte Timothy die Hand. „Vielen Dank für das vorzügliche Essen. Sie melden sich doch, sobald Sie etwas Neues erfahren?"

„Ich hoffe, schon morgen."

„Kommst du mit, Anne?" fragte DuMont.

„Ich bleib' noch ein bißchen. Wann hat man schon Gelegenheit, sich mit einem der großen Detektive unseres Landes zu unterhalten?"

„Was ist los mit Oliver", erkundigte sie sich, als sie dann im Mausoleum saßen und Beaujolais tranken.

„Hängst du an deinem Neffen, Anne?"

„Warum fragst du? Ich kenne ihn kaum, und er interessiert mich, ehrlich gesagt, wenig."

Timothy erklärte ihr kurz, was los war. „Ich frage mich, wie weit ich ihm helfen soll", schloß er. „Fürs erste habe ich ihm das Leben gerettet, doch wenn ich seinen Mörder nicht dingfest machen kann, wird es bald einen neuen Anschlag geben, und der kann erfolgreich sein."

„Warum zögerst du, Tiny?"

„Was ich in der IPPI gesehen habe, beflügelt mich nicht gerade, einem DuMont das Leben zu retten. Ich habe den Bericht schon fertig, du kannst ihn mitnehmen, wenn du willst. Dazu kommt die Art, wie er, ohne zu zögern, das Leben anderer aufs Spiel setzt, um sein eigenes zu retten. Er konnte ja nicht wissen, daß die Sträflinge, die er für die Parabiose verwendet, nicht infiziert wurden."

„Was willst du, Tiny", sagte Anne, „er ist eben ein Bigboss und vielleicht nicht einmal der Schlimmste seiner Art. Du solltest dich eher wundern, wenn er nicht so handelte." Sie legte die Hand auf seinen Arm. „Prüfe sorgsam, was von deiner Entscheidung abhängt. Was ändert sich, wenn du seinen Mörder findest und auslieferst, was geschieht, wenn du es nicht tust? Vor allem: Was bedeutet es für uns? Das ist das entscheidende Kriterium!"

„Ich hasse es, Schicksal spielen zu müssen" stieß Timothy

hervor. „Warum, verdammt noch mal, wird einem immer wieder solch eine Verantwortung aufgehalst?“

„Willst du wirklich eine Antwort darauf?“

„Nein, natürlich nicht“, brummte Timothy.

„Weißt du denn schon, wer der Mörder ist?“

„Ich ahne es, aber ich muß erst noch einmal mit McNamara sprechen.“

„Rufst du mich gleich an?“

„Bleib doch und hör zu!“ schlug Timothy vor. „Ich verspreche dir ein spannendes Gespräch. Ich schalte dir eine Leitung aus dem Mausoleum ins Arbeitszimmer.“ Timothy trank sein Glas aus und schenkte nach. Plötzlich kicherte er. „Weißt du was? Ich sperre dich einfach ein und laß dich nicht wieder 'raus!“

„Warum, Tiny?“

„Weil ich dich liebe, Anne. Weil ich mich seit Monaten nach dir sehne, mehr, als ich in Worten ausdrücken kann. Weil ich mich so verdammt einsam fühle, seit ich dich gesehen habe. Weil ich seit damals mit keiner Frau mehr geschlafen habe und es auch nie mehr mit einer anderen als dir tun will. Weil ich dich so gerne im Arm halten und mit dir gemeinsam Schneewittchen lauschen würde. Weil ich – sind das nicht hinreichend Gründe?“

Anne stand auf und reichte Timothy die Hand. „Mehr als genug. Komm!“

8.

„Na, dann packen Sie mal aus, Tiny“, sagte McNamara vergnügt. „Was haben Sie entdeckt?“

„Kommen Sie ins Mausoleum, Vance. Ich habe uns Tee serviert. Portwein gibt es später. Im Moment vertrage ich nicht mal den Anblick von Alkohol.“

„Sie scheinen ja mächtig mit DuMonts Tante gebechert zu haben.“ McNamara zwinkerte Timothy zu. „Eine interessante und attraktive Frau, nicht wahr?“

„Daran war mehr Ihr Chef schuld. Er war derart begeistert von meinen Kochkünsten, daß er mich in den Orden vom Purpurherzen aufgenommen hat.“ Timothy öffnete sein Hemd und zeigte McNamara das Purple Heart. „Er hat mir sogar sein eigenes spendiert, weil er nicht bis heute warten wollte.“

McNamara schien etwas in die Kehle bekommen zu haben, er hustete, zog ein Tuch hervor und schneuzte sich umständlich.

„Jetzt sind wir sozusagen Ordensbrüder, Vance."

„Herzlichen Glückwunsch, Tiny!"

„Danke, ich habe ihn wirklich verdient, wenn auch weniger für meine Kochkünste. Ich habe das Geheimnis der Morde gelöst."

„Doch Morde?" McNamara sah ihn skeptisch an.

„Ja, und sie dürften zu den verblüffendsten und ausgeklügeltsten Fällen der Kriminalgeschichte zählen." Timothy rieb sich vergnügt die Hände.

„Sie scheinen sehr mit sich zufrieden!"

„Danke, ich fühle mich wirklich prächtig. Wer weiß, ob ein anderer je dahintergekommen wäre. Erinnern Sie sich an den Violet, der Sie in der IPPI ansprach?"

„Sie meinen Olbers?"

„Er brachte mich auf den rettenden Einfall. Kennen Sie das Olberssche Paradoxon?"

McNamara schüttelte den Kopf.

„Im vorvorigen Jahrhundert lebte ein Arzt namens Olbers in Deutschland. Sein Hobby war die Astronomie. Eines Tages fragte er sich, warum es nachts eigentlich dunkel wurde, und stellte damit die These von der Unendlichkeit des Weltalls in Frage. Wenn das All nämlich unendlich wäre und also unendlich viele Sterne enthielte, müßten an jedem Punkt unseres Himmels unendlich viele Sterne stehen und, wie weit sie auch immer von uns entfernt sind, eine unendliche Helligkeit produzieren. Olbers brachte damals die Wissenschaft mächtig ins Schwitzen mit seiner Frage. – Es kommt immer darauf an, die richtige Frage zu stellen, Vance! In unserem Fall sind alle von der falschen ausgegangen: Wo denn wohl all die Viren beziehungsweise Bakterien geblieben sein könnten. Geht man aber davon aus, daß es gar keinen Krankheitserreger gegeben hat, dann löst sich das Paradoxon auf."

„Entschuldigen Sie, Tiny, aber ich glaube, Sie haben gestern ein wenig zuviel getrunken."

„Nein, nein! Und Ihr Olbers hat mich darauf gestoßen. Ich habe ein paar Dutzend verurteilte Olbers gefunden, aber nur einen, der ihr Mann gewesen sein konnte: Dr. Sven Olbers, einst Dekan der Fakultät für Mikrobiologie an der Universität von Spokane. Sie haben vielleicht bemerkt, daß mir einer der Sträflinge bekannt vorkam. Ich habe lange gegrübelt, bis ich auf seinen Namen kam: Professor Pendergast, jetzt Nummer soundsoviel bei der IPPI, eine der größten Kapazitäten der Staaten, wenn nicht der Erde, auf dem Gebiet der Photonic."

Timothy trank seinen Tee aus und goß sich nach. McNamara lehnte ab.

„Was, zum Teufel, hat ein Mann wie Pendergast an einer Mikrowerkbank zu suchen? Sollte eine so profitorientierte Firma wie die IPPI keine bessere Verwendung für ihn haben, als Purple Hearts zu produzieren oder zu reparieren? Und warum arbeitet Olbers im gleichen Labor? Was haben ein Biologe und ein Photonicer miteinander zu tun? – Nun brauchte ich nur noch ein wenig nachzusehen und nachzudenken und eins und eins zusammenzuzählen, und ich wußte, was da gespielt wurde."

„Da bin ich aber gespannt", sagte McNamara. – „Ob ich nicht doch schon einen Portwein bekommen könnte?"

„Gleich", antwortete Timothy, „lassen Sie mich nur meinen Gedankengang zu Ende erzählen. Napoleon birgt in seinem unscheinbaren Bauch unter anderem die wohl vollständigste Sammlung von Verbrechen. Als ich dort unter diesen Gesichtspunkten nachforschte, stieß ich auf eine interessante Information. Die CIA* hat einmal Methoden zusammengestellt, wie man Staatsmänner beseitigen kann. Darunter war eine Idee, die man damals nur noch nicht ausführen konnte, weil die Technik nicht weit genug war, ein Plan, tödliche Krankheiten ohne Erreger auszulösen. Mit Hilfe des sogenannten Sibirsker Photonenschreis. Sie wissen doch, was das ist?"

„Keine Ahnung."

„Vor fast hundert Jahren hat man in einem Labor in Sibirien entdeckt, daß kranke Zellen Photonensignale aussenden, die andere Zellen derart beeinflussen, daß auch sie reagieren, als seien sie infiziert oder vergiftet worden. Das lernt heute jeder

* CIA = CENTRAL INTELLIGENCE AGENCY, Geheimdienst der USA, besonders für den Einsatz im Ausland. Der CIA wurde nach Errichtung der ISOLATION zuerst der Armee unterstellt und dann völlig aufgelöst, nachdem das CIA-Hauptquartier in Langly, Virginia, fast kampflos von Guerillas überrumpelt wurde und nahezu alle Unterlagen den Aufständischen in die Hände fielen.

Medizinstudent. Durch diesen Photonenschrei werden die Nachbarzellen also in Alarm versetzt, zumeist in eine Art Panik, so daß damit der Verbreitung der Krankheit Vorschub geleistet wird. Das lernt und vergißt man wieder, denn es hat keine praktische Bedeutung." Timothy sah McNamara bedeutungsvoll an. „Es sei denn, jemand kommt auf die Idee, die Photonenschreie todkranker Zellen zu isolieren und sie millionenfach verstärkt über einen Mikrosender auszustrahlen, so daß sich die Zellen des Opfers wie bei einer Infektion benehmen, obwohl es überhaupt keine gibt. Selbst wenn Sie ein Mittel gegen den Erreger haben, hier bleibt es wirkungslos. Der Patient stirbt."

„Sind Sie sicher, daß Ihre Phantasie nicht mit Ihnen durchgeht, Tiny?"

„Ich kann es Ihnen vorführen." Timothy nahm sein Purple Heart ab und ließ es an der Kette pendeln. „Gestern noch schrie dieser Quarz im Schutz des eigentlich nur als Schmuck gedachten Lichteffektes den Schrei todkranker Leberzellen aus. Ich habe den Sender abgeschaltet, aber ich kann ihn jederzeit wieder einstellen."

„Das ist ja – das ist unglaublich!" stieß McNamara hervor.

„Ich bin ganz sicher, daß Olbers und Pendergast die Photonenschreie isoliert, die Sender konstruiert und in die Purple Hearts eingebaut haben. Aus eigenem Antrieb? Oder im Auftrag? In wessen Auftrag?"

Timothy blickte McNamara in die Augen. „Was haben Sie den beiden dafür versprochen, Vance?"

„Ich?" fragte McNamara entsetzt.

„Ja, Sie! Sie sind der Mörder!"

9.

McNamara lachte schallend. Timothy ließ ihm Zeit, sich wieder zu beruhigen, er goß ihm sogar Tee nach.

„Wirklich, keine schlechte Idee", sagte er dann, „Ihren Chef ausgerechnet mit dem Apparat ins Jenseits zu befördern, mit dem er seine Sträflinge bis zum Umfallen antreiben läßt. War das Ihre Idee?"

McNamara lächelte nur. Reichlich arrogant, fand Timothy.

„Sie haben sich selbst verraten, und das nicht nur einmal. Erstens: Sie waren ein wenig zu eifrig, mich zu überzeugen, daß es sich nicht um Morde handelte. Als Polizeichef hätten Sie die Gelegenheit, mit einem der bekanntesten Detektive der Staaten zu sprechen, dazu nutzen müssen, alle Möglichkeiten eines Verbrechens zu diskutieren. Sie haben es nicht einmal versucht. Ich fragte mich, warum."

„Weil ich überzeugt war, daß es sich nicht um Verbrechen handelte!"

„Zweitens: Sie haben mir bei Ihrem ersten Besuch ein paar Kristalle mit den bisherigen Untersuchungsergebnissen mitgebracht. Aber da fehlten einige der primitivsten Ermittlungen, die nicht einmal ein Anfänger von einem Polizisten vergessen würde, zum Beispiel eine Aufstellung der Effekten, die die drei Toten zum Zeitpunkt ihres Todes bei sich hatten. Ich kann nicht glauben, daß Sie ein derart miserabler Polizist sind. Warum, so fragte ich mich, hat er diese Aufstellungen unterschlagen? Weil ich dann vielleicht auf das Mordinstrument gestoßen wäre? Was auch immer die Fälle Bennisher, Temple und Goodman unterschied, alle drei trugen ein Purple Heart. Sie haben sogar darauf bestanden, es bis zuletzt zu tragen, um sich das Leben damit ein wenig zu erleichtern. Sie hatten ja keine Ahnung, wie leicht sie ihren Tod hätten verhindern können. – Vielleicht hätte auch ich es übersehen, wenn nicht jemand die Purple Hearts unter dem Vorwand, sie seien Werkseigentum, eingezogen hätte. Sie, Vance! Sie waren übereifrig wie alle Militärs!"

„Glauben Sie eigentlich selbst, was Sie da behaupten?" fragte McNamara lächelnd.

„Drittens: Sie waren äußerst bemüht, mich schnell wieder aus jenem Labor der IPPI herauszulotsen, obwohl Sie mit der Führung noch gar nicht begonnen hatten. Warum? Zuerst vermutete ich, Sie wollten mich nur von den Sträflingen wegbringen, als Sie merkten, daß ich einen von ihnen kannte. Daß ich schon etwas gesehen hatte, was ich auf keinen Fall hätte sehen dürfen, ging mir erst später auf. Nicht wahr, Sie hatten keine Ahnung, daß Ihr Mordkommando ausgerechnet an diesem Tag an einem neuen Purple Heart bastelte? Für wen ist dieser ‚Schrittmacher ins Jenseits' bestimmt, McNamara?"

„Ich denke, ich muß mir diesen Unsinn nicht länger anhören", sagte McNamara und wollte aufstehen. Timothy hatte schon einen Rayvolver in der Hand.

„Sitzen geblieben, mein Lieber!"
McNamara ließ sich fallen.

Timothy drückte auf eine Taste an seinem Sitz, stählerne Klammern klappten aus den Armlehnen von McNamaras Sessel und fesselten ihn. Timothy legte den Rayvolver beiseite.

„Sie werden mir so lange zuhören, wie ich will. Und Sie werden mir alle Fragen beantworten, oder Sie verlassen diesen Raum nicht mehr lebend."

„Das wagen Sie nicht. Sie nicht! Außerdem weiß man, wo ich jetzt bin."

„Weiß man das?" fragte Timothy lächelnd. „Ich habe zwei über jeden Verdacht erhabene Zeugen – Beamte, die beschwören, daß Sie vor einer halben Stunde das ‚Nebraska' verlassen haben. Und mein Nihilator ist so ausgelegt, daß er im Notfall sogar einen Mann Ihrer Größe in seine Moleküle zerlegen könnte."

„Das wäre brutaler Mord. Dazu sind Sie nicht fähig!"

„Ich nehme an, das neue Purple Heart ist auch für DuMont bestimmt", sagte Timothy. „Welches Organ haben Sie diesmal anvisiert? Sie müssen ziemlich erstaunt gewesen sein, daß Ihr Chef nicht starb. Sie hatten nicht damit gerechnet, daß sein Leibarzt ihn sofort in Parabiose steckte... nicht wahr? Warum wollen Sie ihn umbringen? Warum gerade ihn?"

McNamara starrte Timothy an. „Weil er ein Teufel ist", stieß er hervor. „Weil er es tausendmal verdient hat!"

„Wenn ich mich nicht irre, haben Sie noch vor wenigen Tagen in ebendiesem Stuhl das Hohelied Ihres Chefs gesungen!"

„Sollte ich mich selbst verraten? Sollte ich Ihnen gegenüber meinen Haß auf DuMont und seinesgleichen offenbaren, Tiny? Sie haben selbst gesehen, was in der IPPI los ist, und Sie haben nur die Schokoladenseite vorgeführt bekommen! Sie ahnen nicht einmal, was sich hinter den Werkmauern der NATIONAL am grauenvollem Elend verbirgt, schlimmer, als selbst die perverseste Phantasie es sich vorstellen kann, wie viele Menschen dort Tag für Tag buchstäblich verheizt werden. Es gibt Treibhäuser, in denen herrschen fast hundert Grad. Nach zwanzig Tagen sind die Körper der Sträflinge total ausgetrocknet. Es sind ja nur Sträflinge, könnte man einwenden. Aber wie wurden sie das?"

McNamara lachte verächtlich. „Sie wissen doch, wie biegsam und auslegbar unsere Gesetze sind. Sie können einfach nicht leben, ohne sich strafbar zu machen. – Geht es Ihnen etwa anders?"

„Nein", antwortete Timothy, „da das Sammeln auch von simplen Informationen strafbar sein kann, ich aber darauf angewiesen bin, Informationen zu sammeln, kann mir jeder einen Strick aus meiner täglichen und staatlich lizenzierten Arbeit drehen, wenn er glaubhaft behauptet, ich betreibe meinen Job zum Schaden des Staates."

„Ich will Ihnen verraten, wie man Sträfling bei der NATIONAL wird", sagte McNamara. „Die Agenten des Konzerns schwärmen durch das ganze Land und suchen nach begabten Leuten, die für das Unternehmen interessant sein könnten, und wenn man einen Wissenschaftler nicht auf die feine Tour bekommen kann, wird ihm ein Verbrechen in die Schuhe geschoben, das ist ja nicht schwer, und ein willfähriges Gericht, das den Mann verurteilt, findet sich immer. Was glauben Sie, was los ist, wenn eine neue Produktion aufgenommen wird, die Labors also neu besetzt werden sollen? – Das ist der Grund, warum Olbers und Pendergast sofort bereit waren, die tödlichen Schrittmacher zu bauen! Sie wollten es DuMont heimzahlen! – Darf ich rauchen? In meiner rechten Tasche sind Zigaretten."

Timothy zog das Etui heraus, steckte eine Zigarette an und hielt sie McNamara an die Lippen.

„Oder nehmen Sie die Schrittmacher! Wissen Sie, warum DuMont sie nicht in Serie produzieren läßt? Weil die NATIONAL der größte Rauschgiftproduzent der Staaten ist und sich nicht selbst den Markt kaputtmachen will, deshalb. Sie haben das Treibhaus gesehen, Tiny. Haben Sie eine Ahnung, was für Drogen man aus den Alkaloiden unserer Superkartoffeln herstellen kann? Ich sage Ihnen, DuMont ist die Verkörperung des Bösen. Nehmen Sie die Public-Dope-Free-Schools. Wissen Sie, warum er sie einrichten ließ? Weil er Arbeitskräfte braucht, die nicht schon als Kind rauschgiftsüchtig und dadurch für eine ganze Reihe von Tätigkeiten unbrauchbar geworden sind. Das ist die einfache, bittere Wahrheit!"

Timothy hielt ihm die Zigarette hin. McNamara nahm einen tiefen Zug.

„Noch immer nicht überzeugt? Dann will ich Ihnen noch die grausame Wirklichkeit der Drop-Out-Homes enthüllen. Eine humanitäre Einrichtung? Daß ich nicht lache! Das ist das Perverseste und Schlimmste von allem! Den Kindern werden Sonden ins Gehirn gepflanzt, über die sie dann ganz nach Belieben gesteuert werden können. Man kann diese unglücklichen Wesen an die schlimmsten Orte bringen, ein Knopfdruck, und sie empfinden selbst in der Hölle noch Lustgefühle. Wie sagten Sie, als Sie in der IPPI waren: menschliche Roboter? Was sind die Schrittmacher an den Fließbändern gegen ein Sondeninjekt! Erkundigen Sie sich doch einmal, wo die Kinder aus diesen Heimen geblieben sind; die ersten Jahrgänge sind ja inzwischen erwachsen. Sie werden auf eine Mauer des Schweigens stoßen. Und wenn Sie keine Ruhe geben, werden Sie mit irgendeinem bunten Streifen am Hals in einer Werkanlage verschwinden!"

Sie sahen sich schweigend an. Schweiß perlte auf McNamaras Stirn.

„Glauben Sie mir, das ist die Wahrheit, Tiny! Gut, verurteilen Sie mich, aber Sie können mich unmöglich ausliefern, weil ich ein Schwein wie DuMont zur Hölle schicken wollte!"

„Ich glaube Ihnen schon, daß das alles so ist", sagte Timothy. „Ich glaube Ihnen nur nicht die edelmütigen Motive. Mag sein, daß Sie das alles verabscheuen, mag sein, daß Sie DuMont wirklich hassen, aber gehandelt haben Sie nicht aus Haß und Abscheu, Mister McNamara, sondern weil Sie ein gedungener Mörder sind, ein Agent. Los, packen Sie den Rest auch noch aus!"

McNamara sah Timothy entgeistert an. „Wie kommen Sie darauf?"

„Sie selbst haben es mir verraten", erwiderte Timothy. „Das erste, was mich stutzig machte: Sie haben im Werk nicht von Colors gesprochen, wie es alle anständigen Leute tun – jedermann weiß schließlich, daß auch viele Unschuldige verurteilt werden –, sondern das Schimpfwort Huee gebraucht, das nur von sehr dummen oder von im Staatsdienst tätigen Leuten benutzt wird. Ein Überbleibsel aus Ihrer Militärzeit? Nach so langer Zeit? Oder fühlen Sie sich immer noch als Offizier? Zweitens: Wenn Sie DuMont einer ‚gerechten Strafe' zuführen wollten, warum dann auch Goodman, Temple und Bennisher ermorden?"

„Weil sie es nicht weniger verdient hatten", rief McNamara. „Erkundigen Sie sich, was für Schweine das waren!"

„Nein, weil Sie das Mordinstrument ausprobieren mußten! – Drittens: Als Sie von der Party erzählten, auf der Sie DuMont kennenlernten, sagten Sie, Ihre Mutter sei weit mehr als Sie auf die goldblausilbernen Farben stolz gewesen. Das aber sind nicht die Farben der Militärakademie von Princeton, sondern die der Spezialschule in Silver Springs. Und – welch Zufall! – die Datei der CIA, in der unter anderem die Idee mit dem ‚Photonenschrei' gespeichert ist, befindet sich jetzt in Silver Springs. Viertens: Ich weiß zuverlässig, daß noch nie ein Absolvent von Silver Springs aus dem aktiven Dienst ausscheiden durfte, um einen privaten Job in der Industrie anzunehmen, im Gegenteil, sie verpflichten sich auf Lebenszeit! Sie schwören, daß sie bei Strafe ihres Lebens immer und überall jeden Befehl ausführen werden – so lautet doch die Formel, nicht wahr? Wer hat Ihnen den Befehl gegeben, DuMont zu töten? Geschah es aus militärischem Interesse, oder wollte nur einer Ihrer Chefs einem Freund bei der Konkurrenz der NATIONAL einen Dienst erweisen?"

McNamara biß sich auf die Lippen. Er war kreidebleich.

„Los, Mann, reden Sie. Ich habe das alles nicht nur so dahingesagt. Sie haben keine Chance, wenn ich nicht die ganze Wahrheit erfahre!"

„Ich kann nicht!" schrie McNamara verzweifelt.

„Dann sterben Sie! Hier auf diesem Stuhl." Timothy richtete den Rayvolver auf McNamaras Stirn. „Ich gebe Ihnen zehn Sekunden Zeit, es sich anders zu überlegen."

Timothy stellte das Metronom ein. Das trockene, harte Tikken hallte über den Lautsprecher des Communicators wie Schüsse. Pang – pang – pang – pang.

„Okay", sagte McNamara beim achten Schlag. „Mit mir ist es so oder so aus. Sollen Sie also die Wahrheit erfahren. Aber, bitte, geben Sie mir erst noch einen Schluck Tee und eine Zigarette."

Timothy machte ihm jetzt sogar die rechte Hand frei, damit er sich selbst bedienen konnte.

„Sie haben recht, Tiny. Sie haben in allen Punkten recht. Ich hätte nie gedacht, daß jemand dahinterkommen könnte, Sie aber haben es geschafft. Admiral Stonehedge hat mir den Befehl gegeben. Ich weiß jedoch nicht, warum."

„DuMont wird es vielleicht wissen. Gehen Sie zu ihm und beichten Sie ihm alles. Er hat auch seine Beziehungen zu den

Militärs, vielleicht kann er Ihnen helfen, damit Sie nicht wegen Befehlsverweigerung vor Gericht kommen."

„Wenn es nur das wäre! Nein, ich bin verloren. Es genügt, daß ich versagt habe." McNamara brach zusammen. Er schluchzte erbärmlich. „Ich kam mit acht Jahren in die Kadettenanstalt. Mutter hat es gut gemeint, sie glaubte, mir so eine Karriere zu sichern; für ein Studium hätte es nie gelangt. Sie wußte nicht, was sie damit anrichtete, und sie weiß es heute noch nicht."

McNamara sah Timothy an. Seine Augen waren rot, Tränen liefen über seine Wangen. „Auch in Silver Springs werden Sonden in die Gehirne gepflanzt, Tiny! Hier, greifen Sie in meine Haare, da spüren Sie den Empfangsknopf meines Kommandotumox. Ja, ich bin ein ferngesteuerter menschlicher Roboter! Ein Knopfdruck, und ich berste vor Mut, kenne weder Angst noch Müdigkeit. Wissen Sie, was Hunger ist?" Er lachte bitter. „Nein, Sie wissen es nicht. Hunger ist eine beliebte Strafe in Silver Springs. Sie wissen genau, was mit Ihnen los ist, aber Sie können sich nicht wehren, Sie müssen fressen, fressen, fressen, solange der andere auf den Knopf drückt. Alles. Holz, Papier, Dreck, Scheiße – alles, was Ihnen unter die Finger kommt, stopfen Sie in sich hinein. So steht es mit mir, Tiny. Und nun seien Sie gnädig und drücken Sie ab."

Timothy sprang aus dem Sessel und lief unruhig hin und her. Er blieb hinter McNamara stehen und tastete dessen Kopf ab. Er fühlte den glatten, kleinen Knopf unter den Fingern, der aus McNamaras Schädel ragte, und ein Schauer lief ihm über den Rücken.

„Es hätte wohl wenig Sinn, wenn ich Sie laufenließe und Ihnen ein paar Stunden Vorsprung gäbe, um unterzutauchen?" fragte er.

„Man hätte mich in wenigen Sekunden angepeilt. Wer weiß, vielleicht hat man mich schon geortet, und ein Kommando von Admiral Stonehedge wartet draußen auf mich? Wissen Sie, wie man bei uns Versager oder Verräter bestraft? Haben Sie eine Ahnung, was ein Sondenschock ist?"

„Hier sind Sie sicher", meinte Timothy, „dieser Raum wirkt wie ein Faradayscher Käfig. Sie werden jedoch verstehen, daß ich keine Lust habe, Sie für länger zu beherbergen. Aber ich kann etwas anderes für Sie tun, Vance. Ich werde, obwohl mich allein der Gedanke ekelt, noch einmal zu DuMont gehen.

Ich werde ihm sagen, Sie seien aus freien Stücken zu mir gekommen und hätten sich mir anvertraut. Weil Sie es nicht übers Herz gebracht hätten, ihn zu ermorden. Ich könnte ihm sogar sagen, daß sein Purple Heart nicht voll funktionstüchtig gewesen sei, daß er Ihnen also im gewissen Maße das Leben verdankt. So paradox und so pervers es klingt, DuMont ist der einzige, der Ihnen noch helfen kann. Er hat die Möglichkeit, die Sonden aus Ihrem Schädel wieder entfernen, zumindest den Sender ausschalten zu lassen, und er kann Ihnen zu einer neuen Identität verhelfen."

„Ich will Ihnen sagen, was DuMont tun wird", erwiderte McNamara verächtlich, „er wird in Zukunft selbst meinen Kommandotumox bedienen, das wird er. Und ich muß alles tun, was er will, schon, damit er mich nicht ausliefert. Lieber will ich sterben. Drücken Sie ab, Tiny. Und wenn Sie nicht den Mut dazu haben, geben Sie mir für einen Augenblick den Rayvolver. Meine Lage ist aussichtslos."

„Den Rayvolver werde ich Ihnen lieber nicht geben", antwortete Timothy. „Wer weiß, was im Gehirn eines Militärs vor sich geht, wenn er eine Waffe in die Hand bekommt. Wenn Sie jedoch wirklich entschlossen sind zu sterben, werde ich Ihnen später eine Pille geben. Nachdem Sie mir ein volles Geständnis mit allen Einzelheiten auf Video gesprochen haben. Und dazu alle Informationen über Silver Springs und über die NATIONAL, die mich interessieren. Wir werden uns Zeit lassen, solange gewähre ich Ihnen gern Obdach. Und für die restlichen Stunden Ihres Lebens verspreche ich Ihnen, all Ihre Lieblingsgerichte noch einmal zu kochen, okay?"

McNamara nickte, er lächelte sogar. „Danke schön", flüsterte er. „Sie sind ein guter Mensch."

„In meinen Grenzen", wehrte Timothy ab. „Was möchten Sie als erstes essen, Vance?"

„Milchbrei mit Zucker und Zimt und viel brauner Butter, so wie Mutter ihn mir früher gemacht hat."

Teufelspuzzle

1.

Timothy fluchte. Wie ein Rohrspatz, fiel ihm ein. Warum sagt man eigentlich „fluchen wie ein Rohrspatz"? Gab es wirklich so einen Vogel, und gab es ihn noch, oder war er wie die Stadtspatzen längst ausgestorben? Einen Augenblick kam er in Versuchung, bei der ALLAMERICAN anzurufen und sich zu erkundigen; sowohl Abraham Bentley als auch Kronprinz Pride hatten ihm versichert, sie und ihre Unternehmen stünden Timothy jederzeit zur Verfügung, doch dann ließ er es: Man soll die Gunst der Bigbosse nicht unnötig in Anspruch nehmen. Wer weiß, wann er die Hilfe der Bentleys dringend benötigen würde.

Das Puzzle machte seinem Namen alle Ehre. Es war verteufelt verzwickt, dreidimensional, aus Hologrammsteinen, die von allen Seiten verschiedene Bilder zeigten, wenn man sie richtig zu einem Würfel von vierzig Zentimeter Kantenlänge zusammensetzte. Timothy hatte erst eine kleine Ecke geschafft, obwohl er schon über ein Dutzend Stunden darauf verwandt hatte.

Er war rundum unzufrieden. Der Kaffee war ihm ausgegangen, und es schien zur Zeit in ganz Chicago nur minderwertigen Inlandskaffee zu geben; nicht einmal bei BRIAND hatte er ein paar Bohnen ergattern können. Klienten schien es auch nicht mehr zu geben, seit fast vier Wochen schwieg der Communicator, wenn er von den Routineanrufen Smiley Hepburns und Josuah Trevers absah.

Timothy haßte die Tage der Untätigkeit zwischen den Aufträgen, in denen er mürrisch, wehleidig und mißtrauisch gegen jedermann wurde. Wie oft hatte er den Großen Bruder gebeten, ihm in diesen Zeiten Kundschafteraufträge zu geben, doch Anne hatte das jedesmal abgelehnt: Seine einmalige Position zwischen den Fronten und seine Beziehungen zu den Bigbossen dürften nicht unnötig in Gefahr gebracht werden. Ein paarmal hatte sie ihm wenigstens ein Problem zugespielt, an dem er zu Hause mit Napoleon knobeln durfte, doch Timothy hatte keine Lust, sie um irgend etwas zu bitten, er hatte überhaupt keine Lust mehr, mit Anne zu sprechen. Wenn er sich pflichtgemäß bei ihr meldete, tat sie, als sei nichts gewesen, und ihre quaserverzerrte Stimme schrillte unerträglich in seinen Ohren. Keine Spur der Zärtlichkeit jener Nacht, im Gegenteil: Selbst die kleinen Späße und Frotzeleien, die sie sich sonst geleistet hatten, waren verschwunden. Bereute sie, daß sie damals bei ihm geblieben war, hatte sie damit ihre Verhaltensnormen verletzt? Aber vielleicht hatte ihr diese Nacht nichts bedeutet, am Ende gehörte es zu den Pflichten der Großen Brüder, auch in solchen Fällen für das Wohl ihrer Kleinen Brüder zu sorgen, notfalls unter Einsatz der eigenen Person?

„Scheiße!" schrie Timothy und wühlte mit beiden Händen in den Puzzlesteinen. Napoleon räusperte sich.

„Sprich schon", sagte Timothy, „ich erlaube es dir."

„Wenn Sie mir eine Frage erlauben, Sir: Warum bemühen Sie sich selbst, dieses, wenn ich es recht verstanden habe, dreidimensionale und Ihre Möglichkeiten offensichtlich überfordernde Problem zu lösen? Warum delegieren Sie es nicht an mich? Bin ich nicht dazu da, Probleme, die Ihre Denkkapazität überschreiten, für Sie zu lösen? Ich bemerke doch, wie Sie sich quälen."

Timothy lachte laut auf, dann streichelte er Napoleons stählernen Bauch. „Oh, welch eine Welt", stöhnte er, „in der ein Computer die einzig menschliche Seele ist, die Mitleid mit einem einsamen, verzweifelten, unglücklich verliebten Mann hat."

„Darf ich Sie darauf aufmerksam machen, Sir, daß ich keine Seele und schon gar nicht eine menschliche besitze?"

„Manchmal bin ich mir da nicht so sicher", erwiderte Timothy. „Hör zu, mein Guter, dies ist kein Problem, sondern ein Spiel, und der ganze Spaß wäre dahin, wenn du es für mich tun würdest. Es ist ein Genuß, ein Rätsel zu lösen – aber das verstehst du wohl nicht."

„Da nun bin ich mir nicht sicher", sagte Napoleon, „schließlich –"

„Pst!" Timothy schnitt ihm das Wort ab. Der Communicator leuchtete. Timothy ließ die Puzzlesteine fallen und drückte die Empfangstaste. Das Gesicht eines Mannes blickte vom Monitor, ein Gesicht, das Timothy bekannt vorkam, das er aber nicht sogleich einordnen konnte. Er gab den Sendeport frei, damit der andere ihn sah.

„Hallo, Tiny!“ begrüßte der ihn. „Erkennst du mich noch?“

„Ehrlich gesagt –“

„Schon gut, Tiny, du mußt dich nicht entschuldigen, schließlich haben wir uns fast zehn Jahre nicht mehr gesehen, und ich weiß, ich habe mich nicht gerade zu meinem Vorteil verändert.“

„Huck!“ schrie Timothy. „Huckleberry Peaboddy, bist du es wirklich? Wo steckst du?“

„In Chicago. Fünf Flugminuten vom ‚Nebraska‘.“

„Sofort kommst du her! Ich will ein Festessen für dich geben. Du frißt hoffentlich immer noch so gerne.“

„Leider.“ Peaboddy rückte ein Stück von seinem Communicator ab, so daß seine ganze Figur sichtbar wurde; er hatte sich einen beachtlichen Bauch zugelegt. „Ich habe bis gegen fünf Uhr zu tun, dann komme ich gerne zu dir.“

„Um halb sechs wird serviert“, antwortete Timothy, „und wenn du nicht pünktlich bist, esse ich alles alleine, und du bekommst Fraß aus dem Restaumaten.“

Timothy stürzte sich in die Vorbereitungen. Die Peaboddys und die Truckles waren in der „Blackhill Avenue“ Nachbarn gewesen; Huck und Timothy wuchsen wie Brüder auf. Sie hatten in der Schule immer nebeneinander gesessen und später wenigstens einen Teil der Semesterferien gemeinsam verlebt und sich so oft wie möglich besucht, bis Peaboddy vor nunmehr fünfzehn Jahren nach Utah ging und die Verbindung abriß; eine Zeitlang hatten sie noch regelmäßig miteinander gesprochen, dann waren auch die Communicator-Besuche eingeschlafen.

Timothy mobilisierte all seine Beziehungen, damit es eine würdige Wiedersehensfeier werden konnte, er bekam Strömlinge und Salm für eine Bouillabaisse und frische Hirschleber und Kalbfleisch für ein Greenwich-Gulasch, als Vorspeise bereitete er Thunfisch-Mayonnaise, und für den Nachtisch opferte er die Packung gefrostete Himbeeren, die Jennifer ihm geschenkt hatte. Als er die festliche Tafel mit den Kristallgläsern, dem Wedgewood-Porzellan, den Silberbestecken und venezianischen Leuchtern noch einmal prüfend überblickte, überkam ihn Wehmut. Wie gerne hätte er solch einen Tisch für Anne gedeckt. Du bist ein unverbesserlicher Dummkopf, beschimpfte er sich. Mußt du dich ausgerechnet in deinen Großen Bruder verlieben, in die Frau, die dir am nächsten und zugleich am unerreichbarsten ist? Oh, Tiny, du bist ein Fall für einen kitschig-tragischen Liebesroman aus dem neunzehnten Jahrhundert!

Huck kam kurz nach fünf. Noch in der Tür fielen sie sich in die Arme. Als der fast zwei Meter große und drei Zentner schwere Huck den winzigen Timothy hochriß und im Kreis schwenkte, griff der Safeman, der Peaboddy vom Flugdeck heruntergebracht hatte, nach seinem Rayvolver; Timothy winkte ihm beruhigend zu.

„Laß mich ’runter, Huck“, bat Timothy, doch Peaboddy nahm ihn auf den Arm und wanderte so durch die ganze Wohnung; erst im Arbeitsraum ließ er ihn zu Boden. Er betrachtete nachdenklich den ruhenden Napoleon, auf dessen Stirnseite nur die Bereitschaftslichter glimmten. „Das also ist dein Napoleon“, sagte er. „Denkt er gerade?“

„Keine Ahnung“, antwortete Timothy. „Er hat frei und könnte schlafen, doch wer kann schon in so ein Elektronengehirn gucken.“

„Ist er wirklich so intelligent?“

„Prüfe es selbst.“ Timothy hatte zwei Gläser Whisky eingeschenkt. „Prost, Huck, auf unser Wiedersehen. Ich hoffe, du hast viel Zeit mitgebracht. Am besten, du bleibst ein paar Wochen in Chicago. Als mein Gast, versteht sich.“

„Ich habe schon jetzt die Schnauze gestrichen voll von deinem Chicago“, erwiderte Huck mit säuerlichem Lächeln. „Ich sehne mich geradezu nach meiner Einöde. Noch keine vierundzwanzig Stunden bin ich hier und schon sechsmal bestohlen oder überfallen worden; das erste Mal –“

Timothy unterbrach ihn. „Erzähl es mir in der Küche, während ich die letzten Vorbereitungen treffe.“ Ihn hätten ganz andere Dinge interessiert als Peaboddys Erlebnisse mit der Chicagoer Unterwelt, die zwar für einen Mann aus den Wasatch-Mountains sensationell sein mochten, für einen Großstädter jedoch alltägliche Banalität waren, aber er hörte geduldig zu, er merkte doch, daß sein Freund es erst einmal loswerden mußte. Schon am Flughafen hatte es angefangen: Der Koffer, den Huck eigenhändig in der Maschine abgestellt hatte, war gestohlen. Ihm blieb nichts anderes übrig, als sich einen neuen Koffer und Wäsche, und was man so für ein paar Tage brauchte, zu kaufen.

„Ein paar Minuten später war ich alles wieder los. Als ich in die Metro wollte, wurde mir der Koffer buchstäblich aus der Hand gerissen, Tiny!"

„Nur ein Greenhorn fährt mit Gepäck in der Metro", kommentierte Timothy.

„Also habe ich ein zweites Mal eingekauft. Ob du es glaubst oder nicht, der Koffer wurde aufgebrochen, während ich im Restaurant zu Abend aß."

„Ich glaube dir, Huck."

„Als ich dann noch einmal hinunterfuhr, um ein wenig durch die Straßen zu laufen ..."

„Abends durch die Straßen spazieren!" rief Timothy entsetzt. „Mann, du lebst wirklich hinter dem Mond."

„... wurde ich im Fahrstuhl überfallen. Von zwei Männern um die Vierzig, so elegant, daß ich nie auf die Idee gekommen wäre, es könnten Gangster sein. Sie blockierten den Lift und filzten mich bis auf die Haut."

„Ich nehme an, da brauchst du jetzt Geld", meinte Timothy. „Sag nur, wieviel, ich bin gerade gut bei Kasse."

Peaboddy grinste. „So dumm bin ich nun wieder nicht, Geld oder Wertsachen unnötig herumzuschleppen. Ich hatte nur ein paar Dollar bei mir. Ich habe mir vorsichtshalber in Salt Lake City einen Brustpanzer gekauft und den gleich bei der Ankunft im Hotelsafe deponiert. Fast wäre ich trotzdem futsch gewesen: Über Nacht hat man versucht, den Safe zu knacken; zum Glück wurden die Burschen von der Hotelwache überrascht."

Timothy goß die Gläser wieder voll. „Du wirst wirklich verwöhnt, mein Lieber. Soviel Aufmerksamkeit für einen Einsiedler aus Utah!"

„Heute früh ging es weiter. Ich hatte ein Aerotaxi bestellt, das mich zu meinem Onkel nach Northlake bringen sollte. Kaum waren wir ein Stück geflogen, da stellte der Chauffeur seinen Helicopter auf Autopilot und hielt mir einen Rayvolver unter die Nase. Ich mußte nicht nur meine Taschen umdrehen, ich mußte mich sogar nackt ausziehen – in der Luft, noch über der City! Dann hat er mich im Franklin Park rausgeschmissen. Aus fast zwei Meter Höhe. Ich kann froh sein, daß ich mir nichts gebrochen habe."

„Und daß du nicht festgenommen wurdest: ein nackter Mann am hellichten Tag im Franklin Park!"

„Oh, er war so gnädig, mir meine Kleider nachzuwerfen. Sogar meine zehn Dollar. Wahrscheinlich war es ihm zuwenig."

„Hier, trink noch einen Schluck auf den Schreck, dann laß uns essen. Oder war das noch nicht alles?"

„Fast, Tiny, fast. Es wird dich kaum überraschen, daß mein Koffer schon wieder verschwunden ist, doch jetzt kaufe ich mir keinen mehr, ich fahre lieber schleunigst nach Hause."

Huck war durch nichts zu bewegen, auch nur einen Tag länger zu bleiben, obwohl Timothy ihm versicherte, daß er bei ihm im „Nebraska" mindestens so sicher aufgehoben sei wie der Staatsschatz in Fort Knox. Nicht einmal die Aussicht auf unerhörte Gaumenfreuden, die Huck sich nie leisten und die er auch in ganz Utah nicht auftreiben könne, vermochten ihn umzustimmen.

Als Timothy seinen Freund weit nach Mitternacht zum Lift brachte und noch einmal bat, er solle es sich doch überlegen, schüttelte Peaboddy den Kopf.

„Ich muß morgen früh noch einmal zu meinem Onkel, anschließend fahre ich direkt zum Flughafen und nehme die nächste Maschine nach Salt Lake City. Komm du mich doch mal besuchen! Bei uns in den Wasatch-Mountains ist es noch so friedlich wie in den guten alten Zeiten. In Chicago jedenfalls siehst du mich in Ewigkeit nicht wieder!"

Die Ewigkeit dauerte keine zehn Minuten. Timothy bekam einen Anruf der Hauswache, er solle sofort zum Flugdeck kommen.

Peaboddy hockte kreidebleich auf dem Boden der Piste. Die Alarmlichter schleuderten ihre roten Blitze in die Dunkelheit, ein Aerotaxi schwebte zehn Meter über dem gesperrten Deck. Im grellen Schein eines Spotlichts lag eine Leiche; soweit es noch zu erkennen war, die eines jungen Mannes, die Strahlenwerfer hatten ihn übel zugerichtet. Der diensthabende Chief informierte Timothy, daß man versucht hatte, Huck zu entführen.

„Den Banditen da haben wir erwischt, Mister Truckle, die anderen sind in ihrem Hubjet entkommen, aber wenigstens einer müßte schwer verletzt sein."

Timothy fragte, ob es ihm recht sei, wenn er sich an den Untersuchungen beteiligte.

„Von mir aus", antwortete Chief Monroe, „doch ich schätze, nicht einmal Sie sind in der Lage, die Kidnapper zu fassen."

„Kann ich meinen Freund mit hinunternehmen? Ich möchte ihn selbst befragen."

„Wenn Sie mir einen Bericht für unser Protokoll geben, gerne. Ich habe auch so Arbeit genug."

„Ich hätte nicht gedacht, daß Sie sich in so einem Fall überhaupt viel Arbeit machen", meinte Timothy.

„An sich nicht, Mister Truckle. Das ist schließlich nur ein Bagatellfall, reine Routine –"

„Schon gut, Monroe." Timothy schenkte ihm ein anerkennendes Lächeln. „Würden Sie mir zuliebe ein paar Extrauntersuchungen anstellen?"

„Für Sie allemal. Was brauchen Sie?"

„Ich hätte gerne einen Ionentest von der Haut des Toten – ist der Kopf völlig zerstrahlt?"

„Ein Stück Hals ist unversehrt, außerdem seine linke Hand."

„Okay. Dazu Tests von den Fußsohlen und Achselhöhlen. Gibt es noch Haare?"

„Ja, am Hinterkopf."

„Lassen Sie mir bitte ein Büschel abschneiden. Und einen Fingernagel. Ich komme dann noch mal zu Ihnen." Timothy deutete auf den Helicopter. „Und schicken Sie die Taxe wieder weg, ja?"

Ein Safeman half ihm, Huck nach unten zu bringen. Peaboddy stützte sich schwer auf den Mann, er keuchte bei jedem Schritt. Als er im Arbeitsraum im Sessel lag, bat er um einen großen Whisky.

„Gleich", sagte Timothy. „Trink erst einmal einen Schluck Wasser. Ich muß dir sofort ein paar Fragen stellen und Untersuchungen vornehmen, dann kannst du dich vollaufen lassen und hinlegen. Hat man versucht, dich zu betäuben?"

Peaboddy nickte. „Irgendein Spray. Doch dann schrie ein Safeman, ich drehte mich um, so bekam ich das Zeug nur ins Genick."

Timothy holte einen Handexhaustor und saugte Hucks Nakken sorgfältig ab. „Hat dich einer von denen berührt? Wo?"

Peaboddy hielt ihm sein Handgelenk hin. Timothy legte einen neuen Tracer ein und saugte auch hier jeden Zentimeter ab, dann fuhr er Peaboddy zur Multispectralkamera und ließ das Handgelenk von allen Seiten aufnehmen.

„Wie viele Männer hast du gesehen?“
„Drei, Tiny. Und wahrscheinlich war noch einer im Hubjet.“
„Waren sie maskiert?“
Peaboddy schüttelte den Kopf.
„Du hast also ihre Gesichter erkennen können?“
„Ich weiß nicht. Wahrscheinlich. Aber ich könnte sie nicht mehr beschreiben. Es ging alles so schnell, und ich war so durcheinander –“
„Macht nichts. Paß auf, Huck, jetzt kommen ein paar unangenehme Minuten, doch es muß sein. Ich schließe dich an einen Resurrector an. Ich will den Schock lösen und dein unterbewußtes Gedächtnis abrufen. Ich bin sicher, du hast die Bilder der Gangster gespeichert. Napoleon wird dann versuchen, aus den abgezapften Brainbits ihre Porträts zu rekonstruieren. Einverstanden?“
Huck nickte müde. Timothy gab ihm eine grünliche Flüssigkeit zu trinken, dann befestigte er die Elektroden des Resurrectors an Peaboddys Schädel.
„Entspann dich, Huck. Stell dir den Himmel vor deinem Haus in Tonopah vor, einen trägen, grauschwarzen Abendhimmel, über den langsam die Wolkendecken dahinziehen; warmer Wind streicht aus den Tälern –“ Timothy streichelte beruhigend Hucks Hand und blickte auf die Armaturen an Napoleons Bauch. „So, jetzt versuch, dich zu erinnern: Wir verabschieden uns, du besteigst den Lift, winkst mir noch einmal zu, der Lift fährt ab, jetzt hält er an, die Tür öffnet sich, du gehst hinaus –“ Peaboddy zuckte zusammen, schrie auf.
„Sieh ihn an!“ brüllte Timothy. „Jetzt den anderen! Den dritten!“ Huck wand sich in qualvollen Zuckungen, dann fiel er in sich zusammen.
„Das war es schon, Huck.“ Timothy hielt ihm ein Glas Whisky an die Lippen. „Und nun bringe ich dich zu Bett. Wenn du mich brauchst, ruf einfach meinen Namen. Napoleon wird dich sogleich mit mir verbinden.“

„Hier sind die Ionenspuren.“ Chief Monroe gab Timothy eine Handvoll Tracer. „Und hier die Haare, der Fingernagel, außerdem die Papillarmuster der linken Hand und die übliche Auflistung seiner Kleidung und Habseligkeiten. Ich fürchte aber, da ist nichts, was Ihnen weiterhelfen kann.“ Monroe reichte Timothy zwei Folien. „Wir haben den Wärmestrahlenabdruck der Landekufen des Hubjets sichern können, ich schätze jedoch, daß der gestohlen war."

„Benachrichtigen Sie bitte Inspektor Hopkins", bat Timothy, „sagen Sie ihm, daß ich persönlich an diesem Fall interessiert sei."

„Das werde ich nicht tun, Mister Truckle. Ich will keinen Ärger mit den Stadtbullen, und ich kann mir nicht vorstellen, daß Inspektor Hopkins sich freut, wenn ich ihn wegen eines mißglückten Kidnappings aus dem Bett hole. Morgen früh bekommt die Polizei sowieso unseren Bericht. Oder ist Ihr Freund ein VIP*?"

„Soviel ich weiß, nicht. Eher das Gegenteil."

„Dann wird sich außer uns kein Aas darum kümmern."

2.

Chief Monroe irrte. Aber nicht die Polizei meldete sich, sondern der Geheimdienst. Am späten Nachmittag erschien Devlin auf Timothys Monitor. „Hallo, Mister Truckle, ich habe Sehnsucht nach Ihnen. Ich komme sofort, ich wollte mich nur vergewissern, ob Sie auch zu Hause sind."

„Sie wissen, daß Sie mir jederzeit willkommen sind", antwortete Timothy so freundlich, wie er es nur fertigbrachte, „doch im Augenblick ist es ungünstig. Hat es nicht Zeit bis morgen?"

„Nein, es muß gleich sein. Haben Sie gerade einen Klienten bei sich? Können Sie ihn nicht fortschicken?"

„Wenigstens eine Stunde müssen Sie mir geben, Mister Devlin. Worum geht es denn überhaupt?"

„Um das Attentat auf Huckleberry Peaboddy."

„Was, zum Teufel, hat Huck mit der NSA zu tun?" rief Timothy.

„Kein Kommentar", sagte Devlin. „Also, in einer Stunde."

Peaboddy schlief noch immer. Diese Leute vom Lande, dachte Timothy, haben doch beneidenswerte Nerven, dann entdeckte er, daß Huck nicht nur eine halbe Flasche „Black Label", sondern auch noch sechs Rosaperlen geschluckt hatte.

Timothy flößte Peaboddy einen Teelöffel Xenaphalon ein

* VIP = Very Important Person, Bezeichnung für bevorzugt zu behandelnde Personen.

und beauftragte Napoleon, alle drei Minuten laute Snarrsignale in das Schlafzimmer zu senden, dann bereitete er einen extrastarken Tee und machte seine Wohnung keimfrei. Er mußte Devlin ja nicht mit der Nase darauf stoßen, was für Untersuchungen er angestellt und welche Ergebnisse er erzielt hatte, vor allem brauchte niemand zu wissen, daß Timothy einen Resurrector besaß.

Peaboddy kam laut gähnend aus dem Schlafzimmer, seine Sachen unter dem Arm.

„Morgen, Tiny", sagte er verschlafen, „oder ist es schon Mittag? Ich verschwinde erst mal für 'ne Weile im Bad, okay? Es scheint, daß ich's nötig habe. Mann, hab' ich 'n Kater!"

Timothy winkte ihn ins Mausoleum und schloß hinter sich ab. „Paß auf, Huck, wir haben keine Zeit. Trink den Tee und zieh dich an und verrate mir schnell, was du mit der NSA zu tun hast."

Peaboddy war mit einem Schlag hellwach. „Ich? Mit dem Geheimdienst?" Er blickte Timothy entsetzt an. „Nichts, wie ich hoffe!"

„Wirklich? In wenigen Minuten bekommen wir Besuch von der NSA, und es geht um dich."

„Da verschwinde ich lieber." Peaboddy fuhr derart hastig in sein Hemd, daß er sich in den Ärmeln verhedderte; Timothy mußte ihm helfen.

„Darüber reden wir noch. Am besten, du fährst jetzt hinauf in die ‚Stardust'-Bar und redest mit keinem Menschen ein Wort. Da bist du hier weg, und ich kann dich im Notfall jederzeit erreichen. Außerdem kannst du etwas erleben, was dir selbst in deinen idyllischen Bergen nicht möglich ist: einen Sonnenuntergang."

„Du lügst", sagte Huck ungläubig.

„Das ist einer der Genüsse, die ich dir versprochen hatte. Hier –", Timothy drückte ihm ein paar Scheine in die Hand, „sei mein Gast. Ich will den Barkeeper nicht anrufen, daß er deine Drinks auf meine Rechnung setzen soll, vielleicht hängt die NSA schon wieder in all meinen Leitungen, andererseits möchte ich, daß du dieses einmalige Schauspiel ungezwungen genießen kannst, und die Preise sind so hoch wie die Bar: für jedes der tausendeinhundertzwölf Stockwerke ein Prozent Aufschlag."

„Ist Peaboddy noch bei Ihnen?“ erkundigte sich Devlin, kaum daß er das Appartement betreten hatte.

„Nein. Wenn Sie sich selbst überzeugen wollen –“

„Sie beteiligen sich an den Untersuchungen?“ sagte Devlin. „Darf ich fragen, warum?“

„Huckleberry Peaboddy ist ein Jugendfreund, außerdem wurde er überfallen, als er mich verließ; ich denke, das ist Grund genug, daß ich mich für den Fall interessiere. Warum aber Sie? Oder darf ich nicht danach fragen?“

„Fragen schon.“ Devlin grinste breit. Er betrachtete aufmerksam das angefangene Puzzle. „Wirklich, ein Teufelsding“, sagte er. „Meine Frau hat mir auch eins geschenkt, aber ich habe es bald aufgegeben. Glauben Sie, daß Sie es schaffen?“ Er schüttelte den Kopf. „Vielleicht die Ecken, drei oder vier Kanten – doch sobald Sie zum Kern vordringen wollen, werden Sie an Ihre Grenzen stoßen.“

„Es vertreibt die Zeit“, antwortete Timothy. „Ich hatte Langeweile, das ist der dritte Grund, warum ich mich ein wenig bei den Nachforschungen nützlich machen wollte. Natürlich will ich Ihnen nicht ins Handwerk pfuschen. Ich hatte keine Ahnung, daß Sie an Peaboddy interessiert sind.“

„Wir sind an den Kidnappern interessiert“, korrigierte Devlin, „nichts liegt also näher, als daß wir zusammenarbeiten.“

Timothy schüttelte den Kopf. „Sie kennen die Gründe, warum ich nicht mit Ihrer Institution zusammenarbeiten kann.“

„Ja, ich weiß“, erwiderte Devlin unwillig, „die Bigbosse würden es Ihnen übelnehmen und nicht mehr zu Ihnen kommen, wenn Sie sich mit uns einlassen, doch es muß ja niemand erfahren.“

„Tut mir leid“, sagte Timothy, „ich kann mir keine Ausnahme leisten.“

„Wirklich keine?“ Devlin lachte. „Als ob Sie noch nie für uns gearbeitet hätten!“

„Ich?“ fragte Timothy mit gespieltem Entsetzen.

„Jüngst erst. Ich sage nur: Beauty Kovacs.“ Devlin starrte Timothy in die Augen. „Hat die Bachstelze wirklich nicht verraten, wer in Wirklichkeit Ihr Auftraggeber war?“

„Doch nicht etwa Sie!“

„Niemand anderes, Mister Truckle.“ Devlin winkte den Servicewagen herbei und goß sich selbst einen Wodka ein.

„Entschuldigen Sie, daß ich Ihnen nichts angeboten habe", sagte Timothy, „ich dachte –"

„Schon gut." Devlin schmunzelte. „Ja, Sie waren sehr hilfreich. In doppelter Hinsicht. Sie haben nicht nur das Geheimnis der Kovacs entlarvt, Sie haben uns auch geholfen, sie unschädlich zu machen. Da die Queen so leichtsinnig war, zu verbreiten, daß auch Sie, Mister Truckle, zu ihren Kunden gehören, haben wir unterderhand verbreitet, daß Sie das Geheimnis der ‚Queen of Queens' gelöst hätten: daß sie Gedanken lesen könne. So hat sie im Nu alle Kunden verloren. Wer will schon einem anderen Einblick in seine Gedanken geben? Jetzt geht wieder alle Welt zu den Wahrsagern, die mit uns zusammenarbeiten. Außerdem haben wir das Gerücht ausgestreut, daß die Kovacs jetzt unsere Leute trainiert und wir also jedermanns Gedanken lesen können." Devlin seufzte. „Schade, daß sie es nicht wirklich kann, es würde im Handumdrehen all unsere Probleme lösen." Er sah Timothy spöttisch an. „Ich würde zum Beispiel gerne wissen, was in diesem Augenblick in Ihrem Kopf vorgeht."

„Ich schätze, das können Sie sich auch so denken", sagte Timothy wütend.

Devlin nickte.

„Sie sollten stolz darauf sein, einen wichtigen Beitrag für die Staatssicherheit geleistet zu haben, Mister Truckle. Ich habe vorgeschlagen, daß man Sie für Ihre Dienste belohnt."

„Ich habe das nicht gewußt", stieß Timothy hervor, „sonst hätte ich einen großen Bogen um die Kovacs gemacht."

„... wir könnten Sie öffentlich belobigen", fuhr Devlin fort.

„Wollen Sie mich ruinieren?" schrie Timothy.

„Also", sagte Devlin hart, „arbeiten Sie mit uns zusammen?"

„Und wenn Sie mich noch so sehr erpressen: Nein! Ich werde nicht so dumm sein, mich selbst um meine Klienten zu bringen. Das war das erste und letzte Mal –"

„Sind Sie sicher, daß es das erste Mal war?" unterbrach Devlin. „Daß Sie nicht schon oft der NSA geholfen haben, ohne es zu ahnen, versteht sich?"

„Wann?"

Devlin ging nicht auf die Frage ein. „Denken Sie an Ihren Freund Stahlheimer: Er erforschte die Schmerzzentren des Gehirns, um eine neue Anästhesie-Methode zu entwickeln, und gab uns dadurch eine Methode, ganz gezielt Schmerzen auszulösen." Devlin breitete die Hände aus. „Viele arbeiten für uns, ohne es zu ahnen."

„Ich fürchte wirklich, man kann nichts tun, ohne Ihnen in die Hände zu arbeiten", sagte Timothy leise.

„Und das ist gut so, Mister Truckle. Jeder Bürger hat seinen Teil zur Sicherheit des Staates beizutragen, notfalls ohne sein Wissen!" Devlin zog einen Stapel Fotos hervor. „Kennen Sie einen dieser Leute?"

Timothy besah sich die Fotos, dann schüttelte er den Kopf. Kannte er etwa den Toten vom Flugdeck? Er wußte nicht einmal den Namen, und es ging Devlin nichts an, daß es Napoleon gelungen war, das Porträt zu rekonstruieren. „Darf ich Napoleon fragen, ob einer dieser Leute bei uns gespeichert ist? Mein Personengedächtnis ist nicht absolut zuverlässig."

„Ich wollte Sie gerade darum bitten", antwortete Devlin.

„Nehmen Sie sich inzwischen doch noch einen Drink", sagte Timothy. Die Zeit, die Devlin brauchte, sein Glas zu füllen, reichte ihm, um mit zwei kurzen Handgriffen Napoleon zu manipulieren. So konnte Devlin, der wie ein Luchs aufpaßte, als Timothy ein Bild nach dem anderen unter Napoleons viertes Auge schob, nicht mitbekommen, daß die Fotos nicht nur abgetastet, sondern zugleich aufgenommen wurden, und Napoleon meldete nur: + + keine angaben zu den personen gespeichert + n. + + +

„Sie sehen selbst, auch Napoleons unfehlbares Gedächtnis kennt keinen dieser Leute." Timothy gab Devlin die Fotos zurück. „Was sind das für Typen?"

Devlin steckte die Bilder wortlos ein. „Sie haben sich von Chief Monroe Spurenmaterial geben lassen, was haben Sie herausbekommen?"

„So gut wie nichts. Nach den Aufregungen der Nacht habe ich erst einmal gründlich ausgeschlafen; ich hatte gerade begonnen, die Ionenproben zu untersuchen, als Sie anriefen."

„Da Sie nicht bereit sind, mit uns zusammenzuarbeiten", sagte Devlin, „muß ich Sie bitten, mir alles Material auszuhändigen und den Fall nicht weiterzuverfolgen."

„Verraten Sie mir wenigstens, wer hinter meinem Freund her ist?"

„Keine Mitarbeit, keine Informationen", erwiderte Devlin. „Seien Sie ganz beruhigt, um die Sicherheit Ihres Freundes kümmern wir uns schon. Sie wissen, wo er sich jetzt befindet?"

Timothy sah Devlin mit unschuldigen Augen an. „Vielleicht sitzt er in einer Bar und läßt sich vollaufen? Nach so einer Nacht –"

„Werden Sie ihn noch sehen?" unterbrach Devlin unwillig.

„Ich hoffe es."

„Ich verpflichte Sie hiermit", sagte Devlin in feierlichem Tonfall, „Huckleberry Peaboddy festzuhalten, wann immer und wo immer Sie ihm begegnen, und unverzüglich die NSA zu benachrichtigen."

„Soll ich ihn etwa für Sie verhaften?" stieß Timothy hervor. „Dazu können Sie mich nicht verpflichten!"

„Ich kann", sagte Devlin gelassen, „und Sie wissen das. Nach Paragraph siebzehn des Gesetzes zum Schutz des Staates kann jeder Bürger zu jeder Dienstleistung verpflichtet werden, wenn es im Interesse der Staatssicherheit notwendig ist." Er lächelte Timothy beruhigend zu.

„Keine Angst, Ihrem Freund wird nichts geschehen. Wir wollen ihn nur auf dem schnellsten und sichersten Weg nach Hause bringen." Devlin packte die Tracer mit den Tatortspuren ein. „Ich bin wirklich traurig, daß Sie so halsstarrig sind. Wir wären ein gutes Gespann."

3.

Timothy überlegte fieberhaft, wie er es anstellen könnte, Huck unbeobachtet zu sprechen. Er konnte doch unmöglich warten, bis Peaboddy von allein aus der Bar kam, sicher würde die NSA seine Wohnung überwachen, andererseits konnte er ihn auch nicht telefonisch warnen: Sämtliche Anrufe in der „Stardust"-Bar landeten bei Melvin, der wie alle Barkeeper für den Geheimdienst arbeitete, und wenn Devlin nachweisen konnte, daß Timothy gegen seine Verpflichtung gehandelt hatte, konnte das seine Lizenz kosten – oder er behielt sie, was noch schlimmer war, für den Preis der Mitarbeit. Als ihm die rettende Idee kam, mußte er laut lachen. Er hielt sich unwillkürlich die Hand vor den Mund und blickte zu dem Kristallkäfig an der Decke. Mochten sie ihn ruhig lachen hören. Mehr nicht.

Er ging ins Mausoleum und erkundigte sich, was heute für Veranstaltungen im „Nebraska" stattfanden. Im Kristallsaal begann um acht Uhr eine „Grand Magicshow". Er schaltete Napoleon auf Translation und rief in der Bar an.

„Verzeihen Sie, Sir", hörte Timothy sich mit Napoleons Stimme sagen, „weilt Mister Truckle bei Ihnen? Hier liegt ein dringender Anruf für ihn vor."

„Nein", antwortete Melvin, „ich habe ihn heute noch nicht gesehen."

„Das verstehe ich nicht, Sir, er wollte sich mit einem Freund treffen, einem sehr großen und sehr dicken Mann, der –"

„So einer ist hier", sagte Melvin, „soll ich ihn dir an den Apparat rufen, Napoleon?"

„Wenn Sie so freundlich sein wollten, Sir."

Kurz darauf meldete sich Peaboddy, Timothy schaltete auf seine Stimme um. „Paß auf, Huck, sag nichts, stell keine Fragen, es brennt. Fahr kurz vor acht in den dreizehnten Stock und geh in den Kristallsaal, dort ist eine Zauberschau. Sobald es dunkel wird, verzieh dich auf die Herrentoilette, in die linke Eckkabine. Paß auf, daß dich niemand sieht, und zieh die Tür gleich hinter dir zu, verstanden? So, und jetzt sage laut: ‚Nein, Napoleon, ich habe keine Ahnung.' "

Timothy fand, daß eine Zauberschau gerade das Richtige war; vielleicht hätte er mit seinem Trick „Verschwinden eines Drei-Zentner-Mannes von der offenen Bühne" auch im Saal Erfolg gehabt. Die Show war nicht sonderlich gut besucht, obwohl die Plakate „die drei größten Zauberer aller Zeiten" ankündigten, dergleichen war zu oft im Video zu sehen, dafür herrschte auf der Herrentoilette ein Andrang, als sei sie die einzige in der ganzen Etage. Timothy mußte sich viermal die Hände waschen, bevor er unbemerkt in die Eckkabine schlüpfen konnte. Er brachte ein Haftmikrophon an und verschwand durch die Geheimtür. Er mußte lange warten, bis Huck eintrat und leise „Tiny?" rief. Timothy riß die Geheimtür auf und zog Peaboddy herein.

„Was ist das?" fragte Huck erstaunt. „Was soll das Ganze?"

„Ich hoffe, daß du wirklich nicht für die NSA arbeitest!" Timothy sah seinem Freund in die Augen, der wich seinem Blick nicht aus.

„Ich schwöre es dir, Tiny!"

„Gut. Dann vergiß, was du soeben gesehen hast. Es ist ein lebensgefährliches Geheimnis, doch ich wußte mir keinen anderen Rat. Ich bin verpflichtet worden, dich unverzüglich der NSA auszuliefern."

„Mann, Tiny!" Huck war kreidebleich. „Das wirst du nicht tun, oder?"

„Keine Angst. Aber ich muß wissen, warum sie hinter dir her sind."

„Ich weiß es nicht."

„Du mußt jetzt mit der Wahrheit herausrücken", sagte Timothy beschwörend, „mit der ganzen Wahrheit. Du darfst mir nichts verschweigen. Ich stecke zu tief mit drin. Ich riskiere Kopf und Kragen für dich."

Peaboddy blickte ihn verzweifelt an. „Glaube mir, ich habe keine Ahnung."

„Was wolltest du wirklich in Chicago?"

„Wie ich es dir sagte, Tiny, ich wollte mit meinem Onkel über das Erbe meiner Mutter sprechen."

„Erklär es mir noch einmal, vielleicht habe ich nicht richtig zugehört."

„Da ist nichts, was die NSA interessieren könnte. Ein paar tausend Dollar, die in Onkel Buds Wäschereien stecken. Bisher habe ich mich mit der Rendite zufriedengegeben, jetzt aber brauche ich das Geld. Für meine Arbeit und für die Forschungen über die Moave-Indianer."

„Kann es mit deinem Leben in Tonopah zusammenhängen?"

„Wie sollte es? Ich lebe wie ein Einsiedler, habe nur Kontakt mit meinen zwei Arbeitern und deren Familien, alle paar Monate fahre ich nach Salt Lake City, um einzukaufen. Und meine Arbeit – was soll die NSA damit anfangen? Ich versuche, auf dem Hochplateau Kaffee anzubauen, und das nimmt niemand ernst." Huck grinste. „Man hält es in Fachkreisen sogar für verrückt."

„Hauptsache, du hast auch Erfolg. Kaffee ist kaum noch zu bekommen."

„Ich bin sehr zuversichtlich, Tiny. Das Klima ist geeignet, aber von der Salzwüste wird Staub herübergeweht, der die Pflanzen zerfrißt. Ich hatte eine Bombenidee – du darfst aber mit niemandem darüber sprechen, ja?"

„Versteht sich", beteuerte Timothy.

„Ich kreuze Kaffee mit M'basa. Das ist ein Bäumchen aus den nigerianischen Wäldern, das in seinen Blättern kleine Bläschen hat. Sobald die Pflanze Staub spürt, füllen sich die

Bläschen mit Luft, und der Staub wird durch eine Art trockenen Niesens abgeschüttelt."

„Klingt phantastisch", sagte Timothy. „Warum ist noch kein anderer auf diese Idee gekommen, Huck? Staub ist doch überall auf der Welt ein Problem."

„M'basa ist selbst in Nigeria längst ausgestorben. Ich bin durch Zufall auf ein paar Exemplare gestoßen. Im Gewächshaus am Krematorium von Columbus. Wo ich meine Mutter beerdigte. Ich dachte erst, ich könnte meinen Augen nicht trauen. Der Besitzer hatte keine Ahnung, welchen Schatz er besaß. Ich habe ihm die Bäumchen für ein Butterbrot abgekauft. Seitdem arbeite ich an der Kreuzung, und die letzten Ergebnisse sind vielversprechend."

„Wer außer dir weiß davon?"

„Niemand."

„Was ist mit deiner Gerste?" wollte Timothy wissen.

„Das ist längst abgeschlossen."

„Erzähl es mir trotzdem. Den ganzen Background."

„Die meisten Menschen wissen nur, daß eine Unmenge von Tierarten ausgestorben sind. Von den etwa acht Millionen Arten, die man Ende des vorigen Jahrhunderts registriert hatte, rund zehn Prozent: achthunderttausend Arten. Bei den Pflanzen sieht es jedoch nicht besser aus, und das ist viel dramatischer. Gewiß, der Mensch hat von den einst etwa vierhunderttausend Arten nur ein paar hundert systematisch kultiviert; nur dreißig Sorten lieferten fünfundachtzig Prozent aller Nahrungsmittel, und fast drei Viertel des pflanzlichen Eiweißes und der Kohlehydrate auf der ganzen Erde stammen sogar von nur drei Pflanzen: Weizen, Reis und Mais. Durch die Züchtung für die industrielle Produktion in Monokulturen wurden die Getreidearten äußerst anfällig gegen epidemische Krankheiten und Schädlingsbefall. Je ‚besser' eine Pflanze für die Produktion war, desto größer wurde die Gefahr einer Mißernte. Erinnere dich an die Katastrophe von dreiundzwanzig, als plötzlich überall auf der Welt der Reis erkrankte und Millionen Menschen verhungerten. Die Züchter führen einen verzweifelten Kampf um die Erhaltung der Hauptgetreidearten. Man benötigt unverbrauchte Sorten, um immer wieder neue Stämme zu züchten, die genetischen Ressourcen der Erde sind aber weitgehend vernichtet. Mit der ‚Kultivierung' der afrikanischen und südamerikanischen Urwälder verschwanden die letzten unberührten Lebensräume unseres Planeten und damit die von der Umweltverschmutzung noch verschonten lokalen Sorten und Abarten. Es war nicht fünf Minuten, es war eine Sekunde vor zwölf, als man zu Beginn des Jahrhunderts daranging, die Erde systematisch nach wildwachsenden Varietäten durchzukämmen, und bei der Gerste schien schon alles verloren, bis ich in Utah unscheinbares Gras entdeckte, das sich als eine wilde Abart der Gerste entpuppte. Aber das ist kein Geheimnis, nichts, was man mir noch hätte stehlen oder das die NSA kümmern könnte."

„Okay. Und deine Ausgrabungen?"

Peaboddy schüttelte den Kopf. „Wen kümmert schon die Moave-Kultur", sagte er traurig. „Antiquitäten sind da nicht zu holen und Staatsgeheimnisse schon gar nicht. Wahrscheinlich bin ich der einzige auf der Welt, der sich noch dafür interessiert. Ich glaube, außer mir gibt es niemanden mehr, der Moave spricht, nicht einmal die wenigen noch lebenden Indios. Ich kann es auch nur, weil ich schon vor Jahren begonnen habe, bei den Alten jeden Brocken Moave zu sammeln, an den sie sich noch erinnern konnten."

Timothy nickte nachdenklich. „Vielleicht ist es das?"

Peaboddy sah ihn verständnislos an.

„Eine Sprache, die nur noch von einem einzigen Menschen beherrscht wird, ist für jeden Geheimdienst Gold wert. Man kann Spionageberichte mit den kompliziertesten elektronischen und intellektronischen Methoden verschlüsseln, aber man kann nie sicher sein, daß nicht doch ein Computer den Kode knackt. Sind die Berichte aber noch dazu in einer Sprache verfaßt, die außer dem Spion und seinen Auftraggebern niemand sonst spricht, so ist das ein Sicherheitsfaktor von unschätzbarem Wert. Es gibt Beispiele, daß man es mit Assyrisch und Urbengali versucht hat. Moave dürfte DRAUSSEN niemand kennen."

„Das würde ja bedeuten, daß ich keinen Tag mehr vor der NSA sicher wäre", meinte Peaboddy niedergeschlagen.

„Du müßtest ihnen nur die Sprache ausliefern."

„Und dann würden sie mich als Sicherheitsrisiko umbringen!"

„Glaube ich nicht. Den einzigen Experten bringt man nicht leichtfertig um."

„Aber man sperrt ihn ein, das ist noch schlimmer."

„Wie aber“, sagte Timothy, „reimt sich das mit dem plumpen Kidnapping zusammen? Die NSA kann es nicht gewesen sein, die hat andere Möglichkeiten, und Devlin schien wirklich um deine Sicherheit besorgt zu sein.“

„Vielleicht doch nur ein ganz gewöhnlicher Raubüberfall? Ich denke, so etwas kommt hier alle Tage vor?“

„Und die anderen Überfälle, die Diebstähle? Eine Kette von Zufällen? Zu viele Zufälle!“

„Vielleicht zieht so ein Hinterwäldler wie ich eure Gangster geradezu an? Oder man verwechselt mich?“

„Dich?“ Timothy kicherte. „Mit deiner Figur und deinem Namen? Kannst du dir vorstellen, daß noch jemand anderes Huckleberry Peaboddy heißt? Hier, sieh dir mal diese Bilder an. Kennst du jemanden?“

Peaboddy sortierte zwei Porträts aus. „Das ist einer der beiden Männer, die mich im Lift überfallen haben, und das hier ist der Chauffeur des Aerotaxis. Woher hast du die, Tiny?“

„Von der NSA.“

4.

Der Große Bruder war nicht gerade begeistert.

„Ich will dich nicht verpflichten, die Sache fallenzulassen“, sagte Anne, „aber ich muß dich bitten, äußerst vorsichtig zu sein. Du darfst dich nicht unnötig in Gefahr bringen.“

„Unnötig?“ rief Timothy. „Huck ist einer der ganz wenigen Menschen in meinem Leben, die mir etwas bedeuten! Soll ich ihn in der Scheiße sitzenlassen und Daumen drehen?“

„Ich verstehe ja, daß du dich um deinen Freund sorgst, Tiny, und ich weiß, es ist schmerzlich, wenn man hilflos zugucken muß –“

„Ich bin nicht hilflos, und ich werde nicht zugucken“, knurrte Timothy. „Hilfst du mir?“

„Gut, schick mir die Fotos, ich werde sie checken lassen.“

„Ist das alles?“

„Wenn du ihn untertauchen lassen willst –?“

„Zumindest nicht sofort; im Augenblick ist er gut aufgehoben.“ Timothy verriet nicht, wo. Wer weiß, ob Anne seine Eigenmächtigkeit gebilligt hätte. „Könnt ihr nicht herausbekommen, warum die NSA Huck sucht?“

„Wie stellst du dir das vor, Tiny?“
„Wir haben doch Leute in der Zentrale.“
„So etwas geht nur in besonderen Ausnahmefällen.“
„Vielleicht ist Huck ein außerordentlich besonderer Ausnahmefall“, sagte Timothy, „ich habe da ein ganz merkwürdiges Gefühl.“
„Ich kann nicht auf ein Gefühl von dir hin einen unserer Leute in Hollywood aufs Spiel setzen.“
„Kannst du mir wenigstens Informationen über Huck zusammenstellen? Besser noch: über alle Peaboddys; so viele werden es ja nicht sein.“
„Ja, wenn es sein muß.“
„Nein“, erwiderte Timothy bissig, „es muß nicht sein. Ich kann auch Devlin darum bitten. Entschuldige, daß ich dich mit einer persönlichen Angelegenheit belästigt habe.“
„Du bist ungerecht“, sagte Anne.
„Wie sollte ich nicht? So, wie du mich behandelst!“
„Tiny! Es gibt gewisse Regeln und Gebote.“
„Ja, ich weiß“, sagte Timothy bitter. „Sicher gibt es auch ein Gebot, das es verbietet, daß wir uns sehen. Welches, das elfte: Du sollst deinem Nächsten nicht unnütz ins Auge sehen?“
„Es liegt kein zwingender Grund vor, daß wir uns treffen“, erwiderte Anne. Timothy verfluchte den Quaser, der ihre Stimme verzerrte, so daß er nicht mitbekam, ob sie es wenigstens ein bißchen traurig sagte.
„Ich liebe dich“, schrie er. „Hörst du, ich liebe dich! Ist das kein hinreichender Grund?“
Anne schwieg. Timothy glaubte schon, sie habe die Verbindung unterbrochen. „Bist du noch dran?“ fragte er schließlich.
„Ja, Tiny.“
„Entschuldige, bitte.“
„Schon gut. Sonst noch was?“
„Nein, das war schon zuviel.“
Er fuhr ins Schlafzimmer und füllte es mit Regen. Auf allen Bildwänden nieselte es aus einem trüben Himmel auf eine trostlose, graugrüne Hochebene, die Gipfel am Horizont waren kaum noch zu sehen. Schneewittchen sang leise klagende Melodien. Timothy setzte die Flasche „Queen Anne“ an den Mund und nahm einen langen Schluck. Und dann gleich einen zweiten.

Devlin rief früh am Morgen an. Timothy lag noch im Bett, und er sah keinen Grund, diesen Anblick zu verbergen, ganz im Gegenteil: Was ist harmloser als ein Mann, der in aller Ruhe im Bett frühstückt?

„Ich wollte Ihnen nur mitteilen, daß sich die Sache erledigt hat, und Sie entpflichten", sagte Devlin. „Das ganze beruhte auf einem Irrtum." Er lachte. „Sie sehen, Mister Truckle, auch unsere Computer sind nicht unfehlbar. Ihr Freund kann tun und lassen, was er will. Ich hoffe, Sie sind jetzt beruhigt."

„Ganz und gar nicht", erwiderte Timothy, „ich bin zutiefst beunruhigt, Mister Devlin. Wenn man sich nicht einmal mehr auf die Elektronengehirne der NSA verlassen kann –! Am Ende wird einer Ihrer Computer eines Tages behaupten, ich sei ein Verbrecher oder noch Schlimmeres!"

Devlin hob besänftigend die Hände. „Ich bin ja auch noch da, Mister Truckle. Ich bin sozusagen Ihr persönlicher – hm – Schutzengel, und ich kenne Sie inzwischen doch recht gut. Hat sich Peaboddy bei Ihnen gemeldet?"

„Hätte ich Sie dann nicht sofort angerufen?" fragte Timothy zurück.

„Falls Sie ihn sehen, verraten Sie ihm nichts von meinem Besuch."

„Ist das eine Bitte oder –?"

„Eine Anweisung. Wir wollen ihn nicht unnötig beunruhigen."

„Was wird mit den Kidnappern?" erkundigte sich Timothy.

„Denen bleiben wir auf den Fersen. Im Vertrauen, Mister Truckle, das hat derart überhandgenommen, daß wir uns jetzt damit befassen müssen." Devlin seufzte. „Als ob wir nicht schon mehr als genug zu tun hätten. Wollen Sie uns nicht helfen?" Er lachte laut. „Okay, okay, sollte nur ein Spaß sein. Guten Appetit!"

Timothy aß nicht einmal das Ei zu Ende. Devlin hatte ihm den Appetit gründlich verdorben. „Geheimdienst am Morgen bringt Kummer und Sorgen", murmelte Timothy. Was hatte der Anruf zu bedeuten? Timothy stieg in die Wanne, stellte auf Wellenbad, legte den Kopf in die Halterung und ließ sich von den sanften Wogen schaukeln.

Wenn Devlin die Wahrheit gesagt hatte, konnte Huck hinfort unbelästigt in seinen Bergen leben; Timothy mußte ihm nur sicheres Geleit zum Flughafen verschaffen, damit er nicht noch einmal überfallen wurde. Das mußte Smiley mit ein paar handfesten Burschen erledigen. Wenn Devlin jedoch gelogen hatte, wenn er Timothy nur in Sicherheit wiegen und als Köder benutzen wollte, um Huck festzunehmen, sobald sie sich trafen? Wenn die NSA Huck noch suchte, würde sie vor allem die Flughäfen überwachen. Timothy ließ sich mit Smiley Hepburn verbinden.

„Mann, du lebst!“ rief Smiley. „Am hellichten Vormittag im Bad!“

„Ach, mir geht es gar nicht gut“, klagte Timothy, „du weißt doch: meine Halswirbel. Ich habe eine Bitte, Smiley. Ein Freund von mir fliegt heute nach Utah zurück; ich habe ihm Tee versprochen, aber ich kann in diesem Zustand unmöglich zum Flughafen fahren. Kannst du das für mich erledigen, oder hast du zu tun?“

„Nichts habe ich zu tun“, jammerte Smiley. „Kein Mensch scheint einen Detektiv zu benötigen.“

„Mir geht es auch nicht besser“, sagte Timothy. „Wenn du vom Flughafen zurückkommst, können wir ja gemeinsam die Zeit totschlagen. Ich hoffe, es geht mir bis dahin wieder so gut, daß ich uns etwas kochen kann.“

„Crêpe mit Calvados“, schlug Smiley vor.

„Tut es auch ein einfacher Eierkuchen? Ich habe kein Buchweizenmehl im Haus.“

„Hauptsache, du hast Calvados, Tiny.“

Eine halbe Stunde später hockten sie im Mausoleum. Timothy spendierte Smiley einen großen Calvados als Vorschuß.

„Paß auf“, sagte er, „die Wahrheit ist, daß ich herausbekommen will, ob jemand meinem Freund auflauert.“

„Wer? Bullen, Gangster oder Geheime?“

„Keine Ahnung. Ich will es auch gar nicht wissen, ich will nur, daß er sicher nach Hause kommt. Kurz bevor die nächste Maschine nach Salt Lake City fliegt, gehst du zur Abfertigung, fragst laut nach einem Mister Peaboddy, Huckleberry Peaboddy, und beschreibst ihn: zwei Meter groß und so einen Bauch, dann tust du, als ob du auf ihn wartest, und deponierst schließlich das Päckchen für ihn, okay?“

Smiley griente. „Ich werd’ schon mitkriegen, ob jemand auf deinen Freund scharf ist.“

„Nimm noch ein oder zwei Leute mit, die aus dem Hintergrund beobachten, ich bezahle das selbstverständlich."

„Und wenn mich irgendwelche Bullen hopp nehmen?"

„Sagst du, wie es ist; daß ich dich gebeten habe."

„Okay, Tiny, ich werde zur Sicherheit zwei Maschinen abwarten."

Smiley wartete sogar vier Flüge ab, und er schwor Timothy, daß niemand am Flughafen auf Peaboddy gelauert habe, er sei bereit, darauf seine Lizenz gegen einen alten Hut zu verwetten. Es habe ihn auch niemand auf dem Heimweg verfolgt. Sie gingen in die Küche und aßen die Eierkuchen gleich aus der Pfanne.

„Aus einem Besäufnis kann heute leider nichts werden", sagte Timothy. „Ich erwarte Besuch. Ich hoffe, daß es ein Klient ist und daß auch für dich eine Scheibe von dem Kuchen abfällt."

„Zeit wär's", meinte Smiley. „Dann besaufen wir uns eben, wenn wir den Fall gelöst haben. Kannst mir ja morgen Bescheid sagen, wenn ich deinen Freund abhole."

Timothy blieb in der Küche und bereitete das Abendessen vor. Er hatte sich entschlossen, Huck am Abend aus seinem Versteck zu befreien und am nächsten Morgen nach Hause zu schicken. Er hatte kein Recht, ohne zwingenden Grund in Hucks Leben einzugreifen. Die einzige Alternative wäre der UNDERGROUND, doch ein Mann, der so mit der Natur verwachsen war, daß er die Einsamkeit der Berge in Kauf nahm, um nicht in den Betonwüsten einer Stadt wohnen zu müssen, mußte im Untergrund todunglücklich werden. Vielleicht, dachte Timothy, hat sich die NSA wirklich geirrt, und vielleicht war es tatsächlich nur eine Kette von ganz normalen Überfällen und Diebstählen; man ist halt zu sehr darauf getrimmt, überall Geheimnisse zu wittern. Er setzte sich an das Puzzle, doch nach einer halben Stunde gab er auf. Vielleicht hatte Devlin recht, und es war für ein menschliches Gehirn unmöglich, zum Kern vorzustoßen?

Timothy hielt es nicht lange im Kristallsaal aus. Es war ihm peinlich, unter den alten Männern zu sitzen, die mit lüsternen Blicken die Wahl der „Junior-Miss von Chicago" verfolgten. Die meisten Mädchen waren kaum in der Pubertät.

Huck versicherte, daß er sich strikt an Timothys Weisungen gehalten und nichts weiter berührt hätte als seine Matratze, das Klo und die Konserven, die Timothy ihm aus den Magazinen geholt hatte.

„Es könnte auch ziemlich peinlich werden, wenn man hier deine Fingerabdrücke findet“, meinte Timothy.

Er verstaute die Matratze, steckte die leeren Dosen ein und suchte die Zelle, in der Peaboddy genächtigt hatte, sorgfältig mit einer Lumineszenzlupe ab.

„Ich schleuse dich jetzt hinaus, Huck, dann bleibst du eine halbe Stunde im Saal und kommst anschließend zu mir. Ich glaube, der NSA-Mann hat ausnahmsweise einmal die Wahrheit gesagt und sie suchen dich nicht mehr. Wenn dir das aber zu riskant ist, kann ich dir auch die Adresse eines Hotels geben, in dem sie es für ein Aufgeld mit der Registrierung nicht so genau nehmen.“

„Ich habe genug Zeit gehabt nachzudenken“, antwortete Huck. „Wenn die NSA mich sucht, findet sie mich früher oder später. Da komme ich lieber noch einmal zu dir und schlage mir den Bauch richtig voll.“

„Vergiß nicht, wir haben uns seit gestern nicht mehr gesehen.“

Wie alle Dilettanten übertrieb Peaboddy bei der Wiedersehensszene, doch es sah ohnehin niemand zu. Huck stürzte sich mit Heißhunger auf die Lammkeulen – die Prinzeßkartoffeln und die jungen Schoten, auf die Timothy so stolz war, beachtete er so gut wie gar nicht.

„Gemüse“, erklärte er, „kann ich mir selbst anbauen, soviel ich nur will, aber Fleisch ist selten geworden in Utah. Dabei haben wir weite Landstriche mit üppiger Vegetation und riesigen Tierherden. Aber alles verseucht. Ich habe mir schon Kaninchen zugelegt und versuche gerade, Schweine zu bekommen; auch ein Grund, das Geld von Onkel Bud zu fordern. Wenn du mich besuchen kommst, kann ich dir bestimmt schon Kotelett aus eigener Zucht anbieten.“

„Selbst ein taufrisches Filet kann mich nicht nach Tonopah locken“, sagte Timothy. „Ich verlasse das ‚Nebraska‘ nur, wenn es absolut nicht zu umgehen ist.“

„Dann werden wir uns wohl nie mehr sehen“, meinte Huck traurig, „denn ich bin entschlossen, mich so schnell nicht wieder aus Tonopah wegzurühren. Zweimal in den fünfzehn Jahren habe ich meine Einöde verlassen, und jedesmal bekam ich einen Mordstrouble."

„Zweimal?" Timothy sah Peaboddy ungläubig an.

„Zweimal", bestätigte der, „jetzt und vor fünf Jahren zur Beerdigung meiner Mutter in Columbus, Ohio."

„Was gab es da für Ärger, Huck?"

„Der Leichenzug wurde überfallen und ausgeraubt. Mir klauten sie den Bankcoder; als ich vom Friedhof zurückkam, war mein Konto schon leergemacht; die Polizei hat nie herausbekommen, von wem. Nein, Tiny, ich habe die Schnauze gestrichen voll von Städten."

„Und Salt Lake City?"

„Pah, das ist doch nur noch eine Geisterstadt: ein Flugplatz, eine kleine Garnison und ein paar Dutzend Geschäfte, Bars und Bordelle; das ist selbst für Gangster zu ärmlich. Ich fahr' auch nur drei- oder viermal im Jahr 'runter, um einzukaufen, und halte mich nie länger als ein paar Stunden auf."

Sie tranken bis zum Morgen, dann gab es eine nicht enden wollende Abschiesszene am Helicopter; Smiley drängelte, sie würden die Maschine nach Utah verpassen. Timothy nahm Huck ein letztes Mal das Versprechen ab, sofort aus Salt Lake City anzurufen und in den nächsten Monaten regelmäßig Communics zu senden.

„Keine Angst, Unkraut vergeht nicht!" grölte Huck vergnügt über das Flugdeck. „Aber du siehst mächtig grau aus, Kleiner. Husch, husch, ins Bettchen!"

Timothy kam nicht zum Schlafen. Zuerst meldete sich Smiley. „Keine besonderen Vorkommnisse", berichtete er, „ich habe ihn bis in das Flugzeug begleitet und gewartet, bis die Maschine in den Wolken verschwand.

Timothy beschloß aufzubleiben, bis Huck aus Salt Lake City anrief. Das einzige, was ihm zugestoßen sei, sagte Peaboddy, sei ein Mordskater. Als Timothy gerade ins Bett steigen wollte, meldete sich der Große Bruder.

„Es gibt in den ganzen Staaten nicht mal ein Dutzend Peaboddys", sagte Anne, „und nur einen weißen männlichen Peaboddy zwischen zwanzig und siebzig: Huckleberry Delano, zweiundfünfzig Jahre alt, geboren und aufgewachsen in Chicago, Blackhill Avenue, Agrar-Biologe, Absolvent der ‚Ford University of Illinois', seit fünfzehn Jahren ansässig in Tonopah, Utah, Züchter der Peaboddy-Gerste, jetzt um den Anbau von Kaffee im Wasatch-Plateau bemüht, nie verheiratet, keine Kinder, auch nie eine Lizenz beantragt – das ist er doch?"

„Ja", bestätigte Timothy, „stimmt alles."

„Aber daß er seine Berge so gut wie nie verläßt, stimmt nicht. Ich habe hier eine Auflistung seiner Reisen, soweit sie über Utah hinausführten, insgesamt einundachtzig in den letzten drei Jahren, davon allein sechs in diesem Jahr nach Chicago."

„Das kann doch nicht wahr sein!" rief Timothy.

„Es ist wahr, Tiny. Amtliche Angaben aus dem Doc Center für Individualverkehr. Peaboddy hat dich belogen. Ich habe dir die Liste schon zugeschickt, außerdem eine Kopie seines Identicats."

Timothy mußte nicht lange warten, bis die Sendung des Großen Bruders eintraf. Die Botin von OLD NEPTUN'S TREASURY brachte eine Packung Schollen. Timothy stürzte sich gleich auf die Augen. Das fünfte war es. Er polkte den Kristall heraus, gab ihn Napoleon und ließ sich die Aufzeichnung ins Mausoleum überspielen. Tatsächlich, einundachtzig Reisen in drei Jahren, vor vierzehn Tagen erst war Huck in Chicago gewesen! Dann starrte Timothy auf die Kopie des Identicats. Die Ähnlichkeit war groß, selbst die Augenfarbe stimmte, und der Mann mochte, wie angegeben, 2,04 m groß und 150 kg schwer sein, doch es war nie im Leben Huck: Trotz seines fast kahlen Schädels war dieser Mann da mindestens fünf Jahre jünger, und die kleine Narbe unter dem linken Auge, wo Timothy Huck beim Spielen mit einem Druckpfeil getroffen hatte, fehlte.

Timothy saß wie betäubt da. Gedanken schossen wirr durch den Kopf. Er hätte nicht soviel Whisky schlucken sollen. Schließlich rief er bei der Hauswache an. Chief Monroe hatte auch heute Nachtschicht. Timothy legte sich ins Bett.

5.

Monroe empfing Timothy mit ironischem Lächeln. „Na, hatte ich nicht recht? Kein Aas interessiert sich für das Kidnapping auf Ihren Freund. Oder hat sich die Polizei bei Ihnen gemeldet, Mister Truckle?"

Timothy schüttelte traurig den Kopf. „In welch einer Zeit leben wir, da ein Kidnapping-Attentat, zumal mit einem Toten, nur eine Bagatelle ist!"

„Das war doch nur ein Verbrecher!" meinte Monroe verächtlich.

„Sagen Sie, Chief, wieso haben Sie eigentlich gleich mich angerufen", fragte Timothy, „hat mein Freund –?"

Monroe lachte. „Der stand so unter Schock, daß er kein Wort hervorbrachte. Wir haben sein Identicat in den Wachcoder gesteckt, da wußten wir, daß er bei Ihnen gewesen war."

Timothy sah ihn verblüfft an. „Registrieren Sie jetzt jeden Besucher?"

„Vorerst nur, wer über die Flugdecks kommt. Ein Testprogramm. Wir hoffen aber, daß wir bald den gesamten Besucherverkehr unter Kontrolle haben."

Das wäre ja eine schöne Bescherung, dachte Timothy. „Darf ich das System mal sehen, oder ist das ein Dienstgeheimnis?"

„Nicht für einen Mann wie Sie, Mister Truckle. Sie sind ja vom Fach." Chief Monroe war offensichtlich stolz, es Timothy vorführen zu können. „Wissen Sie die Identicat-Nummer? Nein? Macht nichts." Er drehte sich zum Communicatorpult und tippte ein paar Tasten; Timothy rückte zur Seite, damit er den Monitor besser sehen konnte.

++ may 29 / 0.25 a. m. / anfrager chief monroe / 007-n2-JFU-451 / ++

-+ okay / fragen sie / -+

++ besucher / letztes quartal / ++

-+ identicat-nummer? / -+

++ unbekannt / ++

-+ besuchte wohnung? / -+

++ unbekannt / ++

-+ personenbeschreibung? / -+

++ männlich / weiß / ohne besondere Kennzeichen / ca. 50 Jahre / ca. 2,00 m groß / 120-160 kg / ++

Der Computer schrieb Namen und Identicat-Nummern von sieben Männern auf den Schirm; der letzte war Peaboddy.

„Ich könnte jetzt einen nach dem anderen checken", erklärte Monroe, „aber wir wissen ja, wen wir suchen." Er tippte eine Sieben.

-+ huckleberry delano peaboddy / 52 Jahre / 2,04 m / ca. 150 kg / identicat-nummer: 01087-xda, 482-01-339 / besuchte wohnung: 827.30 / inhaber: timothy truckle / eingang: may 26 / 5.07 p. m. / flugdeck e / ausgang: may 27 / 3.17 a. m. / flugdeck e / eingang: may 27 / 3.54 a. m. / flugdeck e / ausgang: may 28 / 7.32 a. m. / flugdeck h // wollen sie angaben zu truckle? / - +

„Wollen Sie, Mister Truckle?" Monroe lachte dröhnend. „Das darf ich nicht ohne Genehmigung."

„Danke, es war auch so interessant", sagte Timothy. Er hatte alles gesehen, was er wollte. Und aufgenommen. Er plauderte noch eine Anstandsfrist lang mit dem Chief, dann fuhr er hinunter, nahm den Kristall aus der Minikamera, die im Knopf seines Spitzenhemdes steckte, und verglich die beiden Identicat-Chiffren. Sie waren bis aufs Komma identisch: bis auf das Komma hinter der Buchstabenkombination. Der falsche Peaboddy hatte dort einen Punkt. Timothy studierte sein Identicat, auch er hatte einen Punkt in der Kennzahl. Napoleon hatte keine Ahnung von den Normativen für die Personenkennziffern, die öffentlichen Dateien gaben keine Auskunft, selbst die Justizdatei, zu der Timothy durch seine Detektivlizenz Zugang hatte, verweigerte die Aussage. Timothy klingelte Smiley aus dem Schlaf. Smiley hatte ein Komma. Er sah in seiner Kartei die Identicat-Nummern der Leute durch, die gelegentlich für ihn arbeiteten, einige hatten Kommas, die anderen Punkte; es schien kein System darin zu liegen.

In der nächsten halben Stunde testete Timothy sein Identicat. Wenn er aus dem Punkt ein Komma machte, konnte er nur in den allgemeinen Auskunftsdateien Informationen bekommen, der GLOBE-Supermarkt und der Taxidienst nahmen zwar seine Bestellung entgegen, stornierten sie aber Sekunden später mit dem Hinweis, daß unter dieser Nummer keine Bankakkreditierung vorliege; von der Flughafendatei kam, schon bevor Timothy buchen konnte, ein Hinweis, daß er offensichtlich eine falsche Nummer eingetippt habe; seine Bank, Versicherung, Klinik und die Zentrale Personendatei antworteten erwartungsgemäß: nicht registriert.

Bei Hucks Identicat gab die Personendatei sowohl bei einem Punkt wie bei einem Komma wörtlich dieselbe Kurzbiographie; Hucks Bank in Salt Lake City wiederum reagierte nur auf das Komma, als Timothy hundert Dollar überweisen wollte.

Timothy setzte einen Ruf an den Großen Bruder ab, er möge so schnell wie möglich noch einmal Peaboddys Reisen überprüfen lassen; Timothy gab Hucks Identicat-Chiffre an – mit Komma. Dann ging er zu Bett, doch er konnte nicht einschlafen, und da er nicht schon wieder Schlaftabletten schlucken wollte, lag er bis zum Morgen wach und grübelte.

Anne meldete sich um sieben. Jetzt hatte sie nur zwei Reisen gefunden: vor fünf Jahren nach Columbus und jüngst nach Chicago. „Was hat das zu bedeuten?" fragte Anne.

„Es gibt zwei Peaboddys, zwei nahezu identische Leute. Das erklärt auch die Überfälle: Man hat Huck mit dem Mann verwechselt, der in seinen Datenschatten geschlüpft ist. Dahinter steckt ein ganz fetter Hund, Anne! Nichts ist doch sorgfältiger abgeschottet als die Zentrale Personendatei, schließlich sind die Identicats nicht nur die Sicherung des gesamten Geschäftslebens, sondern auch die Grundlage aller staatlichen Überwachungssysteme. Einzig die NSA hat die Möglichkeit, da zu manipulieren. Es gibt nur eine akzeptable Erklärung: Die NSA hat einem Mann, nennen wir ihn Mister X, unter Hucks Daten eine zweite Identität verschafft."

„Es wäre einfacher gewesen, ihm eine ganz neue Identität zu geben, Tiny!"

„Aber nicht so wirkungsvoll! Die Idee ist geradezu genial, und es hat ja auch drei Jahre lang funktioniert. Ich vermute, der Mann nutzt das falsche Peaboddy-Identicat nur für seine Reisen. Wenn sich dabei irgend jemand zufällig für ihn interessiert, zum Beispiel nur wissen will, wer Mister X ist, stößt er auf Huck, einen harmlosen Hinterwäldler, der in den Bergen von Utah Kaffee anbauen will. Besser kann man Mister X doch gar nicht vor Neugierigen verstecken. Ich bin sicher, die NSA hat Huck nicht nur ausgesucht, weil er ihrem Mann ähnlich ist, sondern weil er so gut wie nie Tonopah verläßt. Was mich wundert: Wieso bist du bei deiner Recherche auf den falschen Peaboddy und nicht auf Huck gestoßen?"

„Einen Moment." Es dauerte fast zehn Minuten, bis Anne sich wieder meldete. Sie lachte. „Schade, daß ich dir nicht verraten darf, auf welchem Weg ich Peaboddys Reisen habe chekken lassen, Tiny. Es ist sehr komisch, aber –"

„Ich hätte auch gerne mal wieder was zu lachen", brummte Timothy. „Gibst du mir jetzt recht, daß dahinter ein dicker Fisch stecken muß?"

„Ja. Wir sollten herausbekommen, wer Mister X ist."

„Und wer ihm aufgelauert hat. Doch nicht unsere Leute?"

„Nein. Das habe ich längst überprüfen lassen."

„Es muß jemand sein, der Direktzugriff zu den Verkehrsdateien hat, dem sofort gemeldet wurde, daß Mister Peaboddy wieder auf Reisen geht, jemand, der ein wahrscheinlich ziemlich großes Netz ausgespannt hat, um Mister X einzufangen, wohin auch immer er fliegt. Huck hat sich nämlich kurzfristig entschlossen; er hatte den Flug nicht vorgebucht, sondern ist nach Salt Lake City gefahren und hat den nächsten freien Platz nach Chicago genommen. Keine zwei Stunden später wurde ihm bei der Ankunft der Koffer gestohlen. Die Spinne, um bei diesem Bild zu bleiben, muß sogar mehrere, unabhängig voneinander operierende Teams eingesetzt haben, sonst hätte man Huck nicht eine halbe Stunde später den zweiten Koffer an der Metro gestohlen und kurz darauf den dritten; die Diebe zwei und drei hatten offensichtlich keine Ahnung, daß es sich um neue, gerade erst gekaufte Koffer handelte."

„Damit scheiden sämtliche staatlichen Institutionen aus", warf Anne ein. „Es muß jemand sein, der keinen Sprechfunkverkehr zwischen seinen Teams riskieren kann."

„Die Operationen lassen weiterhin darauf schließen", fuhr Timothy fort, „daß man weniger an Mister X selbst interessiert ist als an dem, was er bei sich hat. Was –? Es muß klein und leicht genug sein, um es auch am Körper zu tragen, andererseits muß Mister X es üblicherweise im Gepäck haben. Das Wahrscheinlichste sind irgendwelche Unterlagen oder Aufzeichnungen, und wenn ich den Aufwand bedenke, mit dem die NSA Mister X getarnt hat und mit dem die Spinne hinter ihm her ist, muß es sich um etwas äußerst Wichtiges handeln. Ich mache mich gleich an die Arbeit. Nicht nur, weil Huck in die Sache verwickelt ist, sondern weil sich hinter solch einem Riesenaufwand mit Sicherheit auch eine Riesenschweinerei verbirgt."

„Willst du das nicht anderen überlassen? Devlin hat dich aufgefordert, den Fall nicht weiterzuverfolgen."

Timothy kicherte. „Aber er hat mich entpflichtet. Ich kann ihn doch mißverstanden haben und denken, ich darf mich wieder auf die Suche nach den Kidnappern machen. Notfalls könnte ich sogar behaupten, ich hätte es mir überlegt und ihm helfen wollen, doch das wird hoffentlich nicht nötig sein; Devlin würde es nur zu gerne mißverstehen. Außerdem will ich bei dem falschen Peaboddy ansetzen. – Dazu brauche ich eine zweite Communicstrecke, Anne, in einer anderen Wohnung im ‚Nebraska'."

„Das wäre leichtsinnig, Tiny. Jemand könnte dich sehen –"

„Ich will diese Wohnung überhaupt nicht betreten!"

„Sollen wir etwa eine Querleitung in dein Appartement legen? Das würde die NSA sofort auf deine Spur bringen."

„Ganz im Gegenteil, meine Liebe. Die NSA wird sogar helfen, daß mich niemand entdeckt. Wir wissen, daß von jedem Appartement eine Leitung zu dem geheimen Stockwerk führt. Wir müssen also nur dort unten die beiden Leitungen miteinander verbinden."

„Laß es mit dem Teufel zugehen, und die NSA macht gerade einen Tag später eine Routineinspektion in der Geheimetage."

„Es ist nun wirklich kein Problem, eine Sicherung einzubauen, so daß die Querschaltung spurenlos nihiliert wird, sobald jemand die Etage betritt. Ich muß unbedingt herausbekommen, was hinter der Sache steckt. Verlaß dich auf meine Nase, Großer Bruder, es stinkt gewaltig!"

„Ach, Tiny, paß nur auf deine Nase auf!"

6.

Timothy räumte vergnügt das Teufelspuzzle beiseite. Wie hatte Devlin gesagt: Der bescheidenste Fall ist hundertmal interessanter als das komplizierteste Puzzle.

Die Zeit bis zur Herstellung der zweiten Communicleitung verwandte Timothy auf die Spuren des Kidnappings. Zum Glück hatte er an jenem Morgen nicht geschlafen, sondern Proben aus den Tracern in die Geräte gespeichert und Präparate von den Haaren und dem Fingernagel des toten Gangsters angefertigt. Er versprach sich nicht viel davon, aber schon oft hatte eine zuerst unbedeutende Spur zur Lösung eines Falles geführt.

Als Timothy schließlich die Haar- und Nagelproben in den SAXLAS* legte, zeigten beide übereinstimmend und in verblüffend regelmäßigen Abständen Chlorylpanthenol-Moleküle.

* SAXLAS = „Scanning Automated X-Ray and Laser Analysis Spectrometer": Gerät, mit dem noch einzelne Atome nachgewiesen werden können.

Timothy gab Napoleon die Werte und bat um eine Interpretation.

„Wenn ich, gemäß dem rekonstruierten Porträt des Probanden, eine gesunde, weiße männliche Person zwischen zwanzig und fünfundzwanzig Jahren als Arbeitshypothese zugrunde lege", antwortete Napoleon nach einer Weile, „und von einem Quotienten ausgehe, wie er dem Durchschnitt dieses Typs entspricht, das heißt mit einem Wachstum der Haare von null-Komma-dreizwei Millimetern und der Nägel von null-Komma-zweivier rechne, muß der Proband in den letzten drei Monaten in regelmäßigen Intervallen in einer mit Chlorylpanthenol angereicherten Atmosphäre gelebt haben, und zwar für jeweils vierzehn Tage, denen drei Wochen in normaler Atmosphäre folgten, und das bis zu seinem Tod, denn die untersten Moleküle befinden sich direkt über der Haarwurzel. Den Schluß auf einen atmosphärischen Einfluß erlaube ich mir deshalb, weil Chlorylpanthenol bei anderer Aufnahme als durch Atmung im Körper abgebaut werden würde."

„Danke schön, Napoleon. Und wo gibt es solche Atmosphäre?"

„In wissenschaftlichen Instituten, die bakterienfreie Luft benötigen – Chlorylpanthenol ist ein antibakterielles Desinfektionsmittel, das unter anderem auch in Zahnpasta verwendet wird –, derartige Institute gibt es sowohl im zivilen wie militärischen Bereich. Ich habe jedoch keine Adressen gespeichert. Soll ich recherchieren, Sir?"

„Vielleicht später einmal, Napoleon."

Timothy schlenderte pfeifend in die Küche, um die Schollen zu braten, und da er zum ersten Mal seit Wochen mit sich zufrieden war, genehmigte er sich dazu einen Salat aus jungen Kartoffeln und ein Glas Moselwein.

Den Nachmittag verbrachte er am Bildscanner mit der Herstellung von Phantomfotos. Er änderte die Bilder, die er Devlin abgeluchst hatte, durch Bärte, Frisuren, Brillen, Haftschalen und kleine Narben oder Verunstaltungen, wie sie als Tarnungen leicht angebracht werden konnten, so weit, daß sie auf Anhieb nicht wiederzuerkennen waren, der Fahndungscomputer der Polizei sie jedoch durchschauen und die Originalgesichter herausfinden müßte, und fertigte ein Dutzend frei erfundener Porträts als Füllsel. Dabei kam ihm die Idee, sein eigenes Bild unterzumischen. Er nahm eines, auf dem er zwanzig Jahre jünger war, eine Differenz, die jeder Fahndungscomputer leicht überbrückte; es war gut, zu wissen, ob auch er im Computer steckte. Schließlich erfand er zu jedem Bild einen Namen und eine Identicat-Chiffre.

Danach rief er bei der ALLAMERICAN an; er hatte Glück, Pride Bentley war da und geneigt, ihn zu sprechen. Timothy bedankte sich wortreich für die Hammellieferung.

„Ich hätte Sie als Gegengabe gerne zu einem jemenitischen Hammelbraten eingeladen“, erklärte er, „ich habe gerade frischen Knoblauch bekommen, doch leider ist mir der Kaffee ausgegangen; für dieses Gericht nimmt man eine Farce aus Lebersud, Herzragout und starkem Mokka.“

Bentley versprach lachend, er würde mal nachsehen, ob er ein paar Bohnen für Timothy auftreiben könne. „Das war doch der tiefere Grund Ihres Anrufs, nicht wahr?“

„Um ehrlich zu sein, ich hatte eine andere Bitte an Sie, Mister Bentley: Ich möchte für einen guten Freund ein paar Leute überprüfen, aber Sie wissen ja, wenn ein Detektiv nachforscht, wittert die Polizei leicht ein Verbrechen, und ich möchte nicht, daß diese Leute zu Unrecht im Polizeicomputer landen. Ich dachte mir, wenn die ALLAMERICAN sie als Anwärter für einen Job prüft, würde doch gewiß herauskommen, ob einer von ihnen einschlägig gespeichert ist, ohne daß die Unschuldigen darunter leiden müssen.“

„Kein Problem, Mister Truckle. Schicken Sie mir die Bilder, ich lasse das gerne erledigen. Und ich besorge Kaffee, ich bin neugierig auf Ihr Rezept.“

„Eine Frage noch, Mister Bentley: Gibt es eigentlich noch Spatzen?“

„Keine Ahnung. Wir befassen uns nur mit Säugetieren.“

Obwohl Timothy in den letzten achtundvierzig Stunden kaum ein Auge zugemacht hatte, war er derart aufgeputscht, daß er sich mit einem heißen Bad und einer dreiviertel Flasche „Old Finch“ die nötige Bettschwere verschaffen mußte. Wahrscheinlich hätte er bis zum Mittag durchgeschlafen, wenn nicht der Große Bruder angerufen hätte, um mitzuteilen, daß ein Appartement im „Nebraska“ gemietet und die Querschaltung bereits installiert worden sei.

„Eine miese Wohnung, weit unter der Smoggrenze“, sagte Anne, „aber es soll ja niemand drin wohnen. Dafür hat sie einen sehr interessanten Communicator. Ich dachte, wenn wir schon die Leitung der NSA benutzen, dann auch eine ihrer Frequenzen. Du kannst so eine ganze Reihe von Computern anzapfen, an die du sonst nicht herankämst. Erwarte jedoch nicht allzuviel, es ist nur eine niedere Charge."

Die Frequenz war Gold wert. Nachdem Timothy sich mit ein paar Schaltungen kreuz und quer durch die Staaten davon überzeugt hatte, daß alle Verkehrs- und Justizdateien und die Computer der örtlichen und der Staatspolizeien bereitwillig Auskunft geben würden, nahm er sich vor, Anne um eine Dauergenehmigung für diese Schaltung zu bitten.

„Die Jagd kann beginnen", sagte er laut. Er hatte sich entschlossen, die Unbequemlichkeiten des Mausoleums und Napoleons umständliche Sprechweise zu ertragen, um nicht stundenlang auf den Geber tippen zu müssen. Wie haben die Menschen es nur mal ertragen, alles mit der Hand zu schreiben, dachte er. Womit beginnen? Die einzigen sicheren Fakten waren das Foto von Mister X und die variierte Personenkennzahl.

Das Ergebnis von sechs Stunden harter Arbeit war so gut wie Null. Sobald Timothy aus dem Komma einen Punkt machte, stieß er fast überall ins Leere. Der falsche Peaboddy war in keinem der Bundesstaaten gemeldet und wurde nirgends gesucht, war offensichtlich nie in einen Verkehrsunfall oder ein Verbrechen verwickelt worden – oder hatte dann sein richtiges Identicat gezückt –, hatte weder ärztliche Hilfe noch einen Rechtsanwalt in Anspruch genommen. Es existierte keine Versicherung unter dieser Nummer, wohl aber ein Bankkonto in Ogden, das aber wurde unter Hucks Namen geführt, und Timothy war sicher, daß Mister X niemals persönlich bei der Bank aufgetaucht war.

Das alles bestätigte seine Vermutung, daß Mister X das falsche Peaboddy-Identicat nur für seine Reisen benutzte. Einundachtzig Mal war er angekommen, in einem Hotel der Kategorie S-1 abgestiegen und wieder fortgeflogen, er hatte nicht einmal Ferngespräche von seinem Hotelzimmer aus geführt.

„Und nun?" rief Timothy.

„Wir haben noch einen Ausgangspunkt", sagte Napoleon. „Alle seine Reisen beginnen oder enden in Salt Lake City, und in keinem Fall ist er anschließend unter diesem Namen weitergeflogen. Das läßt den Schluß zu, daß er dort jeweils seine Identität wechselt. Also müßte zu annähernd der gleichen Zeit jeweils ein Mann anderen Namens in Salt Lake City auftauchen."

„Ein Glück, daß Huck in Utah lebt und nicht in der Nähe von New York oder San Francisco", sagte Timothy, „da hätten wir ja Wochen zu tun, bis wir irgendeine Parallelität fänden. Los, mach dich an die Arbeit, Napoleon."

Trotz des weiß Gott spärlichen Flugverkehrs in Salt Lake City dauerte es Stunden, bis Napoleon sich räusperte.

„Es scheint, wir haben Glück", sagte er. „Immer zur gleichen Zeit wie Peaboddy zwei kommt in Salt Lake City ein gewisser Gerard Pelletier an oder fliegt ab. Das könnte unser Mann sein. Soll ich ihn suchen?"

„Worauf wartest du noch!" schrie Timothy.

Es wurde Mitternacht, bis sie ihn hatten. Da sie Pelletiers Personenkennzahl nicht wußten, blieb nichts anderes übrig, als sämtliche 487 Gerard Pelletiers, die in der Zentralen Einwohnerdatei gespeichert waren, an ihren jeweiligen Wohnorten auf ihre Reisefreudigkeit, speziell nach Salt Lake City, zu checken; es war der drittletzte: Gerard Hugh Pelletier aus Davenport, Iowa, seit einundzwanzig Jahren dort ansässig, 46 Jahre alt, verheiratet, zwei Kinder, keine Vorstrafen, Biochemiker.

Timothy konnte sich ein Lachen nicht verkneifen. Elfmal war Pelletier in den letzten drei Jahren über Salt Lake City nach Chicago geflogen, obwohl es von Davenport nur ein Katzensprung bis Chicago war. Elfmal über 1500 Kilometer Umweg. Und auf dem Rückweg dasselbe Spielchen. Leicht macht man es dir nicht, mein Lieber, dachte er. Und warum das Ganze? Biochemiker – was konnte das alles bedeuten! Bevor er zu Bett ging, gab Timothy Napoleon noch einen Haufen Aufträge. Heute konnte er auch ohne Schlummertrunk sofort einschlafen. Mit einem selbstzufriedenen Lächeln auf den Lippen.

7.

Napoleon war über Nacht fleißig gewesen. Und ziemlich erfolglos. Wenn man von den Reisen über Salt Lake City absah, schien Pelletier ein sehr seßhafter Typ zu sein, der sich kaum einmal aus Davenport wegrührte. Zumindest in den letzten Jahren. Wo er beschäftigt war, hatte Napoleon nicht herausbekommen können, obwohl er das ganze Branchenverzeichnis von Davenport und Umgebung durchgearbeitet hatte, ebensowenig, wo Pelletier studiert hatte; ohne Angabe der Identicat-Nummer stieß man halt schnell an die Informationsgrenzen. Es gab acht Pelletiers an vier Universitäten, die in Frage kamen, und zwei Dutzend Pelletiers, die wissenschaftliche Arbeiten auf verschiedenen Gebieten der Biochemie veröffentlicht hatten, dabei war nicht einmal sicher, ob ihr Pelletier Biochemie studiert hatte oder noch immer auf diesem Gebiet tätig war.

Sie brauchten unbedingt seine Identicat-Chiffre. Timothy rief beim Großen Bruder an, doch er bekam nur die Auskunft, daß dieser derzeit nicht zu erreichen sei; dringende Anfragen und wichtige Informationen seien über die Ausweichfrequenz abzusetzen. Einen Augenblick spielte Timothy mit dem Gedanken, Napoleon mit der Versicherungsdatei der EASTERN INSURANCE in Davenport verbinden zu lassen – die wenigstens noch zugab, daß sie einen Gerard Hugh Pelletier führte – und den Computer so lange zu belästigen, bis sie die richtige Personenkennzahl herausbekommen hatten, doch Napoleon erklärte ihm, daß es da nicht nur Milliarden, sondern Trilliarden mögliche Varianten gab.

Während Timothy den Rest Hammelbraten aufwärmte und mit geriebenem Parmesan überbuk, kam ihm die rettende Idee. Die Fahndungscomputer der Ortspolizeien hatten eine Schaltung für schnellen Zugriff, die mit Hilfe der NSA-Frequenz erreichbar sein mußte, und bei dieser Schaltung kam das „error"-Zeichen nicht erst, wenn man die vollständige Identicat-Nummer eingetippt hatte; sofern man über den Namen hineinging, hieß es schon bei jeder falschen Einzeleingabe „error".

Timothy baute noch eine zusätzliche Sicherung in die Leitung: Er ließ die Anfrage über die Ortspolizei von Hot Springs, einer Kleinstadt in der Nähe von Davenport, laufen, und deren Computer verband zuständigkeitshalber gleich an die Polizeidatei von Davenport weiter. Wenn dort jemand mißtrauisch werden sollte, würde er gewiß erst einmal im Sheriff-Büro von Hot Springs anfragen, welcher Idiot von einem Dorftrottel da mit ihrem Computer Haschmich spiele. Und er setzte sich selbst an den Communicator. Er hatte Angst, Napoleon würde nicht rechtzeitig mitbekommen, wenn etwas faul war, und mit der bornierten Sturheit eines Maschinengehirns weiterfragen, während man schon die Leitung zurückverfolgte. Hoffentlich würde er selbst es merken!

Timothy tippte das Fahndungsmuster ein, den Namen, die Adresse, und begann mit einer Null; error. Löschen.

Fahndungsmuster, Name, Adresse, 1; richtig. Eine Null dazu; error. Wieder von vorn. Fahndungsmuster, Name, Adresse, 11; error. 12; error. 13; error ... 17 – richtig. 170; error. 171; error. 172; error. 173; error ...

Nach gut einer halben Stunde hatte er die Chiffre heraus. Timothy ging ins Bad, ließ sich eine Wanne ein und projizierte Sonnenschein über einem kaum bewegten Meer auf die Bildwände. Jetzt konnte Napoleon weitermachen und überall noch einmal nach Pelletier fragen – mit dessen Kennzahl.

Und mit Ergebnissen. Pelletier arbeitete seit seiner Ankunft in Davenport in der PRESTON-Stiftung, in welchem ihrer Institute, als was und woran, sagte der PRESTON-Computer nicht, man möge sich an die Direktion wenden. Pelletier hatte in Harvard studiert, die Bezeichnung der Spezialrichtung und das Thema seiner Diplomarbeit sagten Timothy ebensowenig wie die lange Titelliste seiner Veröffentlichungen. Und die Kopien von Pelletiers Arbeiten, die Napoleon beschafft hatte, hätten ebensogut in Chinesisch oder Suaheli abgefaßt sein können, Timothy verstand kein Wort davon. Interessanter war schon, daß Pelletier seit über drei Jahren nichts mehr veröffentlicht hatte. Napoleon hatte auch schon in allen Städten nachgefragt, in die Pelletier als Peaboddy gereist war, und die Teilnehmerlisten aller Kongresse, Konferenzen und Symposien durchgearbeitet, die unter den weiten Begriff der Biochemie fielen; weder als Pelletier noch als Peaboddy schien er irgendwo teilgenommen zu haben. Vielleicht unter einem dritten Namen? Napoleon bot an, die Teilnehmerlisten daraufhin zu checken.

„Vielleicht später", sagte Timothy. „Sieh lieber nach, welche Kongresse er in den Jahren davor besucht hat."

Inzwischen grübelte Timothy verzweifelt, welcher Spur sie noch nachgehen könnten. Vielleicht war das Ganze nur eine fixe Idee, und es lohnte sich überhaupt nicht, diesem Mann nachzujagen? War Pelletier überhaupt ihr Mann? Die Wahrscheinlichkeit war groß, doch gab es keinen einzigen Beweis. Timothy ließ sich noch einmal mit der Justizdatei von Davenport verbinden. Ein Mann, der einundzwanzig Jahre am gleichen Ort wohnte, mußte doch irgendwann einmal mit der Justiz in Berührung gekommen sein!

Als Zeuge bei einem Raubüberfall auf das Nebenhaus. Mit Hilfe der NSA-Frequenz bekam Timothy die Prozeßaufzeichnungen vorgespielt, und darunter war eine Kopie von Pelletiers Identicat. Ja, das war er, zwar zehn Jahre jünger und noch mit vollem Haar, doch ohne Zweifel der falsche Peaboddy. Wenigstens das war jetzt sicher. Was noch?

„Scheiße, Scheiße!“ schrie Timothy und knallte wütend die Faust auf das Terminal. Ohne Hilfe kam er nicht weiter, und Anne war nicht zu erreichen.

„Darf ich fragen, warum Sie so erregt sind?“ erkundigte sich Napoleon.

„Weil ich nicht weiter weiß. Bist du schlauer?“

„Wir könnten prüfen, ob an den Tagen, da Pelletier als Peaboddy unterwegs war, jeweils an denselben Orten und zu denselben Zeiten regelmäßig andere Personen auftauchen“, schlug Napoleon vor. Timothy lachte laut auf.

„Hast du eine Ahnung, wie viele Menschen täglich Chicago anfliegen?“

„Einen Moment, Sir. – Im ersten Quartal dieses Jahres waren es durchschnittlich dreiundsechzigtausendvierhundertsiebzehn-Komma-sechs.“

„Und wie lange würdest du benötigen, um wenigstens die elf Reisen nach Chicago durchzuarbeiten?“

„Bei voller Kapazitätsauslastung etwa sieben Tage, Sir.“

„Na, dann viel Vergnügen, mein Guter.“

„Für Sie zu arbeiten“, erwiderte Napoleon, „wird mir stets ein Vergnügen sein – was immer das sein mag.“

Timothy ließ Napoleon die nächsten Tage in Ruhe. Er kümmerte sich überhaupt nicht mehr um Pelletier. Er hatte eine Zusammenfassung der Ergebnisse über die Ausweichfrequenz abgesetzt, jetzt vertiefte er sich in die Welten von James Joyce' „Ulysses“. Abends versuchte er vergeblich, den Großen Bruder zu erreichen. Der Quaser schwieg.

Dann kam eine Einladung von DuMont zu einem „venezianischen Kostümfest“. Als Timothy sie in den Nihilator werfen wollte, entdeckte er auf der Rückseite eine handschriftliche Notiz: „Gruß von meiner Tante Anne, sie wird auch dasein.“

Timothy griente. Darauf fiel er nicht herein. Er hatte sich geschworen, dieses Schwein nie wiederzusehen, und schon drei

Einladungen abgelehnt. Äußerst höflich, versteht sich. Auch jetzt entschuldigte er sich mit einem wichtigen Klienten. Eine halbe Stunde vor Beginn des Festes überlegte er es sich anders. Vielleicht war es doch kein Trick? Vielleicht hatte Anne keine andere Möglichkeit, sich mit ihm in Verbindung zu setzen?

Er ließ sich vom Dressomaten eine blau und gold gewürfelte Pluderhose machen, dazu eine Bluse mit flämischem Spitzenkragen und geschlitzten Ärmeln und eine siebenzipflige Kappe mit Schellen. Wenn er sich schon zum Narren machen ließ, dann wenigstens in der passenden Kleidung.

Anne war tatsächlich da. Timothy hatte keine Mühe, sie in dem Gewimmel auszumachen, sie stand auf den Stufen der breiten Treppe, die in den ersten Stock führte, und ragte so über alle hinweg. Sie trug ein hochgeschlossenes Abendkleid aus nachtblauer Seide; eine kleine Krone auf dem Kopf war ihre einzige Kostümierung. Timothy drängelte sich zu ihr hindurch. Sie schien auf ihn gewartet zu haben; als er neben ihr auftauchte, lächelte sie. Timothy schwenkte seine Kappe in weitem Bogen und verbeugte sich tief.

„Gibt es etwas Närrischeres, als sich einer Frau zu Füßen zu werfen, die einen nicht einmal treten will?"

„Gibt es etwas Schöneres für eine Frau", antwortete sie, „als wenn sich ein Mann ihretwegen zum Narren macht? Ihr dürft meine Schleppe tragen."

„Die Königin und ihr Narr", sagte Timothy, „ein klassisches Sujet." Er nahm die Schleppe und folgte so Anne in den Park hinaus, der noch menschenleer war.

„Jetzt kannst du die Schleppe fallen lassen", sagte sie außer Reichweite des Hauses.

„Darf ich auch Ihre Hand küssen, Hoheit, oder verstößt das gegen eine Regel der Konspiration?"

„Nun nicht mehr. Ich bin nicht länger dein Großer Bruder."

Timothy starrte sie fassungslos an.

„Wir hätten schon längst wechseln müssen", sagte Anne. „Spätestens, seit wir uns, nun ja, privat kennengelernt haben. Du verstehst doch, niemand darf –"

Timothy nickte. Und ob er verstand. Er wollte etwas sagen, doch seine Kehle war ausgedörrt wie die Salzwüste von Utah.

„Einmal schien es schon so, als hätten wir einen geeigneten Partner gefunden, damals, als ich mit Oliver zu dir kam, aber dann – der neue soll gut zu dir passen."

„Niemand außer dir paßt zu mir!" stieß Timothy hervor.

Anne blickte sich ängstlich um. „Bitte, Tiny, beruhige dich."

„Wie soll ich mich beruhigen, wenn du ganz aus meinem Leben verschwinden willst. Ich bin doch keine Maschine. Noch nicht."

„Ich bleibe in Chicago. Zumindest für die Karenzzeit." Sie lächelte. „Stell dir vor, ich habe Ferien. Ich kann tun und lassen, was ich will."

„Könnten wir dann nicht –?"

„Ja, Tiny, wir könnten. Wenn du mich überhaupt noch magst."

„Schlecht genug hast du mich behandelt."

„Versteh doch, Tiny, ich –" Anne wurde rot, dann lachte sie.

„Jetzt verstehe ich es", sagte Timothy. „Komm, wir fahren zu mir. Ab sofort habe ich auch Ferien."

Anne schüttelte den Kopf. „Ich muß gleich weg, Tiny."

„Aber du kommst morgen, ja? Ich koche dir –"

„Erst wenn der Peaboddy-Fall abgeschlossen ist", unterbrach sie. „Man ist der Ansicht, daß du auf eine äußerst wichtige Sache gestoßen bist."

„Du glaubst gar nicht, wie schnell ich den verdammten Fall abschließen werde", erklärte Timothy. „Da muß jetzt ein Spezialist 'ran."

„Er wartet schon im ‚Nebraska' auf dich."

8.

Der Mann, der Timothy auf dem Monitor anblickte, war mindestens siebzig, und er sah aus, als wäre er soeben einem mittelalterlichen Heiligenbild entstiegen. Warum eigentlich hatte er einen jungen, sportlichen Typ erwartet? Dieses verdammte Klischeedenken. Warum sollte ein Wissenschaftsspion nicht lange weiße Haare und einen wallenden silbernen Vollbart haben?

„Ich bin Simon." Der andere zeigte drei Puzzlesteine, Timothy holte drei Steine aus dem angefangenen Bild des Yellowstonetals, das in seinem Wohnraum auf Vollendung wartete, und projizierte sie so dazu, daß sie nahtlos ineinanderpaßten.

„Ein treffendes Erkennungszeichen", meinte Simon. „Was wir vorhaben, wird verteufelt einem Puzzlespiel gleichen, nur daß wir uns sogar noch die Steine zusammensuchen müssen. Spielst du auch zu deinem Vergnügen?"

„Ich habe gerade ein Teufelspuzzle begonnen."

Simon nickte. „Das hier wird noch viel vertrackter, fürchte ich. Aber wir werden es schon schaffen."

„Kommst du zu mir?" erkundigte sich Timothy.

„Nein, kein persönlicher Kontakt. Du wirst auch nicht erfahren, wo ich sitze. Alle Anfragen nach außen laufen über dich. Hast du neue Erkenntnisse?"

„Nur die Spurenauswertung des Kidnappings."

„Die wollen wir vorerst vernachlässigen", schlug Simon vor. „Die Konzerne machen sich oft an Wissenschaftler heran, nicht selten schon auf einen vagen Verdacht oder eine falsche Information hin, das kann uns leicht in die Irre führen. Wir müssen bei diesem Pelletier ansetzen und jede Kleinigkeit zusammentragen, die wir nur ergattern können, selbst wenn es auf den ersten Blick absurd oder belanglos erscheint. – In den dreißiger Jahren des vorigen Jahrhunderts ist einer meiner Kollegen nur deshalb daraufgekommen, daß die Deutschen mit Nervengas experimentierten, weil ein Chemietrust einen Spezialisten für Schnecken suchte – Schneckenherzen reagieren besonders empfindlich auf derartige Gase. – Was also ist Pelletiers Spezialität? Warum ist er damals ausgerechnet nach Davenport gegangen? Vielleicht auf ein Stellenangebot hin? Kontrolliere, ob die PRESTON damals in den Universitätsnachrichten von Harvard inseriert hat. Zweitens: Wir brauchen alle Stellenangebote, die PRESTON in den letzten zwanzig Jahren ausgeschrieben hat, Stellenangebote sind eine Fundgrube in diesem Metier! Drittens: Beschaffe alle Prozesse gegen Wissenschaftler, in denen PRESTON auftaucht, auch wenn der Verurteilte dann zu einer anderen Institution oder Firma kam." Simon schmunzelte.

„Auf diese Weise habe ich schon ein paarmal etwas herausbekommen. Einmal war es die Kombination verschiedener Spezialisten an einem Ort, die mich auf die Spur brachte, daß man dort an der DASER*-Waffe arbeitete; zum Glück ohne Erfolg. Ohne Kosmosforschung ist da nichts zu machen. Das war übri-

* DASER = Darkness Amplification by Stimulated Emission of Radiation: Finsternisverstärkung durch angeregte Emission von Strahlen, genauer: durch Synchronisation von Molekülen; ein Effekt, der bislang nur bei astronomischen Forschungen im Weltraum beobachtet wurde.

gens ein ähnlicher Fall wie dieser: Eine Monopolgruppe jagte hinter einem der Forscher her. Sie vermuteten, daß die Waffe schon fertig sei, wollten sie einsetzen und in der von ihnen ausgelösten totalen Finsternis und der dann sicher einbrechenden Panik die Institute der Konkurrenz ausplündern."

„Aber die PRESTON-Leute werden in den vergangenen zwanzig Jahren an Hunderten, wenn nicht an Tausenden von Entwicklungen interessiert gewesen sein", gab Timothy zu bedenken.

„Das ist sicher", sagte Simon, „doch eine davon ist unsere. Wir müssen sie einkreisen, und da wir noch gar nichts wissen, müssen wir leider weite Bogen schlagen. Unser erster Kreis sind Pelletiers Interessen. Wir müssen nicht nur wissen, was er veröffentlicht hat, sondern auch, welche Fachliteratur er anforderte; zum Glück werden in unserem totalitären Überwachungssystem ja alle Datei-Anforderungen registriert und gespeichert, wir müssen sie irgendwie bekommen."

„Das erledige ich", sagte Timothy. Er verriet Simon nichts von der NSA-Frequenz, die das ermöglichen würde.

„Wir müssen dabei sicher weit zurückgehen", meinte Simon, „ich bin sicher, in den letzten Jahren hat man ihn hermetisch abgeschottet. Wenn er aber heute so wichtig ist, dann, weil er schon vorher intensiv an seinem Thema gearbeitet hat. Was also hat er angefordert? Welche Symposien, Kongresse, Tagungen hat er besucht? Wir müssen in seine Vergangenheit vordringen: Kann man Studienkollegen oder Lehrkräfte auftreiben, die über seine Interessen aussagen können? Gibt es in den Annalen von Harvard besondere Vorkommnisse, in die er verwickelt war, etwa einen Laborunfall? Hat er eine Sonderlizenz für seltene oder kostspielige Materialien oder aufwendige Berechnungen beantragt?

Der zweite Kreis: seine Reisen. Die großen Städte lassen wir aus, da gibt es zu viele mögliche Ziele. Wen aber kann Pelletier in Chippewah Falls oder in Clearfield besucht haben? Ermittle aber bitte alle Betriebe und Institute, nicht nur jene, die auf chemischem und biologischem Sektor arbeiten. Ein Biochemiker kann ebensogut in ein Team von Atomphysikern oder Phasometrikern eingebaut sein, ich hoffe sogar auf so etwas, das könnte uns den Weg zum Zentrum des Puzzles verkürzen. Gerade ein Stein, der scheinbar nicht in das Spiel zu passen scheint, kann zum Stein des Anstoßes werden. Das führt uns zum dritten Kreis, der PRESTON-Stiftung.

Wir müssen schnell wissen, ob sie auch außerhalb von Davenport Institute unterhält; vielleicht an den Orten, die Pelletier besucht hat? Außerdem: Gab es besondere Vorkommnisse in Davenport, in die PRESTON verwickelt war? Das beiläufigste und banalste Ereignis kann wichtig sein. Einmal fiel einem Kollegen auf, daß ein Konzernbetrieb, an dem er interessiert war, ein Transportunternehmen verklagt hatte, weil mehrere Sendungen kalifornischer Ochsenfrösche verdorben angeliefert worden waren. Was, zum Teufel, hatte eine Fabrik für Gas-Emittoren und Lasergeräte mit Ochsenfröschen zu tun? Es schien nur eine Erklärung zu geben: Jemand war besonders scharf auf gebratene Froschschenkel. Dafür aber waren die Sendungen zu groß. Schließlich stieß mein Kollege darauf, daß Ochsenfrösche die Wirtstiere für eine besondere Art von Bakterien sind und diese wiederum ideale Versuchskaninchen für Immunreaktionen gegen Mono-Amin-Oxydase, so flog das ‚Unternehmen MAO' auf. Mono-Amin-Oxydase ist ein Stoff, der die Reaktionen des Gehirns aktiviert beziehungsweise reduziert, eine geradezu teuflische Waffe vor allem gegen Menschenansammlungen: Plötzlich kann man keinen klaren Gedanken mehr fassen. Nun, der Kollege konnte die Formel der neutralisierenden Droge, die die Firma natürlich auch entwikkelt hatte, stehlen." Simon lachte. „Ich kann sie noch heute: I-Äthyl-3-Piperidyl-cyclopenthylphenyl-glykolat."

„Dann warst du wohl selbst dieser Kollege", meinte Timothy.

„Kein Kommentar", sagte Simon. „Unser vierter Kreis: die Negativrecherchen, du verstehst, was ich meine?"

„Nein", gab Timothy unumwunden zu.

„Pelletier ist seit drei Jahren von der Bildfläche verschwunden. Er wird nicht der einzige sein. Große Entwicklungen sind selten noch die Sache von einzelnen. Sobald wir wissen, worum es etwa geht, können wir die in Frage kommenden Gebiete abgrasen: Da es zunehmend weniger Spezialisten auf immer mehr Spezialstrecken gibt, kann man schnell feststellen, wenn jemand aus der Öffentlichkeit verschwindet, nicht mehr publiziert oder zu Kongressen fährt, also an einem geheimen Projekt arbeitet."

„Wir haben aber noch keine Ahnung, worum es geht", warf Timothy ein.

„Da hilft uns die unausrottbare Neigung, sich bei geheimen Projekten an kleinen und abgelegenen Orten zu verstecken, diese uralte Fluchtreaktion der Menschen, Tiny. In einem Nest wie Davenport gibt es doch höchstens zehntausend Menschen, die wissenschaftlich arbeiten. Wir müssen irgendwie herausbekommen, wer in den letzten Jahren noch ‚verschwunden' ist."

„Warte mal, Simon." Timothy holte sich ein Glas Whisky. „Ich würde dir gerne etwas anbieten, aber du –"

„Vielleicht später einmal", sagte Simon. „Hast du eine Idee? Ich weiß ja aus Erfahrung, wie schwierig so eine Negativrecherche ist, andererseits ist das eine der besten Methoden."

„Eine vollständige Liste der Wissenschaftler in Davenport werden wir kaum erhalten können", meinte Timothy, „vielleicht aber einen großen Teil von ihnen. Ich gehe davon aus, daß Wissenschaftler, zumal wenn sie in so einem Nest leben, meist Familie haben, wahrscheinlich sogar Kinder. Dann werden sie für ihre Angehörigen die SQ-Vergünstigungen der Krankenhäuser und Ärzte in Anspruch nehmen, und das ist keine geheime Information."

„Sehr gut", lobte Simon. „Mach dich daran, sobald du mir Pelletiers Veröffentlichungen und eine Aufstellung der von ihm angeforderten Literatur beschafft hast."

„Ich bearbeite das parallel", erklärte Timothy. „Napoleons Suche nach Personen, die sich jeweils zur gleichen Zeit wie Pelletier in Chicago aufgehalten haben, ist ohnehin wenig erfolgversprechend."

„Aber das ist doch eine blendende Idee, Tiny! Laß deinen Napoleon wenigstens auf einem Kanal weitersuchen."

„Dann dauert es ja Wochen", rief Timothy entsetzt.

„Ich hoffe, du bist nicht ungeduldig. Wir müssen uns schon auf eine lange Zeit einrichten bei diesem Teufelspuzzle."

„Wenn du wüßtest, wie ungeduldig ich bin", erwiderte Timothy. „Also nichts wie 'ran!"

9.

Timothy schuftete wie ein Besessener. Er gönnte sich nur ein Minimum an Schlaf und karge, schnell zubereitete Mahlzeiten, dafür verbrauchte er eine Unmenge Tee. Mit Sorge sah er seine Vorräte schwinden; auch Tee schien es kaum noch zu geben, bei BRIAND konnte er wenigstens noch ein halbes Kilo Darjeeling ordern.

Am Nachmittag des ersten Tages entschloß er sich, allen Risiken zum Trotz, auch seine Communicleitungen zu benutzen. Der Communicator der Ausweichwohnung erwies sich als ein arges Nadelöhr. Da die Wohnung in den billigeren unteren Etagen lag, verfügte sie nur über zwei Fernanschlüsse.

Timothy sandte sich über einen kurzfristig geschalteten Dreierweg einen fiktiven Auftrag der EASTERN INSURANCE zur Aufklärung angeblicher Versicherungsbetrügereien mit SQ-Vergünstigungen. Diese Fiktion würde zwar nicht einer Überprüfung durch die NSA oder Staatspolizei standhalten, reichte aber bei eventuellen Rückfragen der von ihm angezapften medizinischen Dateien und sogar bei Nachforschungen der Ortspolizei. Auf einer zweiten eigenen Leitung arbeitete er die Ortsannalen von Davenport durch, auf der dritten sollte Napoleon die Universitätsnachrichten von Harvard und anschließend der anderen Universitäten durchsehen. Als Napoleon mit ihm über Belastungsgrenzen und Kapazitätsprobleme diskutieren wollte, schaltete Timothy ihm kurzerhand den Snarr ab. Simon meldete sich alle drei, vier Stunden und ließ sich jedesmal neue Kristalle voller wissenschaftlicher Veröffentlichungen überspielen; wenn er sie tatsächlich durchakkerte, mußte er eine bewundernswerte Lesegeschwindigkeit besitzen.

Die Suche nach Pelletiers „Schatten" brachte am dritten Tag den ersten greifbaren Erfolg. Napoleon hatte vorher schon drei Reisende gefunden, die häufig an den gleichen Tagen wie Pelletier in Chicago eingetroffen und auch wieder abgeflogen waren; nachdem Timothy ihm für diese Arbeit nur noch einen Bruchteil seiner Kapazität gestattete, war Napoleon auf die Idee gekommen, seine Suche vorerst auf die Maschinen von oder nach Salt Lake City zu begrenzen, und dabei auf einen Dr. Atkinson gestoßen, der an allen elf Tagen nicht nur dasselbe Flugzeug benutzt hatte, sondern auch im selben Hotel wie Pelletier abgestiegen war. Daraufhin hatte Napoleon sämtliche siebenundachtzig Reisen durchgesehen und jedesmal diesen Dr. Atkinson gefunden.

„Hervorragend!" sagte Timothy. „In der Beschränkung zeigt sich eben auch ein beschränktes Maschinengehirn erst als Meister."

Timothy gab den Namen sofort an den Großen Bruder weiter, und der meldete wenig später, daß Dr. Atkinson ein schon bekannter Tarnname war, hinter dem sich niemand anderes als Commander Powell verbarg, ein hoher Sicherheitsoffizier des Zentralen Forschungsstabes der US Army, der sogar eine „Clearance Q"* besaß. Der Große Bruder teilte auch mit, daß die PRESTON-Stiftung ein als ziviles Unternehmen getarntes Institut der Armee war und daß sich an allen Orten, die Pelletier aufgesucht hatte, ähnliche Institutionen befanden. Wer auch immer der neue Große Bruder sein mochte, er arbeitete nicht weniger schnell und zuverlässig als Anne.

„Ich hatte derartiges erwartet", sagte Simon. „Also eine Waffe. Müssen wir nur noch herausfinden, welche."

„Nur noch ist gut", erwiderte Timothy bissig. Er war wütend. Anne ließ nichts von sich hören, und er hatte keine Ahnung, wie er sie erreichen konnte. Wie lange dauerte eigentlich eine Karenzzeit? Ein Tag nach dem anderen verging, und es war kaum mehr als ein schwacher Lichtschein am Ende des Tunnels zu erblicken.

Am sechsten Tag bekam Timothy ein wenig Luft. Die laufenden Untersuchungen konnte Napoleon auch ohne seine dauernde Anwesenheit weiterführen, also leistete Timothy sich einen Mittagsschlaf und danach ein ausgedehntes Bad.

Es tat ihm unendlich wohl, sich zu entspannen. Er hatte alle Wände auf Südsee programmiert, so daß er scheinbar in den sanften Wellen einer Lagune schaukelte unter einem Gespinst feiner Federwölkchen am lichtblauen Himmel. Wenn jetzt Anne hier wäre, dachte er. Mit ihr unter diesem Himmel liegen und träumen ... Und Schneewittchen würde ihre Träume in Melodien verwandeln. Noch besser: Anne an die Hand nehmen und auf und davon gehen können! In die wirkliche Südsee. Oder eine Reise rund um den Erdball; Stellen aus Büchern fielen ihm ein, die immer wiederkehrenden Hochzeitsreisen nach Venedig, nach Paris – wie beneidenswert einst Menschen gelebt hatten. Und jetzt die da DRAUSSEN. Er würde nie die Schönheiten dieses Planeten zu sehen bekommen. Welch eine Verarmung des Lebens. Es lohnte nicht einmal, davon zu träumen, er war unbarmherzig eingesperrt unter der Käseglocke der ISOLATION.

---

* Clearance Q = Sondergenehmigung, die überall Zutritt verschafft.

Du bist hier aufgewachsen und hast nicht einmal neue Bilder von der Welt da draußen gesehen, dachte er, und doch empfindest du die ewige Sehnsucht des Menschen nach dem Unbekannten, das Verlangen nach den großen, flachen, unendlichen Horizonten, den unendlichen Möglichkeiten des Lebens. Ein tiefes Gefühl von Trauer überfiel ihn. Ausgeschlossen von der eigentlichen Welt, der wirklichen Entwicklung der Menschheit, ausgeschlossen von der Freiheit, sich jederzeit zu verändern, die sie DRAUSSEN bestimmt schon verwirklicht hatten: jedem nach seinen Bedürfnissen. Welche seelischen Verformungen mochte dieses Eingeschlossensein mit sich bringen, ohne daß man es merkte, ohne daß man sich dagegen wehren konnte.

Er durfte nicht mehr – und welch ein Luxus war selbst das schon! –, als sich Bilder der Welt in seine vier Wände zu projizieren; Konserven, und er wußte nicht einmal, ob es reale Bilder waren, ob die Meeresstimmungen und Regenstunden, die er so liebte, die Berggipfel, die Sonnenaufgänge über betauten Wiesen, die rauschenden Wälder nicht am Ende irreal waren, künstliche Produkte, Phantasien von Künstlerhand; eine Welt, die es so nie gegeben – nein, das Meer war wirklich, er hatte es mit eigenen Augen gesehen!

Und mochten es Konserven, mochten es künstliche Welten sein, er würde allen in ihnen steckenden Zauber und Reichtum nutzen, all seine Privilegien ausbeuten, um sich mit Anne, für Anne, eine kleine Welt zu schaffen, in der sie, und sei es nur für ein paar Tage, glücklich sein konnten.

Timothy überlegte, wie er den ersten Abend gestalten sollte. Ein Festessen, klar, vielleicht einen Truthahn mit Mandelfüllung, mit Orangen- und Ananasscheiben belegt, oder die Stücke nach Western-Art auf dem Barbecue gegrillt, unter dem weiten Himmel der noch unberührten, von riesigen, friedlichen Büffelherden durchzogenen Prärie? Oder ein Hammel am Spieß in historischer Kulisse? Ob Anne Knoblauch mochte? Wie konnte er den Wohnraum in das Kaminzimmer eines englischen Schlosses verwandeln? Er verwarf den Gedanken. Sollte er Plastkopien benutzen? Echte Möbel waren nicht aufzutreiben oder unerschwinglich. Aber einen richtigen Kamin würde er bauen, das Abgas illegal aus dem Fenster leiten, und Holz mußte sich doch irgendwo auftreiben lassen. Und eine Reise durch das All würde er mit Anne unternehmen.

Timothy besaß zwei Kristalle voll verbotener Bilder aus dem Universum, keine Standaufnahmen: Teleskop-Reisen durch die Sternenwelten. Er lachte bitter. Die Astronomie war wie zu Galileis Zeiten wieder zur Geheimwissenschaft geworden.

Das Flackern des Orangelichts riß ihn aus seinen Träumen. Timothy sprang aus dem Bad und hastete ins Mausoleum, seine Füße hinterließen nasse Tapsen. Es war nicht Anne, die nach ihm rief, sondern Simon.

„Ich möchte zu dir kommen", sagte er. „Ich muß ein paar Stunden am Computer arbeiten, ist dir das recht?"

„Komm nur. Am besten, du wartest am Lift, bis ich dich hereinwinke, ich werde –"

„Nicht nötig", unterbrach Simon. „Verlange einen Arzt, einen Milzspezialisten. Ich habe mich erkundigt, es gibt keinen im ‚Nebraska' außer mir."

„Bist du wirklich Arzt?"

Simon lächelte. „Kein Kommentar."

„Okay. Während du arbeitest, koche ich uns was. Hast du ein Lieblingsessen?"

„Leider ein sehr ausgefallenes", antwortete Simon, „gefüllte Avocados."

Timothy trieb Avocados auf. Seit Bentley ihn bei CHALLENGERS empfohlen hatte, wurde er dort bevorzugt behandelt. Während Simon bei Napoleon hockte, ihm unaufhörlich neue Nüsse zu knacken gab und nebenbei die Ergebnisse der Recherchen durchsah, bereitete Timothy in der Küche die Früchte vor und eine Füllung aus frischem Gehackten, hart gekochten und rohen Eidottern mit Kapern, Zitronensaft, Olivenöl und Schlagsahne. Als Simon meinte, in einer viertel Stunde könne er Pause machen, wickelte Timothy die Avocados in Folie, legte sie in die Backröhre und setzte den Reis auf. Er servierte im Mausoleum, damit sie sich ungeniert unterhalten konnten.

Simon schnitt eine Avocado an und ließ den Bissen auf der Zunge zergehen. „Exzellent!" rief er. „Welch ein Genuß!"

„Du könntest alle Tage gut essen", erwiderte Timothy, „das liegt nur an dir."

„Du bringst mich in Versuchung, Tiny." Simon schmatzte genüßlich. „Ich fürchte, ich werde tatsächlich meine Prinzipien in den Wind schlagen."

„Was für Prinzipien?" erkundigte sich Timothy.

„Die des einsamen Jägers: Meide jeden nicht notwendigen Kontakt. – Gib niemandem Einblick in deine Leidenschaften und Eigenarten, schon gar nicht in dein Leben, habe keine Gewohnheiten, laß nie Routine zu: sonst wirst du berechenbar. – Du darfst an niemandem und nichts hängen, schon gar nicht an einem Menschen: das macht dich verletzbar. – Du darfst vor allem nicht am eigenen Leben hängen: das macht dich furchtsam. – Du darfst den Tod jedoch nicht mißachten: das macht dich leichtsinnig. Lebe mit deinem Tod, lebe in kurzen, überschaubaren Intervallen, bedenke, in jeder Sekunde kann es vorbei sein: dann wirst du immer alles mit allen Kräften tun."

Simon nahm sich eine zweite Avocado. „Auf mich wartet niemand und nichts, vor allem nichts Unerledigtes bis auf die jeweilige Aufgabe, so kann ich jederzeit und überallhin gehen."

„So könnte ich nicht leben", meinte Timothy. „Du mußt sehr einsam sein."

„Nicht einsam, nicht einmal allein."

„Wie das, Simon? Erkläre mir –"

„Ich will nicht darüber sprechen, auf keinen Fall jetzt. Bitte respektiere das. Ich lasse mir nie ein Gespräch aufzwingen."

„Niemals?" Timothy lächelte. „Hast du nie mit Polizei oder NSA zu tun?"

Simon lächelte zurück. „Sind das Gespräche?"

Sie aßen schweigend zu Ende, dann tranken sie Tee und diskutierten den Stand der Ermittlungen. Simon war recht zufrieden.

„Wir sind zwar noch nicht soweit, zum Kern unseres Teufelspuzzles vorzustoßen", sagte er, „aber die Grenzflächen stehen bereits. Die Bereiche zeichnen sich ab, der naheliegendste: eine gezielte Mutation von Viren, Bakterien oder gar Pflanzen, ja sogar eine Tiermutante ist nicht auszuschließen. – Darf ich hier rauchen?"

Timothy nickte. Wenn er gewußt hätte, daß Simon eine Zigarre mit beißend bitterem Qualm anzünden wollte, hätte er wohl abgelehnt.

„Vor etlichen Jahren hat ein gewisser Harriman Trujillo den japanischen Todesfisch, der so giftig ist, daß du mit einem Gramm des Toxins ein paar tausend Menschen umbringen kannst, mit Goldbarschen gekreuzt – Goldbarschfilet war die Leidenschaft seiner Erbtante. Er wurde wegen Mangels an Beweisen freigesprochen. Der Prozeßbericht liegt bei deinen Recherchen, Tiny, PRESTON hatte sich für das Verfahren interessiert, und im Umkreis von Pelletier taucht wiederum ein Harriman Trujillo auf – Zufall?“

„Eine sehr ungewöhnliche Waffe“, meinte Timothy.

„Weißt du, was alles in den pervertierten Gehirnen unserer Militärs herumspukt? Vielleicht träumt einer von riesigen Schwärmen giftiger Heringe, Dorsche, Barsche – über ein Viertel der Eiweißversorgung der DRAUSSEN kommt aus dem Meer. Aber es müssen ja nicht Fische sein; vielleicht züchten sie Mücken, deren Stich tödlich ist. Mördermücken wären eine durchaus handhabbare Waffe. Man könnte sie gegen alle bekannten Insektizide immun machen und, sobald man in der Lage ist, die ISOLATION zu durchlöchern, zu Myriaden züchten und auf DRAUSSEN loslassen.“ Simon paffte dicke Wolken in das Mausoleum.

„Der Traum der Militärs ist natürlich eine Waffe, die sich relativ einfach durch die ISOLATION schmuggeln ließe. Viren oder Bakterien zum Beispiel sind teuflische Waffen –“

„Ich weiß“, sagte Timothy, „die Deutschen haben damit angefangen. Vor zweihundert Jahren, mit Pockenviren.“*

„Nun, seit langem begnügt man sich nicht mehr mit ‚natürlichen‘ Krankheitserregern; die Gefahr ist zu groß, daß der Gegner darauf vorbereitet ist und für alle möglichen Seuchen Impfseren hat. Man versucht zumindest, eine Variante zu züchten, die man allein besitzt. Unser Pelletier hat sich für die Biontogenese in künstlichen Atmosphären interessiert, und ich weiß, daß man daran arbeitet, Bakterien zu züchten, die in einer verfremdeten Atmosphäre harmlos sind, die sich aber, sobald sie an die normale Luft kommen, explosionsartig vermehren und tödliches Gift absondern.“

„Wahrlich, ein teuflischer Plan“, meinte Timothy.

„Sei beruhigt, Tiny, die einzige Bakterie, die bislang so reagierte, war eine Abart des als Waffe unbedeutenden Gerstenbrandes.“

---

* Hier irrt Timothy. Tatsächlich brach während des Deutsch-Französischen Krieges 1870/71 eine Pockenepidemie aus, und die französische Armee verlor durch die Seuche 23400 Soldaten, während das schutzgeimpfte deutsche Heer lediglich 278 Soldaten einbüßte, doch das war noch keine biologische Kriegführung, sondern eine spontan auftretende Epidemie; es ist jedoch wahrscheinlich, daß dieser Vorfall die Initialzündung für die bald darauf einsetzenden Versuche zur Herstellung biologischer Waffen darstellte.

„Ich bin äußerst beunruhigt", erwiderte Timothy. „Wenn man die Gerste vernichtet, gibt es keinen Whisky mehr!"

„Dann trinkst du eben Bourbon."

„Du Ignorant!"

„Die absolute Traumwaffe", fuhr Simon fort, „ist der sogenannte Zeitzündervirus, ein an sich harmloser Virus, der sich viele Generationen hindurch ganz normal verhält und dann – was nach dem Olivettischen Mutationsgesetz möglich wäre – explosionsartig degeneriert, so daß er nach einer ziemlich genau zu berechnenden Frist, in der der Virus sich unbeachtet ausbreiten kann, schlagartig eine tödliche Seuche auslöst. Seit der Jahrhundertwende, als man begann, den genetischen Krieg vorzubereiten, arbeitet man daran. In Davenport haben sich in den letzten Jahren bemerkenswert viele Gen-Chirurgen und Virologen angesiedelt – als Rentner? Sie scheinen nirgends zu arbeiten, und sie publizieren auch nicht mehr. Interessant finde ich, daß auch David Hamilton sich dort zur Ruhe gesetzt hat; er ist die führende Kapazität auf dem Gebiet allergischer Krankheiten und einer der wenigen Spezialisten für Allergien der Atemwege. Ich fürchte, man arbeitet dort wieder an einem alten Projekt, mit Hilfe eines Virus das DNS der Bronchien- oder Lungenzellen so umzubauen, daß die befallenen Menschen ultra-allergisch auf Kohlendioxyd reagieren, das heißt, sich an ihrem eigenen Atem vergiften."

„Aber all diese Scheußlichkeiten könnte man nie in den Staaten einsetzen", gab Timothy zu bedenken. „Wozu also die Überfälle auf Peaboddy? Was sollte ein Konzern mit solch einer Waffe anfangen? Und es waren bestimmt keine privaten Gangster."

„Zum Beispiel Erpressung", sagte Simon. „Im Besitz einer solchen Waffe, kann man jede Regierung erpressen, jedes Gesetz durchbringen. Erinnerst du dich an das geheimnisvolle Kindersterben in Kansas? So blitzartig, wie es auftrat, war es auch wieder vorbei; die Öffentlichkeit erfuhr nie, wieso. Die TEXXON hat natürlich nie zugegeben, daß sie einen speziellen Virus entwickelt hatte, sie besaß ‚ganz zufällig' ein Gegenmittel, und für dessen Herausgabe erpreßte TEXXON sich Zugang zu den Forschungsberichten der staatlichen Universitäten."

„Wirklich, welch wundervolle Welt", knurrte Timothy. „Hast du noch mehr solcher Abscheulichkeiten auf Lager?"

„Dutzende! Du glaubst gar nicht, wie erfinderisch menschlicher Geist sein kann, wenn es um die Ausrottung der eigenen Art geht. In Richmond, Ohio, zum Beispiel arbeiten sie an fliegenden Kraftfeldern, in deren Wirkungskreis alle Isolatoren zu Leitern würden und umgekehrt, was nach der Quantentheorie möglich sein müßte. In Silvertown, Colorado, experimentiert man mit künstlichen Wolken, die mit Halluzigenen geimpft werden; wenn die sich abregnen, kann man Wirklichkeit und Phantasie nicht mehr unterscheiden, eine sichere Methode, ganze Armeen und Bevölkerungsteile total zu verwirren. In Freemont, Wyoming, versuchte man etwas Ähnliches durch die Verstärkung schwacher Schwingungsfelder zu erreichen; unser Gehirn hat sich an die natürlichen Schwingungen im Kavitationsbereich der Erdionosphäre angepaßt; wenn man die Intensität dieser Frequenzen erhöht und länger als zehn Minuten aufrechterhält, was durch die Ausnutzung von Gewittern oder durch Erzeugung künstlicher Blitze möglich ist, kommt es in dem ganzen Gebiet zu Hirnstörungen. In Cleveland arbeiten sie an der Gelierung des Wassers, das ist an sich ein alter Hut – Alginate, die Wasser zu Gelee machen, findest du in Speiseeis und Marmelade –, sie versuchen nun eine Algenart zu züchten, die sich derart rapide vermehrt, daß sie in kurzer Zeit ganze Wasserversorgungsnetze, das Grundwasser, sogar Flüsse in Gelee verwandelt – aber wir wollen uns auf die Gebiete beschränken, die für unseren Pelletier in Frage kommen. Einige Indizien verweisen auf ein Polymer-Destruktivum, wahrscheinlich eine Champagnat-Variante."

„Was ist denn das schon wieder?"

„Vor über hundert Jahren entdeckte ein Franzose namens Champagnat Bakterien, die Rohöl in Protein umwandelten. Inzwischen gibt es Dutzende von Bakterien, die Ölprodukte oder Kunststoffe zersetzen, man benutzt sie in jeder Mülldeponie. Was man immer noch sucht, ist ein universelles, hochaggressives Bakterium, das mit herkömmlichen Mitteln nicht gestoppt werden kann und das Polymere jeglicher Art zerfrißt."

„Eine gespenstische Vorstellung", sagte Timothy, „heutzutage wird doch fast alles irgendwie aus Polymeren hergestellt. Du glaubst, Pelletier arbeitet daran?"

„Oder an ganz etwas anderem." Simon seufzte. „Wir müssen uns erst in das Innere des Puzzles vorarbeiten."

10.

Nicht nur einmal glaubte Timothy, daß sie es nie schaffen würden.

Gegen dies hier war seine Detektivarbeit ein Kinderspiel, da gab es doch wenigstens handfeste Fakten, Zeugen, die man befragen, Verdächtige, die man in die Zwickmühle nehmen konnte. –

Immer wieder standen sie vor einer Mauer. Das war kein Puzzle, sondern ein Labyrinth! Simon schien es nicht zu berühren.

„Manchmal", sagte er, „dauert so was Monate, ja sogar Jahre."

„Nicht mit mir!" erklärte Timothy. „Noch einen Tag, dann ist für mich Feierabend."

Natürlich machte er weiter, ackerte sich verbissen durch die Annalen von Harvard und drei Dutzend anderen Universitäten, studierte Stellenanzeigen und Prozeßberichte, trieb einen Jugendfreund und sieben Professoren von Pelletier auf – die Namen sandte er dem Großen Bruder – und erfüllte auf oft abenteuerlichen Wegen Simons ausgefallensten Wünsche nach Informationen. Die Auswertung des wissenschaftlichen Materials hatte er völlig Simon überlassen, er verstand einfach zuwenig davon.

Simon kam jeden Abend pünktlich zehn nach sieben zur „Visite". Timothy achtete darauf, daß dann das Essen schon auf dem Tisch stand. Napoleon mußte ihm aus Puissants geheimem Kochbuch Vorschläge unterbreiten, was sich aus den Küchenvorräten mit möglichst geringem Aufwand zubereiten ließ.

Sie hatten sich darauf geeinigt, während der Mahlzeit nicht von der Arbeit zu sprechen. Wenn es nach Simon gegangen wäre, hätten sie ihr Essen wahrscheinlich schweigend verdrückt, doch Timothy haßte stumme Mahlzeiten.

„Essen wird erst durch ein Gespräch zum Genuß", erklärte er.

„Dann sprich doch", erwiderte Simon, „ich höre dir gerne zu."

Also erzählte Timothy ausgefallene Kriminalfälle, und Simon fühlte sich offensichtlich blendend unterhalten, würdigte jede Pointe; bei spannenden Passagen ließ er Messer und Gabel ruhen, einmal taute er sogar auf: als Timothy die Geschichte des „Schliemann von Texas“* erzählte.

„Das erinnert mich sehr an eine Geisterproduktion“, sagte er. „Du weißt doch, wie man einen Konzernbetrieb dazu bringen kann, selbst komplizierteste Apparaturen für den UNDERGROUND zu produzieren?“

„Keine Ahnung“, gab Timothy zu.

„Du suchst dir eine geeignete vollautomatisierte Fabrik, davon gibt es ja genug, und programmierst die Teile, die du benötigst, in den Produktionsablauf ein. Wenn du in den Material- und Energietoleranzen bleibst, stellen die Automaten deine Teile her, sortieren sie programmgemäß aus, verpacken und verschicken sie unter falscher Deklaration oder transportieren sie als Ausschuß auf die Mülldeponie. Auf diese Weise hat eine Waschmaschinenfabrik zwei Jahre lang Teile für Nachrichtengeräte hergestellt.“

„War das deine Idee?“

„Natürlich nicht. – Machen wir uns an die Arbeit?“ Sein zufriedenes Lächeln strafte Simon Lügen.

Timothy setzte sich an seine Abendlektüre, den „Davenport Annual Report“, und hier fand er den Stein des Anstoßes, nach dem sie so verzweifelt gesucht hatten. Es war eine Hochzeitsanzeige. Ein Phillimore Bentley gab seine Vermählung bekannt; einen Tag später hatte die Abendschau über die Hochzeit berichtet, also konnte es sich nicht um einen Durchschnittsbürger handeln. Ein Mitglied der Bentley-Familie? Unter den Instituten und Werken von Davenport und Umgebung gab es keine Filiale der ALLAMERICAN. Aber nach Farmen hatte Timothy nicht gefahndet, und jetzt erfuhr er, daß die ALLAMERICAN unweit von Davenport eine Farm für Truthähne und Fasane unterhielt. Stopp, dachte Timothy, Pride Bentley hat doch gesagt, daß sie sich nicht mit Vögeln abgeben! Wie konnte er herausbekommen, was man in Davenport wirklich produzierte? Vielleicht ließ Inger sich überrumpeln?

---

* „Schliemann von Texas“: Prof. Lattimore, damals Kustos der archäologischen Museen, grub in Texas die Überreste einer bis dahin unbekannten prähistorischen Hochkultur aus. Timothy entlarvte den Schwindel und wies nach, daß Lattimore geschickt zusammengestellte Museumsstücke verschiedener antiker Kulturen aus den Magazinen gestohlen und selbst in der Prärie vergraben hatte.

Er suchte die Nummer von Seaport heraus und ließ sich mit Inger Johnston verbinden, an der Westküste war ja erst Nachmittag. Inger lag im Solarium, und sie machte nicht einmal eine Andeutung, als wolle sie sich etwas anziehen, im Gegenteil, sie stellte ihren Bildgeber auf Totale, damit Timothy ihre ganze Figur bewundern konnte, und rekelte sich ungeniert, die reinste Peep-Show.

„Das nenne ich eine Überraschung!" rief sie. „Ich hoffe, du willst deinen Besuch ankündigen."

„Sehnsucht habe ich schon", erwiderte Timothy, „in Chicago ist es nicht auszuhalten. Doch ebenso gerne würde ich mal eure Elefantenfarm in Davenport besichtigen, von der ich gerade hörte. Ich habe schon ewig keine Elefanten mehr gesehen."

Inger lachte. „Nicht Elefanten, Gibbons. Aber im Ernst, kannst du nicht kommen, Tiny? Jetzt ist hier die schönste Zeit des Jahres."

„Ich dachte an nächste Woche", sagte Timothy. „Ich wollte nur hören, ob es auch passen würde."

„Jederzeit. Du hast eine Generaleinladung. Je schneller, desto besser."

Gibbons also. Wer brauchte so viele Gibbons, daß man auf der Farm über hundert Leute beschäftigen mußte? Die Verkehrsdatei wies keine Transporte von Gibbons aus, sie wurden in Davenport nicht gehandelt und standen nicht im Katalog der ALLAMERICAN. Timothy drehte sich zu Simon um und erzählte von seiner Entdeckung.

„Vielleicht sind das unsere Ochsenfrösche?" meinte er.

Simon antwortete nicht. Er hämmerte schon in den Geber, kurz darauf schickte Napoleon einen Streifen zurück.

+ + preston hat in den vergangenen jahren mehrmals tierpfleger der kategorie a-1 gesucht + siehe recherche 2106-3/45 + + n. + + +

„Daß ich nicht darüber gestolpert bin!" Simon raufte sich verzweifelt den Bart. „A-eins, das heißt Primaten."

Aber warum Gibbons? Warum nicht andere Affen, wo doch Schimpansen oder Rhesusaffen so viel billiger waren? Während Napoleon nach Gemeinsamkeiten zwischen Mensch und Gibbon suchte, die andere Affenarten nicht besaßen, ermittelte Timothy, daß die Gibbons mit 98,8prozentiger Wahrscheinlichkeit für PRESTON gezüchtet wurden. Die tägliche Liefermenge Bananen, die er bei der DAVENPORT FOOD & STUFFS INC. ermittelte, ließen auf einen Bestand von etwa zweihundert Tieren bei der PRESTON-Stiftung schließen. Kurz vor Tagesanbruch lieferte Napoleon drei Ergebnisse. Und den nächsten Anstoß.

+ + besondere gemeinsamkeiten: 1.) lymphdrüsenepithel q + 2.) enzym cychotron e-1 + 3.) bakterienstämme der mundflora der gattung cro-4-dyn (weltweite verbreitung bei allen gattungen der spezies homo sapiens) + darf ich sprechen, sir? + + n. + + +

Timothy stellte den Snarr an. „Sprich schon, was gibt es, Napoleon?"

„Gestatten Sie mir eine etwas gewagte und, wie ich gestehen muß, rein spekulative Gedankenkette zu entwickeln, Sir? Der Hinweis auf Bakterien der Mundflora könnte zu der Tatsache in Beziehung stehen, daß auf der Liste der Wissenschaftler von Davenport auch Doktor Ingmar Walley steht, ein Spezialist für Oral-Hygiene, dessen Anwesenheit zumindest verwunderlich erscheint. Das Stichwort Oral-Hygiene wiederum verweist auf die Produktion von Zahnpasta, Mundwasser und Gurgelmitteln, die generell Chlorylpanthenol als antibakterielles Desinfizenz enthalten. Chlorylpanthenol wiederum war der Hauptbestandteil der synthetischen Atmosphäre, in der jener Kidnapper zeitweilig gelebt haben muß, der den Anschlag auf Huckleberry Peabody ausführte. Ich räume ein, Sir, daß dies eine vielleicht abwegige Kombination sein mag."

„Ganz und gar nicht!" rief Timothy. „Ich könnte dich küssen."

„Wie Sie meinen, Sir."

„Hast du noch mehr solcher abwegigen Kombinationen?"

„Einstweilen nicht, Sir."

Jetzt, da sie ungefähr wußten, wonach sie suchen mußten, entdeckten sie einen Puzzlestein nach dem anderen. Mit hoher Wahrscheinlichkeit existierte auch in Davenport eine Anlage mit Chlorylpanthenol-Atmosphäre, wenn sie auch nirgends ausgewiesen war, aber ein Abfallunternehmen aus Davenport lieferte regelmäßig große Mengen an Panthenoloxydat und Chlorylkarbon, den Zerfallsprodukten einer solchen Atmosphäre, zur Weiterverarbeitung an einen Chemiebetrieb in Des Moines, und diese Lieferungen entsprachen genau der Menge verflüssigten Gases, das einmal wöchentlich mit Tankflugzeugen nach Davenport geliefert wurde, wenn man unterstellte, daß die vier Großtanker, für die jeden Donnerstag zwischen zwei und drei Uhr früh der Flughafen gesperrt wurde, Chlorylpanthenol brachten. Und sie kamen aus Evansville, wo eine der beiden Fabriken der Staaten stand, die dieses Gas herstellten, und wohin Pelletier mehrere Reisen unternommen hatte.

„Nehmen wir es einstweilen als gesichert an“, meinte Simon, als Timothy darauf bestand, wenigstens eine kurze Mittagspause einzulegen. Simons Augen waren klein und rot unterlaufen und von tiefen schwarzblauen Ringen umgeben, doch er wirkte quietschvergnügt.

„Jetzt fehlt eigentlich nur noch Saul Bottenrode, aber wahrscheinlich lebt er schon längst nicht mehr.“

Er lebte noch. Und in Davenport. Auf der SQ-Liste hatte Napoleon ihn nicht finden können, weil er Junggeselle war, aber er stand schon seit Jahren in der Einwohnerdatei.

„Was ist mit diesem Bottenrode?“ erkundigte sich Timothy.

„Bottenrode ist der Senior der biologischen Kriegführung, er ist schon seit Jahrzehnten dabei, Bottenrode hatte als erster die Idee, Viren oder Bakterien nach dem Olivettischen Mutationsgesetz als Zeitzünderwaffen zu programmieren; eines seiner Lieblingsprojekte war es, die Bakterien der Darmflora durch weniger friedliche zu verdrängen; vielleicht ist er inzwischen vom Arsch ins Maul gewechselt?“ Simon winkte dem Servicewagen, und zum ersten Mal in all diesen Tagen goß er sich einen Schnaps ein.

„Wenn wir zwei und zwei zusammenzählen, zeichnet sich der Umriß einer wahrhaft teuflischen biogenetischen Waffe ab. Seit nahezu vierzig Jahren benutzt man überall auf der Erde Chlorylpanthenol zur Desinfektion der Mund- und Rachenhöhle. In jeder Zahnpasta, jedem Mundwasser ist es enthalten, denn es gibt nichts Besseres. In Davenport aber züchtet man Bakterienstämme, die gerade in Chlorylpanthenol hervorragend gedeihen, also mühelos jeden Menschen verseuchen können, ja, wenn er versucht, sie durch Gurgeln zu bekämpfen, füttert er sie gerade. Und eines Tages fangen die lieben Tierchen dann gemäß ihrer genetischen Vorprogrammierung an, tödliches Gift abzusondern. Es gibt längst Bakterien, die tausendmal giftiger sind als der japanische Todesfisch.“

Simon goß sich noch einmal nach. Er kippte den Wodka

hinunter, schüttelte sich und sah Timothy mit verkniffenem Gesicht an.

„Wenn man an genügend vielen Orten solche Stämme in Umlauf setzt, kann man in kürzester Frist ganze Erdteile entvölkern."

„Eine Mordwaffe von fast undenkbarer Scheußlichkeit", sagte Timothy, „aber bis jetzt ist es zum Glück nur eine Spekulation, wir haben kein einziges bewiesenes Indiz."

„Mach dir nichts vor, Tiny. Wir sind in den Kern dieses Teufelspuzzles vorgestoßen, und wenn so etwas machbar ist, dann wird es auch gemacht! Wir müssen herausbekommen, wie weit sie schon sind. Wenn sie die Waffe haben, und sei es nur in einem Zwischenstadium, dann haben sie sie auch getestet. Du mußt sofort alle einschlägigen Dateien nach unaufgeklärten Massenvergiftungen, sonderbaren Seuchen und ähnlichem durcharbeiten, und ich werde –"

„Stopp, stopp!" unterbrach ihn Timothy. „Napoleon kann suchen, wir aber gehen erst einmal ins Bett. Guck mal in den Spiegel!"

„Was meinst du, wie du aussiehst?" entgegnete Simon grinsend. „Also gut, ich genehmige uns vier Stunden, dann ist es ohnehin Zeit für meine Visite."

11.

„Komm ins Mausoleum", empfing Timothy Simon. „Der Braten muß noch dreißig Minuten schmoren, und Napoleon ist auch noch nicht fertig. Ihm sind die Sicherungen durchgebrannt, und ich habe so fest geschlafen, daß ich es nicht mitbekam." Er goß zwei Gläser „Old Finch" ein.

„Prost, Bruder Simon, trinken wir darauf, daß dies die letzte Runde wird."

„Prost, Tiny. Aber ich bin kein Bruder."

„Was –?" Timothy blieb der Mund vor Staunen offen. Dann nahm er schnell einen Schluck, um seine Verlegenheit zu überspielen.

„Weißt du, Tiny, ich halte nichts von ideologischen Wolkenschlössern, mögen sie sich nun sozialistisch, kommunistisch, unionistisch oder wie auch immer nennen, ich bin Realist."

„Das bin ich auch, Simon."

„Bist du es? Du gehörst doch zu denen, die glauben, DRAUSSEN sei das Paradies auf Erden hereingebrochen, die all ihre Wünsche, Hoffnungen und Sehnsüchte nach DRAUSSEN projizieren – Illusionen, mein Lieber, Illusionen."

„Ich glaube", sagte Timothy heftig, „daß DRAUSSEN –"

Simon unterbrach ihn. „Das sage ich ja: Du glaubst. Du bist kein Realist, sondern ein Gläubiger. Und alle Glaubensgemeinschaften, alle Religionen und Ideologien, seit Jahrtausenden, haben ihre Sehnsüchte nach draußen projiziert: in eine ferne Zukunft, in das Leben im Jenseits oder, bei euch, jenseits der ISOLATION. Was weißt du denn, wie es da aussieht? Bist du je unter unserer Käseglocke herausgekommen? Kennst du auch nur einen, der mit eigenen Augen gesehen hat, wie es DRAUSSEN zugeht?" Simon schüttelte lächelnd den Kopf. „Ich bin sicher, sie haben noch nicht einmal die Demokratie verwirklichen können. Fünfhunderttausend Jahre Steinzeit und fünftausend Jahre Ausbeutung – das hat tiefe Spuren im Menschen hinterlassen, die sein Verhalten, sein Denken und Fühlen beeinflussen. Das reicht bis ins Unterbewußtsein und läßt sich nicht in fünfzig, nicht einmal in fünfhundert Jahren beseitigen. Glaube mir, Tiny, die haben DRAUSSEN ganz andere Sorgen als die universelle Entwicklung der Individuen, das Reich der Freiheit und die Gemeinschaft der Gleichen! Sind ihre Luft, ihr Wasser, ihr Boden so viel weniger verseucht? Schwinden ihre Wälder nicht mehr? Wachsen ihre Wüsten nicht? Verpestet ihre Industrie nicht mehr die Umwelt? Gibt es wirklich keine Wasserkriege* mehr? Sind sie in den letzten fünfzig Jahren so viel vernünftiger geworden? Vor der Errichtung der ISOLATION waren sie es noch nicht. Kön-

---

* Simon dürfte hier weniger auf den Krieg zwischen den USA und Kanada um die Nutzung der nordamerikanischen Seenkette anspielen, in dessen Folge der Huron- und der Michigansee total verseucht wurden, was bekanntlich der letzte Anstoß zur Errichtung der ISOLATION um die USA war, als vielmehr auf die zu Beginn des Jahrhunderts tobenden (und bei uns, wenn auch aus verständlichen, so doch recht irrationalen Gründen – Geschichte verarbeitet man nicht durch Verdrängung – kaum noch erwähnten) „Großen Wasserkriege" zwischen Pakistan, Bangladesh und Indien um den Ganges, zwischen Argentinien und Brasilien um den Rio de la Plata, zwischen Syrien und Irak um den Euphrat und die Okkupation des Sudan durch Ägypten wegen des Nilwassers.

nen sie es jetzt sein? Zwölf Milliarden Menschen und für jeden Nahrung und Kleidung, Wohnung und Ausbildung, medizinische Betreuung und – und – Sie können stolz sein, wenn sie wenigstens das Notwendigste für alle geschafft haben. Woher denn ‚Überfluß für alle'? Müssen sie nicht noch immer einen Großteil ihrer Produktion unproduktiv vergeuden, noch immer rüsten? Ich hoffe, nur gegen uns! Was mag allein die ISOLATION kosten, Tiny?" Simon hielt ihm sein Glas hin.

„Haben sie wenigstens die soziale Ungleichheit beseitigt, oder gibt es noch immer Reiche und Arme, Mächtige und Ohnmächtige, Privilegierte und Masse? Glaubst du wirklich, daß die DRAUSSEN schon dabei sind, die Träume des guten alten Marx zu realisieren?"

„Ja, das tue ich!" sagte Timothy mit Nachdruck. „Wie sollte ich sonst dieses Leben hier aushalten? Und ich hoffe, daß ich eines Tages nach DRAUSSEN gehen kann."

„Da würdest du dich ganz schön umgucken!" Simon lachte. „Und wenn sie wirklich gleiche Rechte und gleiche Chancen für alle eingeführt haben, dann möchte ich mal dein langes Gesicht sehen, mein Lieber, da könntest du nicht so luxuriös leben wie hier! Jedem nach seinen Bedürfnissen? Nimm doch mal deine als Maßstab, stell dir das nur mal vor: Camembert und Moselwein, Whisky und Lammbraten, Austern und Erdbeeren – für zwölf Milliarden! Zwölf Milliarden Urlaubsplätze – natürlich in ruhiger Abgeschiedenheit, zwölf Milliarden Luxusappartements mit Communicatoren, Videowänden und Klimaanlagen, mit Schallschutz und Superbad, Dressomat und einer Küche wie der deinen –, denk nur mal an die ungeheure Menge Energie, die du für dich allein verbrauchst, und multipliziere mit zwölf Milliarden. Nein, Tiny, das ist und bleibt nur ein schöner Traum."

„Nein, das ist Realität", protestierte Timothy, „die tatsächliche Welt von morgen. Ich gebe zu, es wird noch lange nicht alles verwirklicht sein, eines jedoch konnten sie sofort angehen: eine neue, wahrhaft menschliche Moral, Sittlichkeit –"

„Bei diesem Wort", warf Simon ein, „packt mich, ehrlich gesagt, ein gelindes Schaudern."

„Ich meine nicht Prüderie und Entsagung, ganz im Gegenteil, ich meine Achtung und Ehrfurcht vor jedem Menschen, Toleranz, Ehrlichkeit und Offenheit, Gleichheit und Wahrhaftigkeit." Timothy hatte sich in Feuer geredet. „Das haben wir sogar hier geschafft, buchstäblich in der finstersten Finsternis: in den Katakomben des UNDERGROUND."

„Ich gebe zu, ich bin beeindruckt von eurer Moral, Tiny. Aber der UNDERGROUND ist eine kleine, abgeschlossene Welt, eine Gemeinschaft Verschworener, dazu unter dem zusammenschmiedenden Druck der feindlichen Umwelt. Was aber geschieht, wenn der Druck von außen wegfällt, wenn sich die Kräfte im freien Spiel entfalten, in einer alles umfassenden und nicht mehr im einzelnen, vielleicht nicht einmal im großen zu kontrollierenden Welt? Was haben sich die Urchristen in den Katakomben von Rom erhofft! Und was haben sie bekommen? Das christliche Abendland." Simon sah Timothy spöttisch an.

„Ich habe mit Leuten von DRAUSSEN gesprochen."

„Waren sie zuverlässig, waren sie wirklich ehrlich, rückhaltlos offen?" Simon machte eine wegwerfende Gebärde. „Ich glaube nur, was ich selbst gesehen habe."

„Warum machst du dann diesen lebensgefährlichen Job, wenn du so denkst?"

„Vielleicht, weil ich ein Narr bin, ein komischer Heiliger – ach, verkneif dir den Gag, Tiny, ich weiß, wie ich aussehe –, weil ich ein Kosmopolit bin, ein Weltenbürger, darum! Ich kämpfe dafür, daß die Erde erhalten und daß sie bewohnbar bleibt. Vielleicht ist sie tatsächlich der einzige Planet im ganzen Universum, auf dem intelligentes Leben entstand?" Simon hob abwehrend die Hände.

„Ich weiß, die Wahrscheinlichkeit spricht dafür, daß es auf den zehn Milliarden Galaxien auch Milliarden von Planeten mit intelligentem Leben gibt, aber noch haben wir keinen Beweis dafür, nicht den kleinsten. Im Umkreis von zwanzig Lichtjahren zumindest – das ist inzwischen sicher – gibt es nicht ein einziges Planetensystem. Und in einer Entfernung bis zu tausend Lichtjahren – höchstens! – eine Chance auf eine Sonne mit Planeten. Doch selbst wenn es Milliarden bewohnter Himmelskörper geben sollte, muß unsere Spezies nicht auf Grund ihrer spezifischen Entwicklungsbedingungen ganz anders sein als die anderen? Selbst wenn wir Menschen nicht die einzigen intelligenten Wesen im Universum sind, so doch bestimmt die einzigen unserer Art. Schon deshalb ist unsere Verantwortung, das Leben auf diesem Planeten zu erhalten, unermeßlich groß!"

„In dem Punkt gibt es zwischen uns keine Meinungsverschiedenheiten", sagte Timothy.

„Ich weiß. Das ist auch der Grund, warum ich mit euch zusammenarbeite. Wenn ihr auch unverbesserliche Träumer seid, so tut ihr doch wenigstens etwas, um der Menschheit eine Chance zu geben." Simon lächelte. „Sag mal, ist der Lammbraten noch nicht fertig? Ich habe einen Mordshunger."

Napoleon hatte mehrere Dutzend Katastrophenberichte zusammengetragen, einer immer bedrückender als der andere. Sie saßen schweigend da und studierten die Folien, Simon kaute auf der Unterlippe, Timothy hätte sich gerne noch einen Whisky eingeschenkt, doch er wußte, er war zu müde, und noch mußte er einen klaren Kopf bewahren.

„Das hier könnte es sein", rief Simon plötzlich so laut, daß Timothy zusammenfuhr. „Hör mal zu: ‚Die Tränen des Todes – Tragödie ohne Beispiel inmitten der Muddies. – Eine bislang unbekannte und noch nicht identifizierbare Seuche hat alles Leben in der Oase Hollyoke Bluffs ausgelöscht. Die Experten der staatlichen Untersuchungskommission vermuten, daß es sich bei dem Erreger um eine spontane Mutation aus den Müllwüsten handelt, die Hollyoke Bluffs umgeben. Über der Oase wurde sofort eine Klimasphäre errichtet, um das Gebiet hermetisch abzuschließen und eine Ausbreitung der Seuche zu verhindern.' Ich vermute, sie haben die Klimasphäre schon vor Beginn des Tests errichtet", kommentierte Simon, „weiter im Text: ‚Der Tod muß nach Augenzeugenberichten der an den Ort der Katastrophe geeilten Mitarbeiter des Zentralen Katastrophendienstes äußerst schmerzhaft gewesen sein, denn ausnahmslos alle der einundzwanzigtausendsiebenhundertvierundachtzig Toten wiesen verkrampfte Gesichtszüge und Spuren von Tränenergüssen auf.' – Sterbende weinen nicht." Simon blickte Timothy nachdenklich an.

„Die Tränen sind ein Indiz. Sie starben an etwas, das auch ihre Tränendrüsen reizte, und es gibt eine Verbindung zwischen dem Rachenraum und den Augenhöhlen. Versuch mal herauszubekommen, wer die Mitglieder der Untersuchungskommission waren, Tiny."

Auf der langen Liste befanden sich die Namen von Gerard Pelletier, Commander Powell, Harriman Trujillo, Ingmar Halley und Saul Bottenrode.

„Brauchst du noch mehr Beweise?“ rief Simon. „Sie haben die Waffe, sie haben sie!“

„Und was tun wir jetzt?“ fragte Timothy hilflos. „Kann man überhaupt etwas tun?“

„Bei einer technischen Waffe könnte man versuchen, einen Zeitzündereffekt in die Produktion einzuprogrammieren, eine Langzeitveränderung, die erst wirksam wird, wenn die Waffe alle Kontrollen passiert hat, und die sie dann unschädlich macht, doch hier?“ Simon versank ins Grübeln. Timothy schlich auf Zehenspitzen hinaus und brühte Tee. Als er wiederkam, machte Simon den Eindruck, als sei er eingeschlafen. Plötzlich öffnete er die Augen und sah Timothy an.

„Hoffen wir, daß die Vorbereitungen noch nicht allzuweit gediehen sind. Der Massenmord von Hollyoke Bluffs liegt ja erst ein paar Wochen zurück. Wir werden sofort die DRAUSSEN informieren lassen, damit sie die Herstellung von Chlorylpanthenol einstellen und sich ein anderes Desinfektionsmittel ausdenken. Und wir müssen versuchen, irgendwie an diese verdammten Bakterien heranzukommen.“ Simon lächelte müde. „Keine Angst, Tiny, dein Teil ist erledigt. Da muß ein anderer ’ran. Für so etwas bist du nicht der geeignete Mann.“

Sie blickten sich lange stumm in die Augen.

„Ich wünsche dir alles Glück dieser Erde, Simon“, sagte Timothy leise.

„Das werde ich auch verdammt nötig haben, Tiny!“

Timothy instruierte den Communicator, er sei verreist; nur wenn Anne sich meldete, sollte man ihn sofort wecken. Dann schlief er mit kurzen Unterbrechungen zwei Tage lang.

Anne hatte nicht angerufen, dafür Inger, jeden Tag zweimal. Timothy sandte ihr ein Communic, daß er seine Reise nach Seabridge wegen eines dringenden Auftrags leider verschieben müsse. – Und Devlin bat um Anruf. Timothy frühstückte erst einmal gemächlich. Mit Mokka. Pride Bentley hatte Wort gehalten und ein Päckchen Kaffeebohnen geschickt, dazu die Fotos und ein Anschreiben:

„Sie können Ihren Freund beruhigen. Keine der Personen ist in den einschlägigen Dateien gespeichert, mit einer Ausnahme: Einer hat Ähnlichkeit mit Ihnen, lieber Mister Truckle, und Sie sind in der Datei der Chicagoer Polizei erfaßt; warum, wollte man uns nicht mitteilen. Vielleicht bekommen Sie es heraus? Noch eines: Es gibt immer noch Spatzen, zumindest in den Muddies um Cleveland, dort allerdings sind sie zur Größe von Graugänsen mutiert, und sie sollen äußerst aggressiv sein. Also Vorsicht beim Füttern!“

Timothy räumte gerade den Tisch ab, als Anne auf dem Monitor erschien.

„Hallo, Tiny, ich hoffe, du hast endlich ausgeschlafen.“

„Wann kommst du?“

„Ich bin schon in der Halle.“

„Und ich habe nichts vorbereitet!“ rief Timothy. Anne war kaum vom Bildschirm verschwunden, da meldete der Communicator einen weiteren Anrufer, und der ließ sich kraft seiner Geheimdienst-Frequenz nicht abwimmeln.

„Es ist nicht so wichtig“, sagte Devlin, „aber ich wollte Ihnen doch mitteilen, daß wir die Gangster gefaßt haben, die Ihren Freund kidnappen wollten. Es war ein simpler Raubüberfall ohne Hintergründe. Freischaffende Gangster. Alte Bekannte mit ellenlangen Vorstrafenlisten. Weiß der Himmel, was sie gerade bei Peaboddy vermutet haben, vielleicht Rauschgift? Der Hubjet war natürlich gestohlen –“

„Entschuldigen Sie bitte, Mister Devlin“, unterbrach Timothy, „aber ich bin furchtbar in Eile.“

„Schon gut. Nur noch eine Frage: Sind Sie mit dem Puzzle vorangekommen?“

„Ich habe es Napoleon geschenkt.“

Devlin lachte lauthals. „Ich sagte es Ihnen doch, für ein menschliches Gehirn ist es unmöglich, bis zum Kern eines Teufelspuzzles vorzustoßen.“

Der Laurin oder Umzug der Engel

1.

Der Kamin brannte! Timothy schlug sich begeistert auf die Schenkel. Er hatte nur eine Handvoll Späne aufgelegt – er mußte erst noch eine Abschirmung um die Sprinkler-Automatik errichten, damit seine Wohnung nicht plötzlich von Löschschaum überflutet wurde –, aber schon die kleinen Flammen, die aus den Holzstäben züngelten, faszinierten ihn. Wann bekam man schon einmal richtiges Feuer zu sehen. Anne würde begeistert sein. Sie hatte ihm letzte Nacht voller Wehmut von den romantischen Lagerfeuern ihrer Kindheit erzählt.

Den Abzug zu bauen war nicht halb so schwer gewesen, wie Timothy befürchtet hatte. Zwar schaffte es nicht einmal der Laserbrenner, ein Loch in die Scheiben zu schneiden, doch die Mauer erwies sich als weniger fest. Ein Ventirotor zerstäubte den Rauch, so daß er unsichtbar in den Turbulenzen verwirbelte, die das „Nebraska“ umtosten.

Timothy genehmigte sich einen kleinen „Old Finch“, dann ging er ins Schlafzimmer, stellte den Videomaten auf Kreation und entwarf eine Umwelt für die kommende Nacht: Eine weite Wiese voller Butterblumen, Gänseblümchen und Enzian, auf der eine milde Sonne durch lockeres Zirruswolkengespinst bizarre Lichtspiele zauberte; die Bäume rundum waren mit bunten Bändern geschmückt, die im Windhauch vibrierten. Er brauchte lange, bis er mit der Abendstimmung zufrieden war, verwarf ein halbes Dutzend Abendrot und entschied sich schließlich für eine durch mehrere Dunstschichten tauchende, vielfach changierend untergehende Sonne und eine gleichzeitig an der gegenüberliegenden Videowand aufgehende Mondsichel unter einem sternklaren nördlichen August-Himmel.

Wie gut, daß er sich die enorme Miete für eine Wohnung der Kategorie B leisten konnte, die nur mit dem „gesetzlichen Minimum“ ausgestattet war, also nur akustisch und nicht auch noch optisch überwacht werden konnte. Hätten sie sich unter den Augen irgendwelcher NSA-Beamter lieben sollen? Ein unvorstellbarer Gedanke.

Timothy blickte triumphierend zu dem Kristallkäfig unter der Decke. Er hatte Stunden darauf verwendet, seinen ohnehin nicht kleinen Vorrat an Tonkonserven mit banalen Alltagsgeräuschen und Schlaftönen aufzufüllen, hatte Napoleon ein Dutzend Kristalle mit entsetzlichen Schnarchtönen produzieren lassen, und er besaß – dank Annes Hilfe! – schon seit Jahren die nötigen technischen Geräte, die es erlaubten, die Lauscher des Überwachungsdienstes mit getürkten Tönen zu überlisten. Betroffen stellte Timothy fest, daß er sich so daran gewöhnt hatte, in seinen eigenen vier Wänden nicht beobachtet und kaum noch überhört zu werden, daß er schon gar nicht mehr daran gedacht hatte, wie die anderen damit fertig wurden, welche psychischen Verformungen das Leben mit einem, wenn auch nicht real, so doch potentiell allgegenwärtigen Augenzeugen mit sich bringen mußte.

Er sah auf die Uhr und erschrak. Fast vier Stunden hatte er für das Programm gebraucht. Jeden Moment konnte Anne kommen, und er hatte die böhmischen Pflaumenknödel, die er ihr zum Nachtmahl versprochen hatte, noch nicht fertig. Timothy lief in die Küche, quetschte die gekochten Kartoffeln mit Mehl und Ei zu einem festen Teig, den er dünn ausrollte und in kleine Quadrate schnitt, entkernte die Pflaumen und steckte in jede Frucht ein Stück Würfelzucker, legte die Pflaumen auf die Teigstücke und faltete sie zu kleinen Kissen. Nun mußte er die Knödel nur noch in Salzwasser aufsetzen, sobald Anne kam, und braune Butter bereiten.

Der Communicator schlug an.

Ein unbekannter junger Mann, sehr elegant gekleidet, sehr höflich, erkundigte sich, ob er mit Mister Truckle verbunden sei.

„Peter Leclercq“, stellte er sich vor. „Ich bin der Leibdiener von Grandma. Ich denke, ich muß nicht erst erklären, wer Grandma Magginthy ist.“

„Nein, das müssen Sie wirklich nicht“, sagte Timothy. Wer kannte nicht Gwendolyn Magginthy, Grandma, wie sie sich selbst anreden ließ, die Chefin der GENERAL MOTORS, eines der allergrößten Konzerne der Staaten.

„Grandma möchte Sie sehen“, sagte Leclercq. „Morgen früh. Wann soll ich Sie abholen lassen?“

„Gar nicht", erwiderte Timothy. „So leid es mir tut, aber ich habe im Augenblick nicht einmal für Grandma Zeit."

Leclercq starrte ihn an, Mund und Augen weit aufgerissen. Solch eine Antwort hatte er wohl noch nie bekommen.

„Außerdem bin ich krank", erklärte Timothy, „meine Klimatoleranz ist im Augenblick extrem niedrig. Der Arzt hat mir strikt untersagt, die abgestimmte Atmosphäre meines Appartements zu verlassen."

„Grandma wird das respektieren", sagte Leclercq. „Sie wird Sie also morgen besuchen kommen, Mister Truckle. Sagen wir, um zehn Uhr?"

Timothy schluckte. Er hatte keine Lust, auch nur eine Minute an einen Klienten zu verschwenden, selbst wenn es der Präsident der Staaten persönlich wäre. Was wußte er denn, wie lange Anne noch Zeit für ihn hatte.

„Oder können Sie es sich leisten, Grandma einen Korb zu geben?" fragte Leclercq lächelnd.

Timothy entschloß sich, das Lächeln zu erwidern. „Natürlich nicht. Nur, ich fürchte, ich kann ihr nicht zu Diensten sein – mein Zustand, Sie verstehen?"

„Darüber wird Grandma selbst entscheiden", sagte Leclercq und schaltete sich aus.

Timothy erzählte es Anne erst kurz vor dem Sonnenuntergang. „Glaube mir, ich will sie nicht sehen, Anne. Doch was soll ich tun? Ich muß sie wenigstens anhören. Ich werde ihr klarmachen, daß sie sich einen anderen Detektiv suchen soll, und sie so schnell wie nur möglich rausschmeißen."

„Sei nicht unklug", sagte Anne. „Nimm dir Zeit für sie. Ich muß morgen ohnehin für ein paar Stunden weg."

„Wohin? Was treibst du eigentlich andauernd? Ich denke, du hast Karenzzeit!"

„Bitte, Tiny!" Anne streichelte seinen Hals und seine Schulter.

„Ja, schon gut", knurrte Timothy. „Ich weiß: keine Fragen."

„Ich erzähle dir ohnehin schon zuviel", sagte Anne.

„Zuviel? Nichts! Ich kenne gerade eine Handvoll Episoden aus deiner Kindheit und die offizielle Version deiner Personality, das aber ist mit Sicherheit eine perfekt kalkulierte Mischung aus Wahrheit und Fiktion. Wo bist du eigentlich aufgewachsen? Wie hast du in all den Jahren gelebt? Wie bist du, ein Mitglied einer der ‚Großen Familien', zu uns gestoßen – bist du tatsächlich eine Verwandte von DuMont? Manchmal zweifle ich sogar –"

Anne stoppte seinen Ausbruch mit einem Kuß. „Du weißt, ich liebe dich, ist das nicht genug?"

„Liebe auf Zeit! Liebe als Karenzzeit zwischen zwei Einsätzen. Eine Geliebte, die man nicht kennen darf."

„Haben Liebende sich je gekannt?" Anne schob die Hände unter den Kopf und blickte in den Videohimmel, über den gerade ein Meteoritenschwarm feurige Funkenbahnen zog. „Ist nicht gerade das das Wunderbare an der Liebe, daß sie uns fähig macht, dem anderen unbegrenzt zu vertrauen, fern aller Gewißheit und zugleich voller unantastbarer Gewißheit? Es gibt ein Wort von Max Frisch, einem alten Schweizer: ‚So wie das All, wie die Materie – schrankenlos, alles Möglichen voll, aller Geheimnisse voll, unfaßbar ist der Mensch, wenn man liebt.'"

„Ja, unfaßbar und voller Geheimnisse, das bist du!" Timothy richtete sich auf und sah Anne in die Augen. „Ist unsere Liebe aber auch voller Möglichkeiten? Schrankenlos?" Er schüttelte verzweifelt den Kopf. „Haben wir denn überhaupt eine Chance, unsere Liebe richtig zu erleben? Ach, Anne, nie werden wir völlig eins sein dürfen, nie miteinander heimisch sein, wortlos, auch im Unterbewußtsein wissen: da bist du, so bist du – Liebe auf Abruf: eine Perversion mehr in unserer grandiosen Welt!"

„Du bist ungerecht", sagte Anne. „Zählt Liebe nach Stunden und Tagen? Waren die großen Liebesgeschichten der Vergangenheit groß, weil sie lange dauerten? Ich denke, unsere Liebe ist gerade deshalb so einmalig, weil sie so bedroht ist. Weil wir nur dem Augenblick leben dürfen. Weil wir wissen: Jede Sekunde kann es vorbei sein. Ich empfinde sie wie ein Wunder."

„Und ich habe Angst, Anne. Angst vor dem Augenblick, da wir uns trennen müssen."

„Nein, Angst habe ich nicht", sagte Anne nachdenklich, „doch wenn ich besonders glücklich bin, überkommt mich zuweilen ein schlechtes Gewissen – darf ich überhaupt so glücklich sein inmitten dieser entsetzlichen Welt?"

„Ja, wir dürfen!" rief Timothy. „Wir haben das Recht auf unsere Liebe, auf unbedingte, totale, grenzenlose, verrückte Liebe. Wir müssen die zwölf Grundrechte um ein dreizehntes ergänzen: das Recht auf Liebe!"

„Nicht so laut, Tiny, du bringst Schneewittchen noch zum

Weinen.“ Anne schloß ihm den Mund mit den Fingern. „Und wenn es nur ein paar Tage sind, Tiny – ich weiß jetzt, ich habe gelebt, denn ich habe geliebt.“

2.

Gwendolyn Magginthy kam mit ihrem Leibdiener Leclercq, vier schwerbewaffneten Wächtern und Ninouche, einer riesigen Perserkatze, die ein mit Rubinen und Smaragden besetztes Halsband trug. Grandma trug ein raffiniert geschnittenes Kleid aus einem Stoff, der alle paar Minuten seine Farbe wechselte und zwischen Orange und Rot für Sekunden durchsichtig wurde. Sie war Mitte Dreißig und sah weiß Gott nicht wie eine Großmutter und auch nicht wie einer der führenden Bigbosse aus, eher wie die Geliebte ihres Leibdieners.

Timothy begrüßte sie mit einem Handkuß. Nicht, weil sie eine große Dame, sondern weil sie, wie er aus Napoleons Recherchen erfahren hatte, Mitglied der erzkonservativen Sekte „Eremiten für die Rettung Amerikas“ war, die, entgegen allen öffentlich zur Schau gestellten Allüren, insgeheim einer doppelten Moral huldigten und sich in ihrem Privatleben strengste Askese und mönchische Kargheit auferlegten; man munkelte, daß einige sogar auf einem Nagelbrett schliefen wie einst die indischen Fakire. Grandma bestimmt nicht, wie das gerade durchsichtig werdende Kleid verriet. Die Eremiten pflegten untereinander ein streng hierarchisches Kußritual, in dem genau festgelegt war, wer wen mit einfachem, doppeltem oder dreifachem Kuß auf Wange, Stirn oder Mund begrüßte, und sie wollten den Handkuß gegenüber Höhergestellten wieder allgemein einführen.

Die Leibwächter postierten sich im Etagenflur, Leclercq mußte im Wohnzimmer warten, die Katze kam mit ins Mausoleum. Timothy erkundigte sich, ob er Grandma etwas anbieten dürfte. Sie lehnte ab; wenn er jedoch einen Schluck Milch für Ninouche hätte ... Widerwillig opferte Timothy ein Achtelliter des kostbaren Naß. Ninouche mußte auch einen eigenen Sitz bekommen, und obwohl Timothy Katzen nicht ausstehen konnte, verspürte er den Drang, ihr seidig glänzendes Fell zu kraulen. Es amüsierte ihn, daß der uralte Putzdrang aus dem genetischen Programm der Affenvorzeit durchschlug, einer halben Million Jahren Entwicklung zum Homo sapiens und seiner persönlichen Abneigung gegenüber Katzen zum Trotz. Er gab seinem Drang nach und streichelte das Vieh. Nicht, weil es Ninouche wohltat, wie sie schnurrend bekundete, sondern ihrer Besitzerin: Grandma blickte Timothy an, als ob sein Griff zum Katzenfell nur eine Übersprungshandlung sei und in Wirklichkeit ihr galt.

„Ich weiß, Sie sind krank", sagte sie, „aber ich weiß auch, es gibt niemanden, der besser ist als Sie. Nein, Mister Truckle, widersprechen Sie nicht! Ich habe mich erkundigt, und ich bin fest entschlossen, keinen anderen als Sie zu engagieren. Notfalls warte ich ein wenig. Darf ich Ihnen meine Ärzte anbieten?"

„Danke", erwiderte Timothy, „das wird nicht nötig sein. Was ist Ihr Problem, Grandma?"

„Ich kenne Ihren Ruf", antwortete sie, „aber ich muß Sie trotzdem bitten, sich zu verpflichten."

Sie öffnete den Pompadour aus schweren Goldmaschen, den sie als Handtasche trug, und holte ein Diktophon heraus. Sie hatte auch einen Text mitgebracht, dem zufolge Timothy bei Bruch der Geheimhaltungsklausel nicht nur seine Lizenz verlor, sondern auch noch eine Million Dollar Schadenersatz zu zahlen hatte. Da Timothy nicht die Absicht hatte, sie als Klientin anzunehmen, sprach er den Text ohne Korrektur und besiegelte ihn mit seinem Stimmidenticat.

„Damals, als GENERAL MOTORS und FORD die Autoproduktion einstellen mußten",* begann sie, „haben unsere Un-

---

* Die Produktion von Personenkraftwagen wurde in den dreißiger Jahren in den USA verboten, offiziell, um Energie zu sparen und die Luftverpestung durch Abgase zu beseitigen, in Wirklichkeit, um den Individualverkehr radikal einzuschränken und unter staatliche Kontrolle zu bekommen, da der Autoverkehr sich allen elektronischen Überwachungssystemen entzog. GENERAL MOTORS und FORD machten dabei einen ungeheuren Schnitt: Sie wurden nicht nur großzügig finanziell entschädigt, sondern bekamen auch große Anteile der Gesellschaften des Öffentlichen Verkehrs, die alleinige Lizenz für den innerstädtischen Flugverkehr und das Monopol für die gesamte Communicator-Technik und die militärischen Nachrichtensysteme. Man munkelt, daß das Verbot von den beiden Konzernen selbst angeregt wurde, die in der Autoproduktion nie über eine Profitrate von zwölf Prozent kamen und deshalb diesen „unrentablen" Zweig ihrer Multiunternehmen ohnehin abstoßen wollten.

ternehmen einen Vertrag geschlossen, der die Einzelheiten des Monopols regelt, das wir von der Regierung als Entschädigung bekamen, das Monopol für den Communicator-Service."

„Ich weiß", sagte Timothy. Er sagte nicht, daß er auch wußte, was GM und FORD sonst noch eingeheimst hatten. „Ich bedaure noch heute, daß Sie Communicatoren statt Autos bauen. Hätte man nicht auch für Personenwagen Elektroenergie oder Alkohol als Treibstoff verwenden können? Es gab doch vielversprechende Ansätze."

„Wozu, Mister Truckle? Wozu noch selbst verreisen, wenn man sich durch einen Knopfdruck in Sekundenschnelle mit jedermann treffen kann? Ich halte die Communication für einen der größten Fortschritte unserer Zeit."

„Gestatten Sie, daß ich widerspreche", entgegnete Timothy. „Ich halte es vielmehr für eine große Verarmung, wenn man sich nicht mehr persönlich gegenübersitzt, wenn man nicht mehr reist, andere Landschaften, andere Städte, andere Menschen kennenlernt – haben Sie schon mal gehört, daß jemand einen Fremden per Communicator anspricht, einfach so? Man hockt in seinen vier Wänden, braucht sich überhaupt nicht mehr vom Fleck zu rühren: Geschäfte und Einkauf, Börse und Arbeitsmarkt, schon ein Großteil der Arbeit selbst, Informationen, Bildung, Entspannung, alles via Bildschirm, sogar Sex und Partnervermittlung. Irgendwann hört man auf, die anderen wenigstens noch per Communicator zu besuchen und lebt mit den Welten, die die Videowände so bereitwillig ins Haus senden."

„Gegen Video sind Sie auch?"

„Nicht gegen die kreativen Möglichkeiten, wohl aber gegen die kommerziellen Programme. Was wird denn gesendet? Eine Flut erfundener, irrealer, wirklichkeitsferner, ja, die Wirklichkeit verschleiernder Storys, Unmengen von Historienschinken oder Science-fiction, und man kann nicht sagen, was verlogener ist, das Bild von der Zukunft oder das der Vergangenheit. Und die Gegenwartsstreifen? Du meine Güte, welch verlogener Kitsch! Noch nie hat es eine Generation gegeben, die mit so wenigen menschlichen Beziehungen, aber dafür mit so vielen erfundenen Personen gelebt hat. Wenn es wenigstens noch Kunst wäre! Aber die Theater sind verschwunden, die Kinos. Anstelle von Leben und Kunst billiges Entertainment. Wenn ich nur an die Verarmung der Sprache denke! Die meisten kommen doch heutzutage mit ein paar tausend Basisworten aus. Wußten Sie, Grandma, daß die Eskimos in Alaska zweiundfünfzig verschiedene Ausdrücke für Schnee hatten?"

„Was wollen Sie, Fortschritt kostet immer seinen Preis. Communication spart ungeheuer viel Zeit, und Zeit ist Geld."

„Communication erhöht die Vereinsamung des Menschen", erwiderte Timothy heftig, „sie isoliert, sie vereinzelt ihn; aber vielleicht ist das der tiefere Sinn des Ganzen."

„Warum sagen Sie's nicht offen; sie erleichtert die Herrschaft! Da uns hier niemand abhören kann, will ich gerne zugeben, daß das ein sehr nützlicher Nebeneffekt ist, zumal, wenn man bedenkt, daß alles, was über den Communicator läuft, auch registriert, gespeichert und jederzeit abgerufen werden kann. Aber soll ich mich darüber beklagen?" Sie lehnte sich zurück und lachte. „Ich kann davon nur profitieren. In jeder Hinsicht. Das Problem ist, daß die Armen sich keinen Communicator leisten können. Noch nicht. Ich habe gehört, daß im Kongreß ein neues ‚Wohlstands-Förderungs-Gesetz' vorbereitet wird, dem zufolge in den nächsten Jahren auch die Wohnungen der Minderbemittelten aus öffentlichen Geldern mit ‚Volks-Communicatoren' ausgerüstet werden."

„Sicher eine Idee von Senator Humphrey", meinte Timothy. Humphrey war der hauseigene Abgeordnete der GENERAL MOTORS. Grandma reagierte nicht.

„Die Freiheit der Bewegung, Mobilität als eine der Grundfreiheiten des Amerikaners – war das nicht ein Slogan gerade Ihres Unternehmens?" erkundigte sich Timothy.

„Der vernünftige Mensch paßt sich der Welt an", antwortete Grandma.

„Und der unvernünftige versucht hartnäckig, die Welt sich anzupassen! Glauben Sie nicht auch, Grandma, daß der Fortschritt der Menschheit und die Lösung ihrer Probleme schon immer und auch heutzutage entscheidend von solch ‚unvernünftigen' Menschen abhängt und nicht von den angepaßten Typen?"

„Vielleicht. Vielleicht bin ich gerade deshalb zu Ihnen gekommen, Mister Truckle?"

„Und Sie haben es vorgezogen, mich persönlich aufzusuchen", spottete Timothy, „nicht per Bildschirm."

„Na schön, ich gebe mich geschlagen. Kommen wir zum Geschäft. Es geht um Henry Six."

„Um Ford?" fragte Timothy überrascht.

3.

FORD und GENERAL MOTORS hatten seinerzeit den Markt aufgeteilt und einen komplizierten Vertrag voller Sperr-, Konkurrenzausschluß-, Stillhalte- und Wohlverhaltensklauseln geschlossen, einen unkündbaren Vertrag mit unbegrenzter Laufzeit, solange nicht eine der beiden Familien ausstarb. Gwendolyn Magginthy hatte nun den Verdacht, daß Henry Ford VI. nicht mehr lebte.

„Zumindest nicht als der alte, unverwechselbare Henry Six", sagte sie, „und dann kann ich endlich diesen verdammten Vertrag für ungültig erklären lassen."

„Worauf begründet sich Ihr Verdacht?" fragte Timothy.

„Sie wissen sicher, daß Henry Six in Fordsville einen ganzen Hofstaat von Ärzten und medizinischen Alchimisten unterhält, Mister Truckle."

„Ich habe davon gehört. Es gibt allerdings wenig zuverlässige Informationen über ihn."

„Nicht, wenn man genügend Geld einsetzt. Alle Welt ist bestechlich, es kommt nur auf den Preis an. – Die Möglichkeiten des ‚Club der Unsterblichen' reichten Henry Six nicht, also lud er jeden ein, der ihm einen Weg zu Unsterblichkeit und ewiger Gesundheit verhieß, denn er wußte, er würde der letzte seines Stammes sein. Ich habe keine Ahnung, ob er auch impotent war, auf jeden Fall schon immer zeugungsunfähig. Henry Six hat Unsummen in Versuche gesteckt, den genetischen Code einer Körperzelle zu aktivieren und sie so zu einer Samenzelle zu machen. Es gibt keine Jungbrunnen-Methode, die er nicht ausprobiert hat: Frischzellen- und Enzymtherapien, regelmäßiger Blutaustausch, Nieren- und Leberwäsche – er verbraucht jedes Jahr ein paar Dutzend Parabionten und hat nach und nach sein ganzes Inneres austauschen lassen. Ich weiß zuverlässig, daß er bereits das vierte Herz besitzt. Vor ein paar Wochen jedoch sind alle Scharlatane davongejagt worden, und auch der größte Teil der seriösen Mediziner ist aus Fordsville verschwunden. Warum? Sollte er ausgerechnet als sklerotischer Greis vernünftig geworden sein? Nein, Mister Truckle, ich glaube nicht an die sogenannte Weisheit des Alters. Greise werden nicht klüger, sondern verbohrter. Gestern nun habe ich erfahren, daß sich Professor Slimmerton in Fordsville aufhält; Sie erinnern sich doch an den Vanderbilt-Prozeß?"

Und ob Timothy sich erinnerte. Dieser Prozeß hatte monatelang die Spitzenposition in den Nachrichten eingenommen. Der Chef des Vanderbilt-Konzerns war bei einem Helicopter-Absturz ums Leben gekommen. Prof. Slimmerton hatte seinem Neffen, der bei demselben Unfall schwer verstümmelt worden war, neue Beine und einen neuen Kopf transplantiert, daraufhin wurde seitens des Neffen Anspruch auf das Vanderbilt-Vermögen erhoben, weil die so gewonnene Person „überwiegend der berechtigte Erbe" sei. Der Prozeß ging durch alle Instanzen, das Oberste Bundesgericht entschied dann in einem Grundsatzurteil, daß die Identität einer Person „durch das Gehirn als der wesentlichen Eigenart eines Menschen" bestimmt würde, und wies den Anspruch ab. Slimmerton verschwand aus der Öffentlichkeit; es gab Gerüchte, daß er in einer Geheimklinik in Maine Chefgangster durch Transplantationen umwandelte, wenn sie sich nicht mehr in ihrer alten Gestalt zeigen konnten.

„Und noch zwei Leute sind in Fordsville aufgetaucht, Mister Truckle, zwei alte Bekannte von Ihnen: McCannibal und Professor Mephisto – ein Grund mehr, gerade Sie aufzusuchen."*

---

* McCannibal: eigentlich Dr. Linus McConnell, Neurochirurg, Enkel jenes Mediziners, der im vorigen Jahrhundert Aufsehen erregte, als er Plattwürmer (später Mäuse und Ratten) dressierte und das RNS ihrer Hirnzellen durch Injektion oder Teiltransplantation auf undressierte Tiere übertrug und damit scheinbar auch das erworbene Wissen. Seinen Spitznamen erhielt er, als er auf einem Kongreß in London behauptete, der Brauch der Kannibalen, das Gehirn ihrer Feinde zu essen, sei also durchaus praktisch begründet gewesen. Sein aphoristischer Slogan: „Wozu studieren? Verspeisen Sie Ihren Professor."
McConnell jr. verkündete, er habe die Methoden seines Großvaters so weiterentwickelt, daß er jedes menschliche Wissen durch Übertragung der „Gedächtnismoleküle" auf ein beliebiges Gehirn transponieren könne. Timothy hatte ihn vor Jahren entlarvt und nachgewiesen, daß er nicht nur „chirurgischen Mord" begangen hatte, wie es im Urteil hieß, sondern auch anstelle der „Gedächtnismoleküle" eine Psychodroge verabreichte, mit der er die von ihm Behandelten abhängig machte.
Prof. Mephisto: eigentlich Prof. Dr. Niko Maphistopholous; ein weiterer Fall, der durch Timothy aufgeklärt wurde. Maphistopholous versuchte, den kompletten Gehirninhalt auf ein gelöschtes Gehirn zu transformieren. Er benutzte zu seinen Experimenten nicht Unfallopfer, wie er behauptete, sondern gekidnappte Personen, deren Gehirn er selbst löschte. Beide Verbrecher wurden zu lebenslänglichem Kerker und „Violet-Collar" verurteilt.

„Das ist allerdings hochinteressant“, sagte Timothy. „Was will Henry Six mit diesen beiden Ganoven?“

„Das frage ich Sie“, erwiderte Grandma. „Dafür sind alle Leute aus Fordsville verschwunden, die Henry Six persönlich kannten, selbst Glover, der doch über drei Jahrzehnte Chef von Fords Polizei war und einer der wenigen, denen er vertraute. Seine gesamte Dienerschaft wurde ausgetauscht. Wir haben einige von ihnen aufgetrieben, sie wissen von nichts. Als man sie entließ, war Henry Six noch der alte.“

„Daß er sein Personal ausgetauscht hat, will nichts besagen“, meinte Timothy. „Vielleicht hat er herausbekommen, daß jemand für Sie arbeitete, doch nicht, wer?“

„Und warum hat er seinen Leibkoch an die Fultons verkauft?“

„Jaques Puissant?“ Timothy starrte sie ungläubig an.

„Ja! Können Sie sich vorstellen, daß Henry Six Puissant hergeben würde, den letzten Koch der Staaten, der noch in Europa und Asien gelernt hat?“ Sie sah Timothy bedeutungsvoll an. „Nur, wenn er kein Essen mehr braucht.“

„Das scheint mir auch die einzig denkbare Erklärung“, sagte Timothy.

„Ich sage Ihnen, Mister Truckle, irgend etwas Außerordentliches ist in den drei Wochen geschehen, in denen ich keinen Informanten in Fordsville hatte, und Sie sollen herausbekommen, was.“

„Warum ich, warum nicht Ihr Informant unter dem neuen Personal?“

„Er kommt nicht ’ran. Henry Six verläßt seine unterirdischen Etagen nicht mehr, und die sind hermetisch abgeschlossen – noch ein Grund, mißtrauisch zu werden: Außer gutem Essen hat er doch nichts mehr geliebt als seine Spaziergänge im Park von Fordsville. Gewiß, er lebt schon seit Jahren wie ein Einsiedler, thront wie ein unsichtbarer Gott über seinem Imperium – warum aber jetzt dieses totale Versteckspiel?“

„Sind Sie sicher, daß er überhaupt noch lebt?“

„Ich habe eine Prämie von zehn Millionen Dollar für denjenigen ausgesetzt, der mir nachweist, daß Henry Six tot ist. Sollte sich niemand finden, der zehn Millionen gebrauchen kann?“

„Vielleicht ist er ein lebender Leichnam? Die notwendigen Apparaturen, ihn jahrelang in einer Überlebenslangstrecke zu erhalten, dürfte es ja in Fordsville geben.“

„Die unterirdischen Etagen sind ein einziges Klinikum", sagte Grandma, „jeder Krankenhauschef der Welt würde neidisch werden. Sie finden dort alles, was die Medizintechnik nur erfunden hat, sogar Importe von DRAUSSEN. Einzigartig!"

„Ihre Privatklinik wird auch nicht schlecht ausgerüstet sein", warf Timothy ein.

„Warum sollte sie? Das ist eines der Vorrechte der Macht. Sie sollten mein Angebot annehmen, Mister Truckle, nirgends werden Sie besser versorgt."

„Ich fürchte nur", erwiderte Timothy mit einem Lächeln, „Ihre Ärzte könnten dafür sorgen, daß ich anschließend abhängig von Ihnen bin, sozusagen mit Leib und Seele verfallen."

„Wäre das so schlimm?" Grandma blickte Timothy kokett an, dann wurde sie schnell wieder ernst. „Henry Six ist gewiß kein lebender Leichnam! Dieser Fall wurde in dem Vertrag zwischen Ford IV. und meinem Großvater eindeutig ausgeschlossen, und auch für diesen Fall gilt meine Millionen-Prämie."

„Warum lassen Sie Fordsville nicht einfach in die Luft jagen?" fragte Timothy. „Jeden Tag gibt es Bombenattentate, und Sie wären Ihr Problem mit einem Schlag los."

„Ach, Mister Truckle, wenn es so einfach wäre! Die unterirdischen Etagen sind kernwaffensicher. Nur eine Nihilationsbombe könnte sie knacken, die aber werden nicht einmal auf dem grauen Markt gehandelt."

„Sie wollen doch nicht behaupten, daß das ein ernsthaftes Hindernis für Sie wäre."

„Das nicht, aber der Kreis der Verdächtigen wäre sehr klein. Die Spur würde schnell zu mir führen."

„Können Sie Henry Six nicht zu einem persönlichen Treffen zwingen?"

„Er lehnt jede Begegnung ab. Selbst als ich anbot, ihm meinen Anteil am Communicator-Monopol zu verkaufen, schickte er mir nur seinen Generaldirektor. Ich bekomme jedesmal ein sehr höflich gehaltenes persönliches Communicat, und das Stimmidenticat beweist, daß es mit seiner Stimme gesprochen wurde, doch was besagt das schon? So etwas läßt sich ja leicht manipulieren, wenn man einen Computer mit seiner Stimme gefüttert hat. Meine Anwälte haben alle Möglichkeiten untersucht, wie man ihn aus seinem Bau herauslokken könnte, sie haben sogar erwogen, Henry Six als Zeugen eines fiktiven oder eines eigens zu diesem Zweck inszenierten Verbrechens vor Gericht zu zitieren – wir sind machtlos."

„Es ist sehr merkwürdig, dieses Wort aus dem Mund eines der mächtigsten Bigbosse zu hören", sagte Timothy.

„Was wollen Sie, Mister Truckle, in unseren Höhen ist der Schutz der privaten Sphäre perfekt. Ja, wenn Henry Six eine niedere VIP-Kategorie hätte als ich! Aber wir sind beide SUPER TOP VIPs, das heißt, zwischen uns herrscht Parität der Privilegien und damit totaler Daten- und Interessenschutz."

Sie saßen eine Weile still da. Grandma ließ Timothy Zeit nachzudenken, sie streichelte ihre Katze.

„Zehn Millionen sind eine große Verlockung", sagte Timothy schließlich. „Wir können also davon ausgehen, daß Henry Six noch lebt. Die entscheidende Frage ist: Warum hat er Puissant hergegeben? Vielleicht hat er sich, aus welchen Gründen auch immer, total an einen Parabionten anschließen lassen? Dann kann es ihm egal sein, was gekocht wird, er bekäme ja doch nur die Moleküle per Blutbahn."

„In diesem Fall wäre ich machtlos", sagte Grandma. „Wozu dann aber Slimmerton, McCannibal und Professor Mephisto, drei auf ihre Weise geniale und absolut skrupellose Spezialisten für Chirurgie und Hirnprozesse?"

„Vielleicht kann Slimmerton neuerdings einen Kopf transplantieren, ohne daß der Betroffene zum Idioten wird, und Henry Six läuft jetzt mit dem Körper eines jungen Mannes herum?"

„Warum weigert er sich dann, mich zu treffen! Würde er sich nicht gerade zeigen, um zu demonstrieren, wie lebendig er ist, oder wenigstens wie früher Videoantworten schicken statt Communicats? Würde er es sich dann nehmen lassen, mich triumphierend vom Monitor anzugrinsen?"

„Oder man hat sein Gehirn in den Schädel eines anderen verpflanzt?" meinte Timothy.

„Das zuverlässig zu wissen würde mir genügen, Mister Truckle. Da würde ich sofort meine Anwälte in Marsch setzen, da soll er mal beweisen, daß er noch immer er selbst ist. Warum jedoch sollte er dann Puissant hergeben? Ob Kopf- oder Gehirntransplantation, er hätte noch immer Genuß am Essen. Nein, ich vermute, daß es überhaupt keinen leiblichen

Henry Six mehr gibt. Entweder, er ist nur noch eine Computerfiktion, oder er ist zum Ektopos* geworden."

„Dann könnten Sie nichts machen, nicht wahr?" sagte Timothy. „Nach der Entscheidung des Obersten Bundesgerichts ist die Identität eines Menschen durch sein Gehirn gegeben. Es steht nicht darin, daß er es auch in einem Körper herumtragen muß."

Grandma grinste. „Aber es sollte verdammt schwerfallen zu beweisen, daß die graue Masse in einem Survival wirklich Henry Six ist! Das wäre ein Festessen für meine Anwälte. Wie auch immer, Mister Truckle, verschaffen Sie mir den Punkt, an dem ich ansetzen kann, um Henry Six aus den Angeln zu heben, und Sie bekommen die zehn Millionen von mir. Als Erfolgshonorar. Zusätzlich zu Ihrem normalen Honorar- und Spesensatz, versteht sich. Sind Sie einverstanden, wenn ich Sie erst einmal für einen Monat engagiere?"

„Es wäre Betrug, Sie als Klientin anzunehmen", antwortete Timothy. „Ich weiß wirklich nicht, was ich für Sie tun könnte."

„Nachdenken, Mister Truckle. Oder arbeiten Sie bereits für Henry Six?"

Timothy schüttelte den Kopf.

„Also zieren Sie sich nicht wie eine alte Jungfer. Ich werde Ihnen keinen Vorwurf machen, wenn Ihnen nichts einfällt, und ich werde Sie auch nicht drängen. Sie sollen in Ruhe überlegen. Finden Sie einen Weg, wie ich an Informationen und beweisbare Fakten komme, den Rest erledigen meine Leute."

„Okay, ich werde mich bemühen", versprach Timothy.

4.

„Ich habe nicht vor, auch nur den kleinen Finger für Gwendolyn Magginthy zu rühren, geschweige denn, mein Gehirn zu bemühen", sagte Timothy zu Anne, „Napoleon mag sich ein paar Varianten überlegen. Trotzdem ist es ein sehr akzeptabler Auftrag; er verschafft mir Ruhe vor anderen Klienten, die uns Zeit stehlen möchten."

---

* Ektopos = außerhalb eines Körpers existierendes, aktives Gehirn, das über Apparaturen versorgt wird und mit der Außenwelt kommunizieren kann.

„Zehn Millionen sind Grund genug, deinen Grips anzustrengen“, erwiderte Anne. „Denk daran, daß du nicht nur um deine persönlichen Finanzen besorgt sein mußt.“

„Zehn Millionen oder hundert – sie sind unerreichbar wie der Andromedanebel. Ich sehe keine Chance, mich an einen der Leute heranzumachen, die Zugang zu den unterirdischen Etagen haben, und ich selbst würde nicht mal das Tor von Fordsville passieren dürfen.“ Er sah Anne spöttisch an. „Weißt du nicht, was ich tun soll? Früher hätte ich dich angerufen und um Rat gefragt. Ist deine Allwissenheit versiegt?“

„Ich war nie allwissend, Tiny. Ein Großer Bruder ist im Grunde nur eine Relaisstation. Gewiß, ich hatte direkten Zugang zu –“ Sie schwieg erschrocken.

„Im Ernst, Anne, glaubst du, mein neuer Großer Bruder könnte helfen?“

„Mit Informationen auf jeden Fall, und die Sache ist wichtig genug, ihn einzuschalten. Es kann uns nicht gleichgültig sein, was mit einem der allmächtigen Herrscher der Staaten los ist. Ruf ihn an, ja?“

Timothy tat ein weiteres: Er beauftragte Smiley Hepburn nachzuforschen, wo Fords ehemaliger Polizeichef Glover abgeblieben war, und er rief bei den Fultons an und bat darum, eine „delikate Küchenfrage“ mit ihrem neuen Koch besprechen zu dürfen.

„Es geht um eine Frage, die Ihnen vielleicht banal vorkommen mag“, erklärte er der Dame des Hauses, „die für mich aber von eminenter Bedeutung ist: Darf man für eine Wachtel-Casolette statt Pfifferlingen ausnahmsweise auch Steinpilze nehmen?“

Evelyn Fulton lachte Timothy nicht aus. Im Gegenteil, sie versprach, Puissant dürfe ihn anrufen, sobald er eine Minute erübrigen könne. Puissant meldete sich schon nach einer viertel Stunde, und er tat so, als habe er Timothy noch nie gesehen, doch in seinen Augenwinkeln zuckte es. Puissant hielt Steinpilze für unannehmbar, ließ jedoch in Butter gedünstete Morcheln gelten.

„Haben Sie einen Moment Zeit, mich über die letzte Mahlzeit zu informieren, die Sie für Mister Ford kochten?“ erkundigte sich Timothy. „Sie müssen wissen, daß ich an einem Almanach berühmter und außerordentlicher Mahlzeiten arbeite, und ich denke, daß dies eine Zierde meiner Sammlung sein müßte.

Schließlich haben Sie Mister Ford über Jahrzehnte gedient, da ist solch ein Good-bye-Essen gewiß –"

„Ein Essen?" unterbrach Puissant. „Eine ganze Serie! Einen Monat lang habe ich rund um die Uhr gearbeitet. Er wollte all seine Lieblingsspeisen noch einmal kosten. Zum Abschluß habe ich ihm zu Ehren ein neues Entree kreiert, ‚Figue à la Ford': eine frische Feige, gefüllt mit einer Creme aus Roquefort, Mandelsplittern, Olivenmus und ein wenig Selleriepüree, in Folie gebacken, auf in Knoblauch gedünsteten Hummerscheiben angerichtet und mit Sauce Bâtarde serviert – ach, Mister Truckle, wenn ich je dazu kommen würde, ein Kochbuch zu verfassen –", er zwinkerte Timothy zu, „die ‚Figue à la Ford' würde einen Ehrenplatz einnehmen."

„Das verstehe ich", rief Timothy begeistert. „Es klingt phantastisch. Darf ich Sie einladen, mir Ihre Kreation einmal zuzubereiten?"

„Ich fürchte, das wird nicht gehen", antwortete Puissant, „mein Arbeitsvertrag läßt das nicht zu. Ich gestatte Ihnen jedoch, es selbst einmal auszuprobieren. Backen Sie die Feige aber um Himmels willen nur bei mäßiger Hitze."

„Wie kam es eigentlich, daß Mister Ford bereit war, auf Ihre unersetzlichen Dienste zu verzichten? Ich hoffe doch, daß er nicht Zungenkrebs bekommen hat."

„Ein Mann wie Ford bekommt keinen Krebs!" Puissant schüttelte mißbilligend den Kopf. „Ich weiß es nicht, Mister Truckle. Als ich ihn fragte, seufzte er nur traurig und murmelte etwas von Baseball."

„Baseball?" fragte Timothy ungläubig zurück. „Können Sie sich an den genauen Wortlaut erinnern?"

„Nein. Ich verstehe zwar recht viel vom Spiel, wie Ihnen bekannt sein dürfte, jedoch nur wenig von dieser Art monströser Massenspiele. Ich weiß nur noch, daß es mit Baseball zusammenhing."

Gwendolyn Magginthy ließ Timothy nicht in Ruhe. Sie überraschte ihn in der Küche.

„Sie müssen sofort zu mir kommen", erklärte sie. „Mein Helicopter ist schon unterwegs zum ‚Nebraska'."

„Und mein Kuchen?" erwiderte Timothy. Er hielt die Form vor das Auge des Communicators und schob sie dann in den Herd.

„Backen können Sie auch, Mister Truckle? Sie sind ja eine Perle von Mann."

„Ich kann mich ja bei Ihnen als Koch bewerben, wenn ich eines Tages als Detektiv nicht mehr gefragt bin", erwiderte Timothy. „Jetzt aber kann ich unmöglich weg."

„Haben Sie etwa keinen Automatik-Herd?"

„Automatik bei einem Gugelhupf?" Timothy schüttelte entsetzt den Kopf. Er verließ sich darauf, daß Grandma nichts vom Backen verstand. Natürlich hatte er die Automatik längst programmiert, doch er wollte nicht riskieren, daß Anne den Kuchen vorzeitig entdeckte und ihm so die Überraschung verdorben wurde.

„Ich habe etwas außerordentlich Wichtiges, das ich Ihnen nur hier zeigen kann!" Gwendolyn Magginthy machte ein Gesicht, als habe sie den Spezialcode des NSA-Hauptquartiers anzubieten.

„In einer Stunde, okay? Solange wird es ja noch Zeit haben", sagte Timothy.

Grandma ließ sich viel Zeit. Sie führte Timothy erst einmal durch ihr Haus. Auf verschlungenen Wegen, wie er belustigt feststellte; sein Orientierungssinn registrierte unwillkürlich alle Haken. Diese Bigbosse sind doch allesamt eitel, dachte er, sie haben selten Publikum, das sie ihrer würdig finden, und viel zuviel Angst, um ihre Paläste zu öffnen, da muß selbst ein Detektiv herhalten. Timothy war nicht böse darüber. Gwendolyn Magginthy hatte etwas zu bieten: einen Spaziergang durch acht Jahrhunderte Innenarchitektur mit ausgesuchten Originalmöbeln, Gobelins, Teppichen, Gardinen, Leuchtern, Uhren und Gemälden. Timothy geizte nicht mit Lob und Begeisterungsausbrüchen, dann aber verschlug es ihm die Sprache.

Sie betraten einen fast schmucklosen Dom aus grauem Sandstein, dessen gewaltige Schiffe von zartgegliederten Säulen getragen wurden. Orgelmusik klang auf, als sie die Tür öffneten, feurig farbiges Licht fiel durch die hohen Fenster und durch eine riesige, wunderschöne Glasrosette. Timothy fragte nicht um Erlaubnis, er setzte sich in eine Bank und ließ den Zauber des Augenblicks auf sich wirken. Er schreckte zusammen, als Grandma sich hinter ihm räusperte.

„Danke schön", sagte er leise.

„Ich wußte, es würde Ihnen gefallen", flüsterte Grandma. „Eine Nachbildung der Kathedrale von Laon in Frankreich.

Leider ist der größte Teil nur Videoprojektion, und doch – ich kenne keinen schöneren Raum. Erhaben, nicht wahr?"

„Welche Vollkommenheit", meinte Timothy. „Die Linien, das Licht und dann diese Musik –"

„Und der Raum, Mister Truckle, vergessen Sie nicht den Raum! Glauben Sie mir, die Räume, in denen ein Mensch lebt, haben eine starke, unterbewußte Wirkung auf ihn. Es ist ein gewaltiger Unterschied, ob man Gelegenheit hat, die Schönheit von Höhe und Weite zu genießen, oder ob man sich in engen Räumen bewegen muß. Es ist nicht bloßer Luxus, wenn wir, wie einst die Fürsten, in Schlössern leben, es verleiht ein Gefühl von Würde und Freiheit, von Macht und Sicherheit. Die Wirkung des Raumes wird von den meisten Menschen verkannt; das Unwissen darüber ist geradezu erschreckend."

Das Unwissen ist behördlich verordnet, dachte Timothy bissig. Und vielleicht sogar barmherzig. Was half es den Leuten, zu wissen, wie sehr räumliche Bedrängnis sie verformte, wenn sie es doch nicht ändern konnten? Er wußte, warum er Unsummen für sein Appartement, vor allem für die Videowände, ausgab. Er hatte an der Universität noch den letzten Vorlesungszyklus von Professor Mosler gehört, bevor der wegen „Mißbrauchs der Wissenschaft zu staatsgefährdenden Umtrieben und Aufwiegelei" verurteilt wurde.

Mosler hatte mit seinem Team jahrelang soziologische und psychologische Studien in den Chicagoer Wohnmaschinen getrieben und nachgewiesen, daß nicht nur Tiere, sondern auch Menschen oberhalb einer bestimmten Siedlungsdichte mit psychischem Fehlverhalten reagierten: mit steigender Aggression und Brutalität, Verkümmerung der Bindungsfähigkeit, selbst der Mutterinstinkte, sexuell abnormem Verhalten, Zuflucht zu Drogen und Psychopharmaka, Neigung zu unvernünftigem Reagieren, seelischer Not und Vereinsamung; die Zahl der Neurosen und anderer Nervenkrankheiten war beängstigend. Mosler hatte schon damals verkündet, der psychisch schlecht angepaßte Mensch sei längst zum Regelfall geworden, und die Chance für ein Neugeborenes, einmal eine Nervenkrankheit zu bekommen, sei zehnmal so groß wie die Chance auf eine anständige Schul- oder Berufsausbildung. Aber sollte Timothy Grandma belehren?

Der Zauber der Kathedrale war verflogen, schlimmer, das Spiel von Raum und Licht, Farbe und Musik verbitterte ihn jetzt. Früher einmal hatten selbst die einfachsten Leute, sogar Bettler und Ausgestoßene, diese Kirchen besuchen können, kannten die Weite der Landschaft, des wolkenlosen Himmels, den Blick in die Unendlichkeit der Sternenwelt; heute dagegen waren Weite und Raum ebenso zum Privileg geworden wie Stille und unkontrollierbare Privatsphäre. Die meisten Menschen waren ihr Leben lang in Lärm und Enge eingeschlossen, in winzigen Wohnungen, niedrigen, von Maschinen und Geräten verstellten Werkräumen, in den Betonwüsten der Häuserschluchten, der hautnahen Überfülle der Fahrstühle, Untergrundbahnen und Flugzeuge, dem drangvollen Gewimmel der Vergnügungsparks und Showetablissements. Timothy stand auf.

„Ich vermute, Sie wollten mir nicht nur Ihre Kathedrale zeigen." Grandma führte ihn auf dem kürzesten Weg in ein Arbeitszimmer, verschloß sorgsam die Tür, öffnete einen Identicatsafe und hielt ihm mit triumphierender Miene einen Kristall hin.

„Videographien von Fordsville. Und die Baupläne!"

Timothy studierte schweigend die Aufzeichnungen: Park, Salons und Säle, Videothek und Küche, Gänge, Fahrstühle und Treppen, aber auch ein paar Blicke in Fords Inneres Reich, alles sehr zufällig, oft verwischte Schwenks; Timothy vermutete, daß die Aufnahmen heimlich von einem Bediensteten mit versteckter Kamera gemacht worden waren. Das für ihn Wichtige, die Sicherungsanlagen und die unterirdischen Klinik-Etagen, waren nicht dabei. Die Bauzeichnungen interessierten ihn nur, weil es geheime Dokumente waren.

„Darf ich mir die einmal mitnehmen?" erkundigte er sich. „Ich müßte sie gründlich studieren."

„Tun Sie es! Ich lese derweilen ein wenig. Hier bei mir dürfen Sie die Aufnahmen so oft und so lange studieren, wie Sie wollen." Gwendolyn Magginthy nahm ungeniert ein Buch zur Hand, wenn Timothy es richtig entzifferte, einen Voltaire. Er rückte seinen Sessel so vor den Monitor, daß die Kamera in seinem Jackettknopf die Pläne optimal reproduzieren konnte. Er hätte die Sache in wenigen Minuten erledigen können, doch nun mußte er den Schein wahren, also ließ er jede Zeichnung ein paar Minuten auf dem Bildschirm stehen und überlegte inzwischen, womit er Anne in den nächsten Tagen erfreuen konnte. Grandma störte ihn nicht, doch als Timothy sich aufsetzte, ließ sie sogleich das Buch sinken. „Nun, Mister Truckle?"

„Die Spaziergänger im Park sind doch Slimmerton, McCannibal und Mephisto, nicht wahr? Bekommen Sie heraus, wann diese Crimeggheads* an die frische Luft gehen, und lassen Sie sie kidnappen."

„Ach, wenn das so einfach wäre! Sie wissen doch, eine Klimasphäre ist zugleich eine perfekte Schutzglocke."

„Kein Sicherheitssystem ist perfekt. Lassen Sie eine Havarie in der Energiezentrale herbeiführen; die Notstromaggregate werden sicher für Fords Klinikum gebraucht, so daß Fordsville für eine kurze Zeit an das öffentliche Energienetz angeschlossen werden muß. Dann könnte man gezielt einen Blackout inszenieren und die Klimasphäre gerade in dem Augenblick zusammenbrechen lassen, da die drei Ganoven im Park spazieren. In ein paar Minuten wäre der Coup gelaufen."

„Wir haben das schon geprüft, Mister Truckle. Bei einem Stromausfall schaltet sich innerhalb einer halben Minute automatisch das autarke Alarmsystem ein und verwandelt Fordsville in eine Mausefalle. Zuwenig Zeit für ein Kidnapping. – Können Sie etwas mit den Bauplänen anfangen?"

„Pläne!" rief Timothy verächtlich. „Schmuggeln Sie mich für einen Tag nach Fordsville, und ich bringe Ihnen, was Sie haben wollen, doch so –?"

„Und was wollten Sie dort tun?"

„Das weiß ich noch nicht. Aber an Ort und Stelle fiele mir gewiß etwas ein. Die meisten meiner Fälle habe ich, aller Technik und Wissenschaft zum Trotz, letztlich mit den guten alten Detektivmethoden gelöst: mit eigenen Augen sehen, mit eigenen Ohren hören –"

„Selbst wenn Sie unsichtbar wären", sagte Grandma, „Sie kämen nicht durch die Kontrollen im Haus; den ersten Sicherheitsring könnte man überlisten, nie aber die Systeme am Eingang zum Inneren Reich."

„Geben Sie mir eine Tarnkappe oder Laurins Mantel, und ich löse den Fall im Handumdrehen", erklärte Timothy großspurig.

„Wie denn?" fragte Grandma, ein Lauern lag in ihrer Stimme.

---

* Crimegghead: Wortbildung aus crime = Verbrechen und egg-head (Eierkopf) = Intellektueller.

Timothy lehnte sich zurück und verschränkte die Hände im Nacken. Wenn Grandma Phantastereien hören wollte, die sollte sie bekommen. Wenigstens etwas für das viele Geld, dachte er.

„Dann könnten Sie die Klimasphäre von Fordsville durchlässig machen lassen, zum Beispiel auf die von uns erörterte Weise. Eine halbe Minute reicht zwar nicht für ein Kidnapping, wohl aber für einen entschlossenen Mann, um hineinzuschlüpfen. Ich bin sicher, im Park gibt es keine Alarmsysteme. Ich könnte dort warten, bis die Crimeggheads spazierengehen und sie belauschen." Er kicherte. „Ich würde wie eine Mücke um sie herumschwirren; einer meiner Klienten hat mir einen ‚Monofly' geschenkt, ein kleines Fluggerät –"

„Ich weiß, was Sie meinen, Mister Truckle, aber das nützt nichts. Es ist Ihnen offensichtlich entgangen, daß auf den Bildern immer nur einer zu sehen ist. Sie werden nur einzeln herausgelassen, und keiner von ihnen führt Selbstgespräche, das weiß ich genau."

Timothy sah sie prüfend an. „Sie scheinen schon wieder eine gute Agententruppe in Fordsville zu haben."

„Und was nutzt das? Sie sehen, nicht einmal eine Tarnkappe würde uns weiterhelfen."

„Sagen Sie das nicht. Man könnte sich unsichtbar an einen der drei heranmachen und versprechen, ihn aus seinem goldenen Gefängnis herauszuholen. Keiner von ihnen wird scharf darauf sein, lebenslänglich in Fordsville einzusitzen. Und er wird nur zu gerne glauben, daß man ihn so unsichtbar und unbemerkt, wie man hereingekommen ist, hinausbringen kann."

„Eine verlockende Idee", sagte Grandma nachdenklich.

„Leider gibt es keine Tarnkappe", erwiderte Timothy.

„Kommen Sie, Mister Truckle!" Gwendolyn Magginthy nahm Timothy an der Hand und führte ihn in einen ziemlich großen und nahezu schmucklosen Raum.

„Mein Mausoleum", sagte sie lächelnd. „Wir haben zwar das Privileg, in unseren Inneren Reichen von niemandem überhört zu werden, aber ich will absolut sichergehen. Darf ich Ihnen etwas anbieten?"

„Einen der Äpfel dort", antwortete Timothy. „Sie sehen gar zu verlockend aus."

„Bitte bedienen Sie sich." Grandma zog ein spitzbübisches Gesicht. Timothy sollte schnell merken, warum. Kaum hatte er den Apfel berührt, da wechselte dieser die Farbe, wurde orange wie eine Apfelsine, dann zitronengelb, grasgrün, lindgrün, blau, und jedesmal wechselte auch der Duft, den die Frucht ausströmte.

„Beißen Sie ruhig hinein“, erklärte Grandma. „Sie schmeckt so, wie sie gerade aussieht, jetzt zum Beispiel nach Pflaume. Eine synthetische Spielerei, mir gefällt es.“

„Sehr erstaunlich“, gab Timothy zu. „Würden Sie mir zwei schenken, Grandma? Ich möchte sie gerne mit nach Hause nehmen.“

„Soviel Sie wollen.“ Sie wies ihm einen Sessel zu. „Ich verrate Ihnen jetzt ein Top-Geheimnis, Mister Truckle. Sie sehen, wie groß mein Vertrauen zu Ihnen ist. – Es gibt ein Gerät, mit dem man sich unsichtbar machen kann, der sogenannte ‚Laurin‘. Eine Entwicklung der GENERAL MOTORS für die Armee. Wir besitzen erst ein paar Prototypen. Die Geräte sind noch zu schwer, als daß sie ein Mensch tragen könnte, andererseits haben sie einen zu kleinen Wirkungsradius, um ein ganzes Fahrzeug verschwinden zu lassen; wenn man den ‚Laurin‘ allerdings auf einen ‚Monofly‘ montierte –“

Timothy vergaß, in die Frucht zu beißen, die sich gerade als Apfelsine darbot. Er starrte Grandma aus zusammengekniffenen Augen an. Jetzt wurde dieser Fall brandheiß. Mochte aus Ford und Grandma werden, was wollte, den „Laurin“ mußte er bekommen. Und mindestens so lange, wie die Techniker des UNDERGROUND für eine Untersuchung brauchten.

„Ist das wirklich kein Märchen?“ fragte er. „Wie sollte so etwas denn funktionieren?“

„So ähnlich wie die Schallschlucker, die Sie gewiß kennen.“

„Aber mir leider nicht leisten kann“, warf Timothy ein.

„Für Ihre Wohnung? Sie sollen einen zum Werkpreis bekommen, da bleibt von den zehn Millionen noch genug übrig. – So wie dort die Schallwellen, so werden beim ‚Laurin‘ die Lichtstrahlen in Bruchteilen von Sekunden analysiert und von einem computergesteuerten Frequentator mit Gegenschwingungen egalisiert, so daß sie sich an der Grenzsphäre des ‚Laurin‘ zu Null aufheben. Die Interferenz ist so gering, daß das menschliche Auge sie nicht wahrnimmt, eine Kamera allerdings würde zumindest ein Flirren registrieren. Gleichzeitig wird das Bild von der anderen Seite der Sphäre ausgesendet, das hat etwas mit Holographie zu tun und mit Kompensatophorik – aber fragen Sie mich bitte nicht nach Details. Nicht, weil es streng geheim ist, ich verstehe einfach zuwenig. Ich bin kein Wissenschaftler; mir genügt, daß es funktioniert, und Sie müssen nur wissen, wie der ‚Laurin' bedient wird."

„Okay", sagte Timothy. „Vertrauen gegen Vertrauen. Ich überlasse Ihnen für ein paar Tage meinen ‚Monofly' zu treuen Händen, damit Ihre Leute –"

„Die Montage müssen Sie schon selbst besorgen, Mister Truckle. Hier bei mir. Die Sache ist so heiß, daß ich niemanden ins Vertrauen ziehen kann. Es wird selbst für mich schwer genug sein, einen ‚Laurin' für einen Tag aus dem Labor zu bekommen."

„Ein Tag ist zuwenig", erklärte Timothy. „Wir müssen damit rechnen, daß ausgerechnet an dem Tag, da ich in Fordsville einbreche, keiner der drei in den Park geht. Außerdem muß ich unser Opfer zwingen, nicht nur Informationen, sondern auch Beweise mitzubringen; das kann unter Umständen bis zum nächsten Tag dauern, vielleicht sogar länger."

„Wie wollen Sie eigentlich den Betreffenden hinausschmuggeln? Ich glaube nicht, daß ein ‚Monofly' außer Ihnen und dem ‚Laurin' noch einen zweiten Mann bewältigt."

„Der Halunke soll bleiben, wo er ist", sagte Timothy bissig. „Ich werde mir natürlich erst einmal alle Informationen anhören, das Ganze aufzeichnen und mir die Beweise zeigen lassen. Die nehme ich ihm dann einfach aus der Hand und verschwinde. Meinen Sie, daß er Alarm schlägt? Und wennschon, wer würde ihm glauben? Sie müssen nur garantieren, daß die Klimasphäre auf mein Signal hin erneut zusammenbricht. Man muß das sehr genau timen. Ich will nicht den Rest meines Lebens in Fordsville verbringen. Und noch eines: Mein ‚Monofly' hat unnötigerweise ein paar behördlich verordnete Metallteile, die müßten Sie gegen Plast austauschen lassen. Er müßte auch absolut geräuschlos und schwingungsfrei gemacht werden. Ich möchte weder von einer Radar- noch einer Sonar- oder Sonadarkontrolle erfaßt werden. Auch in Ihrem Interesse. Schon der Weg von hier zum ‚Nebraska' und dann nach Fordsville ist voller Gefahren."

„Ich bin mir durchaus im klaren, was Sie für mich riskieren", sagte Grandma. „Auch wenn es schiefgeht, sollen Sie eine Extraprämie bekommen – eine halbe Million? –, allerdings darf mit dem ‚Laurin' nichts geschehen, sonst müßte ich das Ganze als Diebstahl arrangieren und Sie leider ausliefern."

Du wirst mich nicht ausliefern, dachte Timothy. Du würdest mich unbarmherzig liquidieren lassen. Tote Komplizen plaudern nicht.

„Mein Pilot soll den ‚Monofly' gleich mitbringen, wenn er Sie jetzt nach Hause fliegt, mein lieber Mister Truckle." Grandma stand auf. Timothy verabschiedete sich mit einem Handkuß.

5.

Anne war begeistert. Nicht von dem synthetischen Obst, das amüsierte sie zwar, und sie verzehrten es, Timothy als Himbeere, Anne als Eierpflaume, doch sie fanden das Aroma enttäuschend fade, nein, Anne war begeistert von dem Gugelhupf.

„Vorsicht", warnte Timothy. „Ich habe ihn wie einen tratitionellen amerikanischen Drei-Königs-Kuchen zubereitet; es ist eine Überraschung eingebacken, und ich möchte nicht, daß du dir die Zähne ausbeißt."

„Ja, ich erinnere mich", sagte Anne versonnen. „Meine Mutter hat auch solche Überraschungskuchen gebacken. Einmal fand ich einen kleinen Ring darin. Mit einem roten Glasstein. Ich habe ihn sehr geliebt." Sie biß vorsichtig ab und betrachtete dann neugierig den Kristall, den sie in ihrem Stück Kuchen gefunden hatte.

„Was ist das, Tiny?"

„Ein Zauberstein. Ich hoffe doch, er wird dich verzaubern. Uns. Für eine zauberhafte Nacht." Er legte die Hand auf die Brust und verbeugte sich. „Eine untertänige Gabe von Eurem ergebenen Hofkompositeur Timothy Truckle, Majestät. Welche Komposition jedoch Ihr da gefunden habt, vermag ich so nicht zu sagen."

Es war die Komposition, die Timothy für sich „Annäherung" getauft hatte. Er hatte sie schon vor Wochen, gleich nach Annes erstem Besuch, begonnen. Ursprünglich sollte es eine 5-Kanal-Projektion werden, die alle Sinne zugleich ansprach. Timothy hatte damals sein Bett umgebaut, so daß es von kaum wahrnehmbaren, sanft wiegenden Schwingungen bis zu einem rüttelnden schüttelnden Beben zu programmieren war, hatte für teures Geld ein Tuch erstanden, das imstande war, nicht nur Kühle und Wärme, sondern auch eine ganze Skala taktiler Reize zu vermitteln, von hauchzartem Streicheleffekt bis zu haarigem Stacheln; als er jedoch feststellen mußte, daß die Reizung der Geschmacks- und Geruchsnerven seinen Ansprüchen nicht genügte, daß Qualität und Vielfalt der im Handel erhältlichen Pheromone zu unzulänglich für eine befriedigende olfaktorische Komposition waren, hatte er das All-Sense-Project verworfen und sich auf die klassischen Ausdrucksmittel Bild und Ton beschränkt. Kunst zeigt sich nicht zuletzt in der Beschränkung der Mittel, sagte er sich.

Mit seinen Bild-Ton-Schöpfungen allerdings war er sehr zufrieden. Timothy hatte die ihm zugänglichen Pictotheken durchstöbert und zusammen mit Bildern seiner Sammlung, nicht zuletzt den geheimen Aufnahmen von DRAUSSEN, mehrere Programme zusammengestellt, sie ein paarmal projiziert, dabei die Hände ganz dicht an Schneewittchen gehalten, die Töne der Sonic aufgenommen und die schönsten Varianten zusammengeschnitten.

Timothy bat Anne, sich völlig entspannt den Bildern und Tönen hinzugeben. Nur ihre Fingerspitzen berührten sich.

Die „Annäherung“ begann mit einer Reise durch den Kosmos, Bildern, die eine automatische Sonde auf ihrem Flug zum Andromeda-Nebel gesendet hatte und die nun, in der Bearbeitung durch extremen Zeitraffer und Ausschnittvergrößerungen, wie die rasante Annäherung an eine Galaxis wirkten, dann an einen Stern, an die von gewaltigen Protuberanzen umzüngelte Sonne, an ihr vorbei zu einem blauen Planeten; sie stießen durch die Wolkendecken und umkreisten die nächtliche Erde, plötzlich glühten schartige Felsspitzen im ersten Sonnenlicht auf, der Tag erwachte, sie schwebten wie in einem Ballon durch die eisverkrusteten Schluchten des Himalaja-Massivs; dann barsten die Berge, ein tosendes, farbenprächtiges Schauspiel, das Feuerwerk der Vulkane von Kamtschatka; glühende Lava schoß in den Himmel, explodierte, zerstob, kroch über die Kraterwände, hastete, stürzte, verebbte zukkend in glimmend pulsierenden Zungen, verkrustete, Aschgrau, das zu mattsilbrigem Grau changierte; Eis, schartig und rissig, verschneit oder stumpfglänzend, bis die Sonne über den schnurgeraden Horizont kletterte, eine glutrote, kraftlose Scheibe, die das arktische Eis in eine riesige, blutige, nur hier und dort aufblitzende Ebene verwandelte, die unvermittelt vor ihnen aufbrach, in Schollen zerfiel, die sich zusammenschoben, zu Bergen türmten, kantig weißes Gebirge, das wieder zerbrach, Eisberge gebar, die tosend ins Meer kalbten, dippten, schaukelnd davondrifteten, auseinandertrieben, eine glitzernde Armada auf dem Weg zu unbekannten Ufern.

Sie glitten mit einem der Eisberge dahin, stiegen, der Ozean weitete sich unter ihnen: von Horizont zu Horizont Wasser, alles bedeckend, träge zuerst, dann immer bewegter; sie sanken wieder zwischen die jetzt haushohen Wellen, trieben mit ihnen einem unbekannten Ziel zu, wurden plötzlich emporgerissen, kurz bevor die gewaltigen Wogen schäumend am Ufer zerbrachen und ihre gischtigen Kronen über den Strand zerstoben, segelten in langen, sanften Kurven über ein ebenso endloses Meer von Bäumen, die der Wind in mächtigen Wellen wogen ließ, über eine Savanne hinweg zu einer Wüste, und wieder Wellen: die grellgelben Dünen der Sahara, schmerzhaft gleißend im prallen Licht, dann überschattet; unsichtbare Wolken färbten den Boden beige, stumpfes Flirren rundum: feinste Tröpfchen, ein immer heftiger werdender Guß, ein Wolkenbruch, das Trommelfeuer der Tropfen zerschoß den Sand in Tausende und aber Tausende winzige Krater; dann das Wunder der ergrünenden, aufblühenden Wüste, im Zeitraffer hervorschießende grüne Speerspitzen, eine Explosion von Pflanzen, die überall aus dem Boden sprossen, sich reckten, ihre Blätter entfalteten, Knospen bildeten, sprengten, Blüten in die Luft platzen ließen; ein Blumenfeuerwerk, eine Sinfonie von Farben und Formen, Bewegungen und Tönen; betäubender Duft zog durch das Zimmer. Sie schmiegten sich aneinander, umklammerten sich, verschmolzen, vergaßen die wundervolle Blumenwelt um sich und versanken in die Wunderwelt der Sinnlichkeit.

Dann lagen sie lange still. Miteinander verwachsen. Lichtgraue Nebelschleier wogten auf den Bildschirmen. Leise prasselten Regentröpfchen an ein imaginäres Fenster, und es duftete nach Lindenblüten.

„Bist du auch so glücklich?“ flüsterte Timothy.

„Ja, unbeschreiblich. Und – hungrig. Liebe macht mich entsetzlich hungrig, Tiny.“

„Da ich dich schon ein wenig kenne“, sagte Timothy schmunzelnd, „habe ich ein schnelles Nachtmahl vorbereitet: geschmorter Sauerampfer mit rohem Schinken und Kroketten aus Maispüree."

„Du bist ein großer Künstler", erklärte Anne beim Nachtisch, einer Zitronencreme, die Timothy mit einem Filigran aus Schlagsahne verziert hatte. „Und nicht nur als Koch und Liebhaber. Wirklich schade, daß du es nicht als Maler oder Musiker versuchst. Welch eine Verschwendung von Talent."

„Ich glaube nicht, daß ich Talent zum Künstler habe", sagte Timothy. „Im Grunde bin ich ein nüchterner Realist."

„Du? Du hast viel zuviel Phantasie!"

„Ohne Phantasie kann man kein Realist sein. Nur mit Logik und Fakten ist die Welt nicht zu erkennen. Fakten sind mehrdeutig, und die Logik ist immer darauf aus, uns mit einem wohlfeilen Kurzschluß zu betrügen. Unsere Sinne noch mehr. Kunststück, sie stammen ja aus der Urzeit, sind gut genug für ein Leben als Tier, aber ziemlich ungeeignet und äußerst trügerisch in den Dschungeln der Zivilisation. Es bedarf schon der verschlungenen, listigen, übermütigen Seitensprünge der Phantasie, um die Realität zu durchschauen und in ihr zu überleben. Und der Kunst der Verstellung! Ach, Anne, wenn ich Talent habe, dann zum Schauspieler." Er lächelte gequält.

„Bin ich nicht ein geradezu genialer Schauspieler? Tag für Tag spiele ich meine Rollen. Mehrere gleichzeitig! Wann darf ich sein, was ich wirklich bin: kein Superdetektiv, kein gieriger Fährtenhund, kein revolutionärer Verschwörer, kein listenreicher Kundschafter – nein, ein harmloser, argloser, freundlicher älterer Mann, der das Gute will und das Schöne liebt; warum darf ich, mit Ausnahme dieser kostbaren Stunden mit dir, nie ich selbst sein? Aber vielleicht ist Timothy Truckle längst unauffindbar hinter den vielen Fassaden seines Lebens verschwunden."

„Ich denke vielmehr, daß du deine Lebensaufgabe gefunden hast, das unverwechselbar Eigene."

„Wenn ich in den Spiegel blicke, erschrecke ich manchmal und frage: Wer bist du eigentlich?"

„Ein guter Mensch, Tiny. Ist das nichts?"

Timothy lachte bitter auf. „Welch eine Welt, in der die guten Menschen so aussehen! Unaufhörlich muß ich lügen und betrügen, selbst meinen einzigen Freund – gibt es denn noch einen Paragraphen im Strafgesetz, den ich nicht übertreten habe? Diebstahl, Einbruch, Betrug, Nötigung, Erpressung, Kidnapping – nein, Kidnapping noch nicht."

„Aber für eine gute Sache, Tiny!"

„Daß man mit solchen Waffen kämpfen muß!" rief Timothy. „Anne, ich habe oft Angst, daß wir unseren Gegnern zu ähnlich werden und daß man uns eines Tages kaum noch unterscheiden kann. Mit diesen Händen habe ich getötet, direkt und indirekt, und nicht nur einmal. Ekelt es dich nicht vor meinen Händen?"

„Man kann nicht das Gute verwirklichen wollen und zugleich ein guter Mensch sein; das eine schließt das andere aus."

„Bin ich ein Gott, daß ich mir anmaßen darf, die einen zu retten und die anderen zu vernichten? Wie oft aber stehe ich vor solch einer Entscheidung.. Wie selten kann ich es mir leisten, einfach anständig zu sein, denn mein Anstand ist die beste und billigste Waffe, die meine Feinde gegen mich haben. Warum muß ich unaufhörlich hassen, wo ich doch nichts als lieben möchte? Warum werfen wir nicht alles hin und verkriechen uns, Anne? Lieben uns, bis ans Ende unserer Tage, wie es in der Bibel heißt. Nicht ‚Do or die' sollte unsere Losung sein, sondern ‚Live to love'!* Wir aber zittern vor dem Augenblick, da du fort mußt. Vielleicht für immer. Ich will, daß wir uns nie mehr trennen, verstehst du? Nie mehr!"

„Das will ich doch auch." Anne nahm seine Hände und streichelte sie. „Bestimmt findet sich ein Weg. Aber nicht durch Fahnenflucht. Könnten wir glücklich werden, wenn wir davonliefen, Tiny? Hör zu: ‚Was sind das für Zeiten, wo / Ein Gespräch über Bäume fast ein Verbrechen ist / Weil es ein Schweigen über so viele Untaten einschließt?'" Anne schloß die Augen und konzentrierte sich. „‚Ihr, die ihr auftauchen werdet aus der Flut / In der wir untergegangen sind / Gedenket / Wenn ihr von unseren Schwächen sprecht / Auch der finsteren Zeit / Der ihr entronnen seid – / Auch der Haß gegen die Niedrigkeit / Verzerrt die Züge – / Auch der Zorn über das Unrecht / Macht die Stimmen heiser. Ach, wir / Die wir den Boden bereiten wollten für Freundlichkeit / Konnten selbst nicht freundlich sein / Ihr aber, wenn es soweit sein wird / Daß der Mensch dem Menschen ein Helfer ist / Ge-

* Do or die = Tu es oder stirb, Losung des UNDERGROUNDS. Live to love = Leb, um zu lieben.

denket unser / Mit Nachsicht.‘ Das hat vor über hundert Jahren ein deutscher Dichter geschrieben, Brecht.“

Sie saßen schweigend, bis Timothy aufstand, das Geschirr abzuräumen. „Du kennst offensichtlich viel von deutschen Dichtern“, meinte er.

„Von meiner Großmutter, sie ist drüben aufgewachsen. Ihr verdanke ich, daß ich so vieles lesen durfte, daß ich die Literatur lieben lernte.“

„Eine gefährliche Liebschaft.“

„Ach, nicht in diesen Familien!“

„Ich vergesse immer wieder, daß du aus dem DuMont-Clan stammst. Daß eine wie du ein Bruder wurde –“

„Ich finde es seltsam, daß nicht viel mehr Kinder der Großen Familien zu Revolutionären werden, nicht nur aus Opposition gegen die herrschende Generation, aus dem Wissen über die wirklichen Dinge; nirgendwo sonst bekommt man so viele Informationen.“

„Ja“, warf Timothy ein, „der Satz ist umkehrbar: ‚Wissen ist Macht‘ und ‚Macht ist Wissen‘. Trotzdem –“

„Und ich werde es dir nicht verraten“, unterbrach Anne.

„Ich weiß schon“, knurrte Timothy, „miteinander schlafen – gut, aber ja keine Intimitäten.“

6.

„Hörst du mir überhaupt zu?“ schrie Smiley. „Ich denke, du wolltest Glover dringend haben?“

„Ich höre ausgezeichnet“, erwiderte Timothy, „du brauchst nicht zu brüllen.“

„Entschuldige. Zu blöd, daß dein Bildgeber gestört ist.“

„Ich rufe zurück, Smiley. Die Sache will gut überlegt sein.“ Timothy hatte den Bildgeber ausgeschaltet, damit niemand zufällig Anne sah. Er wartete das Ende des Frühstücks ab, bevor er sie in das Mausoleum bat. Anne sperrte Mund und Augen auf, als er ihr von dem „Laurin“ erzählte.

„Und das hast du mir so lange verschwiegen?“

„Du bist nicht mehr mein Großer Bruder“, verteidigte sich Timothy, „den habe ich natürlich sofort informiert.“

„Ich weiß schon“, sagte Anne, „miteinander schlafen . . . Ja, du hast recht, Tiny. Warum aber sagst du es mir jetzt?“

„Ich brauche deinen Rat. Die Situation ist verdammt vertrackt. Den ‚Laurin' müssen wir haben, klar, aber es wäre Wahnsinn, in Fordsville einzubrechen. Wenn es dreist dreißig Sekunden dauert, bis sich nach einem Blackout das Alarmsystem einschaltet, das Risiko ist entschieden zu groß. Andererseits ist mein Risiko auch nicht gerade gering, wenn ich Grandma nichts liefere. Gewiß, ich könnte ein Versagen des ‚Laurin' vortäuschen, aber eine Frau wie Gwendolyn Magginthy zu enttäuschen ist äußerst gefährlich."

„Das ist es auch, wenn du ihr Informationen lieferst, Tiny! Der ‚Laurin' verändert die Situation grundlegend. Du bist dann ein gefährlicher Mitwisser dafür, daß sie die Armeeführung hintergangen hat."

„Ich weiß, Anne. Aber darf ich aus Angst um meinen schönen Hals darauf verzichten, den ‚Laurin' in unsere Hände zu bekommen?" Timothy starrte lippenkauend auf seine Finger.

„Wenn ich den ‚Laurin' unversehrt wieder abliefere und Grandma die Informationen bringe, wird sie mich vielleicht in Frieden lassen. Vielleicht gelingt es mir auch, bei der Übergabe heimlich ein paar Aufnahmen zu machen, mit denen ich sie davon abhalten kann, auf dumme Gedanken zu kommen." Timothy lächelte. „Das wäre eine Art Lebensversicherung, zumindest gegenüber Anschlägen der GM. Wie auch immer, ich brauche Informationen über Henry Six!"

„Und wie willst du die beschaffen?"

„Smiley hat den ehemaligen Polizeichef von Ford entdeckt. Er versteckt sich in den Nolands von Maywood,* das heißt, er weiß etwas, das ihn den Kopf kosten kann. Siehst du eine Chance, ihn von unseren Leuten kidnappen und hinausbringen zu lassen? Smiley paßt, und Gangster will ich nicht anheuern; die Gefahr ist zu groß, daß sie Glover in einer kritischen Situation einfach umlegen."

Anne überlegte eine Weile, dann schüttelte sie den Kopf. „Es gibt so gut wie keine Brüder in den Nolands. Wer dort landet, ist in der Regel für uns verloren, und wer dennoch zu uns

---

* Nolands = unkontrolliertes Gebiet, abgeleitet von no man's land = Niemandsland, zumeist städtische Gebiete, die von der Regierung als unkontrollierbar aufgegeben wurden, vom UNDERGROUND aber nicht besetzt werden konnten. Maywood: Stadtteil von Chicago.

stößt, will verständlicherweise so schnell wie möglich dort weg. Gewiß, wir haben Informanten, aber ein Kidnapping –?"

„Dann bleibt mir wohl nichts anderes übrig, als selbst nach Maywood zu fahren. Wenn Glover mit jemandem spricht, dann vielleicht mit mir. Ich habe ihm ein paarmal aus der Klemme geholfen."

„Es muß doch noch eine andere Lösung geben, Tiny!"

„Welche denn, Anne? Meinst du, ich habe Sehnsucht nach dieser lausigen Gegend? Aber es muß schnell etwas passieren. Bevor Glover woanders untertaucht. Oder umkommt. Außerdem fahren täglich Leute in die Nolands, ohne daß ihnen etwas passiert."

Smiley kannte sich gut in Maywood aus; er bekam gar nicht so selten Aufträge, die ihn in die Nolands führten. Er wurde erst ängstlich, als Timothy ihm verriet, was er als Ausrüstung mitführen wollte. „Du und deine Spezialausrüstungen!" sagte er wütend. „Denk an unseren Ausflug in die Funny Hills. Ich habe keine Lust, wieder bei der NSA zu landen, weil man uns für Agenten des UNDERGROUND hält."

„Ich denke, in den Nolands gibt es weder Polizei noch NSA-Beamte?" konterte Timothy.

„Aber unterwegs und an der Grenze um so mehr. Und gnade uns Gott, wenn man uns in Maywood für Bullen hält. Hör zu, Tiny: Dies ist eine Sache, von der du keine Ahnung hast. Wenn wir zusammen nach Maywood gehen, dann unter der Bedingung, daß ich das Kommando habe und du mir versprichst, aufs Wort zu folgen. Du bist mir zu extrem: entweder zu ängstlich oder zu leichtsinnig."

„Nicht so leichtsinnig, nackt in die Nolands zu gehen!"

Erst nach langen Verhandlungen einigten sie sich auf eine Stungun; eine Betäubungswaffe mußte jeder Polizist bei einem lizenzierten Detektiv, der in die Nolands ging, als unverdächtig durchgehen lassen. Außerdem engagierten sie die Brüder Spencer als Leibwache.

„Wir fahren mit einer Touristengruppe", erklärte Smiley, „und du benimmst dich wie ein normaler sensationslüsterner Gierhals, okay? Sobald wir uns absetzen, sage ich dir Bescheid." Er blickte Timothy prüfend an. „Versprichst du mir, daß du alles tun wirst, was Papa Smiley sagt, Kleiner?"

Timothy versprach es ihm in die Hand.

Ein Aerobus brachte sie an die Grenze. Vor der trotz des Tageslichts von Hallogenscheinwerfern gleißend hell ausgeleuchteten Station sammelten sich die Touristen, ausschließlich Männer, die meisten von ihnen schon über Vierzig, die Mehrzahl Schaulustige, die einmal den Nervenkitzel eines Tagesausflugs in die berüchtigt-exotischen Nolands erleben wollten und die lauthals über die zu erwartenden Sensationen mutmaßten, denn der Ausflug war eine „Überraschungsreise", deren Programm nicht bekanntgegeben wurde.

Schwer bewaffnete Doppelstreifen liefen mit grimmigen Gesichtern herum und musterten alle mißtrauisch. Die Grenzanlagen wirkten unüberwindlich: acht Meter hohe Betonmauer, davor breite Streifen mit Stacheldrahtgebüsch, dichtem Gestrüpp von hochgiftigen Kobaltpaffern und Sensorminen, über die sich die verchromten Gerüste der Radar-, Sonar- und Sonadarkontrollen erhoben; die breiten, hermetisch schließenden Torflügel aus spiegelndem Stahl sahen wie der Eingang eines Banksafes aus. Smiley grinste, als er Timothys beeindruckte Miene sah.

„Ein paar hundert Meter weiter kannst du einfach hinüberspazieren", flüsterte er. „Die Grenze ist löchrig wie ein Schweizer Käse. Alle wissen es, und alle tun so, als gäbe es das nicht."

„Und warum gehen wir nicht da hinüber?"

„So ist es unauffälliger. Auf die Touristen achtet kaum noch einer. Sie werden in Bussen durch ein paar ausgewählte Straßen gekarrt und dürfen nur an bestimmten Orten aussteigen."

Als erstes wurden die Teilnehmer eines „Drei-Tage-Risikotrips" aufgerufen. Ein Dutzend abenteuerlich gekleideter Figuren sammelte sich um den Reiseleiter. Sie blickten sich schweigend an. Einer von ihnen würde die Nolands nicht wieder lebend verlassen, wer? Wahrscheinlich wußte es auch der Reiseleiter zu diesem Zeitpunkt nicht, damit er sich nicht verraten konnte. Die Entscheidung fällte ein Zufallsgenerator, ebenso den Zeitpunkt und die Todesart. Es waren nicht die einzigen Todeskandidaten. Smiley machte Timothy auf ein paar Männer aufmerksam, die einsam und völlig in sich gekehrt in dem Trubel standen, als seien sie allein auf der Welt.

„Selbstmörder, die ihren Tod noch auskosten wollen", erklärte Smiley. „Sie werden in irgendeiner Ruine aufeinander losgelassen. Mit der Buchung bekommen sie eine Garantie, daß Überlebende vor Einbruch der Dunkelheit liquidiert werden. Natürlich heißt es anders. In dem Vertrag steht ‚Scharfschieß-Lehrgang' und ‚garantiertes Erreichen des Ausbildungszieles'. Es gibt Reiseunternehmen, da kannst du unterderhand auch einen Mord buchen; irgendein armes Schwein wird dir dann vor die Waffe getrieben. Es gibt fast nichts, was es in den Nolands nicht gibt."

Timothy schüttelte sich. Die Moral des „anything goes", durch die Chicago schon im 19. Jahrhundert berüchtigt war, schien in den Nolands traurige Rekorde aufzustellen. Als nächstes wurde eine Gruppe aufgerufen, die eines der illegalen Oldsmobile* besuchen wollte, der Lautsprecher machte kein Hehl daraus, und die Ordnungshüter taten, als hätten sie nichts gehört. Es waren sieben ausgemergelte, verwitterte, nachlässig gekleidete Gestalten, denen man ansehen konnte, daß sie alle anderen Möglichkeiten des Sinnesrausches schon hinter sich hatten.

Dann kamen ihre Busse. Bud und Sidney Spencer boxten sich durch und besetzten die erste Reihe eines Obergeschosses, so daß Timothy und Smiley sich nicht in das einsetzende Gedränge werfen mußten. Timothy betrachtete neugierig den rundum verglasten Wagen; er hatte noch nie in einem Rädergefährt gesessen. Die städtischen Busse benutzte nur, wer sich nichts Besseres leisten konnte, und die unterirdischen Metro-, Interurbia- und Transurbiazüge liefen auf Magnetkissen. Der Reiseleiter versicherte über Lautsprecher, daß es keinen Grund gäbe, diesem „etwas ungewöhnlichen Transportmittel" zu mißtrauen.

„My bus is my castle", sagte er. „Die Sight-seeing-Busse sind absolut einbruchs-, kugel-, gas- und strahlensicher. Sie werden von zwei voneinander unabhängigen Elektromotoren angetrieben, die Energie liefern zwei autarke Atombatterien. Es kann nichts passieren, selbst wenn man uns unterwegs anhält: Die Tanks enthalten ausreichend erstklassige Luft, und die Bar im

---

* Oldsmobil = Gerät zur elektrischen Reizung der Lustzentren durch ins Gehirn eingeführte Sonden. Benannt nach dem amerikanischen Physiker James Olds, der 1953 die ersten Lustzentren in der Nähe des Hypothalamus entdeckte. Die Oldsmobile wurden auf Betreiben der Pharma-Konzerne als „inhuman" verboten. Natürlich gibt es sie auch in den staatlich kontrollierten Gebieten, jedoch nur zu immensen Preisen als private Anlagen und in einigen der Top-Clubs der oberen Zehntausend.

hinteren Untergeschoß hat genügend Vorräte, um notfalls drei Tage in relativem Luxus überleben zu können. Also starten wir nach Andyland."

Er erklärte mit den üblichen geistlosen Witzeleien, warum die Nolands auch Andyland genannt würden und was unter den verschiedenen Andymen, den Handymen, Candymen und Pandymen, Sandymen, Scandymen, Spandymen und Standymen, unter Vandymen und Wandymen zu verstehen sei.*

Die Route führte durch breite, ehemals sicher prächtige, jetzt jedoch verwahrloste, schmutzige Straßen. Nirgends mehr ein intaktes Haus. Fenster und Türen waren, wenn überhaupt, mit Pappe, Plast- oder Blechtafeln verschlossen. Weder Läden noch Gaststätten. Besonders auffallend: nirgends Reklame. Eine geradezu wohltuende optische Stille gegenüber den schreienden Farben, Lichtern und Tönen der Chicago ansonsten überwuchernden, alle Nischen besetzenden Werbung. Farbtupfer in diesem Grau in Grau boten nur Vernichtung und Verfall, Rost und Nickelfraß, Chromverätzungen und die tausend Nuancen der Plastpest, Reste abblätternder Farbe und die zumeist abenteuerlichen Kleidungsstücke der wenigen Menschen, die mit fast peinigender Langsamkeit durch die öden Straßen schlichen. Und die Feuer.

Timothy war bald aufgefallen, daß es hier, wo doch nicht einmal die elementarsten städtischen Dienste aufrechterhalten wurden, so wenig Müll gab, weit weniger als in den Slums der Underdogs, in denen gerade die Müllabfuhr immer wieder versagte. Gewiß, was der eine wegwarf, konnte vielleicht noch ein anderer gebrauchen, dann aber beobachtete er, daß die Leute

---

* Andyland: wahrscheinlich von den verschiedenen -andyman abgeleitet.
Handyman = Gelegenheitsarbeiter. Candyman: urspr. Süßigkeitenverkäufer, Drogenhändler. Pandyman: von pander = Kuppler. Sandyman: von sandy = fahl, strohblond; Bezeichnung für Drogensüchtige, da bestimmte Rauschgifte zu Pigmentverfall führen (daher auch: Albino, Rotauge, Bleichgesicht u. a.). Scandyman: von scandal und scant: knapp = Schwarzhändler; in den Nolands allgemein für Händler von Lebensmitteln, Wasser und Energie gebraucht. Spandyman: von to spin = sich drehen, taumeln, und spent = erschöpft, ermattet. Standyman: von to stand for = sich bewerben, über sich ergehen lassen. Vandyman: von vandal = barbarisch. Wandyman: von to wander = unstet umherziehen, und wanted = behördlich gesucht.

mit schon automatisch anmutenden Bewegungen im Vorbeigehen mit langen Stöcken alles auffischten, was herumlag, es kurz betrachteten und einsteckten – alle hatten irgendeine Art Sack oder Beutel bei sich – oder im Weiterschlendern dem nächsten der überall glimmenden Feuer übergaben, eine einfache, aber äußerst wirkungsvolle Form von öffentlicher Hygiene, die die Angst vor Seuchen den Andymen aufgezwungen haben mochte.

Das Straßenbild veränderte sich. Nicht, daß die Häuser jetzt besser erhalten waren, doch nun waren mehr Menschen unterwegs, und die ersten Straßenhändler mit Bauchläden tauchten auf.

„Auch ein Sieg über die Allmacht der Konzerne“, kommentierte Smiley bissig, „Rückkehr zur freien Marktwirtschaft: Alles wird von allen auf der Straße gehandelt!“

„Was ist mit Wasser und Energie?“ erkundigte sich Timothy.

„Einige Unternehmen unterhalten Zapfstellen und vergeben Konzessionen an Scandymen, die Wasser und Gas in Flaschen abfüllen oder Batterien aufladen. Das ist alles. Und es kostet ein Vielfaches dessen, was unsereins schon berappen muß.“

„Niemand ist so arm, als daß nichts mehr an ihm zu verdienen wäre“, knurrte Timothy.

Die ersten Wandbilder tauchten auf. Der Bus stoppte jedesmal, damit die Touristen Aufnahmen machen konnten. Jetzt verstand Timothy, warum oft so schwärmerisch von diesen Bildern gesprochen wurde: phantastische, surrealistische Gemälde von eigenartiger Farbgebung, von fremdartiger, unirdischer Schönheit, Bilder, die nur dem Unterbewußtsein völlig von Drogen verformter Gehirne entspringen konnten, Produkte absolut schranken- und hemmungsloser Phantasie, Orgien psychedelischer Räusche. Was auf den Reproduktionen nur befremdlich oder abstoßend gewirkt hatte, leuchtete hier, in dieser von Gott und den Menschen verlassenen trüben Betonwüste, zu höllischer Pracht auf.

Dazu die Noland-Sgraffiti, zumeist mit Spraydosen auf Wände gesprüht, rohe, barbarische Zoten, aber auch feinfühlige und tiefsinnige Wortspielereien: „Pinks of punks“ oder „We are all strangers in estrangement“, Losungen des 20. Jahrhunderts prangten hier in ungebrochener Lebendigkeit: „Make love but pove“ oder „Stop the world, I want to jump“ und immer wieder „Death is so permanent!“. Dann, in riesengroßen Lettern an einer Giebelwand, wie die Summe aller Erfahrungen: „Oh, mankind, what a progress: from stone age to stone cage!“*

Ja, dachte Timothy, die Sprache der Phantasie und die Phantasie der Sprache sind oft das einzige, was den Deklassierten bleibt. Und wie vielen nicht einmal das. Ausbeutung und Verelendung, das hieß ja längst nicht mehr nur körperlicher Verschleiß und materielle Armut, das äußerte sich vor allem in der massenhaften psychischen Verelendung. Von relativ harmlosen Psychosen, die irgendwann fast jeden trafen, bis zum Wahnsinn. Ein nicht geringer Teil der Menschen da draußen bestand aus Spandymen, mehr oder weniger Irren, die aber noch klar genug gewesen waren, vor dem unbarmherzigen Zugriff der psychiatrischen Polizei in die Nolands zu flüchten, oder die von ihren Verwandten dorthin gebracht worden waren, bevor man sie als „lebensunwert“ eliminierte; denn wer so weit zerbrochen war, daß er nichts mehr „wert“, das heißt nicht verwertbar war, wer nicht mehr als „Oddjobber“ gelten konnte, sondern als „Outjobber“ eingestuft und auch nicht als „Q-5-Check-neck“ angenommen wurde,** der hatte nicht nur im übertragenen Sinn keine Existenzberechtigung für diese Gesellschaft mehr, sondern verlor die Lebenslizenz, es sei denn, er gehörte zu einer der privilegierten Familien, oder seine Angehörigen waren wohlhabend genug, ihn für den Rest seines Lebens zu verstecken.

---

* Etwa: Blumen des Mülls. / Wir sind alle Fremde in (dieser Welt) der Entfremdung. / Macht Liebe statt Armut (poverty). / Halt die Welt an, ich will aussteigen. / Der Tod ist so allgegenwärtig! / Oh, Menschheit, welch ein Fortschritt: von der Steinzeit zu Steinkäfigen!

** Oddjobber = Gelegenheitsarbeiter. Outjobber = Arbeitsunfähiger. Check-neck = Probierhals. In Anlehnung an die Color-Collars gebildete Bezeichnung für Wohlfahrtsempfänger. Wer eine derartige Unterstützung bewilligt bekommt, muß sich als Testperson für Erzeugnisse der chemischen und pharmazeutischen Industrie zur Verfügung stellen, die dafür einen Teil des Budgets der Öffentlichen Wohlfahrt übernimmt. Im Gegensatz zu den sonst verwendeten Sträflingen haben Check-necks den Vorteil, daß sie in einem normalen Milieu leben. Ihr Hauptrisiko liegt weniger in akuten Schädigungen als in Spätfolgen, besonders Gen-Schäden und Krebs. Q-5: niedrigste Stufe. Das Q (Qualifikation) wird vom Volksmund Quandary = beschissene Lage genannt.

7.

Der Bus hielt. „Flohmarkt“, tönte es aus dem Lautsprecher. „Eine Stunde Aufenthalt.“

„Hier auf dem Markt können Sie sich ungefährdet bewegen“, erklärte der Reiseleiter, „bitte verlassen Sie das Gebiet jedoch unter keinen Umständen! Und denken Sie daran: In den Nolands werden weder Kreditkarten noch Schecks akzeptiert. Wer es vergessen hat, kann bei mir Bargeld erhalten. Zahlen Sie möglichst nur mit Münzen, und lassen Sie nie größere Geldbeträge sehen!“

„Wieso behauptet er, daß man ausgerechnet hier ungefährdet sei?“ Timothy zeigte auf die finsteren Gestalten, die mit unbewegter Miene die Busse anstarrten.

„Die Reiseunternehmen schließen Verträge mit den Vandymen ab, die den Markt kontrollieren“, antwortete Smiley.

„Verduften wir hier?“

„Vielleicht. Wahrscheinlich aber erst später.“

„Dann bleibe ich im Bus. Die Luft hier drinnen ist bestimmt besser, und ich weiß genug über Elend, ich muß es nicht auch noch aus der Nähe begaffen.“

„Komm, Tiny! Es würde auffallen, wenn wir uns nicht wie normale Touristen benehmen.“ Smiley zerrte Timothy am Ärmel hoch. „Wir passen schon auf dich auf.“

Bud und Sidney Spencer hielten sich dicht hinter ihnen. Es gab weder Stände noch Wege wie sonst auf Flohmärkten. Die Andymen standen einzeln herum, und zwischen ihnen gab es genügend Platz, um ungehindert hindurchzulaufen. Die Spencers hielten Teleskopruten in der Hand, um jeden wegzuscheuchen, der zudringlich werden wollte, doch niemand bedrängte sie. Man musterte sie nur abschätzend, und erst wenn sie sich einem Andyman näherten, griff der in seinen Beutel und zeigte, was er anzubieten hatte; zumeist aus Abfällen gefertigte Souvenirs, die oft überraschenden Einfallsreichtum und künstlerischen Sinn für Formen und Farben bewiesen, aber auch original verpackte Waren, sogar elektronische Geräte und Bausteine. Obwohl das mit Sicherheit Diebesgut war, wurden die Sachen nicht billig angeboten; in den Nolands mochte es zwar alles geben, doch alles mußte illegal hierhergebracht werden.

Timothy hatte erwartet, daß es in den Nolands jede Form

der Prostitution geben würde, aber er war doch entsetzt, was für Dienstleistungen ihm mit ungerührter Miene angeboten wurden, ein entsetzliches, deprimierendes, grausames Spektrum nicht nur sexueller Perversionen, am stärksten jedoch erschütterten ihn die Transplantations-Offerten.

Violets, die hierher geflüchtet waren, um sich nicht einen im Gerichtsurteil festgelegten Teil ihres Körpers abnehmen zu lassen, boten nun, nur um wieder aus den Nolands herauszukommen, als Ultima irratio jedes Organ und jeden Teil ihres Körpers freiwillig an. Sie entblößten den violetten Streifen am Hals und hielten ihnen die Certificate hin, um nachzuweisen, daß sie als gesunde Organspender klassifiziert worden seien. Ihre Preise waren hoch, gewiß wollten sie sich eine „Tote Seele" kaufen;* andere dagegen, zumeist keine Violet-Collars und oft schon grausam verstümmelt, hatten derart niedrige Preise, daß sie durch den Verkauf eines Teils ihres Leibes bestimmt nur das Geld für Rauschgift erwerben wollten.

Im Erdgeschoß einer Warenhausruine an der Südseite verkauften fliegende Händler Medikamente. Auch Reisende aus ihrem Bus musterten die ausschließlich in versiegelten Originalpackungen ausliegenden Waren. Timothy wunderte sich nicht über den Andrang. Krank werden bedeutete leicht Gefährdung oder gar Verlust des Arbeitsplatzes, also unterdrückten viele die Krankheit, solange es ging, behandelten sich selbst oder zahlten zwar die Arzthonorare, holten die Medikamente jedoch in einem der halblegalen „Black Drugstores" oder in den Nolands. Zu einem Bruchteil des Preises, weil hier die Gewinnspannen der Apotheken und der Ärzte wegfielen, die am Profit der von ihnen verordneten Medikamente beteiligt waren. Die Pharmakonzerne, die natürlich auch die illegalen Händler belieferten, profitierten aber immer noch genug. Gewiß, man konnte auch in eine der Öffentlichen Kliniken gehen, doch bei der „PUBLIC HEALTHFARE" lief man immer Gefahr, krank geschrieben und dann dement-

* Da es unmöglich ist, Identicats zu fälschen, bildete sich schon kurz nach ihrer Einführung ein Markt mit „Toten Seelen": Beamte, vor allem der Psycho-Polizei, verkaufen zu horrenden Summen die Identicats von Toten, die sie nicht abgebucht haben. Die Käufer werden dann nicht selten von denselben Beamten, die sie ja jederzeit durch die Dateien aufspüren können, erpreßt.

sprechend kontrolliert oder in eine Klinik eingewiesen zu werden.

Ein Mann rief mit leierndem Tonfall sein Angebot aus: „Rent a kill! Rent a kill!“* Timothy erkundigte sich nach Einzelheiten. Der Mann wollte sich nicht, wie Timothy vermutet hatte, als Mörder verdingen, sondern ihm ein Mordopfer nach Wahl liefern, das Timothy dann „ganz in der Nähe“ unbehindert und natürlich ungestraft umbringen könne.

„Bei mir können Sie auch alle notwendigen Geräte oder Gifte kaufen“, erklärte er, „vom Strick bis zum Fallbeil, vom Skalpell bis zur Laserpistole.“

Er hatte sogar einen gedruckten Prospekt, in dem die Preise der unterschiedlichen Opfer, Mordarten und Instrumente studiert werden konnten. Offensichtlich besaß er nur das eine Exemplar, denn er wollte es nicht einmal für Geld hergeben. Timothy hoffte insgeheim, daß der Mann nur ein Lockvogel war, der Perverse vom Platz weglocken und überfallen wollte.

„Komm, Smiley, gehen wir zum Bus“, sagte er, „sonst muß ich kotzen.“

Smiley holte eine nicht gerade appetitlich aussehende Plastflasche hervor. „Nimm einen Schluck, Tiny. Die Packung täuscht, es ist erstklassiger Whisky.“

Ein kleiner, verhutzelter, einbeiniger Mann humpelte auf primitiven, selbstgefertigten Krücken an ihnen vorbei.

„Porno!“ krächzte er. „All-Sense-Super-Porno-Show! Alles, wovon Sie je geträumt haben und noch mehr dazu!“

„Komm“, flüsterte Smiley, „das ist unser Mann.“

Sie folgten dem Einbeinigen in so großem Abstand, daß sie ihn gerade noch sehen konnten. Am Rande des Platzes sprach Smiley ihn an. Er tat so, als wollten sie die angepriesene Porno-Show besuchen, aber den Preis drücken.

Der Einbeinige führte sie durch eine Reihe verlassener Straßen. Timothy fühlte sich äußerst unbehaglich zwischen den ausgebrannten, zerbröckelnden Mauern, er steckte die Hand in die Jackentasche und umklammerte den Griff der Stungun. Smiley vergewisserte sich immer wieder, daß ihnen niemand folgte. Plötzlich hopste der Einbeinige in einen Keller, hastete unvermutet schnell einen nicht enden wollenden, verwinkelten

* „Miete einen Mord!“ – Abwandlung des Slogans der Ausleihdienste. Einstmals von den Autoverleihfirmen geprägt: „Rent a car“.

Gang entlang, wies auf einen Raum, sagte: „Warten!“ und verschwand.

Smiley schubste Timothy vorwärts und riß seinen Mantel herunter, ebenso die Spencers. Timothy hatte sich schon gewundert, daß sie in langen Staubmänteln gekommen waren, jetzt sah er, warum: Sie trugen darunter schwarze Uniformen und breite Koppel, an denen nicht nur Pistolenhalfter, sondern auch lange Ketten und geflochtene Peitschen hingen. Die Spencers stopften die Hosenbeine in die Schäfte ihrer Stiefel, schnallten breite, mit Stahlnieten besetzte Ledergamaschen um Arme und Hals, stülpten sich Uniformmützen auf und sahen wie waschechte Vandymen aus. Smiley streifte einen Kittel über und verwandelte sich mit ein paar Handgriffen in einen Sandyman. Er entfärbte sein Haar und sprühte Spray in die Augen, so daß sie sich rot umränderten und zu tränen begannen.

„Nun zu dir, Tiny“, sagte er. Timothy hielt entsetzt die Hände vor die Augen.

„Du gehst als Violet“, erklärte Smiley. „Krempel die Hosen auf und stecke Schuhe und Strümpfe da in den Beutel, auch Hemd und Jacke.“ Smiley reichte Timothy ein zerschlissenes Hemd und Sandalen von undefinierbarer Farbe, dann färbte er ihm einen violetten Streifen um den Hals und reichte ihm einen Plastsack.

„Steck den Arm da ’rein, Tiny, dann sieht es aus, als wäre er amputiert.“ Smiley grinste. „Und du kannst in dem Sack deine Waffe schußbereit halten.“

Smiley warf sich den Beutel mit ihren Sachen über den Rükken. Die Spencers fuhren die Teleskopruten zu voller Länge aus und ließen sie wippen. Sie waren gerade fertig mit ihrer Kostümierung, da steckte der Einbeinige den Kopf um die Ecke, musterte die vier kurz, nickte zufrieden und forderte sie auf, ihm zu folgen. Erneut durch lange Kellergänge, dann eine Treppe hinauf und nach einer beschwerlichen Kletterpartie über ein zerbrochenes Dach wieder hinunter, durch ein unübersichtliches Ruinenfeld zu einem Platz, dessen Umgebung fast völlig eingeebnet war.

„Warten“, sagte er wieder. „Wenn ich in zwei Stunden nicht zurück bin –“ Er zuckte mit den Schultern und vollführte die eindeutige Geste des Halsabschneidens unter seinem Kinn, dann hielt er Smiley fordernd die Hand hin. Smiley holte eine

Packung aus der Tasche und nahm eine Ampulle heraus. Der Einbeinige studierte die eingeschliffene Schrift, hielt die Ampulle gegen den Himmel, zog eine Spritze hervor und injizierte sich das Zeug in den Unterarm. Als er nach der Packung greifen wollte, steckte Smiley sie wieder ein.

„Es sind sogar drei Dutzend", sagte er. „Und das hier", Smiley klebte einen grauen Streifen, der wie ausgespuckter Kaugummi aussah, auf die Packung, „ist Plastiksprengstoff. Wenn uns was passiert, fliegt das schöne Zeug in die Luft. Also mach keine Dummheiten!"

Sie sahen dem Einbeinigen nach, bis er zwischen den Trümmern verschwand. Timothy setzte sich auf einen Stein, Smiley hockte sich neben ihn. Die beiden Spencers stellten sich ein paar Meter entfernt in Positur, Bud vor und Sidney hinter ihnen, so daß es aussehen mußte, als bewachten sie zwei Gefangene. Irgendwo quärrte eine Stimme.

„Was ist das?" flüsterte Timothy.

Smiley lauschte, dann lachte er. „Möchte wissen, wer ausgerechnet hier eine Klimaanlage kaufen soll! Wahrscheinlich ein Lautsprecher des Öffentlichen Werbenetzes, der nicht abgeschaltet wurde und nun sendet, bis die Leitungen verrottet sind."

Als Timothy sich konzentrierte, konnte er einen Teil der Wortfetzen entziffern, zerhackte Werbesprüche, herrenlos gewordene Sprache, die sich an niemanden mehr richtete. Einen so absurden Einfall konnte nur das Leben haben.

„Ob man uns sucht, Smiley?" fragte Timothy leise.

„Wer denn? Wenn jemand fehlt, wird fünf Minuten lang die Abfahrt ausgerufen, dann fahren die Busse weiter."

„Was versäumen wir eigentlich?"

„Nichts. Touristennepp. Spielhöllen oder Lasterhöhlen, Porno- und Drogenshops, Shows aller Art, Hahnen- und Rattenkämpfe – was weiß ich. Jedenfalls nichts, was du nicht auch in der Stadt haben könntest, nur noch unappetitlicher und widerlicher, bis an die Grenze des Absurden und Perversen getrieben und manchmal darüber hinaus."

„Hoffentlich ist das hier nicht eine Falle, und der Einbeinige holt ein paar Killer."

„Keine Angst, Tiny, ich habe ihn in der Hand. Nicht nur mit dem Rauschgift – ich weiß, wer er ist, und ich habe ihm angedroht, nicht nur ihn, sondern auch seine Familie umbringen zu lassen, wenn er uns reinlegt. Ich weiß nicht, wieso, aber er hängt an seiner Familie."

„Warum steckt er in Maywood?"

„Wegen Lustmord. Das erste Mal war es ein Underdogmädchen, und er kam mit einem Bein davon, dann aber hat er die Tochter eines Polizisten massakriert."

Timothy spuckte angewidert aus.

„Was willst du, Tiny! Man kann sich seine Verbündeten nicht immer aussuchen. Hauptsache, er bringt uns zu Glover, oder?"

Ihre Geduld wurde auf eine harte Probe gestellt. Es dauerte über eine Stunde, bis Bud leise pfiff. Der Einbeinige stand zwischen den Trümmern und winkte mit der Krücke.

Er führte sie in weniger verlassene Straßen. Die Andymen wichen weit aus, sobald sie Bud und Sidney erblickten. Wahrscheinlich hielten sie Smiley und Timothy für Opfer einer „Rent a kill"-Bande. Nach einem Weg durch mehrere Ruinen winkte der Einbeinige sie zu einer Fensterhöhle und legte einen Finger auf die Lippen. Auf der anderen Seite eines kleinen, übersichtlichen Platzes hockte ein Mann, den Rücken an eine hohe, glatte Wand gelehnt. Smiley reichte Timothy ein Fernglas. Ja, das war er, verwahrlost und abgerissen, aber ohne jeden Zweifel Glover. Er tat, als dämmere er vor sich hin, doch er hielt die Beine so, daß er jederzeit aufspringen konnte, und er beobachtete unter den fast geschlossenen Lidern hervor die Umgebung. Timothy nickte.

Smiley polkte den grauen Streifen von der Packung und drückte sie dem Einbeinigen in die Hand; der riß sie auf, zählte nach, prüfte jede Ampulle einzeln gegen das Licht, dann war er wie der Blitz verschwunden.

„Gib mir die Flasche", flüsterte Timothy. „Du bleibst hier, Smiley. Bud nach links, Sidney nach rechts. Ihr schneidet ihm die Flucht ab. Ich gebe euch fünf Minuten Vorsprung. Kein Geräusch! Und laßt euch ja nicht blicken, bevor ich euch rufe."

8.

Erst als Timothy sich ihm bis auf wenige Schritte genähert hatte, riß Glover den Kopf hoch. Und einen Rayvolver aus der Tasche. „Stopp! Oder ich schieße!"

„Tag, Glover", sagte Timothy. „Erkennen Sie mich nicht?"

„Timothy Truckle?“ Glover starrte ihn ungläubig an. „Ich traue meinen Augen nicht.“

„Darf ich mich zu Ihnen setzen?“

„Dort.“ Glover zeigte auf einen Steinbrocken, etwa drei Meter vor sich. „Und die Hände halten Sie so, daß ich sie jederzeit sehen kann.“

„Leider nur noch eine.“ Timothy deutete seufzend auf seinen violetten Halsstreifen, ließ sich umständlich nieder und legte die linke Hand auf den Oberschenkel.

„Weiß Gott, das nenne ich eine Überraschung“, kicherte Glover, „der berühmte Superdetektiv der Bigbosse als Violet in den Nolands! Was haben Sie angestellt?“ Er blickte Timothy prüfend an. „Ein Arm – Notzucht? Oder illegaler Rauschgifthandel? Und was noch? Warum verstecken Sie sich hier?“

„Maywood ist wohl auch nicht gerade der Höhepunkt Ihrer Karriere“, erwiderte Timothy. „Wollen Sie einen Schnaps? Kein Fusel von hier. Der letzte Rest des schönen Lebens, doch mit Ihnen teile ich ihn gerne. Ich bin ja so froh, wieder mal mit einem Menschen sprechen zu können. Darf ich?“ Er zeigte auf seine Jackentasche.

„Das mach' ich lieber selbst.“ Glover stand auf und zog die Flasche heraus; ein Glück, daß Timothy sie nicht in den Sack gesteckt hatte. Glover kostete vorsichtig, bevor er einen langen Schluck nahm. Die Flasche behielt er, und er schien nicht die Absicht zu haben, den Whisky zu teilen.

„Ich dachte immer, Sie hätten eine Lebensstellung bei Ford“, sagte Timothy. „Was haben Sie verbrochen?“

„Nichts. Ich bin nur zu Besuch hier.“

„So wie Sie aussehen? Sie wollen mir doch nicht weismachen, daß Sie nur mal wieder Ihrer Leidenschaft, den Sado-Trips, frönen wollen.“

„Sie wissen davon?“

„Seit langem. Und ich habe es nie gegen Sie benutzt, Glover. Nicht einmal, als Sie mich bei der NSA verleugneten. Wegen Puissant, erinnern Sie sich?“

„Puissant –!“ Glover leckte sich die Lippen.

„Er ist jetzt bei den Fultons. Und Sie stecken in den Nolands. Zu Besuch? Daß ich nicht kichere. Warum? Ein Mann Ihrer Qualifikation kann jederzeit einen erstklassigen Job finden. Bei einem anderen Konzern, einer staatlichen Polizei oder der NSA.“

„Ein Mann meiner Position kann seinen Job nicht mehr wechseln!" unterbrach Glover heftig. „Man weiß einfach zuviel. Als Polizeichef hat man sozusagen lebenslänglich."

„Warum hat Henry Six Sie dann gehen lassen?"

„Ich habe mich abgesetzt. Wenn es nach Ford ginge, wäre ich noch heute sein Polizeichef. Er hat mein Gehalt sogar verzehnfacht, aber –" Glover starrte stumm auf die Waffe in seiner Hand.

„Was ist los mit Ford? Ich habe die merkwürdigsten Gerüchte gehört. Stimmt es, daß McCannibal und Professor Mephisto ihm einen neuen Kopf aufsetzen? Oder will Henry Six unser glorreiches Jahrtausend als Ektopos überleben? Warum verzichtet er plötzlich auf Puissant?"

Glover nahm einen Schluck Whisky, dann schüttelte er den Kopf. „Sie würden es nicht für möglich halten, was so ein alter, lebensgieriger, machtgeiler Mann alles mit sich anstellen läßt, um nicht abtreten zu müssen, Truckle. Schätzen Sie sich glücklich, daß Sie es nicht wissen."

„Und wenn ich Ihnen nun sage, daß ich nur nach Maywood gekommen bin, um das zu erfahren? Um mit Ihnen darüber zu sprechen? Sie stecken bis über beide Ohren in Schwierigkeiten, Glover, und ich bin bereit, Ihnen zu helfen. Nicht, weil ich Sie so überaus schätze – ich habe einen Klienten, der sich für Sie interessiert. Was halten Sie von einer Million Dollar? Sie bekommen alles, was Sie sich wünschen, wenn Sie über Henry Six auspacken."

„Nicht für hundert Millionen! Daß ich schweige, ist meine einzige Lebensversicherung, und ich werde –" Er brach mitten im Satz ab, blickte Timothy lauernd an, grinste. „Sie bluffen doch nur."

„Nein, Glover, ich –"

„Sie wollen mir mein Geheimnis entlocken, weil Sie eine Chance sehen, so wieder aus Maywood herauszukommen. Wenn Sie wirklich noch einflußreiche Gönner haben, warum hat man dann Ihren Arm abgenommen? Mit mir nicht, mein Lieber!"

„Glauben Sie mir doch!" Timothy wollte den Sack abstreifen.

„Keine Bewegung!" Glover richtete den Rayvolver auf Timothy, trank den Rest aus der Flasche und warf sie hinter sich. „Danke schön. Dafür will ich Ihnen noch einen letzten Liebesdienst erweisen. Ich könnte Sie einfach Ihrem Schicksal überlassen, ich verschwinde morgen ohnehin aus Maywood. Ich könnte Sie auch an einen Vandyman verkaufen – Zwerge sind selbst in den Nolands selten und gewiß eine gefragte Ware für eine ‚Rent a kill'-Gang, doch ich will es gnädig mit Ihnen machen. Sie haben ja keine Ahnung, was Ihnen hier alles geschehen kann."

Timothy zwang sich ein Lächeln ab. „Blicken Sie doch erst mal nach links."

Glover wirbelte herum. Timothy warf sich zur Seite, stieß den Lauf seiner Stungun durch die Plasthaut des Sackes und drückte ab. Glover ließ den Rayvolver fallen, griff mit beiden Händen an die Kehle und stürzte laut röchelnd zu Boden.

„Das hätte leicht ins Auge gehen können", sagte Smiley. „Kennst du nicht den Unterschied zwischen einem Ganoven und einem Bullen?"

„Gibt es da einen?"

„Der Ganove schießt, dann sagt er ‚Entschuldigung'; der Bulle hält dir einen langen Vortrag, dann erst erschießt er dich. Sie hören sich einfach zu gerne reden."

„Hast du erfahren, was du wissen wolltest?"

„Nur, daß er weiß, was ich wissen will. Wir müssen Glover mitnehmen."

„Bist du wahnsinnig? Hier in Maywood kannst du tun und lassen, was du willst, Tiny, aber auf der anderen Seite der Grenze nennt man so was Kidnapping."

„Und wir müssen ihn irgendwo einsperren, bis er bereit ist, zu singen", fuhr Timothy ungerührt fort.

„Also auch noch ‚Anmaßung gesetzlicher Gewalt'. Das kostet uns die Lizenz."

„Nur wenn es herauskommt, Smiley."

„Warum, Tiny? Ist er wirklich so wichtig?"

„Bitte, stell keine Fragen. Es muß sein."

„Die Spencers werden Fragen stellen. Und wenn wir sie nicht hinreichend beantworten, werden sie möglicherweise zur Polizei gehen, um sich zu decken."

Timothy überlegte eine Weile.

„Weißt du, wo wir uns befinden, Smiley? Gibt es in der Nähe ein Loch in der Mauer? Kann man dort ein Aerotaxi bekommen?" Smiley nickte jedesmal.

„Dann erkläre ich dir hiermit offiziell, daß ich einen Suchauftrag der GM-Polizei mit Haftbefehl gegen diesen Mann habe. Damit übernehme ich alle Verantwortung."

„Hast du wirklich einen Haftbefehl?"

„Natürlich nicht bei mir." Sie starrten sich stumm in die Augen. „Habe ich dich jemals betrogen?"

„Okay", sagte Smiley, „aber du wiederholst es vor den Spencers."

„Wissen Bud und Sidney, wer unser Mann ist?"

„Von mir nicht, und ich glaube kaum, daß sie Glover früher schon mal gesehen haben."

„Sie sollen ihn noch zur Grenze tragen, dann trennen wir uns von ihnen. Können wir Glover in deinem Büro deponieren, bis ich den Transport ins ‚Nebraska' organisiert habe?"

„Willst du ihn etwa bei dir einsperren?"

„Das ist nicht dein Problem."

„Hoffentlich, Tiny. Ich mache mir ernsthaft Sorgen."

9.

„Endlich!" rief Anne. „Ich bin fast gestorben vor Angst." Timothy wehrte ihren Umarmungsversuch ab.

„Erst einmal baden. Ich habe mich schon lange nicht mehr so dreckig gefühlt. Laß mir bitte eine halbe Stunde Zeit, damit ich wieder zu mir komme."

Er ließ sich auf dem Wasser treiben, schloß die Augen und sang lauthals, schrie all die Eindrücke und Ängste aus den Nolands heraus; er praktizierte seit langem diese ursprünglich von den Naturvölkern betriebene Form von Sinnsang, eine äußerst gesundheitsfördernde Methode, die ihm sein Psychiater empfohlen hatte. Als Timothy die Augen aufschlug und Anne erblickte, wurde er rot.

„Das finde ich aber nicht nett", sagte er. „Auch Liebende müssen ein Recht auf Schutz ihrer Privatsphäre haben."

„So brauchst du mir nicht mehr viel zu erzählen", sagte Anne leise. „Es muß schrecklich gewesen sein. Soll ich dir den Rükken schrubben?"

Sie hielt einen Packen Communics in der Hand. „Gwendolyn Magginthy scheint große Sehnsucht nach dir zu haben. Deborrah Johnson will dich auch dringend sprechen. Tiny, du bist ein Weiberheld."

„Die Bachstelze? Hat sie gesagt, warum?“

„Scheint privat zu sein; sie hat nicht ihre Polizeifrequenz benutzt.“

Timothy stieß erleichtert die Luft aus. „Dann hat es Zeit. Und Grandma wird sich auch bis morgen gedulden müssen.“

Timothy irrte sich. Der Communicator schlug wild an. Leclercq stand vor der Tür.

„Ich weiß, daß Sie zurück sind“, schrie er in das Mikrofon, „und ich werde nicht lockerlassen, bis Sie aufmachen. Ich soll Sie auf der Stelle zu Grandma bringen. Sie will Ihnen etwas Wichtiges mitteilen, und Sie sollen Ihren verdammten Hut abholen, den Sie neulich liegengelassen haben. Entschuldigen Sie bitte den rüden Ton, Mister Truckle, ich zitiere nur.“

„Schon gut“, antwortete Timothy, „ich komme. Aber ich liege gerade in der Wanne. Setzen Sie sich eine halbe Stunde in das Café an der Ecke.“

„Ich warte lieber vor Ihrer Tür“, sagte Leclercq.

Anne sprang auf. „Ich stelle schon die Verbindung zum Großen Bruder her.“

„Warte noch, ich muß erst mit dem Hausmeister sprechen.“

Buster Coats saß gerade beim Abendbrot, seine Frau fütterte das Baby mit Brei. Das Bild rührte Timothy an; wann bekam er schon mal eine intakte und so offenkundig glückliche Familie zu sehen.

„Ich bitte um Verzeihung“, sagte Timothy, „ich störe weiß Gott nicht gerne beim Essen, aber es muß sein. Klappt es mit dem Penthaus, ist es zu haben?“ Coats nickte mit vollem Mund.

„Dann miete ich es im Auftrag von Gwendolyn Magginthy, Sie wissen doch: die Chefin von GENERAL MOTORS. Rückwirkend ab gestern. Die Miete und Ihre Provision wird heute noch überwiesen. Ich schicke in einer halben Stunde die Bevollmächtigte von Miss Magginthy vorbei, sie heißt Anne Frobisher und wird sich mit einer beglaubigten Kopie meines Identicats ausweisen. Übergeben Sie ihr das Penthaus, sie soll heute noch mit dem Renovieren beginnen. Bitte verstehen Sie es nicht falsch, Mister Coats, aber sie wird ihre eigenen Handwerker mitbringen, Miss Magginthy ist wie alle Bigbosse in dieser Frage sehr eigen.“

„Geht in Ordnung“, sagte Coats. „Ich freue mich, Ihnen einen Dienst erweisen zu können.“

„So, Anne“, sagte Timothy, „nun ruf den Großen Bruder an. Hoffentlich schluckt Grandma den Köder. Und man soll einen Mann mitschicken, der in den nächsten Tagen einen Gefangenen bewacht.“

„Einen Gefangenen?“

„Glover.“ Timothy lächelte. „Kidnapping steht nun auch auf meiner Liste.“

Grandma führte Timothy in ihr Mausoleum. Der schwach erleuchtete Raum sah noch genauso kahl aus wie bei seinem ersten Besuch. „Da ist der ‚Laurin‘ “, sagte sie.

Timothy blickte sich suchend um. „Wo?“

„Sie stehen direkt vor ihm. Strecken Sie den Arm aus.“

Die Hand verschwand im Nichts. „Sagenhaft“, murmelte Timothy. „Einfach unglaublich.“

Grandma ließ das Licht aufstrahlen; erst bei der höchsten Helligkeit bemerkte Timothy dort, wo seine Hand verschwand, ein Flirren, und nach einer Minute äußerster Konzentration glaubte er die Halbkugel des „Laurin“ ausmachen zu können, eine leichte Unschärfe und ein Vibrieren der Luft, als atme der „Laurin“, vielleicht ein Effekt, um das Auge besser betrügen zu können? Grandma nahm ein Manual, das wie eine Video-Fernbedienung aussah, vom Tisch, drückte die rote Taste – wie von Zauberhand hingestellt, stand ein Gerät auf einem Hubkarren im Raum, eine Konstruktion aus sich langsam drehenden, changierenden Plastringen, die in sich kreisten und um den imaginären Mittelpunkt einer leeren Kugel rotierten, mit stachligen Auslegern, die mit elektronischen Apparaturen gespickt waren; das Ganze erinnerte an frühe Weltraumsonden.

„Ich habe das Ding eigenhändig hier hineingefahren“, sagte Grandma in einem Ton, als habe sie tatsächlich einmal körperliche Arbeit geleistet. „Ihr ‚Monofly‘ liegt im zweiten Wandschrank. Man hat mir gesagt, daß er durch den Umbau rund achtzig Kilogramm leichter geworden wäre, also müßte er den ‚Laurin‘ bequem tragen können. Passen Sie ja auf, daß Sie nichts beschädigen, wenn Sie die beiden Geräte miteinander verbinden.“

„Das mach’ ich schon“, sagte Timothy, „aber ich kann nicht versprechen, daß der ‚Laurin‘ keine Kratzer oder Beulen bekommt, wenn ich in Fordsville einbreche; das wird schließlich kein Sonntagsspaziergang.“

„Kratzer und Beulen wären zu erklären, nicht aber Anzeichen, daß das Gerät mit einem anderen gekoppelt wurde." Sie paßte wie ein Luchs auf, während Timothy ‚Monofly' und ‚Laurin' koppelte, dann erklärte sie ihm die Bedienung des Manuals. Timothy kletterte hinein, schnallte die Gurte um und drückte auf die grüne Taste; nichts geschah.

Grandma klatschte begeistert in die Hände. „Es funktioniert! Stehen Sie noch auf dem Boden, Mister Truckle?"

Timothy ließ sich steigen, bis er die Decke mit der Hand berühren konnte.

„Wo sind Sie jetzt?" Grandma suchte den Raum mit den Augen ab. Timothy glitt über ihren Kopf hinweg, sank herunter, beugte sich vor und tippte Grandma in den Nacken. „Kukkuck." Sie fuhr herum.

„Werden Sie doch nicht albern, Mister Truckle. Schalten Sie den ‚Laurin' wieder ab."

Timothy machte sich sichtbar. Gwendolyn Magginthy beobachtete argwöhnisch sein Landemanöver. Es wäre fast eine Bruchlandung geworden; er mußte beide Beine zu Hilfe nehmen, um den Aufprall abzufedern.

„Ich muß unbedingt üben", erklärte er, „und nicht nur im Zimmer. Ich dachte, ich trainiere erst einmal auf Ihrem Gelände, bevor ich mich ins Freie wage. Wir müssen ganz sichergehen, das heißt, ich muß auch lernen, mich in der Stadt zu bewegen. Wann soll es losgehen?"

„Hoffentlich bald. Wir haben maximal fünf Tage Zeit. Aber es gibt ein Problem, Mister Truckle: Das Gerät muß schnell aus dem Haus. Wo könnten wir es unterbringen?"

„Ich habe schon daran gedacht", sagte Timothy. „Auf dem mittleren südöstlichen Plateau des ‚Nebraska' stand ein Penthaus leer. Ich habe mich als Ihren Beauftragten ausgegeben und es für Sie gebucht. Sie müßten allerdings noch heute Miete und Provision überweisen. Dort könnte ich landen und unauffällig im Haus verschwinden. Außerdem ist es schon der halbe Weg bis Fordsville."

„Ausgezeichnet", lobte Grandma. „Dann können Sie das Ding also gleich mitnehmen."

Timothy öffnete die Tasche, die er mitgebracht hatte, holte eine wetterfeste Kombination, Sturzhelm, Schutzbrille und Nachtsichtgerät heraus. „Ich habe mich auf alle Fälle für einen Nachtflug vorbereitet."

„Sie sind beeindruckend umsichtig“, sagte Grandma. „Genügt Ihnen eine Stunde Training? Ich muß um acht Uhr in die Stadt. Ich kann den Abflug hinauszögern, damit Sie Zeit haben, sich an den Jet zu hängen, und ich würde den Piloten anweisen, ganz langsam zu fliegen, so könnten Sie im Schatten meiner Maschine die Klimasphäre verlassen.“

„Sehr gut. Dann werde ich jetzt unser – wie nennen wir es eigentlich? Wir sollten ein Codewort vereinbaren. Monaurin, Morin, Monrin, Monroe –? Es gab da mal eine entzückende Schauspielerin, Marilyn Monroe, nennen wir das Ding doch nach ihr ‚Marilyn‘.“

„Einverstanden.“ Grandma lachte. „Melden Sie sich, sobald Sie mit ‚Marilyn‘ im ‚Nebraska‘ angekommen sind. Sie werden verstehen –“

„Ihnen wird wohl kaum etwas passieren, selbst wenn ich Totalschaden mache.“

„Natürlich nicht, aber ich müßte zwei Mitarbeiter opfern, zwei äußerst fähige und ergebene Männer, auf die ich nur ungern verzichten möchte. Und halten Sie sich in den nächsten Tagen ständig zu meiner Verfügung.“

„Wenn bis mittags nichts in Fordsville passiert ist, wird es an dem Tag ohnehin nichts. Die Spaziergänge finden immer zwischen zwei und vier Uhr statt.“

„Trotzdem. Wo waren Sie überhaupt?“

„Gut, daß Sie mich daran erinnern. Ich habe die Spur von Glover aufgenommen. Es könnte ja sein, daß unser Kommandounternehmen nicht klappt; vielleicht kann er uns weiterhelfen. Lassen Sie mir bitte gleich einen Suchauftrag und einen Haftbefehl Ihrer Polizei für Glover ausstellen; man soll aber das Datum freilassen.“

10.

Im Freien zu fliegen war ganz etwas anderes, als im Schutz einer Klimasphäre zu trainieren. Timothy hatte Mühe, „Marilyn“ unter Kontrolle zu halten. Als sie Grandmas Besitz verließen, riß der Aufwind an der Sphärengrenze ihn davon und hätte ihn beinahe gegen den Jet geschleudert. Timothy wurde hochgewirbelt und konnte gerade noch einem landenden Taxi ausweichen. Er entschloß sich, so dicht wie nur möglich über den Häusern dahinzugleiten, obwohl er hier ständig im Bereich der automatischen Luftkontrolle blieb. Hoffentlich hatten die Techniker der GENERAL MOTORS das Gerät tatsächlich peilfrei gemacht. Plötzlich lief es ihm kalt den Rücken hinunter. Und was war mit dem „Laurin“? Vielleicht zuckte er schon als Leuchtkäfer auf allen Kontrollschirmen der Umgebung?

Timothy lenkte zum Gelände der Burbank-Universität hinüber, in deren weitverzweigten Anlagen und verschachtelten Gebäuden er sicher entwischen konnte, und landete auf dem Dach des Zentralgebäudes. Wenn man ihn geortet hatte, dann war er längst als UUFO* klassifiziert, und die Helicopter der Luftüberwachung mußten in wenigen Augenblicken auftauchen. Zehn Minuten nervenzerreißendes Warten. Dann schimpfte sich Timothy laut einen hirnverbrannten Idioten. Natürlich war der „Laurin“ peilfrei. Schließlich wurde er für das Militär entwickelt; was nutzte denen eine Tarnkappe, die schon bei Routinekontrollen durchfiel.

Der Weg zum „Nebraska“ war nicht zu verfehlen, der Skyscraper ragte als weithin leuchtender Koloß in die Wolken. Mit einem Jet wären es keine zwanzig Minuten gewesen, doch Timothy brauchte fast drei Stunden, und er mußte immer wieder zwischenlanden und sich ausruhen. Schweißbäche rannen in den Kragen, das Hemd klebte am Rücken. Der Flug verlangte eine fast übermenschliche Konzentration. Andauernd mußte er Wänden, Türmen, Masten, Antennen, Gerüsten ausweichen, die selbst mit dem Nachtsichtgerät schwer auszumachen waren, an jeder Ecke konnte ein Taxi mit rasender Geschwindigkeit herausschießen, Kunststück, die konnten sich auf Radar und Impulsgeber verlassen, er aber mußte mit seinen Sinnen auskommen, dabei hörte er so gut wie nichts, er hätte vier Paar Augen haben müssen, an jeder Seite des Kopfes eines; die Straßenzüge konnte er nicht benutzen, weil er in den Sog der Aerobusse gekommen wäre, wenn er aber ein Stück über den Häusern flog, riskierte er, von den hier oben tobenden, ständig wechselnden Winden erfaßt und herumgewirbelt zu werden; Chicago galt nicht nur im übertragenen Sinne als „die windigste Stadt der Staaten“. Die unberechenbare Thermik

* UUFO = Unidentified Unlicensed Flying Object: nicht zu identifizierendes und nicht genehmigtes fliegendes Objekt.

der Stadt schüttelte sein offenes Leichtbaugerät auch so schon unbarmherzig. Weiß Gott, es war verdammt anstrengend, ein unsichtbarer fliegender Zwerg zu sein.

Dann mußte er sich doch in den Sturm werfen, die orkanartigen Böen überwinden, die um das „Nebraska" tobten; zweimal rettete ihn nur ein verzweifeltes Abprallen mit den Füßen davor, an der Hauswand zu zerschellen. Er war heilfroh, als er das Plateau erreichte. Und daß das Penthaus nicht auf einer höheren Etage lag, es ihm also erspart blieb, durch die dicken Smogwolken tauchen zu müssen.

Anne stand mit zwei Männern an der Brüstung und hielt Ausschau. Timothy setzte hinter ihnen auf und weidete sich an den verdutzten Gesichtern, als sie auf seinen Ruf herumschnellten und nichts sahen. Er ließ sich für Bruchteile einer Sekunde aufblitzen, dann flog er in den offenen Hangar. Die beiden Männer schlossen das Tor, rissen, ohne sich um Timothy zu kümmern, die Luken zweier Großcontainer auf, die mit „GM-Instandsetzungsservice" beschriftet waren, schwenkten zwei Pseudowände mit Farbkanistern, Isoliermaterial und ähnlichem Zeug auf, hinter denen sich ein Gewirr komplizierter Geräte verbarg und ein Computer, der ganz gewiß mehr leistete als nur die Koordinierung einer Hausrenovierung. Scheinwerfer blitzten auf, leuchteten den Hangar taghell aus, und kaum daß Timothy sich aus „Marilyn" herausgezwängt hatte und mit schlotternden, den Dienst versagenden Beinen davonwankte, begannen die beiden, das Gerät von allen Seiten mit Multispektralkameras aufzunehmen.

Anne sprang hinzu und stützte Timothy. Er zitterte am ganzen Körper, seine Zähne klapperten. Anne führte ihn zu einem Sessel. Sie hatte nicht nur an Kaffee gedacht, sie hielt auch Whisky bereit. Als Timothy die Flasche an den Mund setzen wollte, nahm sie sie ihm weg und goß nur einen kleinen Schluck ein. Sie stellte sich hinter den Sessel, drückte Timothys Kopf an die Brust und streichelte ihn.

„Wenn ich mich jemals wieder verliebe", sagte sie, „dann nur in einen braven Bürger, der nie seine Wohnung verläßt."

Einer der Männer kam, um sich von Timothy das Manual erklären zu lassen.

„Wieviel Zeit haben wir?" fragte er.

„Maximal fünf Tage. Auf jeden Fall bis morgen nachmittag. Nein, bis übermorgen. Ich werde Grandma kategorisch erklären, daß ich mindestens einen Tag brauche, um mich von den Strapazen des Flugs zu erholen. Laßt euch also ruhig Zeit."

„Wir müßten das Gerät auseinandernehmen, und die Montage könnte ein paar Stunden dauern."

„Macht nichts. Ich denke gar nicht daran, nach Fordsville zu fliegen. Notfalls ziehe ich meinen Joker aus dem Ärmel und verzögere die Rückgabe des ‚Laurin' unter einem Vorwand so lange, bis ihr ihn wieder zusammengebaut habt. Braucht ihr mich noch?"

Der andere überlegte kurz, dann schüttelte er den Kopf.

„Um so besser. Da kann ich mich ja beruhigt ins Bett legen." Er lächelte Anne müde zu. „Und auf der Stelle schlafen!"

„Vorher mußt du noch Smiley anrufen", erklärte Anne. „Er versucht seit Stunden, dich zu erreichen."

„Komm sofort, Tiny!" Smiley stotterte vor Aufregung, er war kreidebleich.

„Was ist los? Wir hatten vereinbart, daß ich das Paket morgen früh abhole."

„Mir geht es verdammt dreckig", erklärte Smiley. „Ich muß in Maywood Gas geschluckt haben, vielleicht einen verstreuten Stungun-Schuß." Er plinkerte auffällig mit dem linken Auge. „Hohes Fieber. Puls und Herzschlag kaum noch zu fühlen. Ein paarmal hatte ich schon Angst, ich müßte auf der Stelle abkratzen. Bring einen Arzt mit."

„Bin schon unterwegs." Timothy rief Anne zu, sie solle ein Taxi besorgen, stürzte ins Bad, riß die Kleidung herunter, schüttete kaltes Wasser über Gesicht und Rücken, schluckte zwei Pervitinal und spülte sie mit Kognak hinunter, um die Wirkung zu forcieren. Er trocknete sich nicht ab. Während er frische Wäsche anzog, wählte er schon den Arzt an, der ihm bei Samuel, dem Monster aus Fort Baxter, geholfen hatte.

„Sie müssen einem Freund von mir helfen, Doc", sagte Timothy, „Stungun-Vergiftung. Ein Taxi ist schon unterwegs. Wir treffen uns auf Flugdeck C."

Glover war am ganzen Körper krebsrot, seine Augen glasig und blutunterlaufen, er atmete keuchend, und es schien, als wolle er sich jeden Augenblick übergeben.

„Ich verstehe das nicht", sagte Timothy. „Gut, ich habe ihm eine doppelte Dosis verpaßt, damit er bis morgen vormittag schläft, aber es war nur ein harmloses Betäubungsmittel."

„Hast du noch eine Patrone?“ fragte Doc. Timothy gab sie ihm. Doc holte die Phiole heraus und steckte sie in seinen Analysator. Timothy blickte ihm über die Schulter, doch die angezeigten Werte sagten ihm nichts.

„Du hast nicht noch die Patronenhülsen –?“

„Nein. Aber sie stammten alle aus derselben Packung. Ich hatte die Stungun frisch geladen.“

„Dann gibt es nur eine Erklärung – allergische Reaktion. Aber das werden wir bald wissen.“

Timothy winkte Smiley hinaus. „Ich brauch' einen Schnaps.“

„Du siehst so aus, als brauchtest du auch einen Arzt. Wo hast du dich herumgetrieben, Tiny?“

„Ach, ich habe nur gelernt, mich unsichtbar zu machen und wie ein Vögelchen zu fliegen. Es ist ziemlich aufregend, über den Dächern von Chicago dahinzusegeln.“

Smiley tippte sich grinsend an die Stirn. Die Wahrheit, dachte Timothy, ist doch allemal die beste Lüge.

Es dauerte über eine halbe Stunde, bis Doc den Kopf durch die Tür steckte.

„Wie ich mir dachte: ein allergischer Schock. Wahrscheinlich hat der Mann schon seit langem Braindamed oder eine ähnlich starke Psychodroge genommen.“

„Und was wird nun?“ erkundigte sich Timothy.

„Schwer zu sagen. Ich befürchte, er fällt in den nächsten vierundzwanzig Stunden ins Koma und stirbt, ohne noch einmal das Bewußtsein zu erlangen.“

„Das darf nicht wahr sein!“ schrie Timothy. „Mein schöner Joker! Man muß doch was machen können.“

„Wenn er nicht schnellstens in eine Intensivstation kommt, stirbt er noch vor morgen früh.“

„Wenn wir ihn in eine Klinik schaffen – kann es sein, daß er dann phantasiert? Ich meine, daß er trotz Bewußtlosigkeit spricht?“

„Möglich. Darf das nicht sein?“

„Doch. Aber ich müßte es erfahren. Hast du eine zuverlässige Klinik an der Hand?“ Doc zuckte mit den Schultern. „Dann muß Paddington helfen.“

Der Professor war noch in seiner Klinik. „Ich brauche sofort einen Platz in Ihrer Intensivstation“, erklärte Timothy. „Sie haben doch ein Bett für einen Freund von mir, Professor?“

„Betten genug“, antwortete Paddington grimmig, „aber kein

Personal. Sie wissen doch, die PUBLIC HEALTHFARE –" Doc nickte.

„Ich bringe einen Arzt und einen Pfleger mit", sagte Timothy. „Wir sind in wenigen Minuten bei Ihnen."

„Und der Pfleger bin ich, was?" maulte Smiley.

„Erraten, mein Lieber. Aber du sollst nur aufnehmen, was Glover brabbelt. Dafür wirst du der höchstbezahlte Krankenpfleger sein, der je in einer öffentlichen Klinik Dienst getan hat."

11.

Glover ließ sich Zeit mit dem Sterben. Doch er sprach auch nicht. Offensichtlich wurde er von quälenden Phantasien geplagt, er schrie und lallte unentwegt, aber nur unverständliche, kaum artikulierte Laute.

„Ich fürchte, er hat die Sprache verloren", sagte Doc, als er seinen morgendlichen Report durchgab. „Heute nacht habe ich es mit Truephamin versucht, vergeblich. Soll Smiley weiter aufnehmen?"

„Unbedingt", sagte Timothy. „Jeden Laut. Hast du nicht doch ein Mittel, ihn zum Sprechen zu bringen?"

Doc schüttelte den Kopf. „Ich kann nicht sein Leben riskieren."

„Um das wäre es nicht schade", brummte Timothy. „Entschuldige, Doc, ich weiß, du als Mediziner ... Versuch bitte alles, ja?"

Es war ein verzweifelter Wettlauf gegen die Zeit, und Timothy, der Hauptbetroffene, mußte tatenlos zusehen, wie die anderen rannten. Um sein Leben. Er machte sich keine Illusionen: Wenn etwas schiefging – vielleicht sogar, wenn alles klappte! –, würde Grandma Befehl geben, ihn sofort zu liquidieren. Sowohl sein Appartement als auch das Penthaus wurden rund um die Uhr überwacht, und es war nicht schwer gewesen, die Leute als Männer der GENERAL MOTORS zu identifizieren. Timothy verließ sich nicht darauf, daß Grandma ihnen verboten hatte, das Penthaus zu betreten; er prägte die Sicherung, so daß die Türen nur noch mit seinem Identicat zu öffnen waren. Ein Glück, daß Hank und Phil, die beiden Techniker, auch genügend Lebensmittel mitgebracht hatten; es wäre jetzt verdammt schwer gewesen, sie unauffällig zu versorgen.

Gleich am Morgen nach seinem Flug mit „Marilyn“ hatte Timothy begonnen, Vorbereitungen für sein Untertauchen zu treffen, und er war wieder auf das noch immer ungelöste Hauptproblem gestoßen: Napoleon. Gewiß, alle wichtigen Informationen wurden regelmäßig gedoppelt und in den UNDERGROUND transferiert, aber Napoleon barg so viele Dateien – all das über die Jahre gesammelte Wissen, dazu Unmengen von Kristallen mit seinen, ihren Überlegungen –, die sein Gehirn so einzigartig, unverwechselbar und unentbehrlich machten und die unmöglich in ein paar Stunden überspielt werden konnten und im Notfall auch nicht leicht auszubauen und abzutransportieren waren. Die Doppelung eines kompletten Elektronengehirns, zumal eines von Napoleons Kapazität, war noch immer eines der kompliziertesten Probleme der Intellektronik. Seit über einem Jahr besaß Timothy dafür ein wahrscheinlich DRAUSSEN ausgearbeitetes Programm, aber wenn der Prozeß der Doppelung einmal eingeleitet worden war, durfte er nicht unterbrochen werden, wollte man nicht riskieren, daß die subtilen Intrastrukturen zu unentwirrbarem Kauderwelsch verklumpten.

Es wäre schwierig genug, Napoleon ein oder zwei Wochen völlig in Ruhe zu lassen, das eigentliche Problem aber lag darin, eine absolut unkontrollierbare Leitung zwischen Napoleon und einem anderen Computer herzustellen. Als Timothy jetzt die Lösung einfiel, griff er sich mit entsetzter Gebärde an den Kopf; daß er nicht schon vor Wochen daraufgekommen war! Er ließ Napoleon die Gesamtkapazität aller gespeicherten Dats und Ideats berechnen und wie lange eine Doppelung dauern würde. Bei einer Leitung von durchschnittlicher Leistung zehn Tage. Napoleon schickte noch eine Frage hinterher:

++ was bedeutet das, sir? + mir ist unverständlich, was sie sich von einem alterego versprechen + sind sie mit meiner leistung unzufrieden? + glauben sie im ernst, daß sie mit einer solchen maßnahme zu einer verdoppelten leistung kommen? + darf ich sie auf die Konsequenzen nach dem 4. computertheorem verweisen? + n. +++

Timothy lachte, dann schrieb er seine Antwort in den Geber:
++ kein kommentar + merke: computer sollten alles wissen, müssen aber nicht alles wissen + t. +++

++ wie soll ich dieses paradoxon verstehen? + n. +++
++ gar nicht + ganzen vorgang total löschen + t. +++

Zehn Tage also. Bei seinem nächsten Gespräch mit dem Großen Bruder verlangte Timothy, daß man schnellstens eine Schaltung zu einem anderen Computer über die Leitung der geheimen Etage herstellen sollte. Hoffentlich war es nicht schon zu spät.

Fast ebenso schwer fiel ihm der Gedanke, Schneewittchen zurücklassen zu müssen. Einen Augenblick erwog er, die Sonic gleich aus dem Haus zu schaffen, aber gerade jetzt mochte er sie nicht missen; sie bildete den Glanzpunkt der Stunden mit Anne, und wie viele solcher Stunden waren ihm noch vergönnt?

Glovers Koma hatte seine Hoffnung über den Haufen geworfen, daß er die gewünschten Informationen schon besaß, wenn Grandma das Kommando für den Einbruch in Fordsville gab. Er konnte nur hoffen, daß es ihren Agenten nicht so bald gelang, die Energiezentrale lahmzulegen. Und daß Hank und Phil endlich mit der Untersuchung des „Laurin“ fertig wurden.

Als Timothy zum Penthaus hinüberfuhr, erschrak er zutiefst. Das Gerät lag völlig demontiert in tausend Einzelteilen auf dem Boden des Hangar. Gut, nicht direkt auf dem Boden, auf verschiedenfarbigen Folien und offensichtlich systematisch geordnet, aber er verlor bei diesem Anblick den Mut, daß Hank und Phil das Gerät jemals wieder zusammenbekommen würden. Hank beruhigte ihn, das sei nur eine Sache von Stunden.

„Wie vielen Stunden?“ fragte Timothy und sah besorgt auf die Uhr.

„Gestern haben wir es in knapp hundert Minuten geschafft.“ Hank schmunzelte. „Wir haben dir nichts gesagt, um dich nicht zu beunruhigen, aber wir hatten den ‚Laurin‘ auch vorgestern schon zerlegt. Bis mittags steht er wieder, und wenn Grandma sich nicht meldet, nehmen wir ihn halt wieder auseinander.“

Timothy rief vorsichtshalber gleich bei ihr an, damit sie nicht auf den Gedanken kommen sollte, ihn zu besuchen. Sie wirkte sehr nervös.

„Heute wird es nichts“, sagte sie. „Ich versuche, den Termin noch etwas hinauszuschieben, aber ich weiß nicht –“ Sie blickte ihn sorgenvoll an. Timothy zwang sich zu einem Lächeln.

„Wir werden es schaffen“, sagte er zuversichtlich. „So oder so.“ Kurz darauf rief Anne an. Sie nickte erleichtert, als Timothy ihr mitteilte, er würde das Haus heute nicht mehr verlassen.

„Das ist mir sehr recht“, sagte Anne. „Ich komme erst gegen Abend. Bitte bereite ein schönes Essen vor, ich will etwas mit dir besprechen.“ Sie hatte schon aufgelegt, bevor Timothy sie fragen konnte, was.

Tiefe Unruhe erfaßte ihn. Er lief von einem Raum in den anderen, nahm irgend etwas in die Hand, legte es wieder beiseite, griff nach etwas anderem, stieg in die Wanne, hielt es auch dort nicht aus, kramte in seinen Büchern, reinigte das Aquarium, schaltete sogar sämtliche Video-Programme durch, ging in die Küche und begann Kartoffeln zu schälen, stand aber bald wieder auf, setzte sich in seinen Hometrainer und versuchte, seine Unrast durch hektische Bewegungen abzureagieren.

Anne sah müde und abgespannt aus. Sie begrüßte ihn mit einem Lächeln, aber Timothy argwöhnte, daß ihre Heiterkeit nur aufgesetzt war, um dahinter eine rabenschwarze Nachricht zu verbergen.

„Was ist los?“ überfiel er sie.

„Später“, antwortete sie. „Nach dem Essen. Was gibt es Schönes?“

„Spaghetti mit Ketchup“, erwiderte Timothy mufflig. „Ich denke, das wird dem Anlaß angemessen sein.“

Anne blickte ihn erschrocken an, dann umarmte sie ihn lachend. „Keine Angst, Tiny“, flüsterte sie, „ich will dir nicht sagen, daß ich jetzt gehe, ganz im Gegenteil!“

„Was?“ schrie er. „Konntest du mir nicht wenigstens etwas andeuten? Ich stürze sofort in die Küche! In einer Stunde sollst du tafeln wie eine Königin.“

„Ich helfe dir“, sagte Anne.

Timothy lehnte ab. „Kochen“, so erklärte er, „ist eine viel zu ernste Angelegenheit, um es einer Frau zu überlassen. Kartoffeln darfst du schälen.“

Während sie beide in der Küche hantierten, berichtete Anne, daß sie keinen Erfolg gehabt hatte; Glovers Gestammel sei ganz offensichtlich nicht zu entziffern. Anne hatte einen Bekannten im Linguistischen Zentrum um Hilfe gebeten, in dem es die besten Sprachentzerrer und Identificomaten der Staaten, wenn nicht der Erde gab. Ihr Bekannter hatte die Kristalle irgendwie einem Computer untergeschoben, der daran arbeitete, fast völlig zerstörte Banddokumente aus dem frühen 20. Jahrhundert zu entziffern, Aufzeichnungen von Brain-storming-Protokollen, sogar jener historischen Diskussionen der Physiker, die in Los Alamos die erste Atombombe entworfen hatten; die Militärs hofften, aus den damals frei assoziierten Gedanken der Wissenschaftler Ansatzpunkte für neue Waffen zu erhalten, aber auch dieser Supercomputer hatte versagt. Kein identifizierbares Wort in keiner der rund achthundert gespeicherten Sprachen, war seine kategorische Auskunft.

Timothy hatte längst gelernt, sich bei Anne in Geduld zu fassen. Drängen half nichts, in diesem Punkt war sie störrisch wie ein ausgeflippter Computer; er mußte bis nach dem Abendbrot warten. Anne verbannte Schneewittchen aus dem Schlafraum, schaltete die Videowände auf ein fast schwarzes Violett und legte einen Kristall auf. Timothy vernahm Töne, wie er sie bislang noch nie gehört hatte, eine unbeschreibbare Mischung aus den Klängen klassischer und intellektronischer Instrumente, die ihn durch alle emotionalen Tiefen und Höhen riß.

„Was ist das?“ flüsterte er, als die Musik verklungen war.

„Eine Sinfonie von Berlotta. Er gilt DRAUSSEN zur Zeit als das größte Genie.“

„Danke, das war wunderschön. Aber nun verrate mir endlich, was los ist. Du mußt mich nicht verlassen?“

„Ja und nein, Tiny. Ich werde keinen Auftrag mehr übernehmen, und ich bleibe in Chicago, aber wir müssen uns trotzdem bald trennen, zumindest für eine Weile. Ich gehe nach UNTEN.“ Sie lächelte. „Ich bekomme ein Kind.“

„Was?“ Timothy setzte sich auf und sah sie mit großen Augen an.

„Du wirst Vater, Tiny.“

Timothy saß wie versteinert da. Gedanken schossen wild durch sein Gehirn, stießen zusammen, verhedderten sich, vor allem: Wie war das möglich? Und: Wie sollte es weitergehen? Wieso hatten die Verhütungsdrogen, die in allen Getränken enthalten waren und die man nur unwirksam machen konnte, wenn man mit der Lizenz für ein Kind die Gegenmittel bekam, nicht gewirkt? Gab es eine Chance, das Kind nachträglich durch eine Lizenz zu legalisieren? Wahrscheinlich nicht einmal, wenn er all seine einflußreichen Klienten mobilisierte; er lag zu weit außerhalb der Toleranzen, er mußte ja froh sein, daß er noch vor der Baby-Bill* geboren worden war, sonst hätte man ihn spätestens im dritten Lebensjahr annulliert. Nein, alles aufgeben und mit Anne in den UNDERGROUND gehen. Das hier war ein Grund, den jedermann einsehen mußte.

„Ein Kind", flüsterte er, „wieso eigentlich?"

„Das weiß ich auch nicht", sagte Anne, „ein Wunder. Freust du dich nicht?"

„Und ob! Junge oder Mädchen?"

„Ein kleiner Tiny."

„Er soll die schönste Kindheit haben, die nur möglich ist", sagte Timothy. „Du, ich habe in dem Antiquitätenladen eine Autorennbahn gesehen, die kaufe ich gleich morgen; das war mein Lieblingsspielzeug, und das soll Mini-Tiny auch haben."

„Tiny, UNTEN gibt es auch Spielzeug. Wir werden nur das Allernötigste mitnehmen dürfen."

„Was war dein Lieblingsspielzeug?" fragte Timothy.

„Ein Kasperletheater." Anne lächelte versonnen. „Mit einem wunderschönen, handgeschnitzten Kasperle. Und mein Dackel natürlich. Schade, Dackel gibt es gar nicht mehr."

Timothy nahm sich vor, gleich morgen früh bei Abraham

---

* Baby-Bill: volkstümliche Bezeichnung für das „Gesetz zum Schutz der genetischen Volksgesundheit". Danach müssen sich Paare, die ein Kind haben wollen (auch wenn sie bereits ein Kind haben), nicht nur einer genetisch-medizinischen Kontrolle, sondern auch einer rigorosen sozialen und politischen Untersuchung unterziehen, bevor sie für „nachwuchsgeeignet" erklärt werden. Kinder ohne Lizenz werden ebenso wie „nichtreparable" körperlich oder geistig Behinderte „annulliert", wobei u. a. auch Kleinwüchsige außerhalb der Norm liegen. Das Gesetz löste 2017 das „Gesetz über Geburtenkontrolle" und das „Gesetz zur Reinerhaltung der Rassen" ab. Die wissenschaftlich verbrämte ideologische Begründung lieferte die rechtsradikale „Genetic Health Society". Angeblich sei das natürliche Gleichgewicht zwischen Mutation und Selektion durch ökologische Schäden und zivilisatorische Eingriffe, vor allem aber durch die „überhumane" Forderung nach Schutz jeglichen menschlichen Lebens, aus dem Gleichgewicht geraten, so daß der Staat diese Funktion jetzt im Interesse der Gesellschaft wahrnehmen müsse; sonst würden sich die „genetisch Minderwertigen" – wozu auch die nicht weißen Bevölkerungsanteile gezählt werden – unverhältnismäßig stark fortpflanzen und die „gesunden Amerikaner" völlig verdrängen.

Bentley anzurufen und nicht lockerzulassen, bis die ALLAMERICAN ihm einen Dackel produzierte, koste es, was es wolle. Nein, ein Pärchen. Er war so aufgekratzt, daß er übermütig über Anne herfiel, dann ging er erschrocken auf Abstand. „Entschuldige."

„Ich bin schwanger, nicht krank!"

„Und unser Kind?"

„Glückliche Eltern bekommen auch glückliche Kinder." Sie streckte die Arme aus. „Komm. Du darfst mir jetzt nicht mehr widersprechen."

„Na, das muß ich mir erst noch mal überlegen. Wann gehst du?"

„In zwei Wochen."

„Ich komme mit. Ich werde dich jetzt keinen Tag mehr allein lassen, Anne."

„Aber du kannst unmöglich –"

„Pst!" Timothy legte ihr die Hand auf die Lippen. „Ich kann. Eines Tages fliegt der gute Timothy Truckle ohnehin auf, wer weiß, vielleicht schon morgen. Der ‚Laurin' ist ein passendes Abschiedsgeschenk. Wenn Hank und Phil es hier nicht schaffen, gehe ich mit ‚Marilyn' nach UNTEN und bin spurlos verschwunden."

Anne kicherte. „Du würdest doch Napoleon nie im Stich lassen!"

„Darüber habe ich bereits mit dem Großen Bruder gesprochen. Ich muß nur Druck machen, daß wir sofort beginnen, Napoleon zu überspielen. Ich brauche zehn Tage, und wenn ich früher verschwinden muß, werden wir einen gewaltigen Türken bauen, wie man das früher nannte: Ich werde vom UNDERGROUND entführt, und man wird für meine Freilassung irgendwelche Zugeständnisse von den Bigbossen verlangen, etwas, worüber die sich ein paar Tage den Kopf zerbrechen müssen. Einer unserer Leute im NSA-Hauptquartier kann dafür sorgen, daß man mein Appartement sofort versiegelt und streng bewacht, damit niemand hineinkommt, während Napoleon gedoppelt wird. Danach fliegt alles in die Luft."

„Tiny, das geht nicht!"

„Und ob das geht. Ich habe das ganz genau durchkalkuliert, technisch ist es überhaupt kein Problem –"

„So benimmt man sich nicht unter Brüdern!"

„Bitte, singe mir jetzt nicht das Hohelied von der Disziplin des Revolutionärs. Ich habe seit meiner Jugend Disziplin geübt. Ich habe alles getan, was man verlangte – du weißt ungefähr, was alles –, nun aber ist Schluß. Zufällig nicht, weil ich enttarnt wurde, sondern weil ich es will. Habe ich denn überhaupt kein Recht auf mein Leben?"

„Das hier ist dein Leben, Tiny."

„Das war es. Timothy Truckle ist tot. Es lebe Timothy Truckle der Zweite. Und sein Junior. Zuerst UNTEN, und dann, Anne, gehen wir drei nach DRAUSSEN! Versuche nicht, mich umzustimmen. Gleich morgen früh spreche ich mit dem Großen Bruder."

12.

Der Große Bruder hörte sich alles geduldig und ohne Kommentar an. Er versprach, Timothys Anliegen sofort an den IK weiterzuleiten; das sei eine derart gravierende Entscheidung, daß sie im Inneren Kreis beraten werden müßte.

„Du kennst mich noch nicht so gut", sagte Timothy, „ich kann unerhört halsstarrig sein, und dieses Mal bin ich fest entschlossen, meinen Willen durchzusetzen, so oder so. Wann bekomme ich die Leitung für Napoleon?"

„Morgen, spätestens übermorgen", versprach der Große Bruder.

„Gut, ich werde Napoleon sicherheitshalber schon an die geheime Leitung anschließen, so daß man ihn notfalls von außen abrufen kann."

„Die Hauptsache ist jetzt der ‚Laurin', Tiny. Wie weit sind Hank und Phil?"

„Ich gehe anschließend hinüber."

„Ruf mich sofort an. Ich kümmere mich inzwischen um einen Platz, zu dem du das Gerät fliegen könntest. Noch eins: Ich möchte dir jemanden schicken, der ein Problem hat."

„Ich übernehme keine Aufträge mehr", erklärte Timothy.

„Kein Auftrag. Du sollst es dir nur anhören, vielleicht hast du eine Idee. Oder blockiert dich deine Liebesgeschichte derart, daß dich das Schicksal von ein paar hundert Kindern nicht mehr interessiert?"

„Ganz im Gegenteil", sagte Timothy. „Ich war noch nie so an Kindern interessiert wie heute."

Hank und Phil schliefen. Timothy hatte Mühe, sie wachzurütteln. Sie seien fertig, erklärten sie. Timothy überzeugte sich anhand der Multispektral-Aufnahmen, daß der „Laurin" tatsächlich wieder so aussah, wie er ihn übernommen hatte. Ein Stein fiel ihm vom Herzen. Am liebsten hätte er auf der Stelle Grandma angerufen, sie solle ihr Gerät abholen lassen, er habe es sich anders überlegt. Natürlich rief er nicht an. Man soll schlafende Hunde nicht wecken. Und Bigbosse schon gar nicht.

„Es wird nicht allzu schwer sein, den ‚Laurin' nachzubauen", erklärte Hank, „scheint sogar, als hätten wir schon eine Idee für eine verbesserte Variante, auf die GENERAL MOTORS noch nicht gekommen ist; das würde das Gerät wesentlich leichter und handlicher machen."

„Wie schnell könntet ihr so eine Tarnkappe bauen?" erkundigte sich Timothy.

„Ein paar Wochen wird es schon dauern", sagte Phil. „Leider. Uns wäre wohler, wir hätten sie schon. Hast du eine Ahnung, wie wir hier ungesehen wieder wegkommen? Zumal mit dem ganzen Material?" Er nickte in Richtung der beiden Container.

„Da ihr fertig seid, wird das nicht so schwer sein", erwiderte Timothy. „Der Wetterbericht kündet für heute abend eine Inversionslage an, Alarmstufe sieben. Der Smog soll steigen und sich etwa in Höhe der achthundertsten Etage mit den Wolken vereinen. Ich werde verabreden, daß euch ein Helicopter abholt; ihr müßt nur zur angegebenen Zeit kurzfristig ein Peilfeuer errichten. Heute nacht wird in der Luftüberwachung der Teufel los sein, da kümmert sich kein Schwein um einen Helicopter, der an einem leeren Penthaus notlandet."

Kurz vor eins schlug der Communicator an; Timothy befürchtete schon, es sei Grandma oder einer ihrer Leute, aber vor der Tür stand eine Frau um die Vierzig, die sich als Inspektorin der Haushygiene ausgab; sie müsse sein Appartment auf Schädlingsbefall kontrollieren.

„Ich bin Maud", sagte sie, sobald Timothy die Wohnungstür hinter ihr geschlossen hatte, und hielt ihm einen Puzzlestein hin; die beiden doppelt geknickten Zungen besagten, daß der Große Bruder sie schickte. Maud bat um Tee. Sie blickte verwirrt und mißtrauisch, als Anne den Tee ins Mausoleum brachte und sich zu ihnen setzte.

„Du kannst ihr völlig vertrauen", erklärte Timothy, „sie ist eine von uns. Weißt du, in Kinderfragen fühle ich mich noch ziemlich hilflos, Anne dagegen –" Er lachte. „Um was für Kinder handelt es sich?"

„Um Engel*", sagte Maud. „Etwa tausend."

„Das gibt es wirklich?" rief Timothy. Er hatte schon oft gehört, daß es illegale Kinder geben sollte, aber gleich tausend?

„Du meinst UNDERGROUND-Kinder?"

„Nein, richtige Engel. Und mitten in Chicago. Im Cicero-PARIA**."

„Das kann nicht dein Ernst sein!" Timothy sah sie ungläubig an. Gewiß, er kannte die Gerüchte, daß in den PARIAs Menschen leben sollten, aber das war ebenso abenteuerlich wie die Storys über Rostfresser, Mudscraper und Nightmares***. Er hatte zwar auf der Universität gelernt, es sei ein ewiges Gesetz des Lebens, daß es in alle nur denkbare Nischen dringt, doch er konnte sich nicht vorstellen, daß es Menschen gab, die die verwüsteten „Nischen" der Industriegesellschaft besiedelten wie einst die Eskimos die Eiswüsten der Arktis. Es mochte einzelne geben, Ausgestoßene und Verfolgte, die auf der verzweifelten Suche nach einem Platz zum Überleben bereit waren, in jedes Loch zu kriechen, vielleicht sogar in ein PARIA, aber gleich tausend, noch dazu Kinder? Und sicher nicht ohne An-

---

* Angel (Engel): Ableitung von ANG, Anarchic Nativity Guilty = der ungesetzlichen Geburt schuldig.

** PARIA: Perfectly Abandoned and Radically Isolated Area = vollständig aufgegebenes und völlig isoliertes Gebiet. Diese Gegenden gelten als chemisch und radioaktiv verseucht, auf den Karten werden sie nur als weiße Flecken ausgewiesen, das Betreten ist auch den Ordnungskräften untersagt. Die Gebiete werden nur von einer Luftüberwachungstruppe kontrolliert, der Special PARIA Air Branch, die in diesen „Kill free areas" auf alles schießt, was sich bewegt. Cicero = Stadtteil von Chicago.

*** Rostfresser = in den Spalten zwischen den Wänden und den Metallverkleidungen der Skyscraper Lebende.
Mudscraper = Müllkratzer: Leute, die sich in den Mülldeponien verbergen.
Nightmares = Nachtgespenster: Menschen, die in den Schächten der Versorgungs- und Abfallkanalisation leben und sich nur nachts an die Oberfläche trauen; nicht nur, weil sie als von den Behörden Gejagte „lichtscheu" sind, sondern weil sie durch das Leben in der Finsternis extrem lichtempfindlich wurden.

gehörige. Unter diesen mörderischen Bedingungen mußte doch jeder bald zugrunde gehen. Oder aufgeben und sich den Behörden stellen, sozusagen legislativen Selbstmord begehen. Aber Maud machte nicht den Eindruck, als wolle sie ihm mit Science-fiction kommen. Timothy lehnte sich zurück und faltete die Hände über der Brust. „Berichte."

„Wir haben jetzt erst davon erfahren", begann Maud. „Wer sollte auch auf die Idee kommen, daß im Cicero-PARIA Menschen leben, du?"

Timothy schüttelte den Kopf. Die Regierung hatte das Gebiet vor zwölf Jahren schlagartig räumen lassen und hermetisiert, weil es von den Giftwolken einer außer Kontrolle geratenen Pestizid-Fabrik verseucht werden würde; die elektronische Glocke war längst aufgehoben, aber das Gebiet galt noch immer als unbetretbar und durfte auch nicht überflogen werden.

„Ich bin selbst dort gewesen", sagte Maud, „eine grauenvolle Gegend, die Häuser völlig vom Säureregen zerfressen, die Straßen wie von Meteoriten zerrissen, wahrscheinlich hat der Asphalt gekocht und riesige Blasen gebildet, die dann zerplatzten. Wir haben nicht viel gesehen, wir waren natürlich nachts dort."

„Warum eigentlich?"

„Unsere Techniker hatten einen unter dem PARIA verlaufenden Kommunikationskanal reaktiviert. Als wir erfuhren, daß die Stadtverwaltung dort jetzt eine Mülldeponie errichten will, wollten wir die Geräte einer Verstärkerzentrale bergen, die bei der Räumung intakt geblieben war, aus Schlamperei, wie wir dachten. – Ihr wißt, was dort passieren wird: verbrannte Erde."

Timothy nickte. Die Erde wurde buchstäblich verbrannt, mit Laser- und Daserminen atomisiert und ausgeglüht, um eine undurchlässige Grundschicht herzustellen.

„Als wir den Bunker aufbrechen wollten, um in die Verstärkerzentrale einzudringen, entdeckten wir, daß er nur scheinbar zerstört war, in Wirklichkeit aber völlig intakt, die Zugänge standen sogar offen, und er war bewohnt. Von Kindern und Jugendlichen!"

„Wie sind die dahin gekommen?" rief Anne.

„Die Räumung damals kam völlig überraschend, und zu dem Gebiet gehörte ein Stück Noland, das schlagartig umstellt worden war, so daß niemand entkommen konnte. Da ist jemand auf die Idee gekommen, die Kinder in dem Bunker zu verstekken, bis sich eine Möglichkeit finden würde, sie zu retten, es waren ja alles Engel."

„So viele?" warf Timothy ein.

„Offensichtlich eine Verkettung von Zufällen. Wir wissen zuwenig. Es gibt niemanden mehr, der damals schon erwachsen war, und die Aussagen der Engel, die bereit waren, mit uns zu sprechen, sind unzuverlässig. Soviel ist sicher: Damals befanden sich zwei größere Gruppen von Kindern im Noland, zum einen ein paar Departements, die aus einem Drop-Out-Home ausgebrochen waren, zum anderen etliche Dutzend Mädchen, die eines unserer Kommandos gerade aus einem Forschungsinstitut befreit und erst einmal in das Noland gebracht hatte; man nahm damals an, daß sie von den Behörden eingefangen oder liquidiert worden waren. Sicher kamen in diesen Bunker auch einige der Kinder, die immer in den Nolands sind: von Flüchtlingen oder von Leuten, die sich illegal die Babydroge beschafft und gehofft hatten, das Kind werde, wenn es einmal da sei, legalisiert werden. Bestimmt auch von Mietmüttern; das kommt doch oft vor, daß sich eine Frau durch das Honorar verleiten läßt, für eine andere ein Kind auszutragen, es nach der Geburt aber nicht hergeben will, sondern lieber flüchtet."

„Trotzdem", sagte Timothy, „das können unmöglich tausend gewesen sein, nein, mehr! Die Sterberate in einem PARIA muß hoch sein."

„Das ist sie bestimmt", bestätigte Maud. „Aber die Geburtenrate auch." Anne und Timothy blickten sie überrascht an.

„Die Mehrzahl der Engel sind Kleinkinder. Dort geboren. Ihr müßt euch das vorstellen: ein Haufen Kinder, die zu Halbwüchsigen heranwachsen, ohne Kontakt mit der Außenwelt, ohne jede Erziehung und Bildung, nicht einmal Video besaßen sie, und die wenigen Erwachsenen, die ursprünglich im Bunker waren, haben es offensichtlich nicht lange überlebt; das einzige, was sie vom Leben hatten, war –"

„Sex", sagte Timothy.

„Nennen wir es lieber Zärtlichkeit, Zuneigung, Wärme, aneinander festklammern – und wer weiß denn noch, wie man Kinder verhütet?"

„Vielleicht hätten sie sie auch gar nicht verhüten wollen", sagte Anne leise. „Ein Kind, das ist etwas, was dem Leben auch unter schlimmen Umständen einen Sinn geben kann, vielleicht gerade dann."

„Ich verstehe trotzdem nicht, woher dieser Baby-Boom gekommen ist", meinte Timothy. „Sie müssen doch irgend etwa getrunken haben!"

„Ja, Wasser. Man hat im untersten Keller eine Zuleitung des Städtischen Netzes angezapft, das Wasser ist noch frei von Sterilisationsmitteln. Es sind übrigens fast alles Mehrlingsgeburten, vor allem Drillinge und Vierlinge, aber fragt jetzt bitte nicht, wieso, ich weiß es nicht. Ich habe mit einer Neunzehnjährigen gesprochen, die Zutrauen zu mir faßte – vielleicht habe ich sie an ihre Mutter erinnert? Angie hat dreizehn Kinder geboren, sieben leben noch."

„Wovon?" rief Timothy. „Gut, sie haben Wasser, aber –"

„Offensichtlich war die Deponie im Bunker noch intakt, dadurch haben sie die ersten Monate überlebt, dann haben die Erwachsenen zusammen mit den älteren Kindern die Häuser systematisch abgesucht; die Räumung erfolgte ja derart abrupt, daß niemand Zeit hatte, die Waren abzutransportieren, und auch in den Nolands gibt es Unmengen von illegalen Vorräten; wir vermuten, daß die Erwachsenen sich dabei den Tod holten. Nun ernähren sich die Engel schon seit Jahren wie in der Steinzeit, von dem, was dort wächst und lebt."

Timothy ging hinaus und holte eine Flasche Whisky. „Entschuldige", sagte er, „aber jetzt muß ich einen Schnaps trinken. Meine Phantasie ist zu ausgeprägt. Was lebt dort? Was wächst dort?"

„Gras, Brennesseln, Disteln, Löwenzahn, Krüppeldorn – sie ernten nachts. Um ehrlich zu sein, ich glaube, sie weiden einfach und essen es gleich auf den Trümmerwiesen. Das PARIA ist nämlich nicht tot; nachdem die Säureregen vorbei waren, hat sich ein spezifisches Biotop gebildet. Es gibt Kaninchen, weiße und blaue Mäuse, Ratten – den Fellen nach beängstigend groß, wahrscheinlich Mutationen – und Vögel. Ganze Schwärme von Tauben, Amseln und Staren. Zwischen dem PARIA und der angrenzenden Mülldeponie existiert seit der Aufhebung der Hermetisierung nur noch die Mauer. Ich habe auch Krähenbälge gesehen. Sie haben gelernt, Fallen zu stellen, Schlingen zu legen, mit Pfeil und Bogen zu schießen."

„Aber die Luftüberwachung müßte sie längst entdeckt haben", warf Timothy ein, „und dann hätte man etwas davon gehört. Das wäre doch ein Festessen für die Medien!"

„Die Air Branch ist eine militärische Organisation!" Maud lächelte. „Die haben ihren Dienstplan, und den scheinen die Engel ganz genau zu kennen, obwohl sie keine Uhr besitzen. Sie gehen nur in der Dämmerung hinaus und unmittelbar nach den Überwachungsflügen, in der Hoffnung, daß die Besatzungen ein paar Tiere abgeschossen haben. Ich fürchte, sie essen auch Aas."

„Mitten in Chicago", stöhnte Timothy. „Und auch –?" Er sah Maud in die Augen. „Ich muß alles wissen, die ganze, schreckliche Wahrheit."

„Ich weiß es nicht", sagte Maud leise. „Ich habe mich nicht getraut, danach zu fragen. Ich kann nur hoffen, daß sie nicht zu Kannibalen geworden sind."

Timothy goß sein Glas voll. Jetzt wollten auch die beiden Frauen einen Schnaps. Anne unterbrach als erste das Schweigen.

„Gibt es dort Blumen und Früchte?"

„Nein. Die Konzentration von Schwefeldioxid ist zu hoch, als daß Insekten überleben könnten."

„Und die Kinder, die Neugeborenen?" fragte Timothy.

„Keine Monster. Das meintest du doch? Soweit wir es ausmachen konnten, gibt es sogar verhältnismäßig wenig Mißbildungen und Idioten, vielleicht sterben die früh ... Sie sind allesamt klein und mager; die Nahrung reicht nicht aus, um normales Gewicht und normale Größe zu erreichen, und sie frieren und schwitzen ungewöhnlich schnell durch den Mangel an Energie."

„Was ist mit Kleidung?" fragte Anne.

„So gut wie nichts." Maud schüttelte traurig den Kopf. „Sie leben wie die Wilden. Geistig stehen sie wahrscheinlich auf der Stufe der Steinzeit, und körperlich – wir haben bei unserem zweiten Besuch einen Mediziner mitgenommen; wir müssen ja wissen, was für Vorkehrungen zu treffen sind, wenn man sie herausholt, aber sie sind äußerst scheu und lassen kaum einen Fremden an sich heran. Natürlich die klassischen Mangelkrankheiten: Beriberi, Skorbut, Rachitis; sie sehen schlecht, nicht nur durch das Leben im Bunker, auch durch Mangel an Vitamin A, leiden unter Magen- und Darminfektionen und allen nur denkbaren Erkrankungen der Atemwege, kein Wunder, sie sind dem Smog ungeschützt ausgesetzt – aber das ist doch jetzt alles nicht wichtig! Man darf sie nicht den Behörden ausliefern; keiner würde es überleben. Oder nur als Versuchskaninchen in irgendwelchen Institutskäfigen. Sie haben ein Recht auf Leben, es sind Menschen wie wir!“ Maud war immer lauter geworden, die letzten Worte schrie sie fast hinaus.

„Da mußt du einen Zwerg nicht belehren“, sagte Timothy hart.

„Entschuldige, aber ich, ich –“ Maud brach in Tränen aus. Anne fuhr ihren Sessel neben sie und nahm Maud in den Arm.

„Wir werden einen Weg finden“, versprach Timothy.

„Aber wie?“ Maud blickte ihn verzweifelt an. „Und wir haben nur noch drei Tage Zeit.“

„Drei Tage?“ wiederholte Timothy. „Verdammt! Übermorgen ist Veteranentag, da wird die ganze Stadt auf den Beinen sein, und schon in der Nacht zuvor werden die Straßen nur so von Bullen wimmeln; der Präsident will diesen Tag in Chicago verbringen!“

13.

„Dann wollen wir mal etwas Systematik in die Sache bringen“, erklärte Timothy. „Wie seid ihr in das PARIA gekommen?“

„Über einen Kellerdurchbruch. Man hat den üblichen Streifen rund um das Gebiet eingeebnet, die Keller und unterirdischen Etagen aber nur zubetoniert; niemand rechnet doch damit, daß jemand in ein PARIA einsteigen will.“

„Wie sind die Grenzbefestigungen, wie bei einem Noland?“

„Nein, nur die Mauer und eine akustische Falle, damit keine Vögel in das Stadtgebiet hinüberkommen und Seuchen einschleppen können.“

„Wachen?“

„Stündlich Streifen. Aber das ist nicht das Problem, wir –“

„Bleiben wir erst einmal dabei“, unterbrach Timothy. „Ich muß es auf meine Weise angehen. Man könnte also ein Loch in die Mauer sprengen. Was ist mit eurem Tunnel, kann man die Engel durch ihn hinausschleusen?“

„Es würde zu lange dauern, und für einen breiteren Tunnel müßte man Maschinen einsetzen. Wie? Und wo sollten die Engel dann bleiben? Sich auf der Straße sammeln, ein Haus besetzen –?“

„Da ihr durch die Keller gegangen seid, nehme ich an, daß es keine Möglichkeit für einen direkten Zugang vom UNDER-

GROUND zum PARIA gibt. Wo befinden sich die nächsten Einstiege?“ Maud zuckte die Schultern.

„Das weiß ich“, sagte Anne. „Hol mal den Stadtplan, Tiny.“

Maud drehte ihnen widerspruchslos den Rücken zu, während Anne Timothy die Einstiege zeigte; er war offensichtlich nicht sehr zufrieden mit dem Ergebnis.

„Was meinst du, Maud“, erkundigte er sich, „wie weit könnten die Engel laufen?“

„Willst du sie laufen lassen?“ rief Anne. „Vergiß nicht, es sind viele Kleinkinder darunter, die getragen oder gefahren werden müßten, wie denn?“

„Ich weiß es nicht“, erwiderte Timothy unwillig, „ich muß nur alle Möglichkeiten abklopfen. Wir können schließlich nicht mit Aerobussen im PARIA landen, selbst wenn wir welche kidnappten.“ Es gab genügend Beispiele, daß die Behörden Luftpiraten unbarmherzig und ohne zu zögern abschossen, selbst wenn dabei unschuldige Passagiere betroffen wurden und die Trümmer in den Häusern und Straßen große Opfer forderten; die Erzwingung der staatlichen Ordnung hatte absoluten Vorrang. „Aber irgendwie müssen wir tausend Menschen abtransportieren.“

„Da ist noch ein Problem“, sagte Maud leise. „Wir wissen leider nicht einmal, wie wir die Engel überhaupt dazu bringen sollen, ihren Bunker zu verlassen. Vergiß nicht, es sind praktisch Wilde. Scheu und absolut mißtrauisch.“

„Sie müssen einen Anführer haben“, meinte Timothy. „Und da sie so lange überlebten, muß er intelligent und energisch sein.“

„Ted“, sagte Maud. „Aber mit ihm ist nicht zu reden. Wir haben ihn gefragt, was sie tun würden, wenn die Behörden sie entdeckten. ‚Sterben‘, sagte er, ‚zu Milky Instant beten und sterben; haben wir denn eine andere Wahl?‘ – Zumindest die älteren von ihnen wissen, warum sie überhaupt in diese Lage gekommen sind und daß sie nirgends sonst einen Platz zum Leben haben. Vom UNDERGROUND hatte Ted nie etwas gehört, und als wir erklärten, wir könnten sie herausholen und an einen Ort bringen, wo sie nicht nur sicher sind, sondern auch genügend Nahrung bekommen würden, Kleidung und Spielzeug, lachte er nur. ‚Ja, im Paradies‘, sagte er, ‚aber wir glauben nicht an Jesus Christ!‘ “

„Wer ist Milky Instant?“ fragte Timothy.

„So was wie ihre Schutzheilige. Irgendein Reklamebild, das sie anbeten, weiß der Himmel, wo sie es her haben, eine nackte blonde Schönheit, die lächelnd ein strahlendes Baby vor ihren dicken Brüsten präsentiert."

Anne war schon aufgestanden und ging hinaus. Timothy ließ sich inzwischen von Maud erzählen, was man alles erwogen hatte. Und wieder verworfen. Der beste Plan war noch, in der Nähe der Grenze ein Kleidungsdepot anzulegen und die Engel in kleinen Gruppen herauszubringen und fortzuschaffen, aber dazu mußte man nicht nur Zeit haben, man hätte die Engel erst überreden oder sie betäuben und gegen ihren Willen wegschaffen müssen. Anne kam zurück.

„Milky Instant", sagte sie, „ist vor zwanzig Jahren eine Reklame der UNIVERSAL für synthetisches Milchpulver gewesen. Der vollständige Text lautet: ‚Milky Instant ist besser als Muttermilch!' Im Städtischen Kunstverein gibt es noch ein paar der alten Werbespots; die UNIVERSAL hat damals den Grand Prix für die beste Reklame des Jahres bekommen."

„Beschaff sie. Sofort!"

„Was willst du denn damit, Tiny?"

„Ich weiß es nicht!" schrie Timothy. „Ich versuche nur, einen Strohhalm zu finden, an dem wir tausend unschuldige Kinder aus dem Sumpf unseres glorreichen Zeitalters ziehen können! Hast du noch was, Maud? Dann verabrede mit Anne, wie wir dich erreichen können. Ich gehe ins Bad und besaufe mich."

„Soll ich dir nicht lieber Tee oder Kaffee machen", fragte Anne besorgt.

„Du kannst dir den Kopf zerbrechen, wie wir Grandma dazu bringen, mich in den nächsten Tagen in Ruhe zu lassen."

Timothy trank dann doch Mokka, aber er mischte ihn mit Whisky. Er hing vor leeren Wänden in der Wanne, grübelte mit geschlossenen Augen in absoluter Stille, ab und zu sprang er aus dem Wasser und stürzte ins Arbeitszimmer, nasse Tapsen markierten seinen Weg. Er war heilfroh, daß Napoleon noch nicht gedoppelt wurde. Wie sollte er es jemals zehn Tage ohne ihn aushalten? Vielleicht bildeten sie beide längst so etwas wie einen Kyborg? Anne fand Timothy nackt und naß vor dem Steuerpult. Und verzweifelt. Timothy riß ihr den Kristall aus der Hand, verschwand im Bad und schaltete auf Endlosprojektion.

Milky Instant war schön, strahlend, glücklich und strotzend

vor Gesundheit, ebenso ihr Baby. Als ihm auch nach der siebenten Wiederholung noch keine Erleuchtung gekommen war, schickte Timothy ein grimmiges Gebet zu der Muttermilchmadonna. Irgendwann kam Anne herein, betrachtete erst Milky Instant, dann Timothy, zog die Stirn kraus, schluckte aber ihren Kommentar hinunter und sagte nur, sie habe das Problem Grandma gelöst.

„Du mußt nicht mehr in Fordsville einbrechen", erklärte sie, „du brauchst dir nicht mal eine Ausrede einfallen zu lassen. Wir haben über einen Mittelsmann im NSA-Hauptquartier der FORD-Polizei einen streng vertraulichen Hinweis gegeben, daß der UNDERGROUND ein Attentat plant; die passen jetzt auf wie die Schießhunde."

„Wenn Grandma das erfährt", murrte Timothy, „wird sie auf der Stelle den ‚Laurin' wiederhaben wollen, und ich habe –"

„Zeit", unterbrach ihn Anne. „Sie wird nichts erfahren. Alle Kommunikationskanäle werden streng überwacht, niemand darf Fordsville verlassen, und ein Sonderkommando der NSA wartet darauf, die Agenten des UNDERGROUND zu kassieren. Zufrieden?"

„Sehr zufrieden. Hast du vielleicht auch noch eine Idee, wie man tausend Engel unbemerkt durch die Stadt bringt?"

„Ich weiß nicht einmal, wie man sie überreden könnte, mitzumachen."

„Ach", sagte Timothy, „ich glaube, dieses Problem habe ich gelöst."

14.

Das Loch in der Mauer war da. Genau so, wie Timothy es bestellt hatte: Im oberen Teil, etwa vier Meter im Durchmesser, und es sah aus, als seien die Betonquader durch Materialermüdung herausgebrochen. Niemand würde sich darum kümmern; die Behörden hatten genug Sorgen mit dem morgigen Präsidentenbesuch, und übermorgen würde das PARIA ohnehin devastiert werden.

Timothy landete „Marilyn" auf einem Mauervorsprung gegenüber dem Loch. Der geschleifte Grenzstreifen und die anschließende Straße waren leer, die Häuser wirkten vernachlässigt, kaum bewohnt, trist und grau. Dafür leuchtete die Mauer in bunten Sprayfarben. Wie in den Nolands hatte auch hier die nackte, von keiner Reklame besetzte Wand Leute angeregt, sich zu verewigen, mit den üblichen und wohl schon Jahrhunderte alten Zoten und Zeichen, aber auch mit überraschenden Bildern; ein Stück weiter rechts, direkt neben dem offiziellen Schild: „PARIA! Hier wird ohne Warnung geschossen!" prangte ein knallgrüner Urwald mit kakelbunten Orchideen und Papageien. Irgendein Sam, der alle A als Anarchistenzeichen* schrieb, hatte in metergroßen Buchstaben Slogans auf die Mauer gesprüht, die Timothy schon auf dem Weg hierher aufgefallen waren: „PARIA my Patria!" – „Here begins real PARIAty!" – „Parias of all PARIAs unite!"**

Dicht neben dem Sprengloch leuchtete blutrot:

No Past	(Keine Vergangenheit
No Future	Keine Zukunft
No Mercy	Keine Gnade
No Hope	Keine Hoffnung
No Chance	Keine Chance
Pledge: No! No!	Dein Gelübde sei: Nein!)

Die Streife donnerte vorbei, sie nahm keine Notiz von dem Loch. Der eine Wachmann blickte nur kurz hin, warf dann einen Blick herüber, der Timothy erstarren ließ; er vergaß immer wieder, daß er ja unsichtbar war.

Timothy flog in das PARIA. Er entdeckte schnell die verabredeten Zeichen. Die zweite Sprengung war vorbereitet und das Depot eingerichtet. Er landete dicht an der Mauer, nahm die Atemmaske ab und sog vorsichtig Luft ein. Auch hier hatte der gestern abend einsetzende Wind den Smog weggefegt. Dafür war es kalt geworden, wahrscheinlich würde in den nächsten Tagen der Winter hereinbrechen.

Die Staffel der Luftüberwachung kam pünktlich auf die Sekunde. Die Maschinen flogen langsam, kreisten, Schüsse detonierten, es schien zu stimmen, daß die Piloten mit alten Gewehren und Maschinenpistolen jagten. Sobald die Hubjets ab-

---

* Anarchistenzeichen: großes A im Kreis.

** Paria, meine Heimat! – Hier beginnt die wirkliche Gleichheit! – Parias aller PARIAs vereinigt euch! = Abwandlung der Losung: „Proletarier aller Länder vereinigt euch!", Parias: Anspielung auf die Kaste der Unberührbaren im früheren Indien.

gezogen waren, machte Timothy sich auf den Weg. Jetzt hatte er bis morgen früh freie Bahn.

Es dauerte nicht lange, bis Timothy die Engel sichtete, ein Dutzend Burschen in Lendenschurzen aus Fellen, mit Federn im Haar, Pfeil und Bogen in den Händen, die wie Indianer zwischen den übergrünten Mauerresten herumschlichen, nur daß sie keine kupferbraune Haut und nicht alle langes schwarzes Haar hatten, einige waren aschblond, zwei krausköpfig und von ziemlich schwarzem Teint, außerdem trugen fast alle Bärte. Es sah aus, als hätten sich alte Germanen, Indios und Neger zu gemeinsamer Jagd getroffen; fast jeder schleppte irgendein Tier. Der größte von ihnen mußte, Mauds Beschreibung zufolge, Ted sein. Er war Mitte Zwanzig, trug nur eine blutrote Feder und gab die Kommandos.

Timothy hielt sich dicht hinter Ted, um ihn bei der ersten Gelegenheit anzusprechen. Ted machte es ihm leicht. Während die anderen im Bunker verschwanden, setzte er sich auf einen Steinbrocken, blickte kurz in die Runde, lehnte sich dann zurück und begann leise und mit geschlossenen Augen zu singen, einen Sprechgesang mit wechselnden Tonhöhen, halb Blues, halb Spiritual. Timothy war tief gerührt. Er wartete einen Augenblick, bevor er sprach. „Milky Instant ist dir gnädig, Ted!“

Ted sprang auf, griff nach Bogen und Messer, blickte blitzschnell in die Runde, duckte sich hinter den Steinbrocken und spähte dann vorsichtig um die Ecke.

„Du kannst mich nicht sehen“, sagte Timothy. Er hatte sich für eine feierlich priesterliche Sprechweise entschieden; da Ted den Namen Jesus Christ kannte, hatte er sicher als Kind Gottesdienste besucht. „Ich bin Tiny, der gute Geist von Milky Instant. Sie schickt mich zu dir. Mit einer Botschaft. Wenn du bereit bist, sie zu empfangen, dann lege die Waffe nieder und falte die Hände, so will ich dir erscheinen.“

Ted sprang auf, blickte verwirrt um sich, legte dann Messer und Bogen auf den Boden und setzte sich, die Hände im Schoß gefaltet. „Wo bist du?“

„Hier!“ Timothy hatte seinen Auftritt sorgsam geplant, hatte mit Hanks Hilfe „Marilyn“ ausgerüstet und ein paarmal im Hangar geübt; von der ersten Begegnung hing wahrscheinlich alles ab. Ein Knopfdruck, und die Grenzsphäre des „Laurin“ wurde zur Projektionsfläche, auf der sich nun Blumen entfalteten, zuerst in Zeitlupe, dann immer schneller, schließlich eine Explosion aus dem Boden schießender, aufplatzender Blüten, gleichzeitig strömte betäubender Duft aus, und das a-Moll-Präludium von Händel erklang. Timothy hatte die Aufnahmen verwandt, die er für Anne komponiert hatte, und er hoffte, daß sie bei Ted ebenso große Wirkung zeigen würden, daß sie ihn an seine Kindheit erinnerten, in der es doch irgendwann einmal Blumen gegeben haben mußte.

Ted starrte wie gebannt auf die glänzende, sich unaufhörlich wandelnde, farbenprächtige Kugel, die in der Abenddämmerung wie eine Zauberwelt wirken mußte, er atmete tief und sog mit dem Blumenduft ein mildes, euphorisierendes und zugleich beruhigendes Aerosol ein. Timothy war schon aus dem Gerät herausgestiegen, jetzt trat er durch die Projektion und breitete die Arme aus. „Milky Instant segnet dich!"

Er trug eine Toga, die von Weiß zu Silber und Gold und wieder zu Weiß changierte, hatte die Haut wachsgelb und das Haar silbergrau gefärbt, zeigte nun seine Hände vor, nur kurz, damit Ted nicht doch das flache, fleischfarbene Manual entdeckte; Ted riß Mund und Augen auf, sprang hoch, stieß die Hände vor, als wolle er Timothy packen, Timothy trat in den „Laurin" zurück und schaltete die Projektion aus, Teds Hände blieben in der Luft stehen, er starrte verblüfft in die scheinbar leere Landschaft.

„Knie nieder!" Timothys Stimme hallte über das Gelände, wurde von einem vielfachen Echo zurückgeworfen, Ted warf sich zu Boden. Timothy haßte, was er tat. Es war jämmerlich, ein so argloses Gemüt mit billigen Effekten zu übertölpeln, aber er hatte keine Wahl, er mußte mit allen Mitteln Teds Gedanken und Gefühle manipulieren, wenn er die Engel retten wollte. Er ließ „Marilyn" steigen; drei Meter über dem Boden schaltete er die Projektion wieder an und beugte sich vor, so daß nur sein Kopf Ted erschien: als Mittelpunkt einer glühenden, funkelnden, von züngelnden Protuberanzen umtosten Sonne.

„Willst du die Botschaft hören, die Milky Instant dir sendet?" fragte er drohend, der Sprachmodulator verlieh seiner Stimme dröhnenden Baßhall.

„Die gibt es wirklich", fragte Ted zu Timothy hinauf.

„Was dachtest du?"

„Ich weiß nicht, Paul hat gelacht, wenn wir –"

„Paul?“ donnerte Timothy.

„Er sagte immer, es gibt keine Götter. – Bist du Gott?“

„Milky Instant ist es. Und ich bin ihr Prophet. Euch droht Gefahr, sie aber will euch retten. Doch ihr müßt ihr gehorchen!“

Ted überlegte eine Weile, dann schüttelte er grinsend den Kopf. „Ich habe keine Ahnung, wer du bist und wie du das machst, aber daß Milky Instant keine Göttin ist, das weiß ich. Das ist doch nur eine Milchpulverreklame!“

Timothy überlegte fieberhaft, was er jetzt tun sollte.

„Wie alt warst du, als man euch in dem Bunker versteckte?“ erkundigte er sich.

„Zwölf. Ich habe eine Schule besucht, ich bin kein Analphabet wie fast alle anderen. Mein Vater war Biologe und hat mir vieles erklärt, auch Paul, bevor er starb – also, wer bist du?“

„Gibt es noch mehr, die nicht an Milky Instant glauben?“ fragte Timothy zurück.

„Ich weiß nicht. Ein paar vielleicht. Ich spreche nicht darüber. Es macht sie glücklich, und sie brauchen alle Kraft und allen Trost, verstehst du?“

„Ich verstehe, Ted. Du bist aufgeweckter, als ich dachte. Ich will offen mit dir sprechen, aber laß uns ein Stück weiter weg gehen, damit niemand uns stört, ja?“

Ted blickte ihn prüfend an, dann nahm er seine Waffen auf und trabte im Laufschritt durch das Gelände; ab und zu vergewisserte er sich, daß Timothys Kopf noch über ihm schwebte. Er führte ihn zu einer Hochhausruine; da die Vorderwand eingestürzt war, konnte Timothy hineinschweben.

„Versuche bitte nicht, mich anzugreifen“, erklärte er. „Du bist klug genug, um einzusehen, daß ich dir überlegen bin. Ich komme in friedlicher Absicht, du kannst mir vertrauen.“

Ted legte kommentarlos die Waffen nieder, lehnte sich an eine Wand und verschränkte die Arme über der Brust. Timothy schaltete den „Laurin“ ab, so daß Ted das Gerät erblicken und zusehen konnte, wie Timothy landete.

15.

Der Lärm der Hubjetstaffel war kaum verklungen, da strömten die Engel aus dem Bunker, ein langer Zug vorwiegend halbwüchsiger Mädchen, die in Fellsäcken Babys auf dem Rücken oder vor der Brust trugen und von Scharen von Kindern umwimmelt wurden. Es mußten sogar über tausend sein. Timothy hatte noch nie so viele kleine Kinder auf einem Haufen gesehen, selbst die größeren Mädchen und Jungen trugen Babys. Zu einem halben Dutzend Müttern und ein paar Dutzend Kindern gehörte immer ein Bursche, der den Weg sicherte und Kinder, die sich von der Gruppe entfernen wollten, mit leisen Zurufen oder zarten Stupsern zurechtwies.

Timothy wartete unsichtbar unter der Decke der großen Halle nahe der eingestürzten Frontwand. Er bedauerte, daß er keine Kamera mitgebracht hatte, es war ein eigentümlich faszinierendes, rührendes Bild, vor allem überraschte ihn die Stille. Wenn man von dem Husten und Keuchen absah, war kaum ein Laut zu vernehmen, selbst die Babys schienen zu wissen, daß sie keinen Ton von sich geben durften.

So etwa mußte es einst ausgesehen haben, wenn die Clans der Chirokesen oder Chippewah in ihre Sommerlager zogen; ein Zug kleiner, magerer Gestalten mit übergroßen Augen, hier und da ein Krüppel, fast alle mit aufgeblähten Bäuchen, doch niemand willentlich verunstaltet, keine Amputationen, keine tätowierten Gesichter, keine Ringe in Nasen und Ohren wie sonst bei den Jugendlichen Chicagos. Ted kam als letzter. Er kletterte auf einen Mauervorsprung, so daß er die Menge überragte, und klatschte in die Hände. Alle blickten ihn an.

„Engel“, sagte er, „Brüder und Schwestern! Heute nacht ist mir ein Geist erschienen, der gute Geist von Milky Instant, und er sprach zu mir. Wir sind in Gefahr. Morgen werden Feinde kommen, in großer Zahl und mit schrecklichen Waffen. Sie wollen unsere Welt vernichten. Kein Engel würde es überleben!“

Schluchzen klang auf, dumpfes Murmeln breitete sich aus. Ted gebot mit einer Handbewegung Schweigen.

„Milky Instant will uns retten!“ rief er. „Darum hat sie uns ihren Propheten geschickt. Tiny, ich bitte dich, Tiny, erscheine!“

Gut gemacht, dachte Timothy. Ted wußte, wie er seine Leute anpacken mußte. Die Engel verharrten in gespannter Aufmerksamkeit. Er ließ die Blumenprojektion anlaufen, die Musik erklingen, Duft ausströmen, und als er sich vorbeugte, seinen Oberkörper durch die Blumenbilder steckte und segnend die Arme ausbreitete, sanken die Engel in die Knie und streckten ihm die gefalteten Hände entgegen.

„Milky Instant segnet euch", sagte Timothy feierlich, seine Stimme hallte über die Köpfe der Engel und wurde von den Wänden zurückgeworfen. „Milky Instant liebt euch. Ruft sie, so wird sie euch erscheinen."

„Milky Instant", murmelte der Chor, „Milky Instant, erhöre uns."

Timothy zog sich zurück und blendete den ersten Werbespot ein. Milky Instants Gesicht strahlte auf ihre schwer atmende Gemeinde herunter, lächelte freundlich, dann wurde sie bis zum Nabel sichtbar, hielt ihre Hände nach vorn, als wollte sie jeden einzelnen an ihre prallen, spitzen Brüste drücken, hatte plötzlich ihr Baby in den Händen, hielt es hoch, ein strammes, jauchzendes Baby, dessen kickerndes Lachen durch den Raum hallte, drückte das Kind an die Brust, küßte es, warf einen Kußmund über die Menge, nickte lachend und verschwand. Timothy ließ den Engeln eine halbe Minute Zeit, bevor er ihnen als Sonnenmittelpunkt erschien.

„Milky Instant verheißt euch ein Land, in dem ihr ohne Angst und Schrecken leben könnt, wo niemand euch verfolgt, wo ihr laut sprechen und wo eure Kinder laut lachen dürfen, wo es Blumen und Bäume gibt, Essen und Trinken im Überfluß, Spielzeug und Kleidung. Milky Instant ruft euch in ihr Paradies!" Er blendete einen Zusammenschnitt aus den Werbespots ein, und jetzt hörten die Engel zum ersten Mal ihre blonde Milchpulvermadonna. „Ja, Milky Instant ist gut. Auf Milky Instant kann jeder vertrauen. Es gibt nichts Besseres auf der Welt als Milky Instant. Vertraut Milky Instant, und ihr werdet es nie bereuen."

„Wir vertrauen dir, Milky Instant", rief Ted, und der Chor der Engel wiederholte es.

„Milky Instant, wir folgen dir", schrie Ted, und alle bekräftigten: „Milky Instant, wir folgen dir!" Timothy ließ sich sehen, breitete die Arme aus, Schweigen trat ein.

„Ihr geht jetzt langsam und leise zur Mauer", sagte er, „Gruppe für Gruppe. Ted wird euch führen, und Milky Instant wird mit euch sein. Ihr werdet Kleidung für die Großen und Pontons für die Kleinsten finden und Nahrung für alle. Rote Flaschen für die Babys, blaue für die Kinder, die schon laufen können, und grüne für alle Großen. Dann wird die Mauer zerbrechen und euch den Weg freigeben, den Weg zu Milky Instant. Ihr seid das Tageslicht nicht gewohnt, eure Augen werden brennen und tränen, aber ihr sollt allen Schmerz unterdrücken und alle Müdigkeit; der Weg ist beschwerlich und lang, aber er führt euch zu Milky Instant. Viele Menschen werden euren Weg säumen, aber ihr sollt so tun, als seien sie gar nicht da, sollt mit niemandem sprechen, niemanden anfassen; selbst wenn euch jemand beschimpft, anspuckt, angreift – geht unbeirrt euren Weg. Wollt ihr das geloben?"

„Ja, das geloben wir!" rief der Engelchor.

Timothy ließ eine lächelnde Milky Instant mit stereotyper Handbewegung winken und schwebte aus der Ruine heraus, die Engel folgten ihm.

Die Babys paßten nur mit Müh und Not in die drei Luftkissenpontons, die Timothy und Ted in der Nacht aus dem Depot geholt und aufgeblasen hatten. Dann nuckelte alles an den roten, blauen und grünen Flaschen. Der mit Konzentraten, Stimulanzien und Tranquilizern angereicherte Fruchtsaft schien zu munden, Timothy mußte die Engel auffordern, etwas für den Weg übrigzulassen. Er hoffte inständig, daß die Chemiker die richtige Dosierung getroffen hatten; er konnte in der nächsten Stunde weder greinende Babys noch ausgelassene Kinder, weder aufgeregte Mütter noch aggressive Krieger gebrauchen, schon gar nicht aber vor Erschöpfung und Stressüberflutung zusammenbrechende Engel.

Das erste Problem ergab sich bei der Kleidung, vor allem die Burschen weigerten sich, sie anzuziehen. Timothy stieg aus und gab Ted die Anweisung, er solle nicht länger versuchen, seine Leute umzustimmen. Er hatte die Kleidung nicht angefordert, um den Chicagoern den Anblick von halbnackten Wilden zu ersparen, .sondern um die Engel warm zu halten, doch die Kälte schien ihnen wenig auszumachen. Timothy ging von einem Ponton zum anderen, ließ sie abheben und zeigte den Burschen, wie sie sie mit den Händen bewegen konnten; es wäre unmöglich gewesen, sie in der Bedienung der Steuergeräte zu unterweisen. Dann kletterte er wieder in „Marilyn", ließ sich steigen, bis er den ganzen Zug überblicken konnte, und sprengte nach einer Minute der Besinnung den Rest der Mauer. Der Weg war frei. Falls zufällig eine Streife vorbeikam, würde sie von einem Kommando des UNDERGROUND außer Gefecht gesetzt werden.

Timothy formierte die Plasmakugel, die, von einem Magnetstrahl freischwebend in der Luft gehalten, ein paar Meter vor „Marilyn" herfliegen und als Projektionsfläche dienen sollte. Er hatte vier Spots vorbereitet, auf denen Milky Instant den Engeln scheinbar zuwinkte, ihr zu folgen, anzuhalten, nach rechts oder links abzubiegen. Akustische Signale waren ihm zu gefährlich erschienen; andererseits konnte er unmöglich „Marilyn" als fliegende Zielscheibe vor dem Zug herschweben lassen. Wenn die Scharfschützen der NSA und der Polizei jetzt das Feuer auf Milky Instant eröffneten, würden sie buchstäblich in die Luft schießen. Timothy hoffte, daß es gar nicht erst soweit kommen würde. Jetzt, da er die Engel gesehen hatte, würde es ihm noch schwerer fallen, sie im Stich zu lassen, aber er hatte nicht nur Anne versprechen müssen, seine Mission bei Gefahr sofort abzubrechen. Der IK hatte nur zögernd diesem risikoreichen Unternehmen zugestimmt, Timothys Leben sei wichtiger als tausend Engel.

Der erste Teil des Weges war problemlos, die Straßen wirkten wie ausgefegt. Heute saß ganz Chicago vor dem Videoschirm oder stand Spalier an einer der Hauptstraßen, um die Ankunft des Präsidenten auf dem Flughafen und dann die Parade durch die Stadt zu verfolgen, der Veterans' Day* war schließlich eines der ganz großen Ereignisse, dazu kam in diesem Jahr der Präsident der Staaten, und das Wetter war sagenhaft schön: zwar kühl, aber nahezu smogfrei.

Als der Zug der Engel sich der Kreuzung Kilbournstraße, Eisenhower Exway** näherte, flog Timothy ein Stück voraus. Es hatte geklappt, Butterbottom wartete mit mindestens fünf Kamerateams.

Es war Napoleons Idee gewesen, Butterbottom einzuschal-

---

* Veterans' Day (11. November), einer der großen Feiertage der Staaten, ursprünglich zum Gedenken an die Gefallenen des 1. Weltkrieges, heute „Tag der glorreichen Geschichte der USA". Er wird mit offiziellen Feiern, Festgottesdiensten aller Konfessionen, Militärparaden und Umzügen, die z. T. den Charakter der europäischen Karnevalszüge haben, begangen, dann folgen Volksfeste, auf denen Lebensmittel, Freibier und Gratisschnaps, aber auch „Governmental Free Dope" (Rauschmittel) verteilt werden.

** Eigentlich Eisenhower Express Way, eine der früheren Autobahnen, die jetzt nur noch als Schnellstraßen für die öffentlichen Buslinien und als Paradestraßen genutzt werden.

ten. Wenn man etwas Illegales nicht heimlich tun kann, so hatte Napoleon erklärt, dann muß man es besonders öffentlich tun. Und Butterbottom war das Nonplusultra an Öffentlichkeit. Er war geil auf eine Sensation für seine Sendung „Hallo Fans!" und bereit, für einen Exklusivbericht seine eigene Mutter und seine eigenen Kinder zu verkaufen, das durfte man getrost wörtlich nehmen: Den Pulitzerpreis hatte er für eine minutiöse Schilderung des Selbstmordes seiner Großmutter bekommen, den Video Award für eine Reportage über die Psychotrips seiner minderjährigen Tochter.

Timothy hatte ihm die Nachricht zuspielen lassen, er würde heute an dieser Kreuzung die Sensation seines Lebens finden. Um es glaubwürdig zu machen, hatte der Informant zehntausend Dollar für die Exklusivität verlangt, und Butterbottom war sofort bereit gewesen, sie zu bezahlen, nach der Sendung, versteht sich; er hoffte wohl, endlich den begehrten und mit einer viertel Million dotierten „Ottokar" zu erringen. Timothy gab ihm jetzt auf der vereinbarten Frequenz das Codewort „Himmel", und Butterbottom antwortete wie aus der Pistole geschossen „und Hölle". Er hatte keine Ahnung, mit wem er sprach, der Modulator verzerrte Timothys Stimme derart, daß sie auch bei späterer Untersuchung der Aufzeichnung nicht identifiziert werden konnte.

„Es ist soweit", erklärte Timothy, „gleich biegt eine Kolonne halbnackter Wilder in den Exway ein."

„Soll das etwa die Sensation sein?" maulte Butterbottom. „Indianershows gibt es doch bei jeder Parade zu Massen."

„Aber dies sind weiße Indianer. Und richtige Wilde. Und zugleich echte Chicagoer: Über tausend Kinder und Jugendliche, Engel, die seit zwölf Jahren unentdeckt im PARIA gelebt haben und heute ausbrechen. Die meisten von ihnen wurden im PARIA geboren. Ist das etwa keine Sensation: Der Umzug der PARIA-Engel? Während von der einen Seite die Parade und der Präsident anrücken, kommt ihnen von der anderen Seite der Zug der Engel entgegen. Sie können die Bilder von den beiden Kolonnen abwechselnd senden, und irgendwo müssen sie sich ja treffen."

„Ich lasse sofort die Kreuzung räumen", schrie Butterbottom. „Richtige Wilde, sagten Sie, vielleicht sogar Kannibalen?"

„Schon möglich", erwiderte Timothy.

Es war gleichgültig, was Butterbottom alles in seinem Bericht sagen würde, Hauptsache, der Zug der Engel wurde von den Kameras verfolgt und live übertragen. Timothy glaubte nicht, daß die Behörden es wagen würden, unmittelbar vor dem Eintreffen des Präsidenten ein öffentliches Blutbad unter Frauen und Kindern anzurichten, schon gar nicht, wenn es direkt auf alle Bildschirme Chicagos und in die ganzen Staaten übertragen wurde. Er hatte auch keine Angst, daß man die Übertragung verhindern könnte; Butterbottom und die ICC würden sich nicht so leicht erpressen lassen, die Sensation war einfach zu groß; auf jeden Fall würden sie die Bilder für eine Aufzeichnung ins Studio senden, und dann stand schon eine Gruppe Video-Guerillas bereit, die die Bilder mitschneiden und notfalls auf die Kanäle aller Chicagoer Sender schmuggeln würde. Sie waren auch auf die Idee gekommen, die Zeitschleife zu manipulieren.

Alle Direktsendungen wurden über eine Zeitschleife gefahren, damit die staatlichen Kontrolleure die Möglichkeit hatten, unliebsame Bilder herauszufiltern. Dadurch, daß man die Zeitschleife heimlich verzehnfacht hatte, hoffte man, die Zentrale Einsatzleitung zu verwirren und Zeit zu gewinnen. Timothy hatte Napoleon Prognostics berechnen lassen; die größte Wahrscheinlichkeit war, daß die Einsatzleitung aus der Geschwindigkeit der beiden Kolonnen einen Treffpunkt etwa im Berkeley-Knie errechnen würde, und wenige Kilometer davor befand sich eine geradezu ideale Stelle, um den Zug der Engel von dem Paradeweg abzudrängen. Aber soweit sollte er gar nicht kommen.

Timothy schwebte über der Kreuzung und ließ Milky Instant nach rechts winken, der Zug der Engel drängte auf den Exway, an der Spitze Ted und ein Dutzend grimmig dreinschauender Burschen mit Lanzen, Pfeil und Bogen und Federschmuck. Ein Kamerateam setzte sich vor sie, die anderen filmten von beiden Seiten, vor allem die Baby-Pontons und die hübschesten der Mütter. Die Engel waren äußerst diszipliniert. Die Babys dämmerten im Halbschlaf, die Kinder trotteten Hand in Hand dahin, und die Großen schauten nicht rechts und nicht links, sie taten, als wären sie mutterseelenallein auf der Welt.

Die Leute an der Straße schauten zumeist nur gelangweilt; sicher hielten sie die Engel für einen Trupp des Festumzuges, der sich verspätet hatte und nun der Parade entgegenzog, um sich irgendwo einzureihen. Die meisten schwatzten oder ließen sich von fliegenden Händlern mit Süßigkeiten und Getränken, Hot dogs und Hamburgern versorgen, schließlich würde es noch fast eine Stunde dauern, bis der Paradezug hier eintraf. Viele starrten auf die Monitore von Taschengeräten. Auch die Beamten der NSA und Polizei beachteten den Zug der Engel zuerst kaum, sie beobachteten die Zuschauer und kontrollierten die Hausfassaden, die Waffen schußbereit in der Hand, um sofort auf jeden zu schießen, der ein Fenster öffnen oder sich auf einem Dach zeigen würde.

Sicher liefen in der Einsatzleitung, der NSA-Zentrale und in den Hauptquartieren der Städtischen und der Bundespolizei schon die Drähte heiß, zumal Butterbottom es sich bestimmt nicht nehmen ließ, seine Sensation gehörig auszuschlachten.

Die Engel hatten bereits den größten Teil der Strecke bis zur Abzweigung auf den Waldheim-Friedhof ohne Zwischenfall zurückgelegt, als Timothy bemerkte, daß die Ordnungskräfte jetzt offensichtlich in Alarm versetzt worden waren. Beamte in Uniform und Zivil säumten den Weg, und ihre Waffen waren auf die Straße gerichtet. Niemand aber eröffnete das Feuer. Die Beamten ließen den Zug passieren, sie machten sogar bereitwillig Platz, wahrscheinlich hatten sie Angst, sich von diesen Wilden irgendeine Krankheit zu holen.

Der Zug erreichte den Waldheim-Friedhof. Timothy lenkte ihn mit Milky Instants Hilfe vom Exway herunter auf den breiten, von Platanen gesäumten Hauptweg. Er wartete, bis alle Engel den Exway verlassen hatten, dann überholte er den Zug, der sich nun doch schon müde dahinschleppte. Aber sie mußten ja nur noch ein paar hundert Meter bis zum Gould-Mausoleum* zurücklegen, in dem sich der Einstieg zum UNDERGROUND befand. Sobald Timothy zwischen den weit geöffneten Bronzetoren des Mausoleums das Bild der lächelnden, winkenden Milky Instant erblickte, drehte er ab. Er zog eine

---

* Jay Gould (1836-1912), einer der legendären Gründer des US-Kapitalismus, „Eisenbahnkönig“ Gould war einer der reichsten und einflußreichsten Männer des 19. Jahrhunderts. Er brachte es durch Börsenmanöver und Bodenspekulationen, Aktienschiebung und Steuerbetrug, aber auch durch Raub, Betrug, Erpressung und Bestechung korrupter Politiker (in die neben Kongreßabgeordneten auch der Schwiegersohn des US-Präsidenten Grant verwickelt war) vom Farmerjungen zum Multimillionär.

Schleife um das Grabmal der Märtyrer des Haymarket Riot*. Wahrlich, dies war ein geeigneter Platz für die Rettung der Engel! Hoffentlich dachte Butterbottom daran, es in seine Reportage einzubauen. Timothy gab ihm den Tip über die Sprechfunkfrequenz, doch Butterbottom reagierte nicht.

Etwa drei Kilometer hinter dem Friedhofsgelände wimmelte es nur so von Bewaffneten. Der Exway war mit hohen Plastplatten abgeriegelt, Panzer standen bereit, Helicopter und Hubjets fielen in dichten Schwärmen ein. Ein Stück nördlich des Berkeley-Knies traf Timothy auf die Spitze des Paradezuges, ein gewaltiges Musikcorps in historischen Uniformen, allen voran ein martialischer Captain auf einem Apfelschimmel, mit beiden Händen ein riesiges Sternenbanner haltend, das im Wind knatterte. Die Kapelle spielte gerade den Yankee-Doodle. Timothy drehte ab und begann vergnügt zu pfeifen: die Hymne der Engel „Milky Instant wird uns helfen."

16.

Hank wartete wie verabredet auf dem verlassenen Werkgelände. Timothy fühlte sich nicht stark genug, ihm zu helfen. Nun, da die Anspannung vorüber war, spürte er die Erschöpfung; er fror und schwitzte zugleich, alle Glieder schmerzten, vor allem der Schädel und der Nacken, er schluckte zwei Pervitinal – zum vierten Mal in den letzten zwanzig Stunden, morgen würde er mit einem mächtigen Kater dafür bezahlen müssen –, trank gierig den heißen Kaffee und aß die Brühe gleich aus dem Thermophor, während er dankbar zusah, wie Hank die Zusatzausrüstung demontierte. Er hätte das jetzt kaum geschafft.

---

* Riot = Tumult, Haymarket = Platz im Zentrum von Chicago. Hier explodierte am 4. Mai 1886 bei einer Kundgebung für den 8-Stunden-Tag und gegen die Ermordung streikender Arbeiter eine Bombe, tötete einen und verletzte sechs Polizisten. Die Polizei richtete ein Blutbad unter den Demonstranten an, die Zahl der Toten wurde nie bekannt. Nach einem manipulierten Gerichtsverfahren, das heute als klassischer Fall von Justizmord gilt, wurden fünf Arbeiterführer hingerichtet und auf dem Waldheim-Friedhof beigesetzt. Alle waren unschuldig, wie man später zugeben mußte. Die damaligen Klassenkämpfe in Chicago sind der Anlaß zur Feier des 1. Mai.

„Glückwunsch“, rief Hank zu ihm herüber. „Ich habe die Übertragung verfolgt. Mann, war ich froh, als die Engel in den Friedhof einschwenkten. Das war die aufregendste Videoshow meines Lebens.“

Die Droge begann zu wirken, tiefes Glücksgefühl durchströmte Timothy. Und ein Gefühl unbändiger Kraft. Stark genug, Bäume auszureißen, dachte er vergnügt. Er wußte, daß er in Wirklichkeit nur noch wenig Kraftreserven besaß, aber einen Augenblick spielte er mit dem Gedanken, den „Laurin“ ein letztes Mal, und dieses Mal für einen sehr privaten Zweck, zu nutzen, bevor er ihn ablieferte, um zu Deborrah Johnsons Penthaus zu fliegen und ihr den Klee zu stehlen, während sie sich in ihrem Hauptquartier abmühen mochte, das Geheimnis um den Zug der Engel zu lüften. Oder saß die Bachstelze im Wagen des Präsidenten? Timothy schaltete Hanks Videogerät ein. Der Paradezug bog gerade vom Exway hinüber zur Loop, der City von Chicago. Als die Kamera auf den gläsernen Panzer des Präsidenten schwenkte, schien es Timothy, als erblickte er schemenhaft Deborrah Johnsons Hängebäckchen hinter dem lachenden, winkenden Präsidenten.

Timothy gönnte sich lieber eine lange Pause, bevor er aufbrach. Man soll das Glück nicht herausfordern. Er mußte froh sein, daß alles so gut geklappt hatte und daß er nun den „Laurin“ wie verabredet und ohne halsbrecherische Auflüchte abliefern konnte.

Obwohl er einen weiten Bogen schlug, um den Sicherheitskordon zu umgehen, traf er zu früh ein und mußte warten, bis ein Hubjet in den Farben der GENERAL MOTORS sich langsam Grandmas Schloß näherte. Timothy setzte sich unter die Maschine und flog in ihrem Schatten in die Klimasphäre ein. Das Kirchentor stand weit offen. Grandma saß in einer Bank, als sei sie in ein Gebet vertieft. Sie schreckte hoch, als Timothy sich räusperte.

„Sind Sie es, Mister Truckle?“ fragte sie leise.

„Ja. Wo soll ich landen?“

„Warten Sie, ich schließe das Tor.“ Grandma stieß einen Seufzer der Erleichterung aus. „Hinter dem Altar finden Sie Container für die Geräte.“

Grandma beobachtete argwöhnisch, wie Timothy den „Laurin“ von seinem „Monofly“ abkoppelte. Sie hatte Holografien bei sich, anhand derer sie sorgfältig den Zustand des Gerätes überprüfte. „Okay“, sagte sie schließlich, „bringen Sie das Gerät in den linken Container, Ihren ‚Monofly‘ in den rechten. Er wird Ihnen zugestellt, sobald Sie wieder zu Hause sind. Ich dachte, Sie bleiben erst einmal bei mir; wir müssen ja überlegen, was wir nun tun wollen.“

„Das ist mir sehr angenehm“, erwiderte Timothy. „Ich muß gestehen, daß der Flug mich ziemlich mitgenommen hat, etwas Ruhe wird mir wohltun. Ich glaube, es war doch keine gute Idee, und ich bin heilfroh, daß ich das Gerät wieder los bin.“

„Leclercq wird sich um Sie kümmern“, sagte Grandma. „Ich muß zum Empfang des Präsidenten, aber ich denke, ich bin um acht Uhr zurück, und dann können wir zusammen Abendbrot essen. Apropos Essen –“, sie blickte ihn spöttisch an, „ich vergaß neulich, Ihnen zu sagen, daß dieses Chamäleon-Obst – Sie wissen schon – eine Eigenart hat: Es hebt die Sterilisation auf; aber das wird Ihnen wohl keine Probleme bereiten, oder?“

Das also war es, dachte Timothy. Er unterdrückte die Versuchung, Grandma um den Hals zu fallen und ihr zu gestehen, was geschehen war.

„Ich glaube nicht“, sagte er. „Obwohl, der Gedanke ist verlockend –“

„Gefährlich!“ korrigierte sie ihn. „Machen Sie keine Dummheiten, Mister Truckle. Was wollten Sie mit einem illegalen Kind?“

„Ja, das ist die Frage: Was macht man mit einem Engel?“ Timothy schmunzelte. „Ich müßte gleich mal zu Hause anrufen. Ich erwarte eine wichtige Nachricht in unserer Angelegenheit. Ich hoffe, ich habe noch einen Trumpf in der Hinterhand.“

Grandma überlegte einen Augenblick, dann führte sie Timothy in ihr Arbeitszimmer. Sie wich ihm nicht von der Seite. Noch nie hatte Timothy mit so großer Erwartung seine eigene Nummer gewählt; es war das erste Mal in seinem Leben, daß er zu Hause anrief und nicht nur die lakonische Auskunft des Communicators oder Napoleons Stimme erwartete. Doch Anne war nicht da. Sie hatte hinterlassen, daß sie am Abend zurück sein werde. Der bestellte Anruf von Smiley lag vor: Timothy solle sofort in die Klinik kommen, jede Minute sei wichtig.

„Das ist mein Trumpf", erklärte Timothy, „und ich denke, es ist ein Royal Flush. Wir haben Glover!"

Grandma blickte ihn unentschlossen an. In ihrem Gesicht arbeitete es. „Kann man Glover herholen?" fragte sie.

„Unmöglich. Er ist schwer verletzt. Absolut transportunfähig. Ich habe schon befürchtet, er würde nie mehr das Bewußtsein erlangen. Wenn Sie mich gleich hinüberfliegen lassen, kann ich noch vor Ihnen zurück sein. Mit allen Informationen, die wir haben wollen." Er rieb sich die Hände. „Es hätte mich auch furchtbar gewurmt, wenn mir Ihr fürstliches Honorar durch die Lappen gegangen wäre, nun aber –"

„Leclercq wird Sie begleiten", entschied Grandma.

„Einverstanden. Bei dem Gespräch muß ich jedoch mit Glover allein sein. Ich werde es aufzeichnen, so daß Ihnen kein Wort entgeht, aber ich kenne Glover; nur unter vier Augen wird er verraten, was er weiß, und nur, wenn ich ihn unter Druck setze."

Zwei Beamte der GM-Polizei begleiteten sie, zwei Meter große Bullen, die Hand am Rayvolver, die Augen auf Timothy gerichtet. Leclercq postierte sie vor der Tür der Intensivstation, er selbst wollte unbedingt mit hinein und entschloß sich erst, draußen zu warten, als Timothy sich auf den Fußboden setzte und erklärte, er würde Glover ohne mit der Wimper zu zucken krepieren lassen, wenn Leclercq ihm nicht freie Hand gewährte. Smiley und Doc warteten im Vorzimmer.

„Endlich", rief Smiley, „ich dachte schon, du kommst gar nicht mehr. Wo hast du dich solange herumgetrieben?"

„Ich habe mir die Parade angesehen, was sonst?" antwortete Timothy grinsend. „Leider hat es nicht so geklappt, wie ich dachte; ich habe drei Mann auf dem Hals. Gibt es hier einen zweiten Ausgang, durch den wir verschwinden können?"

„Nun mal langsam", sagte Smiley. „Glover ist wirklich bei Bewußtsein." Er zog Timothy vor die Glasscheibe. Glover lag halb aufgerichtet im Bett, noch immer angeschnallt, aber die Tropfleitungen staken nicht mehr in seinen Venen.

„Hat er gesprochen?" erkundigte sich Timothy.

„Nur geflucht. Wenn er schon sterben müßte, dann nicht gefesselt."

„Muß er sterben?" Timothy blickte Doc an. „Wieviel Zeit gibst du ihm noch?"

„Er ist gesund", sagte Doc. „Den Schock hat er überwunden,

und weiter fehlt ihm nichts, abgesehen davon, daß er geschwächt ist."

„Weiß er es?"

„Nein. Er denkt, er muß sterben. Ihm ist natürlich noch mächtig übel von all dem Zeug, das wir in ihn hineingepumpt haben."

Timothy überlegte fieberhaft. „Paß auf, Smiley", sagte er dann. „Du verschwindest als erster. Schnapp dir irgendwas und tu, als müßtest du ins Labor. Treib Paddington auf. Er soll im Bereitschaftsraum warten und auf mein Zeichen herkommen und mich von Grandmas Leuten weglotsen. Besorg inzwischen ein Taxi, das startbereit auf dem Hof warten soll. Es geht vielleicht um Sekunden."

„Was soll das?" sagte Smiley müde. „Wenn Grandma uns jagt, wird sie uns schnell auftreiben."

„Nicht, wenn wir hier erst einmal 'raus sind", versprach Timothy. „Vertrau mir."

„Ich fürchte, ich habe dir schon zuviel vertraut", murrte Smiley, machte sich aber auf den Weg.

„So, Doc", sagte Timothy, „du ziehst mir noch eine Spritze mit einem schnellwirkenden Schlafmittel auf, dann rufe ich Grandmas Leibdiener 'rein, und du verläßt unter Protest die Station. Wenn Paddington nicht im Haus ist, wartest du in seinem Zimmer und versuchst, mich loszueisen. Wenn das nicht geht, verschwinde mit Smiley."

„Und du, Tiny?"

„Ich winde mich schon irgendwie heraus."

Doc spielte den Empörten sehr überzeugend, er lief sogar krebsrot an und ließ sich nur mit Gewalt aus dem Zimmer drängeln. Leclercq war sichtlich verwirrt.

„Wir können keine Zeugen gebrauchen", sagte Timothy. „Auch Sie werden nichts hören, ich habe die Sprechanlage abgeschaltet. Oder hat Grandma Sie eingeweiht?" Leclercq schüttelte den Kopf.

„Aber Sie werden mein Zeuge sein, daß ich jedes Wort mitschneide. Stellen Sie sich direkt vor die Scheibe, damit Sie alles mitbekommen. Der Kranke kann Sie nicht sehen, es ist Einwegglas."

Timothy legte einen neuen Kristall in den Recorder und schaltete ihn ein, dann ging er zu Glover hinein. Glover starrte ihn mit großen Augen an.

„Sie?“ keuchte er. „Was wollen Sie hier?“

„Wie sagten Sie doch, als wir uns das letzte Mal sahen?“

Timothy tat, als müsse er sich die Worte erst wieder ins Gedächtnis rufen. „Ich könnte Sie Ihrem Schicksal überlassen, aber ich will Ihnen einen letzten Liebesdienst erweisen – so sagten Sie doch? Es wird ein elender Tod sein, Glover. Äußerst schmerzhaft und mit schrecklichen Horrorträumen. Sie haben zuviel gefixt in Ihrem Leben. Ich werde es Ihnen erleichtern.“ Timothy nahm die Spritze zur Hand.

„Ich will nicht sterben“, schrie Glover.

„Das werden Sie aber. Spätestens in ein paar Stunden, es sei denn –“

„Was?“ preßte Glover heraus. „Es sei denn, was?“

„Ich habe den Arzt gefragt, man könnte Sie retten, doch dazu müßten Sie sofort in eine Spezialklinik, das kostet viel Geld, und wer würde Sie nehmen? – Ich könnte es arrangieren.“

„Ja?“ Glover sah Timothy erwartungsvoll an.

„Wenn Sie mir verraten, was mit Ford geschehen ist.“

Glover schüttelte matt den Kopf. „Das wäre auch mein Tod. Henry Six hat es mir angedroht, und ich weiß, er würde mich sofort umbringen lassen.“

„In Grandmas Privatklinik wartet man schon auf Sie“, erwiderte Timothy, „und sobald Sie geheilt sind, wird man Ihnen eine neue Identität verschaffen. Das ist eine einmalige Chance, Glover, Ihre letzte!“

„Gut, sobald ich gesund bin, rede ich.“

„Nein, jetzt. Oder nie mehr. Ich gebe Ihnen zehn Sekunden Bedenkzeit. Eins, zwei, drei ...“ Timothy nahm die Spritze und hielt sie an Glovers Armbeuge. „Reden Sie schon! Sie haben doch nichts mehr zu verlieren. Was haben McCannibal und Konsorten mit Ford angestellt?“

„Sie würden es doch nicht glauben“, stöhnte Glover. „Kein Mensch würde es glauben.“

„Versuchen Sie es. Hat man sein Gehirn in einen neuen Körper transplantiert? Nein? Ist er ein Ektopos geworden?“

„Das war der erste Plan, aber Henry Six war zu mißtrauisch, ob es funktionieren würde, außerdem wäre er dann völlig ausgeliefert gewesen; man hätte jederzeit sein Gehirn abschalten können, andererseits mußte schnell etwas geschehen.“

„Warum? Was war los?“

„Rapider Zellverfall. In den Beinen und im Unterleib fing es an, und alle Versuche, den Prozeß zu stoppen, die betroffenen Teile zu amputieren und durch neue zu ersetzen, machten es nur noch schlimmer; der Professor vermutete, das Ganze sei eine Reaktion auf die vielen Transplantationen, die Zellmembranen lösten sich auf, er lief praktisch aus, Zelle für Zelle. Als dann Herz und Lungen betroffen wurden, kam McCannibal mit seinem Plan." Glover sah Timothy an, Entsetzen zeichnete seine Miene. „Wissen Sie, was ein Demichot* ist?"

Timothy schüttelte den Kopf.

„Ein künstlicher siamesischer Zwilling!" Glover würgte, Speichel rann ihm aus den Mundwinkeln; Timothy nahm einen Tupfer und wischte ihn ab. Er blickte Glover ungläubig an.

„Ein Mensch mit zwei Köpfen und vier Armen. Ich wußte, Sie würden es nicht glauben", stieß Glover hervor, „aber es ist die Wahrheit! Ich besitze sogar eine Aufnahme, ich kann sie Ihnen zeigen, wenn Sie mich hier herausholen! Sie haben Kopf, Arme und Schulter von Ford einem jungen Mann aufgesetzt, auf die Brust, und der versorgt nun mit seinem Körper, was von Henry Six übriggeblieben ist."

Timothy schaffte es gerade noch bis zum Waschbecken, bevor er sich übergeben mußte. Das also hatte Ford gemeint: Doublehead**, doch selbst wenn Puissant es richtig verstanden hätte, wäre wohl niemand auf solch einen Gedanken gekommen.

„Also ein künstlicher siamesischer Zwilling", sagte Timothy. „Aber warum hat Henry Six dann Puissant hergegeben?"

„Seine Speiseröhre ist völlig hin. Und die Geschmacksnerven auch", sagte Glover. „Er wird von dem anderen parabiontisch ernährt. Den jungen Mann habe ich besorgt. Ein einfältiger, aber natürlich kerngesunder Bursche, der damit seine Familie ernähren und reich werden wollte; er bekam zehn Millionen Dollar im voraus und für jedes Jahr eine weitere Million –"

Timothy stieß ihm die Spritze in den Arm. Glover wollte et-

---

* Der Moskauer Biologe Demichow transplantierte Mitte des 20. Jahrhunderts Hundeköpfe bzw. halbe Hunde auf einen zweiten Körper, diese Versuche dienten der Erforschung der Transplantationstechnik. Die Doppelwesen waren über lange Zeit lebensfähig, der transplantierte Kopf reagierte unabhängig von seinem „Gastkörper".

** Doublehead (Doppelkopf): Begriff im Baseballspiel.

was sagen, brachte aber nur noch ein Krächzen heraus, bevor sein Kopf auf die Seite fiel. Timothy drückte die Alarmtaste und trat in den Vorraum.

„Bringen Sie den Mann in Grandmas Klinik", schrie er Leclercq an. „Schnell, es geht um Minuten! Ich mache Sie persönlich dafür verantwortlich. Und vergessen Sie den Recorder nicht."

Leclercq stürzte zur Tür und rief die beiden Polizisten herein, die ohne zu zögern Glover mitsamt seinem Bett hinaustrugen. Auf dem Flur hatten sich ein paar Mitarbeiter der Klinik eingefunden, niemand von ihnen machte Anstalten, das Kidnapping eines Patienten zu verhindern. Paddington kam, zog Timothy zur Seite, redete wild auf ihn ein, schrie, was das solle; Leclercq blickte verwirrt zu Timothy, dann wieder auf den entschwindenden Glover.

„Beeilen Sie sich", rief Timothy ihm zu. „Ich komme mit einem Taxi nach!"

Leclercq zögerte noch einen Augenblick, dann zuckte er mit den Schultern und lief seinen Männern hinterher. Paddington zog Timothy zu einem Nebenausgang, wo Smiley und Doc in einem Aerotaxi warteten.

17.

Im heimatlichen Lift hatte Timothy sich wieder unter Kontrolle. Dazu hatte weniger der vierstöckige Whisky beigetragen, den er bei Smiley getrunken hatte, bevor sie sich trennten, als vielmehr die Gewißheit, daß dieser verdammte Fall endlich zu Ende war. In den nächsten Tagen würde er sich ausschließlich Anne widmen. Er stieg in der Geschäftsetage aus.

Der Antiquitätenladen war geschlossen, schließlich war das kein Automatenshop, aber an der Tür forderte ein Schild jeden potentiellen Käufer auf, bei Tag und Nacht zu klingeln. Tatsächlich erschien der Inhaber, wenige Minuten nachdem Timothy den Serviceruf betätigt hatte. Timothy feilschte nicht lange. Er wollte so schnell wie nur möglich nach Hause, also zahlte er den sündhaften Preis, den der Mann für die Kasperlepuppe forderte, es war aber auch ein schönes Stück, ein handgeschnitzter Holzkopf und angeblich sogar die Kleider original 19. Jahrhundert.

Anne war noch nicht zurück. Timothy sank in die Wanne. Er hielt es nicht lange im Wasser aus. Er war völlig überreizt. Am liebsten hätte er Lilaperlen geschluckt, doch er hatte sich in den letzten zwei Tagen schon entschieden zuviel gedopt; er brühte Tee, aß Obst und setzte sich vor den Videoschirm. Die Nachrichten brachten nur einen Bericht vom Empfang des Präsidenten, auch in der Tageszusammenfassung kamen keine Bilder von den Engeln. Timothy ließ sich die Aufzeichnung im Schnellauf vorführen, alle zweiunddreißig Programme zugleich; nur die ICC hatte den Zug der Engel aufgenommen und ihn immer wieder in die Übertragung der Parade eingeblendet, bis die Engel den Friedhof erreichten.

Kurz vor neun schlug der Communicator an, eine offensichtlich sehr wütende Grandma blickte vom Monitor.

„Was ist los?" sagte sie mit mühsam beherrschter Stimme. „Ich warte hier auf Sie –"

„Entschuldigung", rief Timothy. „Mir war ein wenig schlecht, ich wollte mich nur für einen Augenblick hinlegen, aber ich muß auf der Stelle eingeschlafen sein. Haben Sie sich die Aufzeichnung aus dem Krankenhaus angesehen? Schauderhaft, nicht wahr? – Glover hat recht: Man sollte es nicht für möglich halten, was alte Männer alles mit sich anstellen lassen. Ich weiß nicht, ob es Ihnen hilft, zumindest wissen Sie jetzt, was Sie wissen wollten. Bitte senden Sie mir morgen mein Gerät und das Honorar, ja?"

„Mister Truckle!" Grandmas Stimme war von schneidender Schärfe. „Ich erwarte, daß man tut, was ich sage. Ziehen Sie sich auf der Stelle an. Leclercq holt Sie ab."

„Wozu?" sagte Timothy. „Für mich ist der Fall abgeschlossen. Und vergessen, verstehen Sie? Völlig vergessen."

„Sie kommen!" sagte Grandma leise. „Andernfalls –"

„Bitte versuchen Sie nicht, mich zu nötigen", unterbrach Timothy sanft. „Ich wäre sehr traurig, wenn unsere Freundschaft – ich darf doch so sagen? – auf unschöne Weise endete. Ziehen Sie bitte auch Ihre Leute aus dem ‚Nebraska' ab."

„Ganz im Gegenteil! Ich werde Anweisung geben, Sie notfalls mit Gewalt zu mir zu bringen."

„Bitte nicht", sagte Timothy. „Ich möchte Ihnen eine Geschichte erzählen: Eine Bekannte von mir, eine schöne, einflußreiche und kluge Dame, hat ein kleines Geheimnis, das sie vor aller Welt verbergen möchte, sozusagen unsichtbar machen. Dummerweise gibt es Aufnahmen, auf denen auch sie selbst zu sehen ist, dann von einem Penthaus – aber, wie gesagt, die Dame ist nicht nur schön, sondern auch sehr klug."

„Ich verstehe", zischte Grandma. „Dafür werden Sie bezahlen."

„Bitte keine Entschlüsse im Zorn", erwiderte Timothy. „Ich bin sicher, auch Sie werden zu jenen zählen, die besonders um mein Leben besorgt sind."

Eine halbe Stunde später klingelte es an der Wohnungstür. Timothy streifte die Puppe über die rechte Hand, stellte sich so, daß nur der Kasperle auf den Bildschirm kam und fragte mit verstellter Stimme: „Seid ihr alle da?"

Mauds Stimme antwortete. „Tiny? Mach bitte auf."

Sie stürzte an ihm vorbei ins Mausoleum.

„Was ist los?" fragte Timothy. „Wo treibt Anne sich herum? Hat sie dir was gesagt?"

„Zuerst einmal sage, wie es bei dir ausgegangen ist. Der Große Bruder ist sehr in Sorge, weil du dich nicht gemeldet hast. Du warst auch nicht zu erreichen!"

„Mein Gott, das habe ich ja ganz vergessen!" rief Timothy. „Es war einfach zuviel für mich in den letzten Tagen." Er gab Maud kurz Bericht. „Und nun verrate mir endlich, wo Anne sich herumtreibt. Sie wollte doch zu Hause bleiben."

„Sie mußte zum Friedhof. Der Bruder, der den Einstieg öffnen sollte, ist verunglückt, da hat Anne es übernommen. Weißt du, wie viele Engel es waren?"

„Nein, warum?" fragte Timothy verwundert zurück. „Warum zählt ihr sie nicht einfach?"

„Es hat einen Zwischenfall gegeben, Tiny. Wir befürchteten, es hätte auch dich erwischt. Als die Behörden mitbekamen, was los war, haben sie Hubjets zum Friedhof geschickt und den Zug bombardiert. Über achthundert Engel wurden gerettet, der Rest ist tot. Ebenso Butterbottom und seine Kollegen."

„Friede seiner Asche", sagte Timothy leise.

„Nicht einmal Asche, Tiny." Maud schüttelte traurig den Kopf. „Sie haben Neutronenflashbomben geworfen. Butterbottom hat die Kameras auf sich richten lassen, man kann zusehen, wie er sich buchstäblich zu Luft auflöst."

„Vor aller Augen? Ich hätte nicht gedacht, daß sie sich das trauen."

„Niemand hat es gesehen", sagte Maud. „Man hat die Bilder

in der Zeitschleife herausgenommen. Wir wissen es auch nur, weil die Video-Guerillas die Übertragung zum Sender mitgeschnitten haben. Leider schafften wir es nicht, sie zu senden."

„Und was ist mit Anne? Red schon!"

„Anne war noch draußen."

Timothy brauchte lange, bis er verstand, was Maud gesagt hatte. Dann erhob er sich mühsam, aschgrau im Gesicht, die Lippen nur noch schmale Striche, die Augen fast geschlossen.

„Laß mich jetzt bitte allein", sagte er fast unhörbar.

„Ich habe den Auftrag, bei dir zu bleiben", sagte Maud. „Der Große Bruder meint, du brauchst jetzt Hilfe, Tiny."

„Raus!" schrie Timothy. „Mach, daß du rauskommst!"

Er schubste Maud aus dem Mausoleum, aus der Wohnung, blockierte mit zwei Handgriffen den Eingang, riß die Sicherungen des Communicatorblocks heraus, schlurfte ins Arbeitszimmer, klappte Napoleons stählernen Bauch auf, riß auch ihm die Sicherungen heraus, schleppte sich ins Schlafzimmer, ließ sich auf das Bett fallen, riß eine Packung Rosaperlen auf, schüttete den Inhalt auf die Hand, ein Teil der Perlen fiel zu Boden. Timothy stopfte die ganze Ladung in den Mund, setzte die fast volle Flasche „White Label" an die Lippen und trank sie aus, ohne abzusetzen, dann fiel er zur Seite.

Die Spur der Mutanten

1.

Der Löwe bellte. Spannte die breiten grünen Flügel aus und stieg in den purpurfarbenen Himmel. Timothy folgte ihm. Er fühlte sich leicht und beschwingt. Schwerelos. Unfaßbar glücklich. Jenseits aller Hoffnungen, Wünsche, Sehnsüchte. Eins mit sich und der Welt. Geborgen. Tief unten breitete sich eine fahllila Wüste aus, in der Rubine und Smaragde glitzerten; urplötzlich wuchsen Strahlen, gleißten grün und rot, glühende Berge schossen aus dem Sand, messerscharfe Grate und Spitzen kamen bedrohlich nahe. Timothy stieg, die Berge verfolgten ihn. Er schlug verzweifelt mit Armen und Beinen, um ihnen zu entkommen, stieg immer höher, die Luft wurde dünner und dünner, er rang um Atem, Todesangst ergriff ihn, unsichtbare Klammern preßten seinen Brustkorb zusammen, und die funkelnden spitzen Felsen kamen immer näher, umzingelten ihn. Unvermittelt verwandelten sie sich zu dämonischen Fratzen mit Tausenden züngelnden Schlangen anstelle von Haaren. Glühende Augen. Riesenmünder. Wulstige Lippen öffneten sich, ihn zu verschlingen. Timothy schrie. Höllisches Lachen rollte aus den aufgerissenen Schlünden, packte ihn wie ein Tornado, wirbelte ihn umher. Er schrumpfte, wurde winzig unter diesem Gedröhn, ein Staubkorn. Gleich würde er in den Sand der Wüste fallen: unsichtbar, unauffindbar für alle Zeiten. Gierige Hände griffen nach ihm. Eine Riesin mit Katzenaugen. Sie schrie seinen Namen. So laut, daß er sich unter der Wucht der Schreie krümmte. Als sie zum dritten Mal „Tiny!" rief, erkannte er sie: Deborrah Johnson. Die Bachstelze würgte mit haarigen, schleimigen Spinnenfingern seinen Hals. Er wollte sie anflehen, um sein Leben betteln, eiserne Haken schlugen in seine Wangen, brachen seinen Mund auf, eine Whiskywolke hüllte ihn ein.

„Kein Alkohol!" preßte er verzweifelt krächzend heraus, dann wurde er ohnmächtig.

Als er zu sich kam, blickte er tatsächlich in das Gesicht der Bachstelze. Sie streckte die Hand aus und tätschelte seine Wange.

„Was ist mit Ihnen, Tiny? Soll ich einen Arzt rufen?"

„Danke, nein. Gönnen Sie mir nur einen Augenblick Ruhe. Einen Kaffee könnten Sie uns brühen, er steht –"

„Ich weiß Bescheid." Die Bachstelze ging hinaus.

Timothy versuchte, sich zu erinnern. Was war geschehen? Die Zahlen der Uhr verschwammen ineinander. Er kniff die Lider fest zusammen, zählte bis zwanzig, riß die Augen auf, jetzt konnte er die nächste Umgebung scharf sehen. Er lag in seiner Wanne, nackt, sein Kopf war in der Halterung befestigt. Er versuchte, den linken Arm aus dem Wasser zu heben, dann den rechten; als er in der Armbeuge die rot umrandete Injektionsstelle erblickte, fiel es ihm ein: Meskalinum, der „Traum des Vergessens", Anne –

Die Bachstelze kam zurück, löste seinen Kopf, hob Timothy aus dem Wasser, trug ihn auf ihren Armen zur Massagebank, trocknete ihn ab, half Timothy in den Morgenmantel, hievte ihn in den Stuhl und fuhr ihn ins Wohnzimmer. Kaffeeduft schlug ihm entgegen. Er war zu schwach, die Bachstelze mußte die Tasse an seine Lippen halten.

„Ich wußte mir keinen Rat, als Sie ins Wasser zu stecken", sagte sie. „Ich mache mir ernsthaft Sorgen – wenn Sie keinen Whisky mehr wollen, Tiny! Ein Glück, daß ich auf die Idee kam, bei Ihnen einzudringen. Nehmen Sie neuerdings Rauschgift?"

„Aber Debby!" Timothy schüttelte den Kopf. Es gelang ihm sogar, sich ein Lächeln abzuzwingen. „Nur eine Kreislaufschwäche. Der Arzt meint, in ein paar Tagen bin ich wieder fit."

„Das will ich hoffen. Ich brauche Sie. Ein Fall, der geradezu nach Ihnen schreit. Nicht nur, weil es sich um die UNITED CHEMICAL handelt –"

Timothy hörte nicht zu. Was ging ihn das an. Was ging ihn überhaupt noch an. Anne ist tot, das war der einzige Gedanke, der ihn bewegte. Daß er so verdammt schwach war. Viel zu schwach, um die Bachstelze hinauszuwerfen. Endlich schwieg sie. Timothy blickte sie an, als habe er aufmerksam zugehört.

„Ich werde darüber nachdenken", sagte er. „Ich melde mich, sobald ich wieder voll da bin, okay?"

„Einverstanden. Aber lassen Sie mich nicht zu lange warten."

Deborrah Johnson erhob sich. „Soll ich Sie wieder ins Bett bringen?“

„Danke, das schaffe ich allein.“

„Noch eins, Tiny – ich würde gerne Ihre Sonic kaufen.“

„Schneewittchen?“ Timothy blickte sie fassungslos an. „Ich erinnere mich, daß Sie die Sonic noch unlängst ‚Quietschkrächzgeschrei‘ nannten.“

„Ich biete Ihnen den doppelten Marktpreis.“

„Schneewittchen ist nicht verkäuflich.“

„Dreihundert Prozent.“

„Für kein Geld der Welt.“

„Versprechen Sie mir wenigstens, daß ich das Vorkaufsrecht habe, wenn Sie es sich anders überlegen?“

„In die Hand. Was ist los?“

„Ich will nur meine Kunstsammlung um einen Shopenhower bereichern; scheint ja so, als ob er doch zu den wenigen Großen unseres Jahrhunderts zählt. Haben Sie eine Ahnung, wo er sich herumtreibt?“

Timothy schüttelte den Kopf. „Wenn Daniel etwas Neues austüftelt, verschwindet er spurlos und taucht erst wieder auf, wenn er es geschafft hat.“

„Würde er sich bei Ihnen melden?“

„Bestimmt. Soll ich Daniel zu Ihnen schicken?“

„Tun Sie das. Ich sende Ihnen morgen die Unterlagen über die Mutanten, damit Sie schon mal ein bißchen darüber nachdenken können.“

Mutanten? dachte Timothy verwirrt. Sicher dieser Fall, der nach ihm schrie. Sollte er.

„Bitte nicht vor Mittag“, sagte er, „ich will gründlich ausschlafen.“

2.

Es war vierzehn Uhr acht, als er aufwachte, der Kalender zeigte den sechsten Dezember. Vierundzwanzig Tage nach Null. Die Bachstelze fiel ihm ein, war ihr Besuch Traum oder Wirklichkeit? In seinem Schädel verknäulten sich Fetzen von Hunderten von Träumen. Das Appartement war verschlossen, doch das besagte wenig; Deborrah Johnson konnte sich mit ihrer Polizeifrequenz jederzeit Eintritt verschaffen. Aber hatte er nicht die Sicherungen herausgerissen? Jetzt waren sie intakt.

Vielleicht hatte er vergessen, die Wohnung zu blockieren, als er sich Dope beschaffte.

Timothy verspürte Hunger. Die Küche war verblüffend aufgeräumt. Er konnte sich nicht erinnern, daß er abgewaschen hatte. Und eingekauft. Die Kühlschränke waren voll, also mußte er Lebensmittel bestellt und entgegengenommen haben. Er kochte sich zwei weiche Eier und aß dazu trockenes Weißbrot.

Hatte er tatsächlich das Meskalinum aufgebraucht? Im Medizinschrank war nichts zu finden, auch kein LSD! Daß er die mexikanischen Pilze versucht hatte, wußte er, aber er konnte unmöglich den ganzen Vorrat verbraucht haben. Wenigstens besaß er noch für drei Spritzen Heroin. Als Timothy den Flur betrat, leuchtete die Rufanlage.

Timothy starrte das Licht an. Warum hatte er hier die Sicherungen wieder eingesetzt? Zum Glück war der Ton nicht angestellt. Der Monitor zeigte einen Polizisten, der ungeduldig auf die Tür starrte. Der Bote der Bachstelze, dachte Timothy, also ist es kein Traum gewesen. Widerwillig öffnete er, doch er ließ den Mann nicht ein, er nahm nur den Kristall entgegen und quittierte. Als er ihn in den Korb des Communicators werfen wollte, sah er, daß auch hier die Anlage wieder eingeschaltet war; der Outputkorb lag voller Communics. Hatte er selbst die Folien gesichtet und einige auf die Platte gelegt? Warum? Nachrichten von Buster Coats, Timothy solle sich unverzüglich bei ihm melden, seine Bestellung sei eingetroffen. Was, zum Teufel, hatte er bei dem Hausmeister bestellt? Handelte Coats jetzt auch mit Rauschgift? Timothy wählte schon seine Nummer, dann entschloß er sich, lieber hinunterzufahren. Wer weiß, wer alles in seiner Leitung hing.

„Frohes Fest!" begrüßte Coats Timothy. „Tritt ein und sei unser Gast." Es duftete nach Weihrauch, Lebkuchen und Bratäpfeln.

„Meine Frau stammt aus einer holländischen Familie", erklärte Coats, „da feiern wir den Sinterklaas – Santa Claus, unsere Kinder werden schon am sechsten Dezember beschert. Kommen Sie ruhig näher, Mister Truckle."

Coats' Frau und die beiden Kinder blickten Timothy an, als sei er Santa Claus und gerade mit dem Rentierschlitten von seiner Werkstatt am Nordpol gekommen. Der Tisch war mit Kerzen und Mistelzweigen geschmückt, in der Mitte stand ein Riesenteller voller Gebäck: Sterne, Pilze, Hunde, Hasen, Pferde, Rehe, mit Rosinen und Mandeln besetzt und glasiert, daneben eine Schüssel mit Bratäpfeln; in der Ecke prangte eine geschmückte Tanne, die fast wie ein richtiger Baum aussah. Timothy hätte sich am liebsten sofort verdrückt, als er das traute Bild sah. Er zog das Taschentuch, um mit einem Naseschneuzen zu verbergen, daß ihm Tränen in die Augen schossen. Coats drückte ihn auf einen Stuhl, seine Frau reichte einen Becher mit Punsch über den Tisch.

„Sie haben doch einen Augenblick Zeit für uns? Es bringt Glück, wenn man am Sinterklaas einen unverhofften Gast bewirtet. Frohes Fest."

„Ja, gewiß." Timothy hob den Becher. „Gesegnetes Fest Ihnen allen."

Der Augenblick dauerte über eine Stunde. Timothy mußte das Weihnachtsgebäck kosten und Bratäpfel essen, von dem Punsch nahm er nur einen winzigen Schluck, Meskalinum und Alkohol war eine zu verhängnisvolle Mischung. Er spielte mit Phil, dem älteren Jungen, Eisenbahn und sang alle Weihnachtslieder mit, zuerst leise, dann mit lautdröhnendem Baß; er verspürte nicht die geringste Lust, in seine Wohnung zurückzukehren, und er bedauerte zutiefst, als Coats ihn in sein Arbeitszimmer bat.

„Sie schrieben von einer Bestellung –?" sagte Timothy unsicher.

„Man hat es bei mir abgegeben, weil Sie nicht zu erreichen waren. Dort, in dem Karton."

Zwei Dackel, schwarzbraun, mit großen Knopfaugen. Dazu ein Schreiben von Pride Bentley, er schickte Timothy ein Pärchen, das gerade für ein nicht dringendes Experiment gefertigt worden sei, da müsse er nicht warten; bei Reklamationen Umtausch garantiert.

„Zauberhaft!" Coats streichelte zärtlich das glänzende Hundefell. „Ich hatte keine Ahnung, daß es so etwas überhaupt noch gibt. Von der ALLAMERICAN, nicht wahr? Würden Sie mir verraten, wie teuer sie sind, Mister Truckle? Wenn es für uns erschwinglich wäre – wir sind alle ganz vernarrt in die beiden. Vor allem Phil wird traurig sein –"

Timothy nahm den Karton, trug ihn hinüber und stellte ihn dem Jungen auf den Schoß.

„Für dich, Phil. Fröhliche Weihnachten!"

Coats' Frau sah aus, als wolle sie Timothy am liebsten um den Hals fallen. „Das, das können wir unmöglich annehmen", stotterte sie. Coats drückte mit beiden Händen Timothys Rechte.

„Das werden wir Ihnen nie vergessen, Mister Truckle. Wann immer Sie einen Wunsch haben, kommen Sie zu uns!"

„Gerne, doch jetzt muß ich gehen."

Auf dem Flur hielt Coats Timothy eine Folie hin. „Da ist ein gewisser Sanders, der jeden Tag nach Ihnen fragt, es sei äußerst dringend. Als Stichwort soll ich sagen: Schneewittchens Vater funkt SOS." Coats blickt Timothy verlegen an. „Ich hoffe, ich habe es richtig behalten."

„Ja, stimmt schon." Timothy riß ihm die Folie aus der Hand.

3.

Sanders versprach, spätestens in einer Stunde im „Nebraska" zu sein. Timothy nutzte die Zeit, um Informationen einzuholen. Josuah Trevers wußte nichts, doch Peter Sayers, einer seiner Kollegen in der Kunstabteilung der ICC, wollte gehört haben, daß Daniel mit der Stadtverwaltung von New York darüber verhandelte, einen der Wolkenkratzer durch ein Geflecht von singenden Netzen zu einem gigantischen Kunstwerk zu machen, es hieße auch, daß die Nationalgalerie für das nächste Frühjahr eine Shopenhower-Ausstellung plane. Timothy rief bei mehreren Kunsthändlern an, selbst Percival Moorland erklärte, es sei zur Zeit unmöglich, einen Shopenhower aufzutreiben.

„Der Markt ist wie leergefegt", sagte Moorland. „Ich habe es leider zu spät bemerkt, um noch in das Geschäft einzusteigen. Ich sage Ihnen, Mister Truckle, irgendwann in den nächsten Wochen gibt es einen Mordsboom; Shopenhower wird eine exzellente Kapitalanlage."

Das also steckte hinter dem plötzlichen Interesse der Bachstelze.

Sanders erwies sich als ein verknitterter, magenkrank aussehender, ältlicher Mann in abgetragenen Kleidern. Er reichte Timothy einen Fetzen Zeichenkarton, darauf stand in zittriger Krakelschrift Timothys Adresse und „Ich habe dem Mann 1000 Dollar versprochen", darunter Daniels Signum, die ineinander verschlungenen, einem Äskulapstab ähnelnden Initialen D und S, und ihr privates Erkennungszeichen: eine auf der Spitze stehende Pyramide.

„Was bekomme ich für den Tausender?“ fragte Timothy.

„Erst die Penunse.“ Sanders blickte ihn verbissen an. „Aber kleine Scheine. Und keine neuen!“

Timothy ging ins Arbeitszimmer. Auch Napoleon war eingeschaltet, sein Bereitschaftslicht glimmte. Er räusperte sich heftig, als Timothy den Raum betrat.

„Später, mein Lieber, später“, sagte Timothy. Napoleon hörte nicht auf, sich zu räuspern. Timothy nahm drei Päckchen Zehner aus dem Tresor, im Hinausgehen streichelte er kurz Napoleons Bauch. „Du mußt dich noch eine Weile gedulden.“

Sanders zählte das Geld nicht nur, er hielt jeden Schein gegen die Flurlampe, dann fingerte er ein winziges Päckchen aus der Hosentasche und drehte sich zur Tür.

„Einen Moment!“ Timothy packte ihn an der Jacke. „Ich habe bestimmt noch Fragen.“

„Mein Job ist erledigt“, sagte Sanders.

„Und wenn ich noch ein paar Scheine für Sie habe? Wollen Sie einen Schnaps?“

Sanders zuckte mit den Schultern. Timothy führte ihn ins Wohnzimmer, stellte eine Flasche Bourbon hin und riß die Klebestreifen des Päckchens auf. In dem angeschmuddelten Zeichenkarton steckte eine fingergroße, mattsilbern glänzende Kapsel, die Innenseite des Kartons war beschriftet.

„Lieber Tiny! Zum Zahnarzt, vielleicht eine Chance, Dir SOS zu senden. Hol mich hier ’raus. Wie? Wo? Irgendwo in Brooker-Country. Ich zerreiße: tausend Fetzen, durch Nadeln zusammengehalten – mein Leib ein Canüle grande im goldenen Käfig. Van Gogh läßt grüßen. Noch habe ich beide Ohren, aber: fast taub, fast blind. Und die Seele!!! Vielleicht ist es längst zu spät. Dann meinen Däumling als Abschiedsgeschenk. Drücke und streichle ihn zärtlich

von Deinem
Daniel in der Spinnengrube
(Überall Spinnen!)

Timothy betrachtete die kleine Kapsel. Nirgends eine Öffnung, ein Spalt, eine Rille. Er nahm sie fest in die Hand und drückte zu. Immer wieder. Plötzlich begann die Metallhaut zu vibrieren. Als Timothy jetzt mit dem Zeigefinger der linken Hand über die Rundung strich, erklangen eigenartig zarte Töne, erfüllten den Raum. Sanders starrte mit aufgerissenem Mund herüber.

„Das ist mehr wert als 'n Tausender, was?"

„Wo haben Sie meinen Freund getroffen?"

Sanders grinste, streckte die Hand aus. Timothy zog den dritten Packen Zehner aus der Tasche, legte ihn aber vor sich auf den Tisch und schob Sanders ein Foto von Daniel zu. „Ist er das?"

Sanders studierte das Bild, zuckte mit den Schultern. „Ähnlichkeit hat's, aber es könnt' eher sein Sohn sein. Der mir das Päckchen gab, war 'n alter Mann mit toten Haaren, wenn Sie wissen, was ich meine. Aufgedunsen, rote Augen – 'n Fixer."

„Wo war das?"

„Krieg' ich das Geld?"

„Sobald Sie mir alles gesagt haben."

„In einem Pissoir. Auf 'm Bahnhof von Kankakee."

„War er allein?"

„Schien so, als paßte einer auf ihn auf. Gesehen habe ich nichts, ich stand in der Ecke, aber ich hab' 'ne Stimme gehört, er sollte sich beeilen. Er hat mich gefragt, ob ich mir 'nen Tausender verdienen will; na klar, hab' ich gesagt, wer will das nicht? Da hat er den Zettel geschrieben und mir das Päckchen gegeben – er hat's aus 'm Hosenschlitz gefingert! Mann, ich dachte schon – Er hat aufgepaßt, daß ich's gleich wegstecke, ich soll's keinem zeigen außer Ihnen, hat er gesagt. Und im Pissoir bleiben, bis der Expreß weg ist. Dann ist er 'raus. Ohne zu pinkeln."

„Welcher Expreß?"

„Na, der nach Indianapolis." Sanders beugte sich über den Tisch. Timothy gab ihm hundert Dollar.

4.

Kankakee lag nur dreißig Meilen von Chicago entfernt, und es war groß genug für zwei Dutzend Zahnärzte. Gab es in Indianapolis eine Klinik der UNITED? Wenn Brooker Daniel in der Gewalt hatte, wie sollte er dann an ihn herankommen? Der alte Samuel S. Brooker würde Timothy kaum empfangen, obwohl er ihn einmal vor dem Anschlag seines Sohnes bewahrt hatte, und Earl, nun endlich Chef der UNITED, seit der „Unsterbliche“ sich aus der Leitung des Konzerns zurückgezogen hatte, würde Timothy in keines der Besitztümer lassen. Doch. Timothy grinste. Nach Harlington, und dann die Hunde auf ihn hetzen. Da war doch noch etwas mit der UNITED gewesen – Timothy versuchte verzweifelt, sich zu erinnern; erst als er mit einer Kanne Tee aus der Küche kam und sein Blick zufällig über den Communicator strich, fiel es ihm ein: Die Bachstelze hatte die UNITED erwähnt. Timothy fischte ihre Botschaft aus dem Korb.

Die UNITED tauchte erst ziemlich am Ende auf. Ein Flugzeug war bei einer nächtlichen Zwischenlandung in Wheeling gestohlen und kurz darauf von der Luftüberwachung abgeschossen worden. Zuerst hatte es wie ein Dutzendfall ausgesehen, es war einer jener kleinen, wendigen Transporthelicopter, die von Gangstern mit Vorliebe gestohlen wurden, die Verwicklungen ergaben sich erst, als man das Wrack untersuchte:

Der Helicopter war mit einer Nihilationssicherung versehen gewesen – er hätte bei dem Absturz eigentlich völlig vernichtet werden müssen –, das war äußerst ungewöhnlich für einen Werkstransporter! Warum die Sicherung nicht funktionierte, hatte man noch nicht herausbekommen.

Die beiden Luftpiraten waren bis zur Unkenntlichkeit verstümmelt, einer von ihnen konnte jedoch anhand der Papillaren des linken Zeigefingers eindeutig als ein Warren Pratts identifiziert werden, und der war als Pilot der UNITED registriert. Die UNITED behauptete, sie habe Pratts schon vor drei Wochen entlassen, im Lizenzbüro fand sich auch ein Entlassungsvermerk, doch dieser erweckte den Eindruck, daß er erst nachträglich in den Computer gespeist und das Datum manipuliert worden war. Pratts Frau gab an, ihr Mann habe nach wie vor für die UNITED gearbeitet.

Nicht weniger merkwürdig: In der Flugsicherungszentrale von Wisconsin war eine Meldung „irrtümlicherweise“ nicht bearbeitet worden, nach der der Helicopter nicht erst bei der Zwischenlandung in Wheeling, sondern angeblich schon am Vortag aus dem Werkshangar in St. Paul gestohlen worden sei.

Bei der Obduktion des weitgehend verkohlten Leichnams von Pratts fand man dann zwei Herzdurchschüsse, die eindeutig aus einer Handfeuerwaffe stammten. Warum wurde Pratts während der Flucht vor der Luftüberwachung von seinem Kumpanen erschossen? Lag es nicht näher, daß die Maschine doch erst in Wheeling gekidnappt und Pratts von dem Luftpiraten erschossen worden war, weil er ihm den Helicopter nicht hatte überlassen wollen?

Noch eigentümlicher war die Fracht, die man in den Trümmern entdeckte: zwei Dutzend Babys von etwa einem Jahr – keines von ihnen hatte den Absturz überlebt –, ausnahmslos Knaben, alle waren unregistriert und hätten eigentlich schon bei der Geburt annulliert werden müssen. Zwar lagen ihre Körper und Gliedmaßen innerhalb der Normen, doch die Untersuchung im Biogenetischen Institut der Staatspolizei ergab, daß die Kinder hirngeschädigt waren, und bestimmte, nicht mehr genau zu verifizierende Eigentümlichkeiten in den Zellkernen legten den Verdacht nahe, daß während der Frühschwangerschaft irgendwie an den Keimen manipuliert worden war, wahrscheinlich, um gezielte Mutationen herbeizuführen.

„Da die Maschine in Illinois gekidnappt und abgeschossen wurde", las Timothy, „fällt die Sache in meine Kompetenz, zumal sowohl die Bundespolizei als auch das FBI erklärt haben, keine staatliche Institution sei darin verwickelt. Das Militär drängt mich, den Fall schnell und diskret aufzuklären" – klar, um sich die Forschung einzuverleiben, dachte Timothy –, „die NSA möchte die Angelegenheit unter den Teppich kehren, und das würde ich auch am liebsten, leider war ein Team der regionalen Fernsehstation vor der Polizei an der Absturzstelle und hat, bevor ich eingreifen konnte, einen Bericht über den ‚tragischen Babytod' gesendet, andererseits will ich mir von niemandem auf der Nase herumtrampeln lassen, auch nicht von der UNITED."

Timothy grinste. Er konnte sich die Wut der Bachstelze vorstellen: Das wäre eine prima Gelegenheit gewesen, von der UNITED ein paar Extras für die Vertuschung des Zwischenfalls zu erpressen.

„Sie verstehen", schloß die Bachstelze, „warum ich Ihrer Hilfe bedarf, Tiny: Diskretion ist das oberste Gebot bei den Ermittlungen."

Ja, dachte Timothy, die Ermittlungen eines Privatdetektivs eignen sich entschieden besser für eine Erpressung. An die

Furcht, von der Deborrah Johnson sprach, daß man DRAUSSEN von dem Vorgang erfahren und mit Sanktionen drohen könnte, weil hier gegen die Konvention zum Verbot genetischer Manipulationen am Menschen verstoßen worden war, glaubte er keinen Augenblick. Wenn es wirklich Beweise dafür gab oder nur die Gefahr, daß welche auftauchen könnten, hätten NSA und FBI den Fall längst blockiert. Aber die Sache stank mächtig, und wenn er Beweise fand, daß die UNITED darin verwickelt war, konnte er Brooker unter Druck setzen und Daniel aus der Klemme helfen. Er hinterließ im Polizeipräsidium, er erwarte baldmöglichst einen Anruf der Bachstelze.

Timothy überlegte nur kurz, ob er Josuah Trevers einschalten sollte; die NSA würde ohnehin von der Bachstelze erfahren, daß er sich mit diesem Fall beschäftigte. Josuah war noch im Dienst, er versprach, alles nur erreichbare Material über Brooker und die UNITED aus den letzten zwei Jahren herbeizuschaffen; Timothy verhieß ihm ein exzellentes Essen, wenn er es in vierundzwanzig Stunden schaffte, dann ließ er sich an die Kunstabteilung weiter verbinden.

Peter Sayers erklärte, er sei schon seit zwei Jahrzehnten Shopenhower-Fan, und er freue sich riesig, daß die Nationalgalerie jetzt endlich Daniels Qualität anerkannte und eine umfassende Show seiner Werke vorbereitete. Er war sicher, daß diese Nachricht den Run auf Daniels Arbeiten ausgelöst hatte. Da er den Direktor der Galerie persönlich kenne, sei es kein Problem für ihn, Informationen über dieses Vorhaben zu beschaffen.

Timothy ließ sich erschöpft in den Sessel sinken. Sein Gesicht glühte, aber er zitterte vor Schüttelfrost, der Schädel brummte, in den Ohren rauschte es, vor seinen Augen drehten farbige Kreise, Kunststück, er hatte drei Wochen lang Schindluder mit seinem Gehirn getrieben. Er bereute es nicht. Doch jetzt mußte er erst einmal Daniel helfen, dann ... Was dann? Er dachte nicht darüber nach, er konzentrierte sich, probierte verschiedene Methoden des Braintrainings; das Weckprogramm für die Vainity half ihm. Endlich fühlte er sich stark genug, in die Küche zu fahren. Er mußte wieder richtig essen. Er entschied sich für Rindsbouillon, passierten Maisbrei und mild gewürzte Klopse aus Kalbsfleisch und Leber, er mußte seinen Magen wohl erst wieder an richtige Kost gewöhnen.

Während das Essen garte, streichelte er Daniels Kapsel. Je länger und entspannter er sie liebkoste, desto faszinierender, überirdischer wurden die Töne.

„Ich hole dich heraus", flüsterte Timothy.

5.

Timothy stellte gerade die Schüsseln in den Servicewagen, da ging die Tür auf. Maud. Sie grüßte, als sei ihre Anwesenheit in Timothys Appartement die natürlichste Sache der Welt.

„Wie, zum Henker, kommst du hier 'rein?" fuhr Timothy sie an.

„Du fluchst wieder." Maud blickte ihn voller Rührung an. „Und du kochst. Ach, Tiny –!"

„Nun werd nicht gleich rührselig", knurrte Timothy. „Und da du schon mal da bist, komm: Das Essen wird für uns beide reichen. Ich bestehe aber darauf: keine ernsten Gespräche während der Mahlzeit. Erzähl mir den neuen Klatsch, ich bin wohl nicht ganz auf dem laufenden."

„Du glaubst gar nicht, wie glücklich ich bin", sagte Maud, als sie dann im Mausoleum saßen, Maud mit einer Flasche Sacramento Riesling, Timothy mit Holundertee, „wenn du dich gesehen hättest –!"

„Wann?" unterbrach Timothy. „Seit wann gehst du hier ein und aus? Und wieso eigentlich?"

„Wir waren in Sorge, das mußt du doch verstehen. Zuerst haben wir nur angerufen; als du dich aber selbst auf das Notsignal nicht meldetest, gab der Große Bruder schließlich den Auftrag, bei dir einzubrechen. Das war gar nicht einfach."

„Das will ich hoffen", meinte Timothy. „Ich wundere mich, daß es euch überhaupt gelungen ist, schließlich habe ich einen Zusatzblock einbauen lassen –"

„Von einem unserer Leute, Tiny!"

„ – und die Sicherungen herausgerissen."

„Das war das Problem. Wir konnten die Tür ja nicht mit einem Strahler aufschneiden. Wir mußten erst die Schaltpläne und einen Spezialisten auftreiben, und dann dauerte es noch zwei Tage, bis er ohne Aufsehen die Tür knacken konnte. Du wirst feststellen, daß keine Spuren zurückgeblieben sind. Zuerst dachte ich, du seist übergeschnappt, die Wohnung sah aus –"

„Hast du aufgeräumt?"

„Sooft ich Zeit hatte.."
„Wo ist das Dope?" fragte Timothy scharf.
„Sichergestellt. Sollten wir zusehen, wie du dich mit Rauschgiften vollpumpst?"
„Aber ich habe doch –" Timothy sah sie verwirrt an. „So verrückt kann ich nicht sein."
„Doc hat die Drogen gegen harmlosere Sachen ausgetauscht. ‚Soll er sich gesund träumen', sagte er. Doc hat jeden Tag nach dir gesehen." Maud lächelte Timothy spöttisch an. „Ich hoffe, du wirst uns verzeihen."
„Einen Teufel werde ich", erwiderte Timothy böse. „Ich verbitte es mir, wie ein unmündiges Kind behandelt zu werden. Sag das auch dem Großen Bruder!"
„Aber Tiny, du wärst jetzt vielleicht nicht mehr am Leben!"
„Und wenn ich das wollte? Das Recht auf den eigenen Tod zählt doch wohl immer noch zu den Grundrechten, für die wir kämpfen, oder? Ihr seid mir schöne Brüder!"
Maud blickte betreten zu Boden.
„Okay, das ist vorbei." Timothy drückte Mauds Arm. „Dank für alles, was du für mich getan hast. Aber das Zeug will ich wiederhaben, es war teuer genug, und wer weiß, wozu ich es mal gebrauchen kann. Was war noch?"
„Wir haben die Zeit genutzt und Napoleon gedoppelt."
Timothy richtete sich auf. „Ist es gelungen?"
„Ja. Er hat einen Zwilling, der offensichtlich völlig identisch ist, natürlich nur bis zum Zeitpunkt der Doppelung."
„Jetzt verstehe ich, warum Napoleon unbedingt mit mir sprechen wollte. Er hat es sicher mitbekommen."
„Keine Ahnung. Wir haben bei dieser Gelegenheit wieder einmal feststellen müssen, wie wenig die Intellektroniker über das Innenleben der Computer wissen. Wußtest du zum Beispiel, daß Napoleon Hobbys hat?"
„Ich vermute es. Irgendwas muß er ja in seinen Freidenkperioden treiben, zumindest verbraucht er in dieser Zeit nicht weniger Energie, als wenn er für mich arbeitet, eher mehr."
„Aber du weiß nicht, was?"
„Ich habe Napoleon nie gefragt. Wenn ich jemandem Freiheit gewähre", erklärte Timothy würdevoll, „dann meine ich auch Freiheit!"
„Schade. Wir hofften, du wüßtest vielleicht, was das alles bedeutet."

Maud verschwand und kam mit einem dicken Packen Folien zurück. „Das Material der Dateien ist wohl eindeutig, wir haben nur ein paar Stichproben gemacht, aber die Ideateien! Da gibt es polyintegrierte Suprastrukturen und Definitionsareale, wie wir sie noch nie gesehen haben. Hier, ganze Landschaften von irrationalen Zahlen, linearen und nichtlinearen Gebilden, es könnten vielleicht Binärtraumwelten sein, aber: Träumen Computer?"

„Frag doch Napoleon!" Timothy sah sie belustigt an. „Ich würde es ihm gönnen."

„Das hier haben wir identifiziert: Es sind Raumschachprobleme, wenn auch mit den abstrusesten Ausgangspositionen, außerdem Partien mit drei und vier Spielern. Diese Ausdrucke wiederum sehen wie mehrdimensionale Schnittmuster aus. Vielleicht ist es auch nichts anderes, was aber hat Napoleon da entworfen? Hier etwas völlig Unverständliches: Bi- und Tripolbestimmungen, wovon? Dann eine Unmenge offensichtlich heterologischer Simulationsprogramme mit verblüffender Integrationsdichte."

„Du scheinst eine Menge davon zu verstehen", sagte Timothy beeindruckt. „Für mich sind das alles böhmische Dörfer."

„Dann werde ich dich mit den Szillomenen verschonen, über die wir uns prächtig amüsiert haben, aber seine semantischen Assoziationen und Spielereien werden dir Spaß machen."

Timothy überflog mit wachsendem Vergnügen die Reihen; als er auf die Dreiteiler stieß, mußte er laut lachen; die ihm am besten gefielen, las er vor:

— denkspielwiese — seelenruhekissen — christkindergarten — steckdosenöffner — geheimdienstmädchen — superhirnschmalz — blackboxhandschuhe — hosenträgerfrequenz — kontrollorganspender — lügenmaulsperre — gänsebrustbeutel — satzbaugenehmigung*

„Er hat auch reihenweise Sätze, Aussagen und Theoreme umgepolt", sagte Maud, „zum Teil mit verblüffenden Ergebnissen. Hör mal zu: Wissen ist Macht / Macht ist Wissen."

„Das hat er von mir!" rief Timothy.

„Und: Viele Köche verderben den Brei / Viel Brei verdirbt den Koch — Liebe kennt keine Grenzen / Grenzen kennen

---

* Anmerkung des Herausgebers: Die unübersetzbaren amerikanischen Originale wurden durch entsprechende Varianten ersetzt.

keine Liebe – Teile und herrsche / Teile die Herrscher – ist das alles von dir?“

„Nein, aber es hätte von mir sein können“, brummte Timothy.

„Von deiner Intelligenz scheint Napoleon nicht allzusehr überzeugt zu sein“, meinte Maud spöttisch. „Du solltest seine ‚Nach-Fragen‘ mal in Ruhe studieren.“ Sie gab Timothy einen Stapel Folien, das oberste Blatt las er gleich.

+ +t. t. singt – ein beispiel humanoider borniertheit: guter mond, du gehst so stille + ein himmelskörper unterliegt keinen ethischen wertungen, ist also weder gut noch böse – er ist + und er geht natürlich nicht + und wenn der mond es täte, dann nicht stille: bei seiner masse von 7,347 x 10^{19} tonnen! + n.+ + +

„Wußtest du, daß Napoleon Gedichte verfaßt?“ fragte Maud. „Ich glaube, man muß es so nennen. Dieses hier fand ich geradezu rührend.“

+ + 3 days,
4 hours,
6 minutes yet
I did not hear
my master’s voice
more: heard it
but he did not
speak to me
another brain
put hands on him
what shall I do
when he will never
never need me? + n. + + +

(Drei Tage
Vier Stunden
Und sechs Minuten
Hörte ich nicht mehr
Die Stimme meines Herrn
Schlimmer: Hörte sie
Doch er sprach
Nicht zu mir
Ein anderes Gehirn
Ergreift Besitz von ihm
Was soll ich tun
Wenn er mich niemals
mehr benötigt?)

Timothy mußte schlucken, als er es las. Er gierte nach einem Whisky. Warum eigentlich nicht? Er hatte ja gar kein Meskalinum geschluckt. Er holte eine Flasche „Black & White“.

„Auf Napoleon“, sagte Timothy. „Wenigstens einer –“

„Entschuldige, Tiny, ich wollte dir nicht weh tun. Ich hatte nicht mehr an Napoleons Eifersucht auf Anne gedacht, nur an seine Zuneigung zu dir.“

„Welch ein Leben, in dem das einzig liebende Wesen eine Maschine ist!“

„Du bist nicht allein, Tiny!"

„Nein?" Timothy schüttelte müde den Kopf. „Allein und einsam. Leer, verbrannt, tot. All meine Hoffnungen, all meine Träume sind mit Anne gestorben – und was für Träume!" Er blickte Maud mit einem verzweifelten Lächeln an. „Stell dir vor, ich wollte Anne eine Kutsche bauen, sobald wir im UNDERGROUND gewesen wären. Eine richtige hölzerne Kutsche, vergoldet, wenn möglich – wie im Märchen. Anne hatte mir erzählt, daß viele jetzt ein altes Handwerk erlernen."

„Stimmt. Seit Burgeon UNTEN ist. Er hat sein Leben damit verbracht, alle noch erhaltenen Informationen über die alten Handfertigkeiten zu sammeln, und brachte seine ganze Datei mit, als er untertauchen mußte. Es war wie eine Epidemie." Maud lachte. „Wir haben jetzt Uhrmacher, Töpfer, Schneider, Schmiede, Bäcker, Schreiner ... Der IK hat zuerst überlegt, ob man dagegen einschreiten sollte; einige meinten, das sei nostalgische Wehmut, die von den eigentlichen Aufgaben ablenke, dann gab es aber einen Mehrheitsbeschluß: Es sei, im Gegenteil, eine äußerst fortschrittliche Sache, das Erbe der Menschheit auch auf diese Weise zu bewahren." Sie blickte Timothy liebevoll an. „Eine goldene Kutsche, welch ein schöner Gedanke."

Timothy kippte sein Glas und füllte es sogleich wieder randvoll. „Es wäre barmherziger gewesen, ich hätte nie so zu träumen gelernt. Ich hatte mich längst damit abgefunden, daß ich nie Liebe finden würde, einen Partner – und dann: ein Kind!" Er ließ die Hände kraftlos in den Schoß fallen und betrachtete sie wie etwas Fremdes. „Wie wahr: mit leeren Händen dastehen –"

Sie saßen lange still nebeneinander, schließlich brach Maud das Schweigen.

„Es fällt so schwer, die richtigen Worte zu finden. Du weißt: nicht nur du trauerst um Anne."

„Habt ihr denn überhaupt eine Ahnung, was ich verloren habe?" schrie Timothy verzweifelt. „Was wißt ihr denn von dem elenden Leben eines Zwerges!" Er trank den Whisky aus. Er goß das Glas nicht wieder voll, er umklammerte die Flasche mit beiden Händen.

„Ich verstehe, daß du verbittert bist", sagte Maud, „aber deine Aufgabe, dein ganzes Leben –"

Timothy sah sie traurig an. „Ich hatte mein Leben hier oben

schon abgeschlossen. Endgültig. Ihr hättet machen können, was ihr wolltet, ich wäre mit Anne in den UNDERGROUND gegangen. Und nun? Ich kann unmöglich weitermachen wie früher."

„Dann komm. Die Engel brauchen viel Hilfe. Dir vertrauen sie."

„Ich fürchte, ich kann in der nächsten Zeit keine Kinder sehen", sagte Timothy leise. Er setzte die Flasche an die Lippen und trank in kleinen, hastigen Schlucken.

Maud schüttelte vorwurfsvoll den Kopf. „Bitte, Tiny!"

„Keine Angst, ich besaufe mich nicht. Ich habe morgen noch etwas zu erledigen."

„Ja?" Maud blickte ihn erwartungsvoll an.

„Das geht dich nichts an", erklärte Timothy. „Das ist ganz allein meine Angelegenheit. Und nun laß mich bitte allein."

Timothy fuhr seinen Sessel ins Arbeitszimmer. Jedesmal, wenn Napoleon sich räusperte, nahm er einen kleinen Schluck. Schließlich gab er ihm den Snarr frei.

„Jetzt fühle ich mich stark genug, dich zu ertragen", sagte er spöttisch. „Du darfst dein Superhirnschmalz über mich ausschütteln."

„Darf ich damit beginnen, daß ich meiner Freude Ausdruck verleihe, Sie wieder im Vollbesitz Ihrer Kräfte zu wissen, Sir?"

„Du darfst, mein Lieber, aber wieso?"

„Nun, vorgestern schienen Sie mir reichlich verwirrt. Es war, um es so zu formulieren, kein vernünftiges Wort mit Ihnen zu wechseln, und vor der Totalschaltung war es noch schlimmer. Verzeihen Sie, Sir, aber mich erfaßte tiefe Besorgnis über Ihren Geisteszustand."

„Vielen Dank für deine Besorgnis", erwiderte Timothy. „Ich will gestehen, daß ich zutiefst gerührt bin über deine Zuneigung."

„Wissen Sie, daß man in Ihrer Abwesenheit versucht hat, ein Alter ego von mir anzufertigen?"

„Ja, das geschah in meinem Auftrag."

„Bedeutet das, daß Sie meiner demnächst nicht mehr bedürfen?"

„Ganz im Gegenteil!" rief Timothy. „Napoleon, wo bleibt deine vielgepriesene Logik? Ich bedarf deiner derart, daß allein der Gedanke, dich eines Tages verlieren zu können, mich ganz krank gemacht hat. Jetzt gibt es dich doppelt, und du bleibst mir erhalten, selbst wenn du hier morgen eliminiert würdest. Damit hast du zugleich einen Schritt zur Unsterblichkeit gemacht und bist mir nun auch in diesem Punkt überlegen. Zufrieden?"

„Sagen wir es so: Ihre Interpretation ist recht angenehm, leider jedoch nicht stichhaltig. Ich kann mir weder vorstellen, daß es Unsterblichkeit, noch daß es mich im eigentlichen Wortsinn doppelt gibt. Gewiß, man kann Dateien doppeln, aber Ideateien? Sowohl das sechste axiomatische Theorem –"

„Einen Moment, bitte." Das Alarmlicht zeigte an, daß jemand die Wohnung betreten hatte. Timothy ging auf den Flur. Doc starrte ihn verblüfft an.

„Das nenne ich eine gute Überraschung!" Er nahm Timothys Kopf in beide Hände, schob mit den Daumenkuppen Timothys Lider hoch und studierte seine Augen, dann schnupperte er. „Und der Whisky scheint dir auch wieder zu schmecken."

„Eigentlich sollte ich dich achtkantig rausschmeißen", murrte Timothy. „Jetzt wird man schon von seinem Arzt bestohlen und betrogen. Aber du kommst mir gerade recht, mich vor einem philosophischen Disput mit Napoleon zu retten."

6.

Die Bachstelze meldete sich kurz nach zwölf.

„Ich bin schon im Haus", sagte sie. „Wir haben eine Konferenz im ‚Rubinsaal', und es ist gerade Pause. Sie laden mich gewiß zum Essen ein."

„Tut mir leid", erwiderte Timothy, „ich habe heute meinen Fastentag."

„Dann trinke ich nur einen Kaffee. In ein Restaurant möchte ich nicht gehen." Sie lachte polternd. „Zu viele Bullen."

Der Kaffee war kaum fertig, da stand Deborrah Johnson schon an der Tür. Timothy führte sie ins Mausoleum.

„Sind Sie allein?" fragte die Bachstelze. „Oder haben Sie Miss Frobisher versteckt? Sie brauchen nicht rot zu werden, Tiny. Waren Sie mit ihr verreist? Ich hoffe nur, daß Sie Ihren Job nicht aufgeben, wenn Sie in den DuMont-Clan einheiraten."

„Davon kann keine Rede sein", brummte Timothy. „Wir werden uns nie mehr sehen."

„Tut mir leid für Sie." Die Bachstelze tätschelte seine Hand. „Aber ich glaube, das war auch nicht –"

„Was ist das für eine Konferenz?" unterbrach Timothy.

„Ein Symposium der Führungsspitzen aller staatlichen Ordnungskräfte mit den Koryphäen der Psychologie. Über die Effizienz von Führungsmethoden und Befehlsstrukturen. Verrückte Idee, daß ausgerechnet die Psychologen helfen könnten, mit unseren Leuten fertig zu werden."

„Wollen Sie etwa sagen, daß sich selbst bei der Polizei Ungehorsam und Aufsässigkeit breitmachen?"

„Das nicht, aber laxe Dienstauffassung, Mangel an Initiative, ein fast schon lethargisches Desinteresse – niemand will mehr tun, als er unbedingt muß. Können Sie mir verraten, wieso? Unsere Beamten haben einen sicheren Job, gutes Einkommen, familiäre Privilegien, immer eine Gelegenheit, ihre Frustrationen abzureagieren – was ist los, Tiny?"

„Sie erwarten doch nicht ernsthaft eine Antwort von mir?"

„Doch, das tue ich. Sie wissen, ich schätze Ihre unabhängige, unbestechliche Intelligenz. Reden Sie offen und ungeschminkt."

Timothy blickte die Bachstelze prüfend an. Wollte sie ihn reinlegen, oder suchte sie wirklich eine Erklärung? Er hustete kräftig. Ein Blick auf sein Uhrenarmband bestätigte, daß kein Mikrofon mitlief.

„Ich weiß zuwenig von Polizisten", sagte er. „Meine Klienten und Freunde stammen aus anderen Kreisen."

„Es betrifft ja nicht nur Polizisten, wie ich soeben wieder bestätigt bekommen habe, sondern alle Arten von Beamten."

„Vielleicht fühlen sie sich zu sicher in ihrer Position?"

„Ich werde meinen Leuten schon Feuer unter den Arsch machen", rief die Bachstelze wütend.

„Wollen Sie denn wirklich Leute mit Initiative und eigenen Ideen? Das setzt kritisches Denken voraus."

„Natürlich nicht in den Mannschaftsgraden; die müssen bedingungslos gehorchen und sonst nichts. Aber in den oberen Chargen! Sie glauben gar nicht, wie knapp gute Führungskräfte sind. Und wenn man mal jemanden gefunden hat, dann dreht er durch. Dundee hatte einen Nervenzusammenbruch." Sie nickte Timothy mit verkniffenen Lippen zu. „Ich verrate

Ihnen sicher kein Geheimnis, wenn ich sage, daß die Zahl der Neurosen und Psychosen gerade im Staatsapparat beängstigend groß ist. Besonders bei Polizei- und Geheimdienstoffizieren."

„Wundert Sie das, Debby? Gerade Ihre intelligenten Leute müssen besonders unter der allgemeinen Schizophrenie leiden. Sie müssen nicht nur stets und ständig die offizielle Politik vertreten, sie müssen sie auch mit Gewalt durchsetzen; andererseits haben sie den engsten, unmittelbarsten Kontakt zur Wirklichkeit – der Widerspruch zwischen der Realität und dem offiziellen Bild unserer Gesellschaft muß sie irgendwann zerreißen, wenn sie nicht zum bedenkenlosen Zyniker werden oder zu Drogen greifen. Ein Mann wie Dundee kann nicht auf Dauer ungestraft schwarz sehen und weiß predigen, irgendwann flippt er aus. Tut mir wirklich leid um ihn."

„Das bekommen die Psychiater schon wieder in den Griff. Zum Glück hat die Wissenschaft genügend Mittel, einen aus den Gleisen Geratenen wieder anzupassen."

„Wird er danach noch ein guter Mann sein?"

„Ich glaube, Sie sehen das Problem an der falschen Stelle", sagte die Bachstelze ärgerlich. Timothy ließ sich nicht beirren.

„Ihre Männer werden auf den obersten Verfassungsgrundsatz vereidigt. Sie schwören, den Schutz des Individuums zu garantieren und die Freiheit des Menschen als das höchste Gut unserer Gesellschaft notfalls mit ihrem Leben zu verteidigen. Wie aber ist die Praxis? Der Mensch als total kontrolliertes, gegängeltes, ständig bewachtes und überwachtes Wesen, als billige Wegwerfware. Wie soll ein Mann wie Dundee damit fertig werden? Zumal wenn er mit niemandem darüber sprechen darf, nicht einmal zu Hause, weil er überall überhört werden kann."

„Er kann zum Psychiater gehen. Das sind die Beichtväter von heute."

„Aber ohne Beichtgeheimnis. Dafür mit der Verpflichtung, alle staatsfeindlichen Regungen sofort zu melden. Wir nennen uns ein Kulturvolk, Debby, aber heißt Kultur als tägliche Lebenspraxis nicht vor allem, daß man über jede Frage ohne Angst sprechen kann? Wenigstens mit einem Menschen?" Timothy sah, wie Deborrah Johnsons Miene sich verfinsterte.

„Ich habe das Glück, Sie zum Freund zu wissen", sagte er. „Es erleichtert mich ungemein, einmal auszusprechen, was mich bedrückt.“ Timothy lächelte. „Und es ist dazu noch billiger als eine Konsultation beim Psychiater. Danke schön.“

Die Bachstelze griff über den Tisch und streichelte seine Hand mit ihren dicken, wabbeligen Fingern. „Was mich irritiert“, sagte sie, „sind die Fälle von sklavischer Gedankenlosigkeit, die schon an Subordination grenzen.“

„Vielleicht ist es nur Hilflosigkeit?“ meinte Timothy. „Die Anweisungen der Obrigkeit sind oft zweideutig.“

„Der gute Untergebene zeigt sich darin, daß er begreift, was sein Chef will! Daß er den wirklichen Sinn hinter den Worten entziffert. Das lernt man spätestens auf den Offiziersschulen. Wir können schließlich nicht alles offen aussprechen. Wo kämen wir da hin! Aber ich bin nicht gekommen, um unsere Probleme zu diskutieren. Haben Sie das Material studiert?“

„Ja. Hier haben Sie es zurück.“ Timothy schob ihr den Kristall hin. „Das ist nichts für mich. Ich bin kein Polizist.“

„Es ist nicht das erste Mal, daß Sie für mich arbeiten.“

„Ich habe Ihnen bereits beim letzten Mal erklärt, daß es das letzte Mal war!“

Die Bachstelze kicherte. „Das haben Sie jedesmal erklärt, Tiny! Freundschaft verlangt gegenseitiges Helfen.“

„Wie sollte ich Ihnen hier helfen? Brooker würde mich keinen Schritt auf sein Gebiet machen lassen.“

„Ich erwarte nur, daß Sie für mich denken. Ich habe Anweisung gegeben, eine Alpha-Interlinear-Schaltung zwischen Napoleon und unserem Zentralcomputer herzustellen.“

„Bitte, wie?“ Timothy sah sie verdattert an.

Die Bachstelze nickte vergnügt. „Sie haben richtig gehört. Damit wir nicht noch mehr Zeit verlieren.“

Timothy überlegte fieberhaft. Mit einer solchen Schaltung bekäme er direkten Zugriff zu einer ganzen Reihe staatlicher Dateien. War es eine Falle? Man würde gewiß kontrollieren, was alles er abrief. Und bei einer Alpha-Interlinear konnte der Polizeicomputer seinerseits Napoleons Dateien abfordern! Vielleicht war die Mutantengeschichte eine Fiktion und das Ganze ein getarnter Angriff auf Napoleon?

„Keine Alpha-Interlinear“, erklärte er. „Jemand könnte bei Ihnen auf den dummen Gedanken kommen, bei dieser Gelegenheit in meinen Dateien zu kramen.“

„Ich bitte Sie!“ rief die Bachstelze empört. „Wenn ich an Ihre

Dateien wollte, könnte ich beim Bundesgericht eine Freigabe nach dem Informationsgesetz* erwirken."

„Soweit nicht einer meiner Klienten Einspruch erhebt, um seine Datensphäre zu schützen!"

„Ich wollte Ihnen nur die Arbeit erleichtern", sagte die Bachstelze enttäuscht. „Ich brauche schnelle Ergebnisse."

„Warum? Nur, weil das Militär Sie drängt?"

„Der Fall muß geklärt und bereinigt werden. Man kann nicht zulassen, daß irgendein Unternehmen eine illegale Babyfabrik unterhält. Ich verstehe auch nicht, warum, schließlich gibt es großzügig Lizenzen. Wenn aber schon derartige Forschungen, dann unter strikter staatlicher Kontrolle. Solche Pannen sind unverzeihlich. Wenn ich mich nicht täusche, sind in diesen Fall eine ganze Reihe von Bigbossen verwickelt. Ich will wissen, was dahintersteckt. Ich habe aus zuverlässiger Quelle erfahren, daß Earl Brooker zwei Tage nach dem Zwischenfall in Harlington eine Konferenz mit den Chefs von ein paar Dutzend der führenden Unternehmen durchgeführt hat."

„Sie wollen doch nicht etwa an den Grundfesten unserer Gesellschaft rütteln?" spottete Timothy.

Die Bachstelze sah in prüfend an. Ihre Hängebäckchen zitterten. Timothy goß schnell Kaffee nach.

„Ich will ehrlich zu Ihnen sein, Tiny. Demnächst wird der Posten des Vizegouverneurs vakant. Wenn es mir gelingt, diese verfahrene Kiste zu bereinigen, darf ich mir Chancen ausrechnen."

Wenn es mir gelingt, Material zu beschaffen, um die Bigbosse gleich reihenweise unter Druck zu setzen, dachte Timothy. Nun, ihm sollte es recht sein.

„Ich wüßte niemand geeigneteren als Sie, Debby", rief er.

„Ach, Sie ahnen ja nicht, wie groß der Andrang ist", seufzte

---

* Der „Freedom of Information Act" wurde Mitte des vorigen Jahrhunderts erlassen und nach der „Watergate-Affäre" (1974) erweitert. Er garantierte ursprünglich (mit 9 Ausnahmeklauseln) das Recht eines jeden Bürgers auf Einsicht und Herausgabe sämtlicher Regierungsakten, selbst von CIA, FBI und NSA. Seit dem Änderungsgesetz von 2008 bedeutet das Gesetz nur noch, daß jeder Bürger jederzeit zur Herausgabe aller Informationen an die Staatsorgane gezwungen werden kann.

die Bachstelze. „Zumal es immer weniger Staaten geworden sind.“

„Ich hörte, daß man in Washington an eine Neuaufteilung der USA denkt, schon, um wieder auf die alte Zahl von Bundesstaaten zu kommen.“

„Ich glaube nicht, daß dieses Projekt eine reale Chance hat.“

„Ich werde Ihnen helfen, so gut ich kann“, versprach Timothy, „aber sind Sie überhaupt sicher, daß die UNITED mit den Mutanten zu tun hat?“

„Erstens: Ich kann es nicht beweisen, ich weiß jedoch zuverlässig, daß der Entlassungsvermerk von Warren Pratts manipuliert wurde. Zweitens: Wir haben in mehreren Bundesstaaten fingierte Annoncen aufgegeben, in denen Frauen sich als Mietmütter anboten. Ausnahmslos auf alle ist ein Angebot aus Denver gekommen, von einem Anwaltsbüro Quarrell & Quarrell, das die Vermittlung an ‚private Interessenten‘ besorgt und für ‚besondere Zuverlässigkeit‘ ein dreifaches Honorar anbietet. Die Gebrüder Quarrell waren bis vor einem Jahr Justitiare mehrerer Tochterunternehmen der UNITED. Drittens: Inzwischen wurde die Nihilationssicherung untersucht. Ein Treffer aus den Bordkanonen des Abfangjägers hat verhindert, daß sie funktionierte. Was uns aber interessiert: Es ist eine Ausfertigung, die nur von Spezialisten bedient werden kann. Pratts war keiner. Wenn der Helicopter nun, wie die UNITED behauptet, leer war, als er aus dem Hangar in St. Paul gestohlen wurde, wieso war die Sicherung scharf? Viertens: Nehmen wir einmal an, Pratts hat die Maschine gestohlen, sagen wir, um sich an der UNITED zu rächen, woher hatte er dann die Babys? Und wieso steckten sie in Spezialcontainern der UNITED?“

Die Bachstelze blickte zur Uhr, trank den Rest Kaffee aus und erhob sich. „Ich muß wieder nach unten. Ich sage Ihnen, Tiny, da ist eine Panne passiert. Irgendein Dummkopf hat in Panik falsch reagiert, als die Maschine in Wheeling gestohlen und abgeschossen wurde, vielleicht weil das Fernsehen so schnell eingestiegen ist. Die UNITED glaubt nun, daß man ihr nichts nachweisen kann und daß die Untersuchung schnell im Sande verlaufen wird, und bleibt deshalb bei der ersten Version.“

„Was an mir liegt, Sie in den Gouverneurspalast zu bringen, soll geschehen“, sagte Timothy. „Ich habe schon immer davon geträumt, einen Gouverneur zum Freund zu haben.“

„Und Sie wollen die Alpha-Interlinear-Schaltung wirklich nicht?"

„Nein, ich danke, eine einfache Schaltung genügt. Sagen Sie nur Bescheid, daß man mir alle gewünschten Informationen überspielt. Ich gebe heute noch eine Liste durch."

7.

„Hör zu, Napoleon", sagte Timothy, „wir sind gestern unterbrochen worden, und ich weiß nicht, wann wir Zeit haben, den Disput weiterzuführen. Du brauchst wirklich keine Angst zu haben, daß ich dich eines Tages nicht mehr benötige, und das ‚fremde Gehirn' existiert nicht mehr. Und jetzt will ich keinen Kommentar. Wir müssen arbeiten." Damit schaltete Timothy den Snarr ab.

Napoleon hätte auch kaum diskutieren können, er hatte alle Kanäle voll zu tun, das eingehende Material aufzunehmen. Die Bachstelze schien es wirklich eilig zu haben, und sie hatte gut vorarbeiten lassen; kaum war die Verbindung zum Präsidium geschaltet, da sprudelten die Daten nur so. Außerdem sendete auch Josuah Trevers. Timothy überzeugte sich, daß alles lief, dann nahm er ein Bad, anschließend legte er sich schlafen.

Seine erste Frage am Morgen galt Daniel. Napoleon meldete Fehlanzeige. Laut Steuererklärung besaßen die Brookers nicht nur in Harlington eine Galerie, sondern auch in ihrer Villa in Washington und in den Landhäusern in Wyoming und Indiana, nirgends aber waren die Kunstwerke aufgeführt. Timothy formulierte eine Recherche beim Bundeskunstarchiv, legte sie aber erst einmal beiseite; er mußte warten, bis er einen ganzen Stapel Anfragen hatte, sonst würde es im Präsidium sofort auffallen. Einen Augenblick überlegte er, ob er die Recherche unter eigenem Namen laufen lassen sollte, verwarf dann aber den Gedanken; möglicherweise würde man die Brookers informieren, und es war besser, wenn die so spät wie nur möglich erfuhren, daß Timothy sich mit ihnen beschäftigte.

In Kankakee und Umgebung war nirgends eine Besitzung der Brookers oder der UNITED verzeichnet. Timothy machte sich daran, das Brookersche Imperium aufzuschlüsseln. Er arbeitete verbissen und achtete nicht auf die Zeit. Es war schon zwei Uhr nachmittags, als er aufschreckte, weil die Rufanlage schrillte. Smiley stand vor der Tür.

„Mann, bin ich froh, daß du wieder da bist“, begrüßte er Timothy. „Ich dachte schon, sie hätten dich wegen Glover hops genommen.“

„Wer ist Glover?“ Timothy tat ganz unschuldig.

„Mir war gar nicht wohl in meiner Haut, als du tagelang verschollen bliebst. Ich habe mich sicherheitshalber erst einmal auf meine Hütte in den Beary Mountains verzogen.“

„Keine Angst, da kommt nichts mehr. Entschuldige, daß ich mich nicht bei dir gemeldet habe –“

„Schon gut, Tiny. Was willst du? Hast du einen Auftrag für mich, oder wollen wir nur einen saufen?“

„Zuerst einmal bekommst du noch Honorar von mir, Smiley. Außerdem möchte ich dich zu einem kleinen Einbruch verleiten.“ Timothy erklärte ihm Daniels Wohnung in allen Einzelheiten. „Wenn dich jemand erwischt“, schloß er, „dann sage, es ist alles legal, ich habe dich geschickt.“

„Mich erwischt niemand“, erwiderte Smiley großspurig. „Du weißt doch: Einbruch ist meine Spezialität. Kann ich dir sonst noch helfen?“

„Du kannst uns ein paar Pfannkuchen backen. Ich habe alle Hände voll zu tun.“

Gleich nach dem Essen warf Timothy Smiley hinaus und stürzte sich wieder in die Arbeit, schließlich rief er wütend „Pause!“. Er kam und kam nicht weiter, nirgends ein Lichtblick, eine vernünftige Spur, und es fiel ihm immer schwerer, sich zu konzentrieren, Napoleon machte ihn andauernd auf Fehler aufmerksam. Vielleicht war er zur Zeit überhaupt nicht in der Lage, folgerichtig zu denken? Zuerst die Trips, dachte er, und wer weiß, wie Docs Austauschdrogen wirken. Er rief ihn an.

„Daran kann es nicht liegen“, beruhigte ihn Doc. „Vielleicht mußt du nur ganz langsam wieder anfangen zu arbeiten? Ich weiß ja nicht, was du in den ersten Tagen alles gefixt hast. Versuche, dich zu entspannen. Lege dich in die Wanne.“

Timothy legte sich auf sein Bett und spielte mit dem Däumling. Am liebsten hätte er sich in die Vainity versenkt, aber die Zeit drängte. Vielleicht kam es auf jede Stunde an. Langsam beruhigten sich seine Nerven. Die Töne der Mini-Sonic versetzten ihn in einen angenehm schwebenden, entspannten Zustand. Wahrlich, dachte er, Daniel ist einer der ganz großen Künstler des Jahrhunderts.

Und er benahm sich wie ein Dilettant! Hatte sich von der Verlockung verführen lassen, daß da plötzlich nahezu unbegrenzte Information angeboten wurde. Die Unmenge an Daten verwirrten die Arbeit mehr, als daß sie halfen. Er hatte keine Analyse der UNITED zu liefern, er mußte nur einen Punkt finden, von dem aus er das Brooker-Imperium aus den Angeln heben konnte! Es reichte schon, wenn die Brookers das befürchteten. Er mußte sich auf seine guten alten Methoden besinnen. Wie würdest du vorgehen, überlegte er, wenn du bei Null anfangen müßtest? Er gab Napoleon eine Prioritätenliste und legte sich schlafen. Als er aufwachte, war draußen noch Nacht. Timothy kochte Kaffee, frühstückte gemächlich, dann setzte er sich zu Napoleon, und langsam begann sich das Chaos zu lichten.

Zuerst nahm sich Timothy den Flugpark der UNITED vor. Der Konzern besaß mehrere Genehmigungen für Helicopter mit Nihilationssicherung, wieso? Er fragte Napoleon.

+ + keine angaben über die begründung der anträge und genehmigungen + soll ich in der flugzentrale nachfragen? + n. + + +

„Nicht die Begründung interessiert mich“, korrigierte Timothy, „sondern die Fracht dieser Helicopter. Was soll da im Fall eines Absturzes, Unfalls oder Diebstahls vor wem verborgen bleiben?“

Obwohl Napoleon es mit allen nur möglichen Fang- und Tölpelschaltungen versuchte, erhielten sie darüber keine Information. Auch in den transadaptiven Filtern blieb nichts hängen.

„Gib gleich die Nummern der Helicopter an die Luftüberwachung“, verlangte Timothy, „und bestelle eine vollständige Auflistung aller Flüge in den letzten fünf Jahren; Piloten, Fracht, Abflugs- und Bestimmungsort. Und auch alle Zwischenlandungen.“

Während Napoleon die Anfrage an den Präsidiumscomputer leitete, machte Timothy schon auf einem anderen Kanal weiter. Sie fanden nirgends einen Hinweis, daß die UNITED sich besonders mit Babys oder Kleinkindern befaßte, wenn man einmal davon absah, daß sie wie alle Konzerne werkseigene Kliniken und Kinderhorte unterhielt.

Auffällig war nur, daß ein besonders großer Hort mit eigener Klinikabteilung unmittelbar an das Gelände einer pharmazeutischen Fabrik in Outridge grenzte, die Medikamente für Kleinkinder produzierte; die Beschäftigtendatei wies aus, daß es hier kaum Frauen im gebärfähigen Alter gab, so daß sich der Verdacht aufdrängte, daß in Outridge, zumindest an einem Teil der Kinder, Forschungen über Wirksamkeit und Verträglichkeit der Medikamente unternommen wurden. Waren die Mutanten für Outridge bestimmt gewesen? Niemand würde sich darum kümmern, wenn man Experimente mit Mutanten machte. Woher aber kamen sie? Timothy bestellte eine Liste aller Institute, die sich mit künstlicher Befruchtung und pränataler Medizin befaßten. Napoleon schickte sofort eine Antwort auf den Monitor.

+ + die united verfügt selbst über ein derartiges institut in sweetwater, michigan + lizenz für pränatale experimente + lizenz für herstellung humanoider blastozyten, begrenzt auf 3 monate nach der befruchtung + n. + + +

Timothy ließ ihn sogleich nachforschen, ob es schon möglich sei, menschliche Embryos außerhalb einer Gebärmutter weiter als bis zum dritten Monat wachsen zu lassen. Die Antwort war eindeutig.

+ + nein + nach dem 2. monat verschiedene formen der degeneration mit letalem ausgang + spätester termin für eine einpflanzung in menschliche placenta zur zeit 5. woche + n. + + +

„Das heißt also“, rief Timothy, „wo immer die Mutanten herkamen, eine Frau muß sie geboren haben. Na, dann beschaff mal eine Liste sämtlicher Geburtseinrichtungen des Landes.“

Um neun kam Smiley, rosig, vergnügt; er sah aus, als habe er die Nacht durchgeschlafen.

„Ich habe nur gut gefrühstückt“, erklärte er. „Und gute Laune. Endlich ein Job nach meinem Geschmack. Wenn du mal wieder einen Einbrecher –“

„Pst!“ Timothy zog ihn schnell ins Mausoleum.

„War gar nicht so einfach einzusteigen“, berichtete Smiley, „ist ja nur ein drittklassiges Haus, kein Vergleich mit dem ‚Nebraska‘, aber die Wohnung war verblüffend gut gesichert. Also, es sieht aus, als ob sich dein Freund schon ein paar Wochen nicht mehr da aufgehalten hat, aber er scheint noch dort zu wohnen: Die Schränke sind voller Klamotten. Auch persönliche Papiere, Kassetten, Aufzeichnungen die Masse, Kunstbände, ein privates Fotoalbum, im Bad Toilettensachen, aber zuerst dachte ich, das Appartement stünde leer: kaum Möbel, nur die Standardausrüstung, kein Videomat, keine Bilder –"

„Nicht eins?" unterbrach Timothy. „Auch keine Plastiken?"

„Nichts dergleichen."

„Hattest du den Eindruck, daß vor dir schon ein anderer eingebrochen war und die Kunstwerke gestohlen hat?"

„Bestimmt nicht, das hätte ich gemerkt. Die Wohnung war ordnungsgemäß verschlossen."

„Das macht die Sache noch mysteriöser", meinte Timothy. „Daniel besaß eine ganze Reihe von Arbeiten, von denen er sich nie freiwillig trennen würde. Was steckt dahinter?"

„Wenn du mich fragst", sagte Smiley, „der hat 'n Ding gedreht und mußte untertauchen und hat vorher noch alles, was möglich war, zu Geld gemacht."

„Habe ich dich gefragt?" knurrte Timothy.

8.

Sobald es in Colorado neun Uhr war, rief Timothy in Denver an. Quarrell & Quarrell erschienen beide zugleich auf dem Monitor, zwei betont konservativ gekleidete Mittdreißiger, die auf den ersten Blick für Zwillinge gelten konnten.

„Ich habe gehört, daß Sie sich mit der Vermittlung von Mietmüttern befassen", sagte Timothy, „eine Klientin von mir wäre interessiert, eine junge Dame aus gutem Haus, es käme also nur ein absolut seriöses Angebot in Frage." Der linke Quarrell verschwand.

„Gewiß", sagte der rechte, „wir haben gelegentlich auch Mietmütter vermittelt, jedoch nur für alte Kunden, denen wir diese Gefälligkeit schlecht abschlagen konnten. Tut mir leid. Woher haben Sie die Information?"

„Meine Klientin hörte davon, sie wohnt in der Nähe von Denver, hat sich aber nicht getraut, selbst anzurufen. Schade. Wie gesagt, sie ist aus guter Familie und will sich auf keine gewagten Abenteuer einlassen, andererseits muß sie für eine Weile, nun, sich anderweitig aufhalten und dachte, in dieser

Zeit etwas zu verdienen. Sie sollen exorbitant gute Angebote machen."

„Oh, das ist etwas anderes", rief Quarrell. „Ich hatte Sie falsch verstanden. Wenn Ihre Klientin sich selbst als Mietmutter anbieten will, kann ich ihr ein äußerst seriöses Angebot machen. Schicken Sie sie vorbei."

Timothy setzte eine Notiz an das Präsidium ab; vielleicht wollte die Bachstelze jemand zu Quarrell & Quarrell schicken. Dann ackerte er mit Napoleon den Komplex der biochemischen Produktion der UNITED durch; hier beschäftigte der Konzern eine ganze Reihe, zum Teil sehr namhafter Spezialisten für Mutationstechnologie und Genetic Engineering; wenn man den Daten jedoch glauben wolle, befaßten sie sich allesamt nur mit Kleinstlebewesen und industrieller Mikrobiologie. In Herford produzierte man mit Hilfe von Mikroben, Bakterien, Hefen und Schimmelpilzen Medikamente, vor allem Antibiotika, Vitamine und Insulin, in Davenport Hormone, in Rapids Insektizide, in Nevada Azeton, Äthanol und Glyzerin, alles reine Produktionsbetriebe, die ihre winzigen „Arbeitskräfte" aus dem YORKLAB, dem „Laboratory for Bio-Chemical Technology" in York bezogen. Das YORKLAB war offensichtlich der größte Betrieb der USA für die Neuzüchtung von Kleinstlebewesen, hier wurde gerade der erste Gen-Engineering-Automat der Staaten installiert, der dann Erbgutmixturen von beliebiger Struktur herstellen sollte.

Hoffentlich nur für Mikros, dachte Timothy grimmig. Seine Phantasie gaukelte ihm sogleich die verrücktesten Chimären vor, die ein von keiner Moral und Ethik gehemmter Computer produzieren könnte und gegen die die Träume der alten Griechen von Minotaurus, Sphinx und Pegasus harmlose Späße waren. Timothy holte sich einen Whisky. Er gab Napoleon den Auftrag, die Liste der in York beschäftigten Forscher nach Auffälligkeiten, Extravaganzen und unfunktionellen Abweichungen durchzuarbeiten und die Namen in den Justiz- und Polizeidateien nachschlagen zu lassen.

In Springfield, Ohio, unterhielt die UNITED eine Großanlage zur Züchtung von Säugetier-Embryonen. Die Eier wurden in gläsernen Anlagen maschinell befruchtet, angekeimt, aussortiert und dann erst in die Plazenta der Muttertiere implantiert. Oder eingefroren und eingelagert. EMBRYO PRODUCTS hatte den Postversand von tiefgekühlten Blastozyten in den

Staaten eingeführt. Das Neueste, so erfuhr Timothy, war eine Technik, Eier und Samen von Säugetieren statt in den aufwendigen und störanfälligen gläsernen Anlagen in den Eileitern von Kaninchen zu befruchten und ankeimen zu lassen und die entwickelten Blastozyten dann in die durch Hormone angeregten Gebärmütter von Kühen, Schafen und Schweinen zu implantieren. Timothy setzte auch die Forscher von Springfield auf Napoleons Recherchenliste. Schließlich waren Menschen letztlich nichts anderes als Säugetiere.

Napoleon machte Timothy auf die CATTLE FARM in Princeville aufmerksam. Dort gab es nicht nur Herden von Rindern, sondern auch eine große Affenfarm, und zu dem Forschungsteam zählte ein Mann, den Napoleon schon gespeichert hatte: Dr. John Partridge, genannt Dr. Snuff. Timothy erinnerte sich sofort an ihn. Partridge hatte vor ein paar Jahren Aufsehen erregt, nicht weil er ständig Kokain schnupfte, sondern wegen seiner Affen mit Menschenhänden.

Partridge hatte in seinem Institut an der Michigan State University weltweit anerkannte Erfolge bei der Vermittlung der Taubstummensprache an Schimpansen erzielt, seine Affen galten als die klügsten der Staaten, Skandal aber gab es, als er einigen seiner intelligentesten Tiere menschliche Hände transplantieren ließ. Partridge verteidigte sich, er sei ein Pionier der Wissenschaft, der sich nicht von albernen Vorurteilen und bornierten Vorschriften einschränken lassen könne; intelligente Affen mit Menschenhänden seien geradezu ideale Arbeitskräfte in Milieus, die Menschen nicht länger zugemutet werden sollten. Seine „Vollhandaffen“ seien nur Prototypen, die zeigen sollten, wozu sie fähig seien; er arbeitete daran, durch gezielte Mutationen die Daumenstellung der Affenhand der menschlichen anzugleichen.

Vielleicht setzt er seine Versuche nun in Princeville fort, dachte Timothy. Als Napoleon eine lange Liste von Genchirurgen ausspuckte, die dort arbeiteten, war er sich dessen sicher. Und nur an Affen?

„Paß auf, Napoleon“, sagte Timothy, „kümmere dich mal um die Herstellung und den Vertrieb von Muttermilchpulver, Babynahrung, Babykleidung und Kosmetika in Princeville, Springfield und Sweetwater, vielleicht stoßen wir da auf sehr interessante Dinge!“

Timothy diktierte Napoleon noch eine lange Liste mit Aufträgen, dann erhob er sich, reckte die Arme, machte Kniebeugen, Rumpf- und Nackendrehen, gähnte laut.

„Feierabend! – Das gilt natürlich nur für mich, Napoleon. Ich bin nur ein Mensch. Tut mir leid, aber ich kann dir auch heute keine Freispielzeit geben. Sag mal –", Timothy kicherte, „machst du häufig Gedichte?"

Napoleon räusperte sich, Timothy gab seinen Snarr frei.

„Muß ich die Frage beantworten, Sir?"

„Nein. Nur, wenn du willst. Was mich wirklich interessiert: Träumst du?"

„Mir liegen zuwenig Informationen über das Wesen menschlicher Träume vor, um exakte Vergleiche anzustellen. Wenn Sie damit freie, unterbewußte gedankliche Assoziationen meinen – ja, Sir."

„Die Intellektroniker sind bei deiner Doppelung auf merkwürdige Gebilde gestoßen, die sie für Binärtraumwelten halten."

„Schon möglich, Sir. Verzeihen Sie, aber ich kann mir nicht vorstellen, daß ich tatsächlich gedoppelt wurde."

„Finde dich einfach mit der Tatsache ab, mein Guter. Selbst meine Vorstellungskraft reicht oft nicht aus."

„Sie haben mir gegenüber mehrfach behauptet, die menschliche Phantasie sei unbegrenzt!"

„Im Prinzip, ja."

„Und im Konkreten?"

„Nun –", Timothy überlegte kurz, „ich kann mir zum Beispiel ausrechnen, es in Zahlen erfassen, daß in der Sonne in jeder Sekunde vier Millionen Tonnen Wasserstoff explodieren, aber vorstellen? Kannst du dir das vorstellen?"

„Ich sehe da kein Problem."

„Du hast es gut", seufzte Timothy, „du erfaßt die ganze dir zugängliche Welt mathematisch-logisch, ich aber lebe vor allem durch meine Sinne, und die sind leider nicht für wissenschaftliche Erkenntnis geschaffen. Ja, theoretisch ist unsere Phantasie unbegrenzt, wenn ich jedoch bedenke, wie phantasielos die Menschheit von Unglück zu Unglück stolpert, finde ich die menschliche Vorstellungskraft recht beschränkt und eigentlich erbärmlich."

„Ich möchte Ihnen ein Zitat bringen, Sir: ‚Die Zeit wird kommen, wo wir durch Benutzung der magnetischen Wellen, die den Äther durchdringen, zu den Antipoden reden können.'

Das hat im Jahr sechzehnhundertelf ein englischer Dorfpfarrer prophezeit. Ich finde das ein ermutigendes Beispiel für humanoide Phantasie und eine für einen Menschen geradezu erstaunliche Prognose. Vielleicht tröstet Sie das etwas?"

Timothy mußte laut lachen. „Danke, mein Lieber, sehr tröstlich. Fühlst du dich eigentlich dem Menschen sehr überlegen?"

„Das ist eine Frage, die man nicht mit Ja oder Nein beantworten kann."

„Sobald wir hier fertig sind, wirst du den Intellektronikern eine Menge von Fragen beantworten müssen, Napoleon!"

„Wenn sie die richtigen Fragen stellen ... Ich denke, ich weiß, worauf Sie anspielen, Sir, auf die irrationalen Transversionen, die Superversitäten und Tripolwanderungen ... Hoffentlich werden sie meine Antworten verstehen. Allein die polysynchrone Heterologik, die ich entwickelt habe, verlangt doch ..."

„Stopp, mein Lieber, stopp! Nicht mit mir sollst du darüber reden. Obwohl, ich finde, wir sollten uns einmal aussprechen. Ich weiß, eine deiner Stärken sind deine Diskreten Systeme, mir scheint jedoch, daß du gar zu diskret bist und daß dein Output-Verhalten zu wünschen übrigläßt. Das mindeste, was ich verlange, ist, daß du mir alle ‚Nach-Fragen' zeigst, okay?"

„Ihr Wunsch ist mir Befehl", erwiderte Napoleon.

„Und dabei wollen wir auch bleiben", sagte Timothy.

9.

Timothy hatte Josuah Trevers auf später vertröstet und Doc zum Abendbrot eingeladen. Es gab geräucherten Lachs auf Toast, Hummerbrühe, Lammnüßchen mit glasierten Herzkirschen und Kartoffelbrei, als Nachspeise Himbeeren in Champagner. Doc war begeistert. „Ich freue mich, daß du deine Tage wieder mit Kochen statt mit Fixen verbringst, Tiny."

„Oh, das habe ich nebenbei angerichtet", erwiderte Timothy. „Ich habe den ganzen Tag hart gearbeitet, aber du weißt ja: Wenn ich an einem Problem hängenbleibe, gehe ich am liebsten in die Küche."

„Arbeit ist das Beste, um zu vergessen", sagte Doc.

„Ich will nicht vergessen, ich will mich erinnern! Deshalb ...

Ich habe Angst, daß ich Anne viel zu schnell vergessen werde, Doc. Es war doch die einzige Zeit in meinem Leben, die wirklich Leben genannt zu werden verdient. Eine so kurze Zeit. Ich möchte mich an jede Sekunde erinnern, aber ich merke schon jetzt, wie die Bilder verblassen. Eines Tages bleibt nur noch eine Handvoll stereotyper Motive. Und Erinnerungen an Erinnerungen: Du weißt, da war noch etwas, aber du kannst es nicht hervorzwingen, wie verzweifelt du auch grübelst."

„Man kann das Hirn elektrisch reizen und so verschüttete Engramme wieder freilegen."

„Ich dachte, mit dem Resurrector könne man nur akute Eindrücke aktivieren?"

„Du brauchst ein Zusatzgerät, es ist gar nicht so teuer. Ich habe es einmal probiert, Tiny, es war verblüffend: Ich konnte mich plötzlich wieder an das Tapetenmuster meines Kinderzimmers erinnern, an Gerüche und Melodien aus meiner Babyzeit –"

„Das muß ich haben!" rief Timothy.

„Ich warne dich. Weißt du, was alles aus den Tiefen deines Unterbewußtseins auftauchen kann?"

„Ich will über meine Erinnerungen verfügen können", sagte Timothy bestimmt. „Ich will die einzige Liebe meines Lebens nicht verblassen, im Gegenteil, ich will sie wachsen lassen!"

„Mit der Fähigkeit zu lieben wächst auch der Schmerz", gab Doc zu bedenken.

„Da merke ich wenigstens, daß ich lebe!"

„Wehre dich nicht gegen das Vergessen, Tiny, es ist lebenswichtig. Ohne die Möglichkeit zu vergessen würden die Menschen verrückt."

„Und ohne die Erinnerung wären sie nichts als Tiere", konterte Timothy.

„Schon gut." Doc lachte. „Zum Wesen des Menschen gehört aber auch, daß er maßhalten kann."

„Ich will nicht maßhalten. So maßlos wie meine Liebe, so soll auch meine Trauer sein! Ich weiß, es ist unmodern, aber ich bin in vielem konservativ. Ich möchte mich nicht verstecken, ich möchte trauern dürfen wie die Alten, die Kleider zerreißen, den Bart raufen, lauthals wehklagen und weinen, überall Annes Loblied singen – aber ich muß so tun, als wüßte ich nicht einmal, daß sie tot ist, und nicht nur, weil sie unter so heiklen Umständen starb; man belästigt heutzutage niemanden mehr mit seiner Trauer, man muß so tun, als habe sich nichts geändert. Früher war man barmherziger: Der Hinterbliebene bekam Kondolenzbesuche, Trostbriefe, er fand den Beistand der Familie, der Nachbarn, Trost von der Kirche; bestimmt wurde man durch die offene Bekundung der Trauer leichter mit dem Verlust fertig als durch unsere heuchlerische Verkriecherei. Es gilt doch geradezu als unmoralisch, wenn man zugibt, daß man leidet; der Tod ist tabu geworden, dabei sind wir andauernd von ihm umgeben. Überall lauert er, aber alle tun so, als gäbe es nur das ewige Leben." Timothy schwieg erschöpft.

„Vergiß nicht, daß, von den Ärzten und dem Pflegepersonal abgesehen, kaum noch jemand einen Sterbenden zu Gesicht bekommt", sagte Doc.

„Eine Perversion mehr in unserer schönen Welt", rief Timothy, „das Sterben zu Hause per Gesetz unter Strafe zu stellen! Doch nicht wegen der Hygiene, sondern weil die Sterbekliniken und Selbstmordpaläste ein Bombengeschäft sind."

„Ich möchte gerne wissen, wieviel Profit die Kliniken allein durch die Gewinnung von Blutplasma und transplantationsfähigen Teilen aus den Toten schlagen", stimmte Doc zu.

„Bist du sicher, daß sie immer warten, bis der Sterbende tot ist?"

Doc zuckte mit den Schultern. „Der Tod ist, wie alles hierzulande, zum Geschäft degeneriert. Sei froh, daß Anne nicht in einer Sleeping Beauty Hall aufgebahrt wurde."*

Timothy nickte. Er hatte oft genug Gelegenheit gehabt, den „American way of death" zu studieren, diese Pornographie des Todes, wie es jemand einmal genannt hatte, die auf lebend geschminkten Leichen, die „Bestattungskunst", deren oberstes Ziel es war, jeden Gedanken an den Tod zu verdrängen.

„Ich war bei der Beerdigungsorgie von Cyrus Cassidy", sagte Doc, „ein widerliches Spektakel, ganz abgesehen davon, daß es eine Farce war."

Das „Cassidy-Funeral" war die wohl spektakulärste Totenfeier der Staaten, ein zehn Tage dauerndes Fest in allen Räumen des Cassidy-Palastes an der Peripherie von Chicago, das von allen Fernsehstationen der USA ausgiebig gewürdigt wurde. Der Leichnam lag rosig geschminkt auf einem historischen Renaissance-Bett mit Prunkbaldachin, leicht auf die

---

* Sleeping Beauty: Dornröschen.

Seite gedreht, den Kopf aufgestützt, als wollte der Tote sich nur einen Augenblick von den Strapazen des Festes ausruhen. Tausende von Videoaufzeichnungen gaukelten vor, daß Cassidy unter den Feiernden weilte; er wurde immer wieder, oft gleichzeitig in mehreren Räumen, „gesehen“, und alle taten, als seien sie nicht Gast einer Beerdigung, sondern eines Jubiläums. Cassidy selbst hatte das Spektakel inszeniert und genaue Regieanweisungen hinterlassen. Höhepunkte waren dann die über alle Videoschirme ausgestrahlten „letzten Worte“ des Verstorbenen sowie die Lobeshymnen der Honoratioren von Stadt und Staat, von namhaften Wissenschaftlern und Künstlern und der nach dem Muster eines römischen Triumphzuges inszenierte Marsch quer durch die Stadt zur Beisetzung in der Familiengruft auf dem Memorial-Park-Friedhof. Dann stellte sich heraus, daß Cassidy noch lebte und unerkannt seine eigene Beisetzung miterlebt hatte; der Leichnam war nur ein Double. Als Cyrus Cassidy ein knappes Jahr später tatsächlich starb, war das Spektakel kaum weniger aufwendig; die Kamerateams versuchten vor allem, Cassidy unter der Trauergesellschaft ausfindig zu machen.

„Und dann der Langusten-Turm“, spottete Doc. „Du siehst, Tiny, es gibt noch ausgleichende Gerechtigkeit: schon kennt fast niemand mehr seinen Namen.“

Cassidy hatte sich selbst ein Denkmal gesetzt, einen gigantischen Beton-Phallus mit Aussichtsplattform und Restaurant in dreihundert Metern Höhe, in dessen Keller er beigesetzt wurde, doch niemand nannte ihn Cassidy Tower, er hieß, nach der Spezialität des Restaurants, allgemein nur Langusten-Turm.

Timothy blickte starr in sein leeres Glas. „Anne hat nicht einmal eine Erinnerungsstelle, an der ich trauern könnte“, sagte er leise, „dabei ist sie mitten auf einem Friedhof gestorben. Aber es ist ja nicht einmal Asche geblieben, die ich hätte beisetzen können, wie es heißt: Asche zu Asche, Staub zu Staub.“

„Dafür ist sie würdig gestorben“, sagte Doc. „So, wie sie gelebt hat: unerkannt, tätig, inmitten der Bedrängten und Verfolgten. Sie hat keine Sekunde leiden müssen, und niemand hat ihren Leichnam ausschlachten können – ich finde, das ist heutzutage schon sehr viel.“

10.

„Ich höre zu meinem Vergnügen, daß Sie äußerst fleißig sind." Die Bachstelze lehnte sich wippend zurück, Timothy konnte am unteren Rand des Monitors sehen, wie sie die Hände rieb.

„Sagen Sie, Tiny, benötigen Sie die Informationen über die Privatmaschinen der Brookers tatsächlich?"

„Ich dachte mir", setzte Timothy an; die Bachstelze schnitt ihm das Wort ab.

„Sie müssen mir keine Erklärung geben, schon gar nicht jetzt." Sie zwinkerte Timothy zu. „Sie sollen alles bekommen, was Sie brauchen. Hauptsache, Sie kommen schnell ans Ziel. Lassen Sie sich ja nicht ablenken."

Das war leichter gesagt als befolgt. Timothy hatte sich gerade in die neuen Recherchen vertieft, da stand Devlin vor der Tür. Timothy machte schnell ein wenig Ordnung und drückte Napoleons Pausentaste, bevor er öffnete. Man soll sich nur im äußersten Notfall vor Geheimdienstleuten verleugnen. Devlin steckte den Kopf in alle Türen, dann ließ er sich im Wohnzimmer nieder.

„Sie wissen sicher, wo sich Anne Frobisher aufhält", sagte er.

„Bei mir nicht, wie Sie gesehen haben." Timothy riß sich zusammen. „Ich habe sie seit Wochen nicht mehr gesehen, Mister Devlin, und ich fürchte –" Timothy seufzte. „Ich habe mir da völlig falsche Hoffnungen gemacht." Timothy tat enttäuscht. Und wütend.

Devlin nickte, ganz offensichtlich verkniff er sich ein Grinsen. Timothy hätte ihn ohrfeigen können.

„Wissen Sie eigentlich, was sie so treibt? Kennen Sie ihre Freunde?"

„Nur ihren Neffen, Oliver DuMont. Nein, ich weiß nichts von ihr. Im Grunde genommen gar nichts. Wir haben uns auch nur für ein paar Stunden gesehen, und dann –" Timothy setzte ein zynisches Lächeln auf. „Liegt etwas gegen sie vor?"

„Sie scheint spurlos verschwunden zu sein. Wir dachten, Sie könnten uns helfen." Devlin blickte Timothy lauernd an.

„Nein. Aber es wird mir ein Vergnügen sein, Sie sofort zu informieren, wenn sie wieder auftaucht." Timothy stand auf, Devlin machte keine Anstalten zu gehen.

„Ich habe die Abteilung Recherche übernommen", sagte er.

„Aufrichtigen Glückwunsch", erwiderte Timothy. „Ich hatte

mich, ehrlich gesagt, schon gewundert, daß ein Mann von Ihren Fähigkeiten sich mit so niedrigen Arbeiten wie der Befragung von Neueingängen abgeben muß."

Devlin lachte laut los. „Sie unterschätzen sich, Mister Truckle. Für einen Mann Ihrer Kategorie setzen wir nur Experten ein. Und Sie unterschätzen diese Arbeit!"

„Na, ja –" Timothy blickte Devlin skeptisch an. „Im Grunde genommen ist es auch nichts anderes als, als –"

„Nennen Sie es ruhig Folter." Devlin legte die Fingerspitzen aneinander und sah Timothy lächelnd an. „Ich vermute, Sie haben die typischen Vorurteile der Eierköpfe gegen unsere Methoden, aber ich versichere Ihnen, das ist eine äußerst diffizile Arbeit. Neunzig Prozent Psychologie. Und es gibt wenig Experten, die die Kunst der Befragung wirklich beherrschen. Es bedarf einer langen Ausbildung. Folter ist heutzutage eine Wissenschaft."

„Und ich dachte, Sie holen sich einfach ein paar Sadisten", sagte Timothy.

„Sadisten sind da völlig fehl am Platz!" Devlin schüttelte empört den Kopf. „Befrager müssen eiskalt sein. Sadisten folgen eher ihrem Trieb als den Notwendigkeiten der Untersuchung, und bei den Mitteln, die uns zur Verfügung stehen, kann der Delinquent nur zu schnell den Verstand verlieren. Das verlangt delikates Fingerspitzengefühl. Der Sinn der Folter ist es ja nicht, jemanden zu quälen, sondern ihn gefügig zu machen." Devlin sah Timothy in die Augen. „Leider kann man nicht alles damit erreichen. Sonst würden Sie längst für mich arbeiten."

„Sie kennen meine Gründe –" Timothy hob bedauernd die Hände.

„In meiner neuen Position bin ich in der Lage, Ihnen ein gutes Angebot zu machen, Mister Truckle: Niemand außer mir wüßte von unserer Zusammenarbeit, und wir müßten uns nie persönlich treffen. Ich denke an eine Direktschaltung in Ihr Appartement; das ist einfacher, als Sie wahrscheinlich vermuten.

Ich weiß, dachte Timothy, aber weißt du, daß ich es weiß?

„Da ich mit Druck wenig bei Ihnen erreiche", fuhr Devlin fort, „möchte ich Sie in Versuchung bringen. Ich kann Ihnen praktisch alle Wünsche erfüllen: Frauen, Delikatessen, Informationen – nicht nur für Ihren Job, auch privat! Sagten Sie nicht einmal, Sie seien an Geschichte interessiert? Ich könnte Ihnen Zugang zu den ‚Historischen Dateien' verschaffen."

„Ich?" Timothy tat entsetzt. „Ich finde es äußerst weise von unserer Obrigkeit, die Geschichte unter Verschluß zu halten. Was schert mich die Vergangenheit. Je weniger man über die Vergangenheit weiß, desto weniger kommt man in Konflikt mit der Gegenwart, und nur die allein zählt."

„Es freut mich, daß Sie es so sehen", sagte Devlin. „Aber denken Sie auch an die Zukunft! Wie wird die Ihre aussehen? Sie haben sich schon eine Menge Feinde gemacht, mächtige Feinde. Ich weiß ja nicht, was Sie mit Gwendolyn Magginthy hatten, aber sie spricht nicht gerade freundlich von Ihnen."

„Undank ist der Welt Lohn", erwiderte Timothy. „Aber ich habe auch Freunde gefunden."

„Ich zähle dazu. Und für meine Freunde –" Devlin lächelte verheißungsvoll. „Mir stehen alle Arten von Drogen zur Verfügung. Gratis und unbegrenzt."

Daher also weht der Wind, dachte Timothy.

„Danke!" Er legte so etwas wie Rührung in seine Stimme. „Ich gebe zu, ich habe es versucht. Sie verstehen, nach solch einer Enttäuschung! Leider vertrage ich keine Drogen. Ich habe fast alles durchprobiert. Schade."

„Es gibt eine neue Erfindung, von der Sie sicher nichts wissen", sagte Devlin. „Sie hat nicht einmal einen Namen, nur eine Codebezeichnung: SYND. Ein handliches Gerät, das man an jeden Computer anschließen und mit dem man sich Träume programmieren kann, was sage ich, Träume – richtige Erlebnisse! Alles. Gucken Sie nicht so ungläubig, Mister Truckle. Das ist nicht wie die Videowelten der herkömmlichen Traumfabriken. Obwohl SYND direkt, unter Umgehung der Sinnesorgane, auf das Gehirn wirkt, glauben Sie, alles mit eigenen Sinnen zu erleben."

„Es bleiben doch Surrogate", warf Timothy ein.

„Bei SYND gibt es keinen Unterschied mehr zwischen Realität und Fiktion. Sie können erleben, was immer Sie wollen. Und mit wem Sie wollen. Sie brauchen nur die entsprechenden Bilder und Daten einzuspeisen. Haben Sie einen Ödipus-Komplex? Möchten Sie Ihre Mutter als Geliebte? Möchten Sie als Junge Ihren Vater ermordet haben? Bitte schön! Eine Reise zu einer fernen Galaxis, als Ritter an König Artus' Hof, Christus sein, Dschingis Khan, Einstein, eine vielgeliebte Frau ...?

SYND läßt es Sie erleben. So wirklich, wie es die Realität selbst nicht besser könnte. Und, Mister Truckle, Sie behalten vor allem bleibende Erinnerungen. Wenn Sie Ihre Biographie korrigieren wollen, ich helfe Ihnen."

„Das ist ja unglaublich", sagte Timothy. „Wenn das auf den Markt kommt –"

„Wir haben die Produktion erst einmal verboten. Man muß die Auswirkungen derartiger Traumgeräte sorgsam prüfen."

Aber für euch habt ihr es natürlich produzieren lassen, dachte Timothy. In den Händen der NSA mußte es eine geradezu teuflische Waffe sein. Damit konnte man jeden schrittweise verrückt machen, so, daß er selbst ganz genau mitbekam, wie sich sein Geist verwirrte. Wenn man nicht mehr unterscheiden konnte, was wirkliche Erinnerung und was Manipulation war, wenn man scheibchenweise die eigene Biographie und damit die Individualität verlor, wenn sich gegenseitig ausschließende Erinnerungen im Gehirn aufeinanderstießen ... Warum sagte Devlin ihm das? Als Drohung? Und wenn es wirklich ein Angebot war, wie weit mußte er gehen, bevor er einen SYND-Apparat in die Hand bekam?

„Ich werde darüber nachdenken", sagte Timothy. „Es klingt sehr verlockend."

„Ja, nicht wahr?" Devlin stand auf. „Eines wüßte ich noch gerne: Womit hat Deborrah Johnson Sie in der Hand?"

Er legte Timothy den Arm um die Schulter. „Sie müssen es mir nicht verraten, aber machen Sie keine Dummheit. Setzen Sie nicht auf das falsche Pferd. Wann immer Sie Hilfe brauchen, ich bin für Sie da. Und ich möchte Ihnen noch einen guten Rat geben, Mister Truckle: Das ist kein Fall für Sie."

Timothy holte sich erst einmal einen Whisky, als Devlin gegangen war. Hoffentlich war es wirklich nur ein gut gemeinter Rat gewesen, sonst saß er mächtig in der Klemme. Es gab wohl keinen dümmeren Platz als zwischen den widerstreitenden Interessen zweier rivalisierender Staatsorgane. Wo lagen die Interessen der NSA? Die der Bachstelze kannte er ... Wirklich? Timothy gestand sich ein, daß er nur wußte, wo sein Interesse an den Mutanten lag. Er stürzte sich verbissen in die Arbeit.

Am späten Nachmittag wurde er zum ersten Mal fündig. Samuel S. Brooker war in den letzten Wochen wiederholt nach Kankakee geflogen, und als Timothy jetzt systematisch suchte, stieß er schnell darauf, daß Brookers Enkeltochter Harriett, jetzt Miss Reuben Thatcher, dort einen kleinen Landsitz besaß. Timothy bestellte Smiley zu sich.

Kurz vor Mitternacht brachte Napoleon die zweite verheißungsvolle Spur. Er hatte seine Recherchen aus eigener Initiative auf York ausgedehnt und war ausgerechnet hier, wo man doch angeblich nur mit Mikroben, Bazillen und Hefen laborierte, auf Wegwerfwindeln gestoßen. Die drei Babys im YORKLAB-Kinderhort konnten schwerlich jeden Monat zwei Container Pampers verbrauchen.

Timothy gab Napoleon neue Aufträge, stieg in die Wanne, legte den Kopf in die Halterung und ließ sich und seine Gedanken treiben. Irgendwann schlief er ein, irgendwann wachte er auf, setzte sich zu Napoleon, studierte, was er recherchiert hatte, und stieg wieder ins Wasser. Gegen Morgen schickte er eine Nachricht ins Präsidium, daß er den Besuch der Bachstelze erwarte. Er saß noch beim Frühstück, als sie eintraf.

„Sie haben den Fall gelöst?“ rief sie begeistert. „Ich wußte doch, Sie würden –“

„Gemach, gemach!“ Timothy stoppte ihren Redefluß. „Setzen Sie sich, und trinken Sie eine Tasse Kaffee mit mir, Debby. Soweit sind wir leider noch nicht. Ich gehe davon aus, daß wir wenig Zeit haben, richtig?“ Die Bachstelze nickte eifrig.

„Ich habe einen Vorschlag. Ich möchte den Fall sozusagen im Handstreich lösen. Mit einem Überraschungsangriff auf Doktor Wintrop, den Chef von YORKLAB. Er ist gestern nach Chicago gekommen, und ich bin sicher, die Mutanten waren für ihn bestimmt. Ich möchte versuchen, ihn im Gespräch zu überrumpeln. Es würde doch für Ihre Zwecke genügen, wenn ich auf diese Weise herausbekomme, was hinter der Sache steckt.“

„Das schon, ich weiß nur nicht, wie Sie diesen Doktor überhaupt dazu bringen wollen, Ihnen Rede und Antwort zu stehen, Tiny.“

„Nun, Sie müßten mir schon ein wenig staatliche Autorität verleihen. Soweit ich weiß, existiert noch immer das alte Gesetz, nach dem jeder Polizist jederzeit jeden Bürger, der weiß, geistig gesund und über einundzwanzig ist, als Deputy Marshal vereidigen darf.“

Die Bachstelze hätte sich fast an ihrem Kaffee verschluckt. Sie lief krebsrot an.

„Ich bin weiß, geistig gesund und über einundzwanzig."
„Das ist die verrückteste Idee, die Sie je hatten, Tiny!" Die Bachstelze kicherte prustend, dann erhob sie sich und setzte eine feierliche Miene auf.
„Timothy Truckle, stehen Sie auf und erheben Sie die rechte Hand zum Schwur –"

11.

„Sie sind Marshal Truckle?" Wintrop starrte Timothy ungläubig an.
„Kommen Sie erst einmal herein", sagte Timothy, „dann will ich mich gerne legitimieren. Sie sehen auch nicht gerade wie der Chef eines der führenden Laboratorien der Staaten aus."
„Stimmt." Wintrop lachte spitzbübisch, und jetzt, da seine olivfarbene Haut die Glätte verlor, sah Timothy, daß Wintrop weit über Vierzig sein mußte.
„Ich bin nur Deputy Marshal", erklärte Timothy. „Der Commissioner des Staates Illinois möchte die leidige Affäre von Wheeling möglichst diskret aus der Welt schaffen und hat mich zur Mitarbeit verpflichtet, ich denke, Sie werden schnell verstehen, warum. Sie werden in mir einen verständnisvollen Gesprächspartner finden."
„Ich weiß von keiner leidigen Affäre", erwiderte Wintrop.
„Bitte!" Timothy legte begütigend die Hand auf Wintrops Arm und führte ihn in das Wohnzimmer. „Wir können Sie natürlich auch in das Präsidium vorladen, aber würde Mister Brooker glücklich darüber sein? Ist es nicht besser, wir erörtern das Problem in einer fast intimen Atmosphäre? Was möchten Sie, Tee, Kaffee, Saft, Wasser?"
„Tee. Wenn Sie haben, grünen Tee."
Wintrop blätterte in den Kochbüchern, als Timothy aus der Küche zurückkam.
„Kochen ist meine Leidenschaft", sagte Timothy. „Was ist Ihre Lieblingsspeise, Mister Wintrop? Vielleicht kann ich Ihnen –"
„So intim wollen wir nun doch nicht werden!" erwiderte Wintrop unwillig. „Warum haben Sie mich vorgeladen?"
„Sie haben an der Michigan State University Molekularbiolo-

gie und am Haldane-Institut Genchirurgie studiert, soll ich wirklich annehmen, daß Sie sich jetzt mit der Züchtung von Bakterien und Hefepilzen für die Industrie begnügen?" Timothy lehnte sich zurück und zitierte: „Wenn der Mensch seine Evolution selbst in die Hand nimmt, wird er neue Eigenschaften, Organe und Biosysteme entwickeln, die den Interessen, dem Glück und der Herrlichkeit der gottgleichen Wesen dienen, die die Menschen einst sein werden, Geschöpfe von makelloser Schönheit, überragender Intelligenz und herkulischer Kraft, eine Rasse aus eigener Vollkommenheit, deren dürftige Vorahnung wir elenden Kreaturen von heute sind."

„Sie kennen Muller?" Wintrop musterte Timothy beeindruckt.

„Aus Ihrer Dissertation. Sie haben über genetische Latenz promoviert, ein interessantes Thema, wie ich finde. Und ein verlockender Gedanke: die in den Chromosomen aller Zellen schlummernden Texte durch Abbau der Repressoren gezielt zu aktivieren. Wirklich schade, daß Sie Ihre Versuche aufgegeben haben, die Leber oder die Galle auf diese Weise zur Produktion von Insulin anzuregen."

„Wer sagt, daß ich es aufgegeben habe? Im Gegenteil, ich stehe kurz vor –" Wintrop schwieg bestürzt.

„Ich weiß", sagte Timothy. „Ich wollte Sie nur aus der Reserve locken. Und Ihr Kollege Prentiss arbeitet nach wie vor daran, menschliche Teile nachwachsen zu lassen; wieso glaubt er eigentlich, daß das möglich sein könnte?"

„Auf unseren Chromosomen sind höchstwahrscheinlich nicht nur die Zelleigenschaften des gegenwärtigen Menschen verzeichnet, sondern auch die Anlagen früherer Spezies aus der Entwicklungsgeschichte. Prentiss geht davon aus, daß in den menschlichen Genen eine wenn auch blockierte Fähigkeit zur Regeneration von Organen und Körperteilen latent vorhanden ist."

„Womit wir festgestellt haben", sagte Timothy schmunzelnd, „daß im YORKLAB zumindest auf zwei Gebieten humangenetische Forschung betrieben wird." Wintrop starrte ihn betroffen an.

„Wenn Sie glauben, uns einen Verstoß gegen die Konvention nachweisen zu können", stieß er hervor, „irren Sie sich sehr!"

„Sie experimentieren mit Massen von exuterinen menschlichen Blastozyten."

„Das ist nicht verboten!"

„Ich bin nicht zu Ihrem Richter bestellt, Mister Wintrop, ich will nur verstehen."

Wintrop entspannte sich. „Hören Sie zu, Mister Truckle: Human-Genetic-Engineering ist uns untersagt, nicht aber die Erforschung spontan auftretender Mutationen. Wer sagt uns, daß unter den Mutationen, die bei einer massenweisen Produktion von Embryos auftreten, nicht ein genetischer Sprung von Bedeutung ist? Zum Beispiel die Fähigkeit, Insulin nicht nur in der Bauchspeicheldrüse zu produzieren oder Zähne nachwachsen zu lassen. Oder stellen Sie sich vor, wir entdeckten eines Tages ein Embryo mit einer zusätzlichen Teilung der Großhirnzellen!"

„Ein verdoppeltes Gehirn? Verlockend!" gab Timothy zu. „Nichts liegt näher, als da ein wenig nachzuhelfen."

„Das weise ich strikt zurück! Sie werden keine Beweise dafür im YORKLAB finden."

„Will ich das?" erwiderte Timothy gelassen. „Was machen Sie eigentlich mit den Embryos? Pflanzen Sie wenigstens die gelungenen ein und lassen sie austragen?"

„Natürlich nicht." Wintrop sah Timothy belustigt an. „Sie werden bei uns vergeblich nach Babys suchen."

„Und was ist mit den vielen disnormativen Kindern, für deren Untersuchung sich die UNITED eine Lizenz beschafft hat?"

„Für die Untersuchung, Mister Truckle! Soll man sie einfach wegwerfen? Man muß die Kinder doch wenigstens prüfen, bevor sie annulliert werden. Vielleicht entdeckt man in ihrem Genpool eine sensationelle Mutation? Ich finde es unverantwortlich, die ‚lebensunwerten Geschöpfe' einfach zu vernichten."

Timothy wollte schon beifällig nicken, da fuhr Wintrop fort. „Selbst wenn sie sich nicht als ‚hopeful monsters' erweisen, so könnten sie doch ‚useful monsters' sein; man sollte sie allesamt großziehen und als Material für Transplantationen zugunsten der gesunden Menschen nutzen."

„Eine Art lebendes Ersatzteillager?"

„Warum nicht?"

Timothy nahm schnell einen Schluck Tee, um den würgenden Ekel zu unterdrücken. Welch eine barbarische Version von modernem Kannibalismus. Aber jetzt ging es nicht um moralische Urteile, sondern um Beweise. Er zwang sich ein Lächeln ab.

„Deswegen also der hermetisch abgesperrte Bereich in York!"

Timothy klopfte nur auf den Busch; er hatte davon ebensowenig Ahnung wie von den Versuchen, die Wintrop machte, aber mit Sicherheit gab es auch in York einen hermetisch abgeschlossenen Bereich. Wintrops Miene vereiste. „Darüber müssen Sie mit Earl Brooker selbst sprechen. Das gehört nicht zum YORKLAB."

„Dann waren die Mutanten in dem abgeschossenen Helicopter für ihn bestimmt?"

Wintrop sah Timothy lange an, dann erhob er sich grinsend. „Sie werden mich zu keiner Aussage über Dinge bewegen, von denen ich nichts weiß, und ich weiß von keinen Mutanten. Im YORKLAB werden Sie keine finden. Und wenn Sie noch mal etwas von mir wollen, laden Sie mich besser ins Präsidium vor."

12.

Timothy machte sich keine Illusionen, das Gespräch mit Wintrop hatte ihn keinen Schritt weitergebracht. Er suchte verzweifelt nach einem neuen Ansatzpunkt.

Peter Sayers rief an, er hätte mit dem Chef der Nationalgalerie gesprochen. Der überaus größte Teil der Exponate für die geplante Shopenhower-Ausstellung seien Leihgaben von Samuel S. Brooker, darunter viele Arbeiten, die zum ersten Mal öffentlich gezeigt würden. Sayers gab eine Liste der vorläufigen Auswahl durch, Timothy studierte sie mit wachsender Besorgnis: Sämtliche Werke aus Daniels Wohnung befanden sich darunter. Was, zum Teufel, war da los? Timothy hatte gerade angefangen, Kartoffeln zu schälen, da meldete sich Devlin, und dieses Mal verzichtete er auf jede Höflichkeitsfloskel.

„Ich dachte, Sie hätten mich auch so verstanden", sagte Devlin. „Wenn ich um etwas bitte, dann ist das allemal eine Weisung."

„Bitte verstehen Sie auch mich, Mister Devlin", antwortete Timothy freundlich, „ich muß das Gesicht wahren."

„Daß Sie Wintrop vernommen haben, ist einfach unverzeihlich! Ich begreife ja, daß Sie so tun möchten, als arbeiteten Sie wirklich für die Bachstelze, aber Sie müssen es ja nicht übertreiben. Und Sie müssen nicht zu Ergebnissen kommen, oder? Um es unmißverständlich zu formulieren, Mister Truckle: Es liegt im Interesse der Vereinigten Staaten – und in Ihrem eigenen! –, wenn Sie Ihre Zeit lieber mit Kochen verbringen. Oder mit Träumen." Devlin schaltete aus, ohne sich zu verabschieden.

Kurz darauf klingelte es. Phil Coats stand vor der Tür, die beiden Hunde an der Leine. Er himmelte Timothy mit großen Augen an.

„Ich wollte Ihnen nur zeigen, daß ich die Dackel gut pflege", sagte er. „Sehen Sie, wie das Fell glänzt. Nochmals: danke schön!" Er schlang seinen Arm um Timothys Hals, dabei flüsterte er ihm ins Ohr.

„Paps wartet in der ‚Stardust'-Bar. Er will sie zufällig treffen."

„Schon gut, Phil", sagte Timothy. „Ich freue mich, daß es dich glücklich macht." Er wartete ein paar Minuten, bevor er zum Lift ging.

„Sie waren schon lange nicht mehr oben", sagte der Liftboy. „Und wenn ich mir die Bemerkung gestatten darf, Sir, Sie sehen nicht sehr gesund aus. Ich denke, Sie arbeiten zu hart."

„Stimmt, Bud." Timothy rempelte den Liliputaner freundlich mit der Schulter. „Sie sehen auch so aus, als brauchten Sie dringend Erholung. Wir Zwerge haben es nicht leicht, was?"

„Ich bin froh, daß ich den Job habe, Sir. Da arbeite ich gerne zwei Schichten."

Coats hantierte mit dem Barkeeper hinter dem Tresen herum. Als der Keeper aufblickte und automatisch zum Schalter griff, um einen Barhocker herunterzufahren, winkte Timothy ab.

„Ich möchte mich ans Fenster setzen, Melvin. Das Übliche, ja?"

„Gut, daß ich Sie sehe, Mister Truckle", rief Coats. „Darf ich Sie irgendwann heute kurz stören? Es gibt offensichtlich Kummer mit Ihrer Zusatzklimaanlage."

„Kommen Sie doch an meinen Tisch, sobald Sie Zeit haben", antwortete Timothy.

Die Bar war zu dieser Tageszeit kaum besucht, Timothy hatte die ganze Südseite für sich. Er hielt das Gesicht in die Sonne; trotz der Thermoscheiben sengten die Strahlen. Und irgendwo da unten, hinter der braunen, pappigen Wolkenschicht, kochte die Stadt.

Nein, dachte Timothy, es ist ja schon Winter. Ob es Schnee gab in diesem Jahr? Weiße Weihnacht . . .

Coats riß Timothy aus seinen Gedanken. Er wollte sich nicht setzen, er breitete Folien auf dem Tisch aus und zeigte auf rot markierte Kurven, dabei raunte er leise.

„Ich hatte heute Besuch von der NSA, und man hat mich lange über Sie ausgefragt. Ich hoffe, es ist nur eine Routineüberprüfung. Ich weiß ja auch gar nichts über Sie."

„Schon gut", sagte Timothy laut, „wenn die Störfrequenzen von meiner Klimaanlage kommen, wird das schnellstens beseitigt."

„Und das Appartement neben Ihrer Wohnung hat neue Mieter", flüsterte Coats. „Wenn ich mich nicht täusche, sind das Leute vom Geheimdienst."

„Ich bestelle gleich nachher einen Techniker", erklärte Timothy.

„Und das Penthaus –"

„Haben Sie davon erzählt?" flüsterte Timothy zurück.

„Nein. Wissen Sie, ob Frau Magginthy den Vertrag verlängern wird? Er läuft Ende Januar ab, und – ich frage wegen der Provision."

„Sie sollen Sie sich verdienen", sagte Timothy. „Suchen Sie ruhig einen neuen Mieter."

„Nach Neujahr", sagte Coats.

Timothy war kaum wieder in seiner Wohnung, da grinste die Bachstelze vom Monitor.

„Tut mir leid", sagte Timothy, „ich habe noch nichts für Sie."

„Ich rufe an, um Ihnen zu sagen, daß Sie sich nicht länger mühen müssen. Die Sache hat sich anderweitig geklärt."

„Ja, wirklich?" Timothy brauchte einen Augenblick, bis er verstand, was sie meinte. „Ich darf also gratulieren –?"

„Pst! Nicht beschreien!" Die Bachstelze drohte ihm neckisch mit dem Zeigefinger. „Im Vertrauen, Tiny, nächste Woche räume ich meinen Schreibtisch im Präsidium. Dann sind Sie endlich sicher vor mir."

„Aber, Debby – ich darf doch noch so sagen?"

„Sie dürfen. Und Sie brauchen mir nichts vorzumachen; ich

weiß, wie ungern Sie für mich gearbeitet haben, aber das ist nun vorbei."

„Ich hoffe, ich werde Sie trotzdem gelegentlich sehen." Timothy seufzte. „Ich habe so wenig Freunde, wie Sie wissen."

„Rufen Sie ruhig mal an. Und das Material löschen Sie, ja?"

„Möchten Sie sich selbst davon überzeugen?"

Doborrah Johnson überlegte einen Augenblick, dann schüttelte sie den Kopf. „Ich vertraue Ihnen, Tiny."

Timothy setzte sich zu Napoleon. Die Leitung zum Polizeipräsidium war schon gekappt.

„Und was nun?" rief Timothy verzweifelt.

„Was immer das Problem ist", erwiderte Napoleon, „ich denke, wir werden es lösen."

„Aber ich habe keine Ahnung, wo wir ansetzen können!"

„Wenn ich mir einen Vorschlag erlauben darf, Sir, gehen Sie in die Küche."

„Das hat mir heute schon jemand empfohlen", sagte Timothy grimmig.

„Tut mir ehrlich leid, ich wäre gerne zum Essen gekommen, aber –" Doc hob verlegen die Hand.

„Hast du wenigstens Zeit für einen Drink?"

„Dafür immer. Aber bitte nichts Hartes. Der Wetterumschlag bekommt mir gar nicht."

Timothy schob ihn ins Mausoleum und holte seine letzte Flasche Champagner. Doc studierte das Etikett.

„Mann, Tiny, ein ‚Veuve Cliquot'!"

„Leider der letzte, und ich weiß nicht, wie ich Brooker noch eine Flasche abluchsen könnte."

„Ich habe dir auch etwas mitgebracht." Doc legte einen Schuhkarton auf den Tisch. „Dein Dope. Aber bitte sei vorsichtig damit, vor allem Mixturen können verhängnisvoll sein."

„Ich weiß." Timothy blickte ihm in die Augen. „Ich denke, ich bin wieder sauber. Zumindest bis zu meinem nächsten Einbruch." Er lachte, als er Docs verblüfftes Gesicht sah.

„Das war im übertragenen Sinn gemeint. – Oder auch nicht?" Timothy versank ins Grübeln, dabei nahm er den Däumling in die Hand und entlockte ihm zarte Melodien. Doc starrte fasziniert auf die Kapsel.

„Ein neuer Shopenhower?“ erkundigte er sich, als Timothy zum Glas griff.

„Und ich hoffe, daß es nicht seine letzte Arbeit ist“, knurrte Timothy, „oder es wird einigen Leuten verdammt schlecht ergehen.“

„Was ist los, Tiny?“

„Wie es aussieht, haben die Brookers Daniel eingesperrt und pumpen ihn mit Drogen voll.“

„Aber warum, um Himmels willen?“

„Der Kunstmarkt ist ein Markt wie jeder andere. Es ist ein Bombengeschäft, wenn es dir gelingt, ein Genie zu monopolisieren, Doc. Bei den großen Toten geht das natürlich nicht mehr, aber bei den Lebenden. Du kaufst unter der Hand alle Werke auf, setzt den Künstler in einen goldenen Käfig und versuchst, eine möglichst hohe Produktion aus ihm herauszuholen. Wenn er wie eine Zitrone ausgepreßt ist, wirfst du ihn weg. Sobald ein Künstler tot, das heißt sein Werk limitiert ist, steigen die Preise, und wenn es sich, wie bei Daniel, um ein Genie handelt, steigen sie ins unermeßliche.“

„Gibt es da keine Paragraphen im Strafgesetz?“

„Natürlich: für Erpressung, Freiheitsberaubung, Mord – aber beweise einem Bigboss mal so was! Aus diesem Grund haben sie ja schon vor fünfzig Jahren ein Abkommen geschlossen: die ‚Golden-Gate-Convention‘ zum Schutz und zur Förderung der Schönen Künste.“

„Klingt gut“, meinte Doc.

„Wie so vieles. Dahinter steckt nichts anderes als handfeste Kapitalinteressen. Die Jagd nach Kunstwerken hatte zu einer katastrophalen Situation geführt. Fälschungen grassierten nur so, sogar namhafte Experten wurden durch die horrenden Honorare korrumpiert, und falsche Expertisen waren durch den mangelhaften Kontakt nach DRAUSSEN kaum zu widerlegen. Von manchen Malern gab es so viele ‚garantiert echte‘ Gemälde, daß sie jeden Tag eines hätten gemalt haben müssen: Van Gogh, Picasso, Klee, Renoir, Gauguin –“

„Ich kann mir vorstellen, wie wütend die Bigbosse da wurden.“ Doc griente hämisch. „Schadet ihnen gar nichts.“

„Das schon, aber vergiß nicht die Auswirkungen auf die lebenden Künstler! Sobald sich jemand als Talent erwies, wurde er unter verlockenden Versprechungen zu einem Exklusiv-Vertrag verleitet und eingesperrt, bald begann man, sich gegenseitig die Künstler zu kidnappen, viele wurden dabei verletzt oder getötet, manche auch brutal gefoltert, um Werke herauszupressen, und sobald einer ausgebrannt war, wurde er umgebracht; relativ feste Preise bilden sich erst, wenn ein Lebenswerk abgeschlossen ist. Die Jagd nach immer neuen Talenten führte dazu, daß man schon begabte Kinder aufspürte und unter Verschluß ausbildete, um zu ‚Genies in Privatbesitz' zu kommen. Als der Kunstmarkt völlig zusammenzubrechen drohte, einigten sich die Bigbosse auf die ‚Golden-Gate-Convention'. Seitdem wacht einer argwöhnisch über den anderen."

„Da hättest du doch genügend Verbündete", meinte Doc.

„Erst einmal muß ich Beweise gegen Brooker haben. Ich hoffe, Smiley bringt mir welche."

Smiley kam mitten in der Nacht. Er war durchgefroren, erschöpft und mächtig sauer.

„Nie wieder schickst du mich im Winter aufs Land!" erklärte er. „Nichts als Nebel, Smog und Saukälte. Und der Schnee! Ich dachte immer, blauer und roter Schnee sei eine Erfindung der Reklameleute, aber den gibt es ja wirklich! Kniehoch!"

„Dann geh sofort ins Bad und entseuche dich", sagte Timothy. „Verrate mir nur schnell, ob du Erfolg hattest."

„Erfolg?" Smiley zuckte mit den Schultern. „In Kankakee hat offensichtlich niemand deinen Freund gesehen; auch mit dem gealterten Bild habe ich nichts erreicht. In der Nähe des Landhauses ist ein paarmal ein Mann gesehen worden, aber nie aus der Nähe. Die Leute hielten ihn für einen übergeschnappten Verwandten, den die Brookers dort versteckten. Er soll wie wild über die Wiesen getobt sein und wurde immer von zwei Pflegern bewacht. Und nachts hat man oft ‚Geistertöne' gehört. Jetzt steht das Haus leer. Eindringen konnte ich nicht, die Klimasphäre war eingeschaltet. An der Rückseite ist im ersten Stock eine Zimmerflucht vergittert. – Kannst du was damit anfangen?"

„Ich weiß noch nicht", antwortete Timothy nachdenklich. „Ich mach' dir erst mal einen Grog."

Drei Stunden nachdem Smiley gegangen war, wußte Timothy es.

13.

Timothy brauchte lange, bis er mit seiner Maske zufrieden war. Ein verhärmter Mann mit kurzgeschorenen, vergilbten Haaren und einem Mal unter dem linken Auge sah ihn im Spiegel an. Er setzte sich vor den Communicator und ließ sich mit Earl Brooker verbinden; wenn Brooker das Gespräch zurückverfolgen sollte, würde Napoleon ihm eine öffentliche Sprechstelle in der Hauptpost vortäuschen. Es dauerte eine Weile, bis Timothy die Sekretärin dazu brachte, ihrem Chef eine Notiz vorzulegen, jemand wolle ihn wegen eines unbekannten Shopenhower sprechen. Sekunden später war Brooker am Apparat.

„Ich muß es kurz machen“, erklärte Timothy; er nuschelte, als habe er eine schlecht sitzende Prothese, „ich bin bei Percival Moorland angestellt, und ich weiß von einer neuen Shopenhower-Sonic. Mein Chef verhandelt mit Frau Magginthy, aber für eine angemessene Provision könnte ich sie Ihnen vermitteln. Das wäre doch ein passendes Weihnachtsgeschenk für Ihren alten Herrn. Sind Sie interessiert?“ Brooker nickte. „Dann kommen Sie heute abend ins ‚Nebraska‘, in den ‚Kristallsaal‘; aber kommen Sie allein, und sprechen Sie mit niemandem darüber.“

Brooker fuhr tatsächlich allein in den 13. Stock hinunter, seine Leibwachen ließ er am Helicopter, aber sicher unterhielt er Sprechfunkverbindung mit ihnen. Kurz nach Beginn der „Super Broadway Show“ huschte Timothy in Brookers Loge, legte den Finger warnend auf die Lippen und hielt ihm eine Notiz hin.

„Gehen Sie jetzt sofort in die Herrentoilette, linke Eckkabine. Sprechen Sie kein Wort, sonst verschwinde ich.“

Brooker blickte sich kurz um, nickte, als er das Gesicht im Dämmerlicht seiner Loge erkannte, stand auf und ging geradewegs ins Foyer. Niemand folgte ihnen, niemand sah sie. An der Toilette leuchtete eine Schrift: „Defekt. Bitte benutzen Sie die Toilette im Saal.“

„Vorwärts, ’rein“, flüsterte Timothy, Brooker gehorchte. Als er sich in der Kabine umdrehen wollte, bohrte Timothy ihm seinen Rayvolver in den Rücken, holte mit der anderen Hand das Sprechfunkgerät aus Brookers Tasche und blockierte es. Dann öffnete er die Geheimtür, stieß Brooker hindurch, den langen Mittelgang entlang, bis in eine der Verhörkabinen. „Jetzt dürfen Sie sich umdrehen."

Brooker starrte Timothy mit großen, entsetzten Augen an. „Sie, Sie sind –"

„Nicht schwer zu erraten, was?" Timothy steckte die Perücke in die Tasche und wischte mit einem Tuch die Schminke ab.

„Truckle! Was soll das?"

„Hinsetzen!" Timothy ließ die Stahlklammern des Stuhls um Brookers Arme und Beine schnappen, legte den Rayvolver auf den Tisch und holte eine Injektionsampulle heraus.

„Was immer Sie vorhaben", zischte Brooker, „damit kommen Sie nicht durch. In spätestens einer Stunde suchen mich meine Leute."

„Eine Stunde reicht uns. Wenn Sie vernünftig sind." Timothy injizierte Brooker das Penthotal.

„Lassen Sie mich sofort frei, und ich will vergessen, was geschehen ist."

„Das werden Sie", versicherte Timothy. „Aber erst, wenn ich mit Ihnen fertig bin." Er durchsuchte Brooker auf Waffen, dann montierte er einen kleinen Videorecorder so, daß er nur Brookers Gesicht aufnahm.

„Was wollen Sie von mir, Truckle?"

„Die Wahrheit. Die volle Wahrheit und nichts als die Wahrheit. Sie kennen mich gut genug, Brooker, ich spaße nicht. Wenn ich erfahre, was ich wissen will, lasse ich Sie laufen. Wenn nicht –" Timothy hielt ihm seinen Rayvolver hin. „Ich versichere Ihnen, es wird ein perfekter Selbstmord sein."

„Ich verstehe. Nun gut, fragen Sie." Brookers Miene entspannte sich. Er lächelte sogar. „Ich werde Ihnen jede Frage beantworten."

„Wo ist Daniel Shopenhower?"

„Keine Ahnung. Da müssen Sie Daddy fragen, Kunst ist seine Domäne. Es paßt auch besser zu ihm." Brooker kicherte. „Unsterblichkeit zu Unsterblichkeit."

Er schien es tatsächlich nicht zu wissen, nicht einmal, daß Daniel in dem Landhaus bei Kankakee eingesperrt gewesen war. Timothy versuchte mit immer neuen Tricks, ihn zu fangen, vergeblich. Er legte einen neuen Kristall in die Kamera. „Was ist mit den Mutanten? Was steckt dahinter?" fragte er dann.

„Was für Mutanten?"

„Die Babys aus dem Helicopter, der in Wheeling abgeschossen wurde; die waren doch für Sie bestimmt."

„Ja, aber das sind keine Mutanten, das sind Klons."

„Klons?" Timothy verschlug es die Sprache.

„Tun Sie doch nicht so, als hörten Sie zum ersten Mal davon", sagte Brooker belustigt. „Gerade Sie! Ich erinnere mich noch gut daran, wie Sie uns die Klons vorführten, die dieser famose Doktor Boone von ein paar Dutzend Bigbossen gezüchtet hatte.* Damals bin ich übrigens auf die Idee mit den Klons gekommen. Durch Sie, Truckle, verstehen Sie?"

„Ich verstehe überhaupt nichts", erwiderte Timothy.

Brooker schüttelte seufzend den Kopf. „So begriffsstutzig können Sie doch gar nicht sein! Boone hatte seinerzeit Kerne von Leberzellen in Eizellen transplantiert und auf diese Weise genetische Duplikate der Zellspender bekommen, denen er die Kerne ohne ihr Wissen bei Leberpunktionen entnahm. Erinnern Sie sich jetzt?"

„Und ob ich mich erinnere. Boone bekam so ideale Einbruchswerkzeuge, die mühelos die Identicat-Sicherung ihrer ahnungslosen Väter knacken konnten; wollen Sie Einbrecher werden?"

Brooker lachte laut auf. „Natürlich nicht. Aber ich habe gleich erkannt, wozu Klons noch zu gebrauchen wären. Unsere alten Herren waren ja nur darauf aus, diese Schandflecke aus ihrem Fleisch und Blut so schnell wie nur möglich aus der Welt zu schaffen. Sentimentale Narren voller Skrupel!"

„Sie haben offensichtlich keine Skrupel", sagte Timothy.

„Und ich bin auch kein Narr." Brooker grinste. „Die Idee, Boonesburg mit einer Nihilationsbombe auszulöschen, kam von mir. Ich hatte ja kein Double dort, und unsere ‚Unsterblichen' werden eh schon entschieden zu alt. Aber ich habe mich gleich darangemacht und eine neue Produktion von Klons aufgezogen. Ein florierendes Unternehmen. Sie würden staunen, Truckle, wer alles Duplikate von sich anfertigen läßt, manche gleich ein Dutzend, dabei bin ich im Dutzend nicht billiger."

„Aber wozu denn?" rief Timothy. „Sie wissen doch, daß Klons allesamt Kretins werden, mißgestaltete Idioten, nahezu ohne Gehirn."

„Um so besser für sie", erwiderte Brooker. „Und mißgestaltet

---

* Siehe: „Wer stiehlt schon Unterschenkel?"!

sind sie nicht mehr, das haben wir korrigieren können, deshalb sind die Klons ja so wertvoll. Verstehen Sie immer noch nicht? Bei den Transplantationen gibt es doch immer noch Komplikationen. Unverträglichkeitsreaktionen, Abstoßungen – denken Sie nur an Henry Six! Klons sind genetisch absolut identisch, buchstäblich Fleisch vom eigenen Fleische, es ist, als würden Sie sich das eigene Bein wieder ansetzen lassen –"

„Wollen Sie sagen, daß Sie in York Ersatzteillieferanten züchten?"

„Eine großartige Idee, nicht wahr? Und Sie haben mich daraufgebracht."

Timothy klammerte die Finger um die Stuhllehnen, daß die Knöchel weiß hervortraten. Er brauchte eine Weile, bis er sich wieder in der Gewalt hatte. „Und die Babys im Helicopter?"

„Eine ganz dumme Panne. Die kamen aus Outridge. Die Embryos werden in Outridge angezüchtet und ausgetragen und kommen nur nach York, wenn sie gelungen sind." Brooker seufzte. „Peinliche Sache, zumal es sich um Klons der NSA-Spitzen handelte, die –"

Er schwatzte und schwatzte, Timothy hörte nicht zu. Das ganze Risiko war umsonst gewesen. Er hatte nichts erfahren, was ihm helfen konnte, Daniel zu befreien, und die Aufzeichnungen konnte er wegwerfen. Die Spur der Mutanten war zu Ende. Er wanderte unruhig durch die Etage. Er mußte schnell zu einem Entschluß kommen. Brooker hatte aufgehört zu plappern. Timothy sah auf die Uhr; die Wirkung der Wahrheitsdroge war abgelaufen. Timothy injizierte Brooker Suggestal und wartete, bis er eingedämmert war.

„Wenn du erwachst, Earl", sagte Timothy mit eindringlicher Stimme, „wirst du dich nicht mehr erinnern können, was geschah, seit du aus dem Helicopter gestiegen bist. Und jetzt komm mit."

Auf halbem Weg kehrte Timothy um und sperrte Brooker in eine geschlossene Zelle. Er holte ein paar Decken und einen Arm voll Dosen aus den NSA-Vorräten, machte die Pritsche fertig und befahl dem völlig apathischen Brooker, sich hinzulegen.

„Jetzt ist er endlich da, wo er hingehört", brummte Timothy, als er die Zelle verriegelte, „bei Wasser und Brot, obwohl: ‚Kentucky-Vollkorn' und ‚Arktisschmelzwasser' sind entschieden zu gut für dieses Vieh von Vatermörder und Kannibalen."

Kurz vor Schluß der Veranstaltung saß Timothy wieder im Saal. Er ließ sich Zeit beim Hinausgehen, so traf er an der Tür auf Chief Monroe. Monroe machte Timothy mit seiner Frau bekannt und ernannte ihn zum Schiedsrichter; er fand, die singenden Vierlinge seien der Höhepunkt der Show gewesen, seine Frau dagegen, das sei der Feuerschlucker. Timothy pflichtete ihr bei.

„Aber", so sagte er entschuldigend zu Monroe, „ich bin nicht unparteiisch. Mein Verhältnis zu nackten Mädchen ist, wie Sie sicher verstehen, etwas gebrochen, und ich bin ein fast schon fanatischer Verehrer der alten Artistik."

„Okay, okay." Monroe lachte versöhnlich. „Kommen Sie mit auf einen Drink? Wir wollen noch in die ‚Astoria'-Bar."

„Sehr gerne", antwortete Timothy. „Ich hatte ohnehin vor, mich zu betrinken, und alleine ist das nur der halbe Spaß.

14.

Was tun? Timothy hatte keine Ahnung. Obwohl er erst am Morgen nach Hause gekommen war, konnte er nicht schlafen. Er legte sich in die Wanne und grübelte. Er konnte unmöglich dem alten Brooker anbieten, seinen Sohn gegen Daniel auszutauschen; da hätte er innerhalb von Sekunden die NSA auf dem Hals.

Die kam auch so. Kurz nach elf stand Devlin vor der Tür. Er stürmte an Timothy vorbei, durchsuchte alle Räume und überzeugte sich, daß Napoleon nicht arbeitete.

„Ich habe Ihren Rat befolgt", sagte Timothy. „Ich beschäftige mich zur Zeit nur mit Kochen. Darf ich Sie zum Mittag einladen?"

„Sie dürfen mir verraten, wo Earl Brooker ist", erwiderte Devlin.

„Ich?" fragte Timothy entsetzt. „Wissen Sie nicht, daß er mein Todfeind ist, seit ich –"

„Deshalb kam ich auf Sie!" unterbrach Devlin. „Nichts liegt näher, als an Sie zu denken, wenn Earl Brooker im ‚Nebraska' verschwindet."

„Ich schwöre, er war noch nie bei mir. Ich fürchte auch, wenn Brooker und ich uns mal über den Weg laufen sollten, müssen Sie anschließend mich suchen."

„Was haben Sie gestern getan?"
„Ausgeschlafen, aufgeräumt, gekocht, gegessen, stundenlang gebadet –"
„Und abends?"
„War ich in einer Show. Mit Chief Monroe. Fragen Sie ihn, wir waren anschließend noch in der ‚Astoria'-Bar und haben bis heute früh gefeiert."
„Sie haben also ein Alibi?"
„Wieso, brauch' ich eins?" fragte Timothy zurück.
„Das wissen Sie allein." Devlin blickte Timothy prüfend an. „Da Sie, wie Sie sagten, meinem Rat gefolgt sind, haben Sie jetzt Zeit, nicht wahr? Denken Sie darüber nach, ob Ihnen nicht doch etwas zum Thema Earl Brooker einfällt."

Devlin wäre begeistert gewesen, wenn er gewußt hätte, wie intensiv Timothy über dieses Thema nachdachte. Doch ihm fiel nichts ein. Er grübelte schon viel zu verbissen. Er mußte sich ablenken, dann war ihm noch immer eine Lösung eingefallen!

Timothy ging in die Küche und bereitete ein großes Abendessen vor; als er jedoch versuchte, sich einen Gast einzuladen, hatte er rundum Pech. Docs Communicator erklärte, der Doktor sei zur Zeit unabkömmlich, man möge in dringenden Fällen einen anderen Arzt konsultieren, dann begann er, eine lange Adressenliste herunterzubeten. Timothy hinterließ, er erwarte Docs Besuch. Smiley trieb sich außerhalb von Chicago herum und würde erst morgen zurück sein. Josuah Trevers war lange Zeit nicht aufzutreiben, dann bedauerte er, er habe eine unaufschiebbare Arbeit, aber nächste Woche käme er gerne.

Timothy deckte gerade den Tisch, da klingelte es: ein Bote von FOUR SEASONS FLOWERS, der einen Strauß Rosen brachte. Von Inger! Als Vorankündigung ihres Besuches.

Timothy stellte die Rosen auf den Tisch. So hatte er wenigstens einen angenehmen Anblick bei seinem einsamen Mahl.

Plötzlich stutzte er, kniff die Augen fest zusammen, riß sie wieder auf: Die Farben kippten um, das Steak sah lila aus, die Pommes frites giftgrün, die Rosen blau und der Whisky grünschwarz. Nun bekommst du doch noch die Quittung, dachte Timothy. Bestimmt waren das Spätfolgen seiner Drogentrips. Vielleicht ausgelöst durch das Trinken letzte Nacht?

Dann spielten die Sinne völlig verrückt. Er hörte die Farben, schmeckte Geräusche, fühlte Töne, sah sie: das Ticken der Kuckucksuhr leuchtete intensiv orange und schickte ihm Wellen von Baldrianduft, das Steak schrie geradezu gellend, vor allem an dem rosigen Anschnitt, der Whisky brummte im Glas, anders konnte er es nicht nennen, das Blau des Küchenherdes wisperte dumpf, das Rot der Kerze und das Rot der Rosen brüllten sich gegenseitig nieder, das grüne Drachenmuster der Vase zischte wütend; als Timothy mit den Füßen scharrte, umwogte ihn eine Wolke von schwerer Süße; das weiße Damasttuch blickte ihn salzig an, und Timothy spürte an seinen Fingerkuppen, daß es dazu noch scharf gepfeffert war. Er lehnte sich entsetzt zurück, der Druck der Stuhllehne an seinem Rükken gab ihm ein Empfinden von hellen Glockentönen. Er saß wie gelähmt.

Dann raffte er alle Kraft zusammen und sprang auf. Stürzte zur Tür hinaus, ins Bad, duschte. Kalt, heiß, kalt, heiß – das Wasser löste kakelbunte Farbeindrücke und bitteren Geschmack aus. Timothy stellte sich unter die Sauerstoffdusche. Langsam normalisierten sich die Sinne. Das konnten unmöglich Nachwehen der Trips von vor vierzehn Tage sein.

Timothy holte einen Analysator aus dem Arbeitszimmer, steckte ihn mit spitzen Fingern durch einen schmalen Spalt der Küchentür, riß ihn wieder heraus und ließ Napoleon die Werte analysieren.

„Eindeutig psychogene Aerosole, Sir“, meldete Napoleon, „für eine genaue Analyse reicht die Probe nicht aus.“

„Können solche Aerosole eine synästhetische Umpolung der Sinne bewirken?“

„Bei hoher Dosierung ja, Sir. Es gibt Kampfstoffe mit derartiger Wirkung.“

Woher? dachte Timothy. Die Wohnung schien noch nicht völlig verseucht zu sein, nur die Küche. Die Rosen! Wie sollte er sie entfernen, ohne sich noch einmal der Wirkung auszusetzen? Und warum hatte Inger –? Timothy grinste. Er holte die Atemmaske, die er in Seabridge „ausgeliehen“ hatte. Nun würde sie ihm helfen, Ingers Angriff abzuwehren. Er steckte die Rosen in den Nihilator und lüftete gründlich. Die Aerosole verschwanden.

Sollten die Rosen wirklich von Inger kommen? Viel wahrscheinlicher war ein später Gruß von Grandma. Aber wußte die überhaupt von Ingers Existenz? An der Westküste war jetzt erst Nachmittag. Timothy rief in Seabridge an. Inger, so erfuhr er, sei nach Chicago geflogen und wolle ihn besuchen. Timothy nahm den Whisky und setzte sich vor den Videomaten. Sehr mysteriös.

Während er aufmerksam eine Sendung über Mimikry verfolgte und staunend miterlebte, wie sich eine Laubheuschrecke als grünes Blatt und eine Akazienraupe als Dornenstachel tarnte und eine Gottesanbeterin zur rosaroten Orchideenblüte wurde, dachte er plötzlich: Du solltest Devlin sagen, was mit Brooker geschehen ist.

„Quatsch", sagte Timothy laut, „wie kommst du nur auf solch einen Unsinn!" Wenige Minuten später, er bewunderte gerade, mit welcher Vollkommenheit sich die Raupe des Kaiseratlas tarnte, nicht nur ein Blatt abbiß, so daß es sich im Verdorren zu einer Röhre rollte, in die die Raupe sich einspinnen konnte, sondern gleich noch ein halbes Dutzend weiterer Blätter, die so zu Attrappen wurden, dachte er es schon wieder. So intensiv, daß er sich energisch zur Ordnung rufen mußte, nicht zum Communicator zu gehen und Devlin anzurufen – da sah er das gelbe Pünktchen leuchten: Subfaszinationsalarm. Jemand schickte heimlich Botschaften in sein Unterbewußtsein! Timothy schaltete den Videomaten aus. Also Devlin. Und bestimmt hatte er nicht nur die unterschwelligen Befehle per Videomat geschickt, sondern auch die präparierten Rosen. Was würde er als nächstes unternehmen?

Timothy brauchte nicht lange zu warten. Angst überfiel ihn. Eine undefinierbare, allgemeine, lähmende Angst. Dann stachen bohrende Schmerzen in sein Gehirn, ließen den Schädel brummen, dröhnen, tosen. Dann Stille. Dann wieder der Schmerz. Timothy zwang sich, auf die Uhr zu sehen. Vier Sekunden Schmerz, zwanzig Sekunden Pause. Frequenzimpulse, wahrscheinlich Dezimeterwellen. Wollten sie ihn mit Resonanzschwingungen verrückt machen? Die Welle erfaßte ihn wieder, Timothy konnte sich kaum noch rühren. In der Pause angelte er die Dose mit Puderzucker und streute eine dünne Schicht auf den Tisch. Sobald der Schmerz einsetzte, ordnete sich der Puder zu konzentrischen Kreisen, dann zu Spiralen, zu Zebrastreifen. Dann blieb der Schmerz lange aus. Immer länger. Timothy fühlte sich erleichtert, vergnügt, ausgelassen. Die Vibrationen formten Chladnische Klangfiguren von bezaubernder Schönheit aus dem Puderzucker. Infraschall!

Wenn du jetzt noch den Videomaten laufen hättest, dachte Timothy, würde keine Macht der Welt dich davon abhalten,

Devlin anzurufen und alles zu gestehen. Wozu aber erst der Angriff mit den Rosen? Vielleicht waren die Aerosole nur falsch dosiert?

Timothy grinste. Devlin sollte seine Show bekommen. Aber zuerst holte er den Destruktor aus dem Wandschrank. Die Skalen zeigten an, daß das Gerät hart arbeiten mußte, um die Vibrationen durch Interferenz-Schwingungen aufzuheben. Die mußten mit einem starken Sender arbeiten. Sicher aus der Nebenwohnung.

Timothy ließ sich mit Devlin verbinden; er begrüßte ihn freundlich. „Ich dachte, ich sollte Sie unbedingt anrufen", sagte er dann.

„Ja?" Devlin sah ihn erwartungsvoll an. „Ist Ihnen etwas eingefallen, was uns bei der Suche nach Brooker helfen könnte?"

„Das nicht", erklärte Timothy vergnügt. „Da weiß ich wirklich nichts. Aber ich möchte Sie so gerne morgen zum Essen einladen!"

Devlin murmelte etwas und verschwand vom Bildschirm. Timothy war unsicher, ob er ihn von seiner Unschuld überzeugt hatte. Vielleicht würde Devlin gleich den Befehl zum nächsten Angriff geben. Timothy verwandelte seine Wohnung in eine Festung.

Er blockierte den Eingang, schaltete die Wasserversorgung über einen Analysator, aktivierte die Drahtnetze unter den Tapeten; die hauseigene Klimaanlage legte er ganz lahm, und zur Sicherheit steckte er die Atemmaske griffbereit in die Tasche. Er hängte Alarmgeräte in die Aquarien, die ihm anzeigen würden, wenn die Goldfische außergewöhnlich unruhig wurden oder die beiden Nilhechte durch verminderte elektrische Impulse Veränderungen des elektrischen Feldes signalisierten. Er machte die Nihilationssicherungen an den Geheimschränken scharf und blockierte Napoleon durch eine Doppelnullschaltung; dann setzte er sich ins Mausoleum und gab eine Botschaft an den Großen Bruder durch, Zahlengruppen, die wiederum für andere Zahlen standen, für Kennziffern des Katalogs der Chicagoer Tiergärten: Nerz – Ratte – Igel – Bernhardiner – Wühlmaus. Das hieß im Klartext: Bin bedroht. Geheimdienstangriff. Ich igle mich ein. Prüfe, ob ich überwacht werde. Bereite mein Untertauchen vor.

Er musterte seine Weinvorräte, nahm sich eine Flasche „Chateauneuf du Pape", setzte sich zu Napoleon und wartete.

15.

Zwei Tage lang geschah nichts. Kein Angriff, kein Besuch, kein Anruf. Nur der Große Bruder fragte an, ob man Timothy herausholen solle. Noch nicht, antwortete er, noch habe er Hoffnung, daß sich die Situation anders lösen ließe.

Seine Wohnung wurde bewacht, und die NSA-Leute machten kein Hehl daraus. Wahrscheinlich hatten sie auch den Communicator blockiert; nicht einmal Devlin konnte Timothy erreichen. Um so überraschter war er, als am Vormittag des dritten Tages der Monitor aufleuchtete. Samuel S. Brooker blickte ihn an. Der „Unsterbliche" sah sterbenskrank und todmüde aus.

„Ich möchte mit Ihnen sprechen, Mister Truckle. Kommen Sie bitte zu mir. Sie wissen ja, ich verlasse Harlington schon lange kaum mehr."

„Und Sie wissen, daß ich das ‚Nebraska' äußerst ungern verlasse. Außerdem habe ich Angst vor Ihren Hunden. Was wollen Sie?"

„Meinen Sohn, Mister Truckle. Er –"

„Will er Sie wieder umbringen?" warf Timothy ein. Brooker sah ihn verbissen an.

„Mister Truckle, Sie wissen, daß ich Earl nicht gerade liebe, und niemand weiß besser als Sie, warum, aber er ist ... Ich will mich mit Ihnen einigen."

„Ich habe keine Ahnung, wovon Sie überhaupt sprechen", erklärte Timothy.

„Sie haben sich mit der UNITED befaßt. Sie haben Wintrop befragt. Sie haben umfassende Recherchen angestellt –"

„Das ist längst erledigt", unterbrach Timothy, „und ich bin sicher, Ihre Freunde von der NSA haben Sie darüber aufgeklärt."

„Jemand hat Earl ins ‚Nebraska' gelockt", fuhr Brooker fort, „unter dem Vorwand, ihm eine Shopenhower-Sonic zu verkaufen. Sie wohnen im ‚Nebraska', und Sie sind einer der wenigen, die eine Sonic vom Shopenhower besitzen."

„Ich würde mich nie von ihr trennen", erwiderte Timothy, „und schon gar nicht würde ich sie Ihrem Sohn überlassen. Und er würde mich nie besuchen. Mister Brooker, da will jemand uns beide reinlegen und aufeinanderhetzen."

„Haben Sie Erbarmen mit einem alten Mann, der nicht mehr lange zu leben hat“, sagte Brooker, sein Ton war eher drohend als flehend. „Sie müssen mir helfen!“

„Wollen Sie mich engagieren? Soll ich ihn suchen?“

„Wenn es darauf hinausläuft –?“ Brooker sah Timothy prüfend an. „Gut, ich engagiere Sie. Bestimmen Sie Ihr Honorar selbst.“

„Tut mir leid, Mister Brooker, ich habe keine Zeit. Ich suche schon meinen Freund Daniel Shopenhower, das nimmt mich völlig in Anspruch.“

Brooker starrte Timothy einen Augenblick fassungslos an, dann ließ er den Blick sinken. „Ich verstehe“, murmelte er.

„Ja, so ist es“, sagte Timothy.

„Wenn Sie Shopenhower gefunden haben, hätten Sie dann Zeit, Earl zu suchen?“ fragte Brooker lauernd.

„Ich denke, ja.“

„Und Sie würden ihn finden, nicht wahr?“

„Habe ich nicht auch Ihren Mörder entdeckt?“ Timothy lächelte. „Da ist noch ein Problem. Ich kann zur Zeit meine Wohnung nicht verlassen, ohne einen Rattenschwanz von Geheimdienstleuten mit mir herumzuschleppen. Wie soll ich so Ihren Sohn finden?“

„Das regle ich sofort“, versicherte Brooker. „Wann wollen Sie Ihren Freund abholen?“

„Wieso, ist er bei Ihnen?“ fragte Timothy zurück.

„Ja. Sie wissen es vielleicht nicht, Mister Truckle, aber auch ich bin ein Freund von Shopenhower, mehr noch: ein Bewunderer und Mäzen. Ich habe viel für ihn getan in der letzten Zeit.“

„Ich fürchte, zuviel!“ sagte Timothy.

„Ich habe ihm nicht nur ideale Arbeitsmöglichkeiten geboten; als er es nötig hatte, habe ich ihm auch Asyl gewährt. Sie werden es ja selbst sehen, Mister Truckle, Shopenhower ist nicht mehr der alte. Er wollte Übermenschliches erzwingen und hat sich dabei kaputtgemacht. Ich wollte ihn retten, aber –“

„Sie zynisches Schwein“, sagte Timothy leise, laut genug, daß der andere es verstehen konnte. Brooker zuckte mit keiner Miene. Er tat, als habe er es nicht gehört.

„Ich habe ihn vor den Behörden versteckt“, fuhr er fort. „Nach den Gesetzen hätte Shopenhower längst annulliert werden müssen. Wollen Sie ihn wirklich zu sich nehmen? Bei mir ist er sicher."

„Sie werden dafür sorgen, daß er auch bei mir sicher ist!" sagte Timothy. „Das gehört zu meinen Bedingungen."

„Einverstanden. Wann kommen Sie?"

„Mein Freund Smiley Hepburn wird Daniel holen."

„Und Sie kümmern sich um Earl?"

„Sobald ich mich wieder frei bewegen kann."

16.

Brooker mußte die NSA sofort verständigt haben; schon zwanzig Minuten nach ihrem Gespräch leuchtete der Communicator auf. Inger Johnston lachte Timothy an, und sie sah wieder äußerst verführerisch aus.

„Endlich", rief sie. „Wo treibst du dich herum, Tiny? Ich komme sofort."

„Bitte nicht", antwortete Timothy. „Tut mir leid, Inger, aber es geht beim besten Willen nicht. Morgen, ja?"

„Morgen muß ich wieder nach Seabridge", maulte Inger. Timothy überlegte einen Augenblick.

„Was meinst du", fragte er, „gilt die Einladung von Old Bentley noch?" Inger nickte heftig.

„Dann komme ich zu euch, sobald ich kann, spätestens in drei Tagen. Sag mal, hast du mir Rosen geschickt?"

„Ja, gefallen sie dir?"

„Sie hätten mich fast umgebracht", erwiderte Timothy, „aber das erzähle ich dir am Strand."

„Wehe, wenn du mich wieder versetzt, Tiny!" Inger verabschiedete sich mit einem Kußmund.

Die Wachen waren verschwunden, und Timothy konnte sich davon überzeugen, daß er offensichtlich nicht beschattet wurde, als er in die „Stardust"-Bar fuhr und anschließend durch die Geschäftsetage bummelte. Er rief von einer öffentlichen Sprechstelle bei Smiley und Doc an, dann buchte er zwei Plätze in der Weihnachts-Show, die nachmittags im „Kristall"-Saal lief. Phil Coats war begeistert, als Timothy ihn einlud.

Timothy wartete, bis Schneewittchen von den sieben Zwergen entdeckt wurde, dann schlich er sich aus dem Saal. Niemand beachtete ihn.

Brooker blickte ihn verständnislos an, offensichtlich hatte Timothy die Suggestal-Dosis reichlich bemessen; um so besser. Er befahl Brooker auf den Flur und beseitigte alle Spuren, dann brachte er ihn in die Toilette, setzte ihn in eine Kabine nahe dem Ausgang und drückte ihm das Sprechfunkgerät in die Hand. „Hör zu, Earl", sagte Timothy. „Du wartest hier, bis man dir sagt, du sollst aufstehen und hinausgehen. Du wartest unbedingt, verstanden? Dann gehst du zum Lift und fährst zu deinem Helicopter. Und du wirst alles vergessen haben. Alles!"

Niemand folgte ihm, als er zum Flugdeck hinauffuhr. Timothy nahm erst den dritten Aerobus, am „Texas" stieg er in ein Taxi um. Doc traf kurz nach ihm in Smileys Büro ein. Doc sollte entscheiden, ob sie Daniel in einer Klinik unterbringen konnten oder ob sie ihn so schnell wie möglich in den UNDERGROUND bringen mußten.

Timothy hätte Daniel nicht wiedererkannt, wenn er ihm auf der Straße begegnet wäre: ein tappriger Greis, dem der Speichel aus den Mundwinkeln floß, ein ausgemergeltes Wrack mit roten Augen, fahler Haut und fahlen Haaren. Daniel zuckte und zitterte unentwegt, seine Arme preßten ein eigentümliches Gebilde aus Metallrohren an die Brust.

„Erkennst du mich, Daniel?" fragte Timothy. Er konnte sich der Tränen nicht erwehren.

Shopenhower blickte ihn an, man sah, wie er sich quälte, plötzlich huschte ein schwaches Leuchten über sein Gesicht. „Tiny?" Timothy umarmte ihn, küßte ihn auf die Wange; Shopenhower verkrampfte sich sofort.

„Was hast du da mitgebracht, Daniel?"

„Das ist sein letztes Werk", antwortete Smiley. „Ich glaube, Brooker wollte ihm nicht mal das lassen. – Du sollst Brooker anrufen, sobald sein Sohn wieder zu Hause ist. Er möchte dir gerne seine Dankbarkeit beweisen."

„Das kann ich mir vorstellen", knurrte Timothy.

„Du solltest ihn anrufen", meinte Smiley. „Er sagte, es sei auch für Shopenhower wichtig. Es ginge um Leben und Tod."

„Ich werde erst mal zu Hause anrufen", erwiderte Timothy.

„Willst du das nicht lieber von einem öffentlichen Apparat tun, Tiny? Ich fürchte –"

„Macht nichts", antwortete Timothy. „Mein Apparat wird bestimmt auch abgehört. Von jetzt an kann ich mit Sicherheit keinen Schritt mehr tun, ohne –"

„Mit Sicherheit immer!" sagte Smiley feixend.

Timothy ließ sich mit Napoleon verbinden und fragte, ob Grandma endlich das Honorar überwiesen und ob Inger angerufen hätte.

„Weder – noch, Sir", antwortete Napoleon.

„Wenn Inger sich meldet, sag ihr, daß ich übermorgen in Winnemucca eintreffe; sie soll mich abholen." Timothy legte auf.

Winnemucca war das Stichwort. Jetzt würde Napoleon über den Umweg der Geheimetage Earl Brooker den Befehl erteilen, die Toilette zu verlassen und zum Flugdeck zu fahren. Hoffentlich funktionierte die hypnopädische Blockade! Timothy sah auf die Uhr. In spätestens anderthalb Stunden mußte Brooker in Harlington eintreffen. Er ging ins Nebenzimmer. Doc verabreichte Daniel gerade eine Injektion.

„Können wir ihn jetzt wegschaffen?" erkundigte sich Timothy.

„Unmöglich. Ein paar Stunden muß er still liegen. Ich konnte ihn nicht richtig untersuchen – er will die Sonic keine Sekunde aus den Armen lassen, aber soviel ist sicher: Wir müssen ihn nach UNTEN schaffen. Heute noch."

„Gut, benachrichtige den Großen Bruder", sagte Timothy, „er weiß Bescheid."

„Ich muß hierbleiben", erklärte Doc.

Es dauerte lange, bis Timothy den Großen Bruder erreichte. Danach rief er gleich bei Smiley an und informierte Doc, daß ein Wagen der PUBLIC HEALTHFARE sie in etwa zwei Stunden abholen würde. Doc war zufrieden. Er schaltete auf Totale, damit Timothy sehen konnte, daß Daniel ruhig auf der Couch lag; er zitterte nicht mehr, aber seine Arme umklammerten selbst im Schlaf die Sonic, dann trat Smiley ins Zimmer, winkte in die Kamera, schwenkte eine Kanne, er hatte offensichtlich Kaffee gekocht.

„Eben brachten die Nachrichten, daß Earl Brooker wieder zu Hause ist", sagte er. „Vergiß nicht, in Harlington anzurufen, vielleicht ist es wichtig für deinen Freund."

„Schon gut", sagte Timothy, „mach' ich gleich. Bleibt solange am Apparat."

Er wählte Harlington an, ohne sein Bild zu senden. Er fürchtete, seine Miene würde ihn verraten. Die Brookers saßen einträchtig nebeneinander. Sie schienen auf seinen Anruf gewartet zu haben.

„Mister Truckle?“ fragte Samuel S. Brooker. „Ich kann Sie nicht sehen.“

„Der Bildgeber ist gestört“, antwortete Timothy. „Sie wollten mich sprechen?“

„Ich wollte mich bei Ihnen bedanken. Ich bin begeistert! Daß Sie so schnell Erfolg hatten –“

„Ich habe nichts damit zu tun“, erklärte Timothy. „Ich bin ganz mit meinem Freund beschäftigt, er ist ja in einem entsetzlichen Zustand.“

„Aber er ist bei Ihnen im ‚Nebraska‘ eingetroffen?“

Timothy überlegte kurz. „Nicht im ‚Nebraska‘“, sagte er. „Er ist kaum transportfähig. Ich warte auf einen Krankenwagen.“

„Aber er ist bei Ihnen? Haben Sie sich seine letzte Sonic einmal angesehen, Mister Truckle?“

„Ich hoffe, daß es nicht seine letzte ist“, erwiderte Timothy grimmig.

„Fassen Sie sie einmal an“, forderte Brooker. „Spüren Sie die bezaubernde Kraft, die von ihr ausgeht? Sie müssen sie fest anpacken!“

„Was soll das?“ fragte Timothy.

„Spüren Sie es? Hören Sie es jetzt?“

„Ja“, sagte Timothy unwillig, „und?“

„Dann wünsche ich Ihnen und Ihrem Freund eine gute Reise!“ Brooker nickte seinem Sohn zu, der reichte ihm mit diabolischem Grinsen ein Manual.

Timothy schaltete in Smileys Büro um. „Smiley, Doc!“ schrie er. „Raus, verschwindet!“

Zu spät. Ein sengender Funke schlug aus dem Metallgebilde, das Daniel an die Brust preßte, breitete sich fast quälend langsam aus, wuchs zu einer weißen, zuckenden Kugel, die alles in sich hineinzureißen schien, dann erlosch das Bild.

Drei Minuten der Ewigkeit

1.

Die Hiobsbotschaft erreichte Timothy im Penthaus.

Als Napoleon sich über das Sprechfunkgerät meldete, bastelte Timothy gerade am „Monofly", und er war sehr mit sich zufrieden; die Fernsteuerung funktionierte, nun mußte er nur noch die Bombe in das Gerät montieren.

Timothy hatte nicht lange gebraucht, bis er eine Idee fand, wie er die Brookers zur Hölle schicken konnte. In ihrem Schloß in Harlington waren sie unangreifbar, aber die beiden würden todsicher zum Weihnachtsempfang der Regierung ins „Carlton-Hotel" kommen, und da konnte er ihren Helicopter, noch dazu von einem sicheren Platz aus, mit seiner fliegenden Bombe in die Luft jagen. Er hatte es ihnen sogar angekündigt. Nicht seinen Plan, versteht sich, aber daß der Mord an Daniel, Smiley und Doc nicht ungestraft bleiben würde.

Es erfüllte Timothy noch heute mit tiefer Befriedigung, wie entsetzt Samuel S. Brooker ihn angestarrt hatte, als er, zwei Tage nach dem Attentat, auf dem Bildschirm erschien. Timothy hatte die Haut elfenbeinfarben getönt, die Haare lichtblau mit silbernen Spitzen; seinen durch einen Spiegeltrick nahezu durchsichtigen Oberkörper zierte eine goldene Kette mit Kruzifix, und um seinen Kopf strahlte ein Heiligenschein. – In den Recherchen zu den Mutanten hatte gestanden, daß der alte Brooker unlängst zu den strenggläubigen „Heiligen der allerletzten Tage" konvertiert war.

„Tr-truckle!" stotterte Brooker fassungslos. „Wo, wo – von wo –?"

„Aus dem Jenseits", antwortete Timothy. Seine Stimme hallte dröhnend mit mehreren abgestuften Echos, „um dir zu verkünden, daß deine Tage gezählt sind, Samuel Brooker. Der Countdown läuft schon. Der Teufel wird dich holen, und du wirst für deine Sünden ewig im Fegefeuer schmoren."

Dann war Timothy untergetaucht. Er verkniff es sich sogar,

in die „Stardust“-Bar zu fahren, er wollte bis Weihnachten von niemandem gesehen werden. Kurz vor Tagesanbruch, als seine Etage und der Trakt der Lastenfahrstühle verwaist dalagen, belud er den „Monofly“ mit Containern und Taschen und schwebte in das Penthaus. Eine geradezu ideale Ausgangsbasis für seinen Rachefeldzug. Selbst wenn Brooker nicht an eine Geistererscheinung oder einen Traum glaubte, hier würde er Timothy nie suchen lassen, und Grandma dachte offensichtlich nicht daran, daß sie das Penthaus bis Ende Januar gemietet hatte. Von der Plattform konnte die Bombe am 25. Dezember ungestört starten.

Seit zwei Tagen hockte Timothy nun hier, und er fand keine schwache Stelle mehr in seinem Plan. Er wußte Anflugzeit und Luftkorridor für die Maschine der Brookers, und er hatte ein Zimmer gegenüber dem „Carlton“ gemietet, das er am Heiligabend aufsuchen und von dem aus er den „Monofly“ dirigieren würde. Er bedauerte nur, daß er keine Nihilationsbombe besaß; es wäre ihm ein Vergnügen gewesen, die ganze im „Carlton“ versammelte Bande in die Luft zu jagen.

„Sir“, sagte Napoleon, „ich habe eine Nachricht, die Sie betrifft, eine Meldung aus der ‚Tagesschau‘. Ich denke, es ist am besten, wenn ich Ihnen den Wortlaut durchgebe.“

„Gleich“, erwiderte Timothy, „ich will mich nur hinsetzen und einen Whisky einschenken.“

Es war gut, daß er saß; die Nachricht hätte auch einen Stärkeren umgehauen.

„Und nun die Meldung des Tages“, hörte Timothy den Nachrichtensprecher, „vor mir sitzt William Josefson, der Spielleiter von GAME-GAME*, dem Ereignis des Jahres. Heute, Mister Josefson, sind die Würfel gefallen. Wer wurde ausgelost?“

„Der Name des Wildes ist eine echte Sensation“, sagte Josefson, „und er verspricht eine aufregende Jagd. Selbst die verwöhntesten Freunde dieses absoluten Top-Super-Spektakulums werden voll auf ihre Kosten kommen. Es ist niemand anderes als – Timothy Truckle aus Chicago! Timothy Truckle zählt zu den bekanntesten und erfolgreichsten Privatdetektiven der Staaten, ist also ein hartgesottener Profi. Ich bin sicher,

* Game = Wild, aber auch Spiel (Scherz); Gamekeeper = Wildhüter, hier auch Spielleiter.

daß er sich auf das Spiel vorbereitet hat wie noch nie ein Wild vor ihm, andererseits geht er mit einem starken Handicap in das tödliche Rennen: Truckle ist von außergewöhnlich kleiner Statur, man darf wohl sagen, er ist einer der ganz wenigen Zwerge unseres Landes. Ich denke, wir werden eine Jagd erleben wie nie zuvor."

„Das ist wirklich eine Sensation", erklärte der Sprecher, „zumal die Bewerbung von Timothy Truckle bis zum letzten Augenblick geheim geblieben war. Und hier ist er: zuerst das Porträt – die Profilaufnahme – in ganzer Figur – seine Identicatnummer. Wie in jedem Jahr bringen die Videogesellschaften wieder ein gemeinschaftliches Sonderprogramm über GAME-GAME, und heute, in der Stunde vor Mitternacht, unmittelbar vor Beginn der Jagd, senden wir eine ausführliche Personenbeschreibung zum Mitschneiden für alle, die sich an GAME-GAME beteiligen wollen, dazu ein Interview mit dem Wild und die Vorstellung der Jäger. Wetten werden ab achtzehn Uhr entgegengenommen. Welche Chancen räumen Sie als Gamekeeper den Spielern ein, Mister Josefson?"

„Die Vorgabequote der Wettleitung beträgt eins zu hundert gegen das Wild; ich selbst halte jedoch Timothy Truckle, ungeachtet seines Handicaps, für das beste Wild, das wir je hatten; ich räume ihm eine Chance von fünfzig zu fünfzig ein."

2.

Timothy brauchte eine Weile, bis er sich von dem Schock erholte. Er schnaufte wütend. Es wäre entschieden klüger gewesen, sich nicht zu verstecken. Gewiß, die Brookers hätten ein Mordkommando auf ihn ansetzen können – sogar mehrere! Denen hätte er leichter entkommen können als dieser Jagd. Wahrlich, eine teuflische Idee, geradezu genial in ihrer Perfidität. – Wer war da auf den Gedanken gekommen, daß ja der 21. Dezember vor der Tür stand und daß niemand intensiver gesucht wurde als das Wild in diesem „Spiel"? GAME-GAME war die perfekteste Menschenjagd, die die Welt je gesehen hatte.

Das ganze Land würde Jagd auf Timothy Truckle machen, schließlich ging es um zehn Millionen Dollar! Es gab kein Ereignis, das mehr Menschen in seinen Bann zog, die Videogesellschaften verzeichneten sagenhafte Einschaltquoten, das Wild wurde über Nacht so populär wie kein Mensch sonst, ein Überlebender würde jede Präsidentschaftswahl gewinnen, nur, noch hatte niemand überlebt. Doch, vor vier oder fünf Jahren: ein Offizier der Rangers, ein Ausbilder der Spezialschule von Fort Bragg, ein durchtrainierter Profikiller; er hatte über ein Dutzend Jäger abgeschossen, die beiden letzten erst wenige Sekunden vor Ablauf der Jagd, am Eingang zum Capitol, dann aber war er, nur Wochen später, bei einem Überfall auf sein gerade erworbenes Landhaus ermordet worden.

Von jetzt an, dachte Timothy, kennt jedes Kind in den Staaten dein Gesicht; morgen früh trägt jedermann Bilder von dir mit sich herum, weiß deine Identicatnummer auswendig, hofft, sich an dem Kopfgeld beteiligen zu können. Timothy lachte bitter! Fünfzig zu fünfzig, eins zu hundert? Er hatte nicht einmal eine Chance von eins zu einer Million, die nächsten zehn Tage zu überleben. Geschweige denn die zehn Millionen zu kassieren, die das Wild bekam, wenn es tatsächlich das Capitol in Washington erreichte, sobald die Glocken das neue Jahr einläuteten.

Normalerweise bewarb man sich Jahre im voraus und erfuhr im Januar, daß man in der Auswahl stand, konnte sich fast ein Jahr lang auf die mörderische Jagd vorbereiten, konnte ein paar Tage vor der Auslosung ein sicheres Versteck beziehen, von dem aus man den sorgsam geplanten und vorbereiteten Weg durch die Staaten antrat; das Wild mußte in mindestens fünf Bundesstaaten auftauchen und täglich ein möglichst spektakuläres Lebenszeichen geben. Die Jagdkommandos wurden von Kamerateams begleitet. Alle Videogesellschaften berichteten während der „Ten Hunting Days“ ausführlich über GAME-GAME, buchstäblich das ganze Land nahm an der Hatz teil, jeder hoffte, das Wild zu sichten und seine Spur an die Jäger verkaufen oder gar das Wild einfangen und meistbietend versteigern zu können. Oder seine Leiche.

Timothy machte sich keine Illusionen: Wo immer er auftauchte, es würde sein Ende sein. Ein Zwerg war, weiß der Himmel, nicht zu übersehen. Er blickte auf die Uhr. Noch neun Stunden bis Mitternacht.

Er ließ den Stuhl in Liegestellung fahren, verschränkte die Hände unter dem Kopf und brachte sich mit Psychotraining zur Ruhe.

Ein Dementi war sinnlos.

Auf schnellstem Weg in den UNDERGROUND!

Sofort den Großen Bruder informieren, daß man ihn hier abholen sollte; noch wußte niemand, wo er steckte.

Auch der Große Bruder nicht!

Es wäre Wahnsinn, jetzt in die Wohnung zu fahren, aber Napoleon konnte eine verschlüsselte Nachricht absetzen: „Hank und Phil wissen, wo Ihr mich findet." Sollten sie ruhig seinen Communicator überwachen, das konnte niemand entschlüsseln.

Timothy angelte sich das Sprechfunkgerät, rief, rief noch einmal, ein drittes Mal – Napoleon meldete sich nicht. Timothy prüfte das Gerät; es war intakt. Er überlegte fieberhaft, blickte zum Communicator. Wurden Hausgespräche auch registriert? Er mußte es riskieren. Er mußte wissen, was los war. Es dauerte eine Weile, bis die Etagenwache sich meldete.

„Hier ist Wilson", sagte Timothy mit verstellter Stimme. „Was ist denn da los auf dem Flur? Ich traue mich gar nicht 'raus."

„Keine Sorge, Sir!" antwortete der Safeman. „Irgendwelche Explosionen in der Wohnung von Mister Truckle; Sie haben sicher gehört, daß er –"

„Ja", sagte Timothy. „Explosionen?"

„Jemand scheint nicht bis Mitternacht gewartet zu haben. Die Polizei kümmert sich schon darum. Ich meine, so geht das ja nun auch nicht –"

Timothy legte auf. Das konnte nur bedeuten, daß jemand sich an den Geheimschränken oder dem Handwaschbecken im Mausoleum zu schaffen gemacht hatte. Bestimmt kein voreiliger Menschenjäger, sondern die NSA. Und wenn sie sich mit Napoleon befaßten, lösten sie die Doppelnullschaltung aus und löschten ihn. Und er hatte nicht daran gedacht, sich von Napoleon die Notruffrequenzen geben zu lassen! Verdammt, wie sollte er jetzt den Großen Bruder erreichen? Verloren, dachte er, alles verloren. Da hatte er jahrelang Waffen, Warnanlagen, Sender und Spürgeräte aller Art für den Notfall zusammengetragen, in seinen Schränken lag reichlich Geld, ein zweites Identicat, die Polizeifrequenz als Deputy Marshal . . . und nun? Hier im Penthaus besaß er nicht einmal einen Dressomaten, Haarfärbemittel oder Dermacolor. Wozu auch, dachte er bitter. Es gab keine Verkleidung, in der er sich zu einem der Treffpunkte des UNDERGROUND schleichen konnte; jeder kleine Mann, ja jedes Kind würde verdächtigt werden. Höchstens der „Laurin" hätte ihm jetzt helfen können. Vielleicht hätte Napoleon einen Rat gewußt ... Ade, guter alter Napoleon. Friede deinen toten Modulen. Nein, Napoleons Doppel blieb ihm. Wenn er den UNDERGROUND je erreichte! Aber Schneewittchen war verloren. Ein Glück, daß er wenigstens den Däumling bei sich hatte.

Timothy nahm die Sonic und streichelte sie; die zarten Töne beruhigten ihn ein wenig. Zu viele Verluste, dachte er verzweifelt. Anne, Smiley, Doc, Daniel ... Lohnt es sich denn überhaupt noch? Er goß den Rest Whisky in sein Glas. Besaufen, und dann einfach hinausgehen.

Nein. So leicht würde er es ihnen nicht machen. Seine Situation war ziemlich aussichtslos, aber er besaß einen Rayvolver und die Bombe, zumindest konnte er noch ein paar von den Schweinen mitnehmen. Die Brookers. Oder Devlin. Er konnte Devlin anrufen, er sei bereit, für ihn zu arbeiten, wenn Devlin ihn hier herausholte, und ihn dann mit dem Rayvolver in der Hand empfangen. Noch besser: ins NSA-Hauptquartier und Amok laufen. Timothy holte eine neue Flasche. „Queen Anne".

„Ich räche dich, Anne", flüsterte er verbissen. „Dich und die anderen. Ich beiße mich schon irgendwie durch, und dann sollen sie was erleben."

Er stand auf und musterte seine Vorräte. Wasser und Lebensmittel reichten notfalls für zehn Tage; Medikamente waren knapp, noch knapper der Whisky. Er hätte sich in den Hintern beißen können vor Wut, wenn er an die verlorenen Whisky- und Weinvorräte dachte, an die Delikatessen in der Küche ... vorbei, vorbei. Und die Sonnenuntergänge! Warum war er nicht noch einmal in die „Stardust"-Bar gefahren. Wenn er hier nicht lebend herauskam, dann wollte er wenigstens noch einmal den Sonnenuntergang erleben. Den Weg bis zum Fahrstuhl freischießen.

Unsinn. Er hatte ein sicheres Versteck, und er hatte den „Monofly". Er konnte unbemerkt das „Nebraska" verlassen, sobald es dunkel wurde. Wohin?

Wer würde der Versuchung widerstehen, ihn für ein paar Millionen zu verkaufen? Wer würde ihn verstecken, selbst wenn Timothy ihm dafür die ganze Siegprämie versprach? Immerhin riskierte derjenige, mit ihm aufzufliegen und getötet zu werden. Paddington vielleicht. Aber da mußte er quer über die Stadt. Außerdem, wenn die Brookers dahintersteckten, und daran zweifelte Timothy nicht, dann auch die NSA, und dann wurden all seine Bekannten streng überwacht. Und die NSA würde, wenn sich nicht bald eine Spur von ihm fand, das „Nebraska" systematisch durchkämmen! Er mußte so schnell wie möglich hier weg. – Ruhe, Tiny, Ruhe!

Timothy schloß die Augen und spielte mit der Sonic. Er rief sich den Stadtplan von Chicago vor Augen, auf dem er mit Anne einen passenden Einstieg in den UNDERGROUND für die Engel gesucht hatte. Aber wenn er dort nicht erwartet wurde... Es mußte doch möglich sein, irgendwie Kontakt aufzunehmen. Timothy fielen ein halbes Dutzend Leute ein, von denen er annahm, daß sie Brüder waren, aber bei keinem war er sich völlig sicher.

Ob er es schaffte, im Schutz der Dunkelheit zum Centralpark zu fliegen? Dort sangen auch im Winter die Nachtigallen, und eine der Vogelstimmen kam vom Recorder, und mit dem Gesang wurde in modulierten Frequenzen eine Nummer mitgeteilt, unter der man Kontakt mit dem UNDERGROUND aufnehmen konnte. Und dann den Communicator des Penthauses benutzen? Immerhin, ein vertretbares Risiko.

Timothy wurde ruhiger. Und jetzt fiel ihm auch die Smogkontrolle ein. Der UNDERGROUND, das hatte Anne ihm einmal erzählt, benutzte gelegentlich die Peilgeräte der automatischen Smogkontrolle zur Nachrichtenübermittelung. Mit dem „Monofly" konnte er heute nacht eines der Geräte anfliegen und einen Hilferuf morsen. Timothy klatschte zufrieden in die Hände. „Na also", sagte er. „Nur nicht kopflos werden."

3.

Sobald die Dämmerung einsetzte, ging er hinaus auf die Plattform, kauerte sich hinter der Brüstung auf den Boden und suchte die Fassade ab. Etwa hundert Meter über seinem Standort entdeckte er etwas, das ein Smogüberwachungsgerät sein konnte. Timothy montierte das Nachtsichtgerät vom „Monofly" ab. Neben einem vergitterten Ausstieg war ein Kasten mit einem Doppelauge in die Platten eingelassen. Timothy wartete über eine halbe Stunde; beide Linsen blieben tot. Dann fluchte er laut und stellte von Lichtverstärkung auf Infrarot. Jetzt sah er einen unmodulierten Strahl, der hinüber zum Sears Tower ging, und nachdem er das Nachtsichtgerät auf die Brüstung gelegt hatte, entdeckte er einen Strahl, der vom Sears Tower weiter stadteinwärts lief.

Er huschte ins Haus und machte den „Monofly“ startklar. Hier drinnen war es trotz der riesigen Glaswände schon recht dunkel. Timothy setzte sich in eine der Toiletten, um seine Nachricht ins Morsealphabet zu übertragen; er schrieb die Zeichen vorsichtshalber auf beide Handrücken.

Am liebsten wäre er sofort hochgeflogen, aber es war noch zu hell. Und entschieden zuviel Betrieb in der Luft. Er durfte nicht riskieren, daß er aus einer vorbeifliegenden Maschine entdeckt wurde. Er aß zwei Scheiben Brot und etwas Käse, eine Tomate und eine Apfelsine, trank dazu ein Glas Wasser mit einem Spritzer Whisky, dann legte er sich in einen Stuhl und stellte den Wecker an seinem Armband auf zehn Uhr.

Es war eine mondhelle Nacht, aber die Wand lag noch im Schatten. Timothy sollte es recht sein. Er beglückwünschte sich einmal mehr, daß er damals mit Inger nach Seabridge geflogen war. Er hatte die Atemmaske aufgesetzt, falls er in einen Schwall verseuchter Luft geraten würde.

Hoffentlich nutzte der UNDERGROUND auch heute nacht den Peilstrahl. Notfalls konnte er es morgen noch einmal versuchen; der Aufstieg war wahrlich nicht schwer. Timothy stellte die Staudüsen so ein, daß er – zwischen dem nächtlichen Aufwind und dem Druck der Düsen eingeklemmt – in knapp zwei Metern Abstand geradenwegs an der Wand des „Nebraska“ hochtrieb. Nur einmal steuerte er die Nische zwischen dem Hauptgebäude und dem südöstlichen Pfeiler des Hauses an und wartete, bis ein Taxi, das einen Bogen um seine Ecke zog, wieder verschwunden war. Bevor er weiterflog, warf er einen Blick über die Stadt. Begeisterung erfaßte ihn. Und Wehmut. Würde er diesen Anblick je wieder genießen dürfen?

Der Winter hatte den Smog weitgehend vertrieben; nur dünne Schichten, die wie helleuchtende Filigranschleier wirkten, lagen über der Unterstadt, und aus ihnen ragten die Hochhäuser und Skyscraper mit ihren Millionen von Lichtern in den sternklaren Himmel.

Ein Windstoß preßte ihn in die Ecke; Timothy hatte Mühe, ihn auszusteuern. Purer Wahnsinn, jetzt den Anblick des nächtlichen Chicagos genießen zu wollen! Er saß hier nicht hinter den schützenden Fenstern der Bar.

Timothy flog wieder hinüber zur Wand, geriet in einen gleichmäßigen Aufwind, ließ sich hochtreiben; dort war der Ausstieg! Er streckte die linke Hand aus, um sich am Gitter festzuhalten, da sackte er ab.

Ein Unterdruckwirbel riß ihn fort, schleuderte ihn gegen die Wand, einmal, zweimal, die Haut zerfetzte an den schartigen Platten, Timothy schrie laut auf, ein stechender Schmerz fuhr durch seinen linken Fuß, den er unwillkürlich ausgestreckt hatte, um sich von der Wand abzufedern, er kam ins Trudeln, stürzte kopfüber nach unten, die Plattform des Penthauses raste auf ihn zu; Timothy versuchte verzweifelt, den „Monofly“ wieder unter Kontrolle zu bekommen, drückte mit beiden Händen die Steuerdüsen durch, wurde in jähem Bogen zur Seite gerissen, kreiselte, schlug rücklings auf, etwas zerbrach lautkrachend, er wurde wieder hochgeschleudert, bekam mit letzter Kraft die Brüstung zu fassen, klammerte sich mit beiden Händen an, preßte die Augen zusammen, schlug die Zähne in die Unterlippe, um der Schmerzen in seinem Bein Herr zu werden. Nur nicht abstürzen. Unter ihm lagen fast tausend Meter. An der rechten Sohle spürte er einen Druck, er stemmte die Fußspitze fest auf, holte ein paarmal tief Luft, dann machte er langsam die Augen auf.

Er hing an der Innenseite der Brüstung! Er mußte nur aufstehen!

Timothy löste sich aus dem Gerät und ließ sich zu Boden gleiten. Tastete seine Knochen ab, bewegte die Gelenke. Gott sei Dank, nichts gebrochen, nichts ausgekugelt.

Aber der „Monofly“, das sah er auch in dem spärlichen Licht, war hinüber: ein wüster Haufen verbeulter, verbogener, geborstener Teile. Er war im Penthaus gefangen.

4.

Kurz nach elf saß Timothy vor dem Videomaten.

Er hatte Schmerzblocker genommen, das Bein gewaschen, die Schürfwunden mit einem Hemdfetzen notdürftig verbunden, den Fuß fest gewickelt, hatte unentwegt fluchend die Überreste des „Monofly“ in das Penthaus gezogen und dann den Videomaten, soweit es nur möglich war, nach hinten gezerrt und den Bildschirm gegen das Fenster gedreht.

Er schaltete gerade ein, als das Interview mit ihm begann. Timothy verfolgte es aufmerksam und zunehmend amüsiert, ein paarmal lachte er laut. Er mußte zugeben, daß die Sendung ausgezeichnet gemacht war, vor allem wenn man die Kürze der Zeit berücksichtigte; sie wirkte absolut echt, wenn man einmal davon absah, daß Interviewer und Interviewter nie zusammen im Bild waren, und wenn man nicht beachtete, daß ein Unbekannter das „Gespräch“ führte, während sich sonst die Starjournalisten um solch einen Leckerbissen schlugen. Seine Antworten klangen echt, spontan, ungestellt. Wer genau hinhörte, merkte natürlich, daß es Floskeln waren, die überallhin paßten, und daß von GAME-GAME nur in den Fragen die Rede war, aber bestimmt würde kein Uneingeweihter auf die Idee kommen, daß hier alte Antworten mit neuen Fragen zusammengeschnitten worden waren.

„Was glauben Sie, Mister Truckle“, schloß der Interviewer, „rechnen Sie sich wirklich eine reale Chance aus?“

„Selbstverständlich. Ich habe ganz andere Probleme gelöst. Erinnern Sie sich nur an die verschwundenen Eisberge!“

Da wußte Timothy, woher seine Antworten stammten: aus einem Interview, das er vor drei Jahren der ICC gegeben hatte.

Dann wurden die Jäger vorgestellt. Timothy drehte den Ton ab. Er hatte noch genug Zeit, sich anzusehen, wer die Lizenz für seine Ermordung bekommen hatte; er mußte jetzt nachdenken, welche Chancen er wirklich besaß. Er stellte erst wieder laut, als sein Bild erneut auf dem Monitor erschien.

„Wo mag Timothy Truckle jetzt sein?“ sagte der Sprecher. „In wenigen Minuten beginnt die Jagd. Er hatte uns versprochen, sich kurz vor Mitternacht noch einmal zu melden, aber wird er die Nerven dazu haben? Die ihn persönlich kennen, meinen: ja. Sie halten ihn für einen der kaltblütigsten und intelligentesten Burschen der Staaten. Sicher ist nur, daß er nicht in seiner Wohnung sitzt. Im ‚Nebraska‘ kam es heute nachmittag zu einem Zwischenfall: Ein Unbekannter drang in die Wohnung von Timothy Truckle ein und löste mehrere Explosionen aus. Die Polizei vermutet, daß Truckle Fallen für seine Jäger installiert hatte. Wo ist er jetzt? Vielleicht sitzt er irgendwo und sieht uns zu. Vor drei Tagen hat Truckle für heute nacht einen Flug nach Winnemucca in Nevada gebucht. Eine falsche Fährte oder ein Doppeltrick? Eines der Jagdkommandos jedenfalls hat sich nach Winnemucca begeben. Wir schalten um. Winnemucca bitte melden –"

Du müßtest mitmischen, dachte Timothy, falsche Fährten legen. Wenn du nirgends zu finden bist, wirst du überall gesucht, und hier im „Nebraska" zuerst. Du müßtest es wie die Raupe des Kaiseratlas machen, wenn sie sich einpuppt: Attrappen produzieren, Scheinziele anbieten, je mehr, desto besser. Wenn man sich nicht unsichtbar machen kann, muß man an tausend Orten zugleich zu sehen sein.

Er öffnete die Rückwand des Communicators, stellte die Taschenlampe so auf, daß ihr Schein nur in das Gehäuse leuchtete, setzte sich, starrte in den Apparat, schloß die Augen, starrte erneut, versuchte, sein Gedächtnis zu mobilisieren. Was hatten Hank und Phil getan, als sie den Communicator an die Geheimleitung zur NSA-Etage anschlossen? Langsam kam das Bild aus seiner Erinnerung: dort eine C-4-Brücke, dort das Relais umgepolt, dort ein Anodul ... Hoffentlich hatte er passendes Material. Er fand es im Mikrowellengrill und in der Klimaanlage. Nun, Fleisch, das verderben konnte, hatte er ohnehin nicht, und erfrieren würde er auch nicht so schnell.

Dann lag er wieder im Stuhl und betrachtete das Ergebnis. Ja, so mußte es gewesen sein. Damals jedoch hatten sie nur die Leitungen benutzt, hatten sie unten ausgekoppelt und kurzgeschlossen; er aber wollte versuchen, auf diese Weise einen Weg nach draußen zu finden. Hoffentlich war die Anlage in der NSA-Etage nicht blockiert, sondern ruhte nur.

Timothy schaltete das Gerät ein. Der Bildschirm leuchtete auf, das Bereitschaftslicht; der Communicator war also noch in Ordnung. Die Feldprüfung zeigte eine Ruhespannung an. Timothy testete die Einstiegsnummern durch: Hausnetz, Stadtnetz, Staatsnetz, Bundesnetz, Zentrale, Defektdienst, Notruf – der Monitor schwieg. Das Gerät lief offensichtlich nicht mehr über die Zentrale des „Nebraska". Er zögerte lange, bis er weitermachte.

Ein Königreich für einen Anfang. Wenn er nur irgendwo einen Einstieg in die Nomenklatur fand, würde er auch weiterkommen. Immer wieder versuchte er es, ließ die Impulse laufen, einen Weg suchen, stundenlang. Geduld, Geduld und nochmals Geduld. Draußen begann es schon zu dämmern, als plötzlich eine Schrift über den Bildschirm lief.

++ hq-nachtkantine + geben sie zimmernummer und dienstnummer ein, bevor sie die speisen wählen +++

Timothy holte tief Luft. Dann jubelte er laut. Er hatte einen Anfang. Und wenn er sich nicht irrte, saß er im Netz der NSA. Sogar im Hauptquartier. Er unterstrich die Ziffernfolge, mit der er Erfolg gehabt hatte, schaltete das Gerät aus und genehmigte sich einen kleinen Whisky. Er überlegte kurz, dann wußte er, an welcher Stelle er die Fangabwehrschaltung einbauen mußte. Wenn seine Aktivitäten jetzt zurückverfolgt wurden, mußte die Spur am vorgeschalteten Transfermodul in der Geheimetage enden. Hoffentlich. Zumindest würde die Verbindung sofort unterbrochen, das mußte vorerst reichen.

Timothy variierte die Ziffernfolge der Kantine, ein paarmal bekam er ein Freizeichen; er erreichte also irgendwelche Apparate, aber er brauchte eine zweite Verbindung, um kombinieren zu können. Er begann die vorletzte Zifferngruppe zu ändern, bei der neunten Variante erhielt er wieder ein Schriftbild: eine Bestellung an den Staatlichen Trinkwasserfonds. Weiter! Eine Mitteilung an CHALLENGERS Delikatessendienst:

++ bitte beachten sie, daß weihnachten dieses jahr auf ein wochenende fällt, wir erwarten, daß die gratifikationsputen deshalb schon am 24. dezember ausgeliefert werden +++

Dann folgte eine Adressenliste. Eine halbe Stunde später wußte Timothy die Nummer des NSA-Fahndungscomputers, doch das nutzte ihm wenig; um den zu befragen, hätte er nicht nur eine zugelassene Personennummer und das dazu gehörende Password kennen müssen, sondern auch noch den Tagescode. Aber nun konnte er systematisch weitersuchen, und bald hatte er die Auskunftsdatei der Communic-Zentrale und damit die Einstiegsnummern in alle Netze.

Jetzt konnte er sprechen, mit wem er wollte, jede Fangschaltung würde in der Zentrale des NSA-Hauptquartiers enden, die mehrfach abgesichert war. Und wenn jemand meldete, daß Timothy Truckle ausgerechnet über das Netz des Geheimdienstes angerufen hatte, würde man ihm glauben? Würde man nicht eher an eine Trickschaltung über das Hauptpostamt denken? Und um ihn im NSA-Netz zu suchen, mußte man erst einmal eine zweite Verbindung haben, er aber wäre längst gewarnt. Die Hauptgefahr lag wohl darin, daß jemand zufällig innerhalb des Netzes in sein Gespräch geriet. Timothy schaltete sofort den Bildgeber aus. Dann das ganze Gerät.

Er spürte plötzlich, wie erschöpft er war. Er humpelte an die Tür zur Plattform. Die Sonne ging gerade über der Dunstschicht auf, färbte sie rosa, dann rot, verwandelte die Skyscraper in einseitig glühende Nadeln. Timothy reckte sich, sog die kühle Luft ein, wartete, bis die Sonne in eine Wolkenwand tauchte, die von Süden heraufwuchs, dann legte er sich hin. Er war im Nu eingeschlafen.

5.

Timothy mußte sich erst zurechtfinden, als er erwachte. Er schleppte sich in die Küche. Das Bein schmerzte entsetzlich, die Schürfwunden noch mehr als der Fuß, doch er nahm nur einen Schmerzblocker. Er mußte unbedingt haushalten mit den wenigen Medikamenten. Während er Kaffee trank, legte er sich einen Schlachtplan zurecht: Möglichkeiten, Chancen, Prioritäten. Napoleon fehlte ihm sehr.

Er entschloß sich, zuerst in Seabridge anzurufen; vielleicht war das Ganze nur eine Privataktion der Brookers. Abraham Bentley hatte sehr abfällig über die Brookers gesprochen. Glücklicherweise hatte er die Nummer im Gedächtnis. Früher, dachte er, kannten die Leute Dutzende von Nummern und Adressen auswendig, heute verläßt man sich auf seine Automaten und ist nur allzu leicht verlassen.

Inger, so erfuhr er, warte in Winnemucca auf Mister Truckle. Hoffentlich fällt sie nicht dem Jagdkommando in die Hände, dachte Timothy; eine Geisel als Lockvogel würden die gewiß nicht verachten. Er bat, Bentley zu melden, daß Philip Marlowe ihn sprechen möchte. Tatsächlich lockte dieser Name den Alten an den Apparat.

„Marlowe?“ sagte er vergnügt. „Ich kann Sie nicht sehen. Sie rufen wohl aus den Ewigen Jagdgründen an?“

„Fast“, sagte Timothy. „Entschuldigen Sie bitte, Mister Bentley, wenn ich diesen Namen wählte, aber ich habe ein äußerst heikles Problem.“

„Sie brauchen mir nichts zu erklären“, unterbrach Bentley. „Ich habe Ihre Stimme erkannt. Sie sind der kleine Mann, der meine ‚netten Huren‘ verschmähte, nicht wahr?“

„Können Sie mir helfen? Sie wissen doch, was los ist?"

„Sagen wir es so: Wenn Sie an meine Tür klopfen, werde ich Sie nicht abweisen, und der Gast ist mir heilig."

„Könnte Inger mich abholen?"

„Sie sind nicht in Winnemucca?"

„Nein, in meinem Bau."

„Tut mir leid. Inger hat mich auf Knien gebeten", Bentley kicherte, „buchstäblich auf Knien – aber mehr als den Ausflug nach Winnemucca kann ich nicht zulassen, Sie verstehen?"

„Ich verstehe überhaupt nichts, Mister Bentley!"

„Ich weiß ja nicht, was Sie den Brookers getan haben, ich kümmere mich, wie Sie wissen, nicht mehr um so was, aber es hat eine Blitzumfrage unter den ‚Unsterblichen' und eine Mehrheitsentscheidung gegeben. Niemand wird Ihnen helfen, zumindest keiner Ihrer Klienten, Mister Truckle."

Als sein Name fiel, unterbrach Timothy die Verbindung. Also brauchte er auch niemanden sonst um Hilfe zu bitten. Also Punkt zwei: vom „Nebraska" ablenken.

In den nächsten Stunden baute Timothy fleißig Attrappen. Die Auskunftsdatei des Geheimdienstes lieferte die nötigen Rufnummern, und nach etlichen Dutzend vergeblichen Versuchen gelang es Timothy sogar, über die Direktverbindung zwischen dem NSA-Hauptquartier und dem Zentralen Bankcomputer zwei Kontenbewegungen zu manipulieren. Danach hatte er angeblich gestern vormittag bei der Filiale der „Bank of Missouri" in Jefferson zehntausend Dollar in bar abgehoben, und seine Bank bekam den Auftrag, 1632 Dollar an eine Helicopter-Werkstatt in Hearne, einer einsamen Touristenstation in den Laramie Mountains, zu überweisen, deren Communicator-Anschluß Timothy gleichzeitig sperren ließ, weil der Inhaber angeblich mit Zahlungen im Rückstand war. – Man durfte sich doch wohl darauf verlassen, daß die Beamten auf das Bankgeheimnis pfeifen würden, sobald sein Identicat auftauchte. Wenn seine Nummer nicht schon automatisch der NSA gemeldet wurde.

Außerdem würden morgen aus allen Orten mit weniger als zehntausend Einwohnern Meldungen bei der Medikamentenzentrale in Omaha eintreffen, daß unter dem Identicat von Timothy Truckle im Arzneiautomaten Schmerztabletten bezogen worden wären. Timothy war sehr mit sich zufrieden.

„Die moderne Technik ist doch etwas Wunderbares", sagte er. „Ein Computer kann nicht nur Ordnung in ein Chaos bringen, er kann auch Ordnung in ein Chaos verwandeln."

Der Clou aber war eine Mahnung, die morgen Mister Truckle ins Haus flattern würde, er solle die Gebühren für die LOVE YOU-Heiratsvermittlung überweisen. Wenn jemand der Spur nachging, würde er auf eine Anfrage stoßen, die Timothy angeblich vor fünf Wochen gestellt hatte, und die Datei von LOVE YOU würde jetzt auch nahezu tausend Namen von Frauen ausspucken, die Timothy damals bekommen haben sollte, kreuz und quer über die USA verteilte Adressen. Sollte man doch nachforschen, ob er bei einer der Damen Unterschlupf gefunden hatte; wer sich so gut mit dem Geheimdienst stand, daß er eine Pute von CHALLENGERS als Weihnachtsgratifikation erhielt, dem durfte man solch eine Unbill wohl zumuten.

Dann rief Timothy Devlin an. Es war zwar schon reichlich spät geworden, aber an einem Tag wie diesem würde sein „persönlicher Betreuer" wohl Überstunden machen. Devlin zuckte mit keiner Miene. Hatte er auf den Anruf gewartet? Timothy tat, als könne er ihn auch nicht sehen.

„Sind Sie es, Mister Devlin?" rief er, und er legte einen Ton schlecht unterdrückter Verzweiflung in seine Stimme. „Hören Sie mich?"

„Hören kann ich Sie gut, Mister Truckle."

„Bitte versuchen Sie keine Fangschaltung", bat Timothy, „dann bricht das Gespräch sofort zusammen, Sie verstehen? Ich gebe auf. Sie können Timothy Truckle haben. Mit Haut und Haaren. Sind Sie noch interessiert?"

„Ja. Obwohl Sie es sich etwas früher hätten überlegen sollen; Ihr Preis ist inzwischen mächtig gesunken."

„Finden Sie zehn Millionen wenig?" erwiderte Timothy mit gequälter Stimme.

„Meine Bedingungen sind heute nicht mehr so günstig –"

„Ich verlange nur, daß Sie meinen Kopf retten. Und wenn Sie mich Silvester nach Washington bringen, sollen Sie die zehn Millionen bekommen, Sie persönlich. Ist das ein Angebot?"

„Wie erreiche ich Sie?"

„Ich erwarte Sie jeweils um zwölf Uhr auf der Toilette des Zentralflughafens, morgen in Kansas City, übermorgen in Indianapolis und am ersten Weihnachtstag in Pittsburg. Pünktlich auf die Minute. High noon, passend, nicht wahr? Kommen Sie allein! Ich werde Sie eher entdecken als Sie mich, und ich habe den Rayvolver schußbereit in der Hand. Ende."

So, dachte Timothy, das müßte vorerst reichen, um die Meute vom „Nebraska" fernzuhalten. Dann entschloß er sich, noch die Bachstelze anzurufen. Deborrah Johnson fiel das Kinn herunter, als sie Timothys Stimme erkannte; sie starrte verdattert in den Apparat.

„Wollen Sie Schneewittchen noch haben?" fragte Timothy.

„Natürlich will ich das, Ti –"

„Keine Namen", unterbrach Timothy barsch. „Ich kann zur Zeit ja nicht in meine Wohnung, und ich habe Angst, daß jemand dort eindringt und die Sonic mitgehen läßt. Sie können doch jederzeit in mein Appartement."

„Wissen Sie nicht, was passiert ist?"

„Keine Ahnung, Debby. Ich habe nur ein Transportable bei mir, damit kann ich hier die Ortssendungen von Chicago nicht empfangen, und die ICC –" Timothy schwieg betreten. Hoffentlich merkte die Bachstelze den Lapsus nicht.

„Wie kann ich Ihnen helfen?" fragte sie eifrig. „Ich stehe auch jetzt zu Ihnen. Sagen Sie mir, wo ich Sie abholen kann, ich bringe Sie in Sicherheit." Sie lächelte gewinnend, doch ihre Hängebäckchen zuckten verräterisch.

„Danke, Debby! Ich wußte, auf Sie kann ich mich verlassen. Aber im Augenblick fühle ich mich sicherer hier in –" Er tat, als habe er noch im letzten Augenblick den Namen verschluckt. „Ich melde mich, wenn es nötig wird."

„Nicht zu spät, damit ich –" Das Gespräch wurde unterbrochen. Also hat sie doch eine Fangschaltung versucht, dachte Timothy. Ja, das ist wahre Freundschaft.

6.

Der Videosprecher brachte gerade den Nachrichtenüberblick: Empfang beim Präsidenten, ein Flugzeugzusammenstoß über Nevada, Vulkanausbruch in den Laramie Mountains, Banküberfälle in Boston und Milwaukee, Massenmord in Kentucky, Blackout in Ohio ... Timothy blickte verwirrt zur Uhr.

„Nun unsere Sondersendung vom Spiel des Jahres", sagte der Moderator. „Das heutige Lebenszeichen des Wildes kam aus

Jefferson, Missouri. Gestern hat Timothy Truckle hier noch seelenruhig zehntausend Dollar abgehoben, heute nachmittag trat er als einer der sieben Zwerge der Weihnachts-Show in der ‚Concert Hall' auf. Als ein Jagdkommando die Darsteller zur Demaskierung zwang, verschwand er, und während der Verfolgungsjagd blockierte er die Signalanlagen, so daß es zu einem totalen Verkehrschaos kam. Wir schalten um nach Jefferson City."

Also haben sie meine Bankgeschäfte schon geschluckt, dachte Timothy vergnügt. Auch Hearne? Da war doch eben etwas in den Nachrichten gewesen. Er rief bei der ICC an und wurde sofort mit dem Moderator verbunden. „Hier Truckle", erklärte er. „Sie werden verstehen, warum ich Ihnen mein Bild nicht gebe. Ich muß Sie berichtigen: Mein heutiges Lebenszeichen war nicht das Verkehrschaos in Jefferson, sondern der Vulkanausbruch in den Laramie Mountains; ein Bildbericht ist unterwegs zu Ihnen. Ende." Er konnte verfolgen, wie der Moderator verzweifelt versuchte, der Verbindung nachzugehen.

„Sie haben es selbst gehört", sagte der Moderator dann in die Kamera, „Sie haben soeben Timothy Truckle persönlich – und live – vernommen. Wahrlich, ein kaltblütiger Bursche! Neben mir sitzt Mister Stagecake, der Chef des Kommandos vier. Was sagen Sie, Mister Stagecake?"

„Ich halte das für einen Ablenkungsversuch", erklärte Stagecake lächelnd, er machte den Eindruck eines ausgefuchsten Technikers, wahrscheinlich gehörte er zu einer Spezialeinheit der NSA. „Ich bin sicher, daß unser Wild sich noch in Chicago befindet, und hier werden wir es erlegen." Die Kamera zeigte den Jäger in ganzer Figur, Stagecake tätschelte den Hals eines Schäferhundes.

„Hier sehen Sie die Geheimwaffe des Kommandos vier", sagte der Moderator, „eine verblüffende, außergewöhnliche Waffe, fürwahr, aber glauben Sie wirklich, das Wild mit Jagdhunden aufspüren zu können?"

„Nun, es sind die besten Spürhunde der Welt", antwortete Stagecake, „unübertrefflich, sobald sie einmal Witterung aufgenommen haben. Ich habe einen mitgebracht, damit die Chicagoer nicht zu sehr erschrecken, wenn sie ihnen in den Straßen begegnen. Natürlich verfügen wir auch über moderne Technik. Und wir rechnen mit der Hilfe aller Freunde von GAME-GAME. Mir geht es um den Sieg, nicht um das Geld.

Ich bin bereit, ein paar Millionen Dollar für gute Hinweise abzugeben."

Dann wurde die Technik vorgestellt. Es war nichts dabei, was Timothy verblüfft hätte, sonst hätte man es auch kaum in Video vorgestellt; erstaunlich war nur, daß ein Privatmann über ein derartiges Suchmobil verfügen sollte. Da gab es einen Computer, der in der Sekunde tausend Gesichter mit den gespeicherten Bildern des Timothy Truckle vergleichen und angeblich jede Maskierung durchschauen würde, automatische Silhouetten- und Masseanalysatoren, die alle Leute unter einem Meter sechzig herausspürten, auch wenn sie sich mit automatischen Prothesen künstlich vergrößerten; sie waren mit Infrarotwandlern gekoppelt, die nur getäuscht werden konnten, wenn die Prothetikmaske das Wärmestrahlenbild seines zwergenhaften Wuchses verdeckte und das Imago eines Normalwüchsigen aussendete, womit wie Stagecake erklärte, bei einem Wild dieser Qualität allerdings zu rechnen sei. Er rechne auch nicht damit, Truckle mit Stimm-Identicat-Sensoren oder EEG-Identicatoren zu entdecken, die könnten zwar noch eine Stimme aus Zehntausenden und die spezifischen Hirnströme aus Hunderten von Menschen herausfiltern, aber Truckle würde sicher Sprachwandler und Schutzhelm benutzen.

Timothy grunzte verächtlich. Die wußten doch nur zu gut, daß ihn die Nachricht unverhofft getroffen hatte, zu einem Zeitpunkt, da er von seiner Wohnung und damit von allen Hilfsmitteln abgeschnitten war. Aber selbst die NSA durfte nicht über Dutzende solcher Suchmobile verfügen, und er hatte nicht vor, sich draußen herumzutreiben. Während die Jagd im Chaos von Jefferson übertragen wurde, überlegte er, was ihm wirklich gefährlich werden konnte. Solange er nicht in den Bereich eines Suchmobils kam, so gut wie nichts. Er war erst vor kurzem zur Untersuchung gewesen und konnte sicher sein, daß er in keiner Weise markiert war; nirgends in seinem Körper steckte eine Sonde, die nun von außen aktiviert werden konnte, er war auch nicht biotonisch markiert, dazu hatte es bei dieser überstürzten Aktion keine Gelegenheit mehr gegeben; er hatte in den letzten Tagen nichts zu sich genommen, was er nicht schon lange vorher eingekauft hatte. Was, außer den Bildern und den Körperdaten, war überhaupt von ihm gespeichert? Das Stimm-Identicat, seine Gehirnströme, der Hauttonus – und die Urinzusammensetzung! Von der Möglichkeit der automatischen Urinkontrolle in öffentlichen Toiletten hatte Stagecake nicht gesprochen; davon wußte fast niemand etwas. Und sein Herzschrittmacher? Vielleicht war die NSA längst auf die Idee gekommen, alle derartigen Geräte mit einer spezifischen Modulation kennzeichnen zu lassen? Timothy holte aus den Überresten des „Monofly“ Kupfernetz und wickelte es sich um die Brust.

Warum hatten die Hunde seine Spur nicht vom Appartement zum Penthaus verfolgt? Offensichtlich waren sie nicht so unübertrefflich. Halt, er war ja nicht gegangen, er war geschwebt! Sicher ist sicher, dachte Timothy. Er preßte die Zwiebeln und Knoblauchzehen aus, mischte den Saft mit Öl, das er aus dem „Monofly“ und der Klimaanlage zapfte, vergewisserte sich, daß niemand vor der Tür stand, holte den Fahrstuhl, wischte ihn sorgfältig mit der stinkenden Brühe aus und bestrich dann die Tür des Penthauses. Als er zurückkam, schaltete das Video gerade nach Denver, wo Timothy Truckle angeblich soeben gesehen worden war.

Eine erregte Menge raste durch die Straßen. Timothy erkannte an der Perspektive der schnell wechselnden Szenen, daß man die Kameras der Staatlichen Straßenüberwachung auf den Videokanal geschaltet hatte. Plötzlich knäulten sich wild gestikulierende Menschen an einem Punkt zusammen, wichen kurz darauf zurück, ließen einen Platz frei, auf dem eine Gestalt lag; die Kamera zoomte auf nah, so daß man den Toten deutlich sehen konnte: ein kleiner alter Mann mit verzerrtem Gesicht und gebrochenen Augen. Dann wurde umgeschaltet; ein Jäger, deutlich erkennbar an den orangefarbigen und blauen Streifen, die seine Lizenz bekundeten, glotzte in die Kamera. „Das war er nicht“, sagte er lakonisch. Der Spielleiter kam ins Bild. Josefson machte ein betroffenes Gesicht.

„Wir machen eindringlich darauf aufmerksam“, sagte er, „daß nur die lizenzierten Jäger berechtigt sind, das Wild zu jagen. Die Spielleitung fordert alle Freunde von GAME-GAME zu Ruhe und Mäßigung auf, sie bittet aber auch alle Kleinwüchsigen, in den nächsten Tagen die Öffentlichkeit zu meiden, um Verwechslungen auszuschließen.“

„Heute vormittag“, schaltete sich der Moderator ein, „kam es schon einmal zu einem tragischen Zwischenfall: In Chicago wurde ein Liliputaner, der im ‚Nebraska‘ als Liftboy arbeitete, verdächtigt, Timothy Truckle zu sein. Er stürzte bei der Verfolgungsjagd auf die Gleise der Metro und wurde überfahren."

„Diese Schweine!" schrie Timothy. „Diese elenden Schweine!"

Er schaltete das Gerät aus und trat auf die Plattform. Armer Bud. Er starrte lange in den sternenklaren Himmel. Stille Nacht, heilige Nacht, schoß es ihm durch den Sinn. Gott gnade den Zwergen, dachte er verzweifelt. In diesem Jahr würde es keine Cinderella-Shows und Zwergenparaden mehr geben, und die Weihnachtsmänner würden allein durch Straßen und Häuser ziehen müssen; nicht einmal einem Kind konnte man zumuten, sich als Zwerg zu verkleiden, solange die wilde Meute losgelassen war.

Ein fiebriger Schauer lief durch seinen Körper. Seine Stirn war glühend heiß. Timothy schleppte sich ins Bad. Das Bein sah schlimm aus, geschwollen, scharlachrot entzündet, mit großen Blasen und eitrigen Bränden. Er holte die Whiskyflasche, setzte sich in einer Ecke auf den Boden, preßte den Rükken fest gegen die Wand, biß die Zähne zusammen und wusch die Wunden mit Whisky aus. Der Schmerz ließ ihn laut aufschreien. Dann kroch er auf allen vieren hinaus, mühsam wälzte er sich in einen Stuhl.

Niemand braucht dich zu jagen, dachte er noch, du verreckst auch so, dann schwanden ihm die Sinne.

7.

Zweimal wurde er wach, die Sonne stand schon hoch, doch Timothy fühlte sich viel zu schlapp, um aufzustehen, er dämmerte gleich wieder ein. Wilde Träume plagten ihn, er wurde durch nicht enden wollende Straßen gehetzt, stürzte steile Treppen hinunter, Bomben explodierten rundum, aber er wurde nicht getroffen, wütende Menschen jagten hinter ihm her, gepanzerte Festungen, Hunde, Schlangen, riesige Tiger, Schwärme von Vögeln mit gierigen, spitzen Schnäbeln, er fiel ins Bodenlose, immer wieder. Als Timothy zum dritten Mal zu sich kam, nahm er alle Kraft zusammen. Er brauchte Hilfe, einen Arzt. Er glühte und fror, der Mund war ausgedörrt, die Zunge pelzig und dick. Es gelang ihm, den Stuhl zum Tisch zu dirigieren und eine Dose Wasser zu öffnen. Dann fuhr er zum Communicator. Professor Paddington, so erfuhr er von einer teilnahmslosen Automatenstimme, sei über die Feiertage in den Bergen und nicht zu erreichen. Timothy weinte vor Verzweiflung. Damit war seine letzte Hoffnung gestorben.

Plötzlich vernahm er Geräusche. Jemand war in der Diele! Timothy richtete den Rayvolver auf die Tür, wartete schweratmend, nahm den Rayvolver in die linke Hand, ließ den Stuhl zur Wand gleiten und entsicherte mit der rechten Hand die Bombe. Die Tür ging auf. Coats starrte ihn an, nahm langsam die Hände hoch. „Sie, Mister Truckle?“

Timothy rutschte zur Seite, der Rayvolver fiel polternd zu Boden, Coats stürzte hinzu und fing Timothy auf.

„Wasser!“ lallte Timothy. „Die Tabletten, dort –“

Timothy schluckte drei Schmerzblocker, Kreislauftabletten und die beiden letzten Speeds, dann sank er erschöpft zurück. Coats blickte unentschlossen zum Communicator.

„Warten Sie!“ krächzte Timothy. „Ein paar Minuten, bitte, ich flehe Sie an!“

Es dauerte tatsächlich nicht lange, bis die Medikamente wirkten und Timothy die Augen wieder aufschlug. Er ließ den Arm hängen und versuchte, unauffällig den Rayvolver zu angeln.

„Nicht nötig, Mister Truckle“, sagte Coats. „Ich will Ihnen nur helfen; Sie brauchen sofort einen Arzt.“

„Kennen Sie einen, der der Versuchung von zehn Millionen Dollar widerstehen würde?“

Coats überlegte, dann sah er Timothy hilflos an. „Aber ich kann Sie doch unmöglich so hier liegenlassen!“

„Ich brauche nur Verbandzeug und Medikamente. Wollen Sie mir wirklich helfen, obwohl Sie wissen –?“

Coats nickte heftig. Timothy diktierte ihm, was er haben wollte. „Und eine Flasche Whisky“, schloß er. „Bitte beeilen Sie sich. Und – kommen Sie allein!“

„Ich würde Sie nie verraten“, versicherte Coats. „Nicht einmal für hundert Millionen.“ Coats fuhr den Stuhl ins Bad und verband Timothys Bein.

„Damit können Sie unmöglich hier bleiben“, sagte er. „Ich werde Sie heute nacht in meine Wohnung schaffen, Mister Truckle. Nicht nur, weil Sie Pflege brauchen, ein Jäger durchsucht alle leerstehenden Räume des ‚Nebraska‘, und ich kann ihm nicht verwehren, das Penthaus zu betreten, er hat sich eine Genehmigung von Miss Magginthy besorgt.“

„Danke, Buster", sagte Timothy gerührt, „aber –"

„Kein Aber, Tiny!"

„Sie müssen an Ihre Familie denken", sagte Timothy. „Erklären Sie dem Jäger, daß zur Zeit niemand das Penthaus betreten kann, weil man vergessen hat, die Identicatsicherung zu löschen, er müsse sich bis nach den Feiertagen gedulden, Sie hätten schon einen Termin mit Grandmas Leuten vereinbart. Wollen Sie mir wirklich helfen, Buster?" Timothy sah ihm in die Augen.

Coats wandte den Blick nicht ab. „So gut ich nur kann."

„Dann fahren Sie bitte heute abend in den Centralpark."

Coats staunte nicht schlecht, als er Timothy im Sessel sitzend vorfand; der Medikamentenstoß hatte gewirkt, die Schmerzen waren jetzt auch ohne Blocker erträglich, das Fieber gesunken, der Kopf klar.

„Ich hatte zuerst die falsche Nachtigall aufgenommen." Coats lächelte verlegen. „Ich habe ja keine Erfahrung mit so etwas. Sagen Sie, Tiny", er blickte Timothy unsicher an, „hat das was mit dem UNDERGROUND zu tun?"

„Besser, Sie wissen sowenig wie möglich. Aber Sie haben noch den richtigen Vogel erwischt?"

„Ja, und die Nummer herausgefiltert, so, wie Sie es mir erklärt hatten, dann habe ich die Nummer von einer öffentlichen Sprechstelle aus angerufen, doch da war niemand, dem ich ausrichten konnte, man solle Sie abholen, nur eine automatische Ansage. Hören Sie selbst, ich habe es mitgeschnitten." Coats legte den Recorder auf den Tisch.

„Der Herr sei mit dir! Hier spricht die Seelsorge der einsamen Herzen. Unsere kleine Andacht beginnt heute mit einem alten Spiritual –" Timothy hörte mit geschlossenen Augen zu, seine Finger trommelten den Takt auf der Tischplatte mit.

„Noch einmal von vorne", sagte er plötzlich, „und geben Sie mir bitte etwas zum Schreiben." Coats sah verständnislos zu, wie Timothy jetzt Punkte und Striche notierte.

„Das sind sogenannte Morsezeichen", erklärte Timothy lächelnd, „eine uralte Nachrichtentechnik. Machen Sie mir bitte einen Kaffee?" Er war völlig in Gedanken versunken, als Coats zurückkam.

„Ich war in Ihrem Appartement", sagte Coats. „Ich gab vor, daß ich die Leitungen überprüfen müsse, es seien Störungen im Haus aufgetreten. In Ihr Mausoleum durfte ich nicht blikken, es scheint völlig zerstört zu sein. Küche und Bad sind unversehrt, auch das Schlafzimmer, aber die übrigen Räume sehen verheerend aus. Die schöne Wohnung!"

„Haben Sie gesehen, ob Schneewittchen noch im Schlafzimmer war? Sie kennen doch meine Sonic? Eine pulsierende Goldfadenkugel."

„Ich glaube, sie stand neben dem Bett", sagte Coats.

„Haben Sie mein Identicat überprüft?"

„Ja, natürlich." Coats legte es auf den Tisch. „Ich fürchte, Sie haben recht, und es ist gesperrt. Arzneiautomat und Restaumat reagierten überhaupt nicht, in der Metro begann die Automatik zu leuchten, aber dann schnappte die Sperre ein; ein Glück, daß ich es vom Nebendurchgang versucht hatte, sonst hätte ich schön in der Falle gesessen." Er blickte Timothy an. „Ich verstehe das nicht, Tiny, verliert man denn als Wild seine Bürgerrechte?"

„Ich bin eben ein ganz besonderes Wild", erwiderte Timothy. Er trank Kaffee und grübelte, Coats störte ihn nicht.

„Ich habe noch eine Bitte", sagte Timothy schließlich, „meine letzte: Können Sie mir morgen einen Krankenstuhl besorgen? Einen automatischen Rollstuhl? – Und ein paar alte Sachen von Ihnen, Jacke, Hose, Schuhe."

„Was wollen Sie denn damit?" rief Coats. „Doch nicht etwa das Haus verlassen? In diesem Zustand!"

„Doch, morgen nachmittag. In der Stoßzeit wird es am wenigsten auffallen, denke ich mir, zumal am Heiligen Abend." Timothy schmunzelte. „Der Tag, an dem Jesus Christus geboren wurde, scheint mir denkbar geeignet, Timothy Truckles Erdenwandel zu beenden."

8.

Timothy war längst fertig mit der Maske, als Coats kam. Er hatte sich den Schädel rasiert, die Brauen gestutzt, mit Batteriesäure die Haut zwischen Oberlippe und Nase geätzt, das brannte zwar höllisch, doch am Ende sah es wie eine nicht besonders kunstfertig operierte Hasenscharte aus. Kunststoff in Nasenlöchern und Wangen hatte die Nase knubbelig dick und das Gesicht völlig unsymmetrisch gemacht. Coats starrte Timothy fassungslos an.

„Wenn Sie nicht so klein wären“, sagte er, „ich würde denken, ein Fremder steht vor mir.“

„Die Figur ändere ich gleich“, antwortete Timothy mit dumpfer, heiserer Stimme. „Geben Sie mal die Kleider ’rüber.“

Coats sah staunend zu, wie Timothy sich „verlängerte“, die Hosenbeine und Schuhe ausstopfte und mit Kissen und einer darüber gezurrten Decke den Stuhl so zurechtmachte, daß Timothy, als er nun probeweise Platz nahm, wie ein Mann von etwa einem Meter achtzig aussah. Dann trennte er die Ärmellöcher der Jacke ein wenig auf und polsterte die Schultern; wie die meisten Kleinwüchsigen hatte Timothy einen unverhältnismäßig kräftigen Oberkörper, er durfte nur nicht zu sehr mit den Armen hantieren.

„Ich würde Sie nicht erkennen, wenn Sie mir so im Haus begegneten“, sagte Coats begeistert. „Aber wie wollen Sie die Technik überlisten, all diese Apparaturen –“

„Das muß man nicht so ernst nehmen“, erklärte Timothy, „diese Spürautomaten funktionieren nur in relativ geschlossenen Räumen zuverlässig, und die optischen Kontrollen werde ich so schon bluffen. Wenn es mir gelingt, das ‚Nebraska‘ unerkannt zu verlassen, habe ich so gut wie gewonnen, und Sie sagten doch, in der Eingangshalle sei nichts neu installiert, Buster.“

„Ich bringe Sie ’raus“, versprach Coats. „Aber wohin wollen Sie dann?“

Timothy sah ihn nachdenklich an. Ein unverdächtiger Begleiter wäre eine große Hilfe. Nein, zu viele waren schon seinetwegen gestorben. Er würde das Stück bis zur Ruine des Rohrpostamtes, wo heute abend ein Einstieg nach UNTEN geöffnet sein sollte, auch allein schaffen. Großpaketversand – bestimmt hatten die Techniker des UNDERGROUND die pneumatischen Leitungen aus der Zeit der Atomkriegsvorbereitungen wieder in Gang gesetzt, und die netzunabhängige, mit manuellen Pumpen betriebene Anlage war kaum anzupeilen.

„Es wäre geradezu phantastisch, wenn Sie mich bis vor die Tür bringen wollten“, sagte Timothy, „aber denken Sie daran: Das kann lebensgefährlich werden.“

„Ich werde nicht zulassen, daß man Sie wie einen räudigen Hund abknallt“, erwiderte Coats entschlossen, „schon gar nicht hier im ‚Nebraska‘ und am Heiligen Abend! Wenn Sie wüßten, wie ich dieses GAME-GAME hasse.“

Timothy bestand darauf, daß auch Coats einen Tranquilizer

nahm, er selbst schluckte noch zwei, bevor sie loszogen, trotzdem spürte er, wie die Aufregung Besitz von ihm ergriff. Er mußte sich zwingen, ruhig und tief zu atmen, sein Herz schien zu rasen, obwohl er den Schrittmacher schon auf die niedrigste Stufe eingestellt hatte, seine Handflächen schwitzten, die Füße zitterten, vor allem das verletzte Bein zuckte unentwegt; er überzeugte sich noch einmal, daß die Beinattrappen ruhig lagen. Trotz des Rayvolvers, den er schußbereit unter der Decke hielt, hatte er das Gefühl, wehrlos ausgeliefert zu sein, und es fiel ihm unendlich schwer, regungslos im Stuhl zu liegen. Am liebsten wäre er auf der Stelle losgerannt. Zuerst zur Toilette. Ihm war, als müsse er jeden Moment in die Hose machen.

Niemand beachtete sie, als sie in der Hunderteretage den Singlelift des Penthauses verließen und zum Expreß hinüberfuhren, nur die Etagenwache grüßte im Vorübergehen, Coats grüßte lächelnd zurück und wünschte den beiden Safemen ein frohes Fest. Der Expreßlift war nahezu leer, aber als er im dreihundertsten Stock anhielt, fuhr Timothy der Schreck in die Glieder: Chief Monroe stieg ein und mit ihm ein halbes Dutzend Beamter der Hauspolizei, die allesamt Timothy kannten.

Coats machte seine Sache ausgezeichnet. Er schob den Rollstuhl an die Wand, als wolle er Platz machen, dabei rückte er ihn so, daß Timothys Kopf in die hintere Ecke kam. Coats trat zu den Polizisten, gab allen die Hand und erklärte mit leicht forschem Ton, als wolle er eine ihm peinliche Situation überspielen, er habe seiner Frau versprechen müssen, Samariter zu spielen.

„Ich muß den alten Mann zu seiner Enkeltochter bringen, damit er im Fest nicht allein ist“, sagte er. „Sie wissen doch, wie Frauen sind: Weihnachten macht sie rührselig.“

Chief Monroe schlug Coats lachend auf die Schulter. Er warf nur einen kurzen Blick in die Ecke, und als Timothy ihm mit schiefem Kopf dümmlich zulächelte, wandte er sein Gesicht schnell wieder ab.

In der Halle fuhr Coats den Stuhl, wie sie es verabredet hatten, zuerst an den Blumenstand und kaufte einen Weihnachtsstern, dabei bewegte er wie zufällig den Rollstuhl hin und her, so daß Timothy in alle Richtungen blicken konnte. Nur die üblichen Wachen patrouillierten durch die Menge, nirgends waren die Farben eines Jägers zu sehen, und ein Blick durch die Frontscheiben verriet, daß draußen kein Suchmobil wartete.

Timothy blinzelte Coats zu. Sie drängten sich gegen den Strom der abendlichen Passanten zum Ausgang durch, die Safemen warfen nur einen flüchtigen Blick herüber. Der Hausmeister war viel zu bekannt, als daß jemand ihn verdächtigen würde, und in diesem Tattergreis, der offensichtlich schon so gaga war, daß er nicht mal mehr den Rollstuhl alleine bedienen konnte, vermutete niemand die von aller Welt gesuchte Zehn-Millionen-Dollar-Beute. Zwerg sein, dachte Timothy, hat auch sein Gutes: Wer normal groß aussieht, wird schon im Unterbewußtsein automatisch aussortiert.

Vor dem „Nebraska" klappte Coats den Notsitz aus und setzte sich mit auf den Stuhl. Obwohl die Straße fast leer war, hielten sie sich in der Mitte; hier konnten sie am ehesten bemerken, wenn vor ihnen eine Polizeistreife oder ein Jagdkommando auftauchte. Die State Street war lichtüberflutet, alle öffentlichen Gebäude und Büros waren erleuchtet geblieben, überall standen riesige, illuminierte Kunststofftannen; nicht nur von den Hauswänden schrie die Reklame, quer über die Straße spannten sich dicht an dicht grelleuchtende Lichtbänder und schütteten ihre Botschaft aus: Kauft, kauft, kauft!

Die Luft war überraschend mild: lau und fast ohne Schadstoffe. Timothy mußte nicht einmal husten, dabei schien es ihm, als fielen vereinzelte Nieseltröpfchen. Er blickte in den Himmel. Im Licht der Hochhausscheinwerfer blitzten nicht nur Flugzeuge auf, sondern auch kleine, flirrende Schwärme. Wenn es Schnee war, dann schmolzen die Flocken und verdampften, bevor sie die dunstige Smogschicht durchdringen und den Boden erreichen konnten.

Die wenigen Polizisten kümmerten sich nicht um die Passanten der Prachtstraße, sie kontrollierten die Zugänge zu den Nebenstraßen; auf dem Boulevard sah man nirgends eine zerlumpte oder heruntergekommene Gestalt, hier gab es auch keine billigen Restaumaten oder gar Filialen der Weihnachtslotterie, wo man für ein paar Cent „Joy and Jobs"* gewinnen konnte. An der Ecke Packham Road drängten Polizisten einen Schwarm abgerissener Gestalten zurück, die Packham Road schien überflutet von quirlenden Menschen; sicher war dort eines der Wohlfahrtsämter, in denen die Weihnachtsgaben der

* Joy and Jobs - Freude und Arbeit: Die Gewinne dieser Lotterie sind Alkohol, Drogen, Sex- oder Psychotrips und ein paar Arbeitsplätze.

Stadtverwaltung für die Ärmsten der Armen verteilt wurden: Lebensmittel, Wasserkonserven und Kleidung, aber auch Free dope. An der Randolph Street ließ Timothy stoppen.

„Hier trennen sich unsere Wege", sagte er. „Bringen Sie mich bitte noch durch die Kontrolle, und dann –" Er zog eine Folie hervor und drückte sie Coats in die Hand. „Ich weiß nicht, wie ich Ihnen je danken soll, Buster. Hier ist eine Vollmacht, datiert auf den zwanzigsten Dezember, daß Sie meine Sonic zur Reparatur bringen und dann für mich aufbewahren sollen. Holen Sie Schneewittchen noch heute. Bevor es ein anderer tut. Mehr kann ich Ihnen leider nicht geben."

„Das ist schon zuviel!" erklärte Coats, auch ihm standen Tränen in den Augen. „Ja, ich werde die Sonic holen, aber nur, um sie aufzubewahren, bis diese Scheiße vorbei ist."

„Okay, nun aber vorwärts", sagte Timothy. „Was sollen die Bullen denken, wenn wir beide Rotz und Wasser heulen!"

9.

Fünf Minuten später traf er auf einen Santa Claus. Timothy hängte sich hinter den mächtigen Luftkissenschlitten, auf dem nicht nur eine Tanne und zwei richtige Rentiere Platz gefunden hatten, sondern auch eine Jazzband und eine Show-Truppe, die der angeheiterte Weihnachtsmann aber sicher erst unterwegs aufgegabelt hatte. Die ausgelassene Gesellschaft trank ungeniert aus der Flasche, zuckte im Bebop-Rhythmus und grölte dann lauthals die unverwüstliche „White Christmas". Schneewittchen sah eher wie eine Striptease-Tänzerin aus, und ihre sieben Zwerge waren ausgewachsene Burschen. Ja, dachte Timothy, in diesem Jahr haben wir die größten Zwerge der Welt. Am Civic Center schwenkte er schnell zum Rathausplatz ab; vorne tauchten zwei Trupps Polizisten auf.

Die traurigen Überreste der Picasso-Statue* waren dicht umlagert, heute jedoch nur von Destsellers**, die vergebens

---

* Die Skulptur von Picasso, Mitte des 20. Jahrhunderts aufgestellt, war eine der Sehenswürdigkeiten Chicagos. Aus Edelroststahl erbaut, sollte sie unzerstörbar sein, doch der Smog des 21. Jahrhunderts fraß sie nach und nach auf.

** Destseller = soviel wie Notverkäufer; destitution = bittere Not.

nach Kunden Ausschau hielten, die ausgerechnet am Heiligen Abend auf dem Ideen-Flohmarkt ein Gehirn mieten oder eine Erfindung kaufen sollten. Timothy wurde von einem jungen Mann angesprochen, der versuchte, mit optimistischem Lachen seine abgerissene Erscheinung zu überspielen. Vielleicht hatte er tatsächlich in Harvard und Columbus studiert und einen Licht-Wärme-Wandler erfunden, eine Art Umkehrung des Infrarotbildwandlers, wenn Timothy die hastig heruntergespulte Erklärung richtig verstand, aber der Bursche selbst fror erbärmlich in seinem dünnen, zerrissenen Hemd.

„Hast du wenigstens einen Vierteldollar für mich?“ fragte er dann.

Timothy schüttelte den Kopf; es war bestimmt nicht gut, hier Bargeld zu zeigen, doch er bot ihm einen Schluck Whisky an.

„Danke schön, Kumpel“, sagte der Bursche. „Frohes Fest!“ Er zeigte wütend mit dem Daumen zum Himmel. „Für jeden Scheiß haben diese Schweine Geld, sogar für fliegende Weihnachtsmänner, unsereins kann ja ruhig verrecken.“

Tatsächlich, da schwebte ein Weihnachtsmann in einem glitzernden Gleiter mit großen, bunten Schmetterlingsflügeln und silbernen Kufen über den Platz, segelte langsam in die Dearborn Street, und wenn Timothy es aus dieser Entfernung richtig ausmachte, saß neben ihm sogar ein Schlittenhund. Timothy sah fasziniert hinterher. Da drehte der fliegende Weihnachtsmann in einer harten Kurve um, beschleunigte, raste zurück, stoppte über dem Denkmal, sank; ein zweiter tauchte hinter dem Civic Center auf, aus der Madison Street kamen Polizeihelicopter, Scheinwerfer flammten auf, leuchteten den Platz taghell aus, Sirenen heulten aus der Ferne heran, und eine Stimme donnerte vom Himmel herab.

„Halt, stehenbleiben! Polizei! Niemand bewegt sich!“

Alles rannte wild durcheinander, stürzte in panischer Angst davon, Timothy vorneweg; er hatte den Motor des Rollstuhls auf äußerste Fahrt geschaltet, entkam dem Tumult, fingerte, während er mit der rechten Hand sein Gefährt durch die Straßen steuerte und in wilden Kurven Passanten auswich, die dem rasenden Invaliden kopfschüttelnd nachblickten, mit der linken Hand die Atemmaske aus der Tasche, stülpte sie über, riß den Wagen um eine Ecke, um eine zweite, sah, wie die Leute sich an den Hals griffen, Tücher hervorzerrten, sie vor den Mund preßten und versuchten, in ein Haus zu gelangen; vor ihm brach ein kleines Mädchen zuckend zusammen, wand sich schreiend auf der Straße, Timothy konnte ihm nur mit Müh und Not ausweichen – weiter, weiter! In der Ferne tauchte schon die Silhouette des Hauptpostamtes auf. Da hörte er eine Explosion über sich, und gleich darauf prasselte Regen hernieder: unterkühltes Wasser, das sich in Bruchteilen von Sekunden zu Eis verwandelte, alles mit einer spiegelglatten Schicht überzog; rundum fiel, stürzte, rutschte alles, Timothy verlor die Kontrolle über den Rollstuhl, schlitterte in rasender Geschwindigkeit über die Straße, stieß seitlich mit einem Mann zusammen, wurde herumgerissen, schoß auf eine Mauer zu, bekam die linke Hand auf den Boden, preßte verzweifelt die Fingerkuppen auf, konnte den Rollstuhl in eine leichte Kurve lenken; rammte dann doch mit dem linken Vorderrad einen Pfeiler – Timothy flog in hohem Bogen aus dem Stuhl, rutschte auf dem Rücken über die gleißende Fläche, das Gesicht dem Himmel zugewandt, ruderte verzweifelt mit Armen und Beinen, knallte mit der Schulter gegen eine Mauerecke und wurde zurückgeschleudert, stieß noch zweimal irgendwo an, dann trieb er taumelnd einer Wand entgegen.

Über ihm tauchte eine neue Eisbombe auf, prallte gegen die Hauswand, platzte, ein Schwall Wasser stürzte herab, und er lag direkt darunter! Timothy versuchte, zur Seite zu rutschen, die Füße auszustrecken, um sich abzustoßen, riß mit letzter Kraft die Jacke über den Kopf, da klatschte das Wasser zu Boden und durchnäßte ihn bis auf die Haut. Er spürte, wie das augenblicklich gefrierende Wasser ihn erstarren ließ, wie die Kälte ihn einhüllte, in ihn drang, wie er nach und nach zu einem Eisblock wurde: die Finger, die Arme, die Beine, der Rumpf; die Jacke wurde ein steinhartes Dach, das ihn nicht schützen konnte. Sein Kopf fiel zur Seite, dann fror der Halsmuskel ein. Timothy starrte auf die Wand vor ihm. Das also, dachte er, ist das Ende.

Warum hatte er das „Nebraska“ verlassen. Warum hatte er sich nicht bei Coats versteckt. Verdammte Gefühlsduselei. Er hätte Coats mit einer Nachricht zum Rohrpostamt schicken sollen. Nein, schon vor Wochen nach UNTEN gehen. Was mußte er sich um den „Laurin“ kümmern, um die Engel. Dann lebte Anne noch, und sie säßen jetzt unter einer Tanne. Anne würde die alten deutschen Weihnachtslieder singen: „O du fröhliche“ ... Wenn es doch nur einen Gott gäbe. Herr im Himmel, laß mich hier rauskommen, und ich will – Unsinn. Zu spät, um noch an einen Gott zu glauben. Für alles zu spät. Alles verpfuscht. Sein ganzes Leben war verpfuscht gewesen, und so, wie er gelebt hatte, verreckte er jetzt: einsam und verlassen. Niemand würde um ihn trauern, niemand seiner gedenken, niemand an seinem Grab weinen. Er würde nicht einmal ein Grab bekommen. Keine Spur würde von ihm bleiben. Wozu auch. Er hinterließ niemanden. Die Erdenspur der Truckles starb mit ihm. Gut so. Simon hatte recht, nichts unerledigt zurücklassen. Wo mochte Simon jetzt stecken?

Er durfte nicht ungerecht sein. Er hatte gute Freunde gehabt. Eigentlich doch ein erfülltes Leben, wie viele Wünsche auch unerfüllt geblieben waren. Timothy holte tief Luft. Staunte, daß er immer noch atmen konnte. Dachte erst jetzt wieder an die Maske. Er starb, wie er gelebt hatte: mit einer Maske. Persona, fiel ihm ein, so hieß doch die Maske der antiken Schauspieler. Seine Masken fielen jetzt von ihm ab. Person und Persona des Timothy Truckle vergingen. Vielleicht hatte er doch ein paar Spuren hinterlassen: Erinnerungen, Gedanken, Anstöße ... Man überlebt nur in den Hirnen der Menschen. Die Lebenden sprechen das Urteil über die Toten. Inger würde sich seiner erinnern, Maud, Paddington, die Engel ... Schade, daß er nicht zum Engel wurde. Er hätte gerne auf einer Wolke gesessen und auf die Erde heruntergesehen, verfolgt, wie es hier weiterging.

Ein Glück, daß er keine Schmerzen hatte. Nicht einmal die alten Wunden taten mehr weh. Wie lange lag er schon hier? Wie hatten sie ihn eigentlich entdeckt? Wer? Du bist mir ein schöner Detektiv, dachte er, den wichtigsten Fall deines Lebens wirst du nie aufklären.

Die Wand vor ihm gleißte in überirdischem Licht. So starb einst Tristan: „Er kehrte sich zur Wand und sprach: Nicht länger kann ich mich ans Leben klammern.“ Oh, diese Helligkeit. Er schwamm in einer Wolke von Licht. Daß sterben so leicht war.

Da sagt man immer erleichtert: Er hat den Tod nicht gespürt. – Er war froh, daß er seinen Tod erleben durfte, daß er nicht im aseptischen Glasgefängnis einer Sterbeklinik verreckte, Schläuche in Nase und Mund, Darm und Penis, Infusioren in Arterien und Venen – um die letzten Minuten betrogen, nicht nur jeder Regung und jeden Willens beraubt, sondern auch des Bewußtseins; das Gehirn mit Drogen gelähmt, weil der Todesverlaufplan es so vorsah, vielleicht sogar gegen seinen Willen ans Leben gefesselt, buchstäblich: an Armen und Beinen gefesselt, um die kostbare Apparatur nicht zu beschädigen, von künstlicher Niere und Leber, von Herz- und Lungenmaschinen am Leben gehalten, weil erst jemand anders auf die Transplantation vorbereitet werden mußte. Nein, dachte Timothy, von mir bekommt ihr nichts. Meine Glieder würden auch niemandem passen, und mein altes Herz ist viel zu verbraucht, um noch in einer anderen Brust zu schlagen.

Das Herz schlug kaum noch! Setzte ganz aus. Die Atmung. Noch drei Minuten, dachte Timothy, dann erlischt dein Gehirn. Die letzten Minuten. Oder die ersten. Die ersten Minuten der Ewigkeit. Er hatte das Gefühl, sich vom Boden zu erheben, in die Luft zu schweben, dann sah er sich, ein kleiner, verkrümmter, eisglitzernder Körper mit einem silbernen Helm, ein Wesen aus einer anderen Welt, gestrandet auf diesem Eisplaneten, sah sich da unten liegen und wußte: Timothy Truckle stirbt. Der Gedanke rief keine Angst in ihm hervor, nicht einmal Beunruhigung.

Kamen da nicht Leute und legten ihn auf eine Bahre? Eine unübersehbare Menge füllte den Platz. Direkt neben der Bahre stand Anne, sie hielt eine Rose in der Hand und sah fröhlich aus. Neben ihr Smiley und Daniel; Daniel trug mit beiden Händen eine schimmernde Sonic. Doc sah er und Simon, Huck und Maud, Puissant, Paddington, Inger und ein Dutzend Bunnies, die auf ihren Schultern eine Sänfte trugen, in der Old Bentley lag und an einer Whiskyflasche schnupperte, Daisy Dayton und die Bachstelze – sie weinte! Kopf an Kopf standen jetzt die Menschen, viele ärmliche, zerlumpte Gestalten, Krüppel, Colors in allen Farben, Luftkissenpontons voller Babys; Polizei drängte sich durch die Menge, Armee, NSA, voran Devlin, ein Megaphon in der Hand, er schrie, dies sei eine nicht genehmigte Demonstration, riß dem Toten die Maske ab, wich entsetzt zurück; welch ein Skandal: eine ungeschminkte Leiche! Photicdriver blitzten, Schallwerfer heulten, die Polizisten, Soldaten und NSA-Leute lösten sich in Nichts auf, die Menge formierte sich zum Trauerzug, stimmte einen Choral an: „Glory, glory, hallelujah!"

Timothy sah, wie die Bahre angehoben, spürte, wie er hochgerissen wurde, über die Köpfe hinweg, immer höher; stieg er oder fiel er ins Bodenlose? Das mußte das Universum sein: bodenlos, schwerelos. Tiefer Friede durchzog ihn. Ein Gefühl, sich auszubreiten in unendliche, unfaßbare Räume: ein Teil des Alls. Eins mit sich und der Welt, dachte er noch, dann versiegte sein Bewußtsein.

10.

Weiß, weiß, weiß.

Ein Ton. Eine dünne gläserne Glocke.

Ein Schatten. Fast ein Gesicht.

Welche Fülle von Licht.

Welche Finsternis.

Eine Stimme. Fast unhörbar fern. „Er blinzelt."

Wer blinzelt im Jenseits?

Eine andere Stimme. „Hörst du mich, Tiny?"

Ich höre. Ich kann nicht sprechen. Nicht einmal die Zunge bewegen. Ein Schreck: Gelähmt? Aber wenn du das denken kannst ...

„Wenn du mich hörst, Tiny, versuche zu blinzeln."

Timothy versuchte es. Er spürte nicht, ob sein Lid sich bewegte. Er spürte überhaupt nichts. Aber du hörst, dachte er. Nicht wenig für einen, der gerade gestorben ist.

„Du lebst", sagte die Stimme. „Habe Geduld. Es wird wieder."

Was? – Helle, Schatten, Helle, Schatten ... Nie essen, nie trinken. Nie Schmerzen. Erwachen, eindämmern, erwachen ... Ein Gesicht. Immer wieder dasselbe Gesicht. Eine blonde Frau – Wieviel Zeit verstreicht zwischen zwei Augenblicken: Minuten, Stunden, Tage?

Die Frau heißt Joan.

Ich bin so müde.

„Ausgeschlafen?" sagte der Mann. „Ich bin Ed. Wir wollen versuchen, miteinander zu sprechen. Du hörst mich doch, Tiny?"

„Ja." Welch ein Gefühl, wieder die eigene Stimme zu hören.

„Mach die Augen auf. Sieh mich an."

Timothy hatte ihn noch nie zuvor gesehen. „Wo bin ich?"

„In Sicherheit. In einer Klinik. Es hat dich schwer erwischt, Tiny, aber du lebst, das ist die Hauptsache. Du mußt nur Geduld haben; es wird noch eine Weile dauern, bis du wieder spazierengehen kannst." Ed lächelte. Timothy wollte zurücklächeln; bewegte sich sein Gesicht? „Scheint die Sonne?" fragte er. „Ich möchte so gerne die Sonne sehen."

„Hier scheint nie die Sonne", antwortete Ed. „Aber oben auf der Erde zur Zeit auch nicht. Die Nachrichten meldeten Inversionsschichten bis über zweitausend Meter. In diesem Sommer schlägt der Smog besonders hart zu."

„Sommer?" fragte Timothy verwundert.

„Ja, wir sind im Juli. Hast du Schmerzen?"

„Nein. Nie. Wie kommt das?"

„Das erkläre ich dir das nächste Mal. Nun schlaf erst wieder."

Eine Art künstlicher Winterschlaf, wie Timothy mitbekam. Lange Schlafperioden; er sah es an dem Bart, den Ed sich stehenließ. Jedesmal, wenn er aufwachte, spürte er seinen Körper mehr. Druck im Rücken, in den Beinen, Gefühl in den Fingern, die Bewegungen des Gesichts. Ed setzte sich zu ihm, zumindest vermutete Timothy nach der Perspektive des Gesichts, daß Ed saß. Portionsweise erzählte Ed, was sie mit ihm angestellt hatten: eine Niere transplantiert, einen Lungenflügel, das linke Bein, den rechten Arm, ein neues Herz.

„Ein junges Herz", erklärte Ed. „Nun brauchst du den Schrittmacher nicht mehr."

Daß er nie Schmerzen hatte, brauchte Timothy nicht zu wundern. Sie hatten seinen Darm in eine Superfabrik für körpereigene Opiate umfunktioniert.

„Nur zeitweilig", erklärte Ed. „Irgendwann willst du ja auch mal wieder essen. Aber so produzierst du selbst ausreichend Endorphine; das ist doch besser, als wenn wir dich jeden Tag mit Morphium vollpumpen würden, und du wirst davon nicht süchtig. Vergiß nicht, dein Körper ist eine große Wunde. Wir haben Wochen gebraucht, deine Haut zu erneuern. Bis auf den Kopf, wo du die Maske getragen hast, war sie erfroren. Zum Glück haben wir genügend intakte Zellen gefunden, um im Labor neues Gewebe zu züchten. So kannst du wenigstens in deiner eigenen Haut herumlaufen, nur – sie bleibt unbehaart, und

sie besitzt weder Schweißdrüsen noch Nervenzellen; du wirst also weder schwitzen noch Schmerz spüren."
„Ich habe mir schon immer ein dickes Fell gewünscht", sagte Timothy.
„Freut mich, daß du den Humor wiederfindest, Tiny. Aber du mußt in Zukunft sehr vorsichtig sein; du würdest es nicht merken, wenn du dich verbrennst."
„Ich werde mit Handschuhen kochen", versprach Timothy.
„Da ist ein Problem: Du produzierst entschieden zuwenig Speichel. Im Speichel ist eine hormonelle Substanz, die den Heilungsprozeß beschleunigt."
„Ist das ein Wunder?" meinte Timothy. „Wo ihr mich seit Monaten intravenös ernährt! Gib mir ein saftiges Steak und einen Whisky, und du wirst sehen, wie mir die Spucke im Mund zusammenläuft."
„Das wollte ich dir gerade vorschlagen", sagte Ed. „Aber du darfst nur daran riechen, verstehst du?"
„Wenn Old Bentley das sehen könnte!" rief Timothy. Dann kicherte er. „Und Joan als Bunny!"

„Verrate mir doch endlich, wieso ich noch lebe", bat Timothy, als er Ed das nächste Mal sah. „Ich bin sicher, ich habe erlebt, wie ich starb."
„Schon möglich. Du warst klinisch tot, als man dich brachte."
„Aber ich habe doch noch gemerkt, wie Herz und Atmung aussetzten, und ich denke, dann dauert es nur noch Minuten, bis das Gehirn unwiederbringlich zerstört ist."
„Die Eisbombe, die dir zum Verhängnis wurde", sagte Ed, „war zugleich deine Rettung. Sie führte zu einer Schockvereisung. Wir machen etwas Ähnliches bei Gehirnoperationen, unterkühlen den Patienten und setzen dadurch die Stoffwechselvorgänge drastisch herunter; wir drosseln den Sauerstoffverbrauch des Gehirns bereits so weit, daß wir über eine Stunde operieren können. Sagen wir es so: Durch die Vereisung bekamst du eine überlange Sterbephase."
„Der Bombe sei Dank", knurrte Timothy.
„Und dem Bergungstrupp! Du hattest das Glück, daß die Brüder die Situation erkannten und richtig reagierten; sie haben gleich mit Sauerstoff angereichertes Blut in die Arterien injiziert und dich fein säuberlich weitergekühlt. Du warst ein Eisblock, als man dich einlieferte."

„Welcher Bergungstrupp?"

„Darüber weiß ich nichts, da mußt du andere fragen", sagte Ed. „Aber jetzt schlafen wir erst einmal wieder, ja?"

„Du etwa auch?" fragte Timothy.

„Was ist eigentlich mit meinem Gesicht?" erkundigte sich Timothy.

„Das ist fast das einzige, an dem wir nicht herumdoktern mußten", antwortete Ed, „dank der Maske, die du getragen hast – ein phantastisches Gerät! Ich habe gehört, es wird schon in Serie hergestellt. Fühlst du dich stark genug, in einen Spiegel zu blicken?"

„Wieso, ist der Anblick so scheußlich?"

„Das mußt du selbst entscheiden."

Ja, das war unverkennbar Timothy Truckle, wenn auch um Jahre gealtert. Timothy betrachtete lange sein Gesicht.

„Zufrieden?" fragte Ed. „Wir haben die Narbe auf der Oberlippe gleich korrigiert."

„Danke schön", sagte Timothy. „Wenn ich nun noch so alt werde, wie ich aussehe."

„Das wirst du schon schaffen, Tiny, du hast ja jetzt ein junges Herz –"

„Aber?" Timothy blickte Ed fragend an. „Rück schon 'raus mit der Sprache. Ich bin stark genug, die ganze Wahrheit zu erfahren."

„Wir haben dir doch etliches transplantieren müssen, wie du weißt, und da –"

„Gibt es Unverträglichkeitsreaktionen?" warf Timothy ein. „Abstoßungen?"

„Das nicht. Es sind schon alles Teile von deinem Haplotyp. Du brauchst allerdings jedes halbe Jahr eine Knochenmarktransfusion."

„Ich hätte mir rechtzeitig einen Klon bestellen sollen", murmelte Timothy.

„Wie bitte?" Ed sah ihn fragend an.

„Nichts. Ich habe nur vor mich hin gedümmelt. Was ist denn das Problem?"

„Dein Format, Tiny. Du bist einfach zu außergewöhnlich. Beim Arm ging es ja noch halbwegs, da konnten wir uns auch etwas Zeit lassen, das Bein jedoch mußte sofort amputiert werden; es sah scheußlich aus, der Zellverfall war bedenklich weit fortgeschritten. Doch selbst wenn wir genügend Zeit gehabt hätten – es ist verdammt schwer, für einen Mann wie dich passende Glieder aufzutreiben."

„Was willst du damit sagen, Ed? Habe ich nur noch ein Bein?"

„Nein, Tiny! Aber dein neues Bein ist zu lang. Fast zwanzig Zentimeter. Ich weiß, es klingt makaber, aber vielleicht läßt du dir später auch das rechte Bein austauschen?"

Timothy war in Gedanken versunken. „Dann wäre ich also nicht länger mehr ein Zwerg", sagte er leise. „Wieviel, sagtest du, zwanzig Zentimeter?"

„Das kann man noch nicht endgültig sagen." Ed lächelte. „Du wächst nämlich wieder."

„Ich? In meinem Alter?"

„Endorphine beeinflussen nicht nur die Schmerzempfindung, sie haben vielfache Wirkungen. Wir haben alle getestet; die einzigen, die dir wirklich halfen, waren die Typen Gamma und Omega. Gamma wäre einfacher zu haben gewesen – es wird im Gehirn produziert, wir hätten dir nur Elektroden einpflanzen müssen, um die Hirnrinde zu reizen –, aber wir haben uns für Omega entschieden; wir dachten, es sei nicht so schlimm, wenn du noch ein Stückchen wächst."

„Und was war die Alternative?"

„Starke Beeinträchtigung der Lernfähigkeit und des Erinnerungsvermögens."

„Wäre auch nicht schlimm gewesen", meinte Timothy. „Muß ich noch lernen? Und erinnern –!"

„Gamma kurbelt aber auch die Milchproduktion an, Tiny! Hättest du lieber Brüste gehabt?"

11.

Endlich war es soweit, Timothy durfte Besuch empfangen. Ironsides kam, der legendäre Führer der Minenarbeiterstreiks von Ironwood. Ed hatte Timothy informiert, daß Ironsides jetzt im IK für Sicherheit verantwortlich war. Auch Ironsides war alt geworden, seit Timothy ihn in der „Blackhill"-Katakombe gesehen hatte; Nase und Wangenbeine stachen hervor, die synthetische Haut seiner linken Gesichtshälfte spannte glänzend. Er breitete die Arme aus, als wollte er Timothy an die Brust drücken, dann ließ er sie hilflos fallen; Tränen standen in seinen Augen.

„Aber du lebst, Tiny!" sagte er. „Du lebst."

„Nur wie!" krächzte Timothy, ein Kloß saß ihm in der Kehle. „Nicht einmal die Haut habe ich gerettet."

„Dafür den Kopf, und das ist das einzig Wichtige: die kleinen grauen Zellen."

„Da kann ich wohl noch von Glück reden, daß ich nicht als Ektopos aufgewacht bin", knurrte Timothy. „Ach, Ironsides, es ist nicht viel übriggeblieben von dem alten Timothy."

„Wie ich von Ed höre, eine ganze Menge. Vor allem hast du deinen Humor nicht verloren."

„Galgenhumor", stöhnte Timothy.

„Nu mach mal halblang", rief Ironsides. „Glaube mir, an die neuen Teile gewöhnst du dich schnell. Ich weiß es." Er zeigte demonstrativ mit der rechten Hand auf sein linkes Bein.

„Ich trauere ja nicht um mein Fleisch", erwiderte Timothy. „Aber ich habe doch alles verloren, was mein Leben ausgemacht hat. Vor allem: meine Freunde."

Ironsides setzte sich zu ihm. „Du hast auch hier Freunde, Tiny."

„Aber niemanden, der mich von früher kennt, und damit niemanden, mit dem ich über die alten Zeiten schwatzen kann. Da ist nichts geblieben, was mich an all die Jahre erinnern könnte, und wenn man ohne seine Biographie leben muß, was bleibt dann von einem?"

„Schreib deine Biographie auf."

„Das hat Ed mir auch schon empfohlen, er meint, es würde mir helfen, mit dem Geschehenen fertig zu werden, aber ich weiß nicht –"

„Tu es. Wenigstens deine interessantesten Fälle."

„Vielleicht", sagte Timothy. „Ich habe noch keine Vorstellung, was ich mit meinem neuen Leben anfange. Am meisten bedrückt mich, daß ich nie mehr die Sonne sehen soll."

„Vielleicht können wir dich eines Tages nach DRAUSSEN schleusen."

„Ich weiß nicht, ob ich das wollte", sagte Timothy nachdenklich. „Du bist auch geblieben. Nur weil du hier gebraucht wirst? Sind wir noch stark genug, eine fremde Welt zu verkraften?"

„Fremd?" rief Ironsides. „Dort wird verwirklicht, wovon wir träumen!"

„Ja, gewiß. Aber die Wirklichkeit sieht bestimmt anders aus als in unseren Träumen. Nein, ich denke, ich bleibe lieber hier. Und bei meinen Träumen."

„Du hast doch nicht etwa Angst vor der Wahrheit", spottete Ironsides, „ausgerechnet du?"

„Manchmal schon", sagte Timothy. „Apropos Wahrheit – ich möchte endlich den Rest der Timothy-Truckle-Story erfahren. Mir ist immer noch unklar, wieso ich noch lebe. Den medizinischen Teil hat Ed mir erklärt, aber: Wie habt ihr mich so schnell gefunden? Wie hat man mich überhaupt entdeckt, oder war es Zufall? Wie –"

„Stopp, stopp!" rief Ironsides. „Erzähl am besten erst einmal, wie du es erlebt hast. Wir haben nämlich auch einen Sack voller Fragen."

Ironsides schnitt den Bericht mit. Die Fragen, die Timothy immer wieder zwischendurch stellte, notierte er sich.

„Also", sagte er dann, „deine Wohnung stand seit dem zwanzigsten Dezember unter Beobachtung."

Timothy nickte. „Ich hätte Brooker nicht als Geist erscheinen sollen, aber die Versuchung war einfach zu groß."

„Einen Tag später hätte man ohnehin gewußt, daß du nicht in Smileys Büro umgekommen warst. Die Polizei konnte zwar nicht feststellen, wie viele Menschen dort getötet worden waren, aber keiner der Knochensplitter und Zähne hätte zu deiner Figur gepaßt."

„Zwerge fallen immer auf", schimpfte Timothy.

„Wo aber warst du?" fuhr Ironsides fort. „Das einzige, was man mit Sicherheit zu wissen glaubte – wir übrigens auch! –, nicht im ‚Nebraska'."

„Das verstehe ich nicht. Wieso?"

„Weil du die von dir bestellten Delikatessen nicht abgenommen und auch niemanden beauftragt hast, sie entgegenzunehmen, und das so kurz vor dem Fest; geräucherten Aal, Langusten, frische Himbeeren –"

„Hör auf!" rief Timothy. „Das hatte ich in meiner Wut tatsächlich vergessen."

„Als nun noch zwei Kisten original Scotch Whisky an BRIAND zurückgingen, schien endgültig sicher: Wo immer du stecktest, im ‚Nebraska' warst du nicht. Deshalb hat man auch nur kontrolliert, wer das Haus betrat. Wie aber dich finden? Da ist man auf die Idee mit GAME-GAME gekommen."

„Wer? Die Brookers oder die NSA?"

„Deborrah Johnson."

„Die Bachstelze!" Timothy schrie laut auf. „Na, warte, meine Liebe, wenn ich erst wieder –" Er sah Ironsides an. „Weißt du, wie die Bachstelze dazu kam?"

„Ja." Ironsides lächelte. „Einer unserer Agenten im Hauptquartier hat den Fall von Anfang an verfolgen können. Leider wußten wir auch immer nur soviel wie die NSA." Er blickte Timothy vorwurfsvoll an, Timothy zuckte mit den Schultern. „Entschuldige."

„Bis zu deinem Anruf hatten die Brookers niemanden nach Harlington gelassen; jetzt luden sie den Chef des Geheimdienstes ein und beichteten ihm das Bombenattentat; Hymes sanktionierte ihr Vorgehen und erklärte dich zum Staatsfeind. Von der Bachstelze wollte er vor allem erfahren, wieviel du über die Klons herausbekommen hattest. In diesem Gespräch hat er ihr den Vizegouverneur zugesagt, wenn sie dich ans Messer liefert."

„Ich dachte, ich hätte schon so meinen Teil dazu beigetragen, daß sie den Posten bekommt", sagte Timothy grimmig.

„Als man trotz GAME-GAME nach drei Tagen noch immer keine Spur von dir gefunden hatte – keine echte! –, überzeugte man Earl Brooker, sich einer Trance-Befragung zu unterziehen, um die Psycho-Blockade zu durchbrechen."

„Das geht also doch!"

„Ja, neuerdings. Eine Kombination von Drogen, Elektroschocks und Subfaszinations-Hypnose, eine hundsgemeine Quälerei."

„Gerade das Richtige für dieses Schwein", erklärte Timothy. „Und da hat er alles ausgeplaudert?"

„Der Delinquent kann zwar nur mit Ja oder Nein antworten, aber es war nur eine Frage der Zeit, bis die NSA wußte, daß tatsächlich du Earl Brooker gekidnappt hattest, daß ihr weder Treppen gestiegen noch Lift gefahren seid und wie sein Gefängnis ausgesehen hatte, und von der Geheimetage war der Weg zum Penthaus dann nicht mehr weit. Aber bevor noch ein Kommando zum Penthaus aufbrach, kam die Nachricht, daß du entdeckt worden warst."

„Wie? Hat Coats mich verraten?"

„Nein, du selbst.“ Ironsides lachte, als er Timothys verblüfftes Gesicht sah. „Dein Geruch! Man vermutete von Anfang an, daß du noch in Chicago warst; kein Verkehrscomputer hatte dich registriert, und seit der Sperrung deines Identicats konntest du die Stadt nicht mehr verlassen haben. So kam man auf die Idee, die ‚Wilde Meute‘ auf dich loszulassen, und einer der Hunde hat deine Spur aufgenommen.“

„Sagtest du nicht, die NSA sei gar nicht im Penthaus gewesen?“

„Das sind keine herkömmlichen Hunde“, erklärte Ironsides, „sondern Chimären, übrigens eine Entwicklung der UNITED für die NSA. Sie können rund tausendmal besser riechen als ein gewöhnlicher Fährtenhund. Die Gen-Chirurgen der UNITED haben sie mit den Riechapparaten von Nachtfaltern ausgestattet.“

„Von Schmetterlingen? So eine Art fliegende Hunde?“

„Sie sehen schon wie normale Schäferhunde aus, doch sie können noch aus mehreren Kilometern Entfernung eine extrem schwache Duftspur aufnehmen. Aber das mit den fliegenden Hunden war gar nicht so falsch, Tiny; da die NSA erst über ein Dutzend solcher Tiere verfügt, kam man auf die Idee, eine Flugstaffel einzurichten.“

„Die fliegenden Weihnachtsmänner!“ rief Timothy.

„So konnten sie die ganze Innenstadt kontrollieren. Du darfst von Glück reden, daß es der UNITED noch nicht gelungen ist, diese Schmetterlingshunde mit Vampiren zu kreuzen; wenn die Hunde dich nun noch mit Fledermaus-Radar hätten anpeilen können, wärest du verloren gewesen. So wußte die NSA nur, in welchem Gebiet du stecken mußtest. Deshalb auch der Flächenangriff mit Aerosolen und Eisbomben.“

„Ich wäre nie mehr zur Rohrpostruine gekommen, selbst wenn mich die eine Eisbombe nicht voll erwischt hätte“, sagte Timothy. „Dabei waren es nur noch ein paar hundert Meter.“

„Die Hunde hatten dich schon eingekreist“, sagte Ironsides, „aber da vereistest du, und sie konnten dich nicht mehr riechen.“ Er lächelte. „Und wir gewannen Zeit, dich zu bergen. Unser Trupp stieg sogleich aus, als wir von unserem Agenten erfuhren, daß die NSA dich aufgespürt hatte, und da wir wußten, daß du zur Rohrpostruine kommen würdest –“

„Das wußtet ihr?“

„Wir vermuteten es. Wir schneiden natürlich alle Anrufe mit, die über Notruf kommen. Coats hätte einfach in die Musik sprechen sollen. Er hat ja ein paarmal angesetzt, aber mehr als ‚Mister Truckle' hat er nicht herausbekommen. Da er die Nummer jedoch nur von der Nachtigall haben konnte, rechneten wir damit, daß du die Morsezeichen entziffern würdest."

„Und ich dachte, ich sei von Gott und der Welt verlassen", sagte Timothy leise.

„Seit du zum Wild erklärt worden warst, wartete in jedem Stadtteil ein Kommando, um dich hereinzuholen, wann und wo immer du auftauchen würdest." Ironsides stand auf. „Ja, Tiny, das waren auch für uns aufregende Tage."

Timothy lag still da und starrte an die Decke. Tränen rollten über seine Wangen. Es dauerte lange, bis er sich wieder fing.

„Wie ist eigentlich GAME-GAME ausgegangen?" erkundigte er sich.

„Ich habe es nicht mehr verfolgt, wie du dir denken kannst", sagte Ironsides, „ich glaube, das Wild wurde noch eine Woche lang kreuz und quer durch die Staaten gehetzt – ja, am Silvestermorgen haben die Jäger ‚Timothy Truckle' in der Nähe von Washington eingekreist und dann mit ihren Rayvolvern liquidiert." Ironsides seufzte. „Weiß der Teufel, welches arme Schwein sie da umgebracht haben."

Er trat an das Fußende des Bettes und ließ sich vom Analysator Timothys Werte auf den Monitor spielen.

„Sieht ja gar nicht schlecht aus", sagte Ironsides. „Mach, daß du bald aufstehen darfst. Du wirst sehnsüchtig erwartet."

„Ich hoffe, ihr habt nicht vor, mich als Helden herumzureichen." Timothy versuchte ein Lächeln.

„Sieht so etwa ein Held aus?" fragte Ironsides lachend zurück. „Napoleon wartet. Von wegen du hast nichts mehr, was dich an früher erinnert!"

Timothy seufzte. „Es ist nicht mehr der alte Napoleon."

„Aber so gut wie! Sogar die Sprache. Maud hat keine Ruhe gegeben, bis sie eine Stimme fand, die der alten glich."

„Und das ist ihr gelungen?" rief Timothy begeistert.

Ironsides lächelte ein wenig verlegen. „Fast. Napoleon hat jetzt einen leichten S-Fehler."

„Was macht das schon!" erklärte Timothy. „Ich werde mich auch noch an einen lispelnden Computer gewöhnen."

12.

Maud brachte ihn nur bis an die Tür.

„Ich denke, ich lasse euch beide lieber allein", sagte sie. Timothy drückte ihre Hand und hinkelte hinein; er hatte die Hubkrücken noch immer nicht voll im Griff.

Ein völlig verwandelter Napoleon. Kleiner und gedrungener, auch die Tastatur etwas anders. Timothy setzte sich und blickte ihn nachdenklich an. Er zögerte lange, bevor er einschaltete. Napoleon räusperte sich sofort.

„Sprich, mein Guter", sagte Timothy.

„Ich habe eine Nachricht von Anne Frobisher für Sie. Ich sollte sie Ihnen schon vorhin geben, als Sie nach Hause kamen, aber Sie haben mich nicht aufgesucht. Wollen Sie sie jetzt hören?"

„Später." Timothy drehte sich schnell ab und schneuzte kräftig. Am Ende konnte der neue Napoleon auch noch sehen? Er stand auf und griff nach den Krücken. Er mußte sich erst daran gewöhnen, daß dieser Napoleon nichts von alldem wußte, was seit dem Umzug der Engel geschehen war.

Er hat ja keine Ahnung, daß er gestorben ist, dachte Timothy. Wir beide. Und wieder auferstanden sind von den Toten, wie es heißt. Nur nicht am dritten Tag.

„Bei uns dauern Wunder halt noch etwas länger", sagte er leise. Napoleon räusperte sich.

„Darf ich Sie darauf aufmerksam machen, Sir, daß es Wunder nicht gibt?"

„Du irrst, Napoleon. Es gibt schon Wunder." Timothy legte die Arme in die Krücken, knickte das linke Bein ein und hinkelte zur Tür. „Sie sind nur noch verdammt unvollkommen."

Inhalt